語言文字叢書

臺語漢字與詞彙研究論文集

姚榮松　著

學術生涯的益友——建構臺語漢文字學的姚榮松教授（代序）

　　姚榮松老師，我最早的印象，是國文系主任常要找的對象。每當有不會華語的人客到系辦公室，助教便叫：快找姚老師來翻譯！那大約一九七八年，他開始當講師的時候。從來，師大國文系除了大一英文外，沒有一門外語的課程，清寒學生畢業，就是有教書的頭路，要出國留學的鳳毛麟角，國文系課程結構，是中國的、古典的，缺乏當代的、世界的。

　　那時姚老師剛去康乃爾大學研究一年回來。難得他有超強外文能力可考上教育部的公費留學，這在國文系研究生中是空前絕後的奇蹟，他在美國接受西方語言學的嚴謹訓練，決定以：上古漢語同源詞，作為博士論文題目，詞源學研究是現代語言學的重要領域，因而開始跨越傳統漢學聲韻之學的窠臼，而且也為他後來研究和古漢語密切關聯的臺語創造了有利的條件。

　　姚老師是才子，系狀元。國／中文系，是國民政府來臺用以培養宣揚中國傳統文化的中學師資，除小學（文字、聲韻、訓詁）外、亦必修辭章、義理。姚老師於小學之外，也有許多關於文學和思想的著作，他是博學多能的通才。後來才專攻小學而語言學，因而大放異彩。語言能力的突出，英文之外，又有教育部法文的合格證，使具有深厚漢語漢字根基的年輕國文系教授，可以馳騁於英文系擅長的現代語言學的天地之中。一九八四年他又到全球首屈一指的哈佛大學燕京

學社作訪問學者一年，巧我比他早一年到京都大學研究、教學也一年，這是首次，我年又大他七歲。

在這一段時間，我們兩人常同時獲得國科會的論文獎，當時系裡申請人不多，得獎人更少，也許這個原因，於一九八八年五月我們二人同時應邀參與接手《國文天地》雜誌社，並成為編輯委員，我們有互動的平臺，我們有共同追求學術，重視臺灣文化的理念。同年七月，我們和中研院學界到香港參加紀念羅香林學術研討會，發表論文，這是首次一起出國。後來在編教科書時，又和他與陳萬益教授等編輯共遊琉球。

難忘的一九九二年春，許俊雅教授那年以首位臺灣文學論文得到博士，我在系務會議為她提案開「臺灣文學」選修課，而群起反對，幸好在姚老師仗義執言下，終於獲得通過。這是小故事，卻是大歷史。

一九九〇年代起，姚老師活躍於臺灣聲韻、語言學界，推動學術活動、論述，厥功甚偉。這是我陌生的領域。

一九九三年八月，我出任師大人文教育研究中心主任，全力推展臺灣本土文化的研究和教育。推動臺灣學的國際化，籌備召開未曾有的臺灣文化國際學術會議。並即時和臺北縣政府合作，接受委託教師到人文中心研習臺灣文化課程，包括閩南話概論、客家話概論……，這需要姚老師的幫忙。

他正好同年獲國科會獎助，到法國巴黎社會科學高等學院東亞語言所研究一年，他有機會研究法國國家圖書館收藏的敦煌《切韻》殘卷，發表論文，成績斐然，結交了歐洲許多著名的漢學家。一九九四年回來後，在中心開〈閩南語概論〉課，連續好幾年。而我二〇〇五年接著也請假到東京大學半年（國科會原為一年），十二月我回臺灣主持第一屆臺灣文化國際研討會，多達五十八篇論文，鬧熱無比。姚老師發表〈閩南語書面語漢字的類型〉，尤其兼論〈漢語方言文字

學〉，這實是：〈臺語漢文字學〉的架構。我發表在東京寫的〈臺灣文化的理論建構〉，我倆論文皆有時代的指標性，特別是姚老師是在創構臺灣語言學的一門新學科。

我在人文中心五年，舉辦好多學術會議、論文比賽、人文講席、藝文活動……姚老師多所參與、協助，他還製作《閩南語教學錄影帶》是高中輔助教具。一九九八年我為師大提出編撰一部臺灣文化百科：《臺灣文化事典》，姚老師為編輯委員，負責語言的詞條。二○○四年這部空前亦可能絕後的臺灣百科全書，終於出版。

和姚老師鬥陣最久最有意義的功課：一九九七年教育部開放教科書，南一書局有膽找我主編國中國文教科書，姚老師是不可缺的，與幾位在各領域比我更內行的本土實力派編委，共同打造含有臺灣元素的六本國中現代語文教材，而贏得了多年市場的首選。一個月有多次的嚴謹的編輯會，每次都是他帶來最多的參考資料，甚至抱了一堆書，幫忙解決不少字音、詞彙的問題。我們一直在南一編輯桌邊相處了六、七年。

其間，在二○○一年，我、他與許俊雅教授三人，共提出申請〈臺灣文學系〉。在師大保守的處境中，簡直是與虎謀皮，校內即被退回。第二年，我們改申請〈臺灣文化及語言文學研究所，目的是為未來擴大成為臺灣研究學院，客觀因素，幸運的經教育部通過，二○○三年招新生。從無到有，阮三人辛勞的的籌備，臺文所聘請全國最好的師資，但直到九月八日曹永和院士開學第一堂課的前3天，仍然沒有教室。真是篳路藍縷，以啟學林。我所長一年退休，到長榮大學，姚老師接任，他創辦在職進修教育碩士專班，造福不少臺語菁英，有機會進修，得到學位，而提升母語教育的素質。還與長榮合辦主題李喬研究的第五屆臺灣文化國際會議，並出版精緻的論文集，寫一篇體大思精的序文，李老師稱讚備至，感動萬分。姚老師本是位完美主義者。

二〇一二那年姚老師自師大退休，我也離開臺南長榮。我們每年仍舊共同繼續在推展母語教育，我是七星文化基金會董事，每年年底，辦理小學臺語演講比賽，都請姚老師幫忙擔任首席評審，到去年離職為止。

畢竟姚老師是國際級的學者，今年二〇二〇年二月又應聘到英國威爾斯大學最著名的三一聖大衛大學Lampeter校區漢學院講學，當時臺灣疫情已陷緊張，我恭喜他飛往聖地，不料四月LINE說：全英鎖國，店舖關閉。歐洲大量確診，我真擔心他們父女，我說：可以寫英倫蒙難記，六月底完成教學，平安回臺，十月要出版書，不是蒙難記，而是這一部名山巨著《臺語漢字與詞彙研究論文集》，而且邀我寫序，榮幸又慚愧。

我上國文系時，還喜歡文字、聲韻這兩門最需要老師教的課程。我曾以毛筆寫〈中國文字的變遷〉一文得到教育部徵歷史論文獎的大專組第一名，獎金之外，師大還記大功。聲韻學用董同龢《中國語音史》，初知由近而遠的漢語流變。考研究所，硬讀黃侃、林尹聲韻的著作，對聲、韻母分類尚有心得。研究所畢業學科考試，沒有監考，我聲韻的答卷，還被兩位同學抓去抄！另外由姚老師新著引一書，想起一九七三年起近十年，我在三民書局編《大辭典》，除了暗加臺灣史地名，遍找古漢語，今猶存於臺語的字詞，特別補上臺語的意義，可能有上百字、詞。但不敢明寫臺語兩字。如鼎、箸、交關、青盲、凌遲、伶利、才調、周至……。《大辭典》並不流行，不料姚老師廣集文獻工夫，居然也引用該書。虛幻的回憶，並沒有改變我逐漸離開文字聲韻之途的事實，比諸姚老師等語言大師的老友，我已是門外漢，我何敢對本書贊一辭。

本書包括漢字、詞彙、句法詞義三部分的研究論文有二十四篇，我有興趣要嘗試逐一拜讀，奈何是能力、體力、時間？

　　本書開宗明義：「文字只是語言的陳跡，有時也只是古文明的『糟粕』，……文字往往代表少數人的工具，只有語言才是全民的。」深得我心。十幾萬年來的智人，到約五千年前文字之興，絕大多數的人類時空，都沒有文字，語言學者可以輕易看透，然而大學的中國文學史、中國哲學史，不知有多少任課教授能提醒：文學、哲學的內涵，本來是超文字的，今天留下來的文本，只是軀殼，是那個時空中極少部分輾轉書寫成文字而保留下來的。文字之前，不知又經過了幾種語言的轉變。詩經國風，廣大地域的異語，是經過翻譯、改寫的。〈木蘭辭〉原是阿爾泰鮮卑語。諸子百家，多不同民族語言，而用漢字傳世。所以姚老師說出文字的底層是語言。所有的民族都有語言，無不是方言，卻大多沒有文字。但是這要探討上古沒有文字的各民族的語言，可能很困難，只有子書的詞語、句法，留些線索。

　　姚老師個性沉穩，心細持恆。博覽群書，古今不捐。他有現代語言學的深厚基礎，從上古漢語到中古韻書《切韻》、《廣韻》，以及北方雜劇興起、入聲漸消失的《中原音韻》，無不有專門的論述。下逮清代漢學、章炳麟、黃侃之古音之學，及近代漢語學者著作，亦多涉獵，這積累出他深研貫串古漢語的臺語的成就。他文思澎湃，學術論文的湧出如他家鄉濁水溪，滾滾不絕。

　　整本論文實際大半與閩南語相關，具體說，作者很早就回歸以臺語漢字為研究的主體，可以從他〈兩岸閩南語認定本字的差異〉可知。尤其他說過：

> 個人由傳統文化的教學轉入臺灣語文的教學，是個人思想世界的成長和轉化，……全球化下的臺灣應該走出自己的路。臺灣語文的研究，是紮根的工作，如果沒有真正的臺灣文化，我們還有什麼理由跟對岸爭「一邊一國」呢？
>
> （〈地平線的另一端〉《厲揭齋學思集》，頁37）

壯哉！斯言。我不禁方寸熾熱，熱淚盈眶。

　　我多強調文化，他更專精深入文化的內在生命：語言。沒有自己語言，就沒有自己文化。這是鐵律。

　　因此我敢臆測，由本書和其他姚老師的、我所知有限的著作，他的一連串千秋大業的論述體系的目標是：

一、建構〈臺語漢文字學〉。他長期追尋臺語漢字本字、本詞的方
　　法和理論。本書多篇的音轉學、詞源學……等方法學，最終主
　　要是要來追尋臺語字、詞的本字、本詞、本語法。他說：〈考
　　本字，探詞源〉，就是包括形音義的臺語漢字文字學。

二、建立臺語漢字的規範／標準。臺語沒有文字，注定死亡。全羅
　　馬字，廢漢字，如越南，我們已失去二百年前臺灣文盲時推行
　　的良機。至於是用臺羅，且不談。但長期民間臺語歌謠、詩文
　　的漢字不一，漢字總要合理的標準化，臺語漢字才能拓展、生
　　存。標準化的規範，也要如上述理論的基礎，這是姚老師偉大
　　學術使命，他已經為臺灣跨出了一大步。

　　姚老師好書、買書。我能及。但隨時收集資料，或能及。隨時手作記錄，就非我能及。他論文引用原始資料，都地毯式的收刮集結，上窮碧落下黃泉，這態度與我相同，但實際上我不如他，我一生只求絕對不抄襲、不用二手資料。論文都要有原創性，全查原典。為查一事、一人，翻開的各式各樣書，疊滿客廳，真是獺祭。我多用古籍，姚老師連眾多近人之作，也一網打盡，或許可以藉口我們研究性質有異。

　　現在我引用三十年前，他一篇經典之作〈閩南話書面語的漢字規範〉（本書頁11），來欣賞他論文的旁徵博引，又有邏輯系統的高度。此文構思周延，有我上述的這兩個目標，論文大要：

一、首先應用的歷史文獻。又細分五類：1.最早的閩南語漢字，有明嘉靖刊《荔鏡記》戲文、吳守禮的《綜合閩、臺語基本字字典》。2.《彙音妙悟》……等泉、漳、廈、潮州語的文獻。3.臺灣南管曲文、歌仔冊、流行歌。4.臺灣鄉土文學及相關字典。5.日本時代的臺語教材、辭典。

二、漢字類型：1.正字。分：正字、準正字、同源字。2.方言字。分：新造字、新義字。3.借音字。4.借義字。5.擬音字。

以上分類，是依漢語言學流變的聲韻，及漢字學者意見所作的詳細分類，並舉臺語漢字作證，是本論文所謂規範的重要依據。

三、漢字選用原則的評估。引三位海內外學者：鄭良偉、洪惟仁、許極燉的臺語漢字著作中，對選用漢字的原則和看法，一一加以評論。

這篇很宏觀的論文，能集思廣益，收集學者選用臺語漢字的看法，才能更正確的做出結論。

四、閩南話書面漢字規範原則。1.標準化不是一元化。2.語音系統化的優先考慮。3.保持漢字的優點。4.約定俗成與不造字的原則。5.虛詞須通盤規劃。

這裡也舉出許多例證。

五、結論有三：字源原則、俗字原則、借音原則。

這篇論文，已顯現出姚老師的學術企圖心，三十年前的功力，已極驚人。從歷史文獻看，最早四百多年前的泉州《荔鏡記》陳三五娘傳奇戲文及稍晚的唐山閩南音書，最後，渡海回到臺灣本土的歌仔冊、流行歌，取材回歸臺灣，而亦多以臺語為例的思考來分類。至於三位學者，乃是著名的本土臺語權威。姚老師實則全心行向臺語之路。及至一九九四年在人文中心的國際會議，進一步發表的〈閩南語書面語使用漢字類型分析〉一文，即以「兼論漢語方言文字學」為副

題，這就揭櫫了上述姚老師的兩個學術目標。本書各篇論文的內涵意義，如：歌仔冊、臺語小說、楊青矗國臺語辭典……等等臺灣味十足的題材，相當程度是可以聯接其中的任一目標。最有趣味性的〈臺語溯源〉就是依規範在選用本字、本詞。

　　語言起於人類原始社會，很晚才有國家、政治力的形成，所謂的雅言、官話、國語、標準普通話……在所屬時代都是上層的語言，閩南語的底層，姚老師有追到古越語，二〇〇〇年前長江下游以南，約至紅河，是百越各族住地，屬壯侗（傣）語系（Tai kadai台-卡岱），被漢語族征服同化後，成為今吳、閩、粵語等等已消失的底層，我感興趣的是姚老師轉引臺語〈骹〉一字，有南島語源（見頁481），我問印尼小姐，果然是kaki，但好像是孤證。現在臺灣人DNA基因檢測，絕大多數是古越人台卡岱與南島民族的混血，當然骹音不是始自臺灣，中國是南島語系的發祥地？古百越人如何與南島民族在中國交會？現臺語是先人古越語被清洗後的新語言，如今又面臨中國北方官話的清洗。我以為臺灣對語言樹枝的分類，要國際化。中國是把領土內的語族、語支、獨立的語言，都叫方言。

　　臺語母語學校教學已行之多年，臺語主要以漢字教材，漢字寫法不一，教育部遂在二〇〇一年成立《臺灣閩南語常用詞辭典》編輯委員會，請姚老師擔任總編輯，正得其人。經過四年，試用、修正。二〇〇八年正式公告，共一萬五千詞條，使學校教臺語教科書、媒體臺語工作者，有可依循的臺語漢字標準字，姚老師實現了半生的理想，為臺灣本土語言教育立下新的里程碑。姚老師二〇一五年獲教育部〈推動本土語言貢獻獎〉，實至名歸。

　　我二〇一七年聖誕節胰癌手術，真不知餘命幾何？能度過八十？承蒙姚老師與李筱峯教授等諸好友主編一本我生命終極關懷的《臺灣文化之進路文集》並收〈莊萬壽及其文化學術教育〉，全部近百篇文章。

　　姚老師有一篇編輯過程的長序，又寫〈臺灣主體性的啟蒙師〉一文，真不敢當，細數了我們共處的美麗歲月，感人肺腑。確實，姚老師是我一生在學界共同推動臺灣文化教育的最久最好的益友、伙伴。他是我的兄弟，阿母過身、囝仔結婚，都請我講話。我且能分享他學術的成就以及對臺語的貢獻。

　　今喜逢本臺語論文集出版，是姚老師建構臺語漢文字學的歷史著作，我老病之軀，竭盡餘力，祝賀之外，也重溫我們昔日的快樂歲月。

莊萬壽

二〇二〇年十月二十六日做腸鏡之前夜於臺北杭宅

序《臺語漢字與詞彙研究論文集》

　　去年暑假，榮松拿著一疊厚厚的排版二校的書稿，希望我為這本論文集寫序，還說這些文章最能了解其寫作目的者莫過於曹老師，本想多問幾句，頓時我若有所悟，君子成人之美，於情於理好像沒有拒絕的理由，只好把稿子留下來，我想眼下未必能抽時間看一本論文，希望過一段時間再來處理。約莫三個月後，榮松來電問我序寫成了嗎，我據實以告，實在太忙，還騰不出時段來，也許出版在即，他倒善解人意，不再勉強等待下去，就來取回稿件，繫鈴解鈴，以我們多年共事於國語推行委員會，並無罣礙。

　　今年上半年受新冠肺炎疫情影響，許多學術活動不得不暫停或延期，臺灣作為世界防疫的模範生，幸好許多定期召開的年會活動夏秋以來陸續展開，未受新一波疫情影響，於是十一月十六日我們都出席了清華大學南大路校區舉辦的第十三屆臺灣語言及其教學國際學術研討會。午餐時間召開會員大會，江敏華會長宣布本屆理監事新當選名單時，榮松再次遞給我出版中的本書封面文案與目次，也給了自己的長序，再次請求說：「目前三校已完成，只差您的序。」並說全文電子檔已電郵寄出，從他殷切的表情，我說不出NO，卻使我想起臺灣語文學會明年已屆三十週年，三十年來我們共事的點點滴滴。

　　一九九一年八月十七日我們一起在臺師大成立臺灣語文學會，本人被推為創會會長，洪惟仁自願擔任秘書長，為迅速推展會務，又推舉姚榮松為副會長，這就是我們在推動臺語文學術活動上首次的共事。到二〇〇〇年政黨輪替，國語推行委員會改組，我們都任委員，

我又兼主委，這之後，我們有較長時間在委員會擔負較多相關事項的推展。值得一提的是由我規畫的「國家語文資料庫建構計畫」自二〇〇一年七月一日起預定三年完成，其下有四個子計畫都是當前國家語文的當務之急，其中「臺灣閩南語常用詞辭典」的總編輯任務就落在榮松身上，這是從無到有的創舉，榮松甘之如飴，那時他已任教育部九年一貫課綱國小閩南語組召集人，又與莊萬壽、許俊雅等共同籌劃臺師大臺文所的成立，相信是一根蠟燭兩頭燒，與我的情況差不多，幸好詞典編纂採委員會制，由我主持，三年六個月（展延半年）共召開編輯委員會十九次，含副總編輯不到十人的編纂小組，完全由榮松負責。這段共事一直延展到二〇〇五年以後的二年成果維護，又延續到下個月預定召開的（2020）成果維護第三十一次委員會。

　　打開這部論文集的目次，映入眼簾的第一部分：閩南語漢字研究篇，似乎跟上一段詞典編輯經驗有一定的關聯，所以才感覺有些面熟，尤其成篇於一九九四年的〈閩南語書面語使用漢字類型分析──兼論漢語方言文字學〉一文，即是從全漢字的書寫觀點，推敲不同時空的人用字的差異，思以資料庫的方式，建立用字類型的分析，並以表列方式呈現同一字詞的八種異用字類型，不再拘執本字觀念，一旦這個容納四百年來閩南語書寫系統大語料庫完成，它會成為動態古今字庫，其裨益詞典編輯是無限的，但其工程浩大，幾乎不可能一蹴而幾，只能作為漢語方言漢字學的一項創獲。重點還在於這八個類型，是否窮盡而有效，就要看實踐的結果。因此，民國八十六年教育部首屆獎勵漢語方言研究著作獎，本篇也獲頒閩南語語彙辭書或書寫問題類佳作獎。

　　通觀本書所收二十四篇論述，以刊載於學報之論文為主體，漢字研究篇以考訂、認定、選定本字佔最多，但其核心論文則離不開〈閩南話書面語的漢字規範〉一文的宗旨。本篇可見其初期的用字類型的

分析與主要三家漢字選用原則的評估，並總結出自己心目中的五個規範上位原則：一曰標準化不是一元化；二曰音字系統化的優先考慮；三曰保持漢字的優點；四曰約定俗成與不造字的原則；五曰虛詞必須通盤規劃，不受各種原則拘束。也在不造字原則的前提下，確立了三項選字基本原則：字源原則、俗字原則和借音原則。這事實已具備編輯當前閩南語常用詞典的條件，後來的編輯方向似乎也跟著這些概念前進。其他各篇也旁徵博引，比較諸家用字差異，分析其得失，從較早的《臺灣語典》到一九九二最新的楊青矗《國臺雙語辭典》考字與造字皆有定評。這也是詞典編纂者的必要作業，可惜需要評估的詞典太多，期待有一部全面的臺語詞典概說出現。

本書的第二部分閩南語詞彙研究篇，則面對三種文本：一為國語文本（以當代年度小說選及報刊用語為主）、二為歌仔冊文本、三為古漢語中的閩南語詞彙層次。共七篇論文，前兩類文本的解讀，屬於教學取向，亦有理論創獲，如討論方言詞如何進入國語辭典，又如為臺灣閩南語歌仔冊押韻提出三種韻例，皆能一新耳目。第三類則涉及大量古今漢語語料庫，也牽涉方言詞彙體系的比較，同源或移借，屬於歷史比較法的範疇，〈閩客共有詞彙中的同源問題〉一文可為代表，作者舉了四組可能的閩客同源詞進行詞彙分布方言點的統計，依比例原則，推斷何者同源，何者移借，這又取決於方言調查點的代表性與可信度，不同量的文本數可以有不同的推論。不過本篇取瀾、治、搡、沃四例的詞源具有漸層意味，由音字合一（瀾）到分化（治：劖），由旁轉而對轉（sung/song 搡→sang 搂→sak 揀），到異源異字（沃v.s.淋）。其中又涉及客贛同源、客粵移借諸層次，因此結論似不宜下得太早。另一篇〈從詞彙體系看臺灣閩南語的語言層次〉是個大題小作的論文，從結論看作者本有八個詞彙斷代的子題，計畫才完成八分之三，本文僅舉出三十個文獻確鑿的上古到唐宋的基本詞

彙，作為固有詞彙層的代表。尚未明確區隔所謂秦漢、南朝與唐宋的層次，因為文獻取樣並無法證明詞彙出現的年代上限。至於底層的研究，古漢越語存在壯侗苗瑤等少數民族的層次重建，目前尚缺乏成系統研究，而臺灣南島語與閩客語三百年的互動，目前也尚無清楚的脈絡，本文之難度可想而知。

本書引人注意的是全文最後一篇，屬於閩南語詞彙發展的課題，閩南語的插秧叫佈塍，與文獻慣用的播田並非一脈相承，其中涉及上古歌、元對轉（番從釆聲）；布從父聲（上古魚部）音變之大界，又有播種到插秧之語意創新，播與布的字源與詞源分流與詞義的交叉發展，通過新詞的創造，才出現「布塍」一詞，其中來龍去脈，本文有十分精湛的剖析。

漢語與漢字的源遠流長，經過長期語言分化，文字改異，六國以前本無規範，秦篆統一字體，並非有規範的古漢語，雅言也許通行全國，但漢字與漢語更貼近一種組裝的配套，從一部漢語史看來，用漢字記錄語言，文字的記音功能凌駕了表意功能，但從六書學角度看各種文字功能，又可以納入改裝又擴編的文字學框架，故本書所建構的方言文字學，與傳統文字學已大異其趣。作者是傳統文字學科班出身，又研治當代語言學，以其豐碩的古漢語素養，駕馭一部漢語史，游刃有餘，故其論文集隱約透露出「新文字學」的藍圖，即從漢字本位來駕馭當代閩南語的書面語，但是大環境充斥排漢、去漢的情結，創作者一旦疏離漢字，動輒夾用羅馬字書寫以為新潮，走上更不規範的道路，一觸及構詞法，轉為支吾無根之學，這是語言傳承的大忌。倘若本書對一些完全沒有漢語文字學根底的臺語愛好者，作為文字學啟蒙的階梯，逐步體會漢字的功能體系，進而發現漢字的適應性，那麼這本論文集又可成為廣大群眾與《臺灣閩南語常用詞詞典》之間的橋梁，使民眾了然於官方的漢字規範背後的文字學理據，相信對漢字

書面語的推廣，也會有很大的裨益。是為序。

二〇二〇年十一月二十五日於新北市新店

序榮松兄新輯《臺語漢字與詞彙研究論文集》

——兼談李榮和姚榮松的類比及其他

> 學術的海洋裡
>
> 當暖流從東岸流淌
>
> 微波起伏而閃幌
>
> 聰慧優美的海豚
>
> 躍出浩渺的太平洋
>
> 島嶼沐浴著晨光
>
> （忠司草吟）

讀其書，應知人論世，本文先從人的因緣說起。

接到榮松兄邀我寫序這個家庭作業，我欣然受命，藏於心中多日，不知為什麼，本應直接依題抒文，卻時時聯想起亦師亦友的李榮先生。

榮松兄和李榮先生是兩個世界的人，我卻在此刻把他們聯繫起來，只因為兩人都可歸入漢語方言的嚴謹工作者嗎？

榮松兄生在自由臺灣，李榮先生身處共產思想（推行所謂「民主集中」制）的中國。

榮松兄生逢臺灣的戰後歲月，在共產世界的邊緣，努力建設自己的烏托邦；而李榮先生於遭逢國民黨敗退後的缺角秋海棠，在自由太

平洋的另一邊，奉命教導著中西語言學。

　　榮松兄在相對缺乏現代語言學理念的臺灣師範大學國文系及其中學教師圈中，特樹語言學和詞彙學的大旗，引領著國文學派的改革方向，並與同仁創立「臺灣文化及語言文學研究所」（今臺灣語文學系），廣開臺閩語研究課程，成為「師大名師」；而李榮先生在中國接續中央研究院史語所的方言調查工作，堅守漢語方言立基和研究的路線，訓練一批急就章下有效率的方言調查人員，成為「方言黃埔軍校的主帥」。

　　然而，除此之外，榮松兄和李榮先生最相近的是，他們倆，都有一張逼仄、侷促的書桌。

　　我曾在一九八九年以後的數年間，幾次和李榮先生晤談，因為李先生地位高，所以我沒有向旁人道及和他交往的事。記得首次和李榮見面，是一九八九年在汕頭大學依傍著湖水的專家樓，那是兩岸第一次在閩方言國際學術研討會中見面。由於都是第一次，從行李的「文物」出事（其實只是印妥的幾十份會議論文）被檢查、刁難，到「麵包車」、跳抖的柏油路、緊張小心眼的居民、額外的臺胞待遇等等印象中，最舒坦的是，我在會議幾天的晚上，幾度拜訪會議中層級最高的李榮先生（當時，中國人不會主動來拜訪國民黨統治下的人），因為相處非常投機、舒坦、知性。我的會議論文正是閩南語語音的關鍵課題，同時早就拜讀過李先生所撰《語音常識》（有多種書名）以及若干論著。和他談論、爭論語音學，承蒙他多所肯定和指導，讓我對自己的語音分析能力增強信心。我向他建議[ɨ] [ɘ]（展唇高與半高央元音）應該在漢語方言和歷史語言學中予以獨立和重視（這是在傳授屏生之前的一段歷史），因為關係到漢語語音史的新思維。李先生雖然把[ə]（中央元音）的語音領域擴充到極大（包含許多音和[ɘ]），卻對於我的建議甚為贊成，引我為知己，因此告訴我不少大陸語言學界

的艱辛祕聞，還幾度欲淚。其中包含他受到的歧視，甚至遭到學生侵吞其應得的津貼等等。而令我印象最深刻的是，他綜理中國全國方言調查工作和平日的學術研究、都在一張小學生學校課桌椅同等大小（約0.4m²）的小桌小椅子上來完成。那是他卑微的待遇，令我鼻酸噙淚。不過，有一次我大老遠的彎道去北京時，拜訪他在語言所的工作，他卻在一間可以坐上一兩百人的豪華大廳接見我，幾十公尺見方的褚紅地毯，四周玻璃窗，光線略為不足的照射著紅沙發椅，折射出繡金的紋路，偌大的空間，迴盪著我們兩人單獨兩小時私有語言心得的回音。──他不肯讓我看他的研究「小書桌」，不知道是不是因為有所忌諱。

榮松兄就不同了，不，是奇怪的類同。

榮松兄早我幾個月出世，算是多我一歲，他和洪惟仁兄，都是我學術界最親近的兄長，我無胞兄，一直拿他倆當作我的兄長，當年過七十的時候，開始有人戲稱我們三人，像是商業廣告中的臺灣語語言學的「三身老公仔標」（sann¹⁻⁷ sian¹⁻⁷ lau⁷⁻³ kong¹⁻⁷ a²⁻¹ phiau¹），其實我是附驥尾，他們倆才是大師。

我對榮松兄的熟稔和欣賞，那是五十多年來的事。1968-1970年我和榮松兄分別就讀政治大學中國文學研究所和臺灣師範大學國文研究所，先是碩士班，後來是博士班。雖然分讀兩所，卻有共同的老師，像高仲華（明）老師、林景伊（尹）老師、陳立夫老師、陳新雄老師（也是我的師兄）等等，也共同鑽研於董同龢先生的《語言學大綱》、《中國語音史》、《漢語音韻學》。我們各屬黃季剛（侃）的不同支系，卻有相當類似的學術訓練等，加上我們也都參酌現代語言學，不拘守傳統。所以，我總覺得能夠互相瞭解。

榮松兄在陳新雄老師的呵護下，經等韻學（有關於《切韻指掌圖》的全面研究）顯其頭角，又在詞源學（有《文始》等的湛深研

究）確定其學術陣地，同時陸續對於中國傳統語言文字、現代漢語／國語、漢語上古音、漢語方言學、臺灣閩南語／臺語、方言漢字……等深入探討，在在都有精闢難移的研究成果。凡所觸及，都有精解，凡所論定，都難爭論。榮松兄的學術功力之深厚和成就之非凡，令人望塵莫及，加上臺灣師範大學在臺灣各級教師和學者的影響力，使他在漢語傳統學術、訓詁學、聲韻學、臺灣閩南語學都很有聲望，歷任諸多學會的會長，頗有建樹。他的學術成就，猶如亞洲東岸的洋流裡，優雅的海豚，時時躍出洋面，流線的身軀，飛馳過耀眼晨曦。這款身姿，連李榮先生也會自嘆弗如。

不過，榮松兄除了學術成就、功在全民，可媲美並比肩李榮先生以外，他的書桌也和李榮先生有得相比。

當榮松兄在臺灣首善的臺北精華區，除了羅斯福路的「好」宅以外，在相距極近的師大路旁，再添購另一棟大樓的頂樓為「書房」（其實是雙層書樓——萬書樓）時，我曾獲邀前往參觀。那是大約十幾年前的事，當時整個樓層的各房間已經滿滿陳列各種語言文學類圖書資料（包括八〇年代自美國兩次運回來的語言學經典），而且已經滿溢上他的大書桌，令人嘆為觀止。如今，又已逾十年，他閱讀過、蒐集來的圖書，早已更加膨脹。最近幾年，他常說圖書堆疊成牆、成山，幾乎淹沒了所有的通道。如果要走向書桌，需要「爬山」。於是，我的心象裡，他的大書桌，已經由過去的「滿溢上桌」發展到「包圍佔據」而只剩下一方小空位可以寫字、著述。我不敢問他，是不是最後連這一方寸之書寫領域也會淪陷、以致需要爬到「書山」山頂去讀書、著述？——這款情境，李榮先生是否也感同深受？

榮松兄的書樓、書海、書山，足以見到他的學識深廣，經驗豐碩。他的興趣在此，他的喜好在此，他的生活在此，他的歷史在此，他的生命在此，他的一切的一切在此，這就是他。而我如果有想要看

的偏僻難尋的書，就找他。找他就對了，幾乎都借得到。不過，都要
勞動他「爬山」「挖寶」，於心真不忍。

　　榮松兄愛他的書，同時更可貴的是，他樂於分享。每逢前往學術
殿堂，例如碩博士學位考試，如果碰到我也忝列其中時，時常碰到他
會遲到的情形，最有怨言（諍言？）的是惟仁兄，老要拿來說說。有
時由於我的同情，有時也會順便把我和榮松兄列為「遲到同志」。而
我，附驥尾而已。

　　我是同情並且寬容榮松兄的無法準時到場。因為，想想看：在書
樓、書城、書海、書山的圖書叢林中，從被包圍的方尺讀寫之地、起
立、覓道、爬山、下山、跨溝、尋找相關資料、書籍、論文、報告等
等，再覓道、爬山、下山、跨溝、尋找書包，裝載完畢，最後再轉
身、覓道、爬山、下山、覓道、開門，然後出發，這要花多少時間？
而榮松他為甚麼要如此費時費事？還不是想把相關資料推介給應考的
準碩士、準博士！那是他的「老婆心切」，愛學生，護學術。因此，
對於榮松兄，我就是如此寬容，絕不苛責。

　　問題在那書桌，當大書桌成為方尺之所，榮松兄的許多重份量的
學術大著，就是在那方尺之所完成的。那是怎麼辦到的？哪管他！就
是要辦得到。而這時，榮松兄的書桌，和李榮先生的書桌就極其相似
了，——書桌小，學術成就大，影響更大，徒子徒孫滿天下。這時，
我知道了，在這些時日裡，他們倆何以會經常聯翩飛舞在我心象裡啦。

　　榮松兄和李榮都是時代的產物，世運如斯、際遇如斯，翻眼問
天，天亦奈何？

　　時代的人物如此，有味的人生，終將轉為有味的著作。讀李榮的
語音學、聲韻學論著，以及兩本重要的論文集，再從他學生張振興先
生多次的學術演講中的推崇稱述，可以看到李榮的學術影響絕非一
時，必將長久。而榮松兄呢，更是如此，臺灣師範大學能集全國優秀

人才來從事中學的語文工作，榮松兄在師大學生中又進一步吸納英才中的英才，加上其他大學的畢業生奔赴師大進修，於是榮松兄他可以「集精英而教育之」，於是，凡漢語學界的「出爐麵包」的金鑽品級，多出於他的門下。這是李榮先生比不上的。

榮松兄人品如此超凡，其著作更是擲地有聲。最近出版的《臺語漢字與詞彙研究論文集》，一貫的呈現他的風格和品味。為弟的我，本來應該充當這本論文集的導遊，不過，榮松自序已經自己領遊，我就不再贅疣。僅略誌所感之一二。

榮松兄這本論文集，共收入二十四篇論文，臺語漢字研究十五篇、臺語詞彙研究七篇、句法詞義各一篇。他做為臺語語言學家之一，這些字詞的考察，自非一般民間學者所能望其項背。我認為同為臺語語言學研究工作者可以從這些課題獲得啟發（我個人也因這些激發了不少往前探索的路線），更重要的是，希望臺語界（尤其是民間學者）的口水噴飛，也可以因這些客觀性的學術研究，使飛沫落地，空氣清淨。

不過，我想稍稍提醒臺語研究者注意到「臺灣—閩南語」的發展史，由於有閩越語的底層和多次來自其他漢語方言、非漢語語言的底層和接觸影響，像苗瑤畬語、壯侗語、南島語、印歐語（尤其是西班牙語、荷蘭語、英語）、日本語等等語言和臺灣語的關係，因此都應該在臺灣語的歷史研究、語音研究、詞彙研究、語義研究、語法研究、語用研究、文化語言研究、語文教學研究和辭典學研究中，加以重視，不可專擅「直系血親」式的思維模式，應特別重視「時-地-人文」三合一的調和史觀，希望我臺灣語言學者不要偏食。你看，榮松兄的論著中，已經注意到語言的接觸影響了。

末了，我想說：榮松兄的聰慧與勤奮，是我素所欽服的，在《臺語漢字與詞彙研究論文集》這本論文集中，我們可以看到他的治學嚴

謹，也可以看到他除了漢語聲韻訓詁的研究之外，對於臺灣語言的熱愛和奉獻，在吾師　吳守禮先生「臺灣語—閩南語」詞彙學路線上，榮松兄也建立起他自己的農場。吳守禮先生詞彙學研究藍圖裡，有四百年來閩南語文獻中，從十六世紀以來的荔鏡記、近代歌仔冊到現代閩客文獻的「書誌」與解題，有從版本、校讎、整理、詞彙摘錄、語法誌要、音釋到辭典編輯，這樣的石階，從古到今，從內而外，規劃建立起「臺灣語—閩南語的詞彙系統」。而榮松兄，經由漢語《文始》（章太炎撰）到《臺灣語典》（連橫撰），再從歌仔冊和現代閩南語語料，精選語詞，精心探究，建構起「榮松臺語詞彙學」。榮松臺語詞彙學的研究方法和成果就在其中，而同時，他和吳守禮先生一樣，把「臺灣語」提昇到與「中國語」並列的的地位，不以中國的「國文」為最高，不以古漢語字詞為第一。這樣的論文集，足可用來教育廣大的國民中學、高級中學以及大學國文教授裡、出身於師大和相關教育體制下的「國文老師」，叫他們認清「臺灣語文」就是「國語文」的事實，——因為臺灣本土語言就是「國家語文」，因為我們尊敬的姚榮松教授就是這樣的觀點和做法。國文老師們　！　應該醒醒了！

　　有感於此，口占一詩，做為本文收尾。

〈贈榮松兄　並賀其《臺語漢字與詞彙研究論文集》大作出刊〉

　　　　何事褰衣由小徑
　　　　豈忘君子識窮通
　　　　或言通語斯為正
　　　　有道方言可互容
　　　　野味鮮蔬勝滿漢
　　　　千岡萬谷盡芝松

九天霞彩沾襟袖

山客雲遊本自雄

臺南

二〇二〇年十一月十一日謹序於北軒窗下

推薦序

　　這部論文集，匯集閩南語漢字、詞彙、句法研究的二十餘篇論文，是姚教授的閩南語研究結晶。本書視野開闊，以宏觀角度對閩南語的語文現象提出看法，不論是閩南語的研究者或愛好者，都可以從中獲致啟發，學習到難得的知識。

　　閩南語「音字脫節」的問題，引發各種不同的用字主張。或以為應該採用於古有據的本字，或以為應該另創方言字。即便採借字寫法，也有借音、借義的不同意見。見仁見智，莫衷一是。本書第一部分「閩南語漢字研究篇」，根據漢語方言和漢字的本質，區別閩南語白話和文讀的不同層次，深入淺出，說明各種用字法之異，以評估漢字選用的原則。本書認為，要落實方言文字化，就應善加利用已有四百年歷史的閩南話書面文獻；不僅要重視用字的通行性，也要兼顧歷史詞源的基礎，主張應該看重形音義合一的原則。在這樣的眼光與態度之下，因此能提出具有包容性的意見，看法通透而全面。

　　本書第二部分「閩南語詞彙研究篇」，專以閩南語詞彙為對象，論題多元：其一探討方言詞彙的語言風格和文化意涵；其二研究閩、粵、客方言詞彙的同源及移借問題；其三分析歌仔冊的用字、押韻及詞彙解讀。此外，〈從詞彙體系看臺灣閩南語的語言層次〉一文，提出可用多種角度離析閩南語的詞彙層次，結論是「固有詞彙層」可劃分出秦漢層、古江東層、唐宋層。〈閩方言特徵詞層次試探〉一文，則主張特徵詞分級應該要能彰顯歷時的層次。這兩篇文章，提出應該對詞彙作歷史層次的分析，見解新穎，極富啟發性。

　　本書第三部分「閩南語句法詞義篇」共收兩篇論文。首篇比較國語和閩南語「有」的用法，詳舉各種句式以為實證，說明閩南語「有」字句與國語的差異。次篇從「播」與「布」的詞源發端，論其音義發展，指出「播田」（插秧）一義的閩南語本字應為「布朘」。本文詳述「播」、「布」義近而平行交叉，導致誤以「播」為本字。這項考察，從根本處釐清問題，因此極具說服力。

　　因重點之異，本書編輯為三個部分，而對閩南語漢字寫法的研究，則在不同的篇章中處處存在，貫串了本書的三個部分。這可說是作者最為看重的問題，也最為閩南語研究者和愛好者所關心。作者對閩南語漢字問題的研究，常於不疑處有疑，為我們揭示這類研究的一些誤區。研讀本書，可以從中獲得指引，建立正確的觀念和研究態度。

　　姚教授囑我為論文集寫序，深感榮幸。謹以識小所得，敬陳如上。讀者細加研讀，定可發現本書更多的價值，受益無窮。

楊秀芳

臺灣大學中文系退休教授

二〇二〇年十月二十一日於新北市汐止

自序

　　這本論文集收錄了個人有關臺灣閩南語漢字研究與詞彙解讀，及相關領域的論文等，共二十四篇。全部論文分三類：漢字研究篇十五題；詞彙研究篇七題暨句法、詞義篇二題。本來只是個人任教臺灣師大近四十年的部分教學研究成果，卑之無甚高論，棄之戛瓮，廚餘尚有微溫。因董理七十論述目錄，引發分類輯錄、回顧舊作動機，自念平生專著量產，教研餘暇，多忙於會議論文，難成體系，倘能集腋成裘，綴合前後，未密轉精，或可彰顯述作初衷，或有助於讀者旁敲側擊，取資借鏡於萬一。

　　論文撰寫都是有目的的，最常見的觸媒是出席學術會議，或參加工作坊，其次是教學心得的發表。學術動機應該高於一切，最初並無集結成書之意圖，但日積月累，相關論文或聲氣相通，或可相互闡發，某些理據，因相繼推衍而自成體系，亦能體現為一家之說；有些則董理前賢著作，條分縷析，或指瑕攻錯，亦有功於學術之定位。或在前人之基礎上，提出新的觀點，嘗試新的突破，皆有功於學術史之一小步。

　　以下就結合研究目的與寫作背景之回溯，逐篇述其章旨大要，庶有助於讀者的閱讀。

第一部分「閩南語漢字研究篇」

　　實際上只有八篇學術論文。外加〈方言與考古〉與〈臺語溯源

一〉至〈臺語溯源五〉，是從一九八六年九月迄一九八七年二月，陸續在《國文天地》月刊連載的系列文章，探討臺語本字的考證文字，以通俗的方式呈現，讓讀者理解臺語的本字是深藏於古語言中的化石，所以必須藉助文獻及古語的探討，才能通過古音與古字重現本字的來龍去脈。首篇〈方言與考古〉就是一個領航，告訴讀者漢字與古今漢語的關係，文字、聲韻、訓詁如何幫助我們確定某個字的形、音、義，正符合閩南語的演變條件，從而確立本字。這篇文章的主旨即我所摘錄作封面文案的一段話。盡信書不如無書，考古也會窮盡，所以讀者可以相信，百分之五的閩南語是找不到本字的。至於本字的定義，讀者會在各篇論文中，一再重逢這個議題。

〈臺語溯源〉五題，分別討論了1.芭樂；2.龍眼；3.檨仔；4.迌迌；5.相噯；6.翕相〔像〕；7.擤著、捧碗；8.飼囝、搖囝仔歌；9.好額、散赤；10.讀冊、捌字的漢字理據。另一篇〈臺灣閩南語的正字與俗字〉，從正、俗的新概念，說明在大漢字庫裡的閩南語小字庫，可以按正、俗來區別用字的兩大類型。俗字更接近臺語的自源字，其功能與價值並不遜於正字。以上七篇均見於《國文天地》月刊，因此不屬於論文。收在這裡是以實務作為求本字理論的驗證。

其餘八篇主要論文，有六篇與漢字規範有關，另外兩篇通論漢字屬性的，都是從方言漢字使用角度出發，亦合乎臺語用字的主題。

下面分述六篇核心論文：

第一篇〈閩南語書面語的漢字規範〉，發表於一九九○年六月，應邀出席民進黨主政七縣市「本土語言教育問題」第一次學術研討會。由宜蘭縣長游錫堃召集，由主編該縣閩南語鄉土教材的黃春明主持會議。出席者皆為研究本土語言的知名學者，如洪惟仁、董忠司、鍾榮富、林繼雄及本人等。文中回顧書面語的歷史與文獻，並作漢字類型分析、漢字選用原則的評估，集中討論鄭良偉、洪惟仁、許極燉

等三家之主張。個人也提出自成一套的五原則理論，似乎作了深度檢討後集大成式的總結。

第二篇〈**兩岸閩南話詞典對方言本字認定的差異**〉（1993），則試就兩岸現有代表詞典進行選字取樣比較，以廈門大學《普通話閩南方言詞典》（以下簡稱《普閩》，1982）與臺灣蔡培火、陳修、楊青矗三家為代表。以四十六個詞例進行對照，加列「其他」一欄，零星列舉臺日（小川尚義）、連橫、吳守禮、楊秀芳等人的用字對照，結論為《普閩》用字最嚴謹，訓讀也最少。臺灣三家中，蔡培火近《臺日》，訓讀最多，陳修折衷，借音借形並重，自創一格，可視為俗字派。楊青矗則為造字派之代表，也吸收部分《普閩》的用字。本文同時也回顧了傳統十五音韻書對於口語詞以文代白的土解格式，說明求本字的傳統早在一八〇〇年代已建立。

第三篇〈**論音轉學在閩南語本字考訂上的應用及其限度**〉。本文初稿於一九九三年三月完成，為出席首屆臺灣語言國際學術研討會論文，由臺師大國文系與臺灣語文學會共同主辦，並收入一九九五年會議論文集。拙著《古代漢語詞源研究論衡》（臺灣學生書局，1991）甫出版二年，首次將詞源學上的音轉學放在方言本字上的考訂上。其實可藉機討論章太炎《新方言》之成績，但因章氏論及閩語不多，故本篇自揚雄《方言》中的轉語開始，集中討論「蜀」字在《新方言》及連氏《語典》的關聯。本文可結合第五篇〈字源與流俗詞源的迷思〉來看，該篇集中討論了《臺灣語典》在考訂本字上的得失。本文集中討論閩南語本字考訂的音韻論證及其例外，凡有八組字例，大量吸收李如龍、陳澤平等考字的成果，所謂例外正凸顯閩南語白讀層次，早於《切韻》，若能跳脫《廣韻》、《集韻》的限制，從上古音的角度來考訂問題字，或可「齊一變至於魯」，諸多有音無字者可以在廣義的上古同源詞中，找到蛛絲馬跡。假以當代古音構擬之新知或者從當代

方言之間的「陽入對轉」現象，找到新的突破。從方法論上，本文是初試啼聲，創獲上有限，整理之功多。

第四篇〈閩南語書面語使用漢字類型分析——兼論漢語方言文字學〉。初稿係一九九四年十二月出席「第一屆臺灣本土文化學術研討會」（臺灣師大人文中心主辦）之論文。本文參考鄭良偉、張裕宏的合作計畫完成常用字表的建議用字後的獨立思考。鄭、張建議的臺文表述不限於漢字，部分有音無字者兼採教會羅馬字，拙作則從全漢字出發，以接續四百年來閩南語的漢字書面語傳統，全方位考慮傳統戲曲、民間歌謠、歌仔冊及當代文學創作之資源，思以語料庫的方式，建立漢字的類型分析，不再拘執本字觀念，粗分為「漢語字源字」與「閩南語本土字」兩大類，前者檢驗「本字」的三種類型，後者從文字屬性的表義與表音，分出本土字的標義類型與表音類型，再從六書的角度，提出「標義字」分訓讀與新表義兩類，而「標音字」亦有新形聲字與當代流行的新借字（有閩音及國音兩類）。合計八個類型，從本字到同源字，從會意形聲的新詮中，將「新造字」與「古字新用」都納入類型，做為評估對象，這樣就可以把古今用字列於一表，同一詞可依八個類型羅列異用字，然後進行選字。看似主觀，卻可通過全字表的統計，展開新文字學的詮釋，這就是本人所獨創的「方言文字學」。

本篇論文收入一九九五年會議論文集，並於一九九七年五月獲頒教育部八十六年度獎勵漢語方言研究著作獎，列為閩南語語彙辭書或書寫問題研究類的佳作獎。

第五篇〈字源與流俗詞源的迷思——從《臺灣語典》看臺語漢字的規範道路〉。係一九九七年五月四日出席政治大學「第二屆中國近代文化解構與重建學術研討會」之論文，會議主題為連雅堂先生學術文化，本文全方位檢討連氏《臺灣語典》在臺語漢字規範過程中的腳

色，有所謂迷思，是連氏對章氏「新方言」的考字方法，礙於舊小學根柢不足，頗多效顰之作。蓋不知歷史比較法之同源詞，則易落入想當然耳之流俗詞源。本文改以正字與俗字，來對待《語典》卷一的本字與流俗用字，並且集中討論卷一第五至四十條的虛詞用字的比較，也提供不同用字的對照。真正大迷思還是在於有些諧音的引喻失義，如覺羅與胡亞、箍落、襯采之說，失諸毫釐，差之千里。本文指出的兩條規範道路，一為找出確定的正字與俗字，二為由語言學者編纂一本《現代臺語字源詞典》，這兩條路在教育部的臺灣閩南語常用詞詞典中，落實了一部份，完全的「字源詞典」，則仍是可以努力的方向。本文仍肯定《臺灣語典》是臺語漢字規範的一個里程碑，其精神意義有如一盞明燈。

第六篇〈臺語造字█一個個案分析 ── 楊青矗《國臺雙語辭典》〉，此文發表於一九九五年第二屆臺灣語言國際研討會上，由臺大語言學研究所主辦。楊青矗是七〇年代鄉土文學名家，以工人小說名世，長期投入臺語文學運動，編輯古典詩歌吟唱，自創注音系統，並不滿意坊間用字混亂，以倉頡自任，自造新字，並出版了《國臺雙語詞典》，共新造了一百五十二字，因此重製鉛字，耗資不菲。這本充滿創意的詞典，恐怕將是空前絕後。本文視之為個案分析，應是語言學者第一個知音。

首先針對楊所造一百五十二個新字進行類型分析，包括詞性統計及六書類型，發現新造字實詞占四分之三，又以動詞占63.15%為最大宗。而六書類型亦能掌握六書中的形聲、會意二書的樞紐地位，也了然於「形聲多兼會意」的漢字特質，因此新造字以「形聲兼會意」一類為最多（58個字），又有會意兼聲，亦五十八字，還有一類純形聲三十一字，指事兼形聲二字，以上合計一四九個字。凡占98%，其餘非聲字僅三字。本文整理楊氏解說造字用語多達十一例。如以「█」訓

所有，謂即「入於某之下，形聲會意」，蓋以「下」為聲符，又言形聲、會意兩兼。有些變例，楊氏似有失考，如原書頁三七二「捔」（siang³）下云：「手旁從向之聲與義」，手持物「向」地或人『捔』落去」，按：取國語siang³音讀本不合閩南語向（xiang³，xiɔng³）的音讀。又如「從某變體，形聲」的「揣」（cue⁷，尋找），手旁從「吹」變體為「欠口」，所謂變體就是改形，可能嫌聲符「吹」橫列太長，乃改為直列之「呇」，實令人匪夷所思。

為了全面掌握楊氏造字與坊間用字比較，本文整理了其中七十六字，剛好為其全部造字之半數，做成對照表，列其音義及坊間造字（依楊典所收）並與張振興《臺灣閩南語記略》及鄭良偉《臺語常用三百特別詞詞素表》兩欄對照，俾便讀者易於掌握，並推薦楊造字具合理性的字，如綏、柣、罜、暚、呇、勠等。同時肯定其合理性的詞素造字三原則，最後用楊氏《行出光明路》中的用字機率檢驗其造字之詞頻出現不高，歸結到其造字的必要性與合理性，並指出其造字缺乏實用性的現實。

其餘兩篇通論漢字屬性：〈從方言字的運用看漢字的時空限制〉與〈從方言漢字的使用論漢字的適應性〉，可由讀者自行領略，不再辭費。

第二部分「閩南語詞彙研究篇」

全部共七篇，均與詞彙有關，但依文本種類，可以分為三大類：
（一）國語文本中的閩南方言詞，共有兩篇，即：
    1 〈當代臺灣小說中的方言詞彙——兼談閩南語的書面語〉
    2 〈論臺灣閩南方言詞進入國語詞彙的過程〉
（二）歌仔冊文本中的閩南語詞彙及其用字、押韻解析，也有兩篇，即：

3 〈臺灣閩南語歌仔冊的用字分析與詞彙解讀——以〈最新落陰相褒歌〉為例〉

4 〈臺語閩南語歌仔冊鄉土題材之押韻與用字分析〉

這兩篇可視為本詞彙研究論文的核心課題，就篇幅及處理之成果，亦最為顯豁。

（三）涉及古代閩語的詞彙研究，共有三題，即：

5 〈閩客共有詞彙中的同源問題〉

6 〈從詞彙體系看臺灣閩南語的語言層次〉

7 〈閩方言特徵詞層次試探〉

若以文章的獨創性來說，本書第二部分才是個人臺閩語研究比較有特色的部分。在編纂本書時，收錄篇序做了些調整，詞彙研究篇也同時顯示個人研究臺語的軌跡。

筆者出身國文系，長期在國文系教授語言文字課程（如文字、聲韻、訓詁、國音、閩南語概論、語言學概論），聲韻學與訓詁學是核心課程，求本字是讀通古文獻的基本手段，必須具備文字學與聲韻學的基礎，正如在〈方言與考古〉一文中的宣言：「文字只是語言的陳跡，有時也只是古人精神文明的『糟粕』，雖然初期的語言考古，一定得借助文字入手……其實光靠文字是很不夠的，在某種程度上，文字往往代表少數人的工具，只有語言才是全民的。」換言之，要研究臺灣閩南語，必須掌握文本，也就是書面語。相對於口語白話的文獻紀錄，也就是前文所謂的四百年傳統，是從明代的閩南戲文《荔鏡記》揭開序幕。隨著教學需要，筆者經常出席世界華文教育學會（以下簡稱「世華會」）的學術研討會，兩岸新詞語的比較研究是筆者早期關注的華語文本，偶然聚焦鄉土文學的課題。一九八九年十一月十八日，隨著世華會的代表團出席在美國波士頓舉行全美外語（中文為主軸）教學學會年會宣讀了這篇文字：〈當代臺灣小說中的方言詞彙〉，

聚焦的文本是中文小說中的鄉土詞語應用，筆者從兩家出版社的年度小說入手，先分析一九八八年的五個文本，從小說風貌描述入手，再從（1982-1988）年兩種年度小說中，選取十三篇為代表，進行「方言詞彙」（即閩南語詞彙）的解讀。筆者從中摘取兩百個閩南詞彙，逐條釋讀，並摘句做為文本對照，用字與詞義為解讀重點。再進行兩百詞的詞彙分析，包括詞類分布、構詞法、用字問題，也提出異寫詞的規範原則，討論了「閩南語詞彙在小說中的角色與語言風格」（這部分是學報審查時，楊秀芳教授建議增補的），夏志清教授講評本文，對於語料整理的價值，繆以肯定。筆者也在論文末段針對完全閩南語的漢字書面語的實驗提出討論，礙於篇幅，非當代文學的作品就未加涉及，本文受到許多研究者的關注，是後來才知道的。

由於個人對華語文教育的投注，一九九六年臺師大成立華語文教學研究所，個人也在華文所開了一門「現代漢語詞彙學」，大約教了七年，至二〇〇三年為支援臺文所的新課才停開。發表於《華文世界》九十五期（2000年12月）的〈論臺灣閩南方言進入國語詞彙的歷程〉，也是以語料為主，談的仍是規範問題，說明為何大陸人眼中的「臺灣用語」帶閩南語成分者，要分甲、乙兩類，甲類為名正言順的國語詞，如阿兵哥、便當盒、打拼、歌仔戲、古早、黑白、絞肉、金紙、車掌、芭樂、柳丁等；乙類是報刊、文學書面語中的方言詞，如阿姆、阿嬤、伴手、草地、查某囡、歹命、代志、工寮、古意、古錐、過身、橫直、活跳跳等。有一個事實是報刊華語日漸「臺灣國語化」，文學作品及廣告文案，跑在最前面，國語辭典的認證在後。乙類在何種條件下可改隸甲類，其中形、音、義的條件即暗渡陳倉的語言歷程，是本文探討的焦點。

第二組的兩篇歌仔冊的解讀，是筆者認真處理民間文學口語文本的代表作。第三篇〈臺灣閩南語歌仔冊的用字分析與詞彙解讀──以

〈最新落陰相褒歌〉為例〉以單篇歌仔冊〈落陰相褒歌〉的一個文本為對象，進行微觀的用字及詞彙解讀，文本的依據是個人1993-1994年旅法期間得自法國高等學院（第四大學）的道教學家施博爾舟人教授所贈的陳大羅先生手鈔本附陳氏的羅馬字注音手稿。由於有臺南陳氏的音讀，所以可以完全解讀長達九頁（竹林書局本分上、中、下三冊）全文752句5264個字的褒歌，進行漢字類型的用字整理，共取一五一條特殊字例。分別標示其用字類型進行統計，得其借音字（C）共一二一條、訓用字（B）二十二條、新造字僅五條。再進一步進行各類用字的分析。結合音讀，析其一字多音現象，如「不」字有五種音讀，「甲」有四讀，「塊」有三讀，「呆」、「撻」、「共」、「到」皆有二讀。同時分析了全首歌謠中的特別詞（即道地閩南詞彙），進行了釋義，也順便討論了若干特殊句式及語法上的倒裝，及為湊韻所造的冗句，均為全面解讀文本作了提示。

第四篇〈臺灣閩南語歌仔冊鄉土題材之押韻與用字分析〉，此篇初稿原為國科會（今科技部）九十六年專題計畫：《臺灣閩南語歌仔冊題材類型之與言風格分析》（編號：96MA1024）的研究成果報告，曾在二〇〇九年七月二十三日於巴黎的第十七屆國際中國語言學會上宣讀。修訂後，仍保留前三段有關歌仔冊研究的回顧及標音語料庫的建置過程，然後再進行文本取樣（鄉土題材）的說明。針對四類文本代表：

1　〈義賊廖添丁歌〉（歷史及民間故事類）

2　〈八七水災歌〉（社會時事類）

3　〈問路相褒歌〉（褒歌類）

4　〈勸改賭博歌〉（勸世類）

進行取樣的押韻分析及用字分析，並提出了三種韻例的區分：

1　四句只用單一韻母例──基本韻例

　2　同韻異類韻母互押例──次級韻例

　3　一聯中有合韻例──罕用韻例

最後以上述四則歌仔冊的全文韻腳為例，進行統計，如〈義賊廖添丁歌〉（426聯）的三種韻例比例為基本韻例共二九七聯，占69.72%；次級韻例共一○七聯，占25.21%；罕用韻例二十二聯，僅占5%。四首比例統計之後，再進行三種韻例的解讀，是本文最重要的創獲，也是利用文本語料庫才能取得的較大數據的成果。

　　兩篇歌仔冊解讀分見於《國文學報》二十九期（2000年6月）及《臺灣學誌》創刊號（2010年4月），前後相距十年。十年間，個人由國文研究所的三門專題選修課（詞源學專題、漢語方言專題及中國語言學史）到臺文所四門的臺灣語言課程（臺灣語言通論、臺灣閩南語詞彙學、臺灣閩南語漢字專題、臺灣閩客語詞彙比較），同時承乏三年所務，舉辦教育部顧問室輔助之「歌仔冊文化研習營專案計畫」，並指導多篇研究生歌仔冊探討的論文寫作，也主持了相關專題研究計畫，前後共三年，可以說由國文系到臺文系，個人的研究皆能無縫接軌，尚有若干成果有待整理補充，及語料庫的檢測修正，有待進行更多文本分析。

　　最後談到第三組的三篇，所採語料基礎，均屬各類語言調查的成果，經由個人研讀中抽取有利數據，進行古代漢語方言詞彙關係的探索。

　　第五篇〈閩客共有詞彙中的同源問題〉，這一篇涉及比較法的細節，並未圓滿處理的文章。初稿曾於第五屆國際閩方言研討會發表（由泉州華僑大學中文系於1997年2月19-22日主辦），後來也收入暨南大學出版的會後論文集。研究動機是受羅杰瑞提出古代南方漢語，包括閩、客、粵的祖語的影響，想在詞彙上找到一些同源詞，又受李如龍提出的方言特徵（別）詞的啟發，於是利用北大的《漢語方言詞匯》

（第二版）及李如龍、張雙慶主編的《客贛方言調查報告》（1991）
等，找到四個可能同源的閩客共有詞：瀾（口水）、治（刣）／剮
（殺）、搝／揉（推）及沃（澆水）等四個詞，進行次方言詞頻的比
較，推測其源流，一方面也利用《漢語方言詞匯》的類型比較，作為
旁證，得到的結論是前兩個詞：瀾與治／剮是閩客同源，搝／揉是客
贛同源，閩語南方少數方言有陽聲sung^3（搝）及入聲的sak（揀），但
並非自源詞，可能是客贛的借詞，福州話與建甌話的捵（訓推），是
否是閩語更古的形式，尚待考定。文末也討論了客閩之間推搝／揀一
詞的移借模式，僅是虛擬，聊備一格。

　　第六篇〈從詞彙體系看臺灣閩南語的語言層次〉，本文曾在第四
屆臺灣語言及其教學國際研討會（2002年4月27-28日於高雄師大）宣
讀，初稿原為亦九十一年度國科會同題專題研究計畫的成果，主要是
從閩南語詞彙的來源進行語言斷代，從而找到不同歷史階段的固有詞
彙層，本文列舉三十個詞作為代表。這些詞應可以再細分為三層，即
秦漢層、古江東層（南朝層）及唐宋層，至於明清以後的口語層，可
利用明嘉靖刊本《荔鏡記戲文》（1566）所見的潮、泉方言語彙，本
文亦羅列這些最早見清文獻的書面語詞彙，並未進行語言構擬。最後
根據李如龍（1997）《福建方言》中的考定，列了可能是古百越語的
底層詞約二十個，主要以閩方言與壯、侗等民族的對應詞進行比較，
換言之，這三個層次的清單，只是利用三個子題：（一）從文白異讀
及一字多音看古代漢語的遺跡；（二）從文獻證據看閩南語詞彙的年
代層次；（三）從文字失黏看臺灣閩南語的底層痕跡，排比語料，僅
是初階構想，尚待深化。

　　第七篇〈閩方言特徵詞層次試探〉，初稿係參加第九屆閩方言國
際研討會（2005年10月25-27日於福建師大）之論文。論文靈感來自
李如龍（2001）〈論漢語方言特徵詞〉一文，特徵詞是通過方言區分

比較的結果，為說明方法論，先以《漢語方言詞匯》「太陽」一詞為例，提出建構個別詞彙史的可能性。二十個方言點不外乎太陽、日頭，或老爺儿／陽婆三種基本形式（廣州有「熱頭」的說法）。其次以閩方言特徵詞的分級為焦點，討論閩語特徵詞分級的依據，有五個成素，都和特徵詞的批量有關。李氏依成素組合，把閩語中心地帶的特徵詞區分為二級，個人建議則分為三級。本文希望從李氏所列的基本兩百詞（全部是單音節詞），就更有歷時考察的空間。無獨有偶，李如龍（2001）撰寫、侯精一主編《現代漢語方言概論》的「閩語詞匯特徵」一節，將特徵詞重新分成四類，並把原有兩百詞精簡為五十一字列表，與舊有兩百詞分級內容頗不一致。本文充分討論這些差異的原因，並檢討其分級標準缺乏個別詞彙史地考察，也未聯繫古漢語詞彙庫進行通語層次的分析。本文可算是對此議題的一個方法論的檢討與對話。

第三部分　閩南語句法、詞義篇

　　兩篇性質不同於前兩部分主題明顯的論文，本可割愛或做為附錄，以免與既定書名不合。但〈閩南話「有」的特殊用法〉涉及動詞「有」的用法及〈從「播田」到「佈瞤」〉對閩南語「佈瞤」（插秧）一詞的字源與詞源的探索，兼探古漢語「播」「布」的音義在歷史發展中的交叉分流，作為正字法的依據，則仍與本書的主題相關。幾經思索，將句法與詞義湊成一類，作為前兩部分的延伸，論述方法雖異，其本質不離開閩南語語言文字範疇，《莊子》所謂「樞始得其環中」。

　　從寫作時間上看，前篇發表於一九八六年，是個人1984-1985年在哈佛燕京社為訪問學人期間，對語法課題的牛刀小試。此篇作為這

一系列閩南語研究的首篇，顯示我研究臺語是從語法議題入手。我之前對語言學的興趣是在語法，主要因為七〇年代上了湯廷池老師「國語變形語法」的課程，讓我起心動念，考上教育部公費，於1977-1978年到康乃爾大學語言學系進修一年。雖然主要修習的是漢藏語，仍不忘情語法。在哈佛燕京社的這年，跟東亞語文系的楊聯陞教授與中研院的何大安教授，也常談一些漢語言文字問題。何大安在討論過程中，完成一篇〈國語「有著」的相關問題〉。為了呼應何文，我也起草了這篇〈閩南話「有」的用法及相關問題〉。一九八五年八月結束訪問返系，半年內完成這篇閩南語論文的處女作，投稿系裡的《國文學報》，竟蒙採用，在次年校慶（1986年6月）出刊。同年九月，我才開始在《國文天地》月刊發表〈方言與考古〉、〈方言溯源〉系列論文，但竟然沒有把《國文學報》這個國臺語比較系列論文延續下去，殊覺虎頭蛇尾。

而〈從「播田」到「佈𤲲」〉則發表於二〇一五年三月，此篇是用來紀念陳新雄伯元先師八十冥誕的論文。論文集由我與幾位同門主編，正好我負責的教育部臺灣閩南語常用詞典的維修委員會，有讀者反映「播田」應寫作「佈𤲲」，維護小組內部進行過二、三個月的討論。我躬逢其事，綜合研究意見，撰成此篇，以昭公信。此文成為這本書所收最晚的一篇。回顧一九八二年我博士論文通過後，先生讓出一班訓詁學課程給我，使我學有所用。這篇屬於訓詁學的論文也結合我擔任教育部詞典維修小組的實務，用來紀念先師，更深具意義。

現在想起來，第一篇也可以紀念我的語言學啟蒙老師湯廷池教授，他不幸於本年九月廿一日逝世，享壽九十歲，而這也是我第一篇語法方面的論文。以下簡述這兩篇論文的梗概。

第一篇〈閩南話「有」的特殊用法〉（1986），採取語言學界流行的語法論證模式，改用1.1-3.3的數字標示法分段。以下只把段落標目

節錄於此，論證內容就不再贅述：

1.1 趙元任先生列舉國語「有」的主要用法有六，以下逐項舉出閩南話對應的例句來說明。

1.2 上述六項用法，(1) ～ (3) 三項作為動詞，與閩南語用法沒有差別。(4) 作為「助動詞」的「有」，用法有別（例句：1-19）。

1.3 表示完成的時態助動詞「有」也表示過去完成（例句：21-26）。

1.4 我們把閩南話出現在動詞前的「有」看作「助動詞」，有六個特徵（例句：47-52）。

2.1 閩南語的「有無問句」（例句：53-66）。

2.2 賓語提前的「有無問句」也出現在閩語的處置式（例句：67-71）。

2.3 「有無問句」也用在被動式裡。「有無問句」的範圍也放在動詞補語裡。（例句：72-77）

2.4 有無問句的主語，也可以是表示動作的謂語結構（例句：78-90）。

3.1 閩語比較句中，使用「較」(khah) 或「比」的句子，都可以加「有」字表示更肯定的意味（例句：95-106）。

3.2 閩語的「有」、「無」還可以放在動詞後，作為補語，有時後面可加上表示數量的詞，表示達到的數量（例句：107-114）。

3.3 最後，我們來談一下表進行的「有在」的閩語句子中的特殊用法（例句：115-119）。

論述並非完整無缺，但一口氣列出一一九個例句作為驗證，可算順手拈來皆語料。

第二篇〈從「播田」到「佈塍」──試探「播」與「布」字義與詞義的交叉分流〉，論文首先提到漢字形體的誤區，如「骰子」唸「色子」，是語音的接枝，再引出關於「播田」音義的爭議。將爭議的兩造意見公諸於世，目的不在抑揚高下，在於讓外界知道文字的爭

議是需以學裡與調查作為實證，方能定奪。一向認為學者只會閉門造
車者，讀完此文，或有所悟。再從「播田」一詞溯源循流，先援引辭
典中點播與條播的種植模式，及南方稻作插秧的模式，經由構詞的轉
移，「佈田」成為潮汕人的新詞目。考察「播」與「布」的語音演
變，有不能跨越的鴻溝。在「字源與詞源」一節，我得到的結論是
（一）「播」與「布」字源有別、引申交會；（二）「播」與「布」的
詞源有別，各有所屬之詞群。「布」的詞根歸屬於「父字族」，而
「播」的詞根歸於「八字族」，根據的是齊沖天、齊小平編著的《漢
語音義辭典》。在詞義的分疏上，也採用宗福邦等主編的《故訓匯
纂》，同時也參考相關辭典，做了兩張「播」與「布」的古今字義發
展圖，在這兩圖中，讀者可以看到詞義交叉分流的實況，例如「播」
發展了貶義，「布」發展了序列義與布施義。而散布義是共同的交
集。這是詞彙變遷史的一個典範。

第四部分　回顧與前瞻：兼談書名、封面及標音問題

　　本書既由臺灣閩南語的漢字與詞彙研究所開展的十三篇主要論文
所組成，尚有四篇相關論文（兩篇通論漢字屬性及兩篇句法、詞彙
史）及七篇教學期刊上的短文所組成。這兩類相關論文，是否真能聲
氣相通，相互闡發，突出個人期待的兩門學科的主幹？足以支撐一門
臺語漢字學及另一門臺語詞彙學，筆者以為前者呼之欲出，因為已建
立了臺語漢字書面語的八個用字類型，可以開展成一部專書。後者則
因面對多種文本，充其量只展現漢語詞彙學面向的浮光，尚無獨立的
閩南詞彙學架構出現，似可以著眼不同時期的臺語書面語的構詞與用
字，進行比較與量化分析。涉及語言接觸與方言層次的比較，須要聯
繫語音的描寫與構擬，主要作為漢語詞彙史的支脈，需要加工的語科

較多。回顧自己歷年國科會研究計畫，累積多種語料庫，近者如96-101年度的「閩南語歌仔冊題材類型之語言風格分析」、「臺灣閩、客語傳統歌謠的語言比較」，92-95年度的「臺灣閩客諺語的比較」、「臺灣閩南語俚諺的歷史層次及創新方式比較」，連同94年度的「臺灣閩、客方言詞彙的對比分析及其互動」等專題，已建置了有關「臺語斷代詞彙學」的大語料庫，應該在這個基礎上，做進一步精密加工，並從閩、客語言比較中，透視族群文化的異同。

　　書名由論文題目彙聚而成，初稱臺灣閩南語，後依日常口語簡稱臺語。也有不同族群人士，認為廣義臺語應包括「臺灣語言四合院」，也就是原、閩、客與華語。這種基於語言平等的主張是合理的；不過從一九三〇年代小川尚義的《臺日大辭典》以來，已約定成俗將臺灣的閩南漳、泉次方言稱作臺語，本書題稱「臺語」其實從俗，也為精簡需要。論文集的第二部分，不乏有閩、客詞源的比較、閩南語進入「國語」詞彙的篇什及分析華語文學中的閩南方言詞。二〇一三年拙著〈從臺灣四種族群語言的互動探討臺灣語言詞彙的融合現象〉一文，發表於第八屆臺灣文化國際學術研討會，並收入會後論文集──《時空流轉：文學景觀、文化翻譯與語言接觸》頁267-306（林淑慧主編，萬卷樓出版），由於篇幅較長，並未收入本書中。由此看來，本書命以「臺語」是兼容並蓄的用法。

　　此外，由於時空環境的變遷，本書論文多用「國語」指稱北京話為標準的國家語言，現在有些臺語界的朋友會以為保守。自從九〇年代以來，國內華語教學形成重要的分支，一九九五年臺師大華語文教學研究所成立，二〇〇〇年以後，各大學紛紛成立應用華語文系或華語文教學中心，「國語」一詞的指涉已有改變。由於論文集主要在呈現個人三十年來的研究成果，為尊重原刊學報的原貌，論文中均保留「國語」一詞的早期用法，也符合目前國語文領域課綱的現狀。

　　為了如實反映本論文集的語言時空環境，在出版社提供專家設計的兩款封面方案中，個人選用以臺灣全圖為主要圖飾的封面，並加以改製。我點出攸關個人的四個主要城市的古地名，由北到南分別是：艋舺（Bang-kah）、竹塹（Tek-tshàm）、他里霧（Tha-lí-bū）、府城（Hú-siânn），代表臺北市、新竹、斗南與臺南市四個地點，反映個人的語言生活背景。我出生在雲林縣斗南鎮的鄉村，至今距離我家（溫厝角）一里路遙的將軍崙尚有他里霧埤圳小公園，標出來是紀念我的出生地，並採用早期日人所繪臺灣堡圖上的地名。二十歲以後到臺北市就學就業，與臺灣師範大學相依迄今五十五年，臺師大已成為我的衣食父母。期間曾在東吳、淡江、世新短期兼課，都不出廣義的臺北，它是我的第二故鄉。本來想用三音節的「唭哩岸」新地標（北捷站名）與「他里霧」搭配，考慮到認識這名稱的讀者較少，所以改採最古的艋舺（凱達格蘭族的地名，今萬華）；我的雲林山線偏漳腔的臺語，到了臺北市才受到道地萬華三邑腔的泉州音影響，說明語言混雜的過程。新竹清華大學中語系及教育大學（今併入清華大學）臺灣語言及語文教學研究所是我兼課較久的地方，也因此成為我臺灣語文研究活動的主要場域之一。此外為紀念當年成大最初成立「歷史語言研究所」（後來轉為中文所及歷史所），黃永武所長特邀我去開一門「語言學專題研究」，一度為成大兼任教師。這些點點滴滴，構成我個人學術生涯的里程碑，用這幅圖表現臺灣西部幹線閩南語發展變化的標幟，雖不全面，也挺有代表性的。

　　有關本書各篇論文的標音符號，早期使用國際音標，兼採北京大學中國語言文字學系（1995）《漢語方言詞匯》的標調型模式、廈門大學中國語言文學研究所漢語方言研究室（1982）《普通話閩南方言詞典》（福建人民出版社出版）的「閩南方言拼音方案」，這些都僅在語料羅列比較時出現，包括臺語的兩套雙語詞典作者吳守禮先生及楊

青盍先生，此外也有蔡培火一套方言注音符號。在引用上保留這些原始語料，均可窺見臺灣語言標音的多元及民間創作力的旺盛。至於個人論文中的文本標音，有國際音標、教會羅馬字（俗稱白話字或教羅，包括個別作者的改良式）、教育部前期公告的TLPA（臺灣語言標音符號）、後期《臺灣閩南語常用詞詞典》（電子詞典）修訂公告的「臺灣羅馬字音標符號」（簡稱臺羅）。這些不同符號依照論文出版年代，逐年替換。為了保持論文原始風貌，一律保留原有標音，除了替換送氣符號之外，均不作更動。雖然不利於現職臺語教師及初學拼音的讀者閱讀，卻有音標發展史的軌跡可尋。作為語言教師，這些必要的涉獵，正可以藉此熟悉各類臺語詞典的標音模式，擷取豐富語料，以免因噎廢食，「束典」忘祖。

結束語　感謝有您們

這本論文集的完成，經過許多人的協助。首先是二〇〇七年左右，我在臺師大臺文所開設臺語漢字、詞彙相關課程，在職進修碩士班學生建議將我的一些論文合訂成一本講義，便初步有了三個小類的編排並採影印的方式，封面代題為《姚榮松教授臺語漢字、詞彙研究論文集（1990-2006）》。論文起訖年度稍有出入，經過整理補充，為求完備，便請另一位曾任研究助理的博士班研究生林佳怡協助將全文掃描成電子檔。由於校對時，涉及標音不統一及漢字多罕僻字，很難完成。二〇一六年以後曾徵詢萬卷樓圖書公司，是否有意願協助出版本書，於是在晏瑞副總的安排下，終於進入排版編輯程序，歷經兩任編輯。

因為個人俗務繁多，難以如期完成二校的交稿，一拖二年。本年二月因赴英倫威爾斯講課，又拖了半年，迄七月以後加緊三校作業，

以邠小姐認真負責協助複雜的校對及編輯細節，終底於成，尤須感謝。

論文校對告一段落才敢呈給同道，並徵詢賜序。很榮幸獲得臺灣語文學會的三位前會長：曹逢甫師、董忠司教授、楊秀芳教授的首肯，為拙作寫序，以壯聲色。最後想到年逾八十退而不休的莊萬壽老師，我們在二〇〇三年攜手創立師大臺文所，莊師為了所務需求，要我由國文系轉到臺文所專任並接所務。若沒有莊師的序，就像衣錦夜行，有不敢示人的心虛。有了四位臺灣語言文化研究的大師級師友賜序，為我壯膽，我更知道下一本書要寫什麼，來答謝所有協助過我的師友及學生們。是為序。

姚榮松

二〇二〇年十月二十四日於師大路厲揭書屋

目次

閩南語漢字研究篇

閩南語詞彙研究篇

閩南語句法詞義篇

臺灣閩南語漢字研究篇

方言與考古

　　《國文天地》第十四期有竺家寧教授〈古音的化石〉一文，把文獻中的「語料」比做「沈埋古籍地層中的化石」，又把保存在方言或同族語言當中的古音成分比做「活化石」，古音學家根據這些「化石」和「活化石」來構擬古代語音系統，正如同古生物學家在地層中掘出恐龍骨骼的化石，來還原恐龍的形狀，進而推測恐龍的古生態環境，這個譬喻十分精采，也許可以改變一部分「中文系族」對於聲韻學的觀感。配合本刊「中文系索隱」的推出，我們這群中文系族「化石綱」、「古聲韻門」的工作者，也想發表一點觀感。

　　一般所謂「中（國）文系出身」通常是指通過治學方法訓練的「科班」出身，因此才算身懷「絕技」，而這些「科班」「絕技」的訓練，一般也指「小學連環套」（大二的文字學、大三的聲韻學、大四的訓詁學）而言，這些工具的學問，永遠只是「技」而非「道」，既沒有生命的情調，也沒有安身的支柱，考試又費力氣，重修、三修的經驗，往往是這些科目，而其中最具「恐怖意識」者，莫過於聲韻學，僥倖通過此關，便大有「中文系畢業」的感覺。這種現象，反映在各中文研究所研究生的論文比例上，古音學的乏人問津，多少說明這門學問的日漸凋零。

　　然而屈指可數的聲韻學家，也不必為此憂心忡忡。事實上，在科際整合的今天，文字、聲韻、訓詁這三門語言化石的考古，都將納入「歷史語言學」這個語言學分支，重新出發，我們需要的是「語言考古」的新方法、新史觀，舊的路都要走完了，我們需要挖掘更多的活

化石」。事實上,「古音學」只是整個語言尋根的一個工具,也是一門科學。我們生存在廿世紀末葉的今日,要了解祖先的生活和思想,進而探尋這條歷史生命的河源,凡是可以幫助我們進行分析研判的資料,不管是圖書的或非圖書的,不分地下的或地上的,哪怕只是一個碎石,都不能放過。這就是人類學家、民族學家、民俗學家、語言學家所謂的「田野工作」,它們的個別目標或許不同,但都有一個共同的目標,即尋找在特定時空下,人類活動的軌跡,許多的工作是彼此互補的,要借重其他領域田野的知識,來幫助我們解開古語言的謎,而古人的知識和思維方式,則大大倚賴古語的重建,文字只是語言的陳跡,有時也只是古人精神文明的「糟粕」,雖然初期的語言考古,一定得借助文字入手,但是一向太倚重經典、文獻的考古,已使古語重建陷入膠著狀態,其實光靠文字是很不夠的,在某種程度上,文字往往代表少數人的工具,只有語言才是全民的。同時,文字也比較固定,而語言卻是每一分鐘都生活在活人的口中,在一定時空中分歧、變化、滋長、融合,或生死廢滅、或脫胎換骨,那些所謂的「化石」,就沉積在文獻層裡,有些「活化石」則沉在殊方異語的底層,保存到今日,有些屬文言層,有些屬白話層,有些屬移借層,層次井然,像極了地下古物。總之,語料同其他文明遺跡一樣,是永遠挖掘不盡的田野寶藏,惟一不同的是,有些語言化石會主動消失,因此語言學家必須及時搶救一息尚存(只能找到幾個發音人)的語言,製成「錄音化石」。

　　漢語是世界上第一大語言,就其祖語來說,它局部地保存在我國八大方言的每一種活的語言中,不論語音、詞彙、語法,都留下許多「活化石」,閩南語無疑是公認保存古音成分最豐富的方言之一,而「古音學」也只為我們找到「古漢語恐龍」的骨架而已,其他的部分,如古人的語彙、語法、語義,正像恐龍的肌膚及五臟六腑,都是

歷史語言學家的研究對象。這種全面性的工作正待展開，清代三百年的語文學，成就最大的是古音，而古代詞彙、語法和語義，雖然也有成就，但侷限在文獻的化石上，如戴震、杭世駿的續補方言派，以及關於方言俗語的輯錄和考證派，雖然出現不少著作，如錢大昕《恆言錄》、翟灝《通俗編》、錢大昭《邇言》、平步青的《釋諺》、鄭志鴻的《常語尋源》等，都不出於文獻的爬梳。最具價值的要算考證一地方言的專書，如李實的《蜀語》、胡文英的《吳下方言考》、范寅的《越諺》、孫錦標的《南通方言疏證》、詹憲慈的《廣州話本字》、羅翽雲的《客方言》、翁東輝的《潮汕方言》、連橫的《臺灣語典》等，都能別闢蹊徑。此外散見於筆記及各省縣地方志者，尤不勝枚舉。至於近代西方傳教士所編的方言雙語辭典，國人所編的方言辭典及日人對中國方言所編的辭典及語彙集，林林總總，都是各種語言博物館；中研院史語所整理出版的分省方言調查報告（已出版湖北、湖南、四川、雲南四省），在語言考古的價值上，不下於《殷虛文字甲編、乙編和丙編》。

為了說明閩南話保存豐富的古漢語「活化石」，我們不妨從臺灣閩南語中找一些最淺顯的例證：

> 走：閩南音〔ᶜtsau〕，就是華語的「跑」。《孟子》：「棄甲曳兵而走」「五十步笑百步，是亦走也」，「走」字都是兵敗逃跑的意思。
>
> 跋：閩南音〔puahɔ〕，就是華語的「跌」。《說文》：「跋，蹎跋也。」經傳多借用「沛」字，《詩·大雅·蕩》（顛沛之揭）及《論語》中的「顛沛」，都指「蹎跋」。
>
> 必：閩南音〔pitɔ〕，就是華語的「裂」。《說文》：「必，分極也。」

篾：閩南音〔bih。〕，就是析竹皮成長條，可編竹器。《集
韻》：「篾，析竹也。」《尚書》《顧命》「敷重篾席」，疏：
「篾，析竹之次青者。」

湛：閩南語〔ᵕtam〕，就是華語的「溼」。《詩經》〈湛露〉：「湛
湛露斯，匪陽不晞」，傳：「湛湛，露茂盛貌。」

跔：閩南音〔ᵕkiu〕，就是華語「縮手縮腳」的「縮」。《說
文》：「跔，天寒足跔也。」《玉篇》：「跔，寒凍，手足跔不伸
也。」

甌：閩南音〔cau〕，就是華語的「杯」。《廣韻》：「甌，瓦器
也。」《宋史》〈道學傳〉：「酌酒三四甌。」

地動：閩南話謂地震為「地動」。《漢書》〈元帝紀〉「郡國被地
動災甚者，無出租賦。」

子壻：閩南稱「女壻」為「子壻」。《史記》〈張耳傳〉：「漢趙王
敖，尚高祖長女魯元公主，高祖過趙，敖自上食、有子壻禮。」

有身：閩南稱「懷孕」為「有身」。《詩》〈大雅〉〈大明〉：「大
任有身。」

度晬：閩南稱小孩周歲為「度晬」。《廣韻》：「晬，周年子
也。」《集韻》：「晬，子生一歲也。」

才調：閩南稱有才氣、有本事為「有才調」。《晉書》〈王接傳〉：
「才調秀出，見賞知音。」李商隱詩：「賈生才調更無倫。」

青盲：閩南稱「瞎子」為「青盲」。《後漢書》〈李業傳〉：「公
孫述連徵命，待以高位，皆託青盲，以避世難。」

以上十三例，從語音的演變和語義內容看，都是毫無問題來自上古或
中古漢語的語彙，這些活語言的化石，不知有多少，至今迄無全面的
探究，由此已可說明號稱「河洛話」的臺灣閩南語，確是二、三千年

來一波又一波的移民的語言層積，由近四十年閩語辭彙在臺灣的演變，就可以推想閩語方言層的複雜度。

在臺北西門町青年次文化「原宿文化」和「龐克族」的新衝擊下，我們只想用這些實證的資料，告訴我們失根的一代，祖先的語言不但帶有濃厚的黃河母親的鼻音，也有比「原宿」更原始的尋根趣味。我們這個尋根專欄分幾個方向進行：

甲、從臺灣閩語中找出可以和古代文獻相印證的古代語彙的活化石，說明它們在音韻、詞義、語法作用上的發展情形。如上舉諸例，說明將更加詳盡。

乙、就臺灣地區特有的「地名」、「天文」、「水文」名稱，溯源窮流，明其命名所自，間接探討先民的生活。

丙、從臺灣三百年的俚諺、歌謠、民俗技藝、藝文掌故中，介紹或比較其形成的思想背景或文化模式。

這種尋根語典，百年前已有人開始做，不過卻是片面的，連雅堂的《臺灣語典》和《雅言》是一塊里程碑，似乎無人能超越，但連氏的方法也往往經不起現代語源學的考驗，有些主觀粗率的論證，常常變成絆腳石，我們不迷信權威，也不抹殺前人的成果，盡量用語言學的眼光加以判斷去取，明明無法跨越的，我們也不勉強，整理異說，加一點看法，讓讀者自行去判斷。下面舉一個爭訟最多的例子：

查晡、查某（男人、女人）

這是閩南話中最棘手的一對詞語，按照《漢語方言詞匯》一書所搜集的十八個全國主要方言點，有十四到十五個方言，都用「男」「女」來表示這一對稱謂，完全不用「男」「女」二字的，只有陽江、廈門、潮州三個方言，福州則兩種說法並存，這些方言分別說成：

男人

陽江　佬仔（lou²¹ tʃei²¹）

廈門　□埔人（ta₃₃⁵⁵ po₃₃⁵⁵ laŋ²⁴）

潮洲　囝埔（ta₂₃³³ pou³³）

福州　1.唐埔人（touŋ₃₁⁵² muo⁴⁴ (p-) nøyŋ）

　　　2.男界（naŋ₃₁⁵² ŋai²¹³ (k-)）

女人

陽江　夫娘婆（fu³ niɛŋ⁴⁴³ p'ɔ⁴⁴³）

廈門　媂嫩人（tsa₃₃⁵⁵ bɔ₅₅⁵¹ laŋ²⁴）

潮洲　姿娘（tsɿ₂₃³³ nie⁵⁵）

福州　1.諸娘人（tsy⁴⁴ nøyŋ₄₄⁵² nøyŋ⁵²）

　　　2.女界（ny₄₄³¹ ai²¹³ (k-)）

　　最典型的兩個寫法見於《臺灣語典》（卷三），作「查甫」、「查某」。連氏認為古無輕唇音，因此「甫」古讀為「圃」，轉音為「埔」、「哺」等，本字應為「甫」，按《說文》：「甫，男子之美稱。」連氏又云：「女子有氏而無名，故曰某」，「查、這音近」「查為者之轉音」（見雅言）。「查甫」猶言「此男子」，「查某」猶云「此女子」。這個說法引起許多異說：

　　一、乾埔、查某就是「打捕」、「在戶」的諧音，更就狩獵時代男、女分工的情形來猜測。（柴蕾說）

　　二、查埔、查畝二語的產生，因男活動於山埔而女生活於田畝，與其說由於分工，還不如說由於分野。此就遊牧、農業社會相交之際，還未進到「力田」為主的男性社會言。（朱鋒說）

　　三、「諸父、諸母」或「諸夫、諸婦」轉化來的。可能原是古代

宗法社會中的親等稱謂，後來複指的「諸」字失去複指任務，再一變，喪失原義，轉指一般男子、女子。（吳守禮說）

四、「者夫、者婦」的轉音。「者」字可視為助字或助詞發端，並沒有意義，故「者夫」（查埔）即是「夫」，「者婦」（查某）即是「婦」。（孫洵侯說）

五、「查夫」、「查姥」的轉音。閩南「斧」音 po 上聲，「夫」、「斧」、「父」古代韻母相同，「埔」與「夫」最接近（「父」字不同調）。但「某」字絕不是古代「並」紐的「婦」字，而是從古代明母來的「姥」，姥、某同韻，母字則屬侯韻上聲。「查」與「者」、「諸」必有語源關係。（周法高「從查哺、查某說到探究語源的方法」一文，收在周氏《中國語文論叢》。）

這裡的前二說都是從「埔」「畝」這些假借字附會出來，說「打捕」、「在戶」等諧音更屬無稽。因為表示男人的「查」字，在廈門、潮州、晉江均作ta，字或作「乾」，作tsa是漳州音（據Douglas《廈英字典》）、龍溪音（據董同龢「四個閩南方言」）。廈門話還有兩個詞用cta（乾或大）起頭，即cta cke，婆婆，《臺灣語典》作「大家」（姑曰大家）。又 ctac kuã，公公，《臺灣語典》作「大官」。連氏的用字是否可信，正猶「查甫」之「甫」、「查某」之「某」一樣，在眾說之中，似有其典雅處，但作為「語源」的推求，恐未必是，我們疑心Ta或tsa也許是詞頭，所以有「乾」「查」「大」等寫法，諸家用「求本字」的方式，終究求得一個近似值，周氏之說最晚出，考音最精，但也只是一種假設而已，這個問題到此，也只有讓讀者去繼續挖掘了。

——本文原刊於《國文天地》第二卷第四期（1986年9月），頁32-35。

閩南話書面語的漢字規範

一 閩南話書面語的歷史和文獻

閩南話書面語言的出現，一般溯源於明嘉靖年間流傳至今的〈荔鏡記〉等閩南戲文，這些戲文的詞彙和用字，已由閩南語研究耆宿吳守禮先生整理，並把他的成績融會在其代表作《綜合閩南、臺灣語基本字字典初稿》中，可視為第一類文獻。第二類發源於大陸的漢字文獻就是清嘉慶年間（1800）第一本泉州韻書《彙音妙悟》及其後漳州韻書《彙集雅俗通十五音》、廈門的《八音定訣》、潮州的《潮州十五音》、臺灣的《彙音寶鑑》等韻書及近年在大陸出土偏於漳、廈的《渡江書十五音》，這一系列韻書幾乎包含閩南語常使用的漢字，由於整理研究者不多，尚無很好的彙編或漢字索引，不過全套韻書的整理、導讀、重刊，已由洪惟仁先生完成。第三類文獻是在臺灣本土產生或流行的通俗文學，包括南管曲文、歌仔冊、流行歌及謠諺等，材料更加豐富，用字更見其多元而紛亂，至今亦無全面整理研究。第四類文獻是帶有實驗性質，而又處處受制於國語白話文學的臺灣鄉土文學作品，從一九二〇年代萌芽期以迄九〇年代的當代期，文獻雖不是汗牛充棟，卻也十分可觀，尤其近五年來，有關臺語文字化的討論及臺語文學創作的蓬勃發展，令人有目不暇給之感，臺語研究者與文學家開始嚴肅思考自主的臺語文字問題，據洪惟仁〈臺語教育的文字問題〉一文[1]列舉鶴佬語方面的討論，有林宗源、向陽、黃勁蓮、宋澤

1　洪惟仁：〈臺語教育的文字問題〉，《臺灣春秋》第23期，1990年6月號。

萊、鄭良偉、林繼雄、張裕宏、洪惟仁。但是就鄉土文學實踐的角度，我們也決不能忽視黃春明、王禎和、楊青矗、陳冠學、宋澤萊等人作品的影響，其中楊青矗正在編輯一部字典。在字源學上，像連雅堂、林金鈔、吳守禮、許成章、陳冠學、洪惟仁等都有創獲，吳守禮教授雖然不做主觀判斷，但大量收錄異體字卻提供研究的基礎。洪惟仁將他的字源學結合在民俗學研究上，寫成《臺灣禮俗語典》一書，稱得上是臺灣閩南話研究的一個新里程。而鄭良偉教授和洪惟仁等在《自立晚報》反覆討論臺語文字化問題或書評的文章，也提供了純粹以閩南話漢字書寫論述文的模式，雖然風格異同交映，也值得喝采。

　　第五類閩南語漢字文獻是閩南語辭典及日治時期臺灣所出版的有關閩南話的描述及臺語教科書、會話讀本等。日人治臺雖僅半世紀，但他們對臺灣語言的研究、整理和推廣（指方便其統治階層），令人敬畏，官修《臺日大辭典》（臺灣總督府編，1931）和《臺灣俚諺集覽》（1914）兩書，至今仍為同類著作之翹楚，取材之富，罕有其匹。至於川合真永編的《臺灣笑話集》（中日雙語對照），雖似消遣小書，亦保存不少社會語言學資料，彌足珍貴。吳守禮教授《近五十年來臺語研究之總成績》一書（臺北市：大立出版社，1955），有詳細的介紹和書目。有關辭書方面，黃美慈〈閩南語辭書簡介〉（《自立晚報》，1986年1月15日）一文，可供參考。黃文依標音方式分為四類，即傳統韻書字典類、羅馬字拼音類、假名拼音類、注音符號類，另外再別立語典類（包含俚諺）。其中傳統韻書類即本文之第二類。鄭良偉〈常用虛詞在臺語漢字書面語裡的重要性〉一文（收在《走向標準化的臺灣話文》，頁375-430），使用八本辭典來比較漢字用法，這八本最具代表性，茲列於下：

　　杉房之助：《日臺新辭典》（臺北市：日本物產合資會社支社，
　　　　1903 年）

甘為霖：《廈門音新字典》（臺南市：臺灣教會公報社，1933
年）

臺灣總督府：《臺日大辭典》（1931-1932 年）

王育德：《臺灣語常用辭彙》（東京：永和語學社，1957 年）

蔡培火：《國語閩南語對照常用辭典》（臺北市：正中書局，
1969 年）

村上嘉英：《現代閩南語辭典》（東京：天理大學，1981 年）

黃典誠等：《普通話閩南方言詞典》（廈門市：廈門大學，1982
年）

吳守禮：《綜合閩南臺灣基本字典初稿》（臺北市：文史哲出版
社，1987 年）

對其中兩本最具代表性的辭典，鄭良偉〈從收詞、選字看臺日大辭典
和普閩詞典〉、〈從社會背景看兩本福佬話辭典〉兩文（均收入前揭
書），做了廣度與深度兼具的探討，頗值得參考。

二　閩南話漢字的類型

我們上文介紹的文獻，主要偏重漢字的文獻，羅馬字及其他非漢
字材料，皆不在本文討論範圍。從這些文獻看來，閩南話的文字化已
接近成熟，只是缺乏有效的規範，據一般估計，所謂「有音無字」或
「音字脫節」的字數，約在百分之五左右（這點有待進一步統計）。
至少就常用語彙來說是如此，這是因為漢字的使用是非常靈活的，前
人在書寫的過程中，已經通過各種常用的手段如：造新字、借音、訓
用、擬聲等，彌補了不足，所以洪惟仁先生最近的文章說「臺語教育

最大的困難是沒有一套固定完整的文字」[2]，這裡的「文字」是包括各式方案，單從漢字表達法來說，問題應是「缺乏一套標準化的完整固定的漢字」。漢字是不虞匱乏的，問題是要多少字才完整，這些字如何選定，才能圓滿達成臺語教材的需求，那些真正沒有人寫過的詞素，要如何補足。

在討論核心問題之前，我們綜合前賢討論的文獻，先來鳥瞰一下閩南話漢字的類型，按筆者的意見，大抵可以歸納為五個類型：

（一）正字

所謂本字，就是音、義的演變可以從傳統的反切材料或古音研究找到對應規則的。因為它是承襲漢語共同的漢字來的，所以叫它本字。現在依洪惟仁從字源學的角度把這個類型稱為「正字」，然後再分為三種：

1.正字：也就是聲、韻、調都合乎演變規則的字。如：

儂　音lang$_5$，林金鈔引《六書故》：「吳人謂人儂」。因閩南語〈人〉字的讀音jin$_5$或lin$_5$，來自上古音的njen（董同龢音），不可能變為lang$_5$，因此本屬農聲的〈儂〉是最好的字選（冬韻泥母），同聲符的〈膿〉臺閩音lang$_5$可證。（可參考黃典誠〈閩語人的本字〉，《方言》1980年第4期；又洪著《臺灣禮俗語典》，頁72-75。）

囝　音kian$_2$，閩人呼兒曰囝，載於宋：《集韻》上聲獮韻，九件切，按反切應讀做kian$_2$，即《康熙字典》音蹇。唐顧況有〈哀囝詩〉。kian$_2$韻母鼻化即為kiann$_2$。件字其輦切讀陽去調的kiann$_7$，（濁上變去）。因囝的聲母為清聲母故仍歸陰上調，完全合乎原則。這個字雖然是閩方言字，但卻是正字。

2　同註1。

2.準正字：就是從文獻音讀找到音、義條件相近，但有一部分條件又不符合音變規律，這種雖不中亦不遠的例子，正好足以說明閩南語超越《切韻》的反切，因此，也可接受為準正字。如：

哭 閩南khau$_3$，《廣韻》〈哭〉空谷切，為入聲屋韻一等字，屋韻一等閩南多讀／ɔk／，如，卜、暴、獨、祿、速、族等，因此按規律哭應讀khɔk$_4$，讀做khau$_3$應為例外，同韻中另有毒thau$_6$，亦屬例外。當／au／一旦被證明為另一層次的演變，例外就有可能提升為正例。

知 閩南白話音tsai，廣韻〈知〉陟離切，平聲支韻字。止攝三等開口韻閩南音一律作i，因此這個「知」字文讀為ti（蜘為其同音字可證），那麼白讀的這個tsai的本字怎麼會是「知」，原來上古韻支部閩南語都變i，但其鄰近的脂部的眉、師、私、梨、屎、臍，閩南今讀ai，又上古之部有一部分字，閩南亦音ai，例如：臺、來、在、司、再、才、使、駛等字。那麼這個「知」的來源或許在上古之、脂兩部，不必泥於中古音的歸屬。洪惟仁創一個「移韻換等」的術語來打破中古等第歸屬的限制。[3]

3.同源字：凡音義相近的字，古音可以彼此相轉，即假定它們具有共同詞根（可參考王力《同源字典》）。因此，當本字找不到時，可找同詞根的同源字代替。這種字比較不易固定，即因一組同源詞往往不只一兩個字，究竟選哪一個呢？再就方法論上說，用現代閩南音相近去找同源？往往失之毫釐，謬以千里。不過只是為了解漢字用字問題，也就不妨視之為同源通用字。如：

捘 tsun$_7$擰乾，扭轉開關。音義相近的。□tsainn$_7$，可能都是「轉」tsuan$_2$的同源字，但聲調不合。

□kiu$_3$（音救），爬杆而上。這個詞可能的同源字有：

---

3 關於「移等換韻」的說法，洪惟仁〈談鶴佬語的正字語源〉一文《臺灣風物》38卷1期〉有比較詳細的說明和例證。

1. 趜 khiu$_5$，《集韻》：渠尤切，足不伸也。即抽筋。
2. 勼 kiu，捲縮。《廣韻》居求切，《說文》聚也。
3. 跔 kiu，縮腳，《廣韻》舉朱切，手足寒也。

《廈門音新字典》，趜字有khiu$_5$／kiu$_5$兩讀，我自己的斗南方言「抽筋」叫kiu$_2$ kha kin, kiu$_2$的本調應是kiu$_3$，和「爬杆而上」的kiu$_3$相合。跔字參考林金鈔1980：146頁，不過，舉朱切的拘、俱、痀閩南語皆音ku。趜、勼、跔三字聲調和爬杆而上的kiu$_3$並不合，但意義皆和縮腳有關，因此可採用「趜」字，雖不中亦不遠。[4]

（二）方言字

就是漢語支系語言為自己需要所製的字，一般稱為俗字或方言字，相對於正字故稱俗字，相對於國語而稱方言字，這一類包括不見於古籍的〈新造字〉及古字今用，用法與古義無關的〈新義字〉。兩者都是閩南語的新文字。

1. 新造字——多半合乎漢字六書的會意或形聲原理。如：

佣in他們，勥khiang$_3$能幹，是形聲字。獪bue／be$_7$不會，不可，嬤mai$_3$不要，則是合音字。炁 tshua$_7$引導，躴lo$_3$高個子，攑kiah舉起等，是會意。冇pann$_7$不實，實為指事。

2. 新義字——與文獻的音切相近，但字義迥異。如：

迌迌（tit／tshit tho$_5$）遊玩。《玉篇》：「迌，陟栗切，近也。迌，他沒切，詆諉貌。」這個詞的寫法還有：佚迌（張振興）、彳陶、佚

4　跔字採林金鈔1980：146頁。趜、勼均見於《廈門音新字典》，又採自張振興（1983）頁76注44，45。張氏又說勼通常寫作「糾」。也有人把「趜筋」寫作「絿筋」。按《廣韻》糾，居黝切，急引也，亦作紏，與球同音（平聲尤韻）。松按上聲「糾」字與爬杆而上的kiu3，聲調相合，唯意義稍遠。洪惟仁認為「糾」字可採。

陶、七爺[5]、敕桃等字源或擬音字。又如：咚tsim接吻，這個字應是外來語，馬來文chium。本來凡是音譯詞，可以歸為擬音字，但國語字典收咚，音ㄑㄧㄣ，以穢語傷人，見《紅樓夢》七十五回。[6]

（三）借音字

用漢字來標記閩南話的詞音，與漢字的意義不相干。也就是古漢語常用的「假借字」，多半用來記錄所謂「有音無字」的音節。這類字甚多，而且具有任意性，寫的人不費力，讀的人較吃力。若無節制，就成標音文字，易造成書面語的混亂。按其借音性質，現在常見者有二類：

1.閩音借字：如借〈質〉或〈職〉代tsit（這一）。借〈胗〉代hit（那一）。借〈遮爾〉代tsia ni₃（這樣），借〈靴爾〉或〈遐爾〉代hia ni₃（那樣、那般），借〈閣〉為koh（再），借〈卡〉為kah（較）。用〈煞〉代suah（續、遂），用〈隻〉代tsiah（跡，如：有影隻）。

2.國音借字：即用北平話來記閩南音。通常為不諳閩南話者所借。如用「讚」（音ㄗㄢˋ）表示真好的〈嶄〉。用〈賽〉代替閩南語的〈使〉，如：敢也賽（敢會使）。用〈曉〉、〈小〉等代替siau₅〈精液〉，如：吵曉，講啥曉，「無三小路用」（沒啥用）。這個字在廈大《普閩辭典》作〈佋〉，張振興《臺灣方言記略》作「潲」（廣韻：豕食，又雨瀦也，所教切），兩者皆借音。又如在臺灣流行很廣的閩南語詞「莫宰羊」（不知道），其實即「嘸知影」的諧音。

---

5 〈七爺〉二字筆者首見於一卷沈文程唱的閩南語歌曲錄音帶「漂ノ的七爺郎」，文獻並未看見。

6 咚字為馬來語借音詞之說採自北大《漢語方言詞匯》，說詳拙作：〈方言溯源──迌迌、相咚〉，《國文天地》第18期（1986年11月），頁43。參見本書頁224-226。

（四）借義字

亦稱訓用字。指借用一個其他語言裡意義相當（或相同）的字來代表閩南話的某個詞。也就是只借字形、字義，不借其字音。例如：

借〈歹〉為〈痞〉，〈歹〉國語ㄆㄞˇ（字彙多改切），但閩南話音phai$_2$（本字或作痞，廣韻符鄙切，腹內結痛。），歹字已通行，亦可視為俗字（方言字）。如：歹運、歹人、歹看。

借〈塊〉為〈箍〉〈kho〉，〈塊〉閩南音te$_3$，如：「三塊餅」。但在「一百塊」時音kho，箍字《集韻》空胡切，篾也。本指以篾圈物，引申凡圓形物的單位量詞。

借義字在雙語的社會，有一定的溝通作用，最好也不能用得太多，只限於約定俗成的某些字，否則也會攪亂兩種語言的詞彙體系，變成混雜語。

（五）擬音字

有些虛詞或狀詞，本字難究，取其擬聲或擬聲造字，這些與實詞的借音字或新造字大同小異，不同的地方是擬音比較主觀，又受各地方言差異影響，字形極不易統一。例如：代名詞：

guan$_2$我們，用〈阮〉或〈悡〉。
lin$_2$你們，用〈恁〉或〈淰〉。
in他們，用〈個〉或〈怹〉等。

又如ABB式的狀詞如：厚篤篤（tuh tuh），圓輦輦（lin lin$_2$）或圓輪輪（lian lian$_2$）、香貢貢（kong$_2$ kong$_2$）、烏黔黔（so$_6$so$_5$），至於某些四字成語，如：〈烏魯木齊〉、〈阿里不達〉、〈嘍咥嗹唆〉（竹床搖動

聲），或語源不明，或純粹擬聲。還有外來語音譯，如稱〈速克達〉、〈偉士牌〉等，都是國語譯音字，閩南話沒有新的寫法，但讀如Sukuda、Vespa。

以上五個漢字類型，我們按性質把可能的不同都列出了，雖然三、五兩類頗為相似，但標準化的方向卻不相同，例如鄭良偉教授就曾針對第五類的虛詞，做過相當程度的整理和討論，其中牽涉到詞素是否相同，同素異用如何處理，其複雜度較純粹的借音字為高。

統觀五類漢字的類型，本字或正字，構成閩南話基本語彙的基礎。這些基礎字可以和漢語各種親屬語言相通，不妨視為「通字」，通字的標準化可以跟著國語或普通話配合，至於，第二類方言字，則表現了閩南話文字的特質，也是先民實踐創造的結果，應可取其約定俗成的，善加利用。至於第三、四兩類，完全在彌補文字的不足，因為紛歧太多，必須找出原則，及使用的順位。通盤的原則容後討論。

三　閩南語漢字選用原則的評估

由上文的類型分析，已經可見閩南話文字標準化的複雜性，到目前為止，不論寫作者和學者，對漢字之取用，都呈現「戰國時代」的景象，如果任由教育工作者各取所需，而無統一的規範，不但方言教學不易推展，閩南話書面語亦將無普及之時日。因此，我們先來分析各種選用漢字的因素：

主觀因素方面，下面幾點最重要：

　　a. 使用者認識漢字的程度
　　b. 使用者對於漢字的好惡
　　c. 使用者對於閩南話的掌握

d. 使用者所期待的表達效果

e. 使用者對漢字標準化的自覺程度

f. 其他長期或短程的考慮

在客觀因素方面，漢字本來就有許多限制，簡單地說，漢字雖是表意兼表音的文字，兩者常是無法兼顧的，因此在文字不夠用時，就有多種的選擇，本來表音是最直截了當的辦法，無如漢字也不是好的標音工具，一字多音多義，往往在表音的過程中，造成歧義，因此，借音字往往因唸不準而失去準確表達的效能。因此，企圖利用漢字來表現詞音變化的種種細節的努力，恐將不勝負荷。在漢字不能不使用的情況下，我們必須釐清〈文字化〉及〈標準化〉的本質是什麼？換言之，我們勢必要期待漢字扮演多種角色，例如要一個單一的漢字，既代表個別詞素，又要代表標音的符號，兩者交叉運用而不發生意義的混淆。這就要從閩南話的特性、詞素的分析以及文字使用對象的各種狀況加以評估。針對這些問題，學者方面已經作出評估規畫的原則，可舉鄭良偉、洪惟仁、許極燉三人為代表：

（一）鄭良偉

在〈臺灣話文規範工作計劃草案〉（1987）一文，提出六項漢字標準化的考慮因素：

a. 社會通用性

b. 音字系統性

c. 音義易解性

d. 本字可靠性

e. 語文演變及連貫性

f. 字數字形簡易性

在〈常用虛詞在臺語漢字書面語裡的重要性〉（1984-1985）一文，鄭教授的五原則是系統性、連貫性、通用性、標準性、易解性，在該文中五原則也排了主要及次要的順序，他說：

> 易解性及標準性是次要的，系統性，連貫性，通用性是主要的，講到這三原則中間的主次問題，就愛看叨一個特性卡強、卡高。親像：e_5 $lang_5$ $koan_5$ 三詞漢字「的、人、高」，通用性攏誠高。根據經典，這仔詞的本字各可能是「兀／分，農／儂／郎，懸」，呯拘過去的人並無繼續用落來，所以個及過去各時代的書面語並無真明顯的連貫性，所以連貫性弱。就系統性來講，雖然「的、人、高」各字攏有其他的發音，不拘攏大概就頂下文的關係來辨別啥情形愛讀 e_5 $lang_5$ $koan_5$、啥情形愛讀 tek_8 jin_2 ko_1，繪引起混亂。（頁427-428）

易解性針對讀者的接受度，標準性是將來的目標，皆未易測量，亦涉主觀，因此是次要，其他三項確實是語言文字本身的考慮項目，就上舉的例子來說，鄭以通用性為最優先，其次才是系統性及連貫性，通用性是共時（當代）的語言現象，連貫性是歷時（古今）的現象，系統性是一種科學化文字原則，可以是個人的用字系統，也可以是整個閩南話漢字的系統，鄭也指出兩個起碼條件：1.同一詞宜用固定的漢字代表；2.同一個漢字要代表固定的詞（頁423）。至於判斷是否為同一詞，也有兩個原則：

1.兩音所代表的意義相同或相近。2.兩音不會在同一上下文代表不同的意思（頁429）。事實上，詞素的分析是規範漢字系統化的前提，判斷是否同一詞素，學者之間往往就有分歧，因為意義的同近很難拿捏，雖然不同詞素，卻往往統在同一音下，因此要同一個漢字只

代表固定的一個詞，很不容易辦得到，就算行得通，不知道要增加多少漢字，增加字數對教育是最不利的。所以以上的原則，其實是站在互濟而又互動的函數關係上。順位問題是標準化的先務，我們看到鄭一九八七年前揭文排出的六項因素，是以通用性優先，系統性其次，易解性則提高到第三，d，e，f三項牽涉字源（本字）、連貫性及字形簡易原則，都成了次要的考慮。

我們已看出鄭良偉教授對漢字選用的基本態度是遷就現實，向通用文字靠攏，換句話說，這可以從他一再強調用心理測驗觀察現代人的閱讀心理，且指出「本字的考證相當受限制」的原因。（參考〈漢羅話的美麗新世界〉，《自立晚報》本土副刊，1989年10月10日至19日）我們發現他的文章從來不用「儂」字，而且最近的「漢羅文」文章，已不出現「e」而代之以「的」了。

（二）洪惟仁

洪惟仁先生是國內少數幾位對閩南話的字源（本字）下過功夫的學者之一，同時也是提倡臺語文字化的理論家和實踐家，從他的諸多〈臺灣話文〉的創作，也可以看出他對漢字使用的傾向。

在《臺灣禮俗語典》（1986）的導論部分，他提出選用漢字的原則有六，並且做了順位的排列：

1. 盡量尊重俗字。
2. 俗字不可用的用正字。
3. 無正字用準正字。
4. 連正字都找不到，斟酌採用同源字。
5. 連同源字都找不到，只好假借同音字。
6. 無字可借，從俗採用義借字。

我們可以看出，他的頭一原則實際和鄭良偉的「通用性」是一樣

的，至於二至四都是字源原則，他把借音字放在第五位，可見他有本字的優先性，他所謂的〈俗字〉，並非專指方言新造字，事實上，閩南話中許多借音字，也都是約定俗成，跟俗字一樣通行，通行的方言俗字倍受尊重，整體的借音原則卻排在〈準正字〉、〈同源字〉之後，所以基本上，洪先生對〈通行性〉一項的看法是和鄭教授不完全相同的，鄭對字源學上的本字多持懷疑態度，更遑論〈準正字〉或〈同源字〉，因此只要通行，他並不在意借音或訓用。洪則剛好相反，除了虛詞不排斥借音外，他是優先考慮為每個詞素找到〈字源〉，哪怕是同源字也比借音字強。由此看來，洪對漢字的歷史傳承（也就是鄭的〈連貫性〉原則）是十分重視的。但上面的六個原則只是他在《語典》一書的考求字源的原則，應該不是閩南話書面漢字的最後原則，他近作〈臺語文字化个理論建設者〉（《自立晚報》，1989年8月1日）、〈民主科學的臺語文研究〉（《自立晚報》，1989年12月21日）兩篇評介並與鄭良偉教授商榷的文字，有進一步的說明。最重要的是補充了〈音字系統性〉的說明。他在前一篇指出：

> 我个第二條所謂〈俗字不可用〉，所考慮个著是〈音字系統性〉，譬論 lang₅ 用〈人〉字，〈大人〉啥〈大儂〉分開，〈小人〉啥〈小儂〉（屬下）分開。另外〈音義易解性〉、〈字形簡易性〉亦考慮在內，不過無明白講出來。

他也批評鄭教授謂語文學者專尋本字對社會用字的標準化有破壞作用，是「一句話將所有研究本字个學者否定掉，這是無啥公平的做法」。並且進一步強調在試驗的階段，本字學者的研究相信對標準化有貢獻，絕無破壞作用。對於〈僻字〉也認為只要大量書寫、採用，並配合雙語教育實施，「只要合著系統性的原則〈僻字〉著變做〈俗

字〉，何必將〈僻字〉看做那冤仇共款？」他的結論是：

> 〈通俗〉是結果，不是原因，在我看起來，系統性才最重要，
> 社會通用性不是最重要的。

　　在第二篇商榷文中，洪先生又在「閩語語源學已經確立」、「通俗不是唯一原則」兩個標題下，強調尊重俗字與兼用不通俗的「本字」都是考慮到鄭教授所說的〈音義系統性〉，及〈歷史連貫性〉兩原則，並一再批評鄭教授沒有交代選字原則的順位。

　　洪先生對使用本字的立場與鄭教授針鋒相對，其實說鄭教授在《走向標準化的臺灣話文》書中完全沒有提到順位並非事實，鄭在書中正是利用這些順位來評估各家的用字，只是他的順位不斷在調整罷了，例如在前文所引鄭一九八五年有關虛詞一文的選用漢字方法（頁428），鄭也說「為了作業方便」可以從〈連貫性〉開始探討，然後考慮〈通用性〉及〈系統性〉，就得到下列的順序：1. 儘量選某詞的本字，但是a. 若有通用字很高的字就不在此限。b. 若是本字另有用途，或容易引起混亂時，就另外選字。……最後強調實際應用時，他比別人「更重視1b避免混亂這條。」

　　避免混亂就是〈音字系統性〉的主要考慮，既然兩人在這一點上看法是一致的，為什麼會有那樣基本的矛盾呢？筆者認為一方面兩人對〈音字（義）系統性〉的認知有差距，一方面是兩人對漢字書面語的長短程方案，各有懷抱。

　　我們只討論〈音字系統性〉，洪先生顯然認為〈儂〉和〈人〉是兩個詞素，所以文字要分，才能分辨〈大人〉和〈大儂〉的詞義，也才不會誤讀〈大儂〉為〈大人〉。鄭先生則認為〈人〉和〈儂〉是同一詞位，在詞音上也只是文讀詞和白讀詞的差異，犯不著分為兩字，

由上下文來決定其詞音變即可。鄭先生的態度同時表現在對〈這〉和〈一〉的分別上，他說「洪惟仁堅持chit和it要有不同的漢字代表，如〈蜀〉和〈一〉。筆者認為兩者的意義相同，又可根據上下文決定發音，更不需要打亂大家的用字習慣。」（《走向標準化的臺灣語文》，頁25）由此可見，洪先生希望用異音別字來表達語音的區別，他的〈詞位〉是具體的，一詞一音一字。而鄭先生則更注意詞位的同一性，詞位是抽象的，一個詞位可包含兩個或兩個以上的變音，不需要在文字上都顯示出分別來，因為上下文已足夠顯示。

筆者的看法是，洪先生的分辨詞素對初學者，在音、義的辨別上，省掉許多「破音字」的負擔，誠然有利於音字的合一，但他必須考慮有多少詞素必須這樣處理，因而會增加多少鄭先生認為的「僻字」，無形中使〈臺閩話〉的漢字負擔增加。如果這些分別只限於某些常用字，就必須把所有需要分別的都找出來，作個統計，否則大家有樣學樣，把所有文白異讀都賦予不同漢字，恐怕就非所宜了。所以我不反對〈臺灣人〉寫成〈臺灣儂〉，但也並不贊成只有後一種寫法，因為在母語的知識裡，1ang$_5$ 的音是底層，zin$_5$ 的音是表層，不必擔心有人會把〈臺灣人〉誤讀為〈臺灣zin$_5$〉。我認為在基礎的發音教材，可以分別〈人〉和〈儂〉，但是在通行的書面語上，就不必強調它們的分別，因為書面語是要閱讀的，兩個字並不辨義，只有在〈婦人儂〉一詞同時出現兩音時，才有避免寫成「婦人人」的必要。鄭先生對〈儂〉字一概不取的態度，也是一種執著。但是就通盤的考慮上，鄭先生對詞位的抽象看法，無寧是合乎語言本質的，哪有一種語言沒有詞音的變體。

（三）許極燉

在日本任教的許極燉先生把近年發表的論文彙編為《臺灣語言流

浪記》（1988）、《臺灣語概論》（1990）兩書出版，前一本書中有三篇是用閩南話文字寫成。有關他對漢字的研究見於第二書的第八章〈臺灣語的音聲和漢字〉，該文討論了漢字表記、書寫臺語的經驗法則和可行性之後，也提出了「選用漢字的一些原則」（頁199-204），摘其大要如下：

　　1.兼顧音和義的本字：音義正確的本字，又是通行熟悉的字，應優先選用。例如表「給與」的〈互〉ho⁷，表示「在」的〈著〉ti⁷，表示否定「不要」的〈毋〉m，可能是本字或接近本字，可以採用，但是「人」lang⁵的語源雖是「儂」，「人」字仍是「絕對優勢的慣用而又簡單好用。」

　　2.儘量考慮平易性（易解性）──包括字劃要減少，但必符造字原則，不可用怪字，僻字。

　　3.通用性：約定俗成原則。例如表示「所屬」的e⁵，通用「的」即可，反對用「个」或「兮」等。

　　4.傳統性：即連貫性。應照顧到傳統文獻的了解，避免斷層，如表示「欲、要」之意的beh／bueh，歌仔戲都寫作「卜」且通行甚廣，歷史悠久，值得考慮。

　　5.創造臺語漢字：借音字不啻將漢字字母化，表音不表義，則何如乾脆用其他字母。訓義字雖較合漢字本質，但仍只供輔助之用。在找不到本字時，何妨另創新字，可參日本漢字基本上造會意字及形聲字為主，讀音最好音訓兩讀，其次為訓讀。

　　許先生參考王育德的著作做了兩張疑難漢字表，列出無字用的□和不確定用的？，表示他的態度。由於沒有詳細討論，也看不出他的順位，基本態度介於鄭、洪之間，似乎通行性更重要一點，但並不反對創造新字，這一點和鄭、洪的意見不同。

四　閩南話書面語漢字規範的原則

　　從上文的分析，我們看到漢字在閩南語使用的混亂，但這只是原則上的分歧，如果把各種臺語文學，流行曲詞、劇本、乃至報章上的臺灣話文拿來分析，形形色色，可以令人眼花撩亂。我們不知道讀者的反映。個人是以研究者的角度，用心去閱讀各種臺語創作，也接受各種分歧的表達法，但平心而論，除了詩歌以外，讀這些臺語創作都是費力的，我對純粹的〈臺語文學〉會吸引多少讀者，並不樂觀，原因是整個社會環境和教育體制，並沒有留下多少空間可以容納這種對一般國民充滿異質性的陌生文字。然而，由於社會的日趨開放與多元化，在在促使方言在未來「小眾傳播」文化中，更趨重要，前文指出的臺語文學實驗的方興未艾，再如鄉土電影如「悲情城市」的成功，各種方言母語教育意識的抬頭，都是很好的證明；筆者也曾在「小小臺灣、語言爆炸」（《國文天地》第3卷第1期）文中指出國語和閩南話在臺灣的融合和變化。目前各種方言的教材也不斷出籠，為了讓母語（方言）教材與漢字文化不致脫節，同時，也使方言文學和國語文學有良性的互動，站在語文教育的立場，就有必要對閩南話書面語漢字的規範，加以探討，提出原則。

　　目前提倡臺語教學的人，利用各種方案來編輯教材，最常見的是用教會羅馬字，也有主張漢字與拼音字並用的，甚至主張有音無字者夾用羅馬字，形成所謂「漢羅文字」，而且行之有年，我們認為要落實方言文字化，就應善加利用已經有四百年歷史的閩南話書面文獻，加以整理規範，分析詞素，使方言的詞彙都能用漢字表達，這樣才是可大可久的書面工具，或許對創造獨特的閩南語文學會有一定的貢獻，那麼對於閩南語漢字標準化的工作應有怎樣的省思呢？筆者認為下面幾個基本的原則是必須考慮的：

（一）標準化不是一元化

現階段為臺語教材所做的漢字標準化工作，只是整個標準化的一個嘗試，在實驗中逐步修正，因此不必視為一元化的標準，斤斤於要和所有各種不同方案尋求統一，那是不可能的。我們認為閩南話漢字能否標準化，要看臺語文學發展的程度而定，而不是少數人主觀願望就可達成的。

（二）音字系統化的優先考慮

音字系統化主要是要漢字精確記錄語言的詞位，而不要一詞多形，或一形多義，造成學習和使用文字的困難，因此，將常用詞的書寫作明確的規定，儘量減少異體的出現，對於教材編輯和教學實施是絕對有利的，但是這並不意味漫無限制的使用僻字或創造新字。根據這個原則，應有下列的區別：

脫thuat	≠褪thng$_3$	脫衣舞：褪衫褲
塗thɔ$_5$	≠土thɔ$_2$	塗埆厝：土地公
懸kuan$_5$	≠高ko	懸頂：高高在上
佇ti$_6$	≠在tsai$_7$	佇懸頂：在位者
店tiam$_3$	≠佇ti$_6$	店厝：佇外口

（三）保持漢字的優點

漢字固然是一套充滿缺點的文字，在規範上有許多負擔，但既然要使用它，就應該充分表現它的諸多特點，例如表意和表音的特色。六書的原則充分體現在方言用字上，就是廣義的實用漢字學（或方言

文字學），這方面有待加強研究，作為規劃閩南話書面語漢字標準化的參考。尋找本字的意義，除了具有追根究柢的字源學價值外，還有讓義素固定在字形的作用，因為漢字基本是表意的文字，即使是形聲字也還有形符，所以在選擇借音字或另創新字時，儘可能兼意是有利於學習的。以國語「在」字相對應的閩南字為例：ti_6鄭良偉用〈咀〉洪惟仁用〈佇〉。「咀」是新的會意字，表示虛詞，故從口，表示相當於漢語通字的〈在〉，故從在。表意是優點，不表音是缺點，凡從口的虛字傾向表音，例如〈嗵〉、〈吥〉、〈噉〉等。〈佇〉是洪所認定的本字（《語典》，頁80）《說文》：佇，久立也。《唐韻》直呂切。優點是表意兼表音，同時不必另造新字。退而求其次，不承認本字的可靠性，也還有表音的功能，若要使〈在〉的意義更明顯，可以改用異體的〈竚〉字。這樣就可以和$tiam_3$（站，久立也，陟陷切）取得表意的系統性。同訓〈在〉的這個$tiam_3$，鄭（頁41）用〈店〉字，純粹表音，因為形符广，也有表意的作用。洪用〈站〉字，如〈园站遮〉$kng_2\ tiam_2\ tsia$（頁80），可惜「站」和「店」都是常用字，用「站」則易誤為$tsam_6$（車站之站），用「店」則易認為名詞（商店），如果另造表音的〈佔〉（似無更好的造法），似乎不太經濟。但是漢字之所以不斷創造，正是為了避混淆和明音義兩個基本需要。要不要〈佔〉這個新字就要看我們對虛詞的規範原則以及究竟要限制多少常用漢字的原則而定。

（四）約定俗成與不造字的原則

漢字的貫時性（即連貫性），使我們可以閱讀二千多年前的古書而無隔，這些基本漢字是漢語所共用的通字，我們應該在這個基礎上來統計〈閩南話〉還缺少多少常用字，這些常用字，四百年來的文獻習慣怎麼用，有多少新造字（俗字）、借音字或借義字已經約定俗成

了，可以承襲不改，哪些字可以用已找到的本字或選擇現代新通行的俗字來替代，這些都要通盤考慮，為了不讓常用字數太多（約在三千字左右）以及俗字太偏僻，應以儘量不造字為原則，這一點許多人已有共識，因此，只要整理閩南語的文獻及當代文學民藝，當可以找出更多約定俗成的「俗字」，例如：用〈卜〉表beh／bueh（欲），用〈個〉表in（他們）。用〈卡〉表示khah（較），用〈歹〉表phai$_2$（痞，壞），用〈掠〉表liah$_8$（搦，捉），用〈水〉表sui$_2$（嬌，媄，美也），用〈濟〉表tse$_6$／tsue$_6$（多也），用〈叨〉表to（何，叨位）。用〈刣〉表thai$_5$（殺），用〈埋〉表示tai$_5$（埋葬），用〈清採〉表tshin$_3$ tshai$_2$（隨便）。用〈迌迌〉表thit／tshit tho$_5$（彳陶，佚佗，遊玩），用〈獪〉表be$_6$／bue$_6$（袂，不會）。用〈捌〉表bat（識，曾），用〈勢〉表gau$_5$（爻，豪，賢，能幹），用〈扑〉表phah（撲、拍、打也），用〈攏〉表long$_2$（都），用〈躼〉表lo$_3$（高個子），用〈越〉表uat$_8$（轉頭），用〈啉〉表lim（飲，喝），用〈偆〉表tshun（剩餘），用〈遮〉表tsia（這裡），用〈遐〉表hia（那裡）。用〈阮〉表guan$_2$（我們），用〈咱〉表lan$_2$（咱們）。其中虛詞的寫法分歧最多，須通盤考慮其系統性，至於約定俗成的俗字，如卡、掠、水、勢等似乎不必換成本字，而在臺灣最通行的「迌迌」、「查埔」、「緣投」、「頭路」、「代誌」、「連鞭」、「亞霸」、「搓圓仔」都沒有必要換成本字，這就是約定俗成，尊重俗字或通行性的原則。

（五）虛詞必須通盤規劃，不受各種原則拘束

選字原則最不適用的是泰半有音無字的虛詞，如果要遵照約定俗成的辦法，卻是各家分歧，且不成系統。因此徹底的辦法是做通盤的整理，或完全用借音字，每一詞只用一字，也不必在詞素上費神歸納，此其一。或完全採詞義本位，把詞義相當於國語某義的字，完全

用同一個訓用字替代，詞音則隨文改讀，分別編號，如〈在₁〉ti6，
〈在₂〉teh，〈在₃〉tiam₃……，此其二。或者完全使用造字方法，同
一類的虛詞用相同的偏旁，例如：从口、从人、从又、从ン、从卜等
簡易偏旁，筆畫宜少，而又兼取諧音，若新造字與古漢字的某些僻字
雷同，也不必在乎。例如：「遮－遐」這一組也可以改成「偖－伍」，
「職（這一）－胖（那一）」這一組也可以改成「儥－俄」。這種新造
字要完全與其他字分別開。以上三個方案，個人尚未做全面評估，第
三案可能最費力，違反不造新字原則，前瞻性較弱。鄭良偉在前揭
書第三八三頁收有常用虛詞一百字各家用字對照表，可以參考，不
作細論。

五　結論

　　拙作〈當代臺灣小說中的方言詞彙——兼談閩南語的書面語〉
（《國文學報》第19期），曾提出對於閩南話詞彙異寫的三個規範，現
在略加修正，作為總結。

　　（一）字源原則——凡能找到漢字字源，而又不是偏僻字，應該
寫正字。例如：翁婿（夫婿）不作〈厄婿〉，厄是借音字，現在俗話
暱稱夫婿為「老公」即古稱「翁」之證。〈厄〉雖通俗，不如寫正字
的〈翁〉字。

　　（二）俗字原則——閩南話特有詞彙，並無本字，或者本字難
定，而俗字通行，則最通行易曉者。如查埔、查某、代誌、迌迌、清
采等，其中「清采」完全借音，字並不通俗，現在一般人喜用「俗詞
源學」，說它是「請裁」或「請採」的轉音，如果用「準正字」來
說，也勉強可通，因此從俗亦可，看社會通行程度而定。若俗字又有
異體，則以會意形聲兩兼為上，如接吻曰「相唚」或「相斟」，唚字

從口兼表意，較純粹表音之「斟」為佳。

（三）借音原則——字源若不可考，則用借音字。又以約定俗成之借音字為尚，惟應以閩南字音為準，不宜據國語或其他方言音讀。如叫好的「讚！」是國語發音，不如改用「嶄！」。又如三字經〈啥曉〉、〈吵曉〉，「曉」字也是國語借音，不如改用閩南借音字「詔」。

以上三個是在不造字的原則下，三個基本的規範，這三個原則之間常常會有衝突，這就要考慮原則的順位問題，我們覺得既然百分之九十以上的方言詞都合乎字源原則，就沒有理由不把它定為第一順位，但由於字源研究到目前為止，仍有許多爭議，有時找到字源卻十分偏僻，這樣，即使選字尚有個人的主觀在內。但只要人人有標準化的共識，即不須堅持自己的成見，相信這項規範工作的達成是指日可待的。

參考文獻

吳守禮　《近五十年來臺語研究之總成績》　臺北市　大立出版社　　　　1955年

黃典誠　〈閩南語人的本字〉　《方言》　1980年第4期

廈門大學　《普通話閩南方言詞典》　香港　三聯書店、福建人民出　　　　版社聯合出版　1982年

林金鈔　《閩南語探源》　新竹市　竹一出版社　1983年

張振興　《臺灣閩南方言記略》　福州市　福建人民出版社　1983年

洪惟仁　《臺灣禮俗語典》　臺北市　自立晚報出版社　1986年

洪惟仁　〈談鶴佬話的正字與語源〉　《臺灣風物》　第38卷第1期　　　　又收入鄭良偉、黃宣範主編　《現代臺灣話研究論文集》　　　　臺北市　文鶴出版公司　1988年

〈臺語文字化个理論建設者〉　《自立晚報》本土副刊　1989年8月1日

〈民主科學的臺語文研究〉　　《自立晚報》本土副刊　　1989年12月21
　　　日-25日

〈臺語教育的文字問題〉　《臺灣春秋》　　1990年6月號

鄭良偉　〈漢羅話的美麗新世界〉　《自立晚報》本土副刊　　1989年
　　　10月10日-19日

鄭良偉　《走向標準化的臺灣話文》　　臺北市　　自立晚報出版社
　　　1989年

許極燉　《臺灣語概論》　臺北市　　臺灣語文研究發展基金會　1990年

姚榮松　〈當代臺灣小說中方言詞彙 —— 兼談閩南語的書面語〉
　　　《國文學報》　　第19期　　1990年6月

　　—— 本文原刊於《教學與研究》第十二期（1990年6月），頁77-94。

兩岸閩南話詞典對方言本字
認定的差異

一　臺灣當前閩南話詞典的鑾出並作概況

　　一九八七年夏威夷大學的鄭良偉教授在《自立晚報》及《台灣風物》發表〈從社會背景看兩本福佬話辭典〉（鄭良偉，1989年，頁203-226）〈從收詞、選字看臺日大辭典和普閩詞典〉（同上，頁227-275）兩篇閩南話詞典比較的論述，是廈門大學《普通話閩南方言詞典》（1982）出版以來，海外學者最有代表性的兩篇評論文字，鄭先生在第一篇中提到，國府遷臺以后，臺灣已出版的閩南話詞典共有七本，連同正在出版中的吳守禮、許成章各著一本，凡有九本，為方便讀者，羅列於下：

（一）沈富進：《彙音寶鑑》（嘉義縣：文藝學社發行，1954年）。

（二）黃有實：《臺灣十五音辭典》（雲林縣：自印，1970年）。

（三）陳俊士等：《英語閩南語字典》（*English Amoy Dictionary*）（臺中市：瑪利諾語言服務中心，1956年，1979年）。

（四）瑪利諾中心：*Amoy-English Dictionary*（《廈英詞典》）（臺中市：Maryknoll，1976年）。

（五）Bernard L. M. Embree；《臺英辭典》（*A Dictionary of Southern Min*）（香港：語言研習所，1973年）；（臺北市：中華語文研習所，1984年重印）。

（六）蔡培火：《國語閩南話對照常用辭典》（臺北市：正中書局，1969年）。

（七）陳嘉得：《漢英台灣方言辭典》（臺北市：南天書局，1970年）。K.T. TAN（*A Chinese-English Dictionary, Taiwan Dialect*）。

（八）吳守禮：《綜合閩南臺灣基本字典初稿》（臺北市：文史哲出版社，1987年）。

（九）許成章：《臺灣漢語辭典》（臺北市：自立晚報社文化出版部，1992年）。

　　頭兩種為十五音改良式字典，加上羅馬注音。（三）至（五）為教會式的雙語辭典，（七）也屬於這一類，真正具有現代方言字典格局的，只有（六）、（八）、（九）三本，鄭教授撰文時，（八）、（九）兩本均未出版，在比較了「五十年前」由日本臺灣總督府出版的《臺日大辭典》和「五年前」的《普通話閩南方言辭典》（以下簡稱《普閩》）之後，不得不稱讚這兩本均由官方出版的雙語辭典為閩南語辭書的雙璧。

　　從一九八七到一九九二年底這五年，臺灣出版的各類大大小小的閩南話詞典至少在十種以上，堪稱為臺灣語言詞典的黃金年代（客家話詞典也有數種）；由於辭典的水準良莠不齊，筆者不擬全部列出，僅擇三本較具代表性者，補列於下：

（十）陳　修：《臺灣話大詞典》（臺北市：遠流出版社，1991年）。

（十一）楊青矗：《國臺雙語辭典》（臺北市：敦理出版社，1992年）。

（十二）魏南安：《臺灣大字典》（臺北市：自立晚報社出版，1992年）。

　　（十）、（十一）二本的卷帙都在一千頁以上，加上前列許成章教授的書，一九九二年就有（九）、（十一）、（十二）這三部大部頭的新詞典問世，其中以《臺灣漢語辭典》最稱巨構，多達六千多頁，由手

抄原稿影印出版。據筆者所知該書編纂前後長達二十年，不問其內容，但就篇幅而論，此書又是個人編纂的閩南話詞典中最大的一部，這也反映了臺灣地區研究閩南語的一種踏實的個人主義風尚。另外據洪惟仁〈臺語辭典知多少〉（《國文天地》1991年12月至1992年2月）一文統計，僅就漳泉系閩南語辭書就多達六十九種（不含潮州、海南島等次方言），這是廣義的辭書，包括日本據臺時期所出的專業辭典（如《臺灣地名研究》、《臺灣植物名彙》）及俚諺、語典（如《臺灣俚諺集覽》，《日臺俚諺詳解》），洪文將歷來閩南語辭書分為五類（即一、傳統字書類；二、羅馬字拼音類；三、假名拼音類；四、注音符號類；五、語典類）並指出第二類總部數最多，洪文說：

> 若論品質之高，著作之勤、涉獵之廣，當推日政時代的日本學者。尤以總督府學務課為中心的臺語研究質量堪稱空前絕後。

洪文列出的假名拼音類，與總督府有關的辭書語典多達十一種，相形之下，大陸和臺灣半世紀以來，由官方出版的閩南語辭典，確實見絀。但以廈門大學為中心的閩語學者，進行過大規模的《福建省漢語方言調查報告》的工作，畢竟初步集結成《普通話閩南方言詞典》這類實用性的雙語詞典，但以此書的版式和定價而言，它畢竟不是閩南語人口中普通人見得到的工具書，而且至今沒有一本以閩南語為主體的詞典，對這些優秀的閩語工作者，至少是一種遺憾。更遺憾的當然是臺灣這邊，官方不曾進行過有計畫的方言辭典編纂，由「國家科學發展委員會」支持的漢語方言調查三年前才開始，而且迄今仍有人力不足之虞，這也反映了官方的「冰凍三尺，非一日之寒」的缺失，種種的政治禁忌，使方言學者裹足不前，土法煉鋼的民間學者，則耗盡畢生精力積蓄，終於出版自編的臺語辭典者，大有人在，我們預估

在近幾年中，還有許多這類字典問世，這不能說不是政治開放之後，臺灣社會力的另一種展現。

我們認為五年之間，出版了（八）至（十二）這五種個人專著的臺灣閩南語辭典，多少彌補了四十年來臺灣在整體研究方面的缺憾。但是這些辭典從體例、收辭、用字、注音等方面卻又呈現了各自為政，別出心裁，令人眼花撩亂的現象，這又充分暴露了現階段閩南語研究的整合仍然欠缺，最嚴重的是音標的不統一及漢字使用的不一致，簡直到了「盡信辭書不如無書」之地步，這種現象已引起職司文化建設的「文建會」官員的關切。[1]

閩南語的研究由於豐富的辭書出版，形成全國方言研究中的佼佼者，至少目前可以這麼說。雙語辭典和單語辭典本有不同的目的，因此語言工具的分歧交叉表現在閩南語詞典上，也是勢所必至，我們認為真正理想的方言辭典應該以閩南語居民為使用者而編纂，從這個觀點來觀察、比較兩岸辭典的本字問題，則饒富意義。

本文以上述臺灣出版的（六）蔡培火、（十）陳修、（十一）楊青矗三書為選樣，就閩南語特別詞中的漢字表記和《普閩詞典》進行比較。本來就考求本字來說，（八）吳守禮、（九）許成章、（十二）魏南安等三書才是以探求本字為主，和《普閩詞典》的考字要求比較相近，何以我們反而採用三本比較不嚴謹的詞典呢？一方面（八）、（九）兩書對字源考求是寬泛的，一字往往並列數說，不加抉擇，再者兩書沒有較好的檢字檢詞索引，而魏書多錄字典，略於詞音義，尤多語焉不詳者；選樣三本則充分代表專業以外學者對漢字運用的態度，更值得語言學者在字源之外，探討一般人的用字心理。

1　行政院文化建設委員會，曾補助陳修《臺灣話大詞典》的出版，一九九二年十一月二十三日筆者與臺灣語文學會曹逢甫會長拜訪該會第二處處長卓英豪先生，卓氏曾希望就當前臺語詞典的編纂及使用音標漢字的歧異，集合學者的力量做出全面的評詁，提出今後編輯同類詞典的方向，希望編出人人能用的理想詞典。

二　閩南話詞典的用字傳統與方言本字的關係

　　閩南方言詞典的早期形態是傳統的十五音韻書，以西元一八〇〇年《彙音妙悟》的成書為起點，距今將近二百年，這本書兼有韻書、同音字表的雛型，而且首先注意到有音無字的所謂俗語、俗字，除了極少可靠的字源外，絕大部分注有「俗解」、「土解」字樣的字，都是今日所說的訓讀字（或訓讀音）。也有部分新造方言字（例如：烕tshua²、瞯ᶜng）。還有一類則純粹使用借音字，如《彙音》珠母邊紐陽平「瓠」音ᶜpu，下解作：瓠靴，靴字即為hia之借音，本字應作「匏桸」（見《普閩》，頁829），因為「瓠」是瓠蘆之「葫」，本歸匣母，不當音ᶜpu，因此也是訓讀字（《彙音》瓠字正注有「解」字）。訓讀字在《彙音》一書中可說俯拾即是，茲列數例：

磁　飛母喜紐陽平（音ᶜhui）注：「土字，土器之屬」

辛　花母柳紐陽入（音luaʔ。）注：「土解，土味辛」

娶　花母出紐陽去（音tshua²）注：「俗話，娶ㄙ」²

斜　花母出紐陽入（音tshuaʔ。）注：「土解，不正」

液　歡母柳紐陽上（音ᶜnũã）注：「口液也。」（未注土解，但上標於字母）

歹　開母普紐陰去（音phaiᵒ）注：「土，好歹」³

厝　珠母出紐陽上（音ᶜtshu）注：「解，人所居」

腳　嘉母氣紐陰平（音ᶜkha）注：「土解，手腳」

打　嘉母普紐陰入（音phaʔ。）注：「土解，人打鐵」

奇　嗟母氣紐陰平（音ᶜkhia）注：「土解，雙奇」

2　娶　又見於珠母出紐陽去（音tshu²）注：「娶妻也。」未見土解字眼，當為本音。

3　歹　又見於開母地紐陰上（音ᶜtai）注：「好之反也」，並無「土解」字眼，當為正讀，音pai之「歹」為訓讀。

立　嗟母氣紐陽上（音$_c$khia）注：「解，坐立。」

攑　嗟母求紐陽入（音kiaʔ。）注：「土解，攑起」

樹　嗟母氣紐陽去（音khia。）注：「土解，樹起」

低　西母求紐陽上（音$_c$ke）注：「土解，高低」[4]

人　江母柳紐陽平（音$_c$laŋ）注：「解，對己之稱」

香　江母普紐陰平（音$_c$phaŋ）注：「解，香味」

可　江母他紐陰平（音$_c$thaŋ）注：「解，可也」

束　江母時紐陰入（音sak。）注：「土解，束入也」

蚊　江母文紐陰上（音$_c$maŋ）注：「土解，蚊蟲。」

染　江母文紐陰入（音bak。）注：「土解，染著」[5]

高　關母求紐陽平（音$_c$kuan）注：「解，高低」

不　梅母英紐陽去（音m。）注：「土話，不也」

脫　毛母他紐陽去（音thŋ。）注：「脫衣」（字母毛上標有「解」字）

甘　青母地紐陰平（音$_c$tĩ）注：「美也」（字母青上標有「俱俗解」）

　　由此可見，兩百年前黃謙的時代，學者尚不能識本字，但是對於文、白異讀的認定，已初步能確定某個字是合乎韻書的正讀，某個字是捨音就義的「俗解」或是「土解」的訓讀字，並不是本字，這算是開啟了分別本字與非本字的初步工作，但是後世讀者往往不能把握此意，以為這些訓讀字也可以充當方言用字，則不啻為世俗用字開了訓用之法，後人每多沿用，一直到今天編字典的人，也還有弄不清楚這些字並不是本字的。

　　這些字根據比較嚴格的音韻論證，大致都有可靠的本字，少數字

4　低　又見於西母地紐陰平（音$_c$te），注：「土，高之反，黃中也。」

5　染　又見於青母柳紐陰去（音$_c$nĩ），注「染色」為本音。

則尚有爭議，以《普閩》和《綜閩》（吳守禮）二書為例，他們所求得的正字或合理的寫法是：

《彙音》	《普閩》	《綜閩》
磁	〔瓿〕huí陶磁。俗寫「瓷」（341） 胡隈切（灰） 瓷（甆）zú俗huí（瓿）	甆虛宜切‧瓿胡猥切。 瓷‧磁‧陶（1053）
辛（lua?ₒ）	辣（白）luáh郎達切（曷）（455）	luah，lah 辣（語）（文）（575）
娶	*枀（白）cuâ娶某cuâbboŏ（713） （文）〔時制切‧祭〕sê	枀（俗字）。導（訓）。 扯‧曳‧掣‧挈（潮語俗字）（1412）
斜	酵（白）zuáh cuáh（文）zuat士滑切 （點）（書）嚼 zháh訓扭傷，差誤。 cuáh訓歪斜不正。（1028）	嚼ts´uah, ts´uat （語）（文） 昌悅切，口不正也，歪斜不正（1415）
液（口液）	瀾lnuâ，口涎（443）	瀾‧灡‧次／涎（訓） 口瀾，唾（訓）（455）
歹	否（白）păi補美切（旨） （文）bǐ，pǐ，惡，壞（592）） 好否，亦音pnăi（好歹）	歹（訓）。敗。否。 坁。惡

　　其餘各字的本字，據《普閩》為厝（厝）、骹（腳）、拍（打）、奇（奇）、徛（立）、攑（攑）、徛（樹立）、下（低）、農（人）、芳（香）、嗵（可）、速（束）、蠓（蚊）、翆（染，沾手）、懸（高）、怀（不）、褪（脫）、珍（甘），這些字只是就音尋「字」，意義上有時與文獻書證相差很遠，如「酵」（嚼）、「速」（《廣韻》：疾也，召也，感也，徵也）、「翆」（莫角切，《廣韻》好貌，一曰毛濡）。「厝」的本字目前也有爭議，有人主張是《廣韻》去聲真韻的「庲」，舍也，七賜

切（張光宇，1990年，頁270）。有些字《普閩》雖然認定為本字，但並不用它來寫「方言詞」，如「人」、「低」，至於「㖡」，「伓」這些字只可能當作早期的方言標音字，並不能追溯至古漢語。因此，當我們替方言考求本字時，我們並非完全把焦點放在文獻已有的字，而是那些方言特有的字。

方言特有的字，包括兩種來源，一種是借字，分為借形與借音；一種是新造字。所謂借形，是利用固有漢字的結構，賦予新的會意或形聲解釋，如「迌迌」在《玉篇》音義與閩南語的「遊戲」不相聯繫，但卻成為通行詞（尤其在臺灣），這個詞還有許多異文，如：撻挑、得桃、淂桃、敕桃、鳶桃、逗桃、七桃、乞桃等（吳守禮《釋「彳亍－得桃」》[6]；連橫則追溯到古漢語的「佚陶」。「呷」《說文》訓吸呷，現在臺灣流行作為「吃」解，如「呷飯」，是一種借形兼借音（借現代漢語「甲」的音），說它借形是因為從口與飲、啜皆相關。（《廣韻》呼甲切，嗋呷，眾聲）。至於借音字，則一般的虛字代詞，往往而是，如卜（要）、八、捌（會）、阮（我們）、恁（你們，又作咱們，見《荔枝記》），甚至實詞的目周（《荔枝記》），查埔、呵老、緣投等等，這些用字往往在地方文學戲曲中通行，逐漸形成方言的用字習慣，連雅堂的《臺灣語典》，固然偶爾也說中本字，但絕大部分只是這些通行用字的一種整理而已，雖然它們經不起本字的考證，但是它對民俗曲藝工作者的用字，卻有很大的影響。

至於新造字，這是一種便捷的方法，新造字的原因是對所謂「有音無字」的一種救濟，其實多數是受歷史條件的限制，一時找不到本字，而並非必無本字，如上舉的「目周」，今人都認定本字是「目珠」，但是方言由借音轉而注形（近乎近人所謂轉注），孳乳為

---

6 收於吳著：〈荔鏡記戲文研究〉（臺北市：東方文化供應社，1970年，「亞洲民俗‧社會生活叢刊七」），頁162-473（原載《大陸雜誌》）。

「睭」，此類字不勝枚舉，以「毛」為例；在《荔鏡記》戲文中有引導、娶、引惹、尋四義，茲各舉一例：

　　a. 李婆，問你：今即在值處毛一觀音來看燈？
　　b. 仗媒姨，我說乞你聽；約定只九月卜毛娘仔。免得我冥日費心情。
　　c. 好畫掛二畔，花香毛人愛。
　　d. 三哥，阮出來久長，子恐阮啞媽毛我不見，阮卜入去。
　　（以上取自吳守禮〈釋「毛」以及撫、撩、娶、引、惹〉）[7]

　　由此可見，方言造字，也有初形本義，不能只以「俗字」看待。「毛」字被賦予的俚俗的字源解釋是「从毛、下象雞子成群」，毛是指母雞的羽毛，這是用「母雞帶小雞」會意出引導、領路的意思。如果這個構形可靠的話，婚娶之「毛」，可視為其引申義。因為造得有理，使這個字流傳甚廣，甚至孳衍出其他兩個意義來。這類的方言新造字，在《彙音妙悟》中出現不少，如前引的「睭」字（毛母英紐），《普閩》作映（nḡ），〔映望〕nḡgbbāng即指望，有人作「向望」（如張振興），或寫作秧望等。「睭」字並未見於其他語料。另有一類新字是方言合音字，典型的有兩個字，即「𣍐」（bueꝰ或beꝰ）不會，「嬡」（boaiꝰ或maiꝰ）不要、勿（禁止）。

　　我們可以將這些非本字的方言用字，視為閩南方言「文字化」的構字運動，一旦這些用字長期為本方言的記錄者服務，久而久之，它便截斷了人們從古漢語中尋求本字的意願，事實上，即使找到了音、

7　見吳守禮：〈釋「毛」以及撫、撩、娶、引、惹〉，收於吳著：〈荔鏡記戲文研究〉（臺北市：東方文化供應社，1970年，「亞洲民俗・社會生活叢刊七」），頁178-181（原載《大陸雜誌》）。

義相符的本字,充其量僅作為語言學家重建古閩語的基礎,並不是一般詞典字家所最關心的事,換言之,求本字是語源辭典的事,至於一般詞典家把重點放在詞素的分析或收詞、詞音(文、白),詞義上頭,對於漢字則完全站在閩南語用字的方便上,進行主觀的選字及漢字功能的再分配,甚至不惜造字以解決「有音無字」或字源考訂紛歧的困境,這一點可以藉第三節的比較得到印證。

三 《普閩》與蔡培火、陳修、楊青矗選字取樣比較

蔡培火《國語閩南語對照常用辭典》(以下簡稱《國閩》)以廈門口音為主(臺灣的廈門腔),以閩南語音序列詞,與簡明的國語(普通話)詞彙做音字對應,蔡氏以改良的「注音符號」為閩南語注音,此書與《普閩》具有較高的同質性。《普閩》以普通話詞彙領頭,標音和用字的精確性及文白的注音,與《國閩》不可同日而語,但是《國閩》對臺灣一般民眾的用字可說影響甚大,作者專長絕非考訂本字,因而因襲傳統訓讀方式的用字俯拾即是,如以「昂」為「懸」(高),以「子」為「囝」,以「泔」為「潘」,以「豎」為「徛」(站),以「巢」為「岫」,以「土」為「塗」,以「香」為「芳」,以「涪」為「飲」(am),林寶卿女士已指出這個現象[8],正因為如此,兩書的比較可以顯示文字正俗在應用上的問題。陳修《臺灣話大辭典》在用字上有許多大膽的假設,但是沒有說明理由,此書完全以作者的臺中口音為依據,採臺灣教會通行之羅馬字母(俗稱白話字),按音序列字,收詞相當通俗,最能反映閩南詞彙在臺灣的一些創造,

---

8 林寶卿:〈閩南方言詞典中的本字問題〉,《辭書研究》1990年第2期。林文說:飯很稀的「飲」,《國閩》作「稀」。按:《國閩》頁11作「涪」(ㄚㄇˋ)不作「稀」,恐係引用失查。

所收的俚語臺諺，尤能反映臺灣語言的社會背景，是一本耐人玩味的
詞典。楊青矗是六〇年代以工人小說崛起於文壇的鄉土文學家，在兩
岸頗負盛名，曾任「臺灣筆會」的創會會長，著書十餘種（短篇小說
集八本），工人出身的他，代表不受正規語文教育拘束的母語工作
者，以親身寫作鄉土小說的經驗，進行國臺語雙語的比較，此書雖以
改良式的臺灣方言注音符號標音，但以部首為序，適合臺灣一般教育
程度者的習慣，在編輯上多少受《普閩》的啟示，先列國字國音（即
普通話），再列閩南話文、白注音（不列反切），字義部分亦先列現代
漢語，再列臺語詞素義，收詞則分兩種，即國臺語通用詞及臺語特別
詞，比起《普閩》的方言詞散見在普通話語詞之下，妾身未明，方便
許多。此書最大特色恐怕是造字及在新造字之下附「造字」說明，推
明六書原理，頗有說服讀者之意。書末附「楊青矗臺語造字索引
表」，共造一百四十八字，這也創了現代閩南語倉頡的先例。楊氏的
浸淫文字研究是由《烏字十五音》、《廈門音新字典》開始，在寫作中
發現臺語用字的混亂，因而編臺語辭典的動機是「為了恆（hɔ͘，
予）臺語用字精確」，他是臺語書面語的實踐者，辭典的自序即以閩
南語寫成，摘一段示例：

> 「臺日大辭典」保留繪少臺語語彙，但收字、收詞、用字不求
> 精確，濫用訓讀佮（kah，和）借音字，是造成臺語用字混亂
> 个（e，的）亂源之一。我寫小說時，定定（tianntiann，常
> 常）為一音臺語字，揣（tsue，找）透幾若本（好幾本）臺語
> 字典，嗯（m，不）是揣無，就是揣著（tioh）了後，再掀字
> 書，追究伊个本義；結果，定定音共（kang，同），意義卻是
> 天差地（天壤之別）。而且大部分个字典，口語字攏無處理，
> 根本揣無字。

　　這段文字中有三個楊氏新造字（伩、仒、揣）連同前引的「恆」字，不妨看看楊氏如何說明造字的理由：

　　伩　「ㄍㄚㄏ」（gah⁴），坊間字典都用「甲」字，唯甲字多義，任務太多，再「ㄍㄚㄏ」上去，不勝負荷。且「伩」又多義，用「甲」實太牽強，只是借音，本字無此義，好像識字不多之人有音湊合就好。所以本典造「伩」字，讓「甲」、「伩」各有所司，也有所區別。「伩」多與人有關，人傍，從甲形聲，易認易記易寫，「佮」字也是從人傍：「佮」適用於「ㄍㄚㄆ」（gap）不適用於「ㄍㄚㄏ」（gah）。（《楊典》，頁42）

　　仒　「ㄝˊ」（e⁵），臺語的「ㄝ」字用字混亂；个、的、兮、奚、丌都有人用。用「个、的」最多。个為數量詞，的讀ㄅㄧㄎ（dik），各有人極力反對，爭論不休，故造「仒」。所有，即「入」於某之「下」；歸入部，以「下ㄝ├」（e）形聲會意。（《楊典》，頁78）

　　揣　「ㄘㄨㄝ├」（cue⁷），尋、找兩字都無「ㄘㄨㄝ├」的讀書，「ㄘㄨㄝ├」在坊間文獻中，多數以「找」、「尋」訓讀，也有借音用「搋」、「撢」、「敊」，搋同撢，摸也；敊：占卜。這幾字音與義都不適合，所以造「揣」：手旁，從「吹」變體為「欠口」。「欠口」人或物有所欠缺或遺失而需用「手」翻箱倒櫃或到處去尋找，「手、欠口」構成「揣」字，形聲。（《楊典》，頁380）

　　恆　「ㄏㄛ├」（ho7），是臺語時時掛在嘴邊的常用語，用字很亂，有的以「給」或「與」訓讀，有的寫「互」或「付」只是借音，這些都不是適合，所以造「恆」。「ㄏㄛ├」有「讓、使、給與、被」，這些都需雙方「互」相及有此心意才能構成，所以造字以心部從互，請勿與恆、抵、佢混淆，佢同低，抵同抵。（《楊典》，頁318）

　　從這四個例字，大抵可以窺知楊氏造字的一般方法，由於他反對

濫用訓讀和借音（這一點在當代臺語小說家中，也有跟進的人），可以說是一種反省，又不能滿足於坊間用字（有些字可能是本字，如「與」可能是「恆」的本字），只有走上造字一途，可謂用心良苦。所造之字，大抵能言之成理（用變體的方式未免太怪異），也頗能反映小說家對文字的想像力及用字心理現象。本文所以不惜篇幅引用楊文，其用意正在此。

楊氏所造的字，多半是比較有爭議的閩南語特別詞。造字是一種極端的態度，許成章教授即持完全否定的態度，他說：

> 雖然古人亦用過同音字，如漢之揚雄用同音字記錄《方言》。似由於當時之文字數少，且與字典可查。今之文字已多至五、六萬，成為國人之嚴重包袱，必須嚴格處理為是。……至於製造新字，等於造孽。前人臨時忘記其要寫之字，便自命為倉頡，無限制生產起來。現在必須實行家庭計劃；百子千孫，勢必拖累家族。至於製造之新字如畸型兒，必使其父母兄弟子孫多操心與費力。天下罪過，莫此為甚。[9]

許氏的《臺灣漢語辭典》在推求詞素音轉及本字上全以經典文獻為依據，上下兩千年，頗多發明，功夫特深，自云字字皆有來歷，志在尋根，不在復古，而根亦有舊根與新根，新、舊根皆為語源，由語源求本字，宜為正途，但過信字字有來歷，亦不能免於傅會，音轉規律不夠謹嚴，也往往一字多形，旁通皆是，不能定於一根，所以本文暫時不取用許著。

以下筆者主觀選取四十個常用的閩南語特別詞，主要是以上四本

---

9 〈許成章《臺灣漢語辭典》答客問〉（臺北市：自立晚報文化出版部印），單頁廣告紙，1992年9月。

字典中用字差別較大的，作一比較，按照鄭良偉教授「臺語常用三百特別詞素表」（未定稿）的詞目順序，標音採用教會羅馬式（調號改用阿拉伯數字，1東2董3凍4督，5童7洞8毒。第1調陰平及第4調陰入實際省略。）凡加（）為國際音標說明。

標音	共同語	《普閩》	蔡培火	陳修	楊青矗	其他
		1982	1969	1991	1992	
ah	了	啊		啊	啊	矣y[10]
am⁷-kun²	脖子	領管	領頸	領	領	
an²-ne	如此	安爾	按如	安爾	安爾	安仍L
						按呢W
bai²	壞、醜	否	偬（j）	穤	鄙，穤	
bak⁸-chiu	眼睛	目珠	目睭	目珠	目睭	
bat/pat	曾（～去）	八	曾	八	詶（訊）	
	認識（～字）	捌	識	八	詶（訊）	
beh	要	卜	卜，要	必	嬰	欲，袜，懀（L）
cha-bou²	女人	查某	查某＝姿婆	諸姆	查姆	
〔bɔ²〕						
cha-pou	男人，丈夫	丈夫	查埔＝丈伕	諸夫	查仪	
〔pɔ〕						
bih	逃，躲藏	覕	匿	微，沕	覕	
che⁷	多	濟，儕	多	敠	濟	
chhin³- chhai²	隨便	清彩	清彩	信採	襯採	覶采
chhio	發情	猵	鵤（j）	胙	鵤	
chhit- tho⁵	玩耍	佚佗	暢蕩	跮踱	佚佗	迌迌
（thit）						
chhu³	房子	厝	厝	次、戌，庩	茨	
chhun	剩	申	剩	偆（賰）	賰（偆）	
chim	親嘴	斟	親	呫	「呂」	嗼，斟

---

10 其他各家，y指楊秀芳（1991），L指連橫（1957），W指吳守禮（1987）（j）指臺日大辭典（1931）。

標音	共同語	《普閩》	蔡培火	陳修	楊青矗	其他
e⁵	的	亓（俗个），分	個，的	個，分	仒，的	
			（這個人，我的）			
gau⁵	能幹	勢	賢	勢	勢	爻
gia⁵	肩物	攑	舉	舉	夯	
giah	舉起	揭	舉	撨	攑，揭	
gin²-a²	孩子	囡仔	团仔	弄仔（幼童）	囡仔	傑仔
gong⁷	傻，笨	儑	戇	戇	戇	
hiam	辣	薟	辛	薟	薟	蔽y
hiau⁵	女子輕佻	嬈	淫	媱	嫐	
hou⁵〔hɔ〕	給，讓，使	互	俾，被	俾，乎（被）	恆	與
			（給）			
i⁷	玩	預	為	○	與	
ian⁵-tau⁵	標致	嫣頭	嫣頭（ian）	嫣頭	緣投（L）	
kan-ta/na	只僅	干焞	干乾	干也（kan-a）	乾焗	
kha-chhng	屁股	尻川	尻穿	尻川	尻川	尻倉
kiam²-chhai²	或許	歁采	檢彩	檢採，敢探	○	
kiann₂	兒子	囝	子（子孫）	囝（子女）	囝	
koann⁷	提	扞	綰（量詞用綰）	摜	捾	
kut-lat⁸	勤勞	骨力	竭力	骨力	搰力（L）	
liam⁵-mi/pin	馬上	臨邊	連鞭（L）	連鞭	○	
o-lo²	讚美	阿咾	褒了	謳樂	阿咾	
pin⁵-toann⁷	懶惰	貧憚	戀惰	份憚	笨憚	
poah⁸-kiau²	賭博	跋九	博賭	博筊，博繳	博繳	
pun⁵	吹	歕	噴	歕	歕	
sian⁷	厭倦	（瘝）嬗iah	倦	孱	（斁）傏	*瘝w
						（吳守禮造）
so⁵	爬，慢	脞	徐	趖	趖	
tai⁷-chi³	事情	代志	事情，仕事	代誌	戴誌	載志（L）
tiam³	在，停留	站	站（住，在）	站	踮	*踮
						（吳守禮造）
toe³	跟，隨	綴	隨（te³）	逮	*说	
tuk-ku	打瞌睡	剢狗	拄龜	胐佝	拄龜	

從上表可以看到以下的現象：（一）《普閩》在體例上最嚴謹，所採用
的字力求合古今音對應關係，但是仍然有許多俗字、或從傳統用字、
如查某、清彩、干涸、歎采、貧憚、代志等。過去求本字很少注意整
個詞的來源，如果從詞的內部結構看，許多詞都尚不能言之成理，如
尻川、骨力、臨邊、跋九、瘟嬗、毀疴；其中究竟有多少是古越語的
底層詞，均有待研究，閩南話的tsim或認為來自馬來亞語的chium
（袁家驊《漢語方言詞匯》），則無論寫作摕、嗋或咕，都只是借音字
或借形字而已。（二）臺灣出的三本辭典都是通俗性較高的實用詞
典，編者皆無嚴格的漢語音韻學訓練，因此並不以追求本字為鵠的，
（三）本字典對用字亦有考究，但顯然不以歷史語言為基礎，除了一
部分承襲方言用字習慣外，三本各有所重：蔡培火以訓讀為最多，是
承襲「臺日大辭典」的不良影響，編者是日政時代民主運動的遺老，
其歷史條件限制了本字觀。陳修代表對傳統漢字的再分配，除了借音
與借形法甚多之外，有些詞的用字，完全是自創一格，所據音理亦僅
為自己的母語，其科學性尤可疑，恐將流為俗詞源學。至於楊青矗可
以視為造字派的代表，他不中意別人的考字，有時只是出於主觀的理
解，甚至為了分配詞素，盡可能改弦更張，由於作者用功甚勤，也參
考了十五音及坊間所有辭典，因此有些地方也能擇善而從，例如接受
了《普閩》的覘、佚佗、囡仔、蔝、嗑、乾焗（普閩作干涸）等。至
於新造的詷（簡作訕）、恆、掊（與數量詞縮別），分別夯與擇，囡與
团，都可以看出他注意分別詞素的好處，至於新造字中的「瘟」、
「踞」兩字在詞典中明言為吳守禮教授所造，吳氏的《綜閩》常在列
舉諸種可能用字之後，加上自己的「擬字」，這種擬字旨在彌補一時
找不到字的缺憾，並非有系統的造字，而楊青矗則完全站在分別語詞
的需要，逐一造字，而且注意了部首的歸位，如果這也能反映方言造
字的心理，則《楊典》可以作為俗文字學的一種實驗材料了。

　　隨著閩方言研究的質量的提高，考求本字的工作在兩岸學者的著述中隨處可見，而且異說仍然紛陳，本文暫時不做個別字本字是非的比較，只是要比較具體呈現現代閩南語辭典的編輯者，仍有各自的一套漢字學及其詮釋漢字的方式，任何一本辭典都不能滿足編輯者自我實踐的要求，面對這種方言辭典的蜂出並作現象，方言學者是否應該凝聚共識，展開辭典編輯方法的討論，並為一部理想的閩語語源詞典催生，唯有這本書出現了，方言漢字的規範工作才有可能，這是本文主要的關切點。

四　方言本字定義的檢討

　　漢語學者，由於長期浸淫在漢語史的氛圍之下，研究本字成為牢不可破的任務，但是事與願違，雖然過去數十年的本字研究累積了不少成績，卻也有相當的限制，因為到目前，我們仍不清楚閩南語中究竟有多少詞彙承襲古漢語，多少是古越語的底層，在字典的漢字清單中，許多將就書面語的用字比比皆是，這絕不是一分理想的清單。

　　由於閩南語漢字的使用，完全是跟著語言走，而閩方言內部的分歧，至今也找不出一套明顯的音變規律可資借鑑，因此面對許多俗詞源學者，動輒以音轉來解釋音字的轉移，這是相當棘手的問題。不過，筆者對於「本字」概念，通過本文的比較，有一些不同的看法，一向把「本字」定位於古漢語的共同漢字上，這是非常狹隘的看法，古漢語固有詞的寫法，保存至今天的閩南語，固然是本字，但是對一個從來沒有完整用漢字記錄下來的語言，其所有第一次出現的文字記錄，都相當於文字的初造，因此，我們認為應該承認許多方言造字的原創性，這些字或許不合乎古漢語的音韻條件，但是它也可能反映某個階段的音韻變化，因此必須嚴格追蹤每個字出現的準確時代及地

域，這樣，我們才能真正掌握比正字還要多出數倍的所謂俗字或方言字，同時必對於方言造字的現象，應該視為重要的研究課題，儘可能從不同的方面進行分析，歸納造字的一般規律，對於今後閩南語的漢字規範，也有一定的作用。

五　結語

　　本文為筆者對於臺灣閩南語漢字規範研究的一部分。同樣的性質，鄭良偉教授亦正在清華大學（新竹）主持一個名為「臺語書面用字參考資料研究計劃」（1992年7月至1993年6月），筆者也參與這個研究計劃，這項計畫的重點在如何研擬一套閩南語的書面語，研究者之間本身有許多分歧，有人重視本字，有人重視俗字，這兩股力量正在支配著辭典作者選字的方向，過去編輯詞典也許只考慮到雙語的運用，而現在臺灣的辭典編輯者，正在考慮為單語的閩南語書面語而選字，同時又必須考慮鄰近方言及強勢的國語（普通話）使用者的認同，因此，本字在未來辭典研究上，也更成了不可忽視的問題，本文針對此一問題抽樣進行了初步比較，目的在說明導致辭典選字差異的因素，及本字觀念在方言辭典的編纂上，應作適度的調整。

參考文獻

黃　謙　《彙音妙悟》　1800年，光緒癸卯（1903）福州集新堂藏板

臺灣總督府　《臺日大辭典》　臺北市　1930年

蔡培火　《國語閩南語對照常用辭典》　臺北市　正中書局　1969年

董同龢　〈四個閩南方言〉　《中央研究院史語所集刊》　第30本　1960年

吳守禮　《荔鏡記戲文研究》　臺北市　東方文化出版社　1970年

林金鈔　《閩南語探源》　新竹市　自印　1980年

廈門大學　《普通話閩南方言辭典》　福州市　福建人民出版社　1982年

張振興　《臺灣閩南方言記略》　福州市　福建人民出版社　1983年

洪惟仁　《臺語禮俗語典》　臺北市　自立晚報出版部　1986年

吳守禮　《綜合閩南臺灣語基本字典初稿》　臺北市　文史哲出版社　1987年

李新魁、林倫倫　〈潮汕話本字考〉　《中山大學學報》　1987年

李如龍　〈考求方言詞本字的音韻論證〉　《語言研究》　1988年第1期　1988年

鄭良偉　《走向標準化的臺灣話文》　臺北市　自立晚報出版社　1989年

顏　森　〈談談跟考本字有關的幾個問題〉　《中國語文》　1990年第4期　1990年

林寶卿　《閩南方言詞典中的本字問題》　北京市　辭書研究　1990年

張光宇　《切韻與方言》　臺北市　臺灣商務印書館　1990年

姚榮松　〈閩南話書面語的漢字規範〉　《教學與研究》　第12期　1990年

楊秀芳　《臺灣閩南話語法稿》　臺北市　大安出版社　1991年

李如龍、陳章太　《閩語研究》　北京市　語文出版社　1991年

洪惟仁　《臺語文學與臺語文字》　臺北市　前衛出版社　1992年

後記

本文初稿曾於一九九三年元月十二日在香港中文大學「第三屆國際閩方言研討會」上宣讀。沒有張雙慶教授的催稿是不可能完成的，特此誌謝。

——本文原刊於《國文學報》第二十二期（1993年6月），頁311-326。

論音轉學在閩南語本字考訂上的應用及其限度

一 方言本字考訂的意義及目的

閩南語是現存最古老的漢語方言之一，由於它歷史悠久，保存許多古代漢語的特點，包括語音、詞彙和語法的特點。其中最具體的表現是它的古代語詞的書寫形式。由於漢語的單音節性，使一字一音的漢字成為記錄方言的主要手段。漢字原本就不是十分有效的標音工具，因此，不管是共同語或方言，在記錄語言時，都會採取下列三種方式：

（一）寫本字。

（二）同音替代（即假借）。

（三）另造新字。

所謂「本字」，就是音義相合的已造字。這些已造字，不管何時產生，它都帶有時代的標誌，近人或從文白異讀探討詞彙的時代層次，這項挖掘古語的工作，就必須從「本字」的考訂下手。

考求本字是訓詁學的術語，「本字」是相對於「借字」（或「非本字」）而言，但是方言中的本字，恐怕在理解上有許多層次，必須先釐清：其一，本字是指某個詞（或詞素），在漢語文獻中最早的寫法。其二，本字或指某個詞在某個方言中最早的書寫形式。其三，本字也指某個字的音、義與書寫形式密合。一般所謂的「本字」，多指

第一類。這類考求方言本字的工作從清代即已開始，可以拿胡文英的《吳下方言考》和楊恭桓的《客話本字》為代表。晚近如章太炎的《新方言》、連橫的《臺灣語典》，都是這一類著作的延續。

為方言詞考求本字，至少有三個目的：

（一）了解方言詞彙的歷史。

（二）運用歷史語言學的方法，理解方言與古音的對應關係。

（三）探求方言用字的系統。

漢語方言的共同祖先是秦漢以前的古語，這個古語的遺跡，有的通過《切韻》而保留下來，有的獨立於中古音系之外，這就為閩南語本字的探求刻畫出一定的複雜性。試以《吳下方言考》卷二為例：

> （音央），顧野王《玉篇》：劸，勸也，案劸，強勸彼為我用力也。
>
> 吳人語煩人勞動曰劸。

「劸」字最早見《玉篇》，《集韻》並訓勸，《集韻》余章切，音羊，與「於良切」之「央」非同音，《吳下方言考》作「音央」，恐係吳語的讀音，此字閩南語亦音央，即國語「央求」字。考「央」字本訓中央、或訓久（如夜央），並無勸或央求義，用為「請求」，見《全唐詩》六四一曹唐〈小游仙〉之四二：「無央公子停鸞轡，笑泥嬌妃索玉鞭。」其義與勸近而非同，《吳下方言考》的作者（胡文英），看到了「央」與「劸」音義近似而不察其中聲調宜有陰陽之殊，遽以「劸」為央求之本字，並誤以劸、央同音。如果從音轉的立場看，劸、央二字《集韻》同屬平聲十陽韻，作者以為同音，或者認為陰平、陽平之間可以通轉，但是這是不合音韻變遷的規律，除非吳方言有不分陰陽平的演變。這一類的問題在前人「分類（韻）考字」派的

著作中，到處存在，即使近人對考求本字也還有這類毛病。

反過來說，如果考求本字，完全合乎音韻論證的方法和歷史比較法的要求，所考的本字不但具有說服力，而且有助於對方言歷史的了解，即對方言之間的親屬關係和音韻對應關係的掌握，自然也是一種賞心樂事：至於探求本字與方言用字的關係，則是另一個問題，方言用字固不須求字字有本，或非古字不能用，太拘泥於求本字，對於方言書面語的規範，並不是十分有利的。詹伯慧（1993）就指出：

> 考證本字是一種非常細緻的研究工作。從事方言本字考證的人，既要熟諳這個方言的語音、詞匯、語法，也要通曉音韻、文字、訓詁諸方面的學問，本字的確定要從形、音、義三方面同時入手，任何一個方面都不能馬虎。……考本字切忌牽強附會，更不容許捕風捉影，生拉硬套。否則容易以訛傳訛，流為笑談，如果你考出來的本字本身就錯了，又怎能叫人應用？李榮先生去年十一月在南京全國漢語方言學會的學術會議上談及方言詞典編纂中的本字問題，他說方言本字「搞對了錦上添花，搞錯了畫蛇添足。「我認為這個意見是很中肯的」。[1]

我們明瞭了本字應用與約定俗成的關係，就不至於強迫推銷自己考訂的本字。拙作《兩岸閩南語詞典對方言本字認定的差異》（1993年1月香港中文大學第三屆國際閩方言研討會論文），就特別提出「方言本字定義的檢討」，指出前人對本字概念的拘泥（純粹的文獻主義或切韻中心主義），是非常狹隘的，既無法正視方言用字中比正

---

[1]　詹伯慧：〈關於閩方言研究的幾點思考〉，「第三屆國際閩南方言研討會論文」，1993年1月11日至12日。

字多的所謂俗字或方言字，也無法進入古閩語構擬的堂奧，所以，本文試圖擴大視野，來談音轉學的問題，既不能陷入清儒所謂「一聲之轉」的空疏、或者章太炎所立旁轉、對轉、旁對轉等「流轉無方」的泥濘，只從詞源學的角度來看本字問題，這個問題李如龍教授已經有過一些貢獻。

二　漢語音轉學的回顧及其在方言研究史上的意義

　　音轉是詞源學的術語，也是訓詁學術語。我國訓詁學史上最先提到「轉」這個術語的是西漢的揚雄，他的著作《方言》是我國語言學史上第一部有關方言調查的記錄，在《方言》中他提出了「轉語」、「語之轉」的說法，如：

　　　　卷三：庸謂之俗，轉語也。
　　　　卷三：物空盡者曰鋌，……鋌、賜、撲、漸皆盡也，鋌、空也，語之轉也。

　　《方言》中有「轉」字的語句共有六例，「庸」與「俗」從語音上看尚有韻部關係，至於「鋌」（《廣韻》徒鼎切）與「空」，不論聲韻調三者皆不相近，則此所謂語轉當指「鋌」（上古耕部）與「盡」（上古真部）之關係，丁啟陣（1991:71）就指出：「盡」是真部從紐上聲，「鋌」是耕部定紐上聲，並據此認為南楚方言是「真部字有讀*uəŋ 的，或歸入耕部」（同上，頁 87），由此可見，《方言》所謂「語之轉」，是就共同語與方言之間具有語源關係者立論，換言之，同訓為「盡」的「賜」、「撲」、「漸」，都沒有語轉關係，似乎這裡的「轉」是以韻母關係為條件。

　　到了郭璞為《方言》作注，承用了這些術語，並進而提出「聲轉」、「聲之轉」的說法。黃榮發（1987）曾統計郭注用「轉」字術語凡十二次。[2]並舉例如下：

> 卷七：竘、貌、治也。吳、越飾貌為竘，或謂之巧。
> 郭注：「語楚聲轉耳。」（按注「或謂之巧」一句）
> 卷十：崽者子也。
> 郭注：「崽音枲，聲之轉也」。又云：「崽，聲如宰。」

　　按郭璞的「聲轉」與揚雄的「語轉」實同實而異名，不過「聲轉」一語比較能說明是聲、韻的變易，如「竘」之與「巧」，「崽」之與「子」（崽，《廣韻》山皆切，又山佳切），都具有音近關係，《廣韻》「子」為即里切，精母，「枲」為胥里切，郭注將「聲如宰」的「崽」改音「枲」（胥里切），以與「子」同韻（上聲止韻），可見「聲之轉」仍指韻母的轉移。

　　由上可知，所謂語轉或聲轉，指的是同一個詞義在不同的方言區，因語音有不同而書寫時換了另一個讀音不同的字，但這些音轉字之間仍有語音的聯繫，否則就不算是「轉」了。

　　這種「音轉說」到了清代古音學家的手中，有了重大的發展，最有代表性的兩本著作為戴震的《轉語》二十章及章炳麟的《文始》「成均圖」，戴震按發音部位分聲母為五類，再按發音方法，每類又分四位，兩者一縱一橫構成聲母章、位、類表，並用表的關係顯示「轉語」的規律：「凡同位為正轉，位同為變轉」（同位指發音部位相同，位同則指發音方法相同）。同時韻轉方面也將古韻分為九類二十

2　黃榮發：〈音轉的內容、成因與條例〉，《安慶師院學報》（社科版）1987年第1期，頁97-104（複印報刊資料‧語言文字學1987年4月）。

五個韻部，每三部（即陰、入、陽）為一類，並用以說明陰、陽、入三部之間的「韻轉」之法。這兩種方法到章太炎就轉化成其有名的「成均（韻）圖」，在《國故論衡》上卷及《文始》二書，都有詳細的音轉規範提出，包括聲轉與韻轉，而且在應用上較王念孫等人的「因聲求義」更進一步，成為決定語言文字孳乳衍化次第的語音依據。拙作《古代漢語詞源研究論衡》（1991,2015）對此有詳細的討論。[3] 章太炎在所著《新方言》一書中，更將這種論上古音通轉的「音轉學」，同時應用在考訂方言詞語的語音關係上，成為推求古今音義轉變關係的一種典範，其主要方法是運用雙聲疊韻的原理，說明今之某音出於古之某字。試舉《新方言》卷二的一例：

> 《左傳》渾敦，杜解謂不開通之貌，《莊子》〈應帝王篇〉：中央之帝為渾沌，無有七竅，亦此義也，今音轉謂人不開通者為昏蜑。

按「昏蜑」一詞似相當於今日罵人語中的「混蛋」。章氏的考訂雖未盡是，但音、義相近，似亦言之成理。這一派的推源考字，似乎相信每一個方言詞（或字），皆可由文獻語料中找到，這是一個大弊病。

受章氏影響最大的，要算臺灣閩南語的第一本探源專著：連橫的《臺灣語典》四卷。連氏在其《雅言》第十四則[4]曾推崇章太炎說：

> 章太炎先生為現代通儒，博聞強識，著述極多，而《新方言》一書尤為傑作。

3　參拙作：《古代漢語詞源研究論衡》（臺北市：臺灣學生書局，1991年），第四章。

4　連橫著，姚榮松導讀：《臺灣語典》（臺北市：金楓出版社，經典035），頁159。

在《臺灣語典》中就常引用《新方言》的說法，例如卷一「拁」、「困」；卷三「查甫」、「藝旦」；卷四「載志」等條。《雅言》第二七九則，談到福州人呼「一」為「蜀」，因此「蜀」為「一」的本字。連氏說：

> 研究方言，饒有興趣。每有一語一音而知古代民族之交通，此歷史家之要務也。《管子》〈形勢篇〉：「抱蜀不言。」註：「則抱一。」《方言》：「一，蜀也。」《廣雅》：「蜀，一也。」此為齊語，音若束。而今福州人呼「一」為「蜀」；蓋當漢初平定閩越，齊人從軍，故傳其語。《方言》謂蜀人呼母為「姐」，而泉州之深滬亦呼為「姐」。……是「阿姐」一語由四川而入福建，復由福建而入臺灣，其語源固有可尋也。

《新方言》卷二第一條即云：

> 《方言》：一，蜀也，《廣雅》蜀，弌也。《管子》〈形勢〉曰：「抱蜀不言」，謂抱一也。蜀音市玉切，音小變則如束。（自注：《後漢書》〈鍢焉傳〉「焉遣叟兵五千助之。」注：漢代謂蜀為叟，是漢時蜀本音叟，今時北方皆讀束，一音之轉。）福州謂一為蜀，一尺、一丈、一百、一千則云：蜀尺、蜀丈、蜀百、蜀千，音皆如束，蘇松、嘉興一十之名皆無所改，獨謂十五為蜀五，音亦如束。

《漢語方音字匯》（1989）有關「一」、「蜀」、「束」、「十」四字讀音如下：

	一	蜀	束	十
濟南	ci	c̣su	csu	cʐ̣
成都	ci	su	cso，csu 新	csɿ
蘇州	iIhₒ	zohₒ	sohₒ	zɤɣhₒ
廈門	Itₒ，tsitₒ俗	siɔkₒ	sɔkₒ	sipₒ文，tsapₒ白
福州	eihₒ，suɔhₒ俗	syhₒ文，suɔhₒ白	souhₒ	seihₒ

　　按《方言》卷十三，「一，蜀也。南楚謂之獨。」福州話相當忠實地反映「一」（俗讀）與「蜀」（白讀）的同音，說明《方言》「一」訓「蜀」，的確是有根據的。但是章氏據蘇松、嘉興「十五為蜀五」，將「音亦如束」的「十」和「一」視為一事，此不可解者一；連雅堂據《管子》的「抱蜀」為《老子》「抱一」，因謂《方言》「一，蜀也」是齊語，倘若為齊語，揚氏何以不逕說「齊謂之蜀」，而云「南楚謂之獨」？此不可解者二；又謂福州人呼「一」為「蜀」乃當初齊人從軍，故傳其語，此未見乎載志，惟連氏獨知，此其不可解者三：又謂《方言》謂蜀人呼母為姐，臺灣亦有此稱呼，故「阿姐」一語乃由四川而入福建、臺灣，殊不知蜀人呼母為姐，恐非蜀人所獨專，蜀人或來自與閩人同一祖語，而不必由四川而傳至福建也，此其四。由此可見，福州話可能保存了「一」、「蜀」同語的遺跡，但求諸其他漢語方言，找不到「一」唸「蜀」的這種關係。廈門話「一」的俗讀（或白讀）tsit，與「蜀」相去甚遠，不可以「蜀」為本字，周長楫（1982）據《集韻》「植，專一也（承職切）」，並利用禪母在廈門話文、白讀對應中 s/ts 或 ts'，斷定「一」的本字應為「植」，似乎是持之有故，言之成理；然則「植」與「蜀」兩讀，應視為兩個來源，廈門的「一」若如周氏所說，兼有「蜀」（soh）這個

讀法，也應當是兩系混合的結果，我們似乎不能就認為它們同源[5]，但是周長楫先生則作了更進一步的推論：

> 從語音看，「特、植」同音，跟職韻禪母的「植」音近；從意義看，都可釋作「一」或「專一」，也跟「植」相符，我們認為「特、植、犆」是同源字，植、犆是「特」的變體，從「特」演化而來。

又說：

> 「蜀猶獨耳」，「獨」是上古屋部洪音，「蜀」在上古讀音當與「獨」相同或相近，也是洪音，「獨」變為「蜀」，猶如「特」變為「植、犆」。……可見蜀、獨本無數詞「一」義，「蜀」作為「一」，可能是揚雄記錄南楚方官時，用的同音假借。

周氏這裡以獨（tɔk）→蜀（soh）猶如：「特」變為「植」、「犆」（dʼək→sit; tsit 白）並謂廈門話的「蜀」經歷了 siɔk→sok→soh 的語音演變過程，這種平行關係的描述，與章氏《文始》論孳乳、變易，實有異曲同工之妙。把「蜀」與「特」視為同源，並作為廈門話 tsit 與 soh 兩讀的語源，似乎也言之成理。

我們舉這個例子說明語言學家運用文獻材料，往往有意想不到的結果，因此必須擴大視野，利用音轉理論，為原始閩語探求更早的語源。

5　《漢語方音字匯》（第2版）、《漢語方言詞匯》及《普通話閩南方言詞典》廈門音皆未收soh一讀。

三　閩南語本字考訂的音韻論證法及其例外

關於考求方言詞本字的音韻論證方法，李如龍（1988）曾作過如下的具體闡述：

> 論證方言詞的實際讀音和本字的音韻地位之間的對應關係，必須做到聲韻調三面都能通過，這是音韻論證的基本要求。所謂本字的音韻地位指的是該字在《廣韻》音系中的聲韻調，一般以《廣韻》或《集韻》所注的反切為依據。《廣韻》的音類和現代方音之間的對應有常例、變例和特例。常例是基本對應，管的字多，變例是條件對應，管的字少。特例則是個別對應，往往是有具體原因的異讀、誤讀或變讀。詞義轉移後會造成異讀，偏旁類推會造成誤讀，避諱或受其他方言影響則會發生變讀。當具體原因不明時，不能輕易地立下變例的對應，在聲韻調三項對應中更不能留下空項，或用「音近」、「一音之轉」之類的藉口搪塞了事，這種缺項往往就是音韻論證無法成立的隱患。

這段論述，事實上已指出所謂對應規律仍是充斥著例外，李氏按管字的多少，而立變例和特例，這些變例和特例，與其說是從《切韻》到閩南語演變的例外，不如說是閩南語超越《切韻》音系的遺跡，當然其中也確有如李氏所指出的詞義轉移造成的異讀，偏旁類推造成的誤讀或受其他方言影響造成的變讀，但總的來說，利用《廣韻》、《集韻》的反切作為音韻對應的基本檢驗是正確的，但是對待那些變例和特例，就不能完全從《切韻》中心出發，因為如果是上古音的成分，我們把它當成《切韻》反切的變讀、異讀豈不是違背了歷史音變的發

展規律，犯了以今律古的毛病？因此，我們認為正確對待這些變例、特例，甚至利用語源學的方法，探討它們在上古音中的音轉現象，才能突破目前這種本字的格局。

現在舉幾個閩南語本字考訂上出現的語音條件不攏的例子來說明：

（一）揭／何／攑／扴

揭旗、揭手、揭頭、揭箸、揭香、揭粟包，這裡的「揭」是一個暫用字，都有「高舉」的意思，臺灣閩南語口語都唸gia（陽平），如果要區分詞素意義，則有四種區別，一為舉手的動作，如揭手、揭旗；二為手持的動作，如揭箸、揭香；三為仰起動作，如揭頭；四為用肩背挺起的動作，如揭粟包。這些個詞素的共同特點是高舉，可能來自一個詞根，但是在古漢語中只有兩個對應的字，即是「揭」和「何」，《說文》：「揭，高舉也」，《廣韻》：「渠列切」，Douglas採用一個方言字「攑」（見《彙音妙悟》，又《廣韻》：「攑，舉也，丘言切」，義合音殊，故稱方言字），並註明kiah（陽入調），文讀為kiet。《普通話閩南方言詞典》（以下簡稱《普閩》）標作（文）giat（白）giah（按廈門拼音方案g代表清音的k），這個清聲母k- 的入聲字，依照這兩本字典，其本字都應作「揭」，但是在臺灣閩南語中，已有變為陽平之傾向，並消失韻尾，和肩物的〔cgia〕（俗作扴，g濁聲母）合流。「扴」字見《字彙》，呼朗切，訓作大用力以肩舉物，義合而音不合，因此可以確定這是閩南語向字書借來的「訓用字」（或借義字）。不過這個讀濁母的字，從上古漢語卻可以找到來源，應是《說文》的「何」字，《說文》：「何，儋也」（儋即今擔字），《廣韻》「何」有平、上二讀，平聲「胡歌切」，國語今讀陽平ㄏㄜˊ，上聲的「胡可切」，今讀ㄏㄜˋ，字改作「荷」，即負荷之「荷」。要承認陽平之「何」為「扴」之本字，必須建立在高本漢、李方桂等所擬的上古

音，即以匣母歸為 *g-，同時要說明這個一等字，何以由 *ga（或gar）轉為細音gia，其中似乎透露某種音轉的消息。「攑」字《廣韻》：「丘言切，舉也。」顯然與〔gia〕音不相屬，閩南語這個字是借形義不借音，不得算為本字，這跟打的情形相同。二百年前的《彙音妙悟》跟晚近出土的《渡江書十五音》都把「攑」字數在陽入調（《彙音》在嗟韻求母：《渡江》在下入聲極韻求母），足見這個方言字由來已久。儘管如此，我們仍應從詞源的角度，定這組字的兩個本字為「揭」與「何」，前者以手舉，後者以肩舉物。

（二）薅

閩南語謂中耕除草叫 khau 草，這個 khau 一般認為是薅字，《說文》：「薅：披田草也，从蓐好省聲。」（按大徐本作「拔去田草」，《經典釋文》、《玉篇》、《五經文字》均作「拔田草」。）《廣韻》平聲豪韻：「薅：呼毛切，除田草也。」依中古音的演變應讀如國語的ㄏㄠ（hau），但是閩南語ㄎㄠ（khau），很顯然的，這是屬於李如龍先生所說的「變例」。這個變例是中古曉（x-）和溪母（kh）之間的轉換關係。這類字還可以從閩南語「吸」、「霍」、「況」等中古皆為曉母及「許」字有 kh、x 兩讀得到印證。請看下一例。

（三）翕

閩南語的「照相」，一般讀做hipₒ siɔŋˀ/siaŋˀ，本字應作「翕」相，「翕」的本義和國語「攝影」之「攝」相當，都有攝取、聚合的意思，但是「攝」字《廣韻》書涉切（訓兼也，錄也。），廈門音liapₒ，潮州niəpₒ，福州niehₒ，建甌niₒ，都反映「奴協切」（《廣韻》怗韻，訓「攝然天下安」，出《漢書》）一讀，這一讀是合乎諧聲的古音。筆者（1987）過去也認為從音義上看，「翕」字十分切合，《廣

韻》翕，許及切，音hip。，語音也十分貼切[6]，並且和另一「熻」字相
應。拙文指出：

> 翕字在漢代以前就有聚合、收斂、閉藏、和輯等意義，如
> 《易》〈繫詞〉說：「夫坤其靜也翕。」《荀子》〈議兵〉：「代翕
> 代張。」《詩》〈小雅〉〈常棣〉：「兄弟既翕。」字亦作歙，如
> 《老子》三十六章：「將欲歙之，固必張之。」

該文並指出漢代揚雄《方言》卷三：「翕，聚也」，《爾雅》〈釋詁〉：
「翕，合也」，唯獨《說文》「翕」的本義作「起」，段玉裁以為：「鳥
將起，將斂翼。」因此猜測「斂翼」可能是「翕」的初義，聚合義為
其引申，旁證就是閩南語的「合」字音 hap，kap，和「翕」（hip）音
義相近，可能來自同一語根，「翕」字的聲符「合」可能不只是純粹
的聲符。此外，《方言》卷十二：「翕，炙也」，卷十三：「翕，熾
也」，都可能是閩南語「翕熱」（hip luat）的本字，這個字到了《廣
雅》、《玉篇》、《廣韻》都變成「熻」（可視為分別文），《廣雅》釋
詁：「熻，爇也。」閩南語「熻豆芽」、「熻菜」、「翕汗」都是此義之
引申。

　　由於《廣韻》「翕」的同音字還有一個「吸」（許及切），這個字
的閩南語不分文白，都唸khip，應該來自溪母，但是「許」字廈門音
文讀。ᶜhu，白讀ᶜkhɔ（姓氏），文讀音可能來自《廣韻》語韻的虛呂
切（許可也），因為語韻的「所」、「楚」、「阻」也讀ɔ，但是仍有h、
kh之別，因此，似應據此建立一條中古曉母與閩南語kh之間的聲轉
例。由於韻書不收「許」字音ᶜkhɔ一讀，這在在可以說明閩南語保存

古音往往在中古以前，由中古音出發，把它視為「變例」，其實也是削足適履的辦法。利用h～kh這個聲轉例，可以找到khat。水（舀水）的本字為「𣲘」（《廣韻》：𣲘，舀水，呼括切。）[7]，裂縫的khiah，本字為「隙」（《廣韻》：隙，壁孔也，綺戟切）。[8]

（四）拾

閩南語「拾取東西」叫作khioh這個字一般寫作「拾」，《漢語方言字匯》「拾」（拾取）下廈門音只收sip一讀，《普閩》收有三讀：文sip白zap俗讀kioh。（扷）（廈門拼音方案k代表送氣的kh），另外注了一個「扷」字，此字《廣韻》業韻：去劫切，訓「挹也」，或許是《普閩》編者認定的本字。但意義不合。又音去其切、丘之切，意義無別。屬平聲之韻，聲調更不合。至於「拾」字《廣韻》與「十」同音「是執切」（訓收拾，又掇也，斂也）。這正是國語ㄕ一讀的來源，閩南語的khioh似乎無法和「拾」搭上線。但是從諧聲的角度看，「拾」字從「合」得聲，而「合」字閩南語及上古音並有k及h兩讀，從「合」得聲的字少有讀kh-的，這就令人躊躇，因為文白兩讀（sip或zap）都和俗讀khioh一讀相差太遠，聲韻俱不相應。只有從諧聲字來觀察，《字匯》「合」字廈門hap。與kap。兩個文讀；hah。與kah。兩個白讀，皆屬匣見兩母。因此從手、合聲的「拾」字，唸成kh也是合乎諧聲常軌的，匣母與見母、溪母相諧，正是常例，如下列可聲和古聲平行的例子：

河何荷（匣）：哥歌柯（見）：可（溪）
胡湖鬍（匣）：姑古固（見）：枯苦（溪）

---

7 林金鈔：《閩南語探源》（新竹市：自印，1980年），頁172。
8 林金鈔：《閩南語探源》，頁165。

　　陳澤平（1991）推論福州話口語中的單音節動詞〔khah$_0$〕（意為拾）的本字就是「拾」。陳氏列舉福州語音中從「合」得聲字有讀 k，kh- 的例子，茲錄於下：

　　蛤〔kah$_0$〕、鴿〔kah$_0$〕、佮〔kah$_0$〕（以上古沓切）

　　袷〔kah$_0$〕（古洽切）、恰〔khah$_0$〕（苦洽切）

　　洽〔xa〕（侯夾切）、盒〔ah$_0$〕（侯閣切）。

陳氏說：

> 如果將《廣韻》所注的「是執切」放在一邊，「從手合聲」的「拾」在福州話中說〔khah$_0$〕，音義正合。反過來，現在我們有可能懷疑《廣韻》的「是執切」來路不明了。從匣母合韻的「合」得聲的「拾」，變成禪母緝韻，實屬反常。匣禪不相諧，緝韻中以「合」為聲符的字也絕無僅有，令人疑惑。

　　由於找到《說文》手部還有四個同義字：「拓」、「摭」、「攎（捃）」、「掇」，都訓「拾」，都是形聲字，許慎並將「摭」看作「拓」之重文。《說文》十二篇上：

> 拓，拾也。陳宋語，从手石聲。摭，拓或从庶。

　　按，段注「拓、之石切（徐鉉反切），石聲、庶聲皆古音五部。」拾字訓掇，段注「是執切，七部」。陳氏對這兩個反切提出了新的看法：

從三字的聲符來看,「之石切」應屬於「摭」,在上古章母鐸部,與同聲符的「鷓、嗻、蔗、蟅、樜」等同音;而「是執切」應屬於「从手石聲」的「拓」字,在上古禪母鐸部,與「石、碩、祏、鼫」等同音。……「拓」和「摭」應該理解為來自相鄰且相似的兩種古方言。許慎指出「拓」是陳宋語,但未加細別地將「摭」作為「拓」的異體處理了。

陳是最後指出福州話的〔khah。〕(擬作苦洽切)一讀不見於《廣韻》是一種方言互競的結果。他說:

語言的融合使來源於不同方言的等義詞「拾、拓、摭」等共處於一個詞匯系統中,必然要互相排擠競爭。競爭的結果,原來僅是「陳宋語」的「是執切」占了優勢,成為「凡通語」,而「苦洽切」退居一隅,降格為一種遠離中原地區的方言詞,如今僅見於閩語。這是就詞匯系統的內部調整而言的。而漢字系統的內部調整中情況剛好相反,「拾」字占了上風,排擠掉「拓」字讀作了「是執切」,或者說,「是執切」寫成了「拾」。這個字詞關係的調整過程,在孫愐著《唐韻》之前就完成了。

陳氏這個解釋,非常具有創意,只因為福州話的拾〔khah。〕的音讀(擬作苦洽切)在《切韻》沒有記錄,而從形聲、古音字系統上重新解釋。對照閩南話的〔khioh。〕,我們覺得異曲而同工,我們相信《切韻》儘管考慮古今南北,畢竟還是「掊選精切,除削紓緩」,許多方言音讀並未收錄,這從《集韻》增加的音讀,可以看得出來。陳氏在調整「是執切」和「之石切」兩系音讀,犯了主觀的毛病,因為諧聲

系統本來就十分參差的，禪母字今讀仍是擦音與塞擦音兩音俱存，如果這種現象在漢代已存在，也就不必說「拾」讀作「是執切」是張冠李戴，而應理解為「拾」本有「苦洽」、「是執」兩讀，正是兩個方言共用「拾」字的結果。

（五）舷／垠

臺灣有許多地名叫作溪垠（$_c$kiN）或埔垠，意思是溪邊或草埔邊緣地帶。這個字《普閩》指出本字當作「舷」。「垠」是閩南方言字。《廣韻》平聲先韻：「舷，胡田切。船舷。」這是匣母讀作k-的典型例子。上條我們已指出匣母與見、溪互諧的例子。在閩南語中，廈門音匣母白讀為k者，比比皆是，如：糊$_c$kɔ、猴$_c$kau、厚kau$_o$、銜$_c$kaN、行$_c$kiaN、寒$_c$kuaN、汗kuaN$_o$、懸（高）$_c$kuaiN、縣kuaiN$_o$、含$_c$kam、鹹$_c$kiam、滑kut$_o$，它們的聲調均為陽調，與匣母之全濁相應。這些讀法在閩語的廈門、揭陽、福州、永安也都相當一致，丁邦新（1983）因此據以論證匣母的上古來源（*g，*gw）。在上古音群、匣的擬測無法完全確定之前，我們不妨先根據上古見系字與曉、匣兩母之間的密切關係建立一條閩南語舌根音的「聲轉例」，這條規律包括（1）h~k，（2）h~kh。波浪號前邊為中古音系，右邊為現代閩南語，在這條聲轉例下，我們就可以確定高低的「高」其本字為「懸」（《廣韻》胡涓切，匣母。《說文》但作縣，繫也。），高低（ke$_o$）的「低」本字應為「下」（胡雅切，匣母）。至於第（2）條，即是上文（2）（3）（4）所舉的例子。

（六）粟

閩南語管「稻穀」叫〔tshik〕，《廣韻》「穀」古祿切〔kɔk〕，顯然〔tshik〕不太可能來自「穀」。《廣韻》「粟」相玉切，訓禾子。李

如龍（1988）認為「心母白讀為tsh」是閩方言的變例（如「笑、髓、碎、鬚、鰓、粞」），並謂「所謂變例是條件對應管的字少」。按審母的「水」（式軌切）、「手」、「守」（書九切）、「深」（式針切）、「伸」（失人切），也都s~ts或s~tsh的文白關係，似乎不能只立「心母白讀tsh」一條變例，這個現象說明閩南語白話音一，完全不是《切韻》的聲母所能管轄、所謂「變例」云者，可能是超出《切韻》的閩方言上古音的現象，在沒法子完全擬定古閩語的聲母系統之下，我們仍以聲轉規律來說，即在《切韻》與古閩語之間建立心母、審母的聲轉律s~ts，s~tsh。

（七）茅 ₌hm 媒 ₌hm；燃 ₌chiaN 箬 hioh₌；蟻 hia₌

這些字包括中古次濁聲母明（茅、媒）、日（燃、箬）、疑（蟻），廈門白讀都作h-，張光宇（1990年，頁19）還指出潮陽的「年」（泥母）白讀也hiN₅₅一讀。這些古次濁聲母白讀為h-，羅杰瑞（1974）認為古閩語的鼻音聲母有普通的鼻音和清鼻音兩套，今讀h-的來自後者。張光宇（1990）提出了不同的解釋，認為是四個階段音變形成的，這些音變的出發點與其說是中古音，無寧說是閩語上古音，自身的變化，因為這個例子顯然說明了《切韻》所代表的中古音系根本不能作為閩方言的起點，我們也不相信這種變化是在《切韻》以後完成的。

（八）跤、鉸；燋、樵

閩南語「腳」的本字為「跤」。₌kha（《廣韻》：口交切，脛骨近足細處）字亦作「骹」；剪刀的「剪」本字為「鉸」₌ka（《廣韻》：古肴切，鉸刀）。「乾」燥字本字作「燋」₌ta（《廣韻》：即消切，傷火），「柴」火字本字為「樵」₌tsha（《廣韻》：昨焦切，柴也）。這些

字多半已為閩南語詞源學者所接受。其中僅有「燋」字中古精母與閩語的t-不相諧，字義也有一些距離。這組字都是中古效攝字，「跤」為二等肴韻字，「燋」、「樵」為三等宵韻字，若從中古音出發，則可說閩南語這些字的a來自au、eu等，但卻無法說明三等韻字如何變成洪音的a，這演變在《切韻》到今日多數方言來說是反其道而行，不如說這些白讀層早在《切韻》以前即已存在，若然，就必須在上古閩語的韻母與中古韻母之間，加上一個韻轉現象即a~au，從諧聲系統看，這是閩南語韻母系統的演變，沒有理由說上古的au來自a。

以上八例，旨在說明閩南語的白讀音，很多無法從《切韻》的反切得到解釋，因此據切韻的音系找尋本字，不得不說是變例，變例的原因可能是音變的結果，也可能是白讀層的許多字根本不在《切韻》音系之中，因此，才用音轉現象來說明，這些音轉現象，隨著古閩語的擬測的日益精細，自然有更好的解釋方法，而不必用這個傳統的術語。

四　音轉學在閩南語本字考訂上的應用

考求方言本字的具體方法，除了從詞義、音韻都能通過對應關係的解釋外，還要經得起姐妹語言的驗證，李如龍（1988）並提出三個常見的具體方法，排除法、類推法和比照法。本文在這裡要提出「詞源法」，作為補充，我們上一節已指出若干音韻論證的例外，都是因為我們把閩南語的本字放在《廣韻》、《集韻》等韻書的範圍造成的齟齬，事實顯示，我們需要一個更積極的方法來對待那些問題字，那就是用一般語源學方式，尋找詞根或同源詞群，再從這些同源詞中，設法尋求可能漏網的本字，前文第一例中的「何」作為「攑」的本字，就是這種嘗試。這裡我們需要更多是上古音的訊息。也需要上古音轉

學的知識為佐證。先舉一例：

閩南語的「熊」廈門音 ₅him，《廣韻》羽弓切，為通攝三等字，從聲母看，喻三歸匣，「熊」的同音字「雄」，《集韻》正好作「胡弓切」，更具存古性。如果純粹只是方言的音變，就必須解釋 ɣjuŋ→him，但這種演變並不是常見的，我們發現廈門話還有幾個刃聲的字，如「忍」ᶜlim文，ᶜlun白；「軔」（音同忍），文讀音變成 ᶜlim，白讀音 lun²，這幾個臻攝字的音變令人懷疑上古來自*-m，「欣」字有一個同音字「歆」，《廣韻》侵韻：許金切，訓「神食氣也」。「歆」與訓「喜」的「欣」（許斤切）經常通用，我們疑心閩南語的「欣」義的本字正是「歆」字而非「欣」，換言之，上古音的「欣、歆」兩字是並存的，這猶如「辛」字，閩南語作「薟」。chiam，（《集韻》：薟，辛味，火占切）或作「莶」（《廣韻》：芋之辛味曰莶，虛嚴切）。而「辛」字只有 ₅sin 一讀並無文白對立，我們從共同語的「辛辣」一詞來看，閩南語讀為 chiam luah。，正字應該作「薟辣」，筆者懷疑「辛」字上古本有 chiam 一讀，這一讀保存在閩語中，《集韻》記載了這個方言字「薟」，其實與上古的「辛」字正可視同古今字的關係（就 chiam 一讀而言）。聯繫了這些情況，或許可以假定上古閩語東、侵、真三部字之間，確有m~n，m~ŋ之間的音轉現象。

利用詞源學的方法探求閩南語的本字有一個現成的好例子，即 tit/chhit ₅tho（今通作迢迌，遊玩之意），吳守禮先生對這個詞的考訂，下了相當大的工夫，其結果見「釋彳亍──得桃」一文（《大陸雜誌》第19卷第11期）[9]，從元明雜劇的用字開始，至臺灣地區現在的寫法，吳文搜集了數十個詞形，歸到一個原始詞「彳亍」上，作為它的詞源或本字。

9　吳守禮著：《荔鏡記戲文研究》，頁162-173，收在東方文化供應社「亞洲民俗社會生活專刊七」。

> 《廣韻》昔韻：彳，丑亦切，《說文》云小步也，象人脛。又遇韻：亍，中句切，步止也。

「彳亍」兩字連用始見於晉潘安仁〈射雉賦〉：「彳亍中輟，馥焉中鏑。」狀雉小步走，欲行又止貌。

我們來看這些歷時的資料：

元代：一　鑊鐸（訓喧鬧，見董解元《西廂》。吳興人閔遇五《五劇箋疑》謂「鑊鐸」是方言，彳亍、踟躕、無聊之音。今吳音亦謂慢行曰鑊鐸。）

明代：二　撻挑亦作撻桃。沈周《石田雜紀》引陳啟東詩：「誰信撻桃原是耍，怎知詐講卻云誣。」

三　得桃（見《荔鏡記戲文》）

清代：四　淂桃（見《同窗琴書記》，乾隆四十七年會文齋刊本。）

五　勑桃（見《千金譜》，清光緒間坊刊本）

六　迌迌（見《千金譜》。「廣東店好迌迌，水晶玻璃白波波。」）

再看同時的閩南資料：

鳶桃，塢桃人，鳶別人桃，鴆官人（與「食官人」並用，鴆、食均動詞）

逗桃（潮州），迌迌，七桃，乞桃（臺灣，後者為譃音）。

臺灣的泉腔音tit꜆ ꜀tho，上列勑桃、得桃、迌迌thit-thô，見《臺日大辭典》屬之，漳腔音chhit꜆ ꜀tho，上列「七桃」屬之。連雅堂《臺灣語典》卷四「佚陶」條云：

> 謂遊樂也，《集韻》佚，夷質切，與逸通。《漢書》〈李廣傳〉：而其士亦佚樂。註：佚，閒豫也。《禮》〈檀弓〉：人喜則斯陶。《詩》〈王風〉：君子陶陶，傳：陶陶，和樂貌。

邱立「閩南方言考」亦謂：

> 〈射雉賦〉：「彳亍中輟。」張銑注：「行貌中少留也。」聲轉
> 為「蹢躅」，《說文》：「蹢躅，住足也。」閩南語音同「鐵頭」
> （thit-thô）。案「彳」字古聲屬透，與「鐵」同紐；「亍」古聲
> 亦屬透（按據大徐丑玉切），與「頭」（定紐）清濁相轉。亍古
> 韻在屋部，頭在侯部，平入相轉。

　　按連氏分解經典之「佚」、「陶」，以為「佚陶」之語源，然古書
未見「佚陶」連用。邱氏按閩語的 $_c$tho（平聲侯部）論「亍」與 $_c$tho 平
入相轉，實則《廣韻》「亍」音注（中句切）為去聲。唯段注作丑玉
切（《說文》亍：步止也，從反彳，讀若畜。），按董同龢上古音系，
「彳亍」擬作 *thjak*thjuk，「蹢躅」是 *tiek dhjuk，「佚陶」是 *diet
dog，這些上古音都是舌頭，作為閩南語的「迌迌」thik $_c$tho 的來源，
聲韻皆可能，但「佚陶」並不成詞。《普閩》字作「佚佗」（tittô），不
詳所本，《漢語方言詞匯》廈門作「七桃」（tshit$_5^{32}$ tho^{24}），潮州作
「剔桃」（thik^{21} tho^{55}），可以發現《普閩》與《詞匯》，廈門音已兼容
與 tit$_2$ $_c$tho 與 tshit$_c$tho 兩種說法了。

　　以上羅列的語源，「彳亍」只是暫擬，在沒有更好的古語之下，
聊勝於無。比較有趣的是上列「得桃」，「七桃」等書寫形式，基本上
是記音的，「佚陶」、「佚佗」則兼表義，「迌迌」則完全是會意字，雖
然《玉篇》已見，但並非兩字連用，且完全與閩南語的用意無關。按
《玉篇》「迌，陟栗切，近也；迌，他沒切，詆諉貌。」「迌」為知
母，「迌」為透母，由此看來，閩南語較早的資料仍以舌頭音的 tit
$_c$tho 佔優勢，舌面音的「七桃」，似乎較後產生，如果我們聯繫男人的
「查埔」、女人「查某」這一組，也有相同的情形，因泉腔亦為

tapɔ，tabɔ，其中的因素恐怕不是上古音所能解釋，或許在構詞法上，泉、漳之間有一組t~tsh的音轉關係，但這組音轉目前尚無其他的例證，可以作更多的推測。

利用古韻的「陽入對轉」關係研究閩南語的派生詞，也是一項具體的應用，李如龍、張雙慶（1991）《閩南語「陽入對轉」派生詞》提出了二十五條探討的結果，值得推介。試舉二例：

（一）sam31——sap5　sap5應有本字，《廣韻》入聲緝韻先立切：霫，《字林》云，雨貌。又色立切：霎，小雨聲，緝韻白讀有讀ap的，（如「　」tsap23）。泉州話可說「雨仔霫霫」hɔ22 a55 sap5 sap5，也可說hɔ22 a55 sam31/55sam31（小雨濛濛）。

（二）uan33——uat5　彎、斡都是「不直」，彎成弧形，斡成角度，「彎」兼用作動詞和形容詞，如說「目眉彎彎」bak23/2 bai24 uan33 uan33（眉毛彎彎的），「鐵攕彎去咯」thi5 tshiam24 uan33 kw lɔ（鐵桿彎了），「斡」只用作動詞，如說「斡角」uat5 kak5（拐角），「斡倒去」uat5 to khw（回去）。「彎斡」還可以連用，如說「獪曉得彎斡」bue31/22 hiau55/24 lit5 uan33 uat5（不會轉彎），「山路彎彎斡斡」suaN33 lɔ31 uan33 uan33 uat5 uat5。

從上舉二例看來，漢語音轉學對上古閩語語詞的孳乳派生的探討十分有利。由於大量同源詞的研究，對於本字的研究更多一項判定的準據，這是音轉學的具體貢獻，但是它仍有一定的限度：（一）對待不同的音韻層次如文白異讀，音轉學應該用在可能相同的層次，否則造成的混淆更加嚴重；（二）音轉學所根據的多為上古漢語的成果，在方言之間，尚無成系統的研究。因此，它的科學性較傳統的「切韻音系中心法」為低，目前只能作為輔助工具，用來判斷精密的音韻論證的例外，而不是全盤取代傳統的方法論。

五 結語

　　長期以來，方言學者始終在傳統韻書或字書中找本字，殊不知許多「本字」原來也只是某一時地的記錄語詞方式，韻書雖反映了它的音義，但並不皆適合超越《切韻》的方言現象，因此要解決這些音義失黏的本字，非要通過詞源學的方法不可。嚴格的同源詞，必須從音、義兩方面嚴守對應的規律。那就必須在古閩語與古漢語之間，建立更明確的演變規律。至於古閩語的構擬，則有待於對合理的音轉律的掌握，所謂合理，不僅在例之多寡，必須合於世界語言的一般規律。

　　本文主要是通過漢語音轉學與詞源學的一些觀念來檢討現有閩南方言本字考訂上的一些盲點，我們覺得科學是進步的，傳統考求本字的方法，雖然不能說已到了山窮水盡的地步，但至少再從字書、韻書中找本字的收穫，可能很有限，我們認為通過歷史比較法，大量搜集姊妹語言的詞彙並謹慎地吸收前人音轉學的成績，可以為閩南語方言本字考訂揭開新的一頁。

參考文獻

丁邦新　〈從閩語論上古音中的*g-〉　《漢學研究》　第1卷第1期　1983年

丁啟陣　《秦漢方言》　北京市　東方出版社　1991年

何耿鏞　《漢語方言研究小史》　太原市　山西人民出版社　1984年

李新魁、林倫倫　〈潮汕話本字考〉　《中山大學學報》　1987年

李新魁、林倫倫　《潮汕方言詞考釋》　廣州市　廣東人民出版社　1992年

李如龍　〈考求方言詞本字的音韻論證〉　《語言研究》　第1期
　　　　1988年

李如龍、陳章太　《閩語研究》　北京市　語文出版社　1991年

李如龍、張雙慶　《客贛方言調查報告》　廈門市　廈門大學出版社
　　　　1992年

吳守禮　《荔鏡記戲文研究》　臺北市　東方文化供應社　1970年

林金鈔　《閩南語探源》　新竹市　自印　1980年

林寶卿　〈閩南方言詞典中的本字問題〉　《辭書研究》　1990年

周長楫　〈說「一」、「禃」、「蜀」〉　《語言研究》　第2期　1982年
　　　　頁198-202

洪惟仁　《臺灣禮俗語典》　臺北市　自立晚報出版社　1986年

連　横著　姚榮松導讀　《臺灣語典》　附《雅言》　臺北市　金楓
　　　　出版社　經典035　1987年

章炳麟　《新方言》　浙江圖書館校刊本

陳澤平　〈閩語本字考三則〉　「第二屆閩方言研討會論文」　1990
　　　　年

張光宇　《切韻與方言》　臺北市　臺灣商務印書館　1990年

張振興　《臺灣閩南方言記略》　福州市　福建人民出版社　1983年

楊秀芳　《臺灣閩南語語法稿》　臺北市　大安出版社　1991年

姚榮松　《古代漢語詞源研究論衡》　臺北市　臺灣學生書局　1991
　　　　年、2015年8月增訂再版

姚榮松　〈兩岸閩南語詞典對方言本字認定的差異〉　《臺灣師大國
　　　　文學報》　第22期　1993年

顏　森　〈談談跟考本字有關的幾個問題〉　《中國語文》　第4期
　　　　1990年

Norman, Jerry, "The Initial of Proto-Min," *JCL*, 2.1 (1974): 27-36.

──本文原刊於《第一屆臺灣語言國際研討會論文選集》
（臺北市：文鶴出版公司，1995年），頁607-624。

閩南語書面語使用漢字類型分析
──兼論漢語方言文字學

一　閩南語漢字的傳統

　　閩南語或者閩語作為漢語的七、八個大的語支存在至少有一千多年，西元一世紀揚雄所著的《方言》裡，雖然沒有明顯的「貉獠」或「福佬」（鶴佬、河洛）話的遺跡，但是從共同語的詞彙來看，閩南語保存許多古代的說法，至少可以追溯至東漢的文獻，如：「青盲」一詞見於《後漢書》「公孫述據蜀，犍為任永、馮心皆託青盲以辭徵命」，「地動」即「地震」，見《漢書》〈張衡傳〉。保存的量不多，卻可以說明閩南語詞的源遠流長，但必須指出一個觀念，即說某個方言保留多少古語，並不代表這個方言早有自己的漢字系統，它只是作漢語的一種古代通語的遺跡。

　　如果說唐代顧況的詩已反映了閩語詞的特殊字，如哀囝詩裡的「囝」，這個字也收在北宋年間完成的「集韻」（丁度等著），讀為「九件切」，並注明是閩方言字，這個音讀並不在其他方言出現，這也只能說宋代的閩語確有一些個特殊字被創作出來，造字反映了該語言的實用性。因此我們可以說，閩南語（按「囝」字並不限於閩南）的特有漢字，有些已存在了將一千年。

　　據可靠的文獻研究，閩南語的某些虛詞或語法成分，也反映在南

宋佛典的《祖堂集》中，但都祇能說明閩南語逐步進入書面文獻的歷史舞臺，但正式以漢字記錄純粹的閩南口語，卻要從明嘉靖年間流傳下來的潮州戲文，鋪演陳三五娘故事的《荔鏡記》戲文，是今天所見最早的閩南語漢字文獻。這個時期許多漢字的用法是草創的。到了清嘉慶年間（1800）以後泉、漳十五音韻書的相繼出現，漢字才逐音節出現在字典中，慢慢形成一定的寫法。

在臺灣本土的閩南語，也在通俗文學中逐漸形成自己的寫法，見於南管曲文、歌仔冊、流行歌及謠諺等。這些材料反映了漢字使用的混亂，卻也是它必須經過的道路。在日人治臺期間，由於語言教學的需要，也進行無數會話課本及辭典的編輯，豐富了閩南漢字的實驗材料。

這種實驗材料表現在近四十年的臺灣鄉土文學的作品中，初以小說為主，近年來臺語（狹義指閩南語）詩的創作也有後來居上的趨勢。記錄民俗曲藝、散文或實用文書的嘗試也漸漸流行，但發表的園地有限，流傳不廣，只能作為小眾傳播，比較有效的傳播文字是卡拉OK的臺語歌詞以及當前蜂出並作的各種臺語教材。

閩南語漢字多半有一定的字源可考，但由於這種考定工作落後於各種字典、辭典的編輯，所以至今仍無專門的字源字典。文字的應用有其社會性，在沒有規範的情況下，只取決於約定俗成，一旦漢字使用的需求增加，漢字使用的混亂便無可避免，近幾年來，各種各樣的閩南語漢字充斥書報，已到令人眼花撩亂，莫衷一是的地步，漢字規範的工作成為語文教師的迫切要求，語言學者也投注在此項工作上，夏威夷大學的鄭良偉教授去年在文建會的贊助下，與張裕宏、姚榮松兩位教授合作，完成一項常用字表的建議用字。這個字表是以所有的文字表述法為出發點，因此不限於全漢字，部分有音無字的寫法，兼採羅馬拼音。本文是在該項研究的基礎上的發展，考慮所有語詞都有

漢字可用，因此在決定選字之前，須先對於閩南語書面語使用漢字的類型，進行全面的分析。

二　閩南語特別詞的漢字類型

漢字是記錄漢語的傳統工具，漢字的方塊特性與用字規律，都是受古漢語詞的單音節性所制約，但方塊字畢竟不是拼音文字，它的演變往往趕不上漢語在長遠時空下的變化。尤其對於未有完整漢字記錄的方言來說，人們已習慣於下列的共通模式來記錄漢語：

（一）寫本字

（二）同音替代（即假借）

（三）另造新字

《本字》和《借字》是一組相對的概念，當一個漢字的形、音、義和語言某個詞素完全對當，換言之，這個字是專為某個詞而造，它就是一個本字。反之，只取某個字的「音」來記錄一個「同音詞」，就形成字形的借貸關係，這類記音字就是古人所謂的「假借字」，後者所以濟前者之窮，也是漢字向標音文字邁進的一大步。借音字的大量出現，說明漢字不可能維持一音一字（一義）的理想；遇到有音無字時，還必須創造新字，以濟文字之不足。

以上這三種方式，仍不能滿足臺灣閩南語書面語的文字需求，所以仍有人乞靈於羅馬字的標音法。閩南語既有其原始語言的底層詞，又有大量自中古漢語雅音系統借入的書面語，因而形成文、白異讀的一字多音層次，凡是中古音系所不能涵蓋的閩南語白話音，往往就是閩南語的固有詞，其中頗多無漢字可寫，借用的漢字往往是類似日語的「訓讀字」，像「人」一詞的漢字音讀 jin5 代表閩南語的文讀音，相對的白話音 lang5，並不是原始漢字「人」一形的表音，有人找到

它的本字是「農」或者另造區別文「儂」，由此可見，閩南語這類「特別詞」，有時有字源可考，有時字源並不可靠，後者往往成為所謂「有音無字」的狀態，這些字大抵有三種狀況：

（一）音字脫節：因為語音的變遷，使現代臺語字音與古漢語的音韻記錄沒有完全對當，無從確認其本字。例如：閩南語物眾曰濟（ce7）《廣韻》濟字兩見，一見上聲薺韻子禮切，訓「濟濟，多威儀貌」，義相近而音不合（精母全清應讀陰上ce2）。另見去聲霽韻子計切（ce3），訓「渡、定、止」。又「既濟卦」。《集韻》則收「濟」字四見，除了子禮、子計兩切外，又作上聲在禮切，訓「雨止也，洪範曰：雨曰霽。或作濟。」此讀音應為ce6（陽上）；另一讀見平聲齊韻前西切，訓「濟濟，祭祀容。」此讀今音ce5（陽平）。其義與前文《廣韻》的「多威儀貌」略合，但聲調質與今音ce7不合，唯一較近的一讀是「在禮切」今讀陽上（洪惟仁：《臺灣禮俗語典》〔臺北市：自立晚報社，1986年〕，頁66），以為「此字白話音在第六聲，漳廈歸第七聲，泉仍在第六聲陽上。」聲調雖然與泉州音對上了，但兩本中古韻書的義訓均無一合，可算是典型的「音字脫節」（這個術語是吳守禮先生提出的。）

（二）未曾造字：某些特別詞，來源可能與古代漢字所記錄的古漢語沒有血源關係，也可能就是古漢語的最古老遺跡，不過沒有在漢字圈裡出現過，這些字迄今未曾造出。大多數使用借音，或者保存空字狀態。例如：閩南語訓「欲，要，將」的beh4，一般都寫作「卜」，此字明嘉靖刊本「荔鏡記」戲文已出現，並見於二百年前的泉州韻書《彙音妙悟》科韻文母陰入調。意思皆與今義合，但「卜」字《廣韻》博木切，並無「欲、要、將」義，目前沒有找到明確的本字，連橫《臺灣語典》卷一收了一個後起字「㑉」，訓「要也，欲也。例：㑉食、㑉困。」此字不見於漢語各種大字典，當是專造字，

所以用「嘍」字似乎就不是「未曾造字」了。至於閩南語用作「親嘴」的ciml，文獻寫作斟、唚，皆於古義沒有聯繫，可能只是借字，《漢語方言詞匯》（北京市：北京大學：1964年）認為是馬來語借詞，可備一說。

　　三、純粹擬聲：臺灣閩南語中某些字用來描述語言的擬聲或外來譯音，其記錄符號僅有標音功能，如果不能把握其所擬的聲音或外來語發音，就不易知其所指，其記音方式並無定形，有些已約定俗成，有些則尚無通行寫法，均視為無本字。如形容「油膩得很」叫油lap4 lap4，形容很瘦的瘠gih4 gih4，形容詞後的重疊後置成分皆無字，若是不用羅馬字，而硬要用漢字擬聲詞，可能找不到同音字，只好用音近字來擬聲，如作油納納，瘠語語，都不精確，又如日語的西裝（漢字作「背廣」音sebiro），閩南語俗寫作「西米落」就是完全的音譯詞。

　　一般來說，假借字和重新造字，都可以解決以上的困難，但是要變成約定俗成，又可能需要很長的時間，了解了這些複雜的情況，就可能為閩南語的漢字類型進行分類，拙作（1990）〈閩南語書面語的漢字規範〉一文，曾經整理前人的看法，把臺灣閩南語漢字區別為五大類，九小類，表列於下：

（一）本字

　　1.正字：就是聲、韻、調都合乎演變規則的字，如儂、团。

　　2.準正字：從文獻音讀找到音、義條件相近，但有一部分條件又不符合音變規律。如哭（khau3）、知（cail）。

　　3.同源字：凡音義相近，古音可以彼此相轉，合乎古漢語同源字的條件者。如捘〔cun7〕（＜轉 cuan2，調相差較遠），趄、勾、跔均與縮腳有關，但韻書皆平聲，與爬杆的□kiu3（音救、陰去），為同源詞，後者無字可用。

（二）方言字

4.新造字：只適用於閩南語的專用字。如：獪bue7／be7不會，不可，毛 chua7引導。秉pann3穀不實。傀beh，欲也，要也。多據六書原則。

5.新義字：與文獻音切相近，但不取舊義，改用新義。如迌迌，嗳。

（三）借音字

6.閩音借字：如以「質」或「職」代cit（這一），以「脬」代hit（那一），借「閣」為koh（再），借「卡」為khah（較）。

7.國音借字：如以「讚」表示真好的〈嶄〉，用「曉」「小」等代替siau5（精液）。

（四）借義字

8.亦稱訓用字：借「歹」為「痞」phai2，借「塊」為「篋」khool，如三百塊。

（五）擬音字

9.如：用「阮」為guan2（我們），用「恁」為1in2（你們）。再如：烏魯木齊、阿里不達等四字詞語。

這五大類型，後兩項仍可分出細類，但為了避免太瑣碎，姑不再分。其中第七小類多見於通俗用字（小說或報刊），是不正規的類型，似宜排除。再者第二大類統稱「方言字」亦有未妥，因為廣義的「方言字」可以包括所有方言特別詞，那麼（三）、（四）、（五）也都屬於方言字。

　　一九九二年筆者參與鄭良偉教授主持「臺語書面語用字參考資料研究計劃」（1992年7月至1993年6月），為了分析《臺語常用三百特別詞素表》，將從前的分類調整為兩大類三個次類：漢語字源、標義字、標音字；每類再分細類，共八類，關係如下：

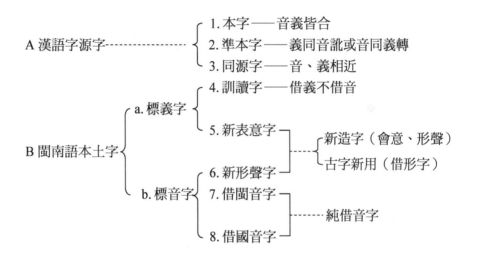

　　這八類型，結合字源學的本字考與社會用字學。我們設計了一張《臺灣（閩南）話書面語漢字類型分析表》，將《臺語常用三百特別詞詞素表》，逐條按搜集來的不同用字，填入所歸屬的類型內，用字分歧務求其多。詞素標示用鄭良偉教授習用的教會羅馬字改用數字標調，與本文所用《臺灣語言音標方案》（1994 年，臺灣語言學會修訂版）不同，表例如下：

臺灣（閩南）話書面語漢字之類型分析表

羅馬字	本字	準本字	同源字	訓讀字	新表意	新形聲	借閩音	借國音	建議用字
		漢語字源		標義字		標音字			建議用字
bai2		穤		否，醜		偄			穤
che7		濟		多	侈	僐			濟
gong7						戇	傥，憨		戇
hiam1	歁		辛						歁
ia3-sian7		瘖嬋		厭倦	厭屓				厭僐
pin5-toann7					貧惰		貧憚（段）		貧段
						份憚	憑惰		
song5		鬆		庸；傖					鬆
bat／pat			八	曾；職	捌2	捌1			捌
so5		趖				胜			趖
be7／boe7				沒；未	繪	昧			繪
m7				不，母	呒，怀	姆；唔			呒
mai3				勿	嬡				嬡
thang1		通		可		硐			硐
kah/hap		佮	合	及		佴			佮
m7-ku2／kuh				不過	不拘		甲 姆拘；姆久（閣）		呒拘
kang5		共		同，仝		仝			仝
chhun1		伸，申	倩	剩					倩
chiah-nih		者爾		此呢；如此	即呢；此裡				者爾
hiah-nih		許爾		許呢；彼如	彼裡		迹爾		許爾
chit-ma2					這嗎		赫爾（呢） 即碼		即碼
gau5		豪	勢	賢		獒	即滿，此滿		勢
kan1-na1／kan1-tal					僅單 干但	爻	干那，干焦		干那
chhiau5				移，調	撨		干乾，干礁	喬	撨
sih-na3			閃爁	閃電					閃爁
tai7-chi3		載志	事志 搐（烏括切）	提；拿		摜	薛爁 代志（誌） 扞		代志 綰
koann7		綰							

　　本表每行之用字或詞語均由各種閩南語詞典或相關的學術著作中收得，主要有：鄭良偉《臺語發音字典》（不少字轉收自吳守禮《臺灣閩南語基本字典》；廈門大學《普通話閩南方言詞典》、陳修《臺灣話大辭典》、楊青矗《國臺雙語大辭典》、臺灣總督府《臺日大辭典》、村上嘉英《現代閩南語辭典》、楊秀芳《臺灣閩南語語法稿》等，不可諱言的，這些詞典只是臺語漢字的一部分，大量的民俗謠諺及各類文學作品尚未全面收集，即使字詞典類也尚非全璧，如許成章《臺灣漢語辭典》也因卷帙浩繁整理不及而暫闕。

　　上表最重要的特色是三分法，使漢字的類型更細緻，應該指出，這三個類型並不在同一個平面上，所有字源字也可以再分為標義字和標音字，但它不是本文分析的重點，所以我們把它分為本字、準本字和同源字，來判斷其字源的可靠性。其他兩類是閩南人運用漢字所自成的標義和標音系統，我們的目的在觀察其選擇表音或表意的趨勢，作為「方言文字學」的基礎。第一類是漢語字源學的類型，凡合乎漢語字源學條件者歸於此類，值得注意的是閩南語特別詞（即口語詞的書面化），合乎「本字」要件者不多，嚴格的字源學尚有依據上的爭議，我們暫以中古的《廣韻》、《集韻》的「反切」作為依據，但是口語（即白話音）的語言層實際是比切韻系統更為古老，筆者主張以上古漢語的字源方法來求本字（詳見拙作〈論音轉學在閩南方言本字考訂上的應用及其限度〉，1993年），在無法通過中古音的關卡時，必須轉求上古音，作出合理推測，目前這張表出只做到中古音的檢驗，把通不過中古音而又有待考察的音義同近字，列入「準本字」和「同源字」，這兩個類型是洪惟仁（1986）提出的，不過他稱為「準正字」，本文一律改用傳統文字學求本字的概念，採「本字」代替「正字」之說，以免予人有了「正字標記」的刻板印象。

　　標義字和標音字兩類字，都是閩南人自己按照自己的方式用字的

結果，無關乎漢字的字源，過去使用「方言字」、「借義字」、「借音字」都在這兩類範圍，「方言字」一詞過於籠統，我們主張廢棄，漢字基本上是「詞素──音節文字」，詞素所以表義，形聲、假借所以標音，因此，不管字形是否新創，或以傳統漢字舊瓶裝新酒，賦予新的音義，都在此範圍，標義字是字形與讀音無關，因此，用共同語（國語）的詞語來寫閩南語口語詞，即形同「訓讀」，至於借國語音讀來記錄閩南語詞，本是混雜語，不合文字記錄語言之正軌，但在現階段，卻也是一種特殊手段，例如：「強強滾」「嘎嘎叫」、「創啥曉」之類，表例上這類字出現得極少，是受到前列字典材料的限制。

有些用字是以複音詞出現，其漢字歸類也出現了困難，有些複音詞其中一字表意另一字為形聲字，如pin5-toann7，寫作「貧惰」，惰字為表意字，寫作「貧憚」，憚字有畏事之意，似亦表意，但此字從單（白話音toann1）聲，實即形聲字表音為主，衡其輕重，以為「貧憚」兩字皆合閩南語的表音，故歸入「借閩音」，為了讓它更單純表音，我們建議改用「貧段」。像ia3-sian7一詞，《普閩》定為「瘟嬗」，意思相近，但「㑑」與「嬗」同訓緩，又「厭」字閩南語文讀iam3，疑「瘟嬗」為相對的白讀，為用字通俗又兼表意，建議改用「厭借」。像表示「曾經」的bat寫作「捌1」，純屬借音，故放在「新形聲」，表「相識」的bat則有「辨別」之意寫作「捌2」則有會意字之性質，放入「新表意」，所以稱「新」是因為漢語中沒有見到類似的用法。至於「捌」的本字「八」，也把它放在「同源字」中備考。

標音字中的借音字主要以閩南語的同音為主，借國音一類多屬狀聲的臨時借用字，而且出現在報刊上，均為國語的語境，本應剔除，但其中還包括一些音譯外來詞，由國語或其他方言借入，閩南語照字面發音，如雷達、咖啡、卡拉 OK 等，就應該算是「借國音」的一類，這一類還包括國語向閩南語借詞所創造的新詞如「芭樂」、「柳

丁」等。「柳丁」一詞原來是「柳橙」的轉音，為寫字方便、把「橙」字簡為「丁」，閩南話的「橙」就由陽平生出陰平調的「丁」，屬於方言音變、嚴格說來也不屬於借音。

從這三大類八小類的異文中選取建議用字，其中牽涉文字學的原理、社會用字心理及識字、辨義及電腦輸入等相關問題，下文我們將根據一些原則，進行選字示範。

三　閩南語漢字的選用原則的示範

以下我們將根據第二節附頁的分析表，逐字提出我們的建議用字，並說明選用的理由：

bai2 穤　　　《廣韻》莫亥切（上）又莫代切（去），前者訓禾傷雨，後者訓禾傷。全濁上歸去，則今音不當作陰上，只可算是準本字，因無更好的借音可用，取禾黑會意，不失為易解。

che7 濟　　　詳前文「音字脫節」。

gong7 戇　　　《廣韻》呼貢切（悾戇愚人）、陟降切（愚也）。意合音不合，惟約定俗成，故以新的形聲視之。

hiaml 歁　　　《廣韻》虛嚴切，芋之辛味曰歁，音義並合。

ia3-sian7 厭僐　本作瘂嬗，《廣韻》：瘂，於賜切，音縊，病也。線韻嬗、僐並時戰切、同訓緩。故第二字取「僐」較易讀。第一字取「厭」字理由已見上文。

pin5-tuann7　「貧段」，純借音為尚。

song5　傯　　《廣韻》息恭切，恭怯貌，方言：庸謂之傯。意合調不合（依反切應作陰平）。故視為準本字。

bat／pat	捌	音同八（博拔切），訓無齒杷（同杷），意不合，為避免與數詞八混淆，取通俗八之大寫捌，視同新表意。
so5	趖	《廣韻》趖疾，《集韻》引《說文》：走意，並音蘇禾切，《集韻》意合，聲調不合（心母應唸陰平），故為準本字。
be7／bue7	獪	新表意字（亦合音字），一目了然。
m7	呿	新表意字，如表不可的「呿嗵」，免與「不通」混淆。
mai3	嬡	表意兼合聲，又與獪搭配。
thang1	嗵	新形聲，容易認讀。
kah／kap	佮	《廣韻》：併佮聚，古沓切。又「合」字同音，訓合集，不如佮字音義具佳，從人以別於「合」，作為連詞專用。
m7-ku2	呿拘	借音字，易讀易辨。又作呿閣[m7-koh]。
kang5	仝	《廣韻》：同，徒紅切，齊也，共也。仝古文出道書。意合音不合（tang5）。「共」字則去聲，渠用切，訓同也，皆也，意合音亦乖（kiung7），二者相較，寧取不合字源之「仝」，作為新形聲字看待（從工聲）。
chhun1	偆	《廣韻》上聲準韻：癡準切，厚也，富也。調不合，故視為同源字。又伸、申同音失人切，書母閩南語唸 tsh-（TLPA 作 ch）是變例，申訓伸，伸訓舒也。音合意亦近，但「伸」為常用字，不如取「偆」兼有表音作用。此字亦見於連氏語典卷一。
chiah-nih	者爾	合乎字源，音讀亦易。

hiah-nih	許爾	合乎字源,「許」作指示代詞或形容詞,見於文獻,如敦煌變文、南宋話本等,楊秀芳 1991:51 舉二例:「在大將軍許」(《世說新語》)、「我許大年紀,無兒無女,要十萬家財何用?」(話本志誠張主管。)許、者上古魚部字,韻母 – ia 可能為古音之遺。
chit-ma2	即碼	現在,半主意半主音。
gau5	勢	《廣韻》:胡刀切,俊健。《集韻》引說文:「健也」牛刀切,依《集韻》則音義皆合。依《廣韻》則匣母,或與群母同源。又此新形聲字約定俗成。
kan1-na1	干那	口語中連音多取「干那」。
chhiau5	撨	《廣韻》:昨焦切取也、音樵。借音合義不相關,故視為新表意,張振興 1983:54 頁作「矯」,音不合。
sih-nah	閃爁	《廣韻》:燈,盧敢切、火爁,又蘆瞰切、火皃。音義皆近。唯今音兩字皆作入聲,當為同源。泉州音作叱爁(chhih lah),音略有異。
tai7-chi3	代志	語源上可能作「事志」,但不如從俗以借音之「代」代替「事」字,見字知音。
kuann7	綰	《廣韻》:綰,繫也,烏板切;揖,揖取,烏括切;拒也,侯旰切;掼,掼帶,古患切。綰字音義皆近,如就讀音,則「掼」字更貼切。

　　以上二十五個字例,我們在下列幾個原則下,作了個別的取捨。
　　(一)字源原則:中古韻書尚有合乎字源的字可取,原則上尊重字源,穩、濟、懇、傯、趖、佮,俏、勢、綰,都是此一原則所得。
　　(二)諧聲原則:許多複音詞,兩個音節必須讀得出來,比較容

易理解，因此在選字上特取聲諧，如厭倦（還可作瘝嬗或瘝嬗等）貧段、�、者爾、許爾、即碼、干那、閃爍、代志都是比較好讀的。

（三）表意兼聲原則：𣍐是不會之合音，𫠣是不愛的合音（意為不要），即碼的前一字屬表意兼聲。

（四）辨義別聲原則：m7 與 put4 有別，前者用�（不用嘸，從簡易），以別於「不」字。哃字加口，音 thangl 以別於通 thungl。「�拘」不用「�久」，前者辨義較強。捌之本字為八或別，但為免與常用字混淆，寧取少用之「捌」（本義為杷，今作八之大寫）。

（五）罕用字新用：「仝」本「同」之異體，以新形聲看待，取音為 kang5（工）。

（六）借字比造字優先原則：雖然對於某些虛詞，主張加上口或人等偏旁以求區別於實詞，但造新字是最後的手段，一般狀聲或外來語，應儘可能採用借音字，以精簡字數。因此，我們反對任意造字。但對於前人已造的本地字，如果已經通行，我們也主張不必大事更張。

由於音字脫節或無本字可求的字在常用詞中尚有一定的數量，如果要儘可能用合理的漢字寫出來，我們覺得祗有編一部常用詞正字詞典，才能作出全面的規範，目前尚言之過早。

四　從閩南語漢字的類型分析看方言文字學

漢字具有悠久的研究傳統，即傳統文字學；六書的分類又是傳統文字學的核心，然而在廣大的漢字文化圈，漢字的運用和變化，則與傳統的六書理論有著很大的差距，研究方言的學者，除了考訂本字，探討字源之外，很少注意方言漢字學和傳統漢字學的關係，有時借用六書說來解釋方言字，往往格格不入，或妄加附會。

　　本文可以說是從活的漢語入手，來檢討漢字如何記錄一個活生生的漢語，其中有前人的經驗，也有今人的創造。先說前人的經驗，亦即本文所謂的閩南語書面語的傳統，傳統即有因襲前人、約定俗成之意，這個文獻傳統的主流派可以說是歌謠，這是因為它的傳播力較強，影響較大的綠故。我們舉開始於一九二〇年代的臺灣流行歌曲的歌本，俗名「歌仔冊」或「歌仔簿」為例，來說明它的用字。例如民初廈門會文堂印本的「最新打某歌」，我們以開頭十二句為例，並以臺灣語文學會所訂 TLPA 第一式注音：

人人嫁尪飯尪子　　　lang5 lang5 ke3 angl png7 ang1 kiann2
開阮嫁尪即呆命　　　khai（3）gun2／guan2 ke3 ang1 ciah4 phainn3
　　　　　　　　　　miann7
人人娶某真願家　　　lang5 lang5 chua7 boo3 cin1 guan7 ke1
恁父娶某真業債　　　lin2 pe7 chua7 boo3 cin1 giap8 ce3
人人打某佐瘦貴　　　lang5 lang5 pha2 boo3 co2 san2 kui3
短命打某舉柴槌　　　te2 miann7 pha2 boo3 gia5 cha5 thui5
人人尪某誰人無　　　lang5 lang5 ang1 boo3 siann5 lang5 bo5
短命打某打敕桃　　　te2 miann7 pha2 boo3 pha2 chit4／thit4 tho5
姿娘不願心歡喜　　　cu1 niunn5 m7 guan7 sim1 huann1 hi2
下神托佛相保庇　　　he7 sin5 thoh4 hut8 sio1 po2 pi3
保庇丈夫早過世　　　po2 pi3 ciong3 hu1 ca2 kue3／ke3 si3
單身娘子好行宜　　　tuann1 sin1 niunn5 a2 ho2 hing5 gi5

　　這段文字我們用嚴格的類型論，可以指出下列現象：
　　（一）訓讀字最多：又可分為二類：
　　1. 可以找到本字者：人人（儂儂），尪（翁）、子（团）、打（扑）、舉（揭）、托（託）。

2.可以找到準本字者：飯（傍）尪子；即（者）呆命：佐瘦貴（做散喟）。

（二）借音字居其次：開（豈），阮（我）、恁（你）、敕桃（遊耍）、尪（翁）。

（三）疑為訛字：真願家（願當為「顧」之訛）。

（四）特別構詞：業債（業或作孽）；佐瘦貴（互相調戲）；短命（自己謔稱）。保庇（保祐）；過世（逝世）、下神（向神許願）、姿娘（妻子，女人）。

按1.人的本字為「儂」或「儂」，據黃典誠（1980）《閩南語人字的本字〉一文：2.「飯尪子」的「飯」字應作「傍」，見廈門大學（1982）《普通話閩南方言詞典》（頁23）：「傍（bn̄g）：因發生關係而受損益；傍福氣bn̄g hókkì（靠著別人的好運氣而受益）。傍衰bn̄g su̍e（因為別人的厄運而受損。）」似言之成理，本文姑以「準本字」待之。3.做散喟（cho-sán-khùi）：老男老女互相調戲（陳修《臺灣話大詞典》，頁274），喟（khùi）、貴（kùi）音近，原歌作「佐瘦貴」是典型標音字，陳氏作「做散喟」，雖能表意，是否為本字不敢說，姑視為一種可能。

通觀這十二句，可以了解臺灣民間書寫漢字的傳統，即大量運用非本字的標音字或表意字，換句話說，許多本字在民間臺語書寫中是不被認知的，例如第一類中的「人」字向來都是認為白話音的lang5和文言音的jin5，如「婦人人」應讀做hu3 jin5 lang5。黃典誠雖然從嚴格的音韻對應否定lang5為「人」的白話音而另尋本字作「儂」，也被一部分人接受，但也有不少學者反對這種違背民間用字傳統的寫法，最近的一位是胡鑫麟，胡氏〈民間的臺語寫法〉一文。指出：

在口語裡我們一直把ㄌㅊˊ寫成「人」，把「人」念做ㄌㅊˊ來

的，……，除了「美人、貴人、人生、人物、人口」等文言詞的「人」需要念文言音ㄖㄧㄣˊ以外。但是有一些學者文人就是不肯苟同民間的這種用法，另外推出一個「儂」字作為ㄌㄤˇ的本字來要大家寫，並把「人」字用來專門表示ㄖㄧㄣˊ的音了。如此安排固然可以使文字符合「一字一音」「一音一字」的語音學上的理想，但是如果這樣每個詞每個音都分別要用不同字眼表示的話，漢字的字數必定將增加到大家所無法承擔的程度的。

胡氏指出的這種現象，誠然是今天論「臺語文字化」的實踐者的一個重大分歧點。某些文人學者或許過度強調寫本字的重要性，導致滿篇古僻怪字，令一般讀者望而生畏，其實是忽略了考訂本字的目的並非為了用字，這正如古代漢字見於《說文》許多本字，今天已不用了，考求本字是字源學的工作，所以明古今文字之變而已。

再者，閩南語的文白異讀，是有一定的對應規律的，文白異詞的異音現象並不可能全面清除，則所謂「一字一音」的理想也並不存在。有些人太過於強調閩南語的特別詞，其中又有一部分有音無字，因此就不免在文字化時強調我手寫我口，則大量的借音字必然出現，屬這一派撰寫者，與其說是好用本字，不如說是喜愛表音字，在他們看來，本字才能音字貼合。

表音字用得太多，確有許多不便，胡文也指出：

古人雖然用過很多通假字，但是那可不是正常的值得稱讚的用法，而只不過是漢字在缺乏嚴格規範化的情形下所出現的一種歷史現象而已，其給後人閱讀古代典籍所造成的許多障礙和困難，正揭示著其不可避免的後果。我們必須拿它作為前車之

鑒，並為了避免重踏覆轍，要寫漢字就應該按照語義去選字，
以保持其表意文字的特性，萬不得已以外，盡可能不要寫音同
義不同的同音字為妙。

如果我們正視民間的臺語寫法，我們卻發現作為表音文字的借音
字才是民間臺語寫法的主流，換言之，上面的例子正好說明傳統的假
借字本是民間書寫漢字的重要手段，如果強調表意字的重要性，則勢
必更加重視本字才對，但事實上，所謂求本字是把閩南語漢字放在古
漢語的文字系統中，去找它們的血源關係，這種學術的研究，不但無
礙於民間繼讀使用標音字、訓讀字或另造新字，我們認為正確告訴臺
語書寫者，什麼是本字，有助於閩南語的深層了解，並不是強迫推銷
或製造混亂，如果有一些作者有好古風尚，喜用本字，它還是必須通
過讀者的考驗。那些偏僻的古字自然無法和傳統的臺語寫法對抗，所
以不必過分對於本字的考訂充滿鄙夷，因為那畢竟只是在本文的三個
類型中的一個類型，在建議用字時，我們也必須根據各種寫讀心理原
則來考慮，換言之，如果沒有漢語字源的研究，就不容易凸顯所謂的
「標音字」和「標義字」的類型，而所有漢字的本質是既表音又表義
的，關於漢字的屬性，最新說法是「詞素音節文字」或「義素一音節
文字」，表詞的特色十分明顯，音、義並重，我們既無法拿它做純粹
的表音文字（否則不如拉丁化），也不能只取其表意文字的功能，因
為那將脫離語言的實際更遠，換言之，漢字表面上是表意文字，其記
錄語言，永遠以表音為主體，必須承認這個事實，而且不排斥借音，
才能發揮功能，所以對於有音無字者，我們可以接受約定俗成的表意
字或新形聲字，前者如迌迌（新表意字）後者如儕、哃（新形聲
字），如果我們覺得表意字好，就採取「迌迌」為規範，至於大量採
用表意的訓讀字，而排斥約定俗成的表音字，也不是我們所贊成的，

例如連詞的「佮」（或作甲），副詞的「閣」（或作擱），否定詞的「毌」（m）（或作怀，唔）等都是標音字，固然可以寫成訓讀字的「與」、「復」、「不」，但這些字的文讀音並沒有在口語絕跡，為了更方便閱讀，我們覺得寫成標音字，並沒有不妥，反而更能呈現閩南語書面語的口語特色，粵語書面語的規範，似乎值得借鏡，因為漢字畢竟要能適應語言的表音需要，而不能永遠停留在只供目治的表意需要上。筆者強調漢字的表音功能，絕無意提倡完全表音化的閩南語書面語，因為那也是行不通的。

筆者認為閩南語漢字表述法紛歧的原因，實與漢語方言文字的研究不受重視有關，換言之，傳統文字學只在正統的六書與古文字中打轉，很少注意漢字在漢語方言中的應用事實，所有方言研究都不能免於方言詞的漢字書寫，因此，考本字成為方言學者對漢字的唯一關注。其實方言本字是漢語歷史語言學的比較研究課題，它具有相當的專業性，它更重要的目的是了解漢語方言詞彙之間的聯繫，以及它們在漢語史的不同階段中的變化。至於其他的課題，如漢字在方言中的表現，人們如何利用同一漢字庫準確表達不同的方言，其表達的手段是否自足，如須造字，又遵循怎樣的造字規律，這是一門過去文字學家與方言學者的雙不管地帶，我們可以視為「實用文字學」的一部分，或者稱之為「方言文字學」亦不為過。我們認為閩南語書面語漢字的規範，必須建立在這門學科的基礎上，才能可大可久，也可以進而作為俗文字學對傳統文字學理論的一種反饋。

筆者心目中的「方言文字學」專科，應該包括以下的構圖。

（一）研究目的——了解漢語方言使用者運用漢字記錄語言的基本規律。

（二）研究對象——包括特定方言的各種書面文獻（含民間文學及實用書牘的各種書寫形式）。

（三）研究項目或研究方法——至少有以下幾種：

1.字源研究法：嚴格的考求本字，闡明不同語言層（如詞素、詞、詞組）中的文字形式，詞彙的形、音、義關係及其演變。

2.方言漢字類型分析法：如本文所示的閩南語漢字類型分析範例，進行類型分析、統計，並提出建議用字。或進行漢字規範化。

3.方言用字心理研究——包括選字的動機、書寫難易度測試、閱讀的難易度測試，識字的教學，造字法的選擇等等，進行心理學的研究。

4.方言漢字與共同語漢字的關係研究——研究在雙語（或雙方言）的語言環境中，兩種書面語轉換的能力及互相干擾的情形，以及兩種漢字體系的詞語對比分析，互相借貸或融合的情形，從而提出漢字規範的共同方向。

5.漢語通字方案的研究——通字方案是趙元任先生一九六七年以英文提出的，一九八三年北京商務印書館出版中文本，通字分通字漢字和通字羅馬字（有音節表）兩個方案，試圖用最經濟的漢字表述所有漢語方言，迄今似乎無人繼續研究或實驗這個方案，尤其詞彙的書寫方式及同音字的問題，都值得探討。

6.方言文學用字與漢字美學——可以討論文學的形式與文字的關係、新字創造與意象經營，諧音與修辭等。

以上只舉例說明這個領域是寬闊而荒蕪的，有待語言文字學者開發，當然這種細緻化的研究是建立在「方言」作為一個獨立的語言個體，具有全功能的認識上，事實上有些方言並不具備這種資格，它的初期調查工作皆未完成，遑論漢字表述方法？不過，閩南語漢字的文獻豐富，可能不亞於吳、粵方言，加上近年來對臺語文字的熱度，正提供「方言文字學」的一個絕佳的實踐苗圃，筆者拭目以待有更多的研究者投入這個領域，從而建立一個嶄新的學科。

五　結語

　　臺灣閩南語作為臺灣鄉土語言的一個重要族群，由於特殊的政治、社會環境，它在近年的本土化運動中，已成為認同土地的一種標籤，尤其在推動母語教育的過程中，人們迫切感到一種書面語的規範需要，但是長期以來，它只扮演漢字文化圈的邊陲文化，閩南語的書面語主要來自民間藝文工作者的記錄和傳播，它的文字體系雖然也有文人、教士編輯成字典加以收錄，但是並沒有受到學術上的重視，因此，漢字的使用便形成極大的困擾。本文從文獻出發，將同詞的各種漢字的「異文」加以羅列，並以文字學的角度，進行類型分析，最後指出規範或選字的原則，同時也提出了「方言文字學」的理論建設，希望在漢字規範的課題上，能引起共鳴，找到共同的方向。

參考文獻

連　橫著　姚榮松導讀　《臺灣語典》　臺北市　金楓出版公司　1999 年　經典 035

林金鈔　《閩南語探源》　新竹市　1980 年

張振興　《臺灣閩南方言記略》　福州市　福建人民出版社　1983 年

洪惟仁　《臺灣禮俗語典》　臺北市　自立晚報　1986 年

楊秀芳　《臺灣閩南語語法稿》　臺北市　大安出版社　1991 年

林連通　《泉州市方言志》　北京市　社會科學文獻出版社　1993 年

黃　謙　《增補彙音妙悟》　廈門會文堂石印本

李如龍　〈考求方言詞本字的音韻論證〉　《語言研究》　1988 年第 1 期

姚榮松　〈閩南話書面語的漢字規範〉　《教學與研究》　第 12 期
　　　　1990 年

姚榮松　〈兩岸閩南話詞典對方言本字認定的差異〉　《國文學報》
　　　　第 22 期　1993 年

鄭良偉　《臺語書面語用字參考資料研究計畫 1992.7-1199.6》　共
　　　　十冊

胡鑫麟　〈民間的臺語寫法——其基本想法和原則〉　《臺灣風物》
　　　　第 44 卷第 2 期　1994 年

趙元任　《通字方案》　北京市　商務印書館　1983 年

鄭良偉　《走向標準化的臺灣話文》　臺北市　自立晚報文化出版部
　　　　1989 年

洪惟仁　《臺語文學與臺語文字》　臺北市　前衛出版社　1992 年

許極燉　《臺語文字化的方向》　臺北市　自立晚報文化出版部
　　　　1992 年

姚榮松　〈論音轉學在閩南方言本字考訂上的應用及其限度〉　《第
　　　　一屆臺灣語言國際研討會論文集》　臺北市　文鶴出版社
　　　　1993 年

後記

　　本文在第一屆臺灣本土文化學術研討會宣讀時，曾受到張裕宏教授詳實的書面及口頭評論，指出若干盲點，獲益良多，並做了局部修正，特此誌謝。

　　　　　　——本文原刊於《第一屆臺灣本土文化學術研討會論文集》
　　　　　　　　　（臺北市：臺灣師範大學，1995 年），頁177-192。

從方言字的運用看漢字的時空限制

一 漢字的超語言性質——從漢字系文字談起

　　漢字顧名思義是指記錄漢語的文字，所以在討論有關漢字評價的問題時，自然離不開漢語。有關的評價包括漢字的性質、漢字的特點（或優點）、漢字的缺點及漢字的未來等等。從比較文字學的角度來看，漢字跟埃及的聖書文字和古代兩河流域的楔形文字是同類型的。[1]不管把這種文字稱為表意文字、意音文字或語素音節文字，多半是站在漢字與漢語的關係立論，很少注意漢字的跨語言使用。

　　當漢字已成為完整的書寫體系時，中國的許多少數民族和一些鄰國還沒有文字，雖然他們說的是「非漢語」，他們先借用漢語書面語，然後借用漢字書寫自己的語言在借用漢字一段時間之後，為彌補借用漢字的不足，在漢字影響下創造了書寫母語的本族文字，就產生許多漢字支系，形成廣義的漢字文化圈。根據陳其光（1993）的分析，這些非漢語的漢字派生字，可以分成兩大類[2]：

（一）從漢字派生的表意字，又分為三類

　　1. 仿漢字：如越南的字喃、老壯文和老白文。此外苗族、瑤族、

1　裘錫圭：〈漢字的性質〉，《中國語文》1985年第1期，頁35。
2　陳其光：〈漢字系文字〉，許壽椿主編：《文字比較研究散論——電腦時代的新觀察》（北京市：中央民族學院出版社，1993年），頁26-38。

侗族、布依族、哈尼族、乞佬族、朝鮮、日本也造了一些。以形聲字居多，會意字或反切字依序遞減。

2. 變漢字：不用漢字的造字法另造新字，而用增加筆畫或減少筆畫的方法改造原漢字成為新字。主要有契丹大字、女真大字兩種，越南、日本等也造了一些。

3. 似漢字：只有西夏文一種。是利用漢字的筆畫先組成一些類似漢字偏旁的元件，再按漢字的造字方法，用這些元件組成表意的方塊字。又分單體和合體兩種。

(二) 從漢字派生的表音字，也可分為兩類

1. 音節文字：包括假名（分平假名和片假名）和女字（亦稱女書，通行於湖南省江永縣、道縣的部分地區）。女字又可分為二類，一類是獨體的基字，由常用漢字變來，另一類是合體的派生字。

2. 拼音文字：包括契丹小字、女真小字、諺文和注音字母文字。諺文是西元十五世紀由朝鮮世宗李祹主持制定的朝鮮文字，後來崔世珍又作了改進。注音字母文字行於本世紀二十年代的傳教士，用來拼寫少數民族語言，其中旁海苗文比較完備，還有貴州彝文、新平泰文等。

陳其光（1993）並指出：「漢字派生字產生以後，多數不是專用它來書寫母語，而是與借用漢字混用書寫母語。……借用的漢字都分音讀、訓讀兩種方式，可見多數派生字並沒有形成獨立書寫母語的體系，就是說，派生字還沒有完全脫離母體。」[3]由此可見這種漢字派生字好比古代皇族中的庶出眾子，和正宗漢字互相依存，漢語偶爾也

3　陳其光：〈漢字系文字〉，許壽椿主編：《文字比較研究散論——電腦時代的新觀察》，頁35。

借用其他非漢語的仿漢字，至少在仿漢字盛行的區域，兩類漢字或扮演「雙書面語制」。

在非漢藏語系語言的漢字派生字，多半由表意字改成表音字，如日文、韓文、契丹文、女真文等，這是因為其語言都是多音節的黏著語，用表音節的表意字來寫有適應不良的困難，一旦改為表音的字母文字，和漢字的關聯就較疏遠，陳其光也說：「表意字受漢字的影響較深，是漢字的近親；表音字受漢字的影響較淺，是漢字的遠親。」[4]

為了說明漢字在其他語言中的使用，以凸顯其超語言的功能或特性，以下選錄十四個例字，前七個是形聲字，後七個是會意字[5]：

字形	結構	字義	國家或民族
佬	從人牢聲	老撾人	越南
橃	從木飛聲	梯子	朝鮮
炋	從火比聲	爛熟	壯族
婳	從女音聲	姑娘	侗族
儱	從人能聲	你的	白族
乥	從乙个聲	个	苗族
粚	從米丙聲	粑粑	瑤族
畑	從火從田	旱田	日本
仚	從人從上	鄉長	越南
畓	從水從田	水田	朝鮮

4 陳其光：〈漢字系文字〉，許壽椿主編：《文字比較研究散論——電腦時代的新觀察》，頁27。

5 陳其光：〈論漢字的超語言使用〉，許壽椿主編：《文字比較研究散論——電腦時代的新觀察》，頁203-204。

字形	結構	字義	國家或民族
饟	從晚從飯	晚飯	壯族
慈	從結從心	情	白族
智	從知從面	相識	苗族
翌	從初從生	嫩	瑤族

這些按照形聲和會意所造的方塊字，形體與漢字無別，只是它的形、音、義都根據非漢語，陳其光把它叫作「類漢字」，它們常和借用的漢字混合使用。從漢語內部的方言字來看，跟「類漢字」也一模一樣，因為許多「方言特有字」，其形音義也都根據方言，並沒有通行全國，它們也和其他通用漢字共同承擔記錄所有漢語的任務。從性質上說，這些方言字體現了漢字的超方言性質；從漢字溝通的角度來說，一樣的受到方言文字的條件制約，本文即擬從方言字的性質談漢字的語言功能。

二 漢字的超方言性質──條件與侷限

漢字基本上是一種「語素──音節文字」，裘錫圭（1985）針對這個性質說：「如果從字符所能表示的語言結構的層次來看，漢字是一種語素──音節文字，即有些字符只跟語素這個層次有聯繫，有些字符則起音節符號的作用。」[6]

從這點出發，我們可以重新檢視一向被認為漢字重要特點的「超時空性」。朱德熙指出：

6　裘錫圭：〈漢字的性質〉，《中國語文》1985年第1期，頁35。

> 漢字最大的長處就是能夠超越空間和時間的限制。古今漢語字
> 音的差別很大，但由於字義的變化比較小，而且兩千年來字形
> 相當穩定，沒有太大變化，所以先秦兩漢的古書，今天一般人
> 還能部分看懂。如果古書是用拼音文字寫的，現代人就根本無
> 法理解了。有些方言語音差別也很大，彼此不能交談，可是寫
> 成漢字，就能互相了解，道理也是一樣。[7]

這個說法似乎不能無條件成立，今天一般人能部分看懂先秦、兩
漢古書，一半要歸功於文言文教學（包括舊時私塾的背誦四書五經等
教學），多數人看懂的是典籍的今註今譯而非白文。再者，利用筆談
來超越方言語音的隔閡，其實倚賴的仍是共同的書面語，而非代表方
言白話音的漢字，這一點只要從閱讀方言文學作品，需有方言背景方
能看懂即可證明。因此，說漢字有超方言性質，只對了一半，我們只
能說以文言為基礎的書面語，可以作為跨方言的橋樑，進行語音對應
轉換，更確切的說法，當如張志公說的：

> 漢字從秦始皇「書同文」起一直是統一的。漢字使我們有可能
> 形成一種共同的書面語言，超方言的書面語言。[8]

洪成玉（1990）則就漢字對眾多方言的適應性指出：

> 一個漢字雖然表示一個音節，但是這音節如同一個可以在一定
> 幅度內游動的座標。平時，各方言區的人可以用自己的方言來

7　朱德熙：〈漢語〉，見朱氏：《語法叢稿》（上海市：上海教育出版社，1989年），頁
　　201。該文文末註明寫定時間為一九八三年六月。
8　張志公：〈漢字的特點、使用現狀及前景〉，《語文建設》總33期（1991年）。

讀漢字，如與其他方言區的人交談時，只要各自的基礎方言的語音座標靠近，即可彼此溝通，互相通曉。[9]

其實這種說法仍然基於方言間是有最大公約數的共同詞，如果說各方言的人使用自己的特別詞，不同方言區的讀者雖然能讀出別的方言的詞音，也未必能了解詞義。比方「兒子」一詞，客家人說成「徠兒」（lai⁵¹ ɛ˚/ji˚），閩南人說「囝」（kiãˋ）或「後生」（hau˧sĩ˥），廣州人說「仔」（tʃɐiˊ），溫州人說「兒」（ŋˇ）。下列我們再舉幾個差別詞[10]：

北京	溫州	雙峰	南昌	梅縣	廣州	廈門
上墳	上墳	挂青	上墳／掛紙	曬地／挂紙	拜山	壓紙／壓墓
下課	退班	下課	下課	下堂／下課	落（堂）	落課
睡覺	睏	睏眼閉	睏覺	睡目	目訓覺	睏
幹活	做生活	做道路	做事	做細*	做工	作工課／作息
生氣	氣／急	發氣	著氣	激氣	（發）嬲／激氣	受氣
噁心	噁心／痰心	帶嘔	作嘔	想翻	作嘔	卜吐
忘記	忘記	不記得／忘記	忘記／不記得	添忘／添放	唔記得	繪記得
撿（拾）	捉	撿	撿	撿	執	抾
藏／貓	縮／躲	躲	躲	匿 piaŋˇ	匿	□biʔˇ
追／攆	趕	□p'oŋ˥	□sauˇ	□kiuk˧／趕 konˇ	追	緝

9 洪成玉：〈漢字和漢語〉，《漢字文化》總第7期（1990年3月），頁23。
10 取自北京大學中國語文學系等：《漢語方言詞匯》（北京市：語文出版社，1995年，第2版）。

　　以上十個動詞在七個方言中互有異同，例如「忘記」一詞，吳、湘、贛都和官話相同，雙峰（湘）、南昌（贛）又和粵、閩共用「不記得」的形式，客語的形式（添忘、添放）最為特殊，大概無法「轉音知義」或「望文生義」，也就不具有「超方言」的功能。上墳曰醮地（sa˥ t'iˊ），噁心曰想翻，躲藏謂之匤，追趕作 kiukˈ，也都是孤詞獨用，意出字外；其他有些字則通行於部分方言之間（如「撿」字、「躲」字），也說明局部溝通是存在的。

　　詞語之間的殊方異形，畢竟只佔該方言基本詞的一小部分；大部分的基本詞，如日月水火草木，各方言間多半同文共字，只是發音或文白有異，例如南方口語多呼太陽為「日頭」或「熱頭」，官話區的西安也叫「日頭（爺）」，溫州、雙峰、南昌則「太陽」與「日頭」並用，足見方言因詞彙的差異而影響溝通，主要來自詞音不同，耳治不及目治快捷，漢字捨音求形，其超方言的功能比較容易體現。但是，在成篇語料中，方言特別字出現的多寡、頻率，決定了其超方言使用的溝通度。

　　方言書面語之所以難懂，主要有兩方面的原因，第一是許多字向來不曾寫定，單有口音，沒有文字。第二是懂得的人太少。這是胡適先生在民國十五年為吳語文學的第一部傑作《海上花列傳》作序[11]時的話。第一層是文字問題，第二層是語言問題。把兩個問題合起來，就是使用現有的漢字庫，能否寫出各種方言的口語，其次是如果只用共同的國語能否讀通方言文學作品，這兩個問題的答案都是否定的，既然如此，我們說「漢字具有超方言性」，就不符事實。以下節錄胡適所引《海上花列傳》第二十三回衛霞仙對姚奶奶說的一段話為例：

11　〈海上花列傳序〉，見《胡適文存》（臺北市：遠東圖書公司，1960年），第3集，卷6。

耐個家主公末，該應到耐府浪去尋哦．耐啥辰光交代撥倪，故歇到該搭來尋耐家主公？倪堂子裡倒勿曾到耐府浪來請客人，耐到先到倪堂子裡來尋耐家主公，阿要笑話！倪開仔堂子作生意，走得進來，總是客人，阿管俚是啥人個家主公！……老實搭耐說仔罷：二少爺來裡耐府浪，故末是耐家主公；到仔該搭來，就是倪個客人哉。耐有本事，耐拿家主公看牢仔；為俗放俚到堂子裡來白相？來裡該搭堂子裡，耐再想拉得去，耐去問聲看，上海夷場浪阿有該號規矩？

　　這部小說中對話用的吳方言，如果完全不懂吳語，即使漢字全部認識，也無法看懂上面這段話。幸好作家張愛玲有個國語註譯本《海上花》，這段話的張譯如下：

你的丈夫嗄，應該到你府上去找嗄。你什麼時候交代給我們，這時候到此地來找你丈夫？我們堂子裡倒沒到你府上來請客人，你倒先到我們堂子裡來找你丈夫，可不是笑話！我們開了堂子作生意，走了進來總是客人，可管他是誰的丈夫！（你的丈夫嗄，可是不許我們做啊？）老實跟你說了罷，二少爺在你府上，那是你的丈夫；到了此地來，就是我們的客人了。你有本事，你拿丈夫看牢了，為什麼放他到堂子裡來玩？在此地堂子裡，你再要想拉了去，你去問聲看，上海租界上可有這種規矩？（這時候不要說二少爺沒來，就來了，你可敢罵他一聲，打他一下？你欺負你丈夫，不關我們事；要欺負我們的客人，你當心點！二少爺嗄怕你，我們是不認得你這位奶奶嗄！）

　　為了節省篇幅，上引原文省略了幾句話，譯文完整，比較傳神。

讀者逐句對照之後，可能會恍然大悟，只要把握關鍵的實詞和虛詞，並且優先掌握代名詞，吳語並不難懂。換言之，如果有一個「方言核心詞和國語的對應表」（通常這類詞只有一兩百個或更少），那麼任何方言書面語，對於其他方言的使用者來說，同樣可以跨方言閱讀而不受限制。這種情形跟我們讀古文是相類似的，我們擁有有限的方言特別詞、虛詞和較為特殊的句法，就有跨方言溝通的能力，正如我們認識了古漢語的構詞特色和句法特做，就能看懂二千多年前的古文一樣。一旦沒有這些條件，漢字的「超方言性」即無從在單一的語言經驗中體現，對於雙語（或稱雙方言）的使用者，漢字就成為無往不利的文字體系，我們不必區別哪些是方言字，只從上下文或幾個特別字（如代詞或虛詞）的出現就能分辨方言語料的歸屬，然後按方言讀出正確音讀，這才是漢字真正超方言運用的實質。也就是說，漢字超方言性是比較高層的語言現象，超越的條件和限制，都在於對漢字標記漢語的方式是否具有通觀，對方言之間語音對應規律是否嫻熟而定。

三　從方言用字的體系看漢字功能的再分配

所謂文字的體系性，就是說每種文字都存在於寫詞法（或表達法）、造字法、構形法以及相應的正字法的依次產生和約制之中，他們的綜合，構成一個區別於另一體系的文字之封閉的、有機的整體。[12] 這個定義說明了構成文字體系的主要部分是該文字的記錄原則，及由他決定、派生的寫字法、造字法、構形法、正字法等。

把漢字分為篆書、隸書、楷書、草書等，這是從構形出發；如把漢字分為象形、指事、會意、形聲，這是從文字表達詞的方式入手，

12　王鳳陽：《漢字學》（長春市：吉林文史出版社，1989年），頁261。

屬於寫詞法造字法的範疇；同理，分正字、俗字、錯字、別字……是正字法上的分類；古今字、通假字、異體字、分化字，這是文字演化的分類。這些不同角度的分類，構成文字內在組織的相互聯繫、制約的關係，這關係似乎建立在以國語為基礎的單向思維，無視於漢字作為多方言的現代漢語表述法的事實。換言之，現代的標準漢字庫不足以照顧方言的漢字體系，其正字法的格局，只是斤斤於何者為國語詞彙所吸收，否則即斥為方言字或俗字，筆者（1995）曾指出：

> 傳統文字學只在正統的六書與古文字中打轉，很少注意漢字在漢語方言中的應用事實，所有方言研究都不能免於方言詞的漢字書寫，因此考本字成為方言學者對漢字的唯一關注。……至於其他課題，如漢字在方言中的表現，人們如何利用同一漢字庫準確表達不同的方言，其表達的手段是否自足，如須造字，又遵循怎樣的造字規律。這是一個過去文字學家與方言學者的雙不管地帶，我們可以視為「實用文字學」的一部分，或者稱為「方言文字學」亦不為過。[13]

我們認為作為體現漢字分支的方言書面語，其漢字體系是完整自足的，他和共同語或其他方言，既有同源共用的部分（幾乎佔大部分），也有獨樹一幟的漢字，那是該方言歷史的積澱，這些字雖然在當代常用漢字庫中處於邊陲，卻是該方言書面語的核心。李榮主編的《現代漢語大詞典》已注意這個問題，在方言詞典每一分卷的「引論」中，都列有「詞典中例句常用字注釋」，列舉該方言常用的字眼，如周長楫（1993）《廈門方言詞典》就收有下列常用的虛詞及副詞：

---

13 姚榮松：〈閩南語書面語使用漢字的類型分析——兼論漢語方言文字學〉，《第一屆臺灣本土文化學術討論會論文集》（臺北市：臺灣師範大學，1995年），頁190。

否 phainn2　壞，不好；

怀通 m3thang1　別，不能；

無 bo5　沒，不；

燴（用）bue3ing3　不能，不可以；

不 m3　不；

怀*m　疑問語助詞，放在句末，相當北京話「嗎」；

燴*bue　疑問語助詞，放在句末，相當北京話「嗎」；

未*be　疑問語助詞，放在句末，相當北京話「嗎」；

嗎 ma1　也；

則各 tsiah3koh3　再；

甲 kah　助詞，相當北京話「得」。

共 kaŋ3（～ka3）　（1）把（2）替；

互 hɔ3　（1）給（2）介詞，被，讓，叫；

猶 iau2　還。

　　另外他還列出三部分字：合音字、方言字、訓讀字。以上四類構成廈門話用字的特色。這些具有方言特色的用字，即使閩南語的漳、泉、臺灣也並不一致，完全是當地人記錄本方言的習用字，可稱為本地字，還有一些字完全無法寫定，字典中仍以「口」字表示。臺灣閩南語由於承襲傳統閩南語文獻（包括戲文、謠諺等），加上百年來的創造，方言字更加豐富，其規範的困難可想而知。儘管同詞異字，但表現在方言書面語上，也都能各成體系，這就為方言用字的體系提出有力的證明。

　　中華民國聖經公會一九九三年出版了一本漢字版的《客語聖經──現代臺灣客語譯本》，三年後（1996）閩南語漢字本的《臺語聖經》也告問世，這二項工程似乎說明臺灣閩、客語的漢字書面語已經成熟，《臺語聖經》包括新、舊約，合計一千三百五十九頁，不含

羅馬字。《客語聖經》僅有新約和舊約的詩篇，漢羅對照，共一千一百三十八頁。以下錄新約的〈路加福音〉6:27-30 為例，以閩．客語與國語對照於下：

（臺灣閩南語）論疼對敵

27 若是我給恁的聽的人講，對敵恁的，著疼個！怨恨恁的，著好款待個！

28 言罵（loé-mè）恁的，著給個祝福！凌辱恁的，著替個祈禱！

29 人搧（siān）你此旁的嘴（chhūi phoé），就著越彼旁向伊。人提恁的外衫，連內衫也莫得擋（tōng）伊。

30 凡若求你的，著互伊。提你的物的，莫得閣給伊討。

（客家話）論惜仇敵

27 論真來講，汝等聽涯講道个人啊，涯挓汝等講愛惜汝等个仇敵，好款待恨汝等的人。

28 愛為咒詛汝等个人祝福，為侮辱汝等个祈檮。

29 有人打汝這片个嘴角，連該片也给佢打！有人拿汝个外衫，連內衫也给佢。

30 凡求汝个，就愛给佢；拿汝東西个，莫去拿轉來。

（國語）論愛仇敵

27 但是，你們這些聽我話的，我告訴你們：要愛你們的仇敵，善待厭恨你們的（按：厭當作怨）。

28 為咒詛你們的人祝福，為侮辱你們的人禱告。

29 如果有人打你一邊的嘴巴，連另一邊也讓他打吧！
如果有人拿走你的外衣，連內衣也讓他拿走吧！

30 誰對你有所要求，就給他；有一人拿走你的東西，不用去要
回來。

這四個小段都用通俗的口語，除了方言特別字以外，還有一些表述方
式的差異，掌握特別字，大概就能看懂大半，即使完全不懂得兩個方
言，也能憑著漢字猜測大意，但是如果將這兩個方言改為拼音文字，
這種「望文生義」就不存在了，例如第三十句，客家話讀做：

> Fàm khiù ngì ke,chhiu oi pûn kì；nâ ngì tûng-sî ke,mȯk hi nâ-
> chón-lòi.

閩南話讀做：

> Hoān-nā kiû lí ê tiȯh hō·i；thèh lí ê mih ê，bȯh-tit koh kāi thó·.

羅馬字以標音為用，必須通過朗讀才能理解文字，缺乏漢字目治
之便；但是以漢字記述方言，卻有另外的干擾，及受漢字在國語中先
入為主的字義所誤導，例如標題中的「論疼對敵」就沒有「論惜仇
敵」來得易曉，因為後者較接近國語。前者把「對敵」當名詞賓語，
又在二十七句中用為動詞，「對敵恁的」就是「與你敵對的」之意。

此外，人稱代名詞在這兩段文字中具關鍵地位，比較如下：

人稱	單數			複數		
	1	2	3	1	2	3
閩南	我	你	伊	阮	恁	個
客家	涯	汝	佢	涯等	汝等	佢等

容易受干擾的字，如閩南語的 kā lín kóng 譯為「給恁講」，「給」為訓
讀，不如用較冷僻的佮（kap）；「著疼佢」，「著」音 tiȯh，是「應

該、必須」的意思，這是本字。二十九至三十兩句的「莫得」（bòh tit），就是「不得、不用」，現在臺灣少用這個詞，多用「嬒」（mai3），即「勿要」的意思。客家話的虛詞「的」一律用「个」，似乎較閩南用「的」容易閱讀，不過「个」字在中文系統中打不出，是個缺憾。凡此都說明閩客方言對應的字，有些地方可以採取相同漢字，以減輕方言轉換的負擔。方言之間的音韻形態不同，如果確認是同一來源的詞，也應力求詞形相同，才能充分發揮超方言的效果。

筆者（1995）曾針對閩南語書面語漢字類型進行分析，先分字源字和本土字（即方言字）兩大類，再細分為八個子類，即：1.本字；2.準本字；3.同源字（以上字源字）；4.訓讀字；5.新表意字（以上標意字）；6.新形聲字；7.借閩音字；8.借國音字（以上標音字）。對「臺語常用三百特別詞詞素表」進行分析的結果，我們應承認多數的訓讀字和標音字，不管是古字借形或新創，都要通過該方言對漢字職能的再分配，並約定俗成，才能完成個別方言的文字體系。不同體系的方言字，如能進行比較，找到文字對譯的規律，那麼，方言書面語之間的互譯，也就彈指可得。如此，則漢字「超方言」的侷限即可解除，而多語多文的新世代將提早來臨。

四　結語

漢語方言本為同源共貫的近親，由於語音的分化，詞彙的分流，方言字的自創，形成漢語方言書面語多體系文字的局面，有些方言漢字規範較早（如粵語），有些擁有較多文學創作（如吳語）。近年由於臺灣本土語言的蓬勃發展，方言漢字的規範問題受到普遍的重視，本文不但透視了漢字超越時空的諸多限制，也從溝通的角度，提出重建漢字一元體系的努力方向。

參考文獻

王鳳陽　《漢字學》　長春市　吉林文史出版社　1989年

北京大學中國語言文字學系　《漢語方言詞匯》　北京市　語文出版
　　　社　1995年　第2版

朱德熙　《語法叢稿》　上海市　上海教育出版社　1989年

周長楫　《廈門方言詞典》　南京市　江蘇教育出版社　1993年

洪玉成　〈漢字和漢語〉　《漢字文化》　總7期　1990年

胡　適　《胡適文存》　臺北市　遠東圖書公司　1960年　第3集

姚榮松　〈閩南語書面語使用漢字的類型分析——兼論漢語方言文字
　　　學〉　《第一屆臺灣本土文化學術研討會論文集》　臺北市
　　　臺灣師大文學院，人文教育中心　1995年

姚榮松　〈從方言字的系統比較看漢字的多源體系〉　《第七屆中國
　　　文字學全國學術研討會論文集》　臺北市　東吳大學中文系
　　　所　1996年

許壽椿編　《文字比較研究散論——電腦時代的新觀察》　北京市
　　　中央民族學院出版社　1993年

陳其光　〈漢字系文字〉　收在許壽椿編　《文字比較散論》　1993
　　　年　頁26-38

陳其光　〈論漢字的超語言使用〉　收在許壽椿編　《文字比較散
　　　論》　1993年　頁198-211

張志公　〈漢字的特點、使用現況及前景〉　《語文建設》　總33期
　　　1991年

解志維　〈漢字的「超方言性」及其條件和侷限性〉　收在許壽椿編
　　　《文字比較散論》　1993年　頁224-231

裘錫圭　〈漢字的性質〉　《中國語文》　1985年第1期

韓子雲著　張愛玲註譯　《海上花》　臺北市　皇冠雜誌社　1973年

蘇新春　《漢字語言功能論》　南昌市　江西教育出版社　1994年

中華民國聖經公會　《新約聖經》　1987年　現代中文譯本／閩南語
　　　　羅馬注音

中華民國聖經公會　《客語聖經　新約佬詩篇》　1993年　漢羅對照

中華民國聖經公會　《聖經：臺語漢字本》　1996年

　　　——本文原刊於《第八屆中國文字學全國學術研討會論文集》
（彰化市：彰化師範大學，1997年）。

字源與流俗詞源的迷思

——從《臺灣語典》看臺語漢字的規範道路

一　《臺灣語典》是臺語漢字規範的一個里程碑

　　六十四年前，臺灣在經過日本三十八年的殖民統治之下，臺語竟遭日人禁止，史學家及詩人連雅堂先生目睹這種文化的災難，亟思有所拯救，於是奮而撰成《臺灣語典》一著。連氏在〈自序二〉，曾經描述當時「臺語之日就消滅」的境況，他說：

> 今之學童，七歲受書，天真未漓，伊唔初啼，而鄉校已禁其臺語矣。今之青年，負笈東土，期求學問，十載勤勞而歸來，已忘其臺語矣，今之搢紳上士，乃至里胥小吏，遨遊官府，附勢趨權，趾高氣揚，自命時彥，而交際之間，已不屑復語臺語矣。……
> 余以僇民，躬逢此阨，既見臺語之日就消滅，不得不起而整理，一以保存，一謀發達，遂成臺語考釋，亦稍以盡厥職矣。[1]

1　見國立編譯館：《臺灣語典》（以下簡稱甲本）（臺北市：國立編譯館，1957年，「中華叢書」本），頁3，〈自序二〉。按今通行者尚有臺灣銀行經濟研究室編印「臺灣文獻叢刊第161種」本（1963年出版）；金楓出版社（1987）龔鵬程總策畫「經典035」前附筆者導讀（頁1-27）的本子。現按出版先後，把後兩種簡稱為乙本和丙本。甲、丙兩本均以《雅言》為附錄，為《語典》、《雅言》合刊本。乙本則為《臺灣語典》單刊本，《雅言》則收入為「臺灣文獻叢刊第166種」。本文為稱引方便，

　　連氏所描述的是日人治臺後期,當時臺語所受到的外患與內憂,
雖然在光復初期得到稍稍紓解,但由於二二八事件造成的族群對立,
使得原擬「恢復臺灣語應有的方言地位」以掃除日語習染的漸進的國
語政策,轉為全面緊縮的國語推行運動,其影響所及,臺語得不到充
分的重視,甚而淪為被歧視的「方言」,這種經驗在三十年前和連氏
上文所描述者,相差無幾。解嚴以後,這個夢魘雖已解除,然而南島
語和客家話,依然存在大量流失的危機,所以連雅堂先生七十年前的
憂患,依然存在!具體的說,連先生整理臺語的工作,迄今才剛剛起
步,我們研究這個問題,不過是賡續前賢之遺志而已。

　　連氏為臺灣三百年著史的動機是「懼文獻之亡」,但是保存歷
史,並不能保證民族文化不亡,連氏深知語文的消滅即是文化的滅
絕,為了從根救起,不得不從語言文字方面進行整理,以便保存,並
謀發展。他以為要使臺語成為人人能說的語言,能寫的文字,就必須
從根本上,尋求臺語的根源。連氏說:

　　　余臺灣人也,能操臺灣之語而不能書臺語文字,且不能明臺語
　　　之義,余深自愧。……余以治事之暇,細為研究,乃知臺灣之
　　　語,高尚優雅,有非庸俗所能知;且有出於周、秦之際,又非
　　　今日儒者之所能明,余深自喜。試舉其例:泔也,潘也,名自
　　　《禮記》;臺之婦孺能言之,而中國之士夫不能言。夫中國之
　　　雅言,舊稱官話,乃不曰泔而曰飯湯;不曰潘而曰淅米水,若
　　　以臺語較之,豈非章甫之與褐衣,白璧之與燕石也哉!又臺語

只列甲、丙二本頁碼。又丙本將《雅言》逐條編號,共得三百〇四條。甲本則僅將
各條以空行區隔,並未編號,余細覈其條數,僅得八十七條,不及丙本三分之一,
可能為節省篇幅而挑選其中與《語典》較相關之條為附錄。本文凡引《雅言》皆依
丙本之編號,頁碼亦可省去。

謂穀道曰尻川，言之甚鄙，而名甚古。尻字出於《楚辭》，川字載於《山海經》，此又豈俗儒之所能曉乎！至於累名之字，尤多典雅，糊口之於《左傳》，拂力之於《南華》，拗蠻之於《周禮》，停囷之於《漢書》，其載於六藝九流，徵之故書雅記，指不勝屈。然則臺語之源遠流長，寧不足以自誇乎！[2]

這一段為臺語尋根討源的聲明，說明臺語才是真正的「雅言」，其多古音古語，足以令人自豪，連氏在整理讚賞之餘，也對「又豈俗儒所能曉乎」，不勝扼腕！所以他的責任感就加大了。連氏歸納整理臺語之困難有三，他說：「臺灣之語既出自中國，而有為中國今日所無者，苟非研究文字學、音韻學、方言學，則不得以得其真」，對於個別的語詞，「非明六書之轉注、假借，則不能知其義，其難一也。……非明古韻之轉變，則不能讀其音，其難二也；……非明方言之傳播，則不能指其字，其難三也。」[3]

　　從《臺灣語典》的序看來，此書原名《臺語考釋》，考釋也者，考其文字之形、音、義，也就是臺語訓詁學，按近人的理解，清儒鑽研三百年的訓詁學方法，不外乎「求證據」、「求本字」、「求語根」。連氏的考釋首在破除一般人認為臺語有音無字的迷思，《雅言》第三則說：

臺灣文學傳自中國，而語言則多沿漳、泉。顧其中既多古義，又有古音、有正音、有變音、有轉音。昧者不察，以為臺灣語有音無字，此則淺薄之見。夫所謂有音無字者，或為轉接音，或為外來語，不過百分之一、二耳。以百分之一、二而謂臺灣

2　《臺灣語典》甲本頁1，丙本頁30。

3　《臺灣語典》甲本頁1-2，丙本頁31。

語有音無字，何其偵耶！[4]

　　臺灣閩南語中究竟「有音無字」之比例有多少，並沒有準確的統計，連氏的估計似乎比較保守，不過這要看他對「無字」的定義寬嚴而定，如果從「本字」和「借字」的訓詁觀點，凡無本字之假借，自古俯拾即是，所以一定要從「音」「字」相符的角度看，凡某音某字於古有之、臺語承襲古漢字系統，音義皆可疏通，即謂有字，然則所謂「轉接語」、「外來語」皆存在於臺語鄉談口語之中，不曾著之竹帛，或用同音、或取音近相諧，仍為假借之法，唯不在古漢字假借之範圍。方言約定俗成，從詞源或字源之角度言，與漢字的雅言傳統不相為謀，故於本方言以外的漢字文獻找不到「證據」，於古漢語字源（如說文、爾雅）或詞源（如轉注或同源詞）皆無同根之實，謂之「無本字」，但不得謂之「無字」，如果撇開那個被傳統訓詁家奉為漢字正統論的古字書傳統，那麼方言俗字，凡承襲自閩南人先民所創，以寫其口語之土字俗解，皆可看作臺語之本字（為雅言的漢字庫所未吸收者），則所謂無字者真正寥寥無幾，然而亦絕非如《雅言》第四條所謂「無一字無來歷」：

　　　臺灣之語，無一語無字，則無一字無來歷；其有用之不同，不
　　　與諸夏共通者，則方言也。方言之用，自古已然。《詩經》為
　　　「六藝」之一，細讀「國風」，方言雜出：同一助辭，而曰
　　　「兮」、曰「且」、曰「只」、曰「忌」、曰「乎」，而諸夏之間
　　　猶有歧異。[5]

4　《臺灣語典》甲本頁118，丙本頁153。

5　《臺灣語典》甲本頁118，丙本頁154。

連氏明白指出古代已有方言，諸夏異辭異字，似乎承認不與諸夏共通的「方言字」之地位，那麼他說的「無一字無來歷」就比較容易理解，因為方言造字也非一時一地，例如「囝」為兒子（九件切），見於《集韻》〈去聲二十八獮〉，又見於宋‧吳處厚《青箱雜記》「閩人呼子曰囝」。[6] 然則連氏上條承認臺語有百分之一、二為「有音無字」與此概括曰「無一字無來歷」，似乎矛盾；後者蓋溢美之辭，非科學之語言，或以此為「考釋」之最高目標，期於字字皆有來歷」，這是跟上古漢語之重建相違背的，當代治閩南語學者，如張振興（1982）、楊秀芳（1991）、周長楫（1993）皆用比較謹慎的態度來區別本字與借字，凡無本字可考者，雖有「俗字土解」的漢字可用，亦不收入，以空圍「□」之符誌之，以俟考訂。這些待考的字，或本字尚未考出，或方言造字因人而異，皆有待規範。有一派方言學者視考字為無用之論，如李榮的談話[7]；有些連氏的後繼者，則終身以考字為職志，如許成章。許氏近作《試解「臺語有音無字」之結》（1996）仍然非常推崇「漢學」，即清儒之考據學，從形、音、義三方面提出考字的死結，在「字音結」方面一口氣列了十二種，即：1.古音；2.讀書音；3.急讀縮音；4.緩讀伸音；5.訛讀音；6.訓音；7.破音；8.北京音；9.日本音；10.一字多音；11.倒置迷失；12.轉變音。相較於連氏所指出四種（即：古音、正音、變音、轉音），可謂後出轉精，詳之又詳矣；我們不能同意李榮先生對考字功能的否定態度。

連氏生當方言俗語考字流行的清季，接觸明清以來流行的考證一

6　《臺灣語典》卷3「小囝」條下引，丙本頁105，又卷一頁59「囝」字下。

7　李榮先生在一九九二年十一月在南京全國漢語方言學會上談及方言詞典編纂中的本字問題，他說方言本字「搞對了錦上添花，搞錯了畫蛇填足」。以上是錄自詹伯慧〈關於閩方言研究的幾點思考〉，《中國語文研究》第11期（1995年），頁8。

地方言為書者，例如李實的〈蜀語〉、胡文英的《吳下方言考》、羅翽
雲《客方言》，翁東輝的《潮汕方言》，都是各方言的代表作，而章太
炎的《新方言》，則把聲轉方法發揮到了極致，連氏受章氏的影響尤
深，民國三年，雅堂先生結束三年大陸遊歷時，曾獲章炳麟題贈七絕
一首，足見兩人之過從，在《語典》中引用「章太炎《新方言》凡六
處（即卷一搳、困，卷二愛困，卷三查甫、藝旦，卷四載志）」，其中
「查甫」一條，又載於《雅言》第十五條，其言曰：

> 余之研究臺灣語、始於「查甫」二字。臺人謂男子為「查
> 甫」，呼「查埔」，余頗疑之；詢諸故老，亦不能明。及讀錢大
> 昕氏《恒言錄》，謂「古無輕唇音，讀甫為圃。」《詩》〈車
> 攻〉：「東有甫草」箋：「甫草，甫田也；則圃田。」因悟
> 「埔」字為「甫」之轉音。《說文》：「甫為男子之美稱。」《儀
> 禮》：「伯某甫，仲、叔、季以次進。」是「甫」之為男子也明
> 矣。顧「甫」何以呼「埔」？試就閩、粵之音而據之，則可以
> 知其例。福建莆田縣呼蒲田縣（按《語典》此句作「呼莆為
> 逋」），廣州十八甫呼十八鋪，是甫之為圃、圃之為埔，一音之
> 轉耳。章太炎《新方言》謂從「甫」之字，古音皆讀「鋪」或
> 若「逋」。查，此也，為「者」之轉音；「者個」則此個。所謂
> 「查甫」，猶言「此男子」也。

由此可見，連氏在方法論上能夠以清儒的古音學為借鏡，也吸收
了章太炎《新方言》的方法，這在閩南方言字的考訂上，也可以算是
第一本著作，那麼他的成就如何呢？

筆者（1987）撰〈臺灣語典導讀〉一文，曾經指出：「在連氏那
個新舊交替的時代，舊有的小學已不敷應用，西方的語言學才剛移

植，他提出的「三難」，也即是研究詞源的三個方法，都有正面的意義，但他不免受舊學的限制而無法突破。」因為有了次方言的差異，但他並沒有現代方言學的記音觀念，因此，他在記錄詞條時，並未逐條注音，即使標注音讀，也體例不一，例如卷一下列各條：

1. 摒，除物也。呼入聲。通俗文除物曰摒擋。〔例〕：摒掃、摒水。

2. 拌，揮棄也。《方言》：拌，棄也。楚凡揮棄物謂之拌，郭璞音伴。

3. 掀，發蒙也。《說文》：掀，舉出也。

4. 撝，鑽物也。《說文》：撝，裂也。許歸切，按章太炎《新方言》；撝音轉為華；若華藟相通也。《曲禮》：為天子削爪者副之，為國君者華之。註：華，中裂之，不四折也。

5. 杜，撐住也。呼正音。《國語》：狐突杜門不出。註：杜，塞也；與戲通。

6. 撦，尋檢也，劉克莊題跋：溫、李諸人困於撏撦。謂拉雜摘取之也。

這六個字都未標出連氏口中的音讀，依筆者口中的偏漳腔，分別讀為1. piann^3；2. puann^7；3. hian^1；4. ue^2；5. tu^2；6. sa^{1}或tshue^7。根據劉建仁先生漳州「音讀索引」，1. 作p'iann3；2. 作p'uan；3. 作hen；4. 作ui；5. 作tu^2 6. 作ts'ue^7。六個字中有四字不同，筆者基本上認為這些與手有關的動詞都是白話音，因此前二個字應作鼻化韻，至於4. 或作ui只是次方言的差異。至於支撐的「杜」呼正音，也就是借官話的讀法 （ㄉㄨˋ）作為閩南語，也不足為訓，因為「杜」屬《廣韻》上聲姥韻，閩南語只有tɔ^{2}的讀法。「撦」字《廣韻》：昌者切，訓裂

開,《正字通》謂俗作扯。連氏據宋人以「挦撦」為多方摘取（按劉文上句為「美成頗偷古句」）；即以「撦」為尋檢，與《廣韻》音、義皆不合。「撱」字所引《說文》音義亦不合閩南語「鑽物」一詞,《集韻》撱,裂也,羽委切,當音 ui^2,劉氏擬作平聲亦有不合。又如「摒」字《廣韻》去聲勁韻卑正切,連氏作「呼入聲」,不詳所據。總之,連氏在音讀上的掛漏及音義關係的密合上,和現代字源學的求本字都還有一段距離,本文無暇一一討論。質言之,《語典》中所引證據可信者可能不到一半,但某些詞彙的寫法,可說其來有自,而且深中人心,除了歸功於連氏整理臺語用字時,注意流行寫法外,一部分原因在於他的某些說解合乎「流俗詞源學」的觀念,比較容易被一般大眾所採用。

從臺語考字的角度看,《臺灣語典》是第一部完全以考釋漢字來歷為目標的專著,儘管它在字源和詞源的考訂上,取得的成果並不豐碩,但是它在臺語漢字的規範上,確實立下了一個里程碑,它的成就是對臺語漢字語源的一種肯定,同時在方法上,也為後人留下許多省思的空間。

二 論臺語漢字的正字與俗字——以《語典》卷一為例

《臺灣語典》共四卷,據劉建仁先生統計,共收語彙一千一百八十二條,卷一釋單音詞,卷二以下為雙音詞,三音節以上則未收。為討論何者為正確漢字,何者為流俗用字,本文改稱為「正字」與「俗字」,以別於訓詁學上的「本字」與「借字」,俗字包括借音字、訓讀字、閩人自造字,範圍遠比「借字」,還大得多。俗字多半是在找不到正字時所採取的變通用字。三者之中,造字可能是最後手段。大抵假借之法最古老,或行於文字初造時代,以濟表意文字之不足,其後

形聲大昌，通假依然不廢，蓋所以彰顯漢字的標音功能。又用字者本無所謂正俗，識字者須分別本、借，而字源學家每每奉本字為圭臬，殊不知方言文字往往用字在先，考字在後，在連氏之前，閩南語的戲曲歌謠、俚諺已通行數百年，其用字或為閩地傳統韻書所吸收、整理，形成方言文獻的用字傳統，這類字應以訓用字為大宗，拙作（1993）曾列舉二百年前泉州韻書《彙音妙悟》中若干「訓用字」（或稱訓讀字，依日人的習慣，當稱訓用字，訓讀專指讀音），試舉數例，並加本字。[8]

訓用字	訓讀音[9]	原釋義	正字
磁	hui[5]	（土字）土器之屬	盍
娶	chua[7]	（俗語）取厶	「炈」[10]
液	nuann7	口液也	瀾
厝	chu[3]	（解）人所居	庴[11]
腳	kha	（土解）手腳	骹（跤）
立	khia[6]	（解）坐立	徛
攑	kiah[8]	（土解）攑起	揭[12]

8 依照該字在《彙音妙悟》中的音韻地位轉寫為讀音，其擬音可參考拙作（1988）〈彙音妙悟的音系及其鼻化韻母〉一文。如「磁」在「飛母喜紐陽平」訓讀音hui[5]。音標和聲調採臺灣語言學會TLPA的方式。

9 關於「訓讀字」一名的討論，可參考胡莫〈臺語訓讀字〉一文。

10 娶，《廣韻》去聲遇韻：「說文曰取婦也，七句切。」按此音閩南語當讀chu[3]為陰上調，但今白讀作chua[7]，韻變不合，故其正字不作「娶」。因無正字，暫以閩人自造之「炈」充當後起正字。《普閩》頁713，收「炈shī時制切，祭韻」，不詳所出。

11 厝，《廣韻》去聲暮韻，「置也，倉故切」音義皆不合，較可能為「庴」字，《廣韻》真韻（去聲）：「偏庴，舍也。七賜切」這個字音義皆合閩南語的「房子」。（說詳張光宇：《切韻與方言》，頁270）有人用「戍」、「茨」都不切合。

12 攑，《廣韻》平聲・元韻：「舉也，丘言切。」依反切今國語應唸作chian」（ㄑㄧㄢ）

訓用字	訓讀音[9]	原釋義	正字
樹（豎）	khia[7]	（土解）樹起	徛
人	lang[5]	（解）對己之稱	儂（儂）
染	bak[4]	（土解）染著	嗼[13]
高	kuan[5]	（解）高低	懸

以上正字：除徛、揭、嗼之外，皆根據廈門大學（1982）《普通話閩南方言詞典》，「焄」訓為引導，帶路，實際為方言字，厊、攑二字《普閩》遂以為正字，其實是訓用字，攑字廣韻雖訓舉，但音丘言切（元韻），與閩南音Kiah[8]沒有關係。這些訓用字所以取代正字被收在《彙音妙悟》作為白話音（即土解）的記錄，一方面是本字難考，一方面恐怕就是人們早已把這些訓用字，讀成與文讀音不同的土解音讀，所以《彙音妙悟》也都兼收有這些字的文讀。

　　比訓用字的形義更疏遠的是借音字，借音字完全不管形義？又要語言的外殼語音相同即可代用，即是把漢字當純粹的標音字來看待，如果偶一用之，可以視為通假，倘若約定俗成，行之久遠，便形成所謂方言俗字，若進入規範用字，即可與「正字」平起平坐，等量齊觀。

　　我們根據以上簡單的類型，來檢驗一下《語典》卷一的四百三十五個單音詞，大致可以發現連氏的考釋，並非完全以字源為目的，而

　　閩南語唸做kiah的字，不可能來自陽聲韻的chian，因此只是典型的訓用字，用其義而不用其音。本字或音作「揭」kiat>kiah韻尾弱化為喉塞音。

13 嗼，《廣韻》屋韻：「莫卜切，思貌，一曰毛濕也。」又見覺韻：「莫角切，好貌，一曰毛濡。」廈門大學《普閩字典》，頁547收「嗼」（普通話muō）墨角切，閩南音bàk（陰入調）。訓為「因為接觸而被東西附著」如嗼水（沾水），嗼手（沾手），又頁983沾（霑）字下亦收嗼為閩南對應詞。

是在追求詞音的正寫,即音形相符,不管它是否為本字。例如卷一:「阮(guan²)我等也。恁(lin²)爾等也。㑩(in)彼等也。咱(lan²)大眾也,為親愛之辭,呼如懶。(按集韻:咱音查,自也,此係借用)」

連氏明知「咱」呼如懶(lan²)是不合《集韻》音讀,故指明為借用。至於「阮」《廣韻》有兩讀即:一、平聲元韻:愚袁切,五阮郡出《史記》。二、上聲阮韻:虞遠切,姓,出陳留。閩南語第一人稱複數的「阮」,顯然是借用上聲姓阮的「阮」,音guan²,大概是因為借音合於中古來源故不特別標明借用,而咱字就通語而言,也是第一人稱複數的內包人稱代詞(inclusive personal pronoun),即包括說話者自己,可謂為「我們大家」。但因官話正音的ㄗㄚˊ和閩南語的ㄌㄢˋ,相差太遠,所以才說明借用。至於「恁」字《廣韻》也有兩讀:一、如林切,信也;二、如甚切,念也。均與人稱無關,第二人稱複數的lin²也是借音,合乎「如甚切」的演變。至於㑩(in)是方言類推造字,並無語音上的根據。由此看來,這四個人稱代詞完全屬於借音字,並非字源,從構詞上說,阮、恁、㑩是單數的gua²(我)你(li²而非lu²)、i(伊)的複數形,分別加上-n的形態標誌,看似沒有本字,梅祖麟先生認為來自我儂、你儂、伊儂的合音形式,十分可信。[14]

為說明《語典》對虛詞(含指示詞、助詞、副詞等)的看法,以下列出卷一第五條到第四十條,並作分類及比較:

---

14 見梅祖麟:〈臺灣閩南話幾個常用虛詞的來源〉,「第一屆國際訓詁學學術研討會」論文集(高雄市:中山大學,1997年4月19-20日)。

漢字	音讀	釋義	例詞	鄭良偉 1994[15]	楊秀芳 1991[16]
5.者	cia¹	此也，或呼平聲。	置者，企者	遮	這
6.者	cia²	此也，猶言若此。	者大，者寒	即（chian）	這（ciah⁴）
7.者	hia¹	彼也，或呼平聲。	置也，企也	遐	許
8.也	hia²	彼也，猶言若彼。	也大，也熟	許，赫（hian）	許（hia²）
9.也	ia⁷	為發語辭。又為亦。	也著，我坐爾也坐	也	也
10.查	ca¹	此也，為者之轉音。	查甫、查某	查	查
11.厶	boo²	某也。穀梁桓二年 註：鄧厶地，釋文： 厶本作某。	或厶、或搭	某	某
12.或	hit	為不定辭。	即厶、即搭	彼	那（許一）
13.即	cit	就也，假借為此。	或厶、或搭	這	這（者一）
14.佗	to²	何也。	佗去、佗位	叼	
15.阿	a¹	為發語辭。亦呼如安。	阿舅、阿姑	阿	阿
16.兮	e¹	語助也。詩經常用之。 亦作的。	阮兮、恁兮	的，ê	的
17.兮	e⁵	個也。疑介字之訛。	即厶、或厶	個	個
18.仔	a²	為語助。呼亞。	桃仔、李仔	仔	囝
19.那	na²	為轉語。	那是、那慺	若	
20.藉	ciah⁴	為承上辭，猶言乃也。	藉會、藉當	才？	始
21.安	an²	助辭也。亦作案。	安怎、安仍	按怎	
22.偌	zuah⁸	與若通，猶言若此。	偌大、偌寒	偌	
23.盍	ah⁴	何不也。	盍慺、盍勿	惡？	
24.敢	kam²	為疑問辭。	敢採，敢會	敢	敢
25.且	chiann²	為未定辭。又暫也。	且坐、且看		

---

15 《臺語書面語用字參考資料第二期研究計劃成果報告（1993-1994.6）：（四）臺語特別字電腦處理方案》，鄭良偉教授主持，文建會贊助。

16 以《臺灣閩南語語法稿》用字為主，凡字下加短畫表示非本字。部分依一九九六年教育部國語辭典簡編本附錄「閩南語字彙」（討論稿）略為調整，該計畫為揚教授所主持，筆者所見為審定稿。

26.罔 boong	為未然辭。	罔度、罔飼	罔	罔
27.未 be⁷	為未定辭。	食未、困未	未	未
28.的 tit⁴	為現在辭。	的食、的困	tih	著
29.拉 lah⁴	為已定辭。	食拉、困拉	啦	吧
30.不 put⁴	弗也。	不時,不黨	不	不
31.勿 m⁷	不也,否也。	勿食,勿困	嗯	不
32.愞 beh⁴	要也、欲也。	愞食,愞困	欲	要
33.無 bo⁵	呼毛,古音也。	無採、無路用	無	無
34.煞 suah⁴	畢也,煞與殺同⋯⋯引申為畢,又為罷。	食煞、講煞	煞	
35.煞 suah⁴	極也。	煞撲、煞（？）	煞	
36.著 tioh⁸	猶當也,也是也。	著勤、著儉	著	著
37.較 khah⁴	比也。	較大、較緊	較	較
38.多 to¹	《爾雅》:多眾也。	多事、多端	多	
39.濟 ce⁷	多也。呼下入聲。《詩·文王》:濟濟多士。		多	
40.夠 kau³	足也。《集韻》夠,多也。	夠額、夠站	夠／到	

綜合上表,音讀據劉建仁,我們可以看出《語典》有意區別不同詞素,所以同一字分成二至三條,皆列其不同用法或語法意義,甚至區別文白異字,·如「不」和「勿」,「多」和「濟」,都可以看出作者不純為考字,而是在描寫詞彙。由於上列多屬虛字範疇,連氏在考字上也使不上力,所列多屬通俗用字。我們列出鄭良偉教授研究計畫成果報告中的建議用字（1994）及楊秀芳教授《臺灣閩南語語法稿》中的用字作為參照,說明多數虛詞至今寫法分歧,連氏的整理,有其一定的貢獻和影響,例如至今報刊也常看到表示「要」的「愞」字,此字音beh⁴是臺南腔（漳腔）。泉腔自來即作「卜」（音ｂｈ⁴）,連氏不隨

多數文獻，忠實反映了他自己的方言，誠屬可貴。

　　至於實詞部分，《語典》的考字雖頗能獨出機杼，但往往所引文獻過於簡陋，不足以證成字源。試舉數例：

　　卷一頁十：弄，猶輟也〔例〕弄晴、弄站

　　松按：訓輟，意為有隙縫，甘為霖《廈門音新字典》以下簡稱「甘典」。頁四二四收有 lang²-kui, lang²-khang, soe-lang², lang²-phang⁷, lang²-jit 等詞，胡鑫麟《實用臺語小字典》（以下簡稱胡典）頁三一二寫作：寙開、疏寙、寙縫、寙日等詞，「寙」字蓋從《普閩字典》。《集韻‧送韻》「寙，盧貢切，穴也」，似可從。連氏用弄字實疏。

　　卷一頁十一：善，力倦也。《孟子》：富歲子弟多賴。趙註賴，善也。阮芸臺氏謂賴當讀懶，則沃土之民不材之意。是善亦懶也。

　　松按：趙注以為有所賴借而為善，是詞義引申，已有增字為訓之嫌，阮元則以通假正其讀，兩家訓詁似無直接關係，連氏加以牽合，弄出「善亦懶」這種似是而非的說法，不足為訓。此字《普閩字典》採用嬗字，按《廣韻》嬗有他干、多旱、時戰（線）三讀，其中以線韻時戰切一讀最近。《廣韻》：「《說文》，嬗，媛也，一曰傳也，漢書霍去病子名嬗。」又按「時戰切」下又有同音字「僐，緩也」，故《胡典》取「僐」字（頁 521）。然僐，《說文》：作姿也。《廣韻》音常演切，一字兩義，不如從前一說。

卷一頁十四：刐，殺也。《說文》：刐，劃傷也。又斷也。五來切。《山海經》：刐一牝羊。註：刐猶刲也，俗作刣。（按：篇海：刣音鐘，刮削物也，音義俱異。）

按：thai⁵本字當作「治」，已見於羅杰瑞（1979）〈閩南語的「治」字〉一文（《方言1979：179-181》，治《廣韻》直之切。文獻上有治魚的記載，如：《說文》：「劊，楚人謂治魚也。」劊《廣韻》古削切，現代方言未有反映。但與「治」同源的有客家話的「劚」，梅縣作tshi²（陽平），這個音型在第二版的《漢語方言詞匯》，可見於北京、合肥、揚州、武漢、南昌，濟南；可見念th的閩方言「治」字，是「劚」字的古音。說詳拙作（1997）〈閩客共有詞匯中的同源詞〉。被連氏誤認為字源的「刐」字，《廣韻》凡收平聲渠希切（以血塗門）、居依切（斷切也，刺也，刐傷也），去聲古對切（刐刀使利），並未見有「五來切」一讀，從音義上都沒有「治魚」的用法來得貼切，閩南語至今仍保留刣（治）魚之說法。

至於「刣」字音「鐘」的說法見《龍龕手鑑》〈刀部〉：「刜，刣，之容反」[17] 這個字明顯是個借形字，閩南語通過自己的造字詮釋，把它用為「從刀，台聲」，所以是一個道地的方言字，迌迌（玩耍）亦同一類型，此類字不勝枚舉。

從以上三個例子看來，本字的考證誠非易事，即使找到文獻上音義都有對當的關係，我們仍不敢咬定就是它的字源，因為就方言史而言，我們對古閩語的構擬做得太少，中間有多少空白地帶，都必須有文獻支持，否則仍無法確定那就是來自古漢語，比如「治」字。A. Haudricourt認為「殺‧死」的原始苗語形式為*daih，似乎透露閩語的

---

17 見《漢語大字典》（一），頁332。

「刣」保存底層詞的痕跡。[18]

　　這並不表示連氏《語典》中文獻證據不足或音義失黏者皆不可採用，我們只是從嚴格的字源和詞源學的角度來說明連氏考釋應有的定位，與其說連氏考釋的目的是為證明「臺灣話無一字無來歷」，不如說連氏要從故籍典訓中呈現出那些有音無字的漢字選擇，他的方案只是眾多字源學者中的一種，並不足以成為典範。但對於那些真正沒有正字可找的，他的提示的確解決了人們對漢字無所適從的迷惘，所以，吾人應當把《語典》當作臺語文字尋根的起點而非終點，連氏篳路籃縷之功仍是可敬的。

三　流俗詞源的迷思

　　詞源研究是歷史比較語言學的重要課題，臺灣閩南語不但承襲閩南固有的詞彙，還有許多新創的成分，尤其表現在外來語方面，連氏在《語典》中也有許多正確的判斷。典型的外來詞語如：

> 卷一、甲，為量地之名，荷蘭語，臺人沿用之。
> 卷二、較猛，亦急遽也。較，如魯人獵較之較；猛呼如勉，潮州語。猶言猛進也。
> 上當，謂被人所愚。當呼去聲，北京語。
> 高興，呼交興，正音也。謂興趣之高也。按臺語高字皆呼交，讀音為膏；而高低之高呼為拳。（榮松案：高低之「高」本字作「懸」音kuan^5）。

---

18 鄧曉華：〈閩南方言中的古南島語族文化底層的證據〉，「第五屆國際閩方言研討會」論文（泉州市：華僑大學，1997年2月19-22日）。

淡籸，點心，為廣州語之變音。

卷三、蟒甲，為獨木舟；土番語。或作艋舺。（松案：今作萬華，為日本譯音漢字）

甲萬，為木櫃。或以鐵為之。荷蘭語。

雪文，為肥皂；西洋語。按此語譯文甚雅。雪，洗也。《莊子》：澡雪而精神；則有去垢之意。文，理文理也。[19]

卷四攏幫，亦依倚也；馬來語，謂依人生計以俟機會也。

　　除了借自荷蘭，「土番」（即原住民）、馬來語之外，也包括漢語方言。關於日語借詞，我們相信連氏在序中所表現的排斥態度，可見在《語典》中連氏並不承認有日語的外來語，這一點倒值得我們深思。關於「雪文」是法語 savon 的譯音，「雪文」兩字或許是通過葡萄牙語借來，或經過日語的轉手，只是單純的譯音，偏偏選中一個音義相諧的「雪」字，難怪連雅堂要據《莊子》：「澡雪而精神」，大做其流俗詞源的解釋，不僅如此，連氏又載二條有關明鄭的民族精神語彙。

卷三覺羅，犬曰覺羅，豕曰胡亞，聞之故老，覺羅氏以東胡之族入主中國，我延平郡王起而逐之，視如犬豕，民族精神於是乎在。

猙生，清生則畜生，鄭氏時語，今呼猙生，蓋自滿人猾夏，穢德彰聞。忠義之士，憤其無道，至以禽獸比之，所謂不與同中國也。（頁80）

---

19 關於外來語「雪文」的解說，可參考李南衡《外來語》，頁75-77；或亦玄：《新編臺語溯源續篇》，頁275-277。

　　按以覺羅、胡亞二詞來稱呼犬、豕並未在臺語的詞彙中保留下來，聞之故老，為賢人口傳，一時激憤而產生的新詞或流行語，終為時代巨輪所輾去。亦玄先生在《臺語溯源》（新編）「胡亞，覺羅（呼豬叫狗）」一條也對於清生、覺羅、胡亞的說法提出質疑，我們如果從流俗詞源的觀點看，連氏有聞必錄，正好反映了流俗詞源之耐人尋味，其實猙生實即前生的諧音、佛教前生有六道循環，把「畜生」比為「前生」可能更為貼切。連氏不察這個語源？只載猙生，清生云云，可見用心堪憫。至於今人在討論「芋仔、番藷」這組譬喻時，居然有人把「芋仔」和「胡亞」聯想在一起，那就引喻失義，也失去流俗詞源的依據了。

　　《臺灣語典》中也流露不少流俗詞源的例子，例如：

（一）箍落（khoo¹ loh⁸）

> 謂勞動者。渡頭挑夫，以竹箍兩個用繩落之，俾裝貨物，挑之以行。人以其常帶此具，遂以「箍落」稱之。（卷 1，頁 21）

　　按：亦玄（1996:56-57）釋為「苦力、搬運工」，並謂由英文 coolie 一詞音譯來的，又作「龜理」。更正確的說法是英文 coolie 就是中文「苦力」一詞的音譯外來語。至於臺語中怎能音轉成「箍落」呢？筆者也不太相信，coo 可以唸錯成 khoo，但 lie 絕不能聽成 loh，我覺得由「苦勞」一詞轉音可能性更大，而連氏的渡頭挑夫說，則更顯得迂曲，是十足的望文生義。

（二）牽手（khan¹ ciu²）

> 謂妻也，土番娶婦，親至婦家，攜手以歸；沿山之人習見其俗，因謂妻曰牽手。（卷 3，頁 76）

　　按：把妻子稱為牽手或夫妻稱對方為「牽手」，看似俚俗，其實典雅，連氏據傳說以為土番婚俗。亦玄（1988:26-27）則找到《彰化縣誌》〈雜俗篇〉謂山胞男女有情意，則男子以檳榔為禮，女受之則可先行「牽手」擇地而居再正式結婚云云。較連氏「親至婦家，攜手以歸」之說為詳實；又引清代鄧傳安《番俗近古說》云：「番俗娶婦曰牽手，去妻曰放手」，則此名源自番俗，當無疑義，至於為何成為漢人通行之語，連氏則謂「沿山習見其俗，因謂妻曰牽手」，似乎仍認為是漢人自創其詞，因習見而移以稱己妻曰牽手，這種揣測就有點像 Folk-etymology 的手法了。但番俗本來也不限於臺灣，亦玄卻說：在臺灣以外的閩南語地區，從無以「牽手」稱妻子的，因為這是本省的「特產」。這一點卻未必正確，因為周長楫（1993）《廈門方言詞典》頁二〇六就收「牽手」一詞，並云：「妻的通稱」。但在「某」（頁 51）下又云：「妻的通稱，現在年輕人也叫牽手，比較文雅的說法叫內人、內助」。很能反映大陸開放以來舊詞的復甦，但「牽手」究竟是舊詞呢，還是從臺灣新進入的呢，有待調查，不過 Douglas（1899）的廈門白話字典，頁二六〇已收有 goan khan-chhiu, my wife，證明廈門話有「牽手」的說法至少一百年。亦玄的「本省特產」之說，尚有待查證。

（三）管伊（kuan²i°）

> 則不管他也（按《書・堯典》：「試可乃已」。當為「試不可乃已。」而語氣急促，遂脫「不」字；然意自明）。（卷 2 頁 45）

　　按這一條甚為奇怪，臺語「管伊」第二字輕讀，云管他去！即是不管他，這是詞語正反相因之例，有些訓詁學者把它當成「反訓」的一種，其實是語言修辭手段。連氏為了找旁證，竟說《堯典》的「試

可乃已」其實是「試不可乃已」，這就把「乃已」講擰了，重點在
「可用了，就不再試了」，這是前句的意思，「不可用乃罷去」這是後
句的意思，其實兩句相因成義，猶如「管伊」就是「不管伊」，這是
連氏所用的類比法。本來不必引經據典，連氏這種比附，令筆者聯想
到流俗詞源就是任意牽合，只要有一點關聯，原來本條之前為「惣
免」，連氏也說：

> 免也（按《詩‧大雅》：文王不顯。箋：不顯，顯也。中國文
> 法多有此例）。

　　由此可見連氏舊學之淹博，然今人已證明不顯即丕顯，不、丕
均可訓大，不待通假，也無須反訓。「惣免」一詞的結構和「丕顯」
並無不同，惣即是免，丕（不）即是顯，所以這個類比是可通的，但
如果他是跟上例「管伊」一樣看成正反相因，那就落入流俗詞源的
窠臼。

（四）永擺（eng² pai²）

> 謂前次也。《爾雅》：永，遠也；遠，久也。擺有動作之義。
> （卷 2 頁 47）

　　按：「擺」指次、回，上回也可說「頂擺」，黃雪貞（1995）《梅
縣方言詞典》也收有「往擺、上擺、下擺、每擺」，可見這是個閩客
共有詞。但梅縣的「上次」是用「上擺」，「往擺」則指以前，所以筆
者疑閩南語「永擺」可能與客家話的「往擺」（音 vong˧ pai˅）同源，
原指已過去的一次，後來泛指從前，閩南又可說成「永過」，從意義

上說「往過」比較合理。因此，筆者疑「永」字只是借音，其本字待考。把「擺」字解為動作，完全是望文生義。

（五）襯采（chin² chai²）

> 為請裁之轉音，謂隨便。（卷2頁55）

按：「襯采」兩字無所取義，只是標音，連氏常用「轉音」來說明本字與借字之間語音不合的情形，「請」音轉為「襯」，是舌根韻尾-ŋ，轉成-n，有可能，但「請裁」兩字的調完全不合「襯采」，因「請」字連讀變調，即不再為陰上調，裁字陽平變為陰上的「采」，也不合規則，詞尾本該讀本調，則兩字都有問題，「轉音」本來不一定要依當代音讀來檢驗，但是如果是古已為之，究竟何時，又循何規律，這就很難自圓其說。然而這類說法，頗能迎合一般人口胃，以為古閩語叫「請裁」何等文雅。既然本字難求，連氏所作的推想，也只能看作流俗詞源之見了。

綜合以上五例，我們認為不論是特定詞如「箍落」、「牽手」，或者一般口語詞如「永擺」、「襯采」，如果不求其詞源依據，就可能把「箍落」按字面去生義，在求詞源的過程中，如果不嚴格遵守音變的可能規律，則將流於諧音或聲訓，講得再動聽，充其量只是流俗詞源。所以詞源的工作，本來是十分嚴密的，以連氏學養之淹博，尚且不免有許多錯誤，更何況今天一般使用臺語者，由於沒有可靠的詞源辭典，自然沒有能力去找到本字，因此每從《康熙字典》中任意擇取所需音義，即以為找到正字，並沾沾自喜不肯放棄，這是本字難考所形成的一種包袱。

流俗詞源產生在一定的社會條件，它主要就是通過漢字的改變（但亦須諧音）來解釋已約定俗成的詞形，由於臺灣閩南語的用字在

先，所以勢必先存在那些借音、訓用及造字的情形，《語典》所收的一千餘詞，大半皆為通俗用字，連氏的考釋，多由文字出發，也就難免充斥著流俗詞源，所以筆者多年來想為《語典》作注，逐條說明其得失，使讀者由此辨別真正的字源與權衡的俗詞源。

四　臺語漢字規範的道路

本文通過對《臺灣語典》的檢驗，說明了正字與規範是一體的兩面，由於《語典》標幟著為臺語漢字的文字化作探源的工作，同時它也是一部詞源典，儘管它的體例並不嚴密，但是在過去的半世紀裡，它仍具有一定的影響力。事實上臺語漢字的常用詞，少則三、四千個，《語典》不過三、四分之一，因此對於漢字的規範，仍有待吾人加一把勁。

以目前臺灣地區，臺語書面語的蓬勃發展來看，學者的考字探源，永遠是在用字者的後面，因此，規範的道路是長遠的，一方面要把一切可以確定的正字找出來，再確定那些約定俗成的俗字，來填補正字的空缺，同時必須編成一部新的《臺灣漢語字源字典》，逐字交代正俗，建議讀者用字，使讀者知所取捨。

漢字規範的第二條大路，由語言學者編撰一本現代臺語辭典，在注音、用字、收詞上，都要按照國際知名的詞典的編輯方式，達到精確、易讀、易檢的要求，一旦這樣的權威字典出現，漢字的紛然雜沓，將消失於無形。

當然，一種規範工作是否成功，還要看它的使用者的態度，也決定於人口機制，當多數人口長期使用一語言文字時，它的規範便立竿見影。香港粵語即是一個例子。

五 結語

　　文字是語言的載體，一種語言可以存在幾萬年而沒有文字，但那是一種封閉的弱勢的語言，隨時有被消滅或遺忘的危險。臺語作為漢語閩南的一支，本是強勢語言，以今天的閩臺文化看來，它是中華文化源遠流長的一個巨流，七十年前連雅堂先生就看到臺語的危機，今天舉國上下都在為鄉土文化同心協力，尤其國民教育中的鄉土教學，已為臺語的活潑生機注入新的血輪，但是一種文字方案的通行，至少得要百年，今天的臺語文字仍然五色雜陳，包括漢字與羅馬字路線的爭議；我們認為漢字的規範才是一條可大可久的道路，這一點連雅堂先生無疑是一個領航者。

參考文獻

連　橫　《臺灣語典》　臺北市　國立編譯館　中華叢書　1957年　初版

連雅堂著　姚榮松導讀　《臺灣語典》　臺北市　金楓出版有限公司　1987年

甘為霖　《廈門音新字典》　臺南市　臺南教會公報社　1913年　初版　1984年　修訂13版

亦　玄　《新編臺語溯源》　臺北市　時報出版公司　1988年

亦　玄　《新編臺語溯源續篇》　臺北市　時報出版公司　1996年

北大中文系　《漢語方言詞匯》　臺北市　語文出版社年　第2版

林連通　《泉州方言志》　北京市　社會科學文獻出版社　1993年

馬重奇　《漳洲方言研究》　香港　縱橫出版社　1994年

胡鑫麟　《實用臺語小字典》　臺北市　自立晚報出版社　1994年

周長楫　《廈門方言詞典》　南京市　江蘇教育出版社　1993年

陳　修　《台灣話大詞典——閩南話漳泉二腔系部分》　臺北市　遠
　　　　流出版公司　1991年

張光宇　《切韻與方言》　臺北市　臺灣商務印書館　1990年

洪惟仁　《台語文學與台語文字》　臺北市　前衛出版社　1992年

許極燉　《臺灣文字化的方向》　臺北市　自立晚報出版社　1992年

杜文月　《連雅堂傳》　臺北市　雨墨文化事業公司　1994年

吳守禮　《閩臺方言研究集（1）》　臺北市　南天書局　1995年

黃雪貞　《梅縣方言詞典》　南京市　江蘇教育出版社　1995年

鄭良偉　《走向標準化的臺灣話文》　臺北市　自立晚報文化出版部
　　　　1989年

李南衡　《外來語》　臺北市　聯經出版公司　1989年

楊秀芳　《臺灣閩南方言語法稿》　臺北市　大安出版社　1991年

張振興　《臺灣閩南方言記略》　福州市　福建人民出版社　1982年
　　　　臺北市　文史哲出版社　1994年

羅杰瑞　〈閩語裡的「治」字〉　《方言》　1979年第3期

胡　莫　〈臺語訓讀字——以答許極燉先生〉　《臺灣風物》　第45
　　　　卷第3期　1995年

李騰嶽　〈連雅堂先生的臺灣語研究〉　《臺灣風物》　第1卷第1期
　　　　1950年

劉建仁　〈連氏臺灣語典音讀索引〉　《臺北文獻》　10-12期合刊

姚榮松　〈閩南話書面語的漢字規範〉　《教學與研究》　第12期
　　　　1990年

姚榮松　〈兩岸閩南話詞典對方言本字認定的差異〉　《國文學報》
　　　　第22期　1993年

姚榮松　〈閩客共有詞匯中的同源問題〉　第五屆國際閩方言研討會
　　　　論文　1997年2月

詹伯慧　〈關於閩方言研究的幾點思考〉　《中國語文研究》　第11
　　　　期　1995年

許成章　〈試解「臺語有音無字」之結〉　《大陸雜誌》　第92卷第
　　　　5期　1996年5月

——本文原刊於《第二屆中國近代文化解構與重建學術研討會
論文集》（臺北市：政治大學，1997年）。

從方言漢字的使用論漢字的適應性

一　從廣義的漢字系文字看漢字的超語言性質

漢字顧名思義是指記錄漢語的文字，所以在討論有關漢字評價的問題時，自然離不開語言。從比較文字學的角度來看，漢字跟埃及的聖書文字和古代兩河流域（即蘇美爾人使用）的楔形文字是同類型的。[1]不管把漢語所使用的漢字（即狹義的漢字）定名為表意文字、意音文字或語素音節文字，多半是站在漢字與漢語的關係立論，很少從宏觀的視野去注意漢字的跨語言使用，及其所發展成的漢字系文字（即廣義的漢字），它的屬性和功能。

陳其光（1993：26）指出，當漢字已成為完整的書寫體系時，中國的許多少數民族和一些鄰國還沒有文字，雖然他們說的是「非漢語」，他們首先借用漢語書面語，然後借用漢字書寫自己的語言。在借用一段時間之後，為彌補借用漢字的不足，在漢字的影響下創造了書寫母語的本族文字，就產生了許多漢字支系，形成廣義的漢字文化圈。[2]根據陳（1993）的分析，這些非漢語的漢字派生字，可以分成兩大類：

一、從漢字派生的表意字，包括 1.仿漢字：如越南的字喃、老壯文和老白文等。以形聲字居多。2.變漢字：如契丹大字、女真大字

1　裘錫圭：〈漢字的性質〉，《中國語文》1985年第1期，頁35。
2　陳其光：〈漢字系文字〉，《文字比較研究散論——電腦時代的新觀察》（北京市：中央民族學院出版社，1993年），頁26-38。

等。是改造原有漢字成新字。3.似漢字：僅西夏文一種，用漢字筆畫先組成表意的偏旁元件，再按漢字的造字法造新字。

　　二、從漢字派生的表音字，包括 1.音節文字，如：日文假名和女書（通行於湖南江永縣和道縣）。2.拼音文字：包括契丹小字、女真小字、諺文和注音字母文字。

　　周有光（1997：97）更指出：漢字向少數民族和外國傳播，第一步演變成為各種「漢字式詞符文字」，第二步演變成為各種「漢字式字母文字」，這都是廣義的漢字。這兩步的演變正好和上列兩大類漢字的派生字若合符節。因此，若說廣義的漢字演變，已和世界文字的主流「拼音文字」發展若合符節，也不為過；不過漢字式的字母文字並未在漢語的本土取得「革命成功」的果實，所以廣義的漢字文化圈，目前仍是兩棲使用，在漢語通行地區，典型的詞符文字方塊字仍是漢字的主流，在域外的韓、日兩國，雖然使用拼音文字，但並未完全廢除夾用「當用漢字」，換言之，漢字仍是該語言的文字符號的一部分。陳其光（1993：203-204）則說：「表意字受漢字的影響較深，是漢字的近親；表音字受漢字的影響較淺，是漢字的遠親。」以下我們專就屬於漢字近親的漢字系文字同「漢語漢字」（狹義漢字）的共通性，來看漢字的跨語言運用。

　　應該指出主體漢字（即今日海峽兩岸所使用的漢字庫）和漢字派生的「詞符文字」（即仍為中國西南少數民族如壯族、苗、瑤、布依、侗、白、哈尼、水、傈僳所使用的仿漢字），它們是相互依存的，在漢語通行地區，漢字儘管自足，但在任何雙語地區，或「仿漢字」盛行的區域，兩類漢字是混合使用，成為「雙書面語制」。這些派生的表意字之所以沒有改成表音字，是因為這些仿漢字和漢字相容性強，可以搭配使用。

　　為了說明漢字在其他語言中的使用，姑以使用人口最多的壯字為

例，採自周有光（1997）。[3]

（一）借用漢字

1. 借義又借音：文（文vwnz），南（南namz），玉（玉nyaw），才（才caiz），史（史sij），形（hingz）。

2. 借義不借音：屋（ranz）、你（mwng）、蛋（gyaeg）、哭（daej）。

3. 借音不借義：眉（有，miz），斗（來daeuj），丕（去bae），迪（是dwg）。

（二）自造新字

1　自造會意字

歪（上面gwnz）、奀（下面laj）、旮（白天ngoenz）、粡（早飯ngaiz）。

2　自造形聲字

肤（富foug）殀（病bingh）…………左形右聲。

鴓（鴨bit）牪（水牛vaiz）…………左聲右形。

痐（痛in）闇（闇iem）…………外形內聲。

岜（山bya）…………上形下聲。

畓（田naz）…………下形上聲。

3　自造簡化字

冇（不mbou，「有」的簡化，粵語簡化字相同。）

門（半邊 mbiengj，「門」的一半）

3　周有光：《世界文字史》（上海市：上海教育出版社，1997年），頁101-103。

借用漢字和自造新字，構成「老壯文」的漢字系統，尤其那些按照會意和形聲所造的方塊字，形體與漢字無別，只是音義都根據壯語，陳其光稱之為「類漢字」，從漢語內部也存在的方言造字來看，「類漢字」相當於漢語的「方言特別字」，其形音義都沒有通行全國，它們也和其他通用漢字共同承擔記錄所有漢語的任務。從漢字文化圈來看，老壯文的漢字體現了漢字的超語言性質，借用漢字的三類分別是借詞、訓讀字、借音字。而漢語各方言所表現的漢字系統，則進一步體現了漢字的超方言性質，因為儘管在對應方言口語時會出現較多方言漢字色彩，但它仍須配合主體漢字庫來使用，才能完整記錄漢語，至於方言字的類型，也不能自外於漢字的各種構成規律，所以基本上它是主體漢字的一種變體而已。這種文字變體，從使用的條件上，又受到方言文字化的制約。

二　漢字的超時空性質──語素音節文字的特徵

漢字和古蘇美爾人的楔形文字、古埃及聖書文字第三種古代文字，同樣被視為「語詞‧音節文字」（logosyllabary），簡稱「詞符文字」（logogram），它們的符號表示語詞和音節、即表意兼表音，也稱為「意音文字」。不過更精確的說法叫「語素──音節文字」，裘錫圭（1985）指出：

> 如果從字符所能表示的語言結構的層次來看，漢字是一種語素──音節文字，即有些字符只跟語素這個層次有聯繫，有些字符則起音節符號的作用。

這種說法異於過去學者有單純把漢字視為表意文字系統

（ideographisme）或者稱為詞素（語素）文字。法國學者汪德邁
（León Vandermeersch）教授在所著《新漢文化圈》一書中根據馬爾
蒂內（martinet）所談的語節（articulation）概念，認為語言的特徵表
現為它的雙重語節。即任何語言都在兩個不同層面上分節
（articuler）：語義層面——即在語義單位上分節，馬爾蒂內稱為意素
（moneimes）；語音層面——即在音素單位上分節，馬爾蒂內稱之為
音位（phoneimes）。[4]

　　他指出：「雙重語節使得有兩種攝取元素來表達話語的方式：一
是在第一層面即語義單位上攝取元素，一是在第二層面即音素單位上
攝取元素。表意文字可以被定義為按照第一種方式組成的文字，拼音
文字則是按照第二種方式組成的。」漢字也被簡單地歸為第一種的
「表意文字」，這是沒有認識到漢字是兩種攝取元素方式的混合，在
第一層面上，漢字字形和偏旁的表意性是攝取了「意素」；絕大多數
形聲字的聲符則攝取了第二層的「音位」。不但如此，聲符有時還起
一種區別詞義的功能。這使得漢字「詞符」的數目儘管不斷增加，卻
避免了表意文字由於必須掌握大量不同書寫單位的負擔。汪德邁先生
（1993:91）則歸功於漢語特有的書寫語言「文言文」。他說：

　　　　漢字系統與蘇美爾和埃及文字的重大區別是，蘇、埃文字僅僅
　　是一種書寫系統，而漢字則兼有書寫系統和真正的獨立的語言
　　系統雙重功能。在中國文字那裡，我們看到的不僅僅是一種簡
　　單的口語記錄體系，而且是不同於口語的另外一種語言。在這
　　裡口語不僅僅被記載下來，而且被重新組合過了。這一特點可
　　一直上溯至漢字的起源。公元前一五〇〇年左右，漢字系統便

4　汪德邁著，陳彥譯：《新漢文化圈》（南昌市：江西人民出版社，1993年），頁88。

作為一種獨立的語言而非當時口語的記錄系統而形成了。……
這一特殊語言，中文稱之為「文言」，法譯為 Langue écrite。

汪先生認為這種文言的漢字系統正像歐洲拉丁語一樣作為一種書
寫語言流傳至今。「在中國文言中，文字與注音的關係與其他表意文
字正好相反，文字符號在此並不代表口語的對應詞。在其他表意文字
裡，詞語是獨立的，文字僅僅是詞語的記錄；在中國文言中，文字即
是詞語，讀音僅僅是文字的注音符號，最後回到文字。」[5] 應該指出
這種文言文自漢代以後傳入越南、朝鮮、日本，漢字發音隨其本國語
言的發音體系而調整，正反映了它的超語言使用，正如同漢語不同方
言區的人們，也採用各自的方言音讀來傳誦文言，這種異音共形的現
象，無異說明漢字的多標體系，更由於字形表意的一致性，無形中降
低音讀分歧的不便，單憑目治的文字系統當然是超方言的。

漢字具有一定的超時空性，一向被認為是重要的特點，朱德熙
（1983）指出：

漢字最大的長處就是能夠超越空間和時間的限制，古今漢語字
音的差別很大，但由於字義的變化比較小，而且兩千年來字形
相當穩定，沒有太大的變化，所以先秦兩漢的古書，今天一般
人還能部分看懂。如果古書是用拼音文字寫的，現代人就根本
無法理解了。有些方言語音差別也很大，彼此不能交談，可是
寫成漢字，就能互相了解，道理也是一樣。[6]

5　汪德邁著，陳彥譯：《新漢文化圈》（南昌市：江西人民出版社，1993年），頁95。
6　朱德熙：〈漢語〉，見所著：《語法叢稿》（上海市：上海教育出版社，1989年），頁
　26。

　　漢字超越時間的說法可以和上述的「文言文的卓越性」相印證。不過也不是無條件的成立，今天一般人能部分看懂古書，一半要歸功於文言文教學，一半才是漢字形、義的穩定性。至於利用筆談來超越方言語言的隔閡，其實，倚賴的仍是共同的書面語（即今日的白話文），而非文言文本身，更重要的是掌握足夠的漢字庫，這個漢字系統從來沒有因為方言差異而分成不同的兩套、三套子系統，否則跨方言變成不可能。誠如張志公說的：

　　　　漢字從秦始皇「書同文」起一直是統一的。漢字使我們有可能形成一種共同的書面語言，超方言的書面語言。[7]

　　這種共同的書面語，應該就是現代漢語以北京音系為基礎的共同語，以文學為基礎的典範白話文，它已取代二千年來居主流地位的文言文。白話文之所以作為超方言的書面語言，正是因為它使用的全部漢字在各方言中皆有對應的讀音，人們只要用本方言的讀音就可以把書報上的文字傳達給不諳普通話或國語的方言居民。

　　在白話文裡，一般人只要認識最常用的四千字左右基本漢字的形義，就可以進行超方言的閱讀。字音則是通過方言口語詞的對應就可以掌握。為了說明漢字的「語素——音節」的二維屬性，我們不妨根據張璇編撰的《中文常用三千字形義釋》收字為範圍，取一些對稱的部首來觀察其形音義的差異，及其與「字符」（即部件）的關係。

　　第一組：人～刀→同字符（黑體為會意字）
人：**伐** 伴 依 倍 俏 倚（傖）傳 儉（僑）僻
刀：**划** 判 **初** 剖 削（剞）創（剗）劍 劑 劈

7　張志公：〈漢字的特點、使用現狀及前景〉，《語文建設》總第33期（1991年）。

第二組：人～口→同字符

人：**伏** 份 何 伸 供 倡 俏 偎 俾 債

口：**吠** 吩 呵 呻 哄 唱 哨 喂 啤（噴）

第三組：人～土→同字符

人：他 仿 **位** 伸（俟）倍 儡 僻

土：地 坊 垃 **坤** 埃 培 壘 壁

第四組：人～女→同字符

人：仍 仔 他 仿 估 倡（侄）

女：奶 **好** 她 妨 姑 娼 姪

少數加（　）的並非常用字，不在張氏收字範圍，這四組字中僅八個會意字，其餘皆形聲字。其中「划」字見《廣韻》：撥進船也，形構不明，姑以為會意。按《說文》省聲之理，也可假設為「伐省聲」。佔大多數的形聲字，憑現代漢字音讀即可判斷出來，單個字不敢斷定，兩個共符異部字，如果仍有疊韻關係，八成是形聲，如伴：判，倍：剖，俏：削，倚：剞，儉：劍，供：哄，俾：啤都是其例，當然有些同聲符字組今讀同音，如僻劈、伸呻，倡唱，估姑等。少數則並不疊韻，如儕：劑，他：地，仍；奶，其中有語音變化問題，如「他」本與「它」同字，他為後起俗字。以上這些原則使後人大抵可推知後起字是否為形聲？如《中文常用三千字形義釋》[8]就做了以下的推測：

> 啡，見《玉篇》、《集韻》、《廣韻》，《說文》無此字，蓋從口非聲。
>
> 啊，字見《集韻》、《正字通》，蓋從口阿聲。

8　見張瑄：《中文常用三千字形義釋》（臺北市：成偉出版社，1975年），頁158。

　　啤，古無此字，今以為酒名。蓋从口卑聲。

　　啦，古無此字，今以狀聲，蓋从口拉聲。

　　喂，字見《玉篇》、《正字通》，蓋从口畏聲。

　　由此可見，這些相同聲符的字組，聲符主要起標音的作用，部首偏旁才是主要的辨義要素，其作用仍然是將一組音同音近字，歸之某事類，令人從語彙的音義聯繫中，去挑出所要的音義結合體──詞或詞素。如「音如半」而適用人群關係者為「伴」，「音如半」而適用於刀之關係者為「判」，這大概就是早期形聲字聲符所擔負的「因聲求義」功能，其後孳乳之道行，則凡同聲之字皆可相互假借，因而注形以分其殊義如「倍─培─陪」，皆緣累增，義在聲中。「偶─寓─遇」皆有二造，或相寄託。這是詞源學家進一步的推理，雖然在文字學上形成右文說，以為形聲字聲符亦能表義，在整體形聲的適用上大多齟齬難通，不可輕信，應該視為文字發展史上的古代同源字的殘留，而非通例。

三　漢字如何記錄方言──以閩南語為例

　　漢字在記錄漢語時，所表現出來的高度適應性，還表現在用同一套文字記錄方言。早在紀元之初，揚雄就能針對豐富的漢語方言詞彙多元的複雜現象進行描述，他區分出通語、方言、古語等，並注出通行之地域，例如《方言》：

　　膠、譎、詐也。涼州西南之間曰膠，自關而東或曰譎、或曰膠。詐，通語也。（卷三）

　　嫁、逝、徂、適，往也。自家而出謂之嫁。……逝，秦晉語

也。徂，齊語也。適，宋魯語也。

往，凡語也。（卷一）

揚雄在記錄方言時，已經注意到以口頭語言作為調查對象，因此，除了凡、通語可以找到漢字外，有些方言詞便只能記音，揚雄的確把漢字當作標音來用。例如：卷一：「黨、曉、哲、知也，楚謂之黨，或曰曉。齊宋之間謂之哲。」「黨」大約就是現在的「懂」。又如「寇、劍、弩、大也。」這三個字都沒有大義，只是用它的音，實際是當作標音符號來用。可惜當時所據方音已不可深考，有些方言詞所代表的本字，並不容易求得真相。不過我們仍可以通過現代方言如何用漢字表達口語的記錄，了解漢字在跨方言的運用上的適應能力。舉閩南語傳統唸謠《陳三五娘》[9]為例：

即年[1]美貌兮[2]查某[3]，袂須[4]昭君兮面膜，
想著腳浮袂[5]行路，潮州所在恰[6]青蘇[7]。
行甲[8]只久[9]即到位[10]，看著嫂嫂未安睡，
這事不敢講出嘴，就將門籬緊軒[11]開，
陳三拜見因[12]嫂嫂，潮州實在好迌迌[13]，
柳氏做人是真好，知因小叔愛風梭[14]。

將以上十四個加標的字、詞做一解釋：

1. 即年：這麼，音〔tsia^5 ni^0〕或作「者呢」，「這呢」。「即年」完全記音字。

9　《陳三五娘》（新竹市：竹林書局發行，1986年，第6版）。

2. 兮：的，閩南語音〔e^5〕。虛詞，或由「個」字弱化。

3. 查某〔$tsa^1\ bo^2$〕：女人（與「查埔」男人同為記音字）。本字或為「諸母」。

4. 袂須〔$bue^7\ su^1$〕：不輸於。袂或作「獪」，是「無會」的合音，意即不會。「須」是「輸」之借音字。

5. 袂〔bue^7〕：「獪」的借音字。

6. 恰〔$khah^4$〕：「較」的借音字。

7. 青蘇〔$tsheN^1\ so^1$〕即「生疏」的借音字。

8. 甲〔kah^4〕：動詞後綴，猶「得」。

9. 只久〔$tsia^2\ ku^2$〕：這麼久。

10. 到位〔$kau^2\ ui^7$〕：到達目的地。「到」字為訓讀字，本字當作「徭、迨」等。

11. 軒〔$hian^1$〕：「掀」的假借字。即掀開。

12. 因〔in^1〕：第三人稱代名詞所有格，借音字，俗作「個」，即他的。

13. 迌迌〔$thit^2\ tho^5$〕：玩耍。閩方言字。

14. 風梭〔$hoŋ^1\ so^1$〕：風騷，即附庸風雅；風流。

整段歌詞可以迻譯如下：

　　這麼貌美的女子，勝過王昭君的容顏，

　　想到她不禁腳步輕浮，不肯向前。潮州地方人生地不熟，

　　走了恁久才到達，看到嫂嫂尚未就寢，

　　此事不敢聲張，就將門簾趕緊掀開，

　　陳三拜見了他的嫂嫂，說起潮州是遊玩的好地方，

　　嫂嫂柳氏為人真好，也深知他小叔愛風流成性。

　　任何只會使用現代漢語的中外人士，恐怕無從理解這段閩南語的歌辭，除非看過以上的注釋。儘管這段歌辭所用的漢字大部分都認得，僅「袂」（同襪）字較罕用。為什麼整段話變得如此生澀，大概只有三個不須做注的句子能理解，「陳三拜見因嫂嫂」一句則用了一個標音字「因」，可能把它誤解為「因嫂嫂的引介而得拜見某人。」由此，我們得到兩個簡單的結論：

　　（一）現代漢字用來記錄方言的口語，基本上是作為記音符號來使用，不熟悉方言的漢字音讀，根本不能讀出該方言，也無從理解方言的漢字記錄。漢字可以跨方言使用，卻必須具備運用方言的能力，才能讀通方言口語的漢字音記錄。

　　（二）用漢字記錄方言口語時，漢字往往成為表音符號，部分語調雖與通語共用，只要句中有一個方言借音字，對於不諳本方言的人，整句便晦澀難知。

　　從這兩個理由顯示，漢字作為方言之間的溝通工具，只能體現在以現代漢語的共同語（北京話）為書面語的方音對譯上，任何方言特有詞語介入，都將使交流中斷。

　　方言書面語之所以難懂，主要有兩方面，第一是許多字向來不曾寫定，單有口音，沒有文字。第二是懂的人太少。這是胡適先生在一九二六年為吳方言文學的第一部傑作《海上花列傳》作序[10]時的話。第一層是方言文字化的課題，臺灣有許多方言文學創作者正在進行實驗，第二層是方言文學的定位問題，是作為方言區的小眾傳播，抑或夾在國語文學中成為雙語材料。以目前方言書面語的地位來看，這兩個問題都沒有成熟，也說明「漢字具有超方言性」無法通過方言書面語的檢驗。以下節錄胡適所引《海上花列傳》第二十三回衛霞仙對姚奶奶說的一段話為例：

10　〈海上花列傳序〉，《胡適文存》（臺北市：遠東圖書公司），第3集，卷6。

耐個家主公末，該應到耐府浪去尋哦。耐啥辰光交代撥倪，故歇到該搭來尋耐家主公？倪堂子裡倒勿曾到府浪來請客人，耐到先到倪堂子裡來尋耐家主公，阿要笑話！倪開仔堂子作生意，走得進來，總是客人，阿管但是啥人個家主公！

再對照作家張愛玲的譯文[11]：

你的丈夫嚜，應該到你府上去找嚜。你什麼時候交給我們，這時候到此地來找你丈夫？我們堂子裡倒沒到你府上來請客人，你倒先到我們堂裡來找你丈夫，可不是笑話！我開了堂子作生意，走了進來總是客人，可管他是誰的丈夫！

對照之下，我們先找到吳語的代名詞：耐即你，倪即我們，俚即他，啥人即誰。以下是實詞：主公=丈夫；府浪=府上；辰光=時候，撥=給。掌握了這幾個關鍵詞，這段話並不難懂，可見如果有一個「方言特有詞和普通話對譯表」（通常最常用的詞只有一兩百個）。人們就可以初步進行跨方言的閱讀，剩下的便只是一些虛詞和特殊句型。換言之，一旦沒有這些學習的條件，漢字的「超方言性」，便無從在單語的經驗中體現。

四　方言特別詞的漢字類型學

我們上文已經討論漢字對方言的適應性，一方面表現在方言字音的對應關係，語音無論如何演變，文字總是保持相對穩定。另一方

---

11 韓子雲著，張愛玲註譯：《海上花》（臺北市：皇冠雜誌社，1985年），頁232。

面，方言口語的書面化，總是儘可能向共通語（普通話）靠攏，而不必「我手寫我口」，否則每個方言就有兩套書面語，一套相當於文言文，另一套是完全的口語文——近乎標音文字，借音字特別多。從語言和文字的相互依存關係來說，我們發現任何方言的書面語，都面臨如何建立自己的漢字體系，這個體系是自足的。它必須完全辨別該語言中所有詞素，而且在本方言的運用中，產生自己的寫詞法、造字法、構形法及相應的正字法。換言之，現代標準漢語的字庫不足以照顧方言的漢字體系，必須為方言特別詞建立漢字的類型。拙作（1995）曾經根據臺灣閩南語書面語漢字建立兩大類八個小類：

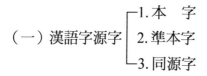

（一）漢語字源字
1. 本　字
2. 準本字
3. 同源字

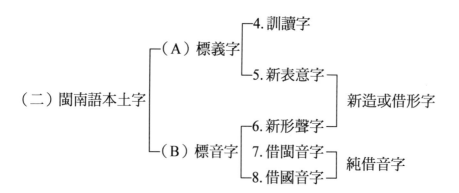

（二）閩南語本土字

（A）標義字
4. 訓讀字
5. 新表意字
　　新造或借形字
6. 新形聲字

（B）標音字
7. 借閩音字
8. 借國音字
　　純借音字

漢字字源源遠流長，考求本字可以減少本土字的泛濫。準本字是不完全合乎演變規律的次級品，同源字則放寬條件，求其近似值。因為是字源學，故講求精確度。這八小類其實可合併成四個基本類型：

本字	訓讀	借音	新造或借形
如：天烏……天黑		遮（這兒）	勢（能幹）……形聲
花芳……花香		遐（那兒）	禿（引導）……會意
鉸刀……剪刀			
	我……	阮（我們）	
	你……	恁（你們）	
	他……	因（他們）……個（他）	
	要……	卜（要）……	愛（要）
		敕桃……	迌迌（遊玩）
掠狂……抓狂			
不會……獪（合音字）			

　　把這個類型表和第一節有關「壯字」的情形相比，說明了閩南語書面語的漢字類型，和壯語的類型基本上沒有太大差異，可能「借義又借音」的外來詞，在閩語中比較少。過去臺灣在日本統治下，遺留一些外來詞，如玄關、漫畫、看板、便當、風呂等詞在老一輩的臺灣人口中仍用日語發音，但年輕一代已經不用了。只有「壽司」一詞還有人叫Susi。至於「借義不借音」即是這裡的「訓讀」，我們把北京話和臺灣閩南話視為二種語言，今天臺灣的閩南語電視節目的字幕或卡拉OK上閩南語歌詞，有大量的「國語」訓讀字，這是因為「國語」在臺灣居強勢語言的地位。影響所及，有些閩南語詞，被改用國語的音讀來擬字，例如：

本字	閩南音	臺灣國語	音變
「家」婆	ke^1 po^5	雞婆（ji^1 po^2）	家、雞閩南話同音
柳橙	liu^2 tiŋ^5	柳丁	橙→丁是「陽平→陰平」
（菝仔）	pat^4 a^2	芭樂	本名番石榴，第二音節連音（liason）為 la
			按：「菝仔」為閩南語舊譯音
天婦羅（日）	thian^5 pu^1 lah^0	甜不辣	諧音字
伓知影	m^7 tsai^1 iã^2	莫宰羊	諧音字

　　這些都反映了強勢的國語，通過自己的音讀來吸收方言和外來語，其中的音變也帶有俗詞源的色彩，然而也說明漢字有其強韌的適應性。

　　訓讀、借音和新造是漢語方言特有詞在文字化過程中向本字疏離的三個方向，有些本字比較罕用，因此容易用訓讀字來替代，有些找不到本字，最方便的也是訓讀字，不過，若要發展具有口語特色的方言文學，訓讀字顯然不足取，於是大量向借音或新造字發展，形成許多「本土字」，本地知名的鄉土文學作家楊青矗曾經花了數年工夫編出《國臺雙語辭典》，由於不滿意或找不到適當的臺語漢字，自己創造了一百五十二個臺語漢字，拙作（1995B）曾經做了個案分析，發現其造字的方法主要是形聲兼會意，似乎受了傳統字源學家「聲義同源」說的影響，但也反映了一個母語作家如何對待漢字和自己的語言。

五　結論

　　本文從廣義的漢字系文字看漢字文化圈的許多非漢語族群如何利用漢字適應其語言，進一步觀察漢字作為「語素—音節文字」的特

徵，確實具有超時空的特質。再以閩南語和吳語的書面語為例，說明漢字超方言的特性有一定的條件和侷限，最後從方言特別詞的漢字類型及臺灣國語與方言的互動，做了簡要觀察，說明漢字在當前漢語的生態下，在方言與共同語之間仍起著一種橋樑的作用。

參考文獻

王鳳陽　《漢字學》　長春市　吉林文史出版社　1989年

朱德熙　《語法叢稿》　上海市　上海教育出版社　1989年

周有光　《世界文字發展史》　上海市　上海教育出版社　1997年

周長楫　《廈門方言詞典》　南京市　江蘇教育出版社　1993年

〔法〕汪德邁著　陳彥譯　《新漢文化圈》　南昌市　江西人民出版社　1993年

洪玉成　〈漢字和漢語〉　《漢字文化》　總第7期　1990年

胡　適　《胡適文存》　臺北市　遠東圖書公司　1960年　第3集

姚榮松　〈閩南語書面語使用漢字的類型分析──兼論漢語方言文字學〉　《第一屆臺灣本土文化學術研討會論文集》　臺北市　臺灣師大文學院，人文教育中心　1995年

姚榮松　〈臺語造字的一個個案分析──以楊青矗「國臺雙語詞典」為例〉　《第二屆臺灣語言國際研討會論文集》　臺北市　臺大語言所　1995年　頁243-268

姚榮松　〈從方言字的系統比較看漢字的多源體系〉　《第七屆中國文字學全國學術研討會論文集》　臺北市　東吳大學中文系所　1996年

張　瑄　《中文常用三千字形義釋》　臺北市　成偉出版社　1975年

袁曉園編　《文字與文化叢書（二）》　北京市　光明日報出版社
　　　1987年

袁曉園　《漢字漢語學術研討會論文集》（上）（下）　長春市　吉林
　　　教育出版社　1991年

張愛玲譯注　《海上花》　臺北市　皇冠雜誌社　1985年

許壽椿編　《文字比較研究散論──電腦時代的新觀察》　北京市
　　　中央民族學院出版社　1993年

陳其光　〈漢字系文字〉　收在許壽椿編　《文字比較研究散論──
　　　電腦時代的新觀察》　北京市　中央民族學院出版社　1993
　　　年　頁26-38

陳其光　〈論漢字的超語言使用〉　收在許壽椿編　《文字比較研究
　　　散論──電腦時代的新觀察》　北京市　中央民族學院出版
　　　社　1993年　頁198-211

張志公　〈漢字的特點、使用現況及前景〉　《語文建設》　總第33
　　　期　1991年

解志維　〈漢字的「超方言性」及其條件和侷限性〉　收在許壽椿編
　　　《文字比較研究散論──電腦時代的新觀察》　北京市　中
　　　央民族學院出版社　1993年　頁224-231

裘錫圭　〈漢字的性質〉　《中國語文》　1985年第1期

蘇培成　《現代漢字學綱要》　北京市　北京大學出版社　1994年

蘇新春　《漢字語言功能論》　南昌市　江西教育出版社　1994年

蘇新春　《漢字文化引論》　南寧市　廣西教育出版社　1994年

劉君惠等　《揚雄方言研究》　成都市　巴蜀出版社　1992年

〔清〕錢　繹　《方言箋疏》　上海市　上海古籍出版社　1983年

〔美〕羅杰瑞著　張惠英譯　《漢語概說》　北京市　語文出版社
　　　1995年

John Defrancis, *The Chinese Language: Fact and Fantasy* (HI: University of Hawaii Press, Honolulu, 1984).

Joël Bellassen, Methode d'Initiation à la langue à l'Ecriture chinoises (Tome 1) (Paris: La Compagnie, 1989).

後記

　　本文初稿曾在一九九八年二月七日巴黎舉行的「法國第二屆國際漢語教學學術研討會」上宣讀，並獲得教育部出席國際會議的補助，特此誌謝。

　　　　　　　——本文原刊於《劉正浩教授七十壽慶榮退紀念文集》
　　　　　　　　（臺北市：文史哲出版社，1999年），頁231-251。

臺語造字ㄟ一個個案分析

——楊青矗《國臺雙語辭典》

一　儂儂可以為倉頡？

「臺語文字化」為近年臺灣閩南語多面向的研究課題之一。平心而論，這不是一個嚴謹的命題，因為「文字化」是語言到文字的從零到有的階段，世界上有許多語言，是進入二十世紀或晚近幾十年才造出文字來，如「壯文」、「布依文」等。至於漢語與漢字本即母子相生，若說臺語從未有文字，這是對漢字與漢語關係的二種扭曲，如果「臺語文字化」意謂臺語某一個時期，沒有成熟的書面語，因為有許多詞語沒有留下記錄，甚至無字可寫，在這個意義下，「文字化」就等於把口語完全記錄下來，但是並非人們能記下每一句話，就等於臺語有了書面語，書面語是語言的另一種以文字呈現的形式，並非語音轉錄，因此，「文字化」其實只是書面語的初階段雛形。

文字是社會需要的一種產物，也是全社會的發明。傳說中的倉頡，只是整理文字的一個史官，《荀子》〈解蔽〉篇說：「好書者眾，而倉頡獨傳者，壹也。」按荀子的看法，倉頡只是眾多文字創造者中的一員，由於專心致志，才能獨佔傳播文字之功。也許這個說法更接近事實，將某種發明歸功於一人，是古代傳說的共同特徵。事實上，文字是長時間發展、累積的結果，創造者是傳播語言的人。今天閩南話中不正有許多新造字嗎？諸如：𤆬（chua^7，引導）、𡶛（kun^5，水

煮）、炰（pu^5，炭中燒烤）、冇（paN^7 不實），躼（lo^3，高個子）等，這些所謂「方言俗字」，究竟何人所造，從來未聞，可見這些字的出現，必然在一種偶然的情況下，人們按當時情境所作即興的創作，以後人們不斷重複這些新字，也就成為固定的用法，人們並不關心這是誰的發明。歷史上整理文字者，都能留名，但是存心造字者，除了一個武則天之外，沒有第二人，而她造的字早遭淘汰。但文字的改造與新創，卻無時無刻不在進行，從來沒有人會追究氫、氧、氟、鐳、鎘、鈷、鈦這些新字是誰造的，由此可見，並非人人可以為倉頡。

話雖如此，當前河洛話的書面語仍處於實驗階段，這就是說，許多詞素尚未寫定，其中有三種情況：（一）捨本字而不用，人們習慣自己的寫法；（二）本字與借字並存，各行其是；.（三）本無其字，詞根或為借詞（外來語）、或者狀聲擬態、託名標幟，字無定體，但以音表。解決之途亦有三：（一）求本字；（二）純粹表音。必要時不惜揚棄漢字，改用拼音文字；（三）另造新字。一本好的字源字典，應該告訴讀者所有「問題字」的屬性，並指出選字之道。在楊青矗的：《國臺雙語辭典》中，一作者不但為臺語揣（音 chue^7，找也）字，必要時也為臺語造字，雖然只造了一百五十二字，卻是前無古人，令人刮目相看的舉動，如果這些字能流傳下去，則楊氏可算河洛話的「現代倉頡」了。本文試圖針對這一百五十二個字進行六書類型、造字合理性、造字必要性、可用度等進行分析，目的在為這些字定位，同時指出造字問題的複雜性，任何違反約定俗成的生造字，其實並不能取代目前的通行字。

二　楊造一百五十二個新字的類型分析

這一百五十二個字有一百五十一字見於楊氏辭典第一一八九頁的

「楊青矗臺語造字索引表」，另一字「啟」見於第一一二七頁「臺語音字補遺」，依全書體例，此字下有「造字」說明，應為新造字，索引漏收，今補計。我們利用每字下的形、音、義的分析說明、造字說明及臺語辭條，分析了每字的（1）詞性；（2）六書類型；（3）楊氏所收的坊間文獻用字對照，得到以下的結果。

（一）詞性方面

按照筆者觀察，其中的詞性包括：動詞＞形容詞＞名詞＞副詞＞擬聲或擬態詞＞代名詞＞指稱詞＞連詞等。

以上大致按各類出現多寡排列，其中動詞佔絕大部分，具體的字數如下：

動詞	形容詞	名詞	副詞（狀詞）	擬聲詞	代詞	助動詞	連詞	介詞	歎詞	合計
96	14	14	10	8	4	2	2	1	1	152

為了方便統計，我們把相關詞類合併成下表：

詞類	動詞	狀詞（副詞＋擬聲詞）	名詞（名詞＋代詞）	形容詞	功能詞（後四類）	合計
字數	96	18	18	14	6	152
百分比	63.15%	11.84%	11.84%	9.21%	3.94%	99.986%

或

實詞	虛詞（狀、形、功）	合計
114	38	152
75%	25%	100%

　　楊氏的新造字有四分之三為動詞或名詞，就閩南話的詞類而言，其有音無字的詞多為動詞，至於名詞，並沒有虛詞來得多，如果把名詞和動詞分開來計，虛詞要比名詞更迫切需要找字，這也合乎事實。

（二）新造字的六書類型

　　傳統漢字學（或稱文字學）以六書為造字理論，有人說它是文字分類法而不是什麼造字方法，或進而分出體用，這套理論是否放諸四海而皆準，端賴實踐。楊氏為閩南語造字，充分掌握六書中的形聲、會意二書的樞紐地位，當代造字當然以形聲為主軸，楊氏深知倘若專主形聲，則勢必流為純標音字，那麼跟不造字的假借或借音字有什麼差別？如果新造形聲字沒有辨義上的優勢，徒然以偏旁為區別文，增加文字量，似不若假借法經濟，楊氏似乎也了然於「形聲多兼會意」的漢字特質，因此其新造字中以「形聲兼會意」一類為最多，楊氏在「造字」欄中明白指出「形聲兼會意」者凡五十八個字，其餘各類說法的比例如下：

六書類型	A.形聲兼會意	B.會意兼聲	C.形聲	D.指事兼形聲	E.變體會意	F.會意	G.指事兼象形	合計
字數	58	58	31	2	1	1	1	152
百分比	38.15%	38.15%	20.39%	1.32%	0.66%	0.66%	0.66%	99.99%

　　六書在此只出現四書，七類之中，兼類凡四，其中無聲字（即象形、指事、會意）僅見三字，占一百五十二字的百分之一點九七，可謂極少，然則A至D皆形聲字也，凡占百分之九十八，可以作為楊氏造字的特色，即捨形聲而弗由；其中純形聲（C）僅占百分之二十強，即五分之一，其餘五分之四的形聲字皆聲中帶義，此又楊氏新造字中最大的共性。

為了充分說明楊氏造字的具體方法，我們一方面根據辭典中「造字」欄說明中的用語，一方面據自己的觀察，列出以下各個用語類例來：

1 形聲兼會意

如：二十四頁「揀」（dang³）下云：

造字「揀」，亅部從丁東。鉤逆者為之「亅」，丁有釘盯之意，東形聲如凍，構成揀，形聲兼會意。

按：此「揀」字有三個義項：（1）揢；（2）腳趾屈彎緊踩著地面；（3）以眼向下狠瞪人。其實（2）（3）均為（1）之引申，從「丁」雖有釘、盯等義，但「東」聲畢竟只作聲符，無所取義，不應歸「形聲兼會意」，楊氏所謂「會意」，大概是「東形聲如凍」一句，即以「凍凝」義來自東聲，三個義項都有「凍凝」的意義。

2 形聲、會意

如：七十八頁「仐」（e⁵）下云：

所有，即「入」於某之「下」；歸入部，以「下ㄝ卜」形聲會意。（按「仐」字表屬有）

按：「以「下」形聲會意」是指聲符「下」兼作意符，與上條形聲兼會意無別。

3 造字某₁部從某₂之音義（或意符與聲符）

如：三七二頁挈（hiahⁿ⁴）下云：（訓以雙腕托物）造字手從行之音義。（按「行」（hing⁵，hang⁵）為聲符而兼行動義）。

又如：四〇一頁搭（go¹）下云：造字「搭」，手旁從罟。……go¹乃以網狀物撈東西，造字手部從罟之意符與聲符。〔松按：此類似以

會意為重，當屬「會意兼形聲」。〕

再如：三七二頁拘（siang³）下云：手旁從向之聲與義，「手」持物「向」地或人「拘」落去。

4　從某形聲，從某有某某意象在

如：七八二頁脝（hau¹）下云：（訓皮膚輕微浮腫粗糙）肉部從孝形聲，從孝有發「酵」的意象在。

5　某₁某₂二字合音合義

如：七八九頁餿（sau¹）下云：造字「餿」，「叟肖」合音合義；叟，老者；「肖」有衰微、釋散之義，「餿」，物品老衰，或質鬆脆而易散敗。（按肖有小義，並無釋散義。）

6　取某義並形聲

如：九百三十三頁�（wun¹）下云：（訓頹臥或癱坐）坊間用蝹，龍行貌，不適合。造蹝，取溫義並形聲。

7　從「某」聲義均符。

如：三八〇頁抱（zəh⁸）下云：（訓倉促不知所措）「皂」為黑色與低賤，不分「青紅皂白」，意謂四色不辨，是非不分亂闖；與「青zəh⁸」同義，所以造字以「手」旁從「皂」。又皂有低賤之義，舊而廢賤物需丟掉（按此釋另一義項「丟擲」），從「皂」聲義均符。

8　從某變體、形聲

如：三八〇頁搭（cue⁷，尋找）；手旁，從「吹」變體為「欠口」。「欠口」人或物有所欠或遺失而需用「手」翻箱倒櫃或到處去尋

找，「手、欠口」構成「㧎」字，形聲。

按： 聲符本作「吹」，吹無尋找義，楊氏將之折為口欠，並變體倒為欠口，並視之為欠缺、缺口或箱櫃，似有皮傅之嫌，其變體但求字體美觀，吹改吝則失表音功能。

9　指事兼形聲

如： 八七四頁覎（kiam^{3}）下云：（訓仰首）「上見」即仰首向上看，造字見傍從上見聲，指事兼形聲。

按： 楊氏之「指事」似與會意無別，不詳何指。

10　指事兼象形

如： 九二〇頁赳（cuat^{4}；cuah^{8}）下云：（訓不正、斜）趄、趨、趑都有傾斜的含意，故「赳」歸走部從一斜畫「ノ」；兩對角畫一斜線，臺語稱「對赳」；畫一條「赳」線。造字指事兼象形。（按楊氏對指事、象形的區別並不清楚，此ノ為對角線故訓斜，言指事。）

11　造字由某字延伸

（1）有改造偏旁轉義者

如： 一一二八頁𨈒（nua^{3}）下云：（訓倒身翻滾）……造字由「㨥nua^{2}」之手部改為身部。nua^{3}、nua^{2}兩字音近義近。

按： 㨥nua^{2}，白音，訓赤手搓揉，如㨥粿穄nua kue che3；㨥鹹菜、㨥衫等。）

（2）有省形改造者

如： 三九七頁摮（ham^{2}，hmh^{4}，hm^{2}）下云：（撼、檻）兩字都不

符手持器物重擊之意，故造「撼」，手旁從咸，造字用「撼」延伸。咸今義皆、悉，古義乃殲、斬、滅；「撼落去」就不顧人家生死了。

（3）形取相似而省形

如：五八六頁炧（pa³）下云：（訓火燃燒的紅焰狀），炧火旁從巴讀pa³，形容紅與火，所以火旁從「巴」不從「白」，義音近「葩」，字形取其相近。

按：此當云從火葩省聲。

又如：六一〇頁掅（ke³，kue³；e³）下云：（訓咬食質硬食物）造字由「齧」延伸，「齧」咬斷、啃下、咬起來，「掅」是啃，兩字音義都像兄弟，所以形取相似，一齒旁一牙旁，同從切。

又如：七八八頁膸（suil）下云。（雄性動物生殖器皮囊裡的陰莖），造字「膸」，陰莖是肉質；陰莖吐膸形似穀物吐穗，所以造字以「穗」的禾部改為肉部。

（4）詞根孳乳法

如：六一四頁犅（gang2）下云：犅（《尢丶），發育成熟，具備雄性體魄，耕種兼可做傳種的種牛。造字以交媾的「媾」字女旁換牛旁，取「冓」之形聲會意，「冓」有相對交合之意。「媾」、「購」、「講」、「犅」均需相對交合。牛犅、公牛。牛犅：雄壯的公牛。

又如：五一五頁歊（hiau¹，hiə¹，hiəuh⁴，hiəh⁴）下云：（訓翻動，掀開、翹起），「歊」造字由「僥」、「翹」、「撓」、「蹺」等字的形、音、義延伸，欠旁從堯，hiau¹因有欠缺而二翻找；hiəuh⁴，hiəh⁴則物外皮欠缺黏著力而翹起。

（5）因區別名動而易形

如：七三一頁糉（cue³；cə³，ce³）下云：造字由動詞的「擦ce3」，字去「手」換「米」，變成名詞。……將潤餅在熱鍋上「擦」圈，黏著於鍋上便成潤餅皮，所以用「擦」造名詞「糉」。……稱之謂「糉」，是因為要搓圓仔或做粿先要用手去「擦」恆軟（揉軟）。

又如：三〇八頁徸（cia¹）下云：（訓翻轉打滾，載運），如果將「車」以名詞當動詞用，在理論上是合理的，但會混淆，使名詞的車與動詞的車分不清，如把「徸倒」寫成「車倒」，「翻徸」寫成「翻車」，「倬盤」寫成「車盤」等，那意義整個混淆。……所以造「徸」，為了讓名詞的車，變成行動的「徸」，以彳旁從車、形聲兼會意。

（6）為辨義而改造

如：八八〇頁訓（bat⁴）下云：本字為「謝」。依據「捌」為「八」的大寫，造「訓」字作為「謝」的簡寫。

「八」字的造字構造是一撇向左，一撇向右，本義做「別」解（見許著《說文》），別有辨別、認識、分別（曾經）等義。……

「訓」造字言部從八，形聲兼會意。

又如：一〇一五頁鬮（dau³）下云：（訓湊合，幫忙），本字為「鬮」，古人與「鬥」互相借用而混為同字，現行都寫為「鬥」，「鬥合」與「鬥爭」是互相衝突。同用「鬥」字混淆不清，所以造「鬮」字，讓「鬥爭」與「鬮合」分別各有專字可用。……物件一公一母鬮上時，常會有榫頭鬮榫孔那樣「豆」的發出聲響，所以取門部位豆聲。

以上十一類，代表其經常出現的造字方法，至於一般的形聲字、會意字或少見的變體會意等，就略舉。綜觀楊氏的造字法，最主要的手段就是任何形都必須聲符有意，前文統計六書類型的A（形聲兼會

意）與B（會意兼聲）的分野是：A類造字明白標出「形聲兼會意」，B類都沒有明白指出會意或形聲，有時僅云某部某聲，本文悉歸入「會意兼聲」，以與A類區別。兩類共一百○六字，占全部一百五十二個新造字的百分之七十六點三，楊氏明顯受到清儒說文學家段玉裁等人「形聲多兼會意」的右文學派的深厚影響，本來形聲字就有兼意與不兼意兩類，其中有一類純形聲，僅有標音功能，造字時固不暇一一索其聲義而選聲符，故究竟形聲會意兩兼字多還是純形聲多，本為漢字字源學上的公案，楊氏是右文派的支持者也是實踐者，他完全抄襲了右文學者主觀傅會的能事，因此，他的造字解說，多屬主觀的一些牽強的說法，茲再舉一例：

> 擖yat[8]（頁392）意為搧風，引申為招手（擖手）。
> 造字說明：手旁從頁，頁在部首為「頭」之意，在此非部首，是書紙的「頁」，'通「葉」。扇原為葉（頁）所做，臺語扇通稱「葵扇」，葵葉（頁）剪成也，扇頁也像書頁，臺語翻書也說「頁書」，所以頁可延伸為「翻」「搧」之意，做動詞使用，「手頁葉子剪成的扇」而成「擖」yat[8]。

臺語的「擖」yat[8]等於國語的「搧」字，國語扇搧是名動關係，即搧（ㄕㄢ）由扇（ㄕㄢˋ）孳乳，加形符『手』，楊氏依類比關係造了一個「擖」字，為了說明偏旁「頁」是其語根，說明頁通葉，即扇頁（葉），並且說「頁」字本身也有「翻、搧」的意思，把「翻書」說成「頁書」可能是楊氏的個別方言，並非臺語習見，我們很難接受「頁」作為「擖」的初文（或本字），照傳統的文字學，頁的本義為頭，通葉完全是同音假借，楊氏謂「擖」字形聲兼會意，豈不是也受到近儒說偏旁假借的「造字假借」的影響？「頁」字臺語yah，與動

詞的yat，音近諧聲，楊氏只要說「從手頁聲」即合乎形聲原理，至於那些詞源上的推論，對用字者來說，除了加深印象之外，並無必要。然而作為一位「造字者」，必須使自己造的字有說服力，楊氏的辭費，也就不言而喻了。不過由前面歸納的六書體例來說，我們也不能不說楊氏是一位負責任的文字設計者。

（三）楊氏造字與坊間用字的比較

為了節省篇幅，我們只列出一百五十二字中較常用的字七十六個，並將楊氏自己注明的「坊間文獻用字」與張振興《臺灣閩南方言記略》（1982）及鄭良偉《臺語常用三百特別詞詞素表》（1992）作一對照如下；楊造字前的編號是筆者根據楊書一八八九頁的索引表一百四十八字的排序。張振興作□表無字可用，其標調符號一律依TLPA改為數字。

楊造字	楊音	坊間文獻用字	張振興	鄭良偉	釋義
107 綏	an^5	恆綑綞	恒	○	緊
48 挃	at^1	按遏闕斡折曷抑	○	○	折斷
119 訓	$bat^4／vat^4$	訊八捌	八	bat	識、曾
2 佊	bo^1	甫夫埔父捕	大夫（丈夫）	查埔	男人
28 舳	buh^4	勃浮發茁窋爆	○	○	冒出芽等
64 搝	$but^8／but^4$	抔扒拂撥	撥₁	○	兩手掬起
82 桩	cai^7	在植栽	在₂（站立不動狀）	○	直放
44 挈	$ce^2／ce^7$	扯批紕	○	○	以多補少
36 忿	$ceh^4／cueh^4$	戚慼惻	□恨　極（ts'ue?⁴）	chheh	怨恨
33 徎	cia^1	車	車（~倒）	○	翻滾、載運

楊造字	楊音	坊間文獻用字	張振興	鄭良偉	釋義
56 揕	$cih^8／zih^8$	捌擻	（批 $ts'i^2$ 用拳望下按）	○	手壓住
42 懍	$cuah^4$	掣怵惴	□顫抖狀	○	發抖
121 赸	$cuat^4／cuah^8$	辭囁	□歪斜不正	○	斜
55 搭	cue^7	尋找捯撐叙	□$ts'e^7$, $ts'ue^7$	○	找尋
91 焆	da^1	乾凋礁焦碉	焦	○	乾燥
80 噹	daN^1	今丁旦擔當	□現在	ta^n	如今
69 搖	daN^3	捒	（揕 tim^2 擲擊）	○	丟擲
141 鬮	dau^3	鬥鬮（湊）	鬥	鬥~寫字	湊合
104 窨	deh^4	壓砳	○	○	以物壓物
34 箷	deh^8	○	□正在	teh	正在
139 邩	$də^2$	叨佗底	□to^2 何也	叨位	何處
11 勁	$diN^3／deN^3$	鏗	鏗	○	用力
58 捯	$diN^7／deN^7$	抦捵鄭	○	○	擲地
85 牚	$diau^5$	稠	○	tiâu	著住
32 徎	$dit^8／dih^8$, di^7	在佇	待 ti^7（~厝）	ti	在
137 迖	$due^3／de^3$	綴逮	帶 te^3 跟從	tòe	跟隨
7 氽	$e^5／e$	的兮奚兀个	兮	ê, 的, 個	的、個
53 抬	$gaN^5／haN^7$	攬合銜	含	○	順便攜帶
3 伖	$gah^4／gah^8$, ga	甲佮	合（kah^4, kap^8）	及, 甲	與、得
66 撑	$gang^7$	共拱	○	○	欺負
131 輄	$gauh^4$	縠	□kau^7（~靱餅）	○	輾, 包捲
96 瓠	gua^1	枯柯乘	○	○	物老而粗
124 跧	haN^7	○	□從胯下過去	○	跨過
120 贖	hak^4	咊	蓄（~家私）	○	購置

楊造字	楊音	坊間文獻用字	張振興	鄭良偉	釋義
121 佫	han²	喊	喊₂，流行的謠言	○	盲目的傳說
108 給	han⁵／haN⁵	○	○	○	綁著不緊
135 迻	he¹	○	或（那個）	彼	那（種）
132 迒	hia^{1,2,5}	彼遐	或₁，或₂	遐	那裡
128 眩	hian²／hiaN²	顯	○	○	搖晃
129 竴	hin³	[迄陣]	○	○	那時
138 邲	hit⁴	彼迄	或	彼	那（遠稱）
37 恆	ho⁷	給與互付屘	與	hō	給與
38 怍	kah⁴	卡恰較	恰更加	卡	再，較
39 揬	kang³	挖掐抗	控~疕	○	用指甲揭除
150 礫	keh⁴／kueh⁴	夾挾剢碟搭	○	○	搾物汁
93 熸	kian³	烆	□把作料放入油鍋炒	○	先炒蔥蒜香料
35 僚	liau⁵	聊	○	○	慢慢地
136 逐	liok⁴／jiok⁴	趒趘	○	○	追趕
76 敡	lu¹	攄	擩推操	○	推剪
46 摰	moh⁴	○	○	○	以棍重擊
123 趖	na²	若那	○	那	邊~邊~越~越~
57 捛	ni⁵／ne⁵	拎	○	○	晾衣物
59 挱	o²	搗	□ɔ² 挖	○	用手掏取
74 敆	piN¹／peN¹	○	○	○	平分

楊造字	楊音	坊間文獻用字	張振興	鄭良偉	釋義
109　肑	pok^4	凸泡	○	○	鼓起
12　勫	pun^2	畚翻	□$p'un^2$ 牲畜在地上翻滾的動作	○	踐踏
10　劗	pun^2	○	○	○	鏟草棘
103　睈	$in^5／in^3$	凝	凝gin^5，目珠～	○	瞪人
20　嗃	sa^3	掃嗄	○	○	狼吞虎嚥
70　捷	sak^4	揀速	捷	○	推送
31　徢	si^7	○	○	○	趕緊（徢遬）
142　餤	$siaN^5$	○	涎	○	誘惑
143　韶	$siau^5$	沼佋溲潒	淖	○	精液
5　俏	$siuN^1$	傷尚嵩襄	傷	傷	太、很
134　遬	$suah^4／sua^7$	○	○	○	趕緊（徢遬）
47　擎	taN^2	托掌撐挺	坦，～起：托起來	○	托住
6　偅	$tang^1$	通	通	通，啣	可以
67　搟	tin^5	滕	□倒	○	倒茶／酒
27　嫫	vo^2	某畂母婦姆姥	查母	查某	女人
140　鑢	wi^1	錘礒	○	○	磨損
23　嘰	$ziaN^2$	餤饕饟餰醠齘	餤淡而無味	○	味淡色淺
17　呂	zim^1	唚斟吻	唚$tsim^1$	chim	接吻
130　陣	zin^3	○	○	○	即陣合音
133　巡	zua^7	帀行迆畷踐遭逝	逝²，行列	○	紋路
92　煠	$zuaN^3$	煎饌		○	炸肉油
60　揯	yat	曳拽擱		□	搧風

　　以上七十六字剛好為楊造字的半數，特別和張振興比較，是因為張書有「常用同音字表」，收字尚全並注意本字之考求，鄭良偉的「常用三百特別詞」是選擇最常用的詞素，所謂「特別詞」是指臺語白話音的固有詞為主。七十六字中張振興收有五十字，鄭良偉只收二十二字，足見楊氏新造字絕大多數都在常用三百詞以外的字。如果我們再計算一下張振興所收的五十個字（除去二十六個未收字）中，有音無字（作□者）凡十四個，占三分之一強。這些字之所以無字，主要是在白話層裡，較少進入書面語，即使在通俗文獻中，多數的用字多半找個音近義通的字來訓讀或借音，不過也有一些字的本字已找到，例如：「相識」之pat^4／bat^4本字應為八或別（楊作訳，音bat^4／vat^4）。「乾燥」之da_1應作焦（礁）（楊作焗），「用力使勁」的deN^3／diN^3應作𢴈，（《集韻》去聲43映豬孟切：張皮也）（楊作勁），連接詞的「佮」gah^4／gap^4本字作合（楊作佮）；「味淡」的$ziaN^2$本字作餡（《廣韻》上聲馬韻茲野切，食無味也。）（楊作嚔）「太、很」的$siuN^1$本字作傷（見唐詩）（楊作倘），訓「在」的di^7本字當作佇（楊作徑，並音dit^8／dih^8）。還有一類字已有約定俗成的「本地字」（或方言字）可用，它們應不至於造成混淆，例如：男人作查埔（楊改作「查仪」）；女人作查某（楊改作查姆）；結構助詞或量詞e^5（相當於「的」或「個」）及形容詞或名詞詞尾e^0（相當於「的」），一般作兮或個；比較義的kah_4，一般作卡（楊作忰），接吻的zim^1一般作唚（楊作呂）。這些字都應該在尊重本字（如果本字不太偏僻）及俗字（容易辨識）的原則下給予保留，楊氏在這方面也有擇善而從的地方，否則他的新造字當不止一百五十二個，但是在上表的七十六個字中，以上所列十二字確實可以不造，但是楊氏卻站在區別語意的需要，做了選擇性的改造，有一些字確也言之成理，自成體系，其中如：綏、柾、翆、忍、嗒、啻（帝省聲）、勁、捨、轉、骹、恆（ho7）、�), 熠、

遉、搋、羧、劐、睰、餓、骼、觪、脾、撐等字都是很好的形聲兼會
意字，而且充分利用省形原則，使文字不太複雜，若不考慮電腦造字
問題，這些字都是別具匠心，值得試用的字，其最大的好處是字有專
屬，不會跟現有的字糾葛。

楊氏還有一類增加或改易偏旁的區別文，目的也在避混淆，加偏
旁者如：「車」分化出「裲」，「甲」分化出「伸」（當動詞尾），「卡」
分化出「怤」，「通」分化出「偅」（俗字作嗵）。改易偏旁者如「詷」
改作「訊」，鬥分化出閗（屬改造字），佗改作𨛗，遐（hia5）改作
迓，則有區別詞素或容易辨認的效果，自也合乎文字發展的需求，不
過楊氏的造字能否通過考驗，仍必須操之於大環境，而不是創意本身
所能自足的。

楊氏辭典附錄中（頁1131起）有幾篇總題為：「為臺語搭字」的
編輯隨想，其中一、「查伙伴查姆」；二、「讓鬥與閗分家」；三、「訊
與詷」；四、「『伸』佮『價』」；五、「旅次、住茨與墓厝」；六、「爭議
性的臺語用字與讀音」六篇最能表現楊氏找（造）字的基本思想，也
可以為上文做參照。

從這些造字根據中，我們可以看到楊氏為臺語詞素選字，注意了
三個方面：

1. 基本上要合乎字源或語源：例如：查伙與查姆，不離「諸
父」、「諸母」的基本格局，雖然他忽略了這組詞可能是百越民族殘留
在漢語的底層詞，查（音tsa[1]或ta[1]）可能是一種詞頭。（參董忠司
1991，1992），不過漢字自己形成的流俗詞源說，有時也值得尊重。
閗、訊都是在原有字源的基礎上加以改造。

2. 嚴守其形聲兼會意的造字法則。

3. 注意臺語漢字和現代共同語之間的混淆的避免。

這三個原則也是楊氏全部漢字選用的基本原則，是值得肯定的，

楊氏比較忽略的是，對於本字的探討，主要從康熙字典取材，雖偶及《說文》、《廣韻》，但並不完全掌握可用的本字。其次是楊氏完全根據自己的南部腔（高雄閩南語），如陣（ㄐㄧㄣˋ）、餒（ㄏㄧㄣˋ）在中部、北部並不講，因此有些字音缺乏次方言之間的比較聯繫，直接作為造字依據，不免粗疏。楊氏最大旳缺點仍是一味反對借音字，殊不知北京話中仍有大量詞語沒有本字，因此，許多借音字如果沒有意義混淆之虞，實不必輕言放棄，造一新字即增加一個新負擔，楊氏不免忽略了形聲字並非以會意為特質，更忽略了「漢字表面是形意文字，其本質上仍是標音文字」這個事實。所以任何想造字者，必須在表音與表意之間取得一個平衡點，一條「形聲多兼會意」原則是不足的，必須考慮少量假借和訓讀的角色，否則易入於「為造字而造字」的極端。

以下我們的論證方式將是利用楊著《行出光明路》這本自傳式的臺語散文集來剖析這一百五十二個楊造字的用字，再回頭檢討兩項議題，即：

1. 造字的必要性分析……將依出現頻率決定其必要性。

2. 造字的合理性檢驗……著重在其造字法的心理實在性及讀者反映。

三　《行出光明路》中的用字機率

楊氏特別為實踐其臺語用字寫的這本文集，自稱是「臺灣第一本用ㄅㄆㄇ全本注臺語个冊」，「會使咟恆燴曉臺語个人兼學臺語，會曉臺語个人自我學習用臺語讀文章，訊臺語个漢字，佫會曉運用漢字，將喙講　臺語一音一句寫出來」。全書一六九頁共有十六篇，茲統計其前五篇的臺語特別詞出現率、這些特別詞是和國語用字不同者，有

些詞無關乎選字問題的如「讀冊」、「猶原」、「做夥」、「家己」，就不列入下列的統計表。這五篇文章的英文代號及篇名如下：A、突破起頭難；B、發揮生命力；C、確立奮鬥目標；D、成敗个關鍵；E、天才、庸才、專才。

詞條　　　　　　　篇目及詞類	A	B	C	D	E	合計
个①	25	35	31	43	51	158
獪	12	2	5	11	4	34
唔	6	5	3	2	5	21
伨kah^4, ka^{7}②	2	4	10	11	5	32
攏	2	7	0	3	3	15
佇③	0	6	7	3	4	20
筛④	2	3	0	1	1	7
蹛 dua^7（居住），dua^2（於）	2	2	1	0	4	9
則（才）	0	4	1	0	4	9
恆⑤	3	3	0	3	2	11
麼*	0	3	3	3	1	10
佫	1	2	1	2	0	6
呰	2	3	0	6	1	12
邻⑥	0	0	1	2	5	8
俑⑦	0	0	0	1	0	1
遮個	0	1	0	0	2	3
迓個⑧	0	0	0	0	1	1
濟	4	2	7	1	2	16
迸⑨	0	0	0	0	1	1
會當	2	0	2	1	1	6

詞條 ＼ 篇目及詞類	A	B	C	D	E	合計
赫恁	0	0	1	1	1	3
怀⑩	1	0	1	0	0	2
俉⑪	0	0	0	0	1	1
诶⑫	0	0	0	2	1	3
訕⑬	1	1	1	0	1	3
於／位	0	1	3	1	0	5
搚⑭	0	1	1	0	0	2
澪⑮	2	0	0	0	0	2
乾那／乾燜⑯	0	0	1	1	1	3
穤 bai²	1	1	0	2	0	4
郎⑰	0	0	1	0	0	1
戴誌	2	2	2	0	0	6
拄仔	4	0	0	1	0	5
定定	1	0	0	2	0	3
按怎	1	0	0	4	0	5
即馬	0	0	2	0	1	3
茨	2	1	3	0	0	6
查仪⑱	1	0	0	0	0	1
貓⑲	0	1	0	0	0	1
渳 tuaN⁷	0	1	0	0	0	1
坮（埋也）	0	1	0	0	0	1

　　以上五篇中摘錄四十個臺語特別字詞，並非全屬一百五十二個新造字，其中新造字僅十九字，連同一個臺語俗字「嫑」，亦未見字書，合計二十字。其中僅出現一次者多達七字（⑦、⑧、⑨、⑪、

⑰、⑱、⑲）似乎不屬於常用字，若平均每篇出現一次，至少合計出現次五次以上方得為常用字，則二十個新造字中僅七字（依出現次高低分別為，个、伻、徑、恆、嬰、邲、帝，足見這十九個字也多半不是楊氏散文中的常用字。當然只從五篇中做出現次統計，失諸取樣太少，我們將再統計其他人的文集。我們比較關心的是楊氏自造字在全書中究竟用了幾個字，我們再從其他十一篇楊文中找到上列十九個以外的新造字，竟然只有媘（查媘囝仔）、牗（蓋牗咧）、捙（鑔）、綏（緊）、曋（曋仔，初）、咚（年），捷（放捷）、鬮（湊合）等八字而已，由此可見楊氏新造字一百五十二個，其中只有二十七個字楊氏在文集中使用，占全部造字的百分之十七點七六，不及五分之一，其餘一百二十五個對楊氏的書面語而言，都是罕用字，楊氏為這些罕用字一一造字，可以說煞費苦心，但我們不得不說，五分之四的楊氏造字，其常用度幾近於零。

不過《行出光明路》一書中，除了使用二十七個新造字外，還有一個可喜的現象，楊氏擇善而從的方言俗字，也很多可圈可點者。按粗略的估計（前五篇有精確出現次，後十一篇凡出現過均只以一次計），它們是：燴、噷、攏、濟（多）、蹄、呇、佫、伔、伯、倜、捬（拿）、佮（與伻混用）、於（或作位，從也。）則（才），遮個（這些）、穤（壞）、戴誌（事情）、僫（難）、賰（剩）、燴（不要）、啉（飲）、徛（站）、坉（填土）、抾（撿拾）、滒（字典均作淡，本書則作滒，當作淡）、踧（擠）、坮（埋）、葙（siang⁵，同）、拎（gim⁵握拳）、搥（搥胸）、攔（跋攔，逢迎），扠（ㄗㄚˋ，攜帶），敪（撈）、欐（撕）、橶（kit，木椿）等三十六字，其中有半數的字其常用次不在上列二十七個自造字之下，楊氏造字的可用度十分有限。

四　楊造字的必要性和合理性

(一) 聽寫臺語文字的小測試

　　要檢驗楊造字的必要性，最好是從閱讀和寫作兩方面進行問卷調查，筆者曾用聽寫方式向師大國文系大三學生進行測試，這是一群以讀古今漢語（文言及白話）為專業的學生，聽的是楊青矗《行出光明路》中的頭兩頁錄音，要求寫出自己心目中的臺語文字，確實寫不出字來就注音。得到的結果，有三類比較特殊的寫法，一類是完全用注音符號寫出，（沒有人能完全駕馭國際音標或羅馬字），一類是完全用國語對譯寫出來。另一類則大量用標音字來寫，包括漢字和注音，這一類比較合乎我的要求！現在取一篇聽寫來和楊氏原文（附關鍵詞的國語對譯）對照：

　　〔突破起頭難〕（原作及對譯）
　　俗語講（諺云）:「好个開始是成功个一半」。其實開始个好穤（壞）並無（不）重要，重要个是你如何去「開始」，開始了後，按怎克服接二連三个困難，繼續邁步前進。所有个戴誌挂仔（一切事情剛）開始時，唔（不）是外行就是揸無頭總（茫然無緒），在摸索竅門伊理出頭緒期間，定定會受著真濟意料獪到（常會受到很多意料之外）个挫折。假如遇著困難就拍（打）退堂鼓，那嬡講（那不要說）成功，連試看瞋咧都免講（試試看都免談）。
　　我上細漢个查伩囝仔（最小的男孩），挂仔（剛）入小學時哭哭啼啼唔去讀，伊焄去學校（帶他去學校），沿路騙沿路扭則勉強沿路哞去（勸誘拉扯才勉強一路哭著去），幾日了後慣勢也（習慣了），真歡喜（很高興）去上學。這是伊起初對學校

生活生分（陌生），驚𣍐（害怕不能）適應，煞（而）產生了心理障礙。當伊礙礙虐虐（彆彆扭扭）去適應幾日後，習慣也，心理驚惶（畏懼）自然消除。

〔國三乙沈純如的聽寫〕

突破起頭難

俗語貢：「好吔開駛是成功吔一半！」其實開駛吔好、壞並唔重要。重要吔是你如何去開駛，開駛了後安怎克服接二連三吔困難，繼續邁步前進。所午吔待事督啊開始時，唔是外行就是ㄙㄚ唔投ㄗㄤˋ，在模式巧門理出投事吔其間，砧砧吔受到ㄗㄣ ㄗㄟ意料ㄅㄟˋ夠吔挫折，假如遇到困難就打退堂鼓，那賣講成功，連企看賣ㄌㄟ了免貢。

我享小和吔查ㄅㄡ囝ㄋㄚ，督啊入小學時，哭哭啼啼甫去去ㄚˋ，把他帶去學校，一邊騙一邊ㄍㄩˋ咔ㄧㄢ ㄌㄚ號去，幾日以後，慣習了，真歡喜去上學。這是他起初隊學校生活生昏，驚唔試應，ㄙㄨㄚˋ產生了生理障ㄍㄞˋ。

等一ㄍㄞˋ ㄍㄞˋ ㄍㄧㄤˋ ㄍㄧㄤˋ克試應幾日後習慣後，生裡ㄍㄧㄚˋ ㄏㄧㄚ。

沈生大量用記音的本色和漢羅派基本一致，只是他用的是注音符號，借音的字如以「貢」代「講」，以「吔」代「仒」，以「唔」代「無」，以「督啊」代「拄仔」，以「ㄙㄚ唔投ㄗㄤˋ」代「楂無頭總」，以「咔」代「伊」，以「投事」代「頭緒」，以「砧砧」代「定定」，以「退黨鼓」代「退堂鼓」〔以「ㄗㄣ ㄗㄟ」記「真濟」〕，均有審音失真，以訛傳訛之虞。其中用國語來記錄臺語音讀的地方居然也不少，如：

所有仝戴誌——所「午」呃「待」事，

那矲講成功，連試看賭咧都免講——那「賣」講成功，連「企
ㄑㄧˋ」看「賣ㄌㄟ了」免「貢」。

我上細漢仝查伩囝仔——我「享」小「和」呃查ㄅㄡ囝ㄋㄚ」

當伊礙礙虐虐去適應幾日後，——「等一」《ㄞˋ《ㄞˋ
《ㄧㄜˋ《ㄧㄜˋ「克」適應幾日後。

該生從未學過臺語文字，這種記音不能當作文字書寫來看待，只是說
明由記音到書面語有一段路要走，先要排除臺語以外的借音，否則音
讀半用臺語半用國語，就成了「新新人類」的語言，並非臺語之福；
標音字太多，也將淪為猜字遊戲。所以在選字方面，通俗而易認易
寫，成為重要的考慮，以此來看楊氏的用字，如「仝」字並不好用，
主要是新造字，不利於電腦輸入，再則出現頻率太高，雖有俗字
「个」可用，此字仍有輸入困難，因此有人主張用羅馬字〔e〕，只要
堅持這個最簡單的〔e〕，漢羅文字就成功了，因為此字僅佔一字母，
直排也不礙事。再看另一俗字「兮」，《廣韻·齊韻》胡雞切，訓語
助，《彙音寶鑑》入喜母讀he。表屬有的「兮」，正可以念e5或he^{5}二
音，匣母閩南語有喜母和英母（無聲母）兩讀者，不乏其例，如
「雄」字《廣韻》羽弓切（為母），《集韻》胡弓切（匣母），今臺語
音hiong^{5}或jong^{5}正是這種現象。「齊韻」閩南語唸e正是常軌，因此從
音義（語助）的分配而言，兮字用為e^5，正是恰當不過，楊氏不喜古
典派的，「兮」字，認為「下」字音最近（亦有he^3，e^{3}兩音），又怕與
上、下的「下」混淆，所以造了一個「入於某之下」的會意兼形聲字
「仝」，造字理據雖可，但此字作為形容詞尾，或全句語助，都不限
於「所屬」一意，可說以偏概全，弄巧成拙。

現在再看楊文這兩段中的其他選字在《漢語大字典》中的情形：

1. 穤——《廣韻》莫亥切，又莫代切。莫佩切。同「黴（霉）」。
《廣韻》隊韻訓「禾傷雨則生黑斑也」。《廣雅·釋詁三》：
穤，敗也。從音義來看，作為臺語的bai2，雖不中亦不遠。

2. 啒——《廣韻·侯韻》亡侯切（《集韻》迷浮切）《玉篇》：
啒，慮也；《集韻》同謀。此字在現代漢語多作歎詞，表示
「強烈感情，招呼答應」，或表示「應諾」，如「啒，我知道
了。」楊氏拿來作為臺語的否定詞「不」（白話音），其他作者
多作毋（原義為禁止詞），從古字再分配的角度來說，用
「啒」仍較「毋」字稍遜。

3. 揸——（1）同「摣（戲）」取；抓取。摣，《廣韻·麻韻》女加
切，又《集韻》莊加切。《方言》卷十「扣、摣，取也」。《集
韻》則作「摣，擊也。」（2）把手指伸張開；（3）用同「搽」
（彳ㄚˊ）。涂抹。按：訓抓取者，見於元曲及《水滸全傳》三
十八回。國語音ㄓㄚ，臺語音ㄙㄚ，音近義通，實在可用。

4. 睰——《集韻·卦韻》莫懈切，訓邪視、又同韻牛懈切訓目際
也，亦曰怒視，同睚。莫懈切，國音ㄇㄞˋ，閩南語音bai^3，
音義皆合。其他作者或用瞀、睸、覒等字，睸字莫佳切，平
聲，《說文》訓小視，但音不貼切。瞀不見於字典，　為睸之
異體，從廣義來說，睰、睸兩字都可以接納。

由此可見，楊字在選字上受《普閩辭典》的漢字傳統影響不少，
大抵都是言之成理的會意兼聲字，這和他自造的一百五十二字聲氣
相通。

由於楊氏這段書面語並非純粹的臺語創作，而有幾分「中文臺
讀」的嫌疑，這更增加聽寫的困難，也使得前文選樣統計其「造字」
的用字機率，似乎變得不可靠。不過，我們的重點放在虛字上，如上

文中的「个」、「㑚」、「瞷」、「佮」這些字作為常用字當無問題。

（二）新造字的必要性與合理性

　　如果比較一下由楊文前五篇中出現的常用字和一般臺文作者的異同，我們已發現大部分楊新造字，都有一些約定俗成的寫法，為了方便讀者的參照，我們從臺語文摘社出版的一本散文集《楓樹葉个心事》採十篇為取樣（篇名見本文後記，頁194），來說明各種可能的寫法。先看下列的二十個新造字說明：

A　个──多數用「个」，十篇取樣中佔六篇。羅馬字用ê。

B　佮$_1$──〔連接詞〕六篇用「甲」。羅馬字用kap。

C　佮$_2$──〔動詞尾〕二篇用「甲」，二篇用「駕。」羅馬字用kah。

D　佮$_3$──〔使動助詞〕四篇用「共」。羅馬字用kā。

E　徛──多數用「佇」，林錦賢用「置」。羅馬字用tī。

F　㨃──用「塊」和「咧」各三篇〔其中一篇混用〕，羅馬字用teh。

G　恆──七篇用「予」，羅馬字用hō。

H　呰──五篇用「職」，用「茲、這、一」各一篇，羅馬字用chit。

I　邙──五篇用「迄」，一篇用「彼」。

J　桶──一篇用「通」，羅馬字用thang。

K　佫──六篇用「閣」，羅馬字用koh。

L　迁──四篇用「遐」，羅馬字用hia。

M　噹──三篇用羅馬字taN〔意為現在〕

N　佗──多用「佗」。

O　訊──二篇用「捌」，二篇用羅馬字bat。

P　搭──五篇用「揣」，羅馬字用chhoē。

Q　说──二篇用「綴」，羅馬字用tuè。

R 佫──五篇用「卡」，羅馬字用khah。

S 伬──三篇用「阮」，四篇用「我」。

T 嬰──五篇用「卜」，一篇用「欲」〔訓用〕，羅馬字用beh。

　　以下我們就從林宗源「散文三帖」的第三段〈我咧行──我干礁知影向前行踆花〉〔《楓樹葉仔个心事》，頁33〕中摘錄三段，並將楊氏新字代入〔　〕內對照：

　　　　早起，一群厝角鳥仔佇〔徍〕路邊揣〔揙〕食，路頂个〔A1〕塗沙粉，天無予〔恆〕真儕个〔A2〕踆踏醒个〔A3〕時陣，我行來，遐〔迊〕个〔A4〕小小个〔A5〕厝角鳥仔，好親像拄著警察个〔A6〕款，飛去路邊个〔A7〕厝頂，宓〔bih4〕佇〔徍〕真旺个〔A8〕葉仔內，露出个〔A9〕兩點小小个〔A10〕嚇驚个〔A11〕鳥仁。

　　　　我〔伬〕咧〔徛〕行，向前行去，路頂个〔A12〕塗沙粉，互相契來契去，迄〔邿〕个〔A13〕時陣，閣〔佫〕碰著一群小小个〔A14〕厝鳥仔，個客氣讓我行過，又閣〔佫〕落佇〔徍〕迄〔邿〕个〔A15〕所在揣〔揙〕食。

以上兩段文字不到兩百字，「个」字用了十五次，可見楊氏造一個頻率最高的常用字「仐」是非常不智的，這個虛詞就算用訓用的「的」，或者羅馬字ê〔e⁵，或不用調的e〕，都不影響閱讀。再者，各家對於楊氏的「佮」，能區別為「佮、甲、共」三字，楊氏反而混而為一。前文提到那些區別文的標準很不一致，楊氏顧此失彼，讓他的系統無法令人欣然接受。最重要的是他無視於別人用字的習慣，硬要

造字的矯俗心態，恐怕是最令人詬病，如果把上引兩段林宗源的用字改為楊氏造字，二段易讀的臺語散文反而變為艱澀難讀，這恐怕不是楊氏造字之初所能想像的結果。

因此，筆者認為除了「曘」或者合音的「踔、䟓」或有必要新造之外，似乎上列的新造字並沒有必要。

逐字去討論楊氏造字何者為是，何者為非，目前沒有必要，我們已經從上節的比較中得到一個結論，就是一百五十二個字的對應字，各家都有現成的漢字可寫：楊氏的造字就顯得多餘，除非那些通俗用字，對詞義產生干擾或被干擾，而又無可替代，才有必要造字，在我們上文的比較中，發現楊氏用字在各家書面語中自成一格，至今沒有人試用，只有「仝」字自立晚報曾用在報紙標題上，再如臺北市新生南路三段七十六巷六號，有一家「綠之鄉‧臺灣仝店」，專賣本土圖書文物，「仝」字悄悄爬上了招牌，可算是楊青矗的造字效應了，但是整體而言，楊氏造字的取向卻是太注意區別詞素，不惜和通俗字決裂，如改甲為伻，改卜為奆，改毋為呣，改佇為徎，改咧為篐（teh），改硘（亦俗字）為樋，改卡為忕，改閣為佫，改迄為邙，改遐為迊，改佗為郎，改捌為訊，改阮為伌，製造了一些電腦所無的字，這在講究效率的今日，可以說是增加不必要的麻煩，筆者認為這些字可以不造。既已造了，也只能供人欣賞。楊氏造字中比較合理的一些字，如：以呰為tsit，含有意符「此」，以说為tue^3（一般都作綴），形聲合理，當今為「曘」（daN^1），不正為「赺」（$cuat^4$，$cuah^5$），以多補少為挈（ce^2），用力曰劤（diN^7，本字作鼕），緊曰綅（an^5），直放曰桎（cai^7），輾曰轉（$gauh^4$），給與曰恆（hoo^7）（主流派作予，讀音不合）。把作料放入油鍋曰熸（$kian^3$），精液曰髇，自壺嘴倒出曰搀（tin^5），炸油曰燥（$zuaN^3$），也均能持之有故，切合會意兼聲原則，如果沒有輸入的負擔，這些字是合理的，也是值得推介的。

五　結論

　　本文主要從文字學方面分析了楊氏所造一百五十二個字中的佔一半的字，看到了楊氏造字的動機及其造字的內在條理，如果不問其實用性，我們不得不說，楊氏是鶴佬話的現代倉頡，他的造字解說儘管不能擺脫皮傅之相，作為一個通俗文字的使用者，他可說提供了造字理性，讓選用者自下判斷，這種工作，過去編字典的人，除吳守禮教授幾乎沒有做，楊氏填補了這個空白，這是他的貢獻，也使他的雙語辭典可讀性高。其次楊氏的辭典也不免受《普閩》的影響，想把每一個臺語特別詞的音都對譯出國語的音讀，他雖採用了鄭良偉的對應規律，但我們不能不說那些音多屬無中生有，浪費篇幅，甚不可取，因為不是本文論述之重點，不加細論。

　　由於一百五十二個字中常用的只有本文第三、四兩節中所統計的那三、四十個字，其他字皆非常用，甚至極罕用，這些多屬動詞及擬聲（態）詞，前者有造字之必要，擬聲（態）詞最好的方式仍是借音字，不須費那麼大的力氣，因為數量可觀，至於那些可以造字的動詞，依我們看來即使造得很合理，也會敗在「漢字並非很好的標音文字」這個鐵律，造字只能增加選字的困難，因此，我們主張集合各派，本字派也好，通俗派也好，臺語本位派也好，訓用派也好，漢羅派也好，做一個全面的語素總清查，規定常用字、次常用字的等級，再來決定哪些字須要統一借音、借義或另謀新字。楊氏雖然以一己之力，做了這樣的工作，而且自成一格，我們希望不要有人再步楊氏之後塵，重作一套，我的結論是，現代倉頡應該聲明，所有該造的字都造完了。造字所留下的問題，卻剛剛開始。

參考文獻

楊青矗　《國臺雙語辭典》　臺北市　敦理出版社　1992年

楊青矗　《行出光明路》　臺北市　敦理出版社　1992年

吳守禮　《綜合閩南臺灣語基本字典初稿（上）（下）》　臺北市　文史哲出版社　1987年

張振興　《臺灣閩南方言記略》　福州市　福建人民出版社　1983年

廈門大學　《普通話閩南方言詞典》　香港　三聯書局　1982年

周長楫　《廈門方言詞典》　現代漢語方言大詞典‧分卷　南京市　江蘇教育出版社　1993年

漢語大字典編輯委員會　《漢語大字典》（八冊）　武漢市　湖北辭書出版社　重慶市　四川辭書出版社　1990年

胡民祥等　〈楓樹葉个心事〉　《臺語文摘》　第6卷第4期　1994年

吳守禮　《閩臺方言研究集（1）》　臺北市　南天書局　1995年

許極燉　《臺語文字化的方向》　臺北市　自立晚報社文化出版部　1992年

洪惟仁　《臺語文學與臺語文字》　臺北市　前衛出版社　1992年

鄭良偉　《走向標準化的臺灣話文》　臺北市　自立晚報文化出版部　1989年

楊秀芳　《臺灣閩南語語法稿》　臺北市　大安出版社　1991年

黃宣範　《語言、社會與族群意識》　臺北市　文鶴出版公司　1993年

連橫著　國立編譯館主編　《臺灣語典》　1957年

洪惟仁　《臺灣禮俗語典》　臺北市　自立晚報文化出版部　1986年

姚榮松　〈閩南語書面語使用漢字的類型分析〉　《第一屆臺灣本土文化學術研討會論文集》　臺北市　臺灣師大人文教育中心　1994年

董忠司　〈早期臺灣語裡的非漢語成分初探〉　《新竹師院學報》
　　　　第7期　1992年　頁383-405
曹逢甫、蔡美慧　《第一屆臺灣語言國際研討會論文選集》　臺北市
　　　　文鶴出版有限公司　1995年　767頁

後記

　　本文初稿原有「《風樹葉仔个心事》的用字分析」一節，為節省
篇幅，此處僅錄分析結果。十篇作者皆有創作基礎，錄其篇目如下：
一、林央敏〈行過金仔城〉；二、林宗源〈散文三帖〉；三、黄元興
〈廖添丁佇渡船枝仔內哈燒茶〉；四、黄勁連〈聽著雨聲〉；五、胡民
祥〈風樹葉仔个心事〉；六、陳明仁〈流浪佇政治佮文學〉；七、吳秀
麗〈新正去艋舺〉；八、林錦賢〈對一支鹿角化石講起〉；九、陳雷
〈出國這項代誌〉十、張春鳳〈觀霧遊記〉

　　　　　　　——本文原刊於《第二屆臺灣語言國際研討會論文選集》
　　　　　　　　　　　（臺北市：優百科國際公司，1998年）。

臺灣閩南語的正字與俗字

一 從一首「臺語囡仔詩」說起

阿九嬸仔　黃勁蓮作	（國語對譯）
阿九嬸仔	阿九嬸
滯（tua^3）佇苦瓜園	住在苦瓜園
三頓串食苦瓜湯	三餐卻吃苦瓜湯
伊無後生（hau^7 senn^1）	她沒有兒子
亦無田園	也沒有田地
冷冷霜霜	清清冷冷地
睏一條竹眠床	睡在一張竹床
烏烏暗暗	昏昏暗暗中
嘸捌（pat^4）看著光	不曾見到日光
阿九嬸仔	阿九嬸
滯佇苦瓜園	住在苦瓜園
時常唱一首〈心酸酸〉	常常唱一首〈心酸酸〉的歌

這是一首極簡單易懂的閩南語童詩，刊登在二〇〇五年二月十九日《臺灣日報》十七版「臺灣副刊」。詩分四段，其實每段都是兩個句

子,「阿九嬸仔」為主語,另列一行,首尾各現一次。對譯後,可以列出幾個生僻的用字,例如:滯佇=住在;頓=餐;串=竟,卻;伊=她;後生=兒子;睏=睡;眠床=床;嘸捌=不曾;著=到。

換句話說,加上這九個注釋,這首臺語詩任何人皆可讀懂,有些人熟悉閩南語,只要能聽到朗誦,也就懂得詩義了。但對於沒有學過閩南語的人,這首詩只能一知半解,所以有賴注釋。短短十二行的童詩,竟有九個生難詞,這反映出同屬漢語方言的官話(國語)和閩南語,在詞彙上有很大的差異,表示這兩種語言關係疏遠,可能分居已很久。

我們再把這些詞彙差異加以分類(注音用 TLPA):

1 動詞的差異:滯(tua³)——住

　　　　　　睏(khun³)——睡

　　　　　　食(ciah⁴)——吃

　　　　　　無(bo⁵)——沒(有)

　　　　　　捌(pat⁴)——曾;認識

2 名詞的差異:囡仔(gin² a²)——小孩

(含量詞、代名詞)頓——餐、頓

　　　　　　後生——兒子

　　　　　　伊——她,他

　　　　　　條——張

　　　　　　眠床——床

3 介詞、副詞的差異:佇(ti³)——在

　　　　　　　　　串——卻,偏偏

　　　　　　　　　亦(ia³)——也

　　　　　　　　　嘸(m)——不

　　　　　　　　　著——到(看著)

從通行漢字庫（即古今漢字典）找不到字義，或引申皆不相干者，明顯為方言用字，方言用字有兩種情形，一種是記音字，純粹標音，不表字義，例如：上文中的佇、串、唔。另一種是表義字，其中有聲符兼表音或訓用表義兩種情形。前者如滯（閩南語讀做「帶」的白讀tua³），捌（讀如「八」的文讀pat⁴，又音bat⁴）；後者如囡字，閩南語囡作gin²，指小孩，此字國語音ㄋㄢ（nan），是吳方言字，音nø¹³，指小孩，也專指女兒。徽語大致相同。西南官話「囡儿」專指女兒或女孩儿。閩南語本有一個指兒子的囝（kiann²），與囡gin²音近義近，可能是同源詞，我們也找到平行的一字兩音例，如：

> 我們　俗作「阮」　音guan²　又音gun²
> ┌兒子　本字「囝」　音kiann²
> └小孩　俗作「囡」　音gin²

囝與囡的關係不等於又音，而相當於異音別義，來自古漢語的構詞機制，若以囝kiann²（《集韻》九件切，國語音ㄐㄧㄢˇ）為詞根，經過聲母的清濁轉換（k→g），囝的文讀音搴kian²（漳腔白讀作kiann²），轉換為濁聲母gian²，若再經過a元音的節縮（如阮guan又音gun），即讀gin²。很明顯的，kian²（白kiann²）與gin²的關係是經過聲母k→g與韻母ian→in兩種轉換才孳乳完成。因此我們相信「小孩」和「兒子」本來是同一個囝字。正如同吳語小孩和女兒用同一個「囡」字一樣。所以閩南語的「囡」是一個訓用字，是借其他方言的同義字（指小孩）來表意，以便和「囝」字（專指兒子）分工。方言俗字的形成，是一種約定俗成，一旦「囝，囡」在臺語的分工完成，形成通用字，我們就可以宣稱囡gin²在閩南語指小孩子，是一個俗字。而囝kiann²作為兒子，則為閩南專用字，最好稱為正字，因為它並未經過俗化的過程。

談「俗字」，一般是和「正字」相對，完全放在共通的雅言系統
（即古今的文言、白話的系統）脈絡下，正俗的觀念是正字法的基
礎，或以古為正，或以現在通行標準（如國民常用標準字）為依據，
一向偏重形體，正俗是異體字的關係，但是異體字往往涉及通同問
題，也就涉及文字的初形本義。而「方言俗字」就有兩層意義，一是
形義不符造字的初形本義者，皆非本字。一是形義不符合雅言系統
者，如：訓用字、借音字、新造字皆為方言俗字。

回頭來檢驗一下，閩南語的「住」用「滯」字是否為俗字？我們
發現，（一）滯字本有留滯義，可引申為居住。（二）閩南語「住」白
話音tua^3，滯字正符合「聲符表音（帶亦音tua^3）」的事實。

追溯字源，《說文》：「滯，凝也，從水帶聲。」原指水不流通，
所以引申為遲緩、長久、逗留、拘泥、廢置等義。閩南語作「居住」
講，音、義與此相應，因此雖然不確定是個本字，也可視為同源字。
不過在用字類型上，我們寧可作為「訓用」或「新形聲字」看待，既
有方言詞的色彩，故仍以「俗字」視之。不過這個詞的寫法在閩南語
詞典中並不一致，大抵臺日大詞典系列（包括陳修）皆用滯字。但也
有主張用踮（為滯之異體字），從足則形、音皆合，更像兼義之形聲
字。楊青矗、董忠司即用此字。二〇〇四年教育部編就的《臺灣閩南
語常用詞典》亦採用「踮」字。這種帶方言色彩的字，即是方俗字。

再如「捌」（pat^4/bat^4）的本字是「八」，《說文》：「分別也」。為
和「八」的通行義（數詞）有區別，許多人採用大寫的「捌」（罕
用，除了在金錢的水單上用大寫外），這個字使用的人愈來愈多，已
取代了訓用的「識」、「曾」字，近乎約定俗成，也就有資格列入「俗
字」了。

國語的「不」在閩南白話中多讀「m」，字或作唔、毋、怀等，
唔、怀皆可視為方言俗字，獨「毋」近乎本字。至於「佇」字，本佇

候義，與「在」義無涉，音ti[7]（中古「語韻」漳腔皆音i）合乎直呂切一讀，當為借音字。

綜上所述，「阿九嬸仔」這首童詩，共使用了四個閩南語的俗字，即：滯（或作躘）、佇、唔、捌。其他如「串」只是普通的借音字，「著」tioh[4]是訓用，都不算「俗字」。

二 整理「臺灣閩南語俗字」的意義

欲知閩南語的「俗字」有多少，首先必須問：什麼是俗字？前面我們曾提到「方言俗字」的觀點，這是異於俗文字學家的看法，下面且看幾家較有代表性的看法。

一、《辭海》（修訂本，上海中華書局）「俗字」條說：「異體字的一種，舊稱流行於民間的多數為簡體的文字為俗字，別於正字而言。」區分正和俗的標準，往往隨著時代而變遷。

二、《漢語大詞典》同條下說：「即俗體字。舊時指通俗流行而字形不合規範的漢字，別於正體字而言。」

三、當代俗文字學的名家張涌泉有一扼要的表述：「漢字史上各個時期與正字相對而言的主要流行於民間的通俗字體，稱為俗字。」（《舊學新知》，頁2）

三家講法，俗字都是指民間通行字體，因為它存在於漢字史的各個時期，因此具有時代性，這就使我們對於「方言俗字」有新的認識，既然今天臺灣社會是個不折不扣的雙語（指國語與閩語或客語，或稱雙方言）社會，未來也可能走上三語（含英語）。因此，大量閩南語方言詞被滲透到通語雅言中來，造成正字之外的負擔，那麼看待這些由方言帶來的漢字新用法，已是刻不容緩。

對待閩南語漢字中的「俗字」，應該由閩南語的用字分正俗，凡

是與通語（即國語）用字相應的本字為正字，利用其他原則如借音字、訓用字或借義字、新造字或古字新詮所形成的俗寫形式，都可以叫「替代字」（這一名稱首見於董忠司《臺灣閩南語辭典》），即是非本字形式，也就是漢字史上的現代俗字，其現代性是指當代民間有這種漢字的用法，這種民間用法，正是根據方言口語的用字性格，俗字多於正字。

　　個人曾於一九九五年提出〈閩南語書面語使用漢字的類型分析〉（見《第一屆臺灣本土文化學術研討會論文集》），整理各家異說，獨創為兩個大類、三個次類、八個小類的類型論，現在用漢語大字庫的正、俗概念套上去，增補如下：

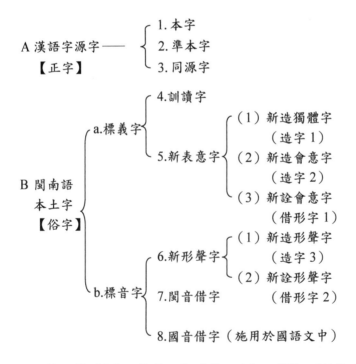

　　下面以前述的「捌」、「唔」和「佮」（和，跟）三字為例，排比一下可能的民間俗字形式：

	類型分析	① pat⁴/bat⁴	② m⁷	③ kah/kap
1	本字			合
2	準本字	八	毋	佮
3	同源字			敆
4	訓讀字	曾、識	不	及
5	新表意字	捌	怀	
6	新形聲字	訓（楊直矗）	姆、唔、吥	佃
7	閩音借字			甲
8	國音借字			
	建議用字	捌	毋	佮
	例詞	相捌、捌去過	毋知、毋好、毋通	我佮你

這個類型分析表，雖不能把閩南語一個詞的所有民間用字一網打盡，至少從文字學角度，六書中的會意、形聲、假借皆在其中，在新的造字中，也有一類是獨體的指事字（或變體指事），因事涉迂曲（如以門為 tu²，支撐，俗或做拄），難以理解，略之可也。

日治時期，臺語辭書的經典《臺日大辭典》於一九三二年完成，其中使用大量「訓讀字」，特色是比較易認難讀。換言之，即大量使用通語（即北京話）的詞語來書寫閩南語，當時流行的教科書，會出現下列這些句子：

1. 大人（tai⁷-jin⁵）啊，要（beh⁸）去渡船頭，何（to²）一條路即著（ciah tioh⁸）

 —— 警察大人啊，要到渡口，哪一條路才對呢？

2. 如此（an¹ ne¹）不（bo⁵）要緊，不拘（m⁷ ku²）脫裸體（thng³ bak⁴ the²）沒用得（bue⁷ ing⁷ tit⁴）。

——這樣沒關係，但是打赤膊不可以。

3.清溝仔實在是我的（e^7）事情（tai^7 cih^4）今（tann）要
（beh^4）來清使（hoo^7）清氣。

——清水溝確實是我的工作（事志），現在要來清掃一下，
使它乾淨。

——取自《警察會話篇》，大正十年第十版

這裡的「要、何、如此、事情、今、使（予）」都不唸文讀音，而用
閩南語白讀的 beh^8、to^2、an^1 ne^1、tai^7 ci^3（事志）、$tann^1$（且）、hoo^7
（予），日文假名注音在字旁，讀的不是本字的音讀，故稱訓讀。訓
讀式的臺語，無法滿足「我手寫我口」的言文一致的要求，無法建立
純粹的臺語書面語，而充滿向共通語借貸的痕迹，即無自主的性格，
依賴太多訓讀字。

　　所謂訓讀字，是指用文字來表達語言時的一種「借義不借音」的
用字方式，從共時的角度說，就是寫甲字唸乙音的用字方法。這種用
字方法，正好與傳統六書的假借（借音不借義）的用字法相反。（以
上見林慶勳〈試論訓讀字〉，《臺灣語文研究》第 2 期，臺灣語文學會
編）。王育德說：「如果日語的訓讀可以說是把從中國輸入的讀字翻譯
成日本固有的大和語言，臺灣話的訓讀就可以說是用方言翻譯借自中
文的漢字。」（見胡莫〈臺灣訓讀字〉一文），胡鑫麟則說：「我們是
四百年前就有訓讀字的，雖然大家只說土音俗解而不叫訓讀，同時所
用的字也是有限的。」（同前文，頁 44），第一本用通用漢字（即官
話字）來寫閩南語特別詞而注明土音俗解，即泉州韻書《彙音妙
悟》，出現於二百多年前，訓讀字之所以通行，是因為當時文字書寫
的主流是官話，在沒有找到本字的情形下，訓讀字是一種方便書寫，
它沒有「借音字」那麼容易讀出正確音讀，卻比借音字更方便閱讀，

因此是各有利弊。由此可見上引王育德的說法，其中「翻譯」二字應該指的是「轉讀」，因為書寫的漢字在朗讀時要怎麼讀，才是「訓讀」一詞的來源。

訓讀字最大的特點是表義不表音，如果要把上引三個例子中的訓讀字改為借音字，就是下列的代換公式：

> 要→卜（偏泉）、愒（偏漳）。何→佗。的→兮。事情→代志。
> 今→旦、嘗。沒用得→袂（借音）／繪（合音字）用得。使→予（本字），乎，互（借音）。
> 如此→者呢。不→無（本字而非借音）。

上引資料中也有訓讀加借音的例子，例如：不拘（m^7 ku），「即著」若改為「才著」也是訓讀。用「即」是個似是而非的借音字。

現代閩南語為了我手寫我口，有些人即揚棄訓讀，改用較多借音字，這一點是有民間歌謠七字仔歌的大量文獻為背景的。

這些約定俗成的訓讀字詞，算不算閩南語的俗字呢？答案是否定的。因為這些訓讀字只是通語的一部分，在閩南語中使用的正是它的正規字義，所以沒有俗化的傾向（音讀是外加），所以即使加上它的讀音，也算不得俗字。這個說法似乎違背我們前文把「閩南語本土字」全「俗字」的分類。因為在前文的分類裡，我們是把「訓讀字」放在俗字裡的第一類，而且是很重要的一類。我們可以這麼說，對閩南語而言，這些訓讀字既然算不得正字，當然是「俗解」的字，但對於整體漢字庫而言，它並不如方言新造字或借音字那樣超出漢字使用的常軌，所以它並非俗字。

閩南語用字類型中，屬於典型的俗字，應該是為數可觀的借音字及新造字，還有一小部分借形字。這些俗字都是民間流傳用字，主要體現在七個字的歌仔冊、及褒歌集、四句聯等。

以下取竹林書局版〈問路相褒歌〉中間若干「聯」（四句組為一聯）為例，分析歌仔簿用字以借音為主的實況：

1. 念歌算是好<u>代志</u>，讀了<u>那</u>熟加識字，<u>失</u>頭咱<u>那</u>做完備，<u>榮榮</u>通好念歌詩。（歌仔前言）

按：代志──或作「事志」，指事情。那=若（音na⁷）。「識」字音bat⁴，本字當作八，分別也。能辨別為識，俗多作「捌」。失頭當作穡頭，即農作（稼穡指農作物）。榮榮：閒著無事，ing⁵，本字當作「閒」或閑。現代國語流行語「櫻櫻美代子」正是閩南語「<u>閒閒無代志</u>」的諧音，這裡的「榮榮」念陽平與「閒閒」同調，連續則首字變調為陽去，取諧櫻櫻連讀的首字變調，櫻櫻本是陰平。代子諧代志，巧用日人姓名。

2. 朋友大家塊說笑，有緣做堆<u>兮</u>得著，<u>無通迌迌</u>真可惜，上山看娘挽茶葉。（寫茶園褒歌的緣起）

按：塊（teh⁴）：在。兮得（e⁷tit⁴）：（會得），得以。著（tioh⁸）：到。兮得著，意指難得。通（thang¹）：可以。迌迌（thit⁴/chit⁴ tho⁵）遊玩，說本字者以為佚迌（張振興）、佚陶（董忠司）、跮踱（陳修，辭典用彳亍）等。彳亍、佚陶、佚陀諸說最早為吳守禮教授所考。今作迌迌，兩字皆出《玉篇》，音、義不相涉，純粹借形，從辵與日、月，可視為新的會意。

3. 汝上問阮<u>兮</u>所在，我問兄哥倒位來，<u>帶治</u>外遠<u>兮</u>地界，這塊地號<u>即</u>不知。（寫茶園姑娘回答男士問路）

按：卜（beh⁴）：要；阮（gun²）：我；兮（e⁵）：的；倒位：俗作陀位，何處也。帶（tua³）：住，又作滯、蹛。治（ti³），在，亦作佇。塊，訓用。即，才。即（ciah⁴）字還可表示「這麼」，如即巧神（這麼靈巧），即呢嬌（這麼美）。

4. 听君汝廣一句話，<u>安年</u>哈著我娘花，年<u>己打算</u>頂下歲，無
　　相<u>氣</u>嫌來交<u>倍</u>。（寫茶園女子答謝男士相挺）

按：听即聽，歌仔冊多用簡體字。廣（kong²）「講」的借音，安年（an ni）即「安呢」，這樣，無本字。哈著（ha¹ tioh⁸），猶喜歡上，國語流行語的哈日、哈韓即此字。本字應是熻（音 hah⁴ 或hannh⁴），指受熱氣襲到，熱氣襲人，故引申為強烈需求，如熻錢（渴望有錢）。娘花即「如花姑娘」之謂。打算，應讀拍算。年己即年紀，頂下歲是相差一歲。相氣嫌（sio¹ khi³ hiam⁵）：相嫌棄之義。氣為棄之借音。交倍（kau¹ pue⁵）：交往陪對。倍為陪之借字。本聯四句，共有五個借音字（廣、哈、己、打、氣、倍），歌仔簿用字以借音為主，由此可見一斑。

5. 听娘汝塊對我說（seh⁴），長工失頭做<u>省個</u>，認真共恁做空
　　契，工錢<u>不著</u>算<u>恰加</u>。（寫男子明瞭長工的工作性質，並對
　　工資提出要求）

按：塊，在。失頭，穡頭之借音，指工作。省個（siann² e⁵）是啥個、什麼之義。共（ka⁷），給、幫。恁：你們。空契（khang¹khe³）即工作（本字或作功課，或工課，「工」為何轉音「空」，不得而知）。不著（m⁷ tioh⁴），不是應該（多算一些嗎？反詰語氣）。恰加

（khah⁴ ke¹）即較加，多加一些。恰為較之借音字。本聯中「失頭、
省个、空契、恰」皆為借音字。

由這五聯的「相褒歌」用字，大抵可見歌仔的書寫，借音字太
多，除非熟習閩南語，仍不容易閱讀。可見歌仔原是寫給唱歌者內部
使用，本非為書面傳播。其用字隨意借音，難以視為約定俗成的通俗
文字，不過至今找不到本字的替代字，有了歌仔冊做基礎，不難找到
一些通行俗字（包括造字）。例如：

迌迌－遊玩　袂－獪（亦作繪）

兮－的　塊－在（亦有改作「咧」）

代志－事情　卜－要　阮－我（們）

恁－你們　那－若　呆－歹（如呆運）

乎－予　甲－到（如：哭甲天光），教、使

廣－講　恰－較　即－才，這麼、如此

崇－趒（如：走趒）　者－這兒（音 cia）

夯－舉（本作揭）　店－在　困－睏

帶－住　拵－陣（如：一拵寒熱）　飫－枵

安年－安呢　捔－挕（sak）　湳－淋

治－在（今作佇）　肴－賢能，今作勢

識－捌　焉－引領　軒－掀　枋－枋

軒－掀　乜－什麼

這些只是部分的清單，筆者曾分析另一首「最新落陰相褒歌」，
從一百五十一例非本字的用字中，訓讀只佔二十二例（百分之十五）
借音字高達一百二十一例，佔百分之八十點一，這說明民間用字的特
點，就是把文字當音符來用，仍比用為表意符號有效，同時也解決本

字難定的困擾，但這樣的標音文字有無缺點，則是見仁見智，因為如果不求本字，則必須有一個規範用字，並且一個詞只有一種寫法，這樣的規定，就失去了漢字表意、表音多元的靈活性，無異用方塊字寫拼音文，豈不是給漢字拼音化找到絕佳的理由，事實上閩南語的白話字（即教會羅馬字），不就是一套有效的拼音文字，為什麼又普及不了呢？顯然有待討論。

三　在選字中體現正字的優先性

相對於日治期臺語教科書中大量訓讀字與民初以來逐漸流行的歌仔冊大量借音字，黃勁連的童詩，就折衷出一種本字與借音字為主軸的選字法。訓讀字幾乎不存在，這是因為原來用訓讀法的都恢復了本字，或者被借字取代。

在閩南語漢字選用原則方面，通過筆者多年研究心得，重新釐定為下列五個基本原則：

1　字源原則（形、音、義合一原則）

2　音字系統化的優先原則

3　約定俗成與不造字原則

4　形聲優於會意原則

5　借字比造字優先原則

這些原則解釋起來辭費，以下我們以實際的選字示例，進行比較分析，必要時再把原則帶出來。

例一　為何用「逐家」不用「大家」？

　　閩南語tak[8] ke[1]（逐家）第一個字是入聲字，逐字，《廣韻》：「逐，直六切。追也，驅也，從也，疾也，強也，走也。」閩南語「六」白讀lak，所以直六切tak[8]（古全濁澄母故今音為陽入調）。同屬屋韻白讀-ak的還有讀、鑿、曝、木、腹、伏、目等字。音沒有問題，字義卻沒有「大家」的「大」義，《廣韻》也沒有「逐一」的釋義，《漢語大辭典》逐字第六義項為「依次」，「一個挨著一個」，引唐人戴叔倫詩「更將舊政化鄰邑，遙見逋人相逐還。」這可能是唐代以後的用法，總之，把「逐」當one by one，「逐家」就是everybody，相當於國語的「大家」並無問題，可是國語是全稱（all the people），閩語保存另一義。所以音義都該選「逐」，而非「大」（大是去聲，只能音tai[7]或tua[7]），閩南語沒有人講「大家」的音。

例二　為何基本的身體部位用「喙」、「跤」（骹）而不用嘴、腳？

　　在追求本字的例子中，這兩個字最特殊，而且許多人沒有弄通，始終半信半疑，以為「喙」是鳥嘴，「跤」是摔跤，因為國語確實這麼用。問題就是本字的要件是形、音、義相腳合，我們現在常說的嘴ㄗㄨㄟ∨，對應為閩南語就是tsui[2]（音如水），這個字《廣韻》作「觜」（不從口），喙也，即委切。首先用「喙」來解釋「觜」，證明中古「喙」並不專指鳥喙。「即」為精母字，聲母是ts（ㄗ）千真萬確，切出來就是tsui[2]（收在上聲紙韻），現在看閩南語「嘴」卻音tshui[3]，聲母tsh（清母），聲調陰去調（第3調），兩者皆與tsui[2]不合，所以從「嘴」的古音來看，不可變成tshui[3]，所以「嘴」要當tshui的本字就沒資格了。不能說閩南人把tsui[2]錯唸成tshui[3]吧，因為閩東、閩北唸法都相應，怎麼一齊錯呢？剛好「喙」字《廣韻》有兩音，見廢

韻：「喙，口喙，許穢切又昌芮切。」許穢切國語音ㄏㄨㄟˋ。昌芮
切，國語未收，依反切正好切成閩南語的tshui³（昌，初母，國語ㄔ
閩南語ㄘ），廢韻去聲，因為初母為清聲母，所以唸陰去調（第3
調），完全是合乎音變的常規，所以閩南語本字非「喙」字（昌芮
切）莫屬。

　　至於「腳」字，中古就是入聲字，《廣韻》〈藥韻〉：「腳，居勺
切。」俗亦作腳，中古音kjak，現代客家四縣音kiɔk˩最為相近，廣
州音koek˧都保留見母（k）古音，其他官話、吳語、贛語全都顎化為
ㄐ（tɕ），如北京tɕiau˦，武漢tɕio˦，蘇州tɕia˥，南昌tɕiok˥，可見吳
語、贛語還保留入聲，與客語相應，閩南語讀「腳」為kiok⁴是讀書
音，與客語相應。但是閩南語口語中的ㄎㄚ（kha¹）是個陰平調，而
非入聲，而且聲母也是送氣的kh，而不是見母的k，又與「腳」的文
讀kiok在聲母和聲調都不一致，因此唸「kha¹」（ㄎㄚ）的口語詞不可
能和「腳」是同一個字，《廣韻》收了「跤」（骹為異體），「脛骨近足
細處。口交切」，口為溪母（音ㄎ），中古音為khau，對應成閩南語
kha¹（陰平），同韻中有咬、膠、鉸、脬、貓（音ba⁵），都唸a韻母可
證，由此可見腳和跤並不同源，反切各有歸屬，所以說閩南語ㄎㄚ的
本字是跤而不是「腳」。當然也有人說這個kha¹是借自南亞語言，即
古百越民族，這是正確的，我們把這種沉澱在閩語中的古代民族語詞
叫作底層詞。

　　以上兩例就是字源原則的最好例證。

例三　究竟「好康道相報」的本字怎麼寫？

　　從語音上聽起來該是「好空鬥相報」，上面的「好康」「道」完全
是國語發音，就是我們談「文字類型」中的第八類「國音借字」，這
類字已泛濫在報紙上，最不足取法，例如：把「沒有啥用」寫成「無

三小路用」。這是一句閩南語粗話：無啥潲（ㄒㄧㄠˊ）路用。閩南語罵人「創啥潲（亦作「髾」字，取精液骨髓也）」就是「幹什麼」的意思。又如有人開車亂按喇叭，聞者罵一句「叭啥潲」，最近政大校園發生此一師生辱罵事件，有一份報紙就寫成「叭三小」，因為不認得本字（其實潲、髾都不能算本字，只能是借音或訓讀），所以就寫成「三小」了。這種借音字令人丈二金剛摸不著頭，唯有學說閩南語才是對策良方。

有人說「好空」應作「好孔」，這完全是只知華語，不知閩南語，空是陰平，孔是上聲，閩南語只說空（ㄎㄚ）不說孔（ㄎㄨㄥˋ，如孔子），當然只能用「好空」。鬥是爭相，相報就有如螞蟻搬食，一路碰頭，交頭接耳，告訴隊友「好空」還有一段距離，努力爬過去，不要停下來休息呀。我們不知道閩南語這個「好空」是金礦、煤礦，或者是一個別有洞天的世外桃源，人間奇境，所以才要奔相走告，總之，不是「好孔」。在傳統國語的語感裡「孔」不是比較小的通孔嗎？如鼻孔、穴口，怎麼能比得上「好空」這麼洞天福地的感覺呢！

例四　為什麼閩南語「高低」要寫作「懸下」？

首先要問「高低」二字閩南語怎麼讀？高ko低te，似乎「低」也沒有這種唸法。但是閩南語表示相對的「高下」概念，就是用kuan⁵對ke⁷，對應的漢字當然不是ko¹ te¹，因為kuan⁵的韻母和聲調都和ko¹不同，當然不能寫成「高」，原來「懸掛」的懸，閩南語唸kuan⁵（陽平和國語相同）。為什麼國語唸çyan7呢？原來這個「懸」字《廣韻》胡涓切，音同「玄」，本字是「縣」。《說文：「繫也。」就是用繩子繫住再掛起來，本來不從心，《廣韻》接著說：「相承借為州縣字。」意思是州縣的「縣」是一個假借字（借音不借義）。其實錯了，這個縣字本來就有「懸遠而護衛之」的意思，相對於中央政府（王畿），州

縣有如懸掛在外的群星，如眾星拱月，這不就是「懸掛」的引申義嗎？《廣韻》誤作假借，可見早期《切韻》的編者文字學也不怎樣。縣懸本一字，都是讀平聲，後來再分化為二，「縣」變成去聲，「懸」保留平聲（因為懸為本義，縣是別義，新生義，所以才用變調以區別之），所以一個東西高高掛在竹篙上或樹巔，豈不是很高、很遠嗎？閩南語就用這個kuan⁵（懸）來指「高」的意思。至於它相對義的「低下」，閩南語叫ke⁷或e⁷，它的音讀來自「下」，《廣韻》：「胡雅切，底也。」訓「底」不就是「底下」嗎？胡是匣母（喉擦音），匣母的字常從k得聲，如匣從甲聲，胡從古聲，所以閩南語唸ke⁷就是從匣母這個甲聲、古聲的「見」母（k）遺留下來的。這樣說來閩南語「高低」的本字為「懸（kuan⁵）下（ke⁷）」不是順理成章嗎？

例五　為什麼「地上」要寫作「塗跤」而不是「土腳」？

當然土地不可能有腳，「塗跤」其實是指人腳（跤）下的泥塗，所以是地上的意思。腳應該寫作跤，例二已解釋了。塗和土又有何分別？塗thoo⁵（國語ㄊㄨˊ）是陽平，土thoo²（國語ㄊㄨˇ）是上聲，聲調本不相同。閩南語「塗跤」並不唸土thoo²（上聲）腳kiok⁴，所以只能寫作陽平的「塗」，不能寫成上聲的「土」，因此下列二組三疊字的形容詞意義完全不同：

> 塗塗塗：指的是一塌糊塗，三個「塗」連在一起。
> 土土土：指的是非常俗（ㄙㄨㄥˊ），土裡巴嘰，完全是個鄉
> 　　　　巴佬。

以上這三例，可以看出閩南語詞彙有自己一套系統，和華語相當不同，而且從《廣韻》的音讀和釋義都證明我們的解釋。許多人沒有

音韻演變的觀念，無法理解我們的推演。因為一個語言的音字必須是系統化的，國語的「高低」是一個系統，有許多方言跟它一個系統，閩南語的「懸下」是另一個系統，閩方言內部許多次方言都跟它相應。從這個系統來看，你以前只知道一個「土」字的詞，只要唸陽平，就一律要改寫成「塗」，才是本字。例如：

> 塗埆厝，塗米砂，塗粉，塗牛（或稱地牛，不是土牛），塗水
> （建築工）
> 塗牆仔，塗豆（而不是土豆），塗礱（稻米去粗糠的工具），塗
> 州（地下之國，地府）

這樣的寫法，才是音字系統化。至於地名：土城、土庫，本字本音雖是「塗」，但因屬地名，約定俗成已久（猶如板橋、枋寮本字作枋，亦不求統一），仍採土字訓讀，不求本字，此即第三個原則：約定俗成。

四　小結

閩南語作為漢語方言的一支，其書面語使用漢字，一向被視為天經地義；加上它保存不少古音古意，要求寫本字，就被視為正字法的一部分；無如其口語白話，或因與雅言系統脫軌已久，形成書面文字也不過四百年（以明嘉靖年間的閩南戲本為起點），可以想見「音字脫節」（吳守禮教授用語）嚴重，許多口語詞找不到本字，同時也可能有許多早期百越民族的底層語言及閩臺地區長期與異族文化接觸所接受的外來詞成分，臺灣閩南語實際也有自創的成分，種種因素，使它形成一種特有的書面語傳統。本文利用當代文本，回溯臺灣閩南語用字之類型，並從傳統漢字庫為中心的觀點，來分析正俗的觀念，應

有助於談方言俗字者，如何看待正俗字，也為閩南語用字原則，找到普遍原則。

　　由於篇幅限制，有關新表意與新形聲中的造字，本文未暇細談，牽涉到選字原則中的第三、四、五條，當在另文中繼續討論。

　　　　　　　　　　——本文原刊於《國文天地》第二十一卷第二期

　　　　　　　　　　　　　　　　（2005年7月），頁10-21。

臺語溯源一

芭樂

　　盛夏的餐桌上，有一杯乳白的冰芭樂汁，勝過任何果汁飲料。記憶裡，中部鄉間老家四合院的東北側，有一株挺拔的芭樂樹，果實成熟時，常有四、五孩童攀爬枝上，精選芭樂，有時連在衣角擦拭一下都免了，就坐在枝椏上啃食起來，至今齒留餘香，那時並不流行芭樂汁。

　　童年說國語，都用「番石榴」一詞，要有人說成「拔拉」或「芭樂」，一定被斥為說臺語。曾幾何時，「芭樂」已躋身《重編國語辭典》，而且驗明正身：「番石榴的別稱，是閩南語的音譯。」（商務版，第一冊，頁8。）三民書局的《大辭典》也收有這個詞（中冊，頁3971），又在「番石榴」條下載：「（psidium guajava L., guava），植物名，又名拔仔、那拔。桃金孃科，番石榴屬。常綠小喬木或灌木，高可達八尺。……原產於熱帶美洲；今熱帶及亞熱帶地區廣為栽植。」

　　「番石榴」之名，顧名思義，既屬舶來品，「芭樂」當然也不是閩南語原有的詞彙，連雅堂就認為是來自「番語」。閩方言多寫作「茇仔」或「藍茇」，一八八三年倫敦出版的《英語廈門字典》（作者J. Macgowan）「Guava」一條下即收有兩讀：（一）籃仔拔〔nâ-á-pat〕（二）籃仔佛〔nâ-á-put〕。潮州話也叫「茇仔」（李永明「潮州方言」）。必須指出，這個「仔」字國語只能唸成「ㄚˋ」，不讀「ㄗㄞˇ」。

福州話、廣東話卻只稱「番石榴」。有些地方叫它為「雞屎（矢）果」或「秋果」。〔清〕吳其濬《植物名實圖考長編》三「雞矢果」條云：「此物極賤，故以雞矢名之。」恐未得其實。目前芭樂在臺灣堪稱水果中的上品，品類繁多，大小不同，有脆的、有軟的。近年上市的泰國種芭樂，體型特大，肉極香脆，價格亦不便宜。據聞含豐富維他命 C，多吃可以美顏，女輩尤多嗜食。兒時聽過一句俚諺：「食芭樂放銃子，食龍眼放木耳，食柚仔放蝦米。」大意是三者皆不易消化，吃多了排泄物有如子彈（指芭樂「子」）、木耳或蝦米，由於芭樂必須連「子」吃下，其「子」堅硬有如彈頭，並非誇大。這是大人們警戒小孩勿貪食過量，也反映這些水果的普遍。事實上，有些野生的芭樂，皮澀肉硬，難怪招來「雞屎」之賤名。

自從「芭樂汁」盛行以後，吃芭樂吐「子」的煩惱消失了。「芭樂」一名定於一尊，大概與商標有關，按照臺語的本音（「辣」字暫用國音）應該是（「拔辣」pat-a）最接近。兩音節間的〔t〕濁音化為〔d〕，閩語的d、l相近，這是由「茇仔」一詞演成「拔辣」的原因。廠商諧音為「芭樂」（不惜改變第二音節的母音），以與「可樂」相媲美，用心良苦，既而約定俗成，為國語詞彙所吸收。近來發現有一品牌的芭樂汁改成「百樂汁」，音更接近（拔、百閩語皆入聲），但若非紙盒上印有一個綠色的芭樂，恐怕有人要和「百事可樂」聯想在一起了。

龍眼

龍眼雖然算不得方言詞，但卻也不算標準「國語詞彙」，因為北方音系多管它叫「桂圓」，也有叫圓圓兒（如合肥）、圓眼（如溫州）；閩、粵、客方言才叫「龍眼」，這是典型的南北異詞。

　　龍眼、荔技都是南方的產物。《東觀漢記》:「單于來朝,賜橙橘、龍眼、荔技。」可見它在古代是「國寶級」的水果,可當作外交禮物。《藝文類聚》卷八十七載:「魏文帝詔群臣曰:南方有龍眼、荔枝,寧比西園(或作國)蒲萄、石蜜。」自東漢王逸寫了〈詠荔枝賦〉,歷代的荔枝詩真是無計其數,加上楊貴妃的喜好,荔枝在名實上都壓倒了龍眼,後人甚至稱龍眼為「荔枝奴」,令這百果中的「真龍天子」蒙羞。《農政全書》〈樹藝〉〈果部下〉載:「龍眼,花與荔枝同開,樹亦如荔枝,但枝葉稍小,殼青黃色,形如彈丸。……荔枝過,即龍眼熟,故謂之荔枝奴。」

　　龍眼雖然在文人筆下很少出現,但在臺灣民間歌謠俚諺,卻是屢見不鮮。例如臺灣民謠「七月七,龍眼烏,柘榴必。八月八,搞(鉤除)豆藤,挽(採摘)豆莢。」上一句說七月七日,龍眼成熟了,果核是烏溜溜的,柘榴成熟也一個個坼裂開來,臺語裂開唸如「必」(入聲)。另有一首相思的情歌:「龍眼好食核烏烏,荔枝好食皮粗粗;為娘掛吊大艱苦,較慘獅陣舞篏刀。」前兩句起興,後二句是說思念姑娘甚苦,比在舞獅隊裡掄大刀還要艱辛。

　　有一首「火金姑」的童謠寫道:「火金姑(即螢火蟲),來食茶;茶燒燒,來食弓蕉(香蕉);弓蕉冷冷,來食龍眼;龍眼蛀核,來食藍茇;藍茇無子,來食臭頭疕。」歌謠中香蕉、龍眼、芭樂都出現了;龍眼太熟了,就有蟲蛀;芭樂無子應是最上品,歌謠裡為押韻而加以扭曲,好像吃不得,改吃「臭頭疕」。四〇年代臺灣農村常見孩童頭上長有惡癬,他們在夏日午後常鷇集龍眼樹下,大快朵頤,由於果核和殼棄置地上,蒼蠅甚多,穿梭於地上與小孩頭癬之間,構成一幅「食龍眼圖」。臺灣有一句俚語「揀啊揀,揀著一個賣龍眼。」譏人擇偶條件太苛,結果挑了一個不理想的對象。以上歌謠俚諺中「龍眼」照臺語應讀成〔liŋ³³ giŋ⁵¹〕。

龍眼身價雖不起眼,但曬成「龍眼乾」則身價百倍,在中藥裡是補品。孫星衍輯《神農本草經》說:「龍眼味甘平,主五臟邪氣,安志厭食,久服強魂聰明,輕身不老,通神明,一名益智,生山谷。」(卷二),《廣雅》卷十也說:「益智,龍眼也。」《御覽》引《齊民要術》一名比目。由於「龍眼乾」的滋補妙用,在冬夜的街巷或夜市,常可以喝到熱騰騰的「桂圓湯」;有時摻檸檬汁,味更鮮美。至於酒席後的八寶甜點,冬夜的臘八粥,龍眼乾更不可少。春節應景的甜食,龍眼乾也是座上呈祥,大概取其「圓圓」之意。七月中元普渡是民間的大節日,祭品中的龍眼、香蕉、鳳梨,常堆滿供桌。由於本省山區的大量栽植,龍眼開花時節,成為蜂蜜最主要的原料供應場,因此本省市面的「蜂蜜」品牌雖多,還是以龍眼蜜為大宗。

檨仔

臺灣話把芒果叫「檨仔」,對有些人是陌生的。比起前述兩種水果,檨仔毫不遜色,也是夏季最普遍的水果。

「檨」是一個典型的方言字,《康熙字典》未見。《中華大字典》始據清代施鴻保《閩雜記》及《嘉慶一統志》收入此字。惟據閩音「讀若賒(ㄕㄜ)」,和現在臺灣話相去甚遠。但《辭源》、《辭海》、《中文大辭典》、三民《大辭典》都照錄此音。商務增修《辭源》既錄「讀若蒜」又謂「國語該讀若羨」,這一來,「檨」字就有ㄕㄜ,ㄙㄨㄢˋ,ㄒㄧㄢˋ三種擬音,但都讀不出臺語的「本音」來。此字臺語音「suãĩ33」(～代表鼻化韻,33是中平調),也有標作soaiⁿ(用右上角小n代表鼻化。)屬臺語第七聲(陽去調)。用「臺語方言注音符號」標作「ㄙㄨㄞ」(ㄞ的左下腳表示鼻化)。這種鼻化音為國語所無,確實難倒某些人。《國文天地》第九期「我不再讀錯字」一欄,

蔡木生先生認為「音羨」可取，是依形聲偏旁類化法，其實並不合理，因為讀如「蒜」還比「羨」更接近一點，這是漢字和語言之間的矛盾，形聲字標音法有時而窮，讀偏旁也就無可厚非了。但是屏東潮州鎮「檨子里」的居民，因為不認識「檨」字，而提議改名為「樣子里」，就失之毫釐，謬以千里了。殊不知「檨子里」的得名，當是古時盛產芒果之故，里名雖沿用日據時代名稱，它的得名恐怕比日人據臺還要早。（參考亦玄《臺語溯源》檨仔一條。）

《閩雜記》及《清一統志》都載「檨」盛產於閩、粵、臺等省，夏熟，形如鵝卵，皮青肉黃，味甘美，有香檨、木檨、肉檨三種。臺灣市面上售的通常不外是「土檨仔」和「肉檨仔」二種，前者皮綠而小，較多汁而香甜。後者肉多，皮黃中透紅，味道不如前者，但土檨仔上市的時間甚短，大概是產量較少。詞源的探討，見於連橫《雅言》：「臺灣之檨字，番語也，不見字典，故舊誌亦作番蒜，終不如檨字之佳。檨為珍果，樹高二、三丈，當從木，如柑、桔、桃、李之類，望文知義。若夫林投之樹，藍茇之果（即番石榴），亦番語也，故名從主人。」由此可見，芭樂、檨仔都是臺語從山地同胞借來的，又為辭典所吸收。商務重編國語辭典，選擇了「芭樂」，不收「檨」字（僅收「芒果」一詞），是有理由的，因為「芭樂」已大眾化，容易發音；「檨」字形、音皆罕見，自然比不上本名「芒果」來得方便了。

芒果也寫作「樣果」，原名Mangifera Indica，原產印度、緬甸等處，熱帶地區都栽種。《辭海》引植物名實圖考說：「樣果生廣東，與蜜羅同，而皮有黑斑，不光潤。此果花多實少，方言謂詫為樣，言少實也，猶北地謂瓜花之不結實者曰謊花耳。」按芒、樣都是西文mango的音譯，與花實多少不相干，「方言謂詫為樣」云云，全係附會，這是亂用古代聲訓法的遺毒。

「檨仔」除了吃果肉外，還可製成果汁、果醬、蜜餞等。未熟的

「青欉」可以切片醃糖，酸而可口。《臺海采風圖》說「切片醃久更美，名曰蓬萊醬。」清同治間福建巡撫王凱泰有芒果詩云：「高樹濃陰盛暑天，出林樣子最新鮮，島人豔說蓬萊醬，誰是蓬萊籍裡仙？」自註云：「切片醃食名蓬萊醬。臺屬二百年來未得館選，常以此勗多士。」館選指入選翰林，為清貴文官職，故被喻為蓬萊仙班。亦玄先生說特地取名蓬萊醬來勉勵士子，我們看不出是故意取名還是巧合。芒果樹在縱貫公路南段，還有當路樹栽種，濃陰茂密，不但蔭及路人，而且呈現一種寶島物阜民豐的景象，本是蓬萊仙島，何人不屬仙籍？

——本文原刊於《國文天地》第二卷第五期（1986年10月），頁50-52。

臺語溯源二

迌迌

　　不久以前，閩南語流行歌曲中有一首「漂ノ的七桃郎」，即使會閩南語的人，對這六個字也要丈二金剛，摸不著頭腦，如果尋聲會意，大概知道歌詞是針對「落拓江湖的浪子」而發的。歌詞是這樣開始的：「七桃郎，因何你那目眶紅，是不是你的心沉重，後悔走入湖仔港。……」

　　浪子為什麼叫「七桃郎」？「漂ノ」又是什麼？按照一般臺語的發音，這六個字是「phiauˀ phiatₒ e tshitₒ ₑtho ₑlaŋ」，「七桃郎」在此地通行的寫法是「迌迌人」，一般流行歌曲和閩南語辭典都用後者，不過「迌迌」有兩讀；thitₒ ₑtho和tshitₒ ₑtho，用國語來擬聲即猶「剔（ㄊㄧˋ）頭」和「砌（ㄑㄧˋ）頭」，但是和閩語的ₑtho相對應的國語音節是「陶」或「桃」。「桃」字國音ㄊㄠˊ，是兩旁有耳的長柄小鼓，字或作鞀，或作鞉。因此可知，「七桃郎」是採取第二種讀法（郎是閩語「人」的白話音）。這兩種讀法，是方言性的變讀，據董同龢「四個閩南方言」，「迌迌」的第一音節，廈門、晉江（泉州方語）讀thitₒ，揭陽（潮汕方言）讀tékₒ，龍溪（漳州方言）讀tshitₒ，由此可見本地的兩讀，正是泉、漳兩系方言的反映。歌詞的作者所以一反習慣用法，採用「七桃」，正表示他用漳系音。

　　「七桃」或「迌迌」都是閩語遊玩的意思，前者是借音字（文字

學上所謂本無其字的假借），後者是方言性的會意字，細繹其造字，
「日」「月」不正表示流浪者之蹉跎歲月嗎？辵部（跑馬邊）不正表
示浪人的「漂泊天地間」嗎？這樣的造字，不但合乎六書原則，簡直
傳神極了，想來這位近代倉頡先生，絕非凡夫俗子，必也學富五車。
那麼，照文字學的原理，「迌迌」既然造字在先，「七鐾」的寫法只是
假借，那就是「有本字的假借」了。這位流行歌曲的作詞者，若不是
「倉促間無其字」，隨便找個字來代替，就是「故弄玄虛」，「字」不驚
人誓不休？筆者不信，手邊剛好有一本《懷念臺語歌曲》的小冊子，
歌詞近六百首，就有一首「迌迌人的目屎（眼淚）」，其餘歌詞中，常
見「迌迌」，從未用「七鐾」，那麼這首歌的作詞者，為了炫奇，不惜
標新立異，這是方言文學無法叫大眾普遍接納的一個因素吧！

　　迌迌的原始意義，相當於國語的「玩兒」或「玩耍」、「遊戲」的
意思，例如：問人到何處遊玩，閩語說：「你欲去何位（方）迌
迌？」說別人家裡好玩，閩語說：「怹（in）厝真好迌迌。」小孩子
的玩具、小勞作，閩南語叫「迌迌物」；這個詞義後來轉到壞的一
方，例如說：「昨夜去北投迌迌」，就有冶遊之義，再後來，「迌迌
人」也就成了江湖浪子的代名詞，「迌迌查某（女人）」，就成了風塵
女郎。

　　「迌迌」在閩方言中不同的寫法不下十餘種，根據吳守禮教授
〈釋彳亍──得桃〉（《大陸雜誌》第19卷第10-11期）一文，從元明雜
劇算起，就有鑊鐸（元曲）、撻挑、得桃、勅桃、迌迌、塙桃、鳶
桃、逗桃、七桃、乞桃（以上閩南）、客調、恰聊、恢調（以上閩
北）這是流行的寫法。而近人考源的擬議古字，則有跌蕩、佚陶、彳
亍、蹢（踱）躅、彳挑、跮踱等說法。從閩南、閩北的歧異看來，第
一個音節尚有舌頭音和舌根音的不同（舌頭音中又有不送氣的「得
桃」一讀）。它們是否來自更古的祖語，還有待比較方言學的擬測。

我們比較感興趣的是關於「音變」的追綜：

先說「迡迌」二字，最早見於《玉篇》：「迡，陟栗切，近也；迌，他沒切，詆誘貌。」按中古音，迡是知母，迌是透母，知母在閩語讀同上古的端母，由此看來，「得桃」、「逗桃」可能是較早的讀法（也就是第一音節讀不送氣的t）。讀成送氣的th（如敕桃、撻（躂）桃、鵏桃）稍為晚起，再後，則變成齒音的「七桃」。由於我們確定閩語古語只有舌頭音而無舌上音，我們就可以把它和古音唸舌頭t（ㄉ）或d的字聯繫起來，那麼彳亍、蹢躅、跮踱或佚陶是否可能是這個詞的詞源呢？根據董同龢的上古音系，彳亍擬音*tjăk tjuk，蹢躅是*tiek djuk，佚陶是* diet dog（「跮踱」《說文》未見）。這些擬音都是舌頭音，作為閩語「迡迌」的來源，在聲母上是可能的，但韻母仍有距離，連雅堂所考「佚陶」二字，雖在擬音書取接近現代臺灣泉州音、廈門音的「迡迌」（按佚字集韻有弋質切、他結切、徒結切三讀），可惜古無「佚陶」這樣連用的詞，連氏所引漢書的「佚樂」，《禮記》《檀弓》的「人喜則斯陶」，專在單字意義上求近似；不能算是真正的語源，看來這個閩南詞的語源實在不能輕易論斷，從古音彳亍到迡迌之間的音韻變化，韻母上還有不易說明的地方，或者也有可能是借自其他語言。

以下不妨舉一些明清以來閩南戲曲、通俗文學上的用例：

> 滿園花開綠間紅，花開花謝不胡忙；一年那有春天好，不去得桃總是空。（荔鏡記戲文）
>
> 春夏秋冬四時勤勞，不可思風騷、不可思敕桃。（千金譜）
>
> 廣東店好迡迌，水晶玻璃白波波。（千金譜）
>
> 塢桃人不驚錢，教我整二枝骨髻。（「暢所欲言」）

嫁著好夫好佚陶，嫁著歹夫不如無。轉來吾曆做姑婆，大甥叫
食飯，細甥叫佚陶。（臺南歌謠）
一隻船仔四枝篙，駛去外海去佚陶，一陣南風四面報，險險尋
無好心哥。（臺灣民歌）

通俗文學的用字異於一般文人的作品，因此，方言用字的調查、
搜集，並編成類似《同源詞典》的方言語典，也應該是文學史料編輯
者和語言學家應該攜手合作的工作。

最後，還要補充一下前文的「漂ノ」究竟何指，蔡培火《閩南語
國語對照常用辭典》（正中書局）收有「ノ」字，就是撇字，方言習
慣用省文，例如閩語的「二ノ嘴鬚」就是兩撇鬍子。閩語「穿插真
ノ」就是穿著很漂亮。閩語的「ノ路」是漂亮，「ノ腳」卻是撇
（跛）腳。閩語還有一個詞叫「飄潎」（Piau piat）（見蔡培火辭典，
頁一七九），意為瀟灑，因此，在「漂ノ的七斐郎」這首歌裡，作者
用「漂ノ」或許正是「飄潎」兩字的簡化，這樣的題意，也比較切合
歌詞中說「你若是男子漢，不好擱再心茫茫，堅持信心甲（與）希
望」。質諸作者或閩語專家，不知然否。

相噚

閩語中有許多常用字，多半有音無字，像「接吻」一詞，語音是
tsim，較早的字典如Douglas的《英廈字典》作「斟」字，沿用的人較
多，也有另找新字作「噚」（如K. T. TÂN的臺灣方言中英辭典），這
兩個字都是借音字，音合義別。「噚」字《中文大辭典》音ㄑㄧㄣˋ，
意為「以穢語傷人」；如《紅樓夢》七十五回：「再灌喪了黃湯，還不
知噚出什麼新樣兒來呢。」田宗堯《中國古典小說用語辭典》（聯經

出版）收了「唚嘴」一詞，並謂「唚即親」之音借。語出《醒世恆言》二十三：「杯兒就在嘴上，好酒就在嘴裡，你兩個香噴噴、美甜甜唚一個嘴，就是合巹盃了。」

閩語的「唚嘴」有沒有可能從「親嘴」變來的？可能性不大，因為「唚」（tsim）和「親」（tshin）聲母、韻尾都不相同，尤其鼻音韻尾，漢語的歷史音變是從m→n，相反的方向n→m的例子從來未見。

《集韻》「浸，咨林切，漬也」，這個字的古字是「寖」，《說文》訓水名，《廣韻》「子鴆切」（去聲），解作「漬也，漸也」。集韻的平聲一讀，也許是方言。如可勉強為閩語的「唚嘴」找一替代字，似乎平聲的「寖」字最合適，但意義只是相關，未必十分貼切。

「接吻」這個國語詞彙，據《漢語方言詞匯》所載，應該來自廣州話，道地的北平話叫「親嘴兒」或「要嘴兒」，大部分的官話方言都用「親嘴」，合肥話是「疼嘴」，蘇州話叫「香鼻頭」，閩語的廈門、潮州、福川都用「斟」，不過福州話以舌根鼻音收尾，讀做tsyŋ[44]，梅縣也作「斟嘴」。根據該書的附註，「斟」借自馬來語chium。這是最合理的詞源根據，也可以解釋福州話元音變撮口的理由（ju→y）。那麼「唚」、「斟」這些借音字，顯然不必和「寖」字有什麼關聯了。

《說文》：「吻，口邊也」，或作脗，後代又多一個繁體作膒，這是「唇」的本字（《說文》唇訓驚。）廣東人說「接吻」，不但文雅而且傳神，因而取代了「親嘴兒」這個詞，成為通行的大眾語。意義似乎還有點差別，因為熱戀中青年男女的「接吻」，自然有異於親子之間的「香鼻頭」或「親親」兩頰。像英文「kiss」這樣的語意，除了「接吻」，還找不到第二種說法，過去曾見報紙上音譯為「打開斯」，開字的元音並不貼切，但是也無可厚非，因為國語並沒有ㄅㄧ的音節，只有顎化的ㄑㄧ，為了吻合英語的子音，只好在母音上將就，找到ㄞ寫來代替ㄧ，若要犧牲子音，保存母音，似可譯為「打妻斯」，

兩相比較，似乎前者稍勝。從這個例子可以知道，音譯詞的表音功能，常常是有時而窮的。

——本文原刊於《國文天地》第二卷第六期（1986年11月），頁41-43。

臺語溯源三

飼囝、搖囝仔歌
──兼談「囝」的讀音

　　《國文天地》第十七期〈囝的讀音〉一文，潘明富先生對國中國文第五冊第四課「小耘週歲」搖囝仔歌一詞，囝字的讀音提出質疑，結論是大多數的字典、辭典讀ㄐㄧㄢˇ，或讀其他的音，而且各地語音不同，未見有讀ㄋㄢ的。這個結論大致不錯，可惜潘文所引的辭源就有「納安切」一讀，足見「ㄋㄢ」的讀法也非臆造（舊版國語辭典囝即收ㄋㄢ、ㄗㄞˇ兩讀，不收ㄐㄧㄢˇ）。這個問題引起我們對國語如何接收方言辭的音讀，感到興趣，單在字典、辭典記錄的音切上審音是不夠的，還要探究音讀的來龍去脈，從古音、方言兩個方向追索。

　　為了說明方便，先把辭書上所見的囝字音讀整理如下：

　　（一）ㄐㄧㄢˇ　《集韻》：「九件切，閩人呼兒曰囝」，《康熙字典》音蹇。辭源、辭海「紀展切」並引唐顧況哀囝詩。

　　（二）ㄐㄧㄤˇ　中華大字典：「閩讀給養切，蘇浙讀六安切，粵、贛、湘、鄂等省，均讀如宰。」辭源、辭海、大漢和辭典並引其說。正中形音義綜合大字典首先標出ㄐㄧㄤˇ一讀：「皆港切，音講。」

　　（三）ㄗㄞˇ　《康熙字典》引正字通：「閩音讀若宰。」中華大字典：「粵贛湘鄂等省均讀如宰。」辭源：「他省或讀子藹切。」正中

形音義綜合大字典：「子海切，音宰。」三民《大辭典》：「中國西南部方言稱小兒。」按：字或作㞺，或作仔。

（四）ㄋㄢ　辭源：「（他省）或讀納安切。」中華大字典：「蘇、浙讀六安切」，大辭典：「吳語對小孩的稱呼。」商務舊版國語辭典：「ㄋㄢ」。按字本作囡，詳下文。

（五）額丫切　辭源：「其字本為土俗字，今閩音讀如給養切，他省或讀子藹切，或讀納安切，或讀額丫切，音隨方土而變，義則同也。」按：根據方言可標作ㄧ丫ˊ音牙。

（六）ㄩㄝˋ　《集韻》魚厥切，與月同，唐武后作。中文大辭典、高樹藩新修《康熙字典》都誤標作ㄐㄧㄝˋ。

以上六種讀法，（六）是武則天新製字，與本題不相干。但是囝字的字形，必須追溯一下，按武后製字，有一部分是傅會罕見的古文，如日作⊡即按《說文》日字古文象形作⊙。月字可能傅會金文的⊕或⊠，詳金文編0815，吳大澂說「象子在懷抱形。」因婦人懷子，故為太陰之象，《說文》訓月為太陰之精，故武后取象於此。金文是「囝」字最早的記錄（《說文》所無）。揆其字形與子有關，惟音義難詳。方言借用這個古形，賦予各自的音讀，理固宜然。以下分說（一）到（五）：

先說這個字唸ㄐㄧㄢˇ的依據，《集韻》上聲獼韻「九件切」是囝字最早著錄於韻書的音切。據《集韻》的說解，這至少是唐宋時閩方言的專用字。《康熙字典》引《青箱雜記》：「唐取閩子為宦官，顧況有哀囝詩，又有囝別郎罷，郎罷別囝詩以寓諷。郎罷，閩人呼父也。」據《全唐詩》卷二百六十四顧況詩上古之什十三章有「囝一章」云：

「囝生南方，閩吏得之，乃絕其陽，為臧為獲，致金滿屋，為

髡為鉗，如視草木，天道無知，我懼其毒，神道無知，彼受其福。郎罷別囝，吾悔生汝。及汝既生，人勸不舉，不從人言，果獲是苦。囝別郎罷，心摧血下，隔地絕天，及至黃泉，不得在郎罷前。」自注云：「囝，哀閩也。」又注：「囝音蹇，閩俗呼子為囝，父為郎罷。」又宋陸游《劍南詩稿》六五〈戲遣老懷〉詩：「阿囝略如郎罷老，穉孫能伴太翁嬉。」(《中文辭源》，頁568）

以上兩種資料，都以囝（或阿囝）與郎罷相對，現在福州話呼爸爸仍叫郎罷louη^{52}ma^{242}（郎亦音noung），媽媽則叫娘奶noung^{52}ne^{31}，廈門、臺灣稱呼父親為老父lau^{33}pe^{33}或良父niu^{33}pe^{33}，母親為老母lau^{33}bu^{51}或娘嬭niu^{33}le^{51}，都跟「郎罷」的古語有關。至於稱呼兒子，現代廈門話叫作kiã^{51}（龍溪、揭揚、臺灣同），習慣用囝字，也有用仔或子。福州話叫kiang^{51}，當為第（2）種讀法ㄐㄧㄤˇ（給養切）的依據，但從《集韻》的「九件切」看來，這個字的中古音可擬作kjæn（依董同龢）或kian，廈門等的鼻化韻母iã當來自中古的jæn，因為反切下字「件」，現在閩南也讀kiã^{33}（由中古濁上變為現在的陽去調）。聲母無論閩南、閩北都保存見母（ㄍ）的古讀。廈門、福州可能都來自中古的「九件切」，後來福州韻尾全類化為-ŋ，閩南白話音則變鼻化韻，兩者先後不易決定。吳守禮教授說：「閩南音之ㄍㄧㄚˋ可謂由福州音完全鼻化而成。」（什音全書中的閩南語資料研究第50條），似乎還有商榷的餘地，因為閩南的文讀，囝、蹇都作kian（增補《彙音寶鑑》，堅二求；又廈門大學《普通話閩南方言詞典》標作㊷giǎn㊵giaN）。儘管潮州話十五音的囝是求江切（kaŋ），我們也不能說閩南的白話音，一定要先經過kiang才能鼻化。

討論至此，（一）、（二）兩種讀法大抵找到閩語的依據。但是辭

典上直接從反切推出來的ㄐㄧㄢˇ和ㄐㄧㅊˇ都不合閩語聲母讀ㄍ的事實，因此辭典不應該直接標注音，而改用「讀如ㄐㄧㄢˇ」「讀如ㄐㄧㅊˇ」，才不會淆亂國語和方言之間的差異。因為這兩個音讀既非國語音系所據的北方話原有的詞，更是閩南話從來未有的音讀。或者乾脆直接注出閩語的音，鼻化韻只要用注音符號的圍號（猶如國際音標的附加符號），改云：「閩南讀ㄍㄧㄚˋ，福川讀ㄍㄧㅊˋ。」（可參《國文天地》第17期拙著「樣仔」一條）。這似乎是今後編國語詞典的人應該走的方向。過去的辭典編輯，在審音方面最容易犯的錯誤，就是把古韻書上同一反切的字看成完全同音，忽視了現代方言音讀並非完全照切韻音系走，也不是切韻系韻書所能涵蓋，於是凡是切韻同音字都拿韻書的紐字（即反切的代表字）來推，看到《康熙字典》的直音「団音蹇」，即認為団只有ㄐㄧㄢˇ的讀法，這一來就創造了一個缺乏實際語音作依據的「紙上音」，很不幸的，所有大型辭典，竟充滿這類冗贅語料，這對漢語的現代化無異是一個大包袱。

第（三）個音讀ㄗㄞˇ，可能係根據廣州音的「仔」tʃai³⁵，長沙音的「崽」tsai⁴¹南昌「崽」tsai²¹³。中華大字典所述的方言省份，大抵有「宰」的讀法。正字通說閩音也有這一讀，還有待求證。

第（四）個音讀ㄋㄢ，辭源、辭海、中文大辭典都隸屬囡字下，並說明「吳人謂女兒曰囡」，初無相通痕跡。辭源：「囡，音聶，俗讀若南」。按：《集韻》：囡，昵立切，訓私取物，字同囝，《廣韻》囡有尼立、女洽二音。是囡字本音ㄋㄧˋ，與ㄋㄢ無關。柳南續筆：「漁家日在湖中，自無不肌面粗黑，有生女瑩白者，多名曰囡，以誌其異。」這是囡用指女兒的例證。溫州話女兒叫囡兒na³¹ŋ，蘇州話叫nø²⁴ŋ³¹，後者與「南」音近（兩地「南」皆音nø），方言未見用nan稱呼兒子的。可見囝和囡本是不同來源的方言字，音義有別，後人不知區別，也用囡來代囝，或者因為囝字亦泛稱小孩，於是不分男女，都

可用囝字，兩字遂有混用傾向，舊本國語辭典囝囡都收ㄋㄢ一讀，並謂「囝，吳語，小兒；囡，吳語，女兒，女孩。」吳語囝的用法恐怕是後起的，大辭典也承用其說。增訂本國語辭典遂把這兩字都刪除了。又中華大字典的「六安切」應該是指辭源的「納安切」。

第（五）個音讀兀ㄚˊ（或ㄧㄚˊ），當指湘方言等的「伢子」（兒子、男孩），長沙音ŋa¹³tsl，衡陽音ŋaŋ tal長沙、南昌稱小孩都叫細伢子，伢讀ŋa，合肥叫小伢子ʃoio⁴²ia⁵⁵tsə，伢就唸ㄧㄚˊ。（以上並見《漢語方言辭匯》。）

總結以上五種音讀，是把「囝」作為「兒子」的通用字，才有那麼多變讀，若就方言用字來說，凡用「仔」，用「崽」、用「伢」，都可以分別歸入該字下，不必列為囝字的音讀。

現在可以討論「搖囝仔歌」一詞。國中國文注釋說：「就是搖籃曲，囝音ㄋㄢ，嬰孩。」這裡有兩個問題：（一）編者顯然是根據舊本國語辭典，以為囝音ㄋㄢ是國語的正讀，殊不知這只是吳方言。（二）「囝仔」這個複合詞只有閩南話才有，別的方言沒有這樣連用。「搖囝仔歌」在臺灣民俗歌謠的文獻上屢見不鮮，「小耘週歲」的作者施善繼先生籍隸「彰化縣鹿港鎮洛津里」，是閩南人，他用「搖囝仔歌」一詞本是鄉土語言，既然如此，就沒有理由張冠李戴，用吳語的ㄋㄢ來讀閩語詞彙，同時抹煞了有閩語根據的「ㄐㄧㄢˇ」一讀。我們認為潘明富老師的細心質疑是可敬佩的。現在我們的問題是國音要不要接受缺乏「語音現實性」的「ㄐㄧㄢˇ」？如果不接受，我們是否把吳語的nan照單全收（但是《漢語方言詞匯》也找不到這個音，說見前）？如果接受ㄋㄢ一讀，究竟「囝仔」要讀成ㄋㄢ ㄗㄞˇ還是ㄋㄢ ㄗㄞˇ？（同樣，唸ㄐㄧㄢˇ也有這個問題。）無論怎麼讀，閩南人心裡都要竊笑：明明「兒子」（囝）叫ㄍㄧㄚˋ，「小孩」叫囝仔gin na（廈門字作「傔子」），嬰孩叫嬰仔ẽ a或ĩ a，國語要不接

受方言音，不妨用訓讀法，改成「搖子歌」或「搖嬰歌」來讀，豈不乾脆俐落！

閩南話kiã和gin是不是同一個來源，不敢確定，就音近義同而言，很像是同源詞，也可能是古代構詞變化的遺跡。例如代名詞我gua⁵¹你li⁵¹他i⁵⁵複數就變成我們guan⁵¹／ gun⁵¹你們lin⁵¹他們in⁵⁵。那麼「囝」（兒子）kian（文讀）轉成gin（囝仔，小孩），正好跟guan~gun這樣的變讀很相似。現在也有人主張用「囝」代表kiã，用「囡」代表gin。（參看洪惟仁《臺灣禮俗詞典》，頁10），方便閩南用字的區別，但必須指出，這種區別不是原有的。只要記得這兩讀出現的語境是互補的，也就是與詞尾「仔」連用時就讀gina，獨用（或不加「仔」）就讀kiã。例如：kiã：囝（兒子）、生囝（分娩）、大囝（長子）、囝孫（子孫）、囝婿（女婿）、查某囝（女兒）、病囝（害喜）、搖囝歌（搖籃曲）。

gina：囝仔（兒童）、查某囝仔嬰（小女嬰）、囝仔儂（小孩子）、查埔囝仔（男孩）、囝仔疕（小鬼）、搖囝仔歌（搖籃曲）。

同樣是搖籃曲，閩南話有兩三種說法（說成「搖嬰仔歌」亦可），「小耘週歲」詩中正用第二種，這就說明了這個詞是道地的閩語彙，最好還給它鄉土味，才不會變奏。我們認為國文課本上的注釋可以這樣說明：

「搖囝仔歌」就是閩南話的搖籃曲。囝是個方言字，指小孩。江浙話叫ㄋㄢ，又寫作囡；閩南話叫ㄍㄧㄚˋ（ㄚ　帶鼻化），也叫「囝仔」，讀如「ㄍㄧㄣ　ㄋㄚˋ」。仔是詞尾。囝也指兒子。」

國文教科書的編注者，如能告訴讀者這樣的語言事實，就是教學兩便；反之，若要根據任何一本國語辭典，來決定音讀，就難免顧此失彼，膠柱鼓瑟了。

　　飼囝「音tshiⁿ kiã，閩南語的養育兒女）是生命中最辛苦，也是最神聖的歷程，臺灣童謠裡的「搖囝仔歌」傳達了這種心聲。以下摘錄四段最通行的歌詞（入韻字標注國際音標，聲調略）：

> 「搖啊搖（io），一冥睏到燒（sio）；嬰呀ng，一冥睏到天光（kng）。」「嬰仔睏（khun），一冥大一寸（tshun）；嬰仔惜（sioh），一冥大一尺（tshioh）。」
>
> 「搖呀搖，阿公偷挽茄（kio）；挽若濟（tse）（意即摘多少？），挽一飯篱（le）（以竹製的搲飯具）；也有好食，也有好賣（be），也好給咱嬰仔做度晬（tse）（度晬，週歲也）。」
>
> 「搖囝日落山（suã），抱囝金金看（khuã），囝是我心肝（kuã），驚你受風寒（kuã），同是一樣囝（kiã），那有兩心情（tsiã），查甫也著痛（thiã），查某也著晟（tshiã）。痛囝像黃金（kim），成人卸責任（lim），飼到你娶嫁，我才會放心（sim）。」
>
> （註：「金金」形容眼睜睜地望；驚，擔驚受怕。著，要，必須。痛，疼愛。晟，栽培。）

後一首轉錄自吳守禮《綜合閩南方言基本字典》緒言部分抽印本。第一首歌希望寶寶在暖暖的被窩裡一覺到天亮。第二首期望孩子快快長大，第三首卻詼諧俏皮，戲而不謔，反映了以前臺灣農村在農忙時節，勞力的充分運用，年輕人都下田了，只有年老的阿公守在搖籃旁，孫子還不滿週歲，「偷摘茄子」只是為揍韻而加入的歌詞，最後還是希望孫子快快週歲，快快長大，可以接棒。第四首近乎風謠，唱出了父母的辛酸血淚，擔驚受怕，直到兒女成年婚嫁。所謂養子方知父母恩，施善繼先生的「小耘週歲」，要傳達給讀者的，也不外是這

一種心情。國文教師如果也引述一點方言文學裡的這類背景資料，相
信更會得心應手，引起學生的共鳴。

——本文原刊於《國文天地》第二卷第七期（1986年12月），頁66-69。

臺語溯源四

翕相〔像〕

照相是現代生活中不可或缺的項目之一，隨著生活步調的加快，你可以走進大街小巷掛著巨型招牌的「快速沖印」公司，站在巨型的沖印機器前，等候你剛才送來的軟片的彩色複製品，快速地從機器裡吐出來。

「照像」（或照相）是流行最廣的口語，它有一個雅正的學名叫作「攝影」，梅縣、廣州、陽江等方言則叫「映相」，而閩南話則擁有一個最古雅的說法，叫作「hip⁴ sioŋ³／siaŋ³」，文字當作「翕相」或「翕像」。有人寫成「攝相」，攝字閩南話音liap⁸與hip⁴（翕）字不相干，因此，儘管「攝」和「翕」在意義上有共通處，字源上卻各自獨立，不可混為一個。

「翕相」，顧名思義，就是把「眾生相」聚在軟片上，這和「攝影」的說法異曲同工。「翕」字在漢代以前就有聚合、收斂、閉藏、和輯等義，如《易》〈繫〉詞上說：「夫坤，其靜也翕」，《荀子》〈議兵〉：「代翕代張。」《詩》〈小雅〉〈常棣〉：「兄弟既翕。」字亦作歙，如《老子》三十六章「將欲歙之，固必張之。」

漢代揚雄《方言》卷三：「翕，聚也。」《爾雅》釋詁：「翕，合也。」許慎《說文》認為「翕」的本義是「起」，與這個字的通行義有些距離，段玉裁只好用「鳥將起，將斂翼」來硬拉上關係。我們猜

測「斂翼」可能是造字的初義，旁證就是閩南話的「合」（音hap[8]；kap[8]）和「翕」（hip[4]）音義相近，可能來自同一語根。「翕」字的聲符「合」，可能不只是純粹的聲符。

閩南語的「翕」另外的語意是「密蓋」、「悶熱」（蔡培火《國語閩南語對照辭典》，頁766）。這些都可視為聚斂、閉藏義的引申。例如：臺灣閩南語把「炒菜時，加水蓋上鍋蓋，加火令菜熟」叫作hip[4]。這種說法與《方言》卷十二「翕，炙也」意思相近。又如天氣熾熱，閩南話叫「翕熱」（hip[4] dzuah[8]／luah[8]）《方言》卷十三：「翕，熾也。」這個字到了《廣雅》、《玉篇》、《廣韻》都變成「熻」，如《廣雅》〈釋詁〉：「熻，爇也。」另外，閩語「翕豆芽」就是用密封保溫的方法使黃豆出芽。「翕汗」就是蓋被或穿著厚衣使出汗的意思，這些意義似乎又是以上兩種意義的再孳乳，我們可以把它們當作同一語源。

最後略說一下「翕」字的古音，《廣韻》「許及切」，同音字還有「吸」字。國語「翕」「吸」只是聲調不同，閩南「吸」卻唸khip[4]，與《廣韻》反切上字「許」是中古曉母（x-，舌根擦音）的讀法不合，我們固然可以說它是音變的例外，但就上古諧聲而言，聲符「及」卻是個k-，唯一的不同只是現在閩南語變成送氣的k'-，這多少可以反映閩語「吸」可能是上古音的痕跡。無獨有偶，作為姓氏的「許」字，閩南語也不讀x-，而是讀k'-（「許」音同「苦」），偏偏切韻系韻書「許」字也不收這一讀，這在在可以說明閩語保存的古音往往是中古以前，筆者在《國文天地》十六期「方言與考古」一文曾指出：閩語保存一些古音的活化石，這是一個很好的例證。如果再印證「翕」字的聲符「合」，《廣韻》已有「侯閣切」、「古沓切」兩個切語，也是國語ㄏㄜˊ和ㄍㄜˇ兩音的來源，閩語的「合」也有hap、kap兩讀（kap只在白話，可能較古），這樣看來，「翕」和「吸」也可能是同源詞，其上古的詞根形式也許是屬k-聲母。

像這類的諧聲問題實在不少，例如從「合」得聲的「拾」，中古只收「是執切」，即國語ㄕˊ一讀的來源。但閩南語由地上拾取東西叫khioh雖然韻部與翕、吸不相應，但語源上又似乎有關聯，也許在閩語另有本字，在找不到本字的情形下，也可以假設那是閩語中保存的上古音，也印證了從「合」聲的字上古有舌根塞音（K或Kh-）的一讀，當然這樣的聯繫只是初步的假設。

搿箸捧碗

在吳瀛濤著的《臺灣諺語》中，有幾則和碗筷有關的諺語，先錄於下：

1. 竹仔箸，不敢挾人香菇肉。
2. 碗細塊，箸大腳。
3. 舉箸，著遮目。
4. 食緊，摃破碗。

第一則是說，用竹製的粗筷子，不敢挾人家的好菜。這是自謙的話，表示自己不夠資格與人匹配。箸ㄓㄨˋ閩南音ti^7，是筷子的古字、古音。《說文解字》：「箸，飯攲也。」段玉裁說：「箸必傾側而用之」。所以叫飯攲。《禮記》〈曲禮上〉：「羹之有菜者用梜。」鄭注：「梜猶箸也，今人或謂箸為梜提。」又《字林》作「莢，箸也」。可見「箸」古代又稱作梜、筴、梜提。今人所說的筷子，是明代以後才出現的。箸又寫作筯（見《世說新語》〈忿狷〉）。漢代已有象牙筷子，叫作「象箸」。《史記》〈龜策列傳〉：「象箸而羹」，〈十二諸侯年表〉：「紂為象箸而箕子唏。」象箸大抵是大富人家，錦衣玉食的器

具。普通人家只能用竹筷子。香菇肉在四〇年代的臺灣民間，也是富貴人家的佳餚。所以用「竹仔箸」來和「象箸」構成對比。

　　第二則是利用碗筷的大小，來比喻丈夫體格大，妻子體格小。碗筷的搭配要適如其分，如碗太細，而筷子太粗，便不相稱。閩南話說一只碗為一塊碗（tsit⁸ te³ uann²），筷子一根叫一腳（跤）（tsit⁸ kha），筷子不一樣長叫「長短腳」。稱小為細，所以小碗叫「細塊碗」（se² te³ uann²）。

　　第三則是說拿筷子，要遮著眼睛。比方想做壞事，也得遮人耳目。拿筷子，閩南語叫gia⁵ ti⁷，一般文獻多作「舉箸」，但「舉」字閩南音ku²／ki²，顯然不是閩南語gia⁵的正字。於是又有幾種寫法，如作「揭箸」、「攑箸」、「夯箸」等。

　　道格拉斯廈門話字典用「攑」字，音kiảh，屬陽入調，並注明文讀是kiét；這個字分明是「揭」字、《廣韻》渠列切。因此洪惟仁認為應作「揭箸」，並謂「泉音kiah, kah，顯示g-是k-的濁化。」（《臺灣禮俗語典》，頁50），《普通話閩南方言詞典》採「攑」字，標作文giát白giáh，文白皆清音（據漢語拼音作g-），顯示現代廈門話和臺灣閩語都唸清聲，這也許可以做這樣解釋：

　　閩南語還有一個「以肩舉物」的gia⁵（夯），是個陽平調的字，求諸古字，應是「何」字，《說文》：「何，儋也」，就是負擔、負荷的「荷」字，荷是後起字。何、荷《廣韻》均有平、上兩讀：胡歌切和胡可切，均為濁擦的匣母字，按照高本漢、李方桂等所擬的上古音，這個字是*ga或*gar，聲母相合，閩南只取陽平調，去聲調也許是後起。但有一點不合的是韻母由洪音轉成細音，這一點費解。但閩南人現在「夯」與「攑（揭）」聲調也不甚區別了，例如「揭旗」（即上古的揭竿而起的揭），應為入聲，但也通作平聲的「夯旗」（鄭良偉《臺語與國語字音對應規律的研究》，頁106）。早期閩語的用法：揭

（擗）是以手舉物，夯是以肩舉物，聲母清濁與聲調的不同，多少反映上古「揭」（《說文》高舉也）和「何」的不同，後來都類化為濁音而且傾向只念陽平調（至少筆者的臺灣話如此）。不過這種意義上的混同，早在文獻中，如《史記》〈東方朔傳〉：「數賜縑帛，擔揭而去」，以擔、揭並列，似乎標示兩者原有區別，但意義相近，由於「何」字被「擔」字取代了，所以原有的「負擔」義，就由「揭」字來承受了。《廣韻》薛韻「丘謁切」揭字下云：「高舉也，又擔也」，又月韻「其謁切」揭字下云：「擔揭物也」，都可以證明。揭字中古音兼有擔義，而且清、濁聲母兼而有之，足證洪惟仁說的「揭」「何（荷）」同源是可信的。（參《洪氏語典》，頁50）。

另外，「夯」字只見於《字彙》，音ㄏㄤ（呼朗切），訓為「大用力以肩舉物」，閩南語的gia^{5}一讀字書未收，閩南人用「夯」字只是借義字，真正的本字應是「何」字。上古歌部字閩語多讀a，如歌、柯kua^1，倚ua^{2}騎khia^{5}皆可證明。

第四則是說吃得太快了，會敲破碗，比喻欲速不達，欲益反損，得不償失。也可以說成「食緊，弄破鼎。」（鼎音tiann^2，即鍋子，三千年前的食器「鼎」，在閩語中還是常用字。）這句成語很有名，過去曾見諸報端，用來描述「黨外」的急進和風險。另外，國語說「端碗」，閩南語說「奉碗」，奉即捧的古字。這也是古語，直到唐詩中，用手拿掃帚也還叫「奉帚」。（如王昌齡〈長信怨〉「奉帚平明金殿開」之句）。

最後，我們也替國語及大多數方言通行的「筷子」探一下源。事實上，保存「箸」字的方言，除了閩語（包括福州）外，還有溫州（吳語）和梅縣（客語，兼說「筷」字），其他方言都用筷子，昆明叫筷兒。此字唐宋的語料尚未出現，最早見於明人的札記：茲舉兩條：

1. 明・陸容《菽園雜記》:「吳俗,行舟諱言住,箸與住同音,故謂箸為筷兒。」

2. 明・陸深《儼山外集》:民間俗諱,各處有之,而吳為甚,如舟行諱住、諱翻,以箸為快兒,幡布為抹布;諱離散,以梨為圓果,傘為豎笠;諱狼藉,以榔槌為興哥;諱惱躁,以謝竈為謝歡。此皆俚俗可笑,今士大夫亦有犯俗稱快兒者。

   (又見清翟灝《通俗編》卷26)

陸容是明太倉人,成化進士,陸深是上海人,弘治進士,大約在明中葉,由陸深的說法看來,好像這個吳語的詞彙,當時還沒有被士大夫普遍的接受,甚至譏為「俚俗可笑」,但是語言的演變往往有不可抗拒的擴散力量,北平人認為「泡妞」是極不雅馴的詞兒,質諸坐在「麥當勞」裡的年輕朋友,你們以為如何?

——本文原刊於《國文天地》第二卷第8期(1987年1月),頁73-75。

臺語溯源五

好額‧散赤

閩南話說家財萬貫的人為「好額人」，赤貧如洗的人為「散赤人」。「好額」本地讀作「ᶜho giah²」，「散赤」讀作「sanˀ tshiahₒ」（依劉建仁氏標音），這一對反義詞，並不見於文獻，也許是近代的語辭。音義大致貼切。原始的考證見於連橫《臺灣語典》卷二，先錄於下：

> 富曰好額，《說文》：好，善也，令也。轉註為豐，故謂豐收曰好收。額，租穀也。清代公文謂一定收入之穀曰額徵；則謂收穀之豐也。
>
> 貧曰散赤，散謂無所積蓄也，赤亦無也。南史：檢家赤貧，惟有質錢帖子數百。亦曰散凶，凶為凶年之凶，謂無一物也。

連氏認為這兩個詞與穀子收成的多少有關，不過他誤用朱駿聲把引申當作轉註的說法，解好為豐是多餘的。其實「好額」，相當於現在國語的「巨額」，狀其豪富。「散赤」則是零星散量，甚至一無所有。這是數量上的對比。詞源成立的關鍵是「好額」這詞是否從「額徵」一詞變來。清《會典》二十戶部：「凡錢糧，入有額徵，動有類支。」換句話說：額徵是指一定時間內定額徵收的錢糧，額支是指一

定時間內定額支出的錢糧。《舊唐書》一八八〈崔衍傳〉：「舊額賦租，特望蠲減。」舊額即原來規定的數目，現在閩語也還使用「舊額」一詞，又用「有額」來指「足夠」，「無額」或「無夠額」表示不夠。「份額」即應得之數額。

洪惟仁則認為「好額義無所取，應該是好業，業即業產。」（按閩南語謂產業為業產。）意義似更具體，但須解釋本音「giap」的「業」字，在「畢業」、「事業」、「學業」、「業產」等詞中都唸收-p尾的音，何以「好業」的-p尾要先弱化，變成喉塞音的-h尾呢？我們固然也可以說，-p尾的弱化，可能是文讀的白話化的結果。但無法說朋為何只有「好業」的「業」字要變。倘若再考察「散赤」一詞，「散」字的文讀是san，白讀是suã（陰去調），也一樣用文讀。但是臺灣本地還可以稱「窮人」為「散量人」sàn。lioŋg lâŋ，似乎與「數量」有關，「散量」比「散赤」在數量上多一些。不過，「散」字卻可以單獨使用，如說：「伊兜真散（in tau tsin sàn）」是「他家很窮」，用「散」字的本字本義似乎講不通，我疑心這個「散」字是「瘦」。sán（上聲）的引申，聲調由上聲轉為去聲，或許是四聲別義的結果。「瘦」字等於國語「瘦」字，是個道地的方言字，普通話閩南方言詞典，收有「瘦啉」săn lim，意為薄酌（閩語飲曰啉，亦為方言字），瘦佚（săn tit），簡單地玩玩（佚即佚陶，迌迌），瘦田（săn cán）指貧瘠之田，瘦工課（săn kangkè）指沒油水可掙的活兒。由此可見，「散赤」可能由「瘦赤」來，瘦即瘦義，瘦肉亦屬精肉，又稱赤肉，由人之瘦弱比喻家無儲糧，也許也說得過去。

「散」字也可以作為形容性的加詞，如臺諺云：「嫁散翁，睏飽眠；嫁富翁，袂清神」（意謂窮丈夫可靠，太太可高枕無憂，富丈夫飽暖思淫欲，尋花問柳，反令妻子寢食不安。「袂」是閩南話不會的意思，翁是指丈夫。

「散赤」的說法，在整個閩南地區可能分布並不廣，潮州話就說「窮」為k'ieu（音如敲）。普通話閩南方言詞典又收幾種有關於「窮人」的說法：窮赤人gíngciāhláng；艱苦人gān koǒláng；宋凶人sòng hiōng láng；宋赤囝sòngciāhgiǎN，這是今日流行於廈門一地的詞彙，「艱苦人」在臺灣亦通行，後兩種說法，「宋」是個擬音字，和「散」字相對應，「宋凶」亦即連橫所說的「散凶」，「宋赤囝」猶今通行的「窮小子」一語。由此可見，「散赤」之「散」未必是本字，也許另有來歷，姑存疑以俟他日。

臺灣俚諺中有關富人、窮人的說法也不少，茲舉幾個例子：

富人思來年，貧人思眼前。

富家一席酒，窮漢半年糧。

窮人無本，工夫是錢。（工夫指技藝）

窮人子多必富，富人子多必窮。

一代興，二代賢，三代落臉。（喻富貴不過三代）

一個錢打二十四結。（譏富人視錢如命，一毛不拔）

錢四腳人二腳（喻錢財難求）、窮人無富親、瘔（即瘦）牛相碰身（喻窮人難得有富有的親戚，偏偏有些窮友來找麻煩）、有錢講話會大聲，無錢講話無人聽。

讀冊‧捌字

關於「讀書」一詞，最早的文獻資料可能是《論語》〈先進篇〉，子路使子羔為費宰，孔子有所批評，子路就說：「有民人焉，有社稷焉，何必讀書然後為學？」大有今日所謂「官大學問大」的架勢，難怪招來孔子「惡夫佞者」一罵。這裡子路顯然是把「讀書」看成「為

學」諸手段之一而已，這個觀念是正確的。《說文》：「讀，籀書也」、
「籀，讀書也」。《詩經》〈鄘風〉「牆有茨」：「中冓之言，不可讀
也。」傳：「讀，抽也。」《方言》：「抽，讀也。」可見讀有抽繹其義
蘊的意思，引申才有諷誦之意。孟子也說：「尚論古之人，頌其詩、
讀其書，不知其人可乎？是以論其世也。」這個詞彙通行已久，明代
東林書院的名聯上句「風聲雨聲讀書聲，聲聲入耳。」把黌宮學府的
「弦歌之聲」，發揮得淋漓盡致，但是閩南話卻有另一種說法叫「讀
冊」t'ak ts'ek，這個說法在本省中南部通行，但臺北人則只說「讀
書」了。

「讀冊」一詞似前無所承，只是方言性的說法，《說文》：「冊，
符命也，諸侯進受于王者也。」「書，箸也」，《說文》敘曰：「箸於竹
帛謂之書。」箸即今著字。冊本象竹簡，就字而論，更近書冊的實
物，所以「讀冊」就近乎《禮記》〈學記〉的「呻其笘畢」，這是方言
構詞樸拙的一面。

臺灣俚語中也有關於讀冊的說法，例如：「嫁著讀冊翁，床頭床
尾芳（即香）」，讀冊翁即秀才丈夫，也有痛恨讀書的人，他們說：
「讀冊讀冊，愈讀愈慼（音同冊）」，慼是怨嗟的意思，也是借義字。
又如譏諷讀書不下功夫，一無成就，就說「讀冊，讀在背脊後。」下
半句的標音為：tak tiɔ khaɔ tsiah auɔ。

清末以來流行於民間的閩南語著名通俗讀物「千金譜歌」，開宗
明義地說：

　　字是隨身寶，財是國家珍，一字值千金，千金難買聖賢心，隸
　　首作算用苦心，倉頡制字值千金，勸人讀書著識字，看得來寫
　　得去，百般貨物都有字，件件貨物多須記。……。

　　把讀書識字的好處說得十分透徹，但是不用「冊」字，明嘉靖丙寅重刊的荔鏡記戲文第二齣「辭親赴任」，也寫作「讀書人」，但一八八三年Maggowan的《英廈字典》已把讀書人拼寫成th'ak chheh lâng，這大概是泉、漳兩方言的區別，廈門、漳州腔讀作「冊」，但後來兩者也漸混用。

　　比較有趣的是「書」字，《廣韻》傷魚切，中古聲母屬舌面擦音，閩南有su和tsu兩讀，一般認為這是文白異讀，吳守禮教授在《臺灣省通志稿人民志語言篇》（頁136）列出讀音s、語音ts的字，例如：

少　siau　tsio

叔　siɔk　tsiek

守　sio　tsiu

水　sui　tsui

書　su　tsu

食　sit　tsiah

十　sip　tsap

　　由此可見閩南白話音是與切韻不同的系統，但仍與來自切韻的文讀音，保持整齊的對應關係。

　　具體地說，讀書的先務之急就是識字。上述「千金譜」歌，處處以實用的眼光來勸人識字，正反映了近百年來讀書目的社會化。「識字」閩南音bat ji，「識」字《廣韻》「賞職切」，中古聲母屬舌面擦音審母，但閩南文讀音作sik，如「知識」、「常識」等。但作相熟稔義，閩南音bat，聲韻與「識」字中古音不相干，一般寫作「識」，只是借義。表示經驗的「曾經」，閩南也用這個字。《普通話閩南方言詞典》採用「捌」字，捌字《急就篇》注云：「無齒杷」，《淮南子・說

林訓》「故解捽者不在於捌格，在於批伉。」注云：「剖分」，故《集韻》訓扒為剖分。這個意思是由「八」字來的，《說文》訓八為別，故八、捌皆有分辨義，認識則能區別，故以「捌」為「識」本字，這只不過是一種假定，因為閩南語數字的「八」和相識的「捌」，一讀pat，一讀bat，聲母有清濁之異。是否即為同一語源，也不能輕下結論。

──本文原刊於《國文天地》第二卷第九期（1987年2月），頁58-60。

臺灣閩南語詞彙研究篇

當代臺灣小說中的方言詞彙
——兼談閩南語的書面語

一　臺灣文學的語言傳統

葉石濤在《臺灣文學史綱》中，對「什麼叫作臺灣文學」有下列的陳述：

> 從日據時代新文學運動以來，臺灣的作家們一向把自己所建立的文學稱為臺灣文學。在臺灣新文學開展的初期階段，已經出現了臺灣話文、鄉土文學等論爭。臺灣話文儘管是主張為了滲透民間方便起見，創作語文用臺灣話文去書寫，排除用日文寫作的途徑，但它同時認為，以北京官話為準的白話文，不適用臺灣民眾，跟大陸的大眾語運動互相呼應，要建立更符合民眾生活的日常性語文——臺灣話文。但是在這個主張裡，他們並沒有企圖建立民族之外的語文，只是想把方言提升到某一種高水準，使創作能發揮實際效果，以便能做到啟蒙民眾的大任。

上段文字可以說明臺灣地區的文學本有其歷史背景和語言傳統，在文學史上才可以定位為一個流派，儘管它在中國文學史的巨流裡，並非源遠流長的一個支流，卻具有其獨特性。這種獨特性可以用「濃厚的地方色彩」或者獨特的「臺灣社會經驗」來說明。由於海峽兩岸中國

人的政治體制、經濟、社會結構的不同，同時臺灣的自然景觀和民性風俗也和大陸中國不完全相同，加上臺灣三百年史特有的經驗，與近四十年的海峽隔絕，使得從反抗殖民文化所建立的臺灣新文學，在語言的選擇上，既要學習民族共同語又要聯繫母語的臍帶，而得以孤立地發展成它特有的文學風貌，這種風貌持續影響，使得語文工具的傳統論爭仍然存在，那是因為「國語」雖然是臺灣的官方標準語言，但是閩南語仍是下層民眾的強勢語言，當七〇年代本地作家興起一股強烈的本土意識，他們正是具有臺灣鄉土經驗的新生代（或者說遷臺第二代）作家，他們的「臺灣話」相對於國語是第一種語言（母語），因而，再次肯定了方言傳達鄉土經驗的必要性，這種經驗的傳達，是無法由大陸來臺作家（或以國語為母語的作家）來越俎代庖的，因而文學作品中的臺灣經驗便有了語言風格的兩極化傾向，即純粹的國語文學和帶方言色彩的文學，因而導致七〇年代「鄉土文學」的論爭。

鄉土文學論爭的重點，從來沒有擺在語言上面，而是文學的實質問題。但不可否認的，八〇年代以來，人們相信立足於臺灣經驗的文學，才可以名正言順地掛上「臺灣文學」這個標籤（有人用臺灣意識，有人用臺灣語言，有人用臺灣作家來定義這個標籤，都是說不通的。）本文主要是探討在「臺灣文學」的名義下，臺灣方言在文學的形式和內容上，扮演怎樣的角色。我們首先要界定「臺灣文學」所使用的語言，當然是就臺灣地區通行的國語和方言來說，而無意讓它特指狹義的「臺灣話文」。文學語言的內容甚廣，我們只能抽樣來談「小說中的方言詞彙」。

二　一九八八年臺灣小說語言風貌一瞥

文學的體類繁多，四十年來臺灣的一般文學分類選輯，多以小

說、散文、新詩為主要門類,各類文學獎的甄選,「短篇小說」又是最主要的一類,把「短篇小說」視為執當代臺灣文學的牛耳,似不為過。臺灣「現代小說」的分水嶺,似乎是六〇年代《現代文學》與《臺灣文藝》兩刊的創刊。因此,描述臺灣當代小說,應該包括六〇、七〇、八〇三個年代,臺灣文學史家正是按這三個十年,分別安上「現代主義」、「鄉土主義」、「多元發展」三個主軸,現代小說大量滲入方言詞彙,是從七〇年代的作品開始,延伸到去年(1988),尚且方興未艾。關於材料,由於時間和眼力的限制,我只利用持續出版的當行的兩種年度小說選,及某些鄉土作家的個別小說輯。

兩種年度小說選,一為爾雅出版社的一九六七至一九八八年度短篇小說選(一九七八年以前曾由大江、書評書目出版),一為前衛出版社一九八二至一九八八年臺灣小說選,亦以短篇小說為限,兩種選輯都不分作家省籍,例如「臺灣小說選」一九八二年入選作家王幼華(山東人)和許臺英(南京市籍),一九八三年入選王幼華和余綺芳(湖北黃岡人),一九八四年入選郭箏(湖北黃岡人)和彭小妍(廣東紫金人),一九八六年入選張大春(山東人)和方娥真(馬來西亞華僑),一九八七年入選王湘琦(杭州市人),一九八八年入選郭箏、洪祖瓊(福建)、李潼(福建)、黃啟(金門人)、黃有德(四川榮縣人)都是外省籍,除了方娥真、黃啟之外,都在臺灣長大,並受大學以上教育(郭箏例外)。既然這些在臺灣成長的新生代的作品,都是「臺灣小說」的菁華,當然,他們的小說語言也足以反映當代臺灣小說的語言典範。為了讓讀者對當代臺灣小說語言有一印象式的鳥瞰,我們且舉一九八八年兩種年度選同時入選的四位作家的五篇作品為例,列其作者作品於下:

郭　箏（本名陶德三）	〈彈子王〉
洪祖瓊	〈美麗〉
黃有德（本名李性芝）	〈嘯阿義、聖阿珠〉
李　潼　〈銅像店韓老爹〉（前衛選）	〈屏東姑丈〉（爾雅選）

　　四位作家中兩位祖籍福建（洪、李），具有閩南語血緣，另兩位為外省籍新生代（郭、黃），從他們作品中發現他們都會臺灣話，藥學女碩士的李性芝的作品，通篇用熟練的閩南語對話，教人拍案叫絕，也可以看到駕馭方言創造風格不再是土生土長的省籍作家的專利，在臺灣成長的一代，寫出來的鄉土都是臺灣鄉土。

　　四位作家的語言，代表四種風格，先看小說的主角，彈子王是描寫青少年心理成長的過程，主角阿木由工專逃學年齡寫到說故事的「我」退伍那年。美麗是寫一位殘障女子的婚姻歷程，也是青春年華。「嘯阿義、聖阿珠」敘述農夫阿義因被子女遺傳性精神病逼得快發瘋而拋家棄子，和身世淒涼的女理髮師同居的故事，是以中年以上的男女為主角。屏東姑丈是鄉土政治人物，因五二〇事件繫獄，子姪輩探監途中的故事；銅像店韓老爹，則由韓老爹「塑造偉人銅像」的業務由盛轉衰來反映臺灣社會的轉型。主角都是不起眼的人物，李潼筆下的兩個角色都曾風光一時，但都嚐到挫敗。下面我們從小說中各引兩段以窺其語言風貌。

（一）郭箏〈彈子王〉

1. 一天下課，我在校門口碰到他，腳步騰騰的，好像要去迎親。我笑他，如果他吃課本能有打彈子的專心和耐心，將來鐵能搞個哈佛博士。

   他很高興的笑著說：「對嘛，其實他媽就是這樣。我要是會吃課本，早就上高中去啦。」

夕陽餘暉灑滿他頭頂，他搓著雙手，走了幾步，又說：「反正一想到彈子……唉，他媽的，真講不出來……會發科！……唉，他媽的……」

2. 對我們而言，記過實在是太容易了一點。「罵一句幹你娘，就要被記一個大過，這種鬼學校還上它個屁！」

猴子的最後一大過便是這樣得來的，他跟同學開玩笑，亂罵三字經，被教官聽到了，教官問他：「你剛才說什麼？」猴子說：「沒有哇！」「你有！」「沒有嘛！」「你再說一遍，沒關係！」「你真的要我說？」「你說！」「幹你娘！」

「退學就退學，反正已經幹過他娘了。」猴子的論點深獲大家同意，誰也沒把它當回事兒。

本文充滿六〇、七〇年代流行在校園的語言，當然有些仍沿用到現在。上文中「吃課本」就是唸書。「鐵」是一定，全篇充滿這種生動的詞兒，如：騷馬子、痞子（流氓）、雜碎（沒出息的人）、練鐵胃（挨餓）、菜相（不上道）、真不是蓋的、真有兩把刷子、甕肚（臺語，居心叵測）、燻草（抽煙）、少條館（警察局少年隊）等。爾雅版主編詹宏志指出郭箏的語言特色是：「他能準確地讓小說角色說適合身分的語言，在語調裡，我們彷彿身歷其境，和那些太保學生混在一起。」郭箏一九八四年的另一篇姐妹作「好個翹課天」也同時入選在兩種年度選，可以配合來看。

（二）洪祖瓊　〈美麗〉

1. 雨一絲絲沈悶地落著。一顆顆塑膠珠子經過她弟媳的手，變成一串串粗俗搶眼的項鍊。她弟媳繼續替她抱怨天氣，抱怨老天的不公平，以及她娘二十多年前的不小心，讓她吃一碗麵吃到

現在還沒吃完，她說：「其實妳娘對誰都一樣，生孩子只是為了自己。」美麗還沒有發燒之前，有一次她娘賭博欠了錢，準備把小美麗兩歲的妹妹賣掉。交人的那天晚上，因為不小心打破了外國公公的咖啡壺，她娘覺得不吉利，才把孩子留下。「人家的娘都是疼子女的，妳的娘啊，現在倒是後悔，當初想賣的不是妳嘜！」

2. 那一次阿桃向她提有人要介紹一個瞎子給她，她一聽，彷彿遭到羞辱似的，說道：「我我站站——起起——來了！可可以生活——活啦！我我不不要有有人綑綑——住我，結——結婚——，太——太恐怖了！」說這話時，她愈站愈挺，一種新的感覺流暢她的全身，使她相信，這輩子她可以依此而屹立不搖。

那天，天氣也好。

這篇小說赤裸裸展現這世界的不美麗與內心的不完整，全文如行雲流水。吳錦發（一九八八年臺灣小說選主編）指出：作者描寫臺灣底層的人物遭遇，卻沒有用到一句臺灣話，她始終是以標準的北京話行文，但也很貼切地表現出濃厚的臺灣味來，這也值得時下一些「語言偏執」傾向的創作者思考吧。

（三）黃有德〈嘯阿義、聖阿珠〉

1. 「阿珠，我跟你講，我時常在想，我實在很歹命。若別人生做查玻的，是很揚的代誌，我生做查玻，卻被人招！像查某一樣嫁去人家裡。我現在心拿狠了，我這樣想：橫豎這些孩子也不姓我的姓，和我什麼關係，我該做的都做了，我要脫離伊的家庭。」

2.「啊，算了，講這些過去的代誌有什麼路用？現在我已經不認
　得伊了，伊也不認得我了，我都當作伊已經死了！偏偏又不會
　死，活跳跳，也會吃，也會睡，只是說嘯就嘯，嘯到全家雞犬
　不寧，鬧到一切壞了了！有時伊在起嘯，我忍不住會想，乾脆
　讓伊在馬路上被車子壓死算了，我查某人每次就騎著「司庫
　達」在後面跟著，也是怕伊被車子壓到，也是怕伊起嘯中被強
　姦，哈哈！強姦一個嘯的！……。

這是一篇徹底的鄉土語言的告白，題目的「嘯」是「瘋」閩南語的擬
音字，多數作家均作「猄」，阿義、阿珠也是臺灣式的人名，由於主
角的心裡苦悶，須藉性愛和傾吐來紓解苦悶，這些揉雜潛意識的告
白，必須用臺灣話來記錄，方才逼真，因此就出現大量方言。對於不
諳閩南語的讀者，可能讀來十分吃力，但是漢字是表意的文字，如果
太多的擬音字和方言特有構詞，也會構成閱讀的困難。上面兩段文字
中，如：歹命=苦命；生做查玻的=生為男人；很揚的代誌=很神氣的
事；被人招=入贅他人；有路用=有用。活跳跳=活活潑潑；壞了了=
糟透了；說嘯就嘯=說瘋就瘋；起嘯=發癲狂；嘯的=瘋子。作者對閩
南語的書面語十分陌生，用字過於隨便，其實是用國語來翻譯閩南話
而非用閩南字寫閩南話，因此就出現國語式的臺語。如「被人招」，
典型的臺語要寫作「予儂招」。本篇呈現了八○年代國語與臺語混合
的角色問題。

（四）李潼〈屏東姑丈〉

1.淑惠進屋，姑丈瞪著潘國政：「說你是柴頭，一隻又像猴，人
　來也不會多跟人家講兩句，在樹頂那樣，像啥？」說得陳秋耘
　和國治訕訕想溜回菸草樓去。

2.「阿耘,你別驚。我不知你父母在時,你是不是也這樣無講無
　話。」姑丈按他的肩頭,說:「你受過驚嚇,姑丈知道,在這
　裡不用怕,好好讀書,姑丈當你是親生子栽培,將來替你父母
　出個公道。這裡,無人會來攪擾你。」

這兩段對話,熟悉閩南語者,很容易抓住方言的口氣,如閩南語稱笨
拙為柴頭,反過來說靈活莫若猴子,因為小說中的潘國政,「吊著鐵
環在樹上甩來晃去」,所以說「頭」「猴」成韻,閩南語很傳神,翻
成國語,就四不像了。「多跟人家講兩句」就是「跟人打招呼」,「無
講無話」是「沉默寡言」,「出個公道」就是「爭一口氣」,都是方言
腔調。

(五)李潼〈銅像店韓老爹〉

1.「小子,你給我當心一點,這些銅像都很值錢,你賠不起
　的!」韓老爹點煙,一屁股坐下,也不理那傾倒的畫架:「每
　個人找我,都來訂做這種東西。我能不做嗎?這東西挺賺錢
　的,我一尊賺個八千一萬,實實在在,我能不做嗎?大家想到
　銅像就是做這些,我閉著眼睛都可以做起來,他的五官容貌我
　太清楚了。」

2.韓老爹要不是身子銅造一般硬朗,光爬那些梯架就會給累死。
　這新塑的銅像高過兩層樓,鷹架木梯疊疊搭搭包了一圈,韓老
　爹做事不假手他人,樣樣自己來,我們偶爾遞個鎯頭鐵釘,他
　嫌不俐落,吼得發火,要我們一邊去。

這篇完全沒有方言色彩,足見李潼對於語言策略,是隨著鄉土角色的
不同而有不同,原因是韓老爹是外省籍,他的店號在眷村邊緣,眷村

裡說的是內地各種腔調的國語和山地話,而銅像店的主顧不外是文教
或軍政單位,當然就沒有閩南話介入的餘地。同一個作者可以寫出語
言風格不同的作品,足見方言在小說中的運用完全是策略性的。

三 當代臺灣小說中的方言詞彙取樣

筆者曾將一九八二至一九八八年兩種年度短篇小說選逐篇閱讀,
挑出所有方言詞彙。兩選合計一百三十七篇(其中重複者九篇,實際
為一百二十八篇)合計三百萬字以上,從中挑出應用臺灣閩南話較多
的代表作十三篇,作為取樣的依據。下面列出這十三篇的有關資料:

編號	年度	作者	篇 名	作者籍貫	入選狀況	使用臺灣話等級
1	1982	鍾鐵民	約克夏的黃昏	臺灣高雄	爾前	C
2	1982	廖輝英	油蔴菜籽	臺灣臺中	爾前	A
3	1982	林芳年	凍霜仔棚	臺灣臺南	前	B
4	1983	洪中周	顧豬彭仔	臺灣彰化	爾	A
5	1984	彭小妍	圓房	廣東紫金	前	C
6	1984	林央敏	飢餓	臺灣嘉義	前	B
7	1984-85	蔡秀女	稻穗落土	臺灣雲林	爾前	C
8	1985	鄭俊清	黑色地域的呼喊	臺灣桃園	前	B
9	1986	林雙不	小喇叭手	臺灣雲林	前	B
10	1987	王湘琦	沒卵頭家	浙江杭州	爾前	B
11	1987	黃春明	放生	臺灣宜蘭	爾	C
12	1988	黃有德	嘯阿義、聖阿珠	四川榮縣	爾前	A
13	1988	羊 恕	刀瘟	湖南人	爾	A

入選狀況指兩本小說是否選入,「爾」代表爾雅版,「前」代表前
衛版。使用臺灣話等級,按 ABC 三級,A 級代表出現頻率甚高,B

級代表普通，C 級代表有限的臺語詞彙，A 級對不懂閩南語的讀者而言，閱讀有些困難。下面逐篇挑出小說中的臺灣閩南話的常用詞彙，包括少量的日語借詞，先做國語解說，再把小說原文摘錄於括弧內，句義不求完整，以省篇幅。凡在前列的小說已出現者，後面再出現即不重複，同一篇的例句以最先出現者為原則（詞首標*者，表示含正字法解釋。）

（一）約克夏的黃昏

1 膨風：吹牛。（本人也有點愛膨風。）

2 後壁：屋舍後方。（我們的屋舍正接著他家客廳的後壁。）

3 頭家：舊時佃農及長工對地主、莊家的稱呼。本文是約克夏種豬對飼養主人的謔稱。（其實對里長伯提出的意見，我們頭家倒也從善如流。）

4 頭家娘：頭家之婦（女主人）。（照料我們日常生活的是頭家娘。）

5 牽豬哥：飼養配種公豬賺取交配酬勞的行業。（你要牽豬哥我不反對，可是這種事也值得掛招牌來宣傳嗎？）

6*樓屋：客家話稱「樓房」為「樓屋」。（將來賺了錢就蓋樓屋。）
　　按：閩南話蓋樓屋叫作「起樓仔（厝）」。

7 落價：價格下跌。（落價也有漲價的時候呀。）

（二）油蔴菜籽

8*黑頭仔：日據時代稱黑色轎車。（嫁妝用「黑頭仔」轎車和卡車載滿十二塊金條、十二大箱絲綢……）
　　按：「黑」應作「烏」，臺語不用「黑」字。

9 歹命：苦命。（也只有你能幫歹命的媽的忙。）

10 夭壽：早夭，罵人語。（你這不孝的夭壽子。）

11*沒見笑：或作「𤺅（bue）見誚」，不知羞恥。（你這沒見笑的四腳的禽獸！）

12*現世：丟人現眼。（現世啊，去養別人的某！）

　　按：「養」應作「飼」。

13 某：太太。（旁人的某，敢也賽睏？）

14*敢也賽：怎使得。豈可。應作「敢會使」，賽是擬音字。（見例13、16）

15*厈：丈夫。本字應作「翁」。（歹命啊，嫁這種厈討歹命。）

16 讀冊人：讀書人。（也是讀冊人，敢也賽做這款歹事？）

17 這款：這種。（同上例）

18 睏：本指睡覺。又比喻與人同床。（見例13）

19*放你耍：放過你。「耍」應作「煞」，指罷休，煞尾。（要不是看在你們四個囡仔也要過年的分上，今天也沒有這麼便宜放你耍了。）

20 囡仔：小孩。（音gina）（同上例）亦作囝仔。

21 鐵馬：腳踏車。（爸爸買了輛舊鐵馬，每天騎著上下班。）

22*賺吃：營生計。應作「趁食」。（別人的厈，想的是怎樣賺吃，讓某、子過快活的日子。）

23 沒半撇：無一技之長。（沒半撇的查某，將來就要看查埔人吃飯。）

24 查某：女人。（同上例）

25 查埔人：男人。又專指丈夫。（例見23）

26 沒路用：沒用處。（儘管媽媽扯著喉嚨屋前屋後「沒路用」的罵了不下千百遍，他還躲在牆角，若無其事的畫他的畫。）

27 討債：奢侈浪費。（剩下兩口白飯硬是不肯吃掉，媽媽罵說：「討債呵，阿惠，你知道一斤米多少錢嗎？」）

28 破格：沒有水準的，道德上有缺點的。(以後你趁早給我放了這破格的東西。)

29 衰：倒霉。(像你就衰！)

30 出脫：出息。(像你那沒出脫的老爸。)

31 頭路：職業。(有個穩當的頭路就好。)

32*沒曉：不會。應作「膾曉」。(沒錢免讀也沒曉！)

   按：這句話的國語是：沒有錢就不用唸書也不曉得！

33*腰只：豬腎。應作「腰子」。(買菜時，她總不忘經常給我買對腰只。)

34*水水：漂亮。(本字作婧)。(每天穿得水水的去上班。) 也可以作「水水水」。

(三) 凍酸仔棚

35 凍霜：譏人吝嗇，如霜凍般苛酷。(施大棚實在太凍霜了。)

36 凍霜仔 (鬼)：視錢如命的人。(一旦被人指呼為「凍霜仔」，那這個人必定非常吝嗇。)

37 幹你娘：罵人三字經。(你連牛都餵不飽，那裡會餵飽自己？幹你娘！)

38 紅頭仔：做法的道士。或稱紅頭師。(那時候的鄉下人，差不多一半是信醫生，另一半是信紅頭仔。)

39 爐丹：神座春爐內之香灰，可作仙丹治病。(認為五府千歲爺的爐丹比西藥材還要靈驗。)

40 過鹽水：喻鍍金，越洋留過學。(但一些過鹽水的年輕學人也不是等閒之輩。)

41 辯護士：律師 (日文借詞)。(你們到底是醫生，還是辯護士哪？)

42 單丁過地：喻代代單傳。「地」應是「代」之借音字。（因為我是單丁過地，所以合該只有一個子息。）

43*透腳青：道地的。本義是青到腳底，由根部發出的青翠。「腳」字正字為「骹」。（你這凍霜仔棚，是一個暴發戶，並不是透腳青的世家，那裡會懂些嫁女的老規矩？）

44 老客兄：指姘夫，罵人語，或作老契兄。（伊娘的老客兄，我的兒子是個經濟學博士，我還怕討不到媳婦不成？）

45*鼻酸罈：吝嗇鬼。正字可能是「砒霜甕」（我如不是為著這塊臭肉終身幸福，何必向著這位鼻酸罈叩頭？）

46 駛破伊娘：罵人三字經。駛或作使，猶姦、幹等字。（唉，賠錢貨生不得，駛破伊娘。）

47 狗仔緣：日據時代譏與日本人交往者。（凍霜仔棚最有狗仔緣，沒有官做，還是照拿到了金飯碗。）

（四）顧豬彭仔

48 頂家下厝：家家戶戶。（莊頭莊尾、頂家下厝，人人談論的就是這樁事情。）

49 肉砧：賣肉的砧板，指豬肉舖，或稱豬砧。（鱸鰻燦又兼做肉砧和菜架的生意）

50 菜架：賣菜的攤子。或作：菜架仔。（同上例）

51 換嘴吃：賺取餬口之資。（彭仔原只是顧豬換嘴吃的人。）

52 鬧熱滾滾：十分熱鬧。（人來人往，更是鬧熱滾滾。）

53 店仔頭：鄉村店鋪門口，為村人聚談之所。（年頭戲的這一天，村人是不下田工作的，好奇的人都跑到店仔頭來繞一圈。）

54 軟腳蝦：軟弱無用之輩。（（他）走路搖搖晃晃，頭重腳輕的樣子，在村人的眼中是個不中用的軟腳蝦。）

55 吃死米：賦閒在家，只會吃飯。亦做「食死飯」、「食閒飯」。(彭仔雖然留在家裡也不能吃死米，半大的時候就去給鱸鰻燦顧豬。)

56 掠豬：捉豬。指買豬者約時來綑縛豬隻。(我一聽到要「掠豬」，趕緊從床上跳下來。)

57 後尾門：屋子的後門。(媽媽開了後尾門，指一指方向，彭仔就摸黑找去。)

58 燒的：熱食。(天氣這麼冷，進來吃一碗燒的，要顧再去顧啦。)

59 老厝邊：老鄰居。(彭仔，咱們是老厝邊，又是同房頭，不可當作外人呀！)

60 同房頭：同族親。或稱「房頭內」。(同上例)

61*隆隆旋：不停打轉。臺語 $long_1$ $long_1$ seh_8。「旋」本字應作「踅」(豬仔攪得隆隆旋，差是幾斤？)

62*稱稱裁裁：「馬馬虎虎」或作「稱裁」，本字可能作「請裁」，「請裁奪」，引申為「悉聽尊便、隨便」。(「稱稱裁裁啦！」「頭仔就不稱裁啦！」)

63 兩個半手：兩三下子，喻熟練。(動作敏捷又熟練，兩個半手，散亂的洋麻就成一條繩子。)

64 菱角嘴：喻說話不誠實。(回頭指著彭仔罵：嘛！你還會菱角嘴。)

66 刣：宰殺。(已經一年多了，就是不受孕，沒辦法，只好賣給鱸鰻燦去刣。)

67 娶某本：娶妻的費用。(母豬生小豬，半年一胎，半年一胎，免三年，我娶某本就有了。)

68 肥律律：很肥胖。(人家養得肥律律，我怎能不要？)

69 豬仔子：小豬子。應作「豬仔囝」。囝音 kiaN₂。（你會生，生很多的豬仔子）

70*窮赤：窮困如洗。應作「散赤」（san₂chiah₄），或「瘖瘠」。（厝內窮赤，無好東西給豬母吃。）

71 字運：運氣。（有一天，他也有行著好字運的時候。）

72 註文：預先訂購（日文借詞）。（有人看得滿意，便向彭仔註文，拿紅蕃米在小豬頭上作記號。）

73 紅蕃米：紅色染料。或作「紅蕃染」。（同上例）

74* 猎：瘋。此當發情。（彭仔知道豬母在猎，要抓豬哥。）

75 大漢：長大成人。（人人都誇讚彭仔這個囝仔會大漢。）

76 煞戲：散戲。（傍晚廟裡煞戲以後，我就信步到店仔頭走一走。）

77 號：取名。（這個名字臨時號的。你看好嗎？）

（五）圓房

78 公嫲桌：陳列祖宗牌位的桌子。（每次經過門口就看見陰暗中公嫲桌上兩支昏黃搖曳的燭光。）

79 老老老：很老很老。狀詞重疊，如 34 亦可作「水水水」，即十分漂亮。（一定會保佑你和金水活到老老老。）

80 祖公祖嫲：祖宗，列祖列宗。（請祖公祖嫲保佑平安。）

81 搬戲的：戲班演員。（不要把我和金水送做堆，把我嫁給乞食的，搬戲的，我也侍奉你一世人。）

82 一世人：一輩子。（同上例）

83 媳婦仔：童養媳。（早就替他養好媳婦仔。）

84 沒大沒小：目無長上。（這些沒大沒小的後生小子，還是七、八歲的囝仔嗎？）

85 搬猴戲：耍猴戲。（人家辦正事，又不是搬猴戲，你們湊什麼熱鬧）

86 做木的：木匠。（本來做木的師傅說，最近烏檀木很缺貨。）

87 交關：交易。（賣貨的從這裡過，來交關生意吧？）

88 出頭天：揚眉吐氣。（人生就像是在打陀螺，只有認命忍耐，才有出頭天。）

（六）飢餓

89 牽手：指妻子。（你牽手這樣努力，專工替你送飯來。）

90 專工：特地。（同上例）

91 做小工：打零工（或工資較男工低廉之女工。）（他開始加上一些揣測，是不是去做小工還沒回來？）

92 土水工頭：建築業中專包水泥工程者。（醫藥費一千多元，土水工頭黑狗先墊付。）

93 騙乖：照顧（哄）小孩，因以哄騙為主，閩南話常說「騙囝仔」，少用「騙乖」二字。（自然招治要負起最大責任，來騙乖兩個小孩）

94 一擺：一次。（反正只加班一點鐘，餓一擺有什麼要緊？）

95*飼人赡飽：供養不起一家溫飽。（你恁撿恁打拚，還驚怕飼人赡飽？）

按：「驚怕」應該只用一個「驚」字。

96*好理德：賢慧。本字應作「好女德」，女德即婦德，此處不求本字，但用擬音。（人家查某囝仔，也真好理德，赡黑白開。）

97*無地找：無處覓。喻得之不易。（這個查某囝仔乖巧又賢慧，你點燈也無地找。）「找」本字應作「揣」。

98*晏飯：晚飯。「晏」應作「暗」am$_2$（聽說你沒吃晏飯？）

99 腹肚：肚子、腸胃。（阿福仔，腹肚要顧，不可放著任它夭餓。）

100*夭餓：夭本字應作「枵」，飢也。（同上例）

101 電火柱：路燈電線桿。（叫永壽一個人坐在電火柱腳下，你不驚
怕他寒死？）

102 知影：知道。（我帶你去看看，妳就知影好賺。）

103 觀音媽：觀音娘娘。（二月十九日觀音媽的生日。）

104 破重病：病重。（阮爸爸破重病無錢看醫生。）

105*蓋：芯，特別。（彼莊是大莊頭，人蓋多。）

106 按怎：怎樣，何故。（來喜！妳是按怎要這樣？）

107*煩老：「煩惱」之誤。（本來以為病會好起來，就一直無告訴你，
怕你煩老。）

　　按：這是作者故意角用音字，表示來喜識字不多，原文下文用
「一生」代替「醫生」，用「保比」代替「保庇」可證。

108 保比：保祐。（我不要在連累你們，所以我先走了，我會保比你
們。）「再」也故意作「在」。

（七）稻穗落土

109 半暝：半夜。（「阿倫，你還記得我們初次上臺北嗎？」「也是這
種的半暝」）

110*濕糊糊：濕黏黏。閩南語音 tam$_7$ko$_7$ko$_5$。「濕」應作「澹」。（我們
都淋得濕糊糊）

111*手鍊子：手鐲。應作「手鍊仔」。（那時我口袋內只有五百元，是
賣了我阿媽給我的手鍊子的錢。）

112 做夥：在一起。（不要每天和那群偏激的人做夥。）

113 三不五時：偶爾。（偏偏我自己一家一業，三不五時才能回來一
次。）

114 相好的：情人。（你相好的無效了，你還坐在這裡。）

（八）黑色地域的呼喊

115*老貨仔：老年人。本字作「老伙子」，楊青矗作「老廢仔」也
　　　錯。（大多數的「老貨仔」也不願意遷。）

116 賺吃查某：妓女。（伊們都是在臺灣的賺吃查某，違警多次
　　　了⋯⋯才被送至此地的。）

117 變了款：走樣，起變化。（自成立了特殊工業區，無形中某些東
　　　西都變了款。）

118 日頭落山：太陽下山。（明天，日頭落山前你一定要趕到啊！）

119 官廳：政府。日據時期稱衙門或官廳。（官廳總是站在有錢有勢
　　　的一邊。）

120 摸鋤頭柄的人：農人。（我們這改良品種只會摸鋤頭柄的人，到
　　　都市靠什麼謀生。）

121 細漢：年幼。（水生死得那麼慘！七八個囝仔又那麼細漢。）

122*讚：表示喝采。亦作「嶄」。（讚啊！把屍肉塞到狗官的嘴裡要伊
　　　嚌嚌。）

123*扶囊泡：逢迎諂媚。男性陰囊稱「囊胞」、「囊泡」、「卵葩」等。
　　　按：正字應作「羼脬」。（上任以後，只會拿回扣、炒地皮，對上
　　　級扶囊泡。）

（九）小喇叭手

124 大埕：屋舍前寬闊的廣場。埕音 $tiaN_5$。（見下例）。

125 王祿仔仙：舊時在臺灣農村靠夜間賣藝雜耍推銷膏藥為生的人。
　　　（夜裡的廟前大埕上，常有一個打拳頭賣膏藥兼賣各種日用雜貨
　　　的王祿仔仙。）

126*青暝牛：瞎牛，喻人不識字者。青暝應作青盲。（你以為我青暝
　　　牛，看不懂這幾個字？）

127 騙猶：欺騙瘋子，猶言欺人太甚。多用來拆穿謊言。（騙猶！我就不相信你大人大種了，連樓梯都不會走。）

128 大人大種：指堂堂一個成年人。（見上例）

129 出業：畢業。（希望你讀冊出業後，至少可以去工廠吃頭路。）

130 吃頭路：就業（見上例）。

131 教示：教誨。（去學校跟人家打架，不聽老師的教示。）

132 白賊：說謊。（阿義仔從小就不會白賊。）

133 老芋仔：指年紀大的外省籍人士，尤指老兵。（「外省仔還是臺灣人？」「外省仔」。「老芋仔嗎？」）

134 番藷：指本省人。（芋仔還是番藷？）

135 講不輪轉：說話不流利。（你外省話又講不輪轉。）

136 攏總：全部、合計。（啊都──都攏總明白了。）

137*吵曉：吵啥？曉，音siau₅，借音字，原指精液。倒霉叫「衰曉」（衰精也）。罵人不知所云叫「講啥曉」。這個擬音字，本字不詳。曉字閩南語音xiau₂，這裡用國語借音，易生混淆，應該避免。（我是來搗亂的嗎？是來──來──來吵曉的嗎？）

138 剃嘴鬚：刮鬍子。（我是穿不整齊，是吃檳榔，是沒剃嘴鬚。）

139*歹槍槍：兇巴巴。「槍」應作「銃」（充仲切）ts'ing3。（啊你歹槍槍，誰在驚你？）

140 五四三：廢話連篇、嘮叨、嚕囌。（昨天我兒子講那些，我還以為是五四三，不完全相信。）

141 軟土深掘：強欺弱，得寸進尺，喻善人易欺。（我們清清白白、不偷不搶、不欺負人，不嘲笑人，但也不能讓人軟土深掘，你驚什麼？）

142 導的：導師。「的」字音e₇。（記大過是需要通過訓導會議的，……校長、訓導主任、我們導的、樂隊指導老師，也許還有其他人都參加，大家同意的，不只是秦教官一個人的意思。）

143 報馬仔：打小報告的人。（他們還兼著幹情治工作，特務，報馬仔，監視學生……）

　　按：一九八七爾雅版選入鄭清文小說〈報馬仔〉。

144 香貢貢：香噴噴。（香貢貢的臺灣米，會飼出那種豬？）

145 沒法度：沒辦法。（還是沒法度忘掉！）

（十）沒卵頭家

146 歐巴桑：日語借詞，本對婦人尊稱。現多指工作較低賤之婦女。（醫院裡的醫師們、護士們、掃地的歐巴桑……不禁暫停了手頭的工作。）

147 沒卵頭家：謔稱割去陰囊的老闆。（那，那就是澎湖首富——沒卵頭家。）

148 夭壽癢：十分癢。（「真是夭壽癢呵！」男人們忍不住搔抓著身子。）

149 古早：太古。（古早即有蚊子，已好幾萬年，難道古來男人都是大卵葩嗎？）

150*卵葩：男人陰囊，參考第123條（頁266）。

151 大大大：極大。（蚊子口那款細小，要多少萬隻才吹得大阮底大大大卵葩呢？）

152 ガぼん：公事包，日語詞仍在臺語中使用。音如kha$_7$bang$_2$。（右手提著一只上好牛皮的ガぼん。）

153 カメラ：相機，音Camera，日文外來語，臺語中仍借用。（胸前……掛著神氣的カメラ。）

154 啥時辰：何時。（到底啥時辰阮才能再出海抓魚呢？）

（十一）放生

155 西北雨：臺灣夏季常見的午後雷陣雨，閩南地區也都這麼稱呼。（一到落西北雨的季節，過了午後，烏雲就開始密集而壓得低低的。）

156 細姑仔：小姑。（我家細姑仔生了。）

157 羼鳥：男子陽具。這裡作罵人語。（我羼鳥咧！他不怕我們大坑罟的人死，我還怕他死！）

158 田車仔：鳥名。（我捉到田車仔了！）

159 起輪轎：乩童所扶神椅叫輦轎，此作「輪轎」可能是借音。轎上通常只置一尊神像，需另一人扶住神椅另兩隻腳，故稱「輦」。起是起動以問神旨。（那時候村人……就是請牛埔仔王公，起輪轎、出籤書。）

160 剁豬菜：把飼豬用的番薯藤等切碎。（為了迴避和青面雷公照面，她到後頭豬圈繼續剁豬菜。）

161 符仔水：神符燒灰後泡水所成，喝者會依神旨行事。（大家好像中了邪術，及喝了那個姓楊的符仔水，全莊頭都中了選舉病。）

162 阿共仔：共匪，或稱「共匪仔」。（村幹事，你這麼說這裡有人是阿共仔、共匪仔囉。）

163 幹他媽的：這是方言和國語組合的三字經。（幹他媽的，自己說人家開玩笑，後來警察就常常到得根家坐坐。）

164 失栽培：因貧窮而失去教育機會。（講一句話，文通仔是失栽培，不然，這孩子不得了。）

165 嘮嘮長：喻說來話長。人高曰躼（音 lo₃），此形容長也可能是「躼躼長」。（聊不完的，像《三國志》嘮嘮長的。）

166 海陸仔：服役時為海軍陸戰隊充員兵。（我知道你是海陸仔，我打不過你，現在又是在海灘。）

167*呷雨：吃雨。這裡是綽號。(我叫謝雨生，說找「呷雨」就可以
　　找到我。)

　　按：「呷」本字是「食」。

168 火油：花生油。(阿尾把一碗準備抹在手上，伸手到子宮去掏小
　　豬的花生油移到身邊，對文通說：「這碗火油給我打翻了，我就
　　剝你的皮。」)

(十二) 嘯阿義、聖阿珠

169*卡：較（本字）。(現在有一種五百塊的美金，卡價值呵！)(喝
　　啦！燒燒甘甘，喝了卡尾嘴乾。)

　　按：「卡」應作「較」，「尾」應作「儈」。

170*嘯的：瘋仔。嘯是擬音字，應作「猶」（參 74）。(我就不信這些紙
　　錢會有效，若是有效，大家嘯的都來撒紙錢，就沒有人會嘯了。)

171 罕地ㄋㄟ：稀客哪！罕有哪！(今天什麼風把你吹來？罕地ㄋㄟ，
　　緊久沒來了。)

172 馬：按摩，馬殺雞（massage）音譯詞之節縮語。(你先替我頭髮
　　嘴鬚都修修來，再好好替我馬一下。)

173 爽：痛快，多指情慾舒解。(你來馬最好，馬完好爽呀！)(啊！
　　阿珠！你敢知？真爽啊！)

174 加「節」：馬殺雞進行中的分段色情交易。(阿珠！好了，不要再
　　馬了！現在我要「加節」，你的！)

175*做實：作農事。本字當為「作穡」。(你沒有做過實吧？)

176 很揚的：十分得意。(若別人生做查玻的，是很揚的代誌。)

177 愛人仔：戀人、情人。(那當時，我有一個愛人仔，當兵認識的
　　小姐。)

178*墓仔坡：墓地。應作「墓仔埔」。(晚上就睏在墓仔坡，也不知
　　驚。)

179*嘯種：遺傳性的癲瘋症血緣。（我查某人的家族有這種「嘯種」。）

180 同款：同樣的。（娶也好，招也好，也是同款一個公的配一個母的，同款生子，孩子姓什麼還不是一樣。）

181 活跳跳：活活潑潑。（偏偏又不會死，活跳跳，也會吃，也會睡，只是說嘯就嘯。）

182 有「膏」：指男性精液旺盛。（你看，有「膏」以後，連眼淚也跟著有了。）

183 販厝：建築商出售的公寓住宅。（阿珠有一些積蓄，買了「販厝」租人，自己仍住在舊家。）

184 洗身軀：洗澡。（我站了一天，一定得去洗身軀。）

185 サーヒス：免費服務。日文借詞。日文原為 Service 的音譯。臺語音如：Sabisu。（免錢啦，サーヒス啦！）

（十三）刀瘟

186 作陣：在一起。同「做夥」。（雖然細漢時辰就作陣，揹書包上「公學校」，作陣偷砸芒果，……）

187*衝啥：做什？衝是國語的擬音字，本字應作「創啥」。（「衝啥？」一面問一面左右睞巡。）

188 雞母皮：雞皮疙瘩。（念及此，雞母皮一顆顆跳出來。）

189 清潔溜溜：乾乾淨淨。（胃裡方裝下的東西嘔了三次就清潔溜溜。）

190*目晴：眼睛。閩南音 bak-chiu，俗作「目睭」，本字應作「目珠」。（同鄉海添攜回大哥的春袋，她目晴紅紅底為長子配戴上。）

191 過身：過世。（阿母則臥病多年，過身時，伊正在酒家摟著阿枝和眾兄弟狂歡。）

192 便所：廁所，日語借詞。（水滾了，我在便所緊張要死……）

193 迌迌人：俗或作「七𨑨郎」，音如tshit₄tho₅lang₅，迌迌亦音thit₄
tho₅，是遊玩的意思，為方言字。語源或作佚陶（連橫）、彳亍、
蹢躅、踜踱等（吳守禮），尚無定論。迌迌人指遊手好閒，浪蕩
江湖之人。（旺庄仔，你是迌迌人，打查某仔？）

194 哭路頭：出嫁女兒聞父母死訊，奔回娘家，傷心欲絕，跪地爬著
進家門，一路號哭，謂之哭路頭。（老鬼，你死後無人為你哭路
頭。）

195 別位：他處。（他要住在這，你若不答應，我就去別位住。）

196*爸啊仔：應作「爸仔囝」，即父與子。（你們爸啊仔回來，我就
走。）

197 冬：年。（十幾冬了啊！以前我在伊店裡……）

198*衰仔：應作「檨仔」（音suaiN₇a₂），即芒果。（記得阮兩人……偷
拔衰仔，你摔下來，我救你，……）

199 有的無的：虛虛實實，無關宏旨的事。「的」字音e₇。（講這有的
無的，沒意思。）

200*豎齊齊，發齊齊：臺俗小孩換齒，將脫落的乳齒拋上屋頂時，口
中要喃喃唸這兩句祈求上天賜美齒。（林旺庄，當他被人拽起
時，才發現地上有幾絲血跡，泥土中赫然附著他那顆歪暴底門
牙。「豎齊齊，發齊齊，……」旺庄遵母意唸道，疼痛方才自嘴
齒染開。）

按：「豎」應作「徛」，站立也。

四　兩百個方言詞彙的分析

上一節從十三篇小說中抽取二百個臺灣閩南話的詞彙，其中
（二）、（四）、（十二）、（十三）四篇的對話是以閩南話為基調，連句

法都是閩南話，這種以方言來表現小說人物性格的策略，到一九八八年依然方興未艾，證明方言在臺灣小說中的份量。下面是我們針對這兩百個詞彙所做的分析。

（一）關於詞類和構詞法

1 名詞

人際稱謂：查埔（男人 25）、查某（女人 24）、查埔人（丈夫，25）、某（太太，13）、厝（丈夫，15）、牽手（另一半，88）、細姑仔（小姑，156）、歐巴桑（146）、囝仔（小孩，20）、爸啊仔（父子，196）、頭家（老闆，3）等。

一般人物：讀冊人（讀書人，16）、辯護士（律師，41）、老客兄（姘夫，44）、媳婦仔（童養媳，82）、做木的（木工，85）、搬戲的（戲子，80）、相好的（情人，114）、土水工頭（91）、老伙仔（老人，115）、海陸仔（166）、迌迌人（193）。

特定人物：凍霜仔（36）、紅頭仔（38）、賺吃查某（116）、王祿仔仙（125）、青暝牛（126）、老芋仔（133）、導的（140）、報馬仔（143）、沒卵頭家（147）、嘯（猦）的（170）、迌迌人（193）。

普通名詞：後壁（2）、樓屋（6）、黑頭仔（車）（8）、鐵馬（21）、頭路（31）、爐丹（39）、狗仔緣（47）、店仔頭（53）、老厝邊（59）、同房頭（4）、娶某本（67）、豬仔子（囝）（69）、晏飯（98）、腹肚（99）電火柱（101）、觀音媽（103）、手鍊仔（111）、阿共仔（162）、燒的（58）、軟腳蝦（54）、符仔水（161）、火油（168）、卵葩（150）、西北雨（155）、屧鳥（157）、販厝（183）、雞母皮（188）……等。

2　動詞

　　睏（睡，18）、膨風（吹牛，1）、落價（降價，7）、賺吃（營生，22）、刣（宰殺，66）、掠豬（捉豬，74）、號（取名，76）、註文（預訂，72）、𪁎（發情，74）、交關（交易，86）、知影（知道，102）、破病（生病，104）、做夥（在一起，112）、扶羼泡（拍馬逢迎，123）、教示（教誨，131）、起輪轎（起動輦轎問神旨意，159）、洗身軀（洗澡，184）、過身（過世，191）、哭路頭（女兒哭著奔喪，194）、過鹽水（留洋，40）、換嘴吃（餬口，51）等。

3　狀詞

　　現世（丟人，12）、沒路用（無用，26）、討債（浪費，27）、衰（倒霉，29）、出脫（出息，30）、肥律律（很肥胖，68）、窮赤（窮困如洗，70）、濕糊糊（濕黏黏，110）、大漢（成人，75）、細漢（年幼，121）、香貢貢（香噴噴，144）、歹槍槍（兇巴巴，139）、水水（34）、老老老（78）、大大大（151）、稱稱裁裁（62）、沒大沒小（83）、三不五時（113）、鬧熱滾滾（42）、清潔溜溜（乾乾淨淨，189）、攏總（136）、沒法度（145）、透腳青（43）、好理德（95）、讚（122）……等。

　　由於只是抽樣，所以少了代名詞、語助詞等，這是本文在選錄詞彙時略而不採，並非沒有出現。稱謂詞中帶「阿」詞頭，如：阿母、阿嬤、阿公、阿兄、阿姊、阿姆、阿妗、阿英、阿明……，由於太普遍，也沒有收錄。名詞的構詞法是最饒趣味的，下面專就詞尾來分類：

　　　　（1）名詞＋詞尾「仔」：如：老伙仔、媳婦仔、老芋仔、紅頭
　　　　　　仔、黑頭仔、手鍊仔、報馬仔、愛人仔（177）、細姑

仔、凍霜仔、查某囝仔、阿共仔、棚仔（人名）、彭仔
（人名）、樣仔（198）。

（2）名詞＋詞尾「仔」＋名詞：如：凍霜仔鬼（36）、王祿仔
仙（125）、店仔頭（53）、狗仔緣（47）、緒仔子（69）、
符仔水（161）、墓仔坡（178）、查某囝仔賊。這裡
「仔」就有形容詞尾「的」的作用。

（3）名詞＋人：查埔人、查某人、少年人、讀冊人、迌迌
人。

（4）名詞／動詞＋的：頭的（老大或東家，也寫作「頭
也」）、搬戲的（80）、做木的（85）、相好的（114）、導
的（140）、有的無的（199）。

綜合以上分析，有幾個現象值得注意：

一、有些作家沒有嚴格區分詞尾的「仔」（a）和子女的「子」
（tsu），從國語的詞尾來看，似無問題，但是像「歌仔戲」、「牛仔
褲」等，國語「仔」音tsai，改成「子」，就讀成tsi$_3$，反而製造異
讀，因此居名詞中間的「仔」（即第 2 類），應該嚴格作「仔」。至於
「手鍊仔」、「報馬仔」，作「子」不如作「仔」，因為閩南話音也有不
同。例如「孝子」就不能作「仔」，因為那是閩南語的文讀音tsu$_2$。子
女的「子」閩南字作囝，音kian$_2$或gin$_2$，一作囡。若專指小孩或子
女，最好應寫作囝或囡，才準確區別這幾個字。例如：「豬仔子」
（69）就不若寫作「豬仔囝」清楚了。又如「愛人仔」也不能寫成
「愛人子」。「爸啊仔」應作「爸啊囝」（196）才對。

二、有些詞後加「人」字語意是有不同的，例如：查埔人、查某
人，可以指男人、女人，也可以指夫、妻之一方，如：「阮查某人」
即是「我的女人」。又如「囡仔」（20）泛指小孩，「囡仔人」即指未
成年人，與「大人」（成人）相對。

三、有些方言詞和國語近似，但詞義迥然有別，例如：「媳婦仔」是童養媳。「過身」（191）是去世，「現世」（12）是丟人，「討債」（27）是浪費，「破格」（28）是缺德的……等。

四、臺灣小說中使用了大量國語所沒有的ABB和ABCC形容詞，如：肥律律（68）、香貢貢（144）、濕糊糊（110）、歹槍槍（139）、活跳跳（181）、鬧熱滾滾（42）、清潔溜溜（189）。這都是閩南語的構詞。黃國營（1988:3）文中列舉甚多，但有兩種重疊黃文中未提及：（1）AAA：如：大大大（151），老老老（79）、水水水（34）等。（2）黃列出既非國語亦非閩南語的「V看看」為嘗試態（如：試看看），閩南語式的「VV去」為徹底態（如：散散去），而未及AAV這種前置副詞的構造，如：隆隆旋（61），嘐嘐長（165），嘎嘎叫（臺灣廣告常見）等。

五、閩南話的成語和俚諺，則是徹底的方言語法，與國語大異其趣。成語如：單丁過地（42）、頂家下厝（48）、請請裁裁（62）、兩個半手（63）、三不五時（113）、有的無的（199）。俚諺如：豎齊齊，發齊齊（200）。解讀這兩部分要倚賴完備的方言詞典。

（二）關於方言詞的用字問題

閩南方言是漢語方言中最古老的一支，由於它的存古性質，在方言詞彙上保留一些較古的說法，但相對地，也在詞彙系統上與代表民族共同語的現代官話，相去甚遠。由於白話文學在本質上承襲宋元以來的俗文學傳統，因此，在文字方面沒有斷層，而閩南語的書寫歷史卻只能上溯四百年（明嘉靖四十五年〔1566年〕）重刊的《荔鏡記》戲文，是現存南戲中保存閩南話最早的文獻裡，使用既受限制，流傳也不廣，因此許多詞彙便沒有寫定，直到晚近數十年間，才有像《廈門音新字典》、《臺日大辭典》等兼顧漢字寫法的字典，雖然如此，字

典之間的分歧仍多，詞源的考訂更非易事，往往通行寫法是一回事，正字又是另一回事，而使用文字記錄方言者的漢字水平及其對方言的熟悉程度又是另外的兩回事，這就是為什麼本文所收的兩百個詞彙有許多訛誤或不同寫法，凡是出現這種狀況的，都在詞目之前加一星（＊）號。現在就把這些歧異字列個簡表：

編號	詞目	其他寫法	本文擬定寫法	詞義
11	沒見笑	昧見誚，見笑（PM）	獪見笑	不害臊
14	敢也賽		敢會使	怎使得
15	厓	翁（ang）（PM）	翁	丈夫
19	放你耍		放你煞	放過你
25	查埔人	查玻人（12）、查夫查甫	查埔人	男人，丈夫
32	沒曉	獪曉（PM）、袂曉（H）	獪曉	不會
33	腰只		腰子	豬腎
34	水（水水）	秀（C）粹（C）嬌（H）	水	美麗，好看
61	旋	踅（seh）（PM）	踅	來回轉
62	稱裁	清彩（L）襯采（L）清采（PM）請裁（L）請采（亦玄）	※秤採（chhin-chhai）	馬虎，隨便
70	窮赤	散赤（L）、瘠瘠	散赤	貧窮
74（170）	猲	痟（H）、嘯（170）	猲（《玉篇》：狂病）	瘋
96	好理德		好女德	賢慧
100	夭餓	枵餓（L）	枵（餓）	飢餓
105	蓋	概	蓋	最，特別
115	老貨仔	老廢仔（楊）、老伙仔	老伙仔	老年人
122	讚	贊、斬、嶄（李昂）	嶄	頂好
123（150）	囊泡	羼包（C）羼脬（PM）卵葩（150）卵脬（H）囊巴（宋澤萊）囊包（黃春明）	羼脬	陰囊

編號	詞目	其他寫法	本文擬定寫法	詞義
126	青暝	青盲（L）睛盲（H）	青盲	瞎眼
137	曉（吵曉）	精（C）佋（PM）韶（H）潲（CH）	潲	精
175	做實	作息	作穡	種作農事
178	墓仔坡	墓仔埔	墓仔埔	墓地
187	衝啥	創啥	創啥	做什麼？
190	目睛	目睭，目珠（PM）	目睭	眼睛
193	迌迌	七𨑨、佚佗（PM）彳陶（H）、暢蕩 佚陶（L）	迌迌	遊玩
196	爸啊仔		爸仔囝	父子
198	衰仔	檨仔	檨仔	芒
199	有的無的	有個無個	有的無的	虛虛實實

以上二十七條，不過是閩南方言詞彙的九牛一毛，由於沒有規範的結果，可能連懂得方言的人也無所適從，甚至造成閱讀的困難，在「其他寫法」一欄，本文參考了廈門大學的《普通話閩南方言詞典》（PM），蔡培火的《國語閩南語對照常用辭典》（C）、洪惟仁的《臺灣禮俗語典》（H）、連橫的《臺灣語典》（L）、亦玄的《臺語溯源》、張振興的《臺灣閩南方言記略》（CH），作家偶採楊青矗、黃春明、宋澤萊、李昂的小說，因只是取樣，沒有多收。在擬定的寫法中，主要參考鄭良偉《走向標準化的臺灣話文》一書中的部分觀點，村上嘉英的《現代閩南語辭典》，在疑似的字源旁邊加問號，也是很好的參考。下面是我們對這些詞的異寫如何規範，提出若干原則：

一、字源原則——凡能找到漢字字源，而又不是偏僻字，應該寫正字。如（一）「翁婿」不作「尫婿」，「尫」（ang）是方言擬音字，《說文》：跛曲脛。與夫婿不相干。因此要放棄這種通行的方言字。（二）「羼脬」不作「卵葩」這種擬音法，羼見字彙：「良慎切，音吝，閩人謂陰也。」今音 lan7，雖有音轉，但卻是自古已有的方言

字，如囝為閩人呼子。脬字更古，《說文》訓旁光，《廣韻》匹交切，音義都貼切，因此「羼脬」有字源依據。洪惟仁定為「卵脬」則較通俗，但用卵字易有誤解，又以陰莖為「羼」鳥，亦勝於「卵」鳥。蓋後者義無足取。他如：放你煞、跢、猇、枵、老伙仔、青盲、作穡等都合乎這個原則。青盲見《後漢書》（眼病、俗稱青光眼），尤其於古有據。

　　二、方言字原則——閩南語特有的詞語，應以方言字為依據，方言造字亦有異體，則會意諧聲兩兼為尚，例如：繪（亦作獪）即閩南語的「不會」。「嬡」為不要，音maiN$_3$，都是會意兼合音。這類合體字，多為虛詞，分歧甚多，不擬細論。「貧窮」音san$_2$chiah$_4$，可以散（散財）、赤（赤手）或瘠（瘦）、瘖（貧瘠）來組合，連橫定為「散赤」，有分財而赤貧之意，分財原指分家產，似合古意。因此可取。讚歎之極，用一「嶄」字勝過「讚」字，取其音義兼備。遊玩本有chhit-tho和tit-tho兩音，迌迌二字見《玉篇》，取義不相涉，但方言取從辵、日、月會意，有「玩歲愒時」之意，因此寧從俗作。檨也是典型方言字。

　　三、擬音字原則——方言特有的詞，語源有不可考者，則從約定俗成之擬音字，惟擬音字應以閩南語之本音為尚，如：查埔、查某，真水、概濟（最多）、創啥、目睭等。「目睭」雖可視為「目珠」之轉音，但念「珠」已不合chiu——音，因此寧取方言諧聲字。又如隨便為「秤採」，取其音合，連橫用「襯采」，襯字文讀，謂即「請採」，亦未全合，清彩（采）則清字偏僻，不如改為通俗一點的「秤採」（因為「稱」有chhin$_3$和chhing$_3$二讀，不如「秤」只有chhin$_3$一讀）。當代小說家對於閩南語書面語的規範尚無一定原則，擬音字每每放棄方言以就國語，如「敢也賽」，以「賽」音「使」，閩南語則不同調，「放你耍」以耍音煞，國語「耍」為第三聲亦不合閩南入聲的

「煞」,以「衰仔」擬「樣仔」,但國語無鼻化韻,suai≠suaiN₇,雖不中亦不遠,但「衰」字無從見義,不若造個「樣」字還比較接近,不過「樣」就是方言字。

由以上三個原則看來,閩南語的文字化,尚有一大段路要走,但是,現代小說家駕馭方言詞,營造方言風味,不過是一種語言策略,因此,除非語言學家編好規範化的閩南語字典,作為作家和讀者之間的橋樑,否則這個問題仍將困擾多數的文學讀者。

(三)閩南語詞彙在小說中的角色與語言風格

由以上的分析可知,閩南語詞彙無論在構詞方式和使用漢字方面,都和以華北為社會基礎的國語詞彙有著相當大的差異,這是就本文所摘出的閩南語特有詞彙而言。如果就方言詞彙的整體來說,它和國語共有的基本詞彙其實至少在百分之七十以上(這是未正式的估計),這是為什麼國語文學中無論怎麼穿插方言詞,總不至於晦澀難讀的原因,但另一方面,百分之三十左右的閩南特有詞,由於色彩鮮明,讓人一眼就瞧出這是帶有方言色彩,因此在小說中也就容易凸顯作者所欲表現的語言風格,鄉土小說對方言母語的讀者具有一份親和力,主要是透過這種語言風格,反過來說,對於不諳方言的讀者,反而造成文學的疏離感,「文學」畢竟不能止於「小眾傳播」,因此,如何吸取方言活潑的語彙,恰如其份地融入國語文學,而又不造成語言的「隔」,是值得深思的。而閩南語詞彙出現的頻率和方式對小說語言風格的具體影響是什麼,也有待進一步探索。

本文據以分析的十三篇取樣,基本上都是國語的文學,因為篇篇都是以普通的白話文寫成,語言的基礎是國語語法,不過要指出,在臺灣通行四十年的國語文,對閩南語詞彙已有很大的融合和調適能力,因此,儘管有些小說由於包容太多的閩方言色彩,與大陸作家的

小說語言有明顯的不同風格，我們仍然稱它為現代中文小說，頂多只能稱它「臺灣小說」，卻也不得不承認它是當代中國文學的一種變貌，這種風格在當代中國文學中自有其一定地位，至少我們可以肯定，它已經帶動了「方言文學」的實驗，可以預見的，由於本地作家受到傳統及鄉土文學運動的鼓舞，對「文學本土化」及「臺語文字化」的一種執著，有可能為「臺灣文學」創造另一片新的天地。

從閩南語詞在小說中所扮演的角色功能，我們可以歸納出幾點：

一、為小說人物的社會階層定位。例如「油蔴菜籽」中的母親，「顧豬彭仔」中的彭仔和鱸鰻燦（買豬商），「小喇叭手」中的農夫許水泉，「嘯阿義，聖阿珠」中的農人阿義，他們都是下層社會的人物，因此只能講閩南語，在小說中，他們的語言就是閩南語，這種方言對話的運用，把小說人物定位清楚了，作者具有忠於語言、反映現實的文學觀，值得肯定。反過來說，如果小說中的這些對話都改成國語，這些作品能否出類拔萃，是個問題。

二、營造小說的社會背景：例如「約克夏的黃昏」寫的是養豬戶的興衰，「圓房」寫童養媳的命運，「沒卵頭家」寫三十年前澎湖漁港的怪病，「放生」寫八〇年代農村的環保意識，它們的背景都是農、漁村，因此人物也必然是鄉土的，以上各篇的閩南語詞彙都不算很多，但藉著零星的穿插（「沒卵頭家」的對話有較多方言），也自然達到營造小說背景的效果，這類型的運用，我認為恰到好處。

三、強化鄉土文學的色彩：本來使用方言詞彙即帶有鄉土文學的標籤，有些作家更刻意經營，使閩南語在小說中的地位更為突出，這方面有兩種常見的方法，一是使用閩南語罵人的三字經，為了強化小說人物的喜怒或原始的三字經的圖騰化或口頭禪效果，有些鄉土小說用得極多，簡直是泛濫。筆者曾統計黃春明的「鑼」共有二十九次，宋澤萊的「糶穀日記」共有三十三次出現三字經。從語言的真實性來

說也許無可厚非，但因此形成的強烈的語言風格，未必是人人歡迎。在選樣的十三篇中，「黑色地域的呼喊」、「小喇叭手」、「沒卵頭家」、「刀瘟」都使用三字經。其中，「小喇叭手」中的用語最強烈，像「我要幹死你十八代的祖媽，你老母GY！」最粗俗不過。另一種強化鄉土色彩的方法是使用閩南語俚諺，例如：「查某囡仔是油蔴菜籽命，落到那裡就長到那裡」（油蔴菜籽）、「龍交龍，鳳交鳳，駝背的交空憨」（凍霜仔棚）、「半暝，出一個月」（意料之外）、「大欉樹仔的蔭影」（喻人須處身大地方）、「一面是溝，一面是圳」（做人左右為難），以上見「顧豬彭仔」。洪中周用這些俚諺作分段標題，更是一種風格別具的實驗。

　　以上三點都和小說的語言風格息息相關，不過全篇小說的風格並不完全決定在這些方言詞彙或語句的出現頻率上，而是在於作者用什麼方式來處理方言。前文曾按閩南詞彙出現的多寡，粗略把十三篇分成ABC三級，並認為A級最易造成閱讀困難，原因是方言詞彙出現太多，或者近乎方言語法，已經不再像是「國語」，那麼能不能算是「閩南語的白話文」（俗稱「臺灣話文」）？嚴格說來，還有一距離。就以「油蔴菜籽」中的三段話為例：

> 也是讀冊人，敢也賽做這款歹事？（16）
> 旁人的某，敢也賽眠？這世間敢無天理？（13）
> 別人的厄，想的是怎樣賺吃，讓某、子過快活的日子。（22）

第一句兩個「也」字，前者音ia_3，後者音e_3，音義皆不一致，「敢也賽」準確漢字應作「敢會使」，「這」也不是「tsit」的本字，「歹事」口語應作「歹代誌」，「歹」音$phaiN_2$（訓壞）是個國語借義字。第二句「旁人」應作「別人」，與第三句一致。「怎樣」口語應作「按

怎」,「賺吃」本字應作「趁食」,「讓」字應作「予」(音hɔ$_6$),某、子指妻兒,「子」字應用閩方言字「囝」(音giaN$_2$)。由此可見純粹的「臺灣話文」並不容易寫定,這方面的實驗要相當長的時間,才會成熟。前文按方言詞彙多寡所分的三個等級,雖不能形成三種語言風格,但仍可以嘗試著區分為三種位格的文體。即:

甲類:方言化的國語文學,這類作品若抽去全部的方言對話,剩下的國語的情節敘述,只是空架子,小說情境大大破壞,人物性格也不搭調。例如十三篇中的2,4,12,13等篇。尤其像「嘯阿義、聖阿珠」一文中的冗長語言告白。

乙類:融和性的新「國語方言」體,特定的閩南語彙已被吸收為國語詞彙的一部分,有些方言語法也混入國語,成為許多讀者可以接受的講法,一般稱之為「臺灣國語」,十三篇中的B級,多半帶有這種色彩,例如「沒卵頭家」中有一段話「你等等……等一下,我們可不要聽公衛還是母衛的事,我們要你說,說說:阮的大卵葩到底要怎樣才會消?到底啥時辰阮才能再出海抓魚呢?你……大醫生,拜託卡緊訴說吧!」這段話基本上仍是國語,真正閩南語只有一句:「阮的大卵葩到底要怎樣才會消?」另外還有三個方言詞「啥時辰」、「阮」、「卡緊」夾在其他的句中。即使上例那句閩南話,也還夾有「要怎樣」這三字國語詞,如果改成「卜(beh)按怎」,整句就是道地的閩南語句。作者為什麼不寫得道地一些呢?我們的猜測是:

1. 作者無意在國語作品中插進完全的「臺灣話文」,因為這樣顯得突兀而不協調。

2. 作者選擇一些特定的名詞組(如:「大卵葩」)、代名詞(如:阮)、常用的疑問詞(啥時辰)、副詞(卡緊)作為方言標籤,這樣混雜國語寫起來,較純粹的閩南白話文更容易接近,它不但吸引雙語的讀者,對不懂方言的人,讀起來也不至於太艱澀。

丙類：帶有方言詞彙的國語作品。兩百個方言詞的例句，絕大部分是國語句中間插入幾個閩南詞，既不影響國語的主體性，也還帶有方言意味。不限於十三篇中的C等級，即使A級的「刀瘟」，也仍出現像「你們爸啊仔（父與子）回來，我就走。」、「老鬼，你死後無人為你哭路頭。」這種只用一個方言詞的句子，其餘作品中的閩南詞彙也多未喧賓奪主。

總之，方言詞彙在國語作品中不同程度的三種使用類型，對於當代臺灣小說的地域性特色，有著決定性的影響，值得喜好方言語彙的文學作者下筆時斟酌。

（四）有關「鄉土小說」的圖騰──三字經的反思

在閱讀近二十年來臺灣鄉土小說時，讀者很容易被一種強烈的字眼所吸引。三字經！是的，自有生民以來，人類可能就有這種字眼，保守一點說它是母系社會的遺跡，胡適之就問過下列問題：「為什麼罵人要罵他的爹娘？」（《胡適文存》卷四〈新生活〉），典型的三字經是罵娘的，國語的「他媽的」等於閩南語「伊娘咧」。本文所收二百個詞中，特地收入三個這類詞：37幹你娘，46駛破伊娘，163幹他媽的，是鄉土小說中最常見的（163較少用）。下面是筆者順手翻檢來的各種說法和寫法，出處略而不注。

> 一字經：幹！㑩！操！駛！
> 二字經：媽的！我㑩！伊娘！他媽！
> 三字經：他媽的！伊娘咧！恁老母！恁阿母！幹×娘！幹你娘，幹恁娘，幹伊娘，幹恁爸，使你娘，駛伊娘。
> 四字經：幹×娘哩！幹破伊娘！幹死伊娘！幹你老母！你娘祖公。

五字經以上：幹破×××！幹你三代哩！幹你祖宗三代！幹伊
十八代人！幹你十八代祖公。

魯迅在《阿Q正傳》中，只不過用一句「他的媽媽的」，民初的小說
家，偶爾也用三字經，但在一篇小說中，往往只出現一二次，多者三
五次，但像黃春明在〈鑼〉那篇他最長的短篇裡，總共出現二十九次
三字經，恐怕是絕無僅有的了，這二十九次裡有十四種寫法。這裡，
三字經已成為小說主角「憨欽仔」的口頭禪或潛意識語言，主人公心
裡咀咒時也想著這三個字，例如：

1 萬一被看到了，真幹×娘哩！我憨欽仔豈不栽慘？
2 來吧！臭頭有種就來吧！統統都來吧！幹×娘咧！
3 如果偶爾掠過臭頭他們的印象，只要心裏一句幹×娘也算應
　付過去。

下面這段是寫幾個鄉下老人探詢伙伴阿盛缺席的對話：

「那就怪！失蹤了？」牛目笑笑，但是馬上又收斂起來，大家
沉默了好一會兒。
「對了！幹伊娘哩！」蚯蚓突然叫起來：「前天他不是說要到
街仔擇日館看日子，想擇一個吉日改灶嗎？……」
「哈哈——我想起來了。」阿圳咧開嘴笑了一陣才說：「我這
個頭殼了啦，和田底石頭一樣，應該揀掉！早上就是他要上街
仔的時候，我們才在井邊碰頭的。」
「幹伊娘哩！真了！」（〈溺死一隻貓〉）

這裡的口頭禪，只是表示驚訝、驚喜，突然記起某事或解除心中大惑的一種舒暢的叫聲，多麼純真！王禎和的第一本小說集《嫁妝一牛車》（1975）中，九篇作品中有五篇出現三字經，不過其中〈小林來臺北〉一篇只是在全文最末一行才出現，猶如豹尾，王禎和這樣寫：

　　幹你娘！小林心中忽然大聲叫，你們這款人！你們這款人。

這裡三字經正是表現小林最後恍然大悟的驚歎！在〈兩隻老虎〉裡，只用「伊娘」一詞，而且可表示辯駁或打抱不平。例如：

　　伊娘，你們一點常識都莫，玩查某，要大人的本事，阿肖仔一
　　個細漢囝仔小不點大，行嗎。

在他的代表作〈嫁妝一牛車〉裡面，三字經卻完全從女主角阿好口中流出，那麼樸拙自然：

1　阿好屈腿坐到蓆上，「領到阿五底月給，我打算抓幾隻小豬
　　養。幹——自己種有蕃薯菜，可省儉多少飼料。伊娘，豬肉行
　　情一直看好，不怕不賺。」
2　充耳不聞她！繼續唱唸得口裂到耳邊，阿好底字句開始不斯文
　　了，很穢底，心必然急慌著。「伊娘，你到底聽著了沒有？！
　　講這半天，伊娘，你說話，怎一句不講？幹，難不成又患啞
　　巴？！」

第二段用三字經來提示聽話者搭腔。

宋澤萊在《打牛楠村》系列各篇中，用了好幾次罵人爹的用法：

1 「幹你老爸！我都那麼沒有用嗎？都像你一般沒見識嗎？」貴仔指著鬍鬍李的下巴，發起性來。(〈笙仔和貴仔的傳奇〉)

2 「幹伊老別。」林鐸終於懊惱地對自己生氣起來，便對旁邊的鄭木森說:「囝仔頭也這般乖張難理。」

3 「幹您老爸，」鄭木森半睡半醒地搖著水金仙說:「守了一夜，像守墓伊樣，你究竟看到什什麼沒有？」(2)、(3)(〈糶穀日記〉)

　　在〈糶穀日記〉中共出現三十三次的三字經，可以媲美黃春明的〈鑼〉，而且這些口頭禪的使用者遍及打牛湳的村民，更像是廣大農村社會的共同語言。由筆者親身在農村成長的經驗看來，這樣的三字經一點沒有虛矯的成分，只是它上不了文明人的語言世界罷了，然而小說家有意無意地強化了這個「鄉土標幟」，彷彿不插幾句三字經，就不足以表現鄉土人物似的，這就未免形成一種三字經的圖騰，自然也曝露了臺灣鄉土小說語言創造的侷限，新起的小說家應能跨越這個泥漿。

五　閩南語書面語的實驗

　　當代臺灣小說的基本語言是以北京話為基礎的國語（普通話），即使是摻雜方言詞的取樣作品，其使用臺灣話的程度也有等級之分，從本文第三節的例句，可以看得出來，其中有四篇我們定為 A 級，那是因為全部的對話都以方言腔調來寫，這種情形，方言在全篇的地位，似已喧賓奪主，近乎一種新的國臺語融合的文體，從語言學觀點看，一種新的文學混雜語已逐步形成，這個問題拙作〈小小臺灣，語言爆炸——談國語和閩南語在臺灣的融合〉(《國文天地》第 3 卷第 1

期,頁31-38）一文有較詳細的剖析。這也說明了在臺灣這種特殊的語言環境裡,作家們有較多的自由去實驗新的語言,不但小說家如此,詩人和散文家也共襄盛舉,蔚成一股氣候。從實驗的觀點來看,這些嘗試都是值得肯定的。我這裡要談一下洪中周〈顧豬彭仔〉中的標題實驗,那是利用臺灣諺語作為小說的分段標題,現在逐條列出並根據吳瀛濤的《臺灣諺語》略加解說:

（一）半暝,出一個月（半夜出來一個月亮,意料之外。）

（二）大欉樹仔好蔭影（仔一作腳,大樹之下,才有綠蔭好取涼,喻人要處身於大志地方,才有好處。）

（三）一面是溝,一面是圳（做人左右難,如雙方都是認識的,不便說一方的話。）

（四）打斷嘴齒,含血吞（自己打斷了牙齒,只好含血下去。自作自當,夫復何言。）

（五）行著好字運（碰到好運氣）

（六）天,會光會暗（人,有幸,有不幸）

（七）天無絕人之路（人只要刻苦勤奮,就能生活下去。）

（八）有經霜雪,有逢春（有苦就有樂）

這樣的分段標題,就是用國語俚諺來寫,也很富有藝術經營的匠心,洪氏在另一篇代表作〈青暝藤子〉（放在名流出版社《青暝藤仔》一書）也用同一個手法,我們把文中的七段俚諺抄下:

1.牛有料,人無料;2.做人著拚,做牛著拖;3.伸手,遇著壁;4.天落紅雨,馬發角;5.做戲做到老,嘴鬚提在手;6.一隻水牛一個主;7.好歹都是天安排。

事實上,這一類文學創作,是承襲閩南語的書面傳統而來的,最主要的閩南語書面語出現在:

1.民歌、謠諺;2.南北管戲曲;3.歌仔戲、布袋戲、電視劇等腳

本；4.四十年來臺語流行歌曲的歌詞；5.現代小說家的「臺語文學」實驗；6.現代詩人的臺語詩創作。

第一類文獻非常豐富，吳瀛濤的《臺灣諺語》厚達七四七頁，可為代表，現在不妨從該書「民歌」部分摘錄一首：

〈豬母菜〉
豬母菜，十八欉（A）
菜公菜媽做媒人（A），做何位，做大房（A）
大房刣隻豬，小房刣雙羊（B），打鑼打鼓娶新娘（B）
新娘無插花（C），匏換瓜（C）
瓜好食（D），雞鴟換茄笠（D）
茄笠好曝粟（E），四嬸換四叔（E）
四叔走去死（F），老婆偷糶米（F）
糶幾升，糶升半（G），老婆脫褲驚人看（G）。

這首民謠共押A至G六種韻，頗富變化。語彙方面百分之九十五是臺語，少數幾個字不合規範，如「打」鑼打鼓應用「拍」或「撲」，「脫」褲應用「裼」，「何位」應作「叨位」，才合乎方言本字或慣用字。這種歌謠多半意隨韻轉，所寫事物都是農村日用。叨位是何處，茄笠是曝穀用具，糶是賣米（音tioh），驚即怕。

詩歌的文字精簡，在方言詩的嘗試方面，或許有若干個方便，例如比較不拘於形式和格律，會有意想不到的效果，比較成功的兩本詩作是向陽的《土地的歌》和林宗源的《林宗源臺語詩選》（兩書均為自立報系出版）。現以向陽的〈八家將〉一首為例：

八家將	閩南語詞彙說明
陣頭是將軍，威風凜凜	陣頭 tin_7 $thau_5$
舉葵扇，做前鋒	舉（音 gia_5），葵扇 $khue_7$ siN_3
一馬當先迎神明	庄頭庄尾：$tsng_1$ $thau_5$ $tsng_1$ bue_2
庄頭庄尾攏知也	攏 $long_2$ 知也（影）$tsai_1iaN_2$
八家將軍會得致福蔭	會得 e_7 tit_4
一見大吉，再見大喜	
三見國泰民安享大福	
陣頭個胡寺軍，感心為神明	感心 kam_2 sim_1
田頭是犁牛，四界冷清	田（塍）頭：$tshan_5thau_5$
舉鋤頭，掘田岸	掘田（塍）岸：kut_8tshan_5 $huaN_7$
透早出門巡田水	透早：$thau_3$ tsa_2
庄頭庄尾攏阿諛	阿諛（佬）o_1 lo_2
阮的子兒臺北豪賺錢	阮：gun_2 子（囝）兒：$kiaN_2$ gi_5 /zi_5
大的開工廠，二的開公司	豪（勢，賢）：gau5（有能力）
三的建屋賣厝炒股票	賣厝：be （bue）$_3$ $tshu_3$
田頭做犁牛，目屎落田裡	目屎：bak_3sai_2

這首詩寫在農村迎神賽會中飾八家將出巡，開路驅魔，威風凜凜的老農，廟會之後依舊要面對冷冷清清的農田，孩子都離開了農村到都市創業有成，做牛做犁的老農，唯一的報償也許是村人對他子女的一聲讚羨，那畢竟不是實質，所以「目屎落田裡」，寫出臺灣農村老人的落寞。筆者很欣賞這首詩，押韻自由，僅少數的字不用本字，但這樣的實驗，實已拓展了現代詩的觸角，鄉土味十足而又能反映現實。

　　在現代小說方面，嘗試用完全的臺語寫作的，近年有宋澤萊和林央敏。宋澤萊〈抗暴個打貓市〉（抗暴的打貓市）（收在《弱小民族》〔臺北市：前衛出版社，1987 年〕）長約二萬字，有臺語和北京語兩

個版本，兼收在集子裡，先用臺語寫成，再譯為國語，創造了雙語創作的先例。臺語版還作了注釋。現在錄一段雙語對照於下：

> （臺語）這是伊第二次破大病，自從伊打好飛往北美洲个飛行機票，準備卜飛佫加州，離開打貓市个時陣，伊就破大病了，無法度解救个這個病，突然而來，伊只好拖命倒轉來李氏商業大樓个舊房間休睏，九條命差不多存一條。一年前，伊破大病卜出院个時陣，醫生就加伊講：「汝个病只是暫時轉好，但是阮真驚汝閣再發作，假使閣再發作，神仙也難救了。汝愛會記，汝是過不了五更个儂。」
>
> （國語）是他第二度的大病，自從他買妥了飛往北美洲的機票，打算飛到加州，飛離打貓市的時侯，他就又病了，無可救藥的這場病，突然而來，他只好拖著老命回到李氏商業大樓的舊房間略做休息，九條命幾乎只剩下那麼一條了。一年前，他生大病將出院時，醫生就曾當他的面說：「你的病只是暫時轉好，可是我們多麼擔心你的病又再發作，假如真要再發作了，華陀再世也難以挽救了，你要記住，你是過不了五更的人哪。」

兩段的字數差不多，我們可以發現，宋澤萊並沒有存心寫百分之百的臺語，對於虛詞，儘可能用國語的詞彙，甚至實詞的「第二次」不作「第二擺」。「突然而來」的道地臺語可以用「無張無持」（bo_5 $tiuN_1$ bo_5 ti_5），但宋氏也不用，可見文學作品畢竟不同於說唱文學，不必白到老嫗能解。可是有些臺語學者，則主張儘可能用口語——他們心目中理想的「臺灣話文」來寫作，洪惟仁先生是一個代表，他也寫了不少通俗文學，例如「囝是翁某個『螟蟻釘』」（《臺灣新文化》第五期，1987）一文開頭他這樣寫：

> 講有蜀（一）對翁某（夫妻）離婚，留蜀個（一個）囡仔（小
> 孩）佮（和）老父（父親）帶（住）。有蜀日（一天），囡仔去
> 學校讀書，轉（返）來個（的）時抵好（剛巧）衝著（遇到）
> 因（他）阿娘（母親）。阿娘看著（到）囝（兒子），著（就）
> 流目屎（眼淚）講（說）：「恁（您）阿爸質嗎（現在）好否？
> 伊（他）身體有勇勇（健康）否？汝有乖乖讀書否？」

如果要挑剔，還有一兩處也不夠白，例如：「讀書」臺灣中南部都說
「讀冊」，泉州腔才用「讀書（tsu）」，「學校」也是文讀詞，白話是
「學仔」或「學堂」，由此可見，純粹的「臺灣話文」要面對大量擬
音字（鄭良偉、林宗源都夾用羅馬拼音來暫代）及方言詞音、用字上
的分歧，臺語同樣有次方言的問題存在。鄭良偉、洪惟仁、宋澤萊都
用過「臺灣話文」來討論「臺語文字化個問題」，則又是另一種書面
語的嘗試了。在散文方面，陳冠學（田園之秋，前衛）、吳晟（農
婦，洪範）、簡媜（月娘照眠床，洪範）都有不同程度的試驗，也創
造不同的方言文學美感，這裡就無法細論。

六　結論

　　本文利用主要篇幅來介紹臺灣現代小說中的閩南詞彙，並列出二
百個方言詞的例句，並加注釋，由於語料太多，在分析方面不得不簡
略。但值得肯定的是，臺灣文學自來就因地緣關係，與臺語結了不解
之緣，國臺語之間的詞彙如何融合、吸收、互補，方言文學的實驗如
何位格化，本篇對書面語的風格，拋磚引玉，可說跨出一小步，恐
怕都需要更多的語言學家、文學研究者、作家來共同關注。

參考文獻

隱　地等主編　《五十七年～七十七年度短篇小說選》　臺北市　書
　　　評目版社、爾雅出版社　1968-1988年

葉石濤等主編　《臺灣小說選》　臺北市　前衛出版社　1982-1988年

葉石濤　《臺灣文學史綱》　高雄市　文學界雜誌社　1987年

黃春明　《黃春明小說集1、2、3》　臺北市　皇冠出版社　1985年

宋澤萊　《宋澤萊作品集1、2、3》　臺北市　前衛出版社　1988年

宋澤萊　《弱小民族》　臺北市　前衛出版社　1987年

王禎和　《嫁妝一牛車》　臺北市　遠景出版社　1975年

王禎和　《玫瑰玫瑰我愛你》　臺北市　遠景出版社　1984年

楊青矗　《在室男》　臺北市　敦理出版社　1978年

洪中周　《青暝藤仔》　臺北市　名流出版社　1988年

李　昂　《殺夫》　臺北市　聯經出版公司　1984年

林雙不編　《臺灣小說半世紀（1930-1980）》　臺北市　前衛出版社
　　　1987年

向　陽　《土地的歌》　臺北市　自立報系出版　1985年

林宗源著　鄭良偉編注　《林宗源臺語詩選》　臺北市　自立報系出
　　　版　自立報系　1988年

連　橫著　姚榮松導讀　（經典035）　《臺灣語典》　臺北市　金
　　　楓出版社　1987年

洪惟仁　《臺灣禮俗語典》　臺北市　自立晚報出版　1989年

吳瀛濤　《臺灣諺語典》　臺北市　臺灣英文出版社　1975年

鄭良偉　《走向標準化的臺灣話文典》　臺北市　自立晚報出版
　　　1989年

蔡培火　《國語閩南語對照常用辭典典》　臺北市　正中書局　1969
　　　年

村上嘉英編　《現代閩南語辭典典》　日本　天理大學　1981年

廈門大學編　《普通話閩南方言辭典》　香港　三聯書店　福州市
　　　福建人民出版社聯合出版　1982年

張振興　《臺灣閩南方言記略》　福州市　福建人民出版社　1983年

吳守禮編著　《綜合閩南臺灣語基本字典初稿（上）（下）》　臺北市
　　　文哲出版社　1987年

黃國營　〈臺灣當代小說的詞匯語法特點〉　《中國語文》　1988年
　　　第3期

鄭良偉　〈從兩岸語言實況看臺灣現代小說的語法特點〉　摘要稿
　　　1989年

後記

　　本文曾於一九八九年十一月十八日在美國波士頓舉行的全美外語
教學學會年會上宣讀。夏志清教授講評時，對本文的語料價值謬予肯
定。拙文之發表，係由於張孝裕教授及世界華文協進會的董鵬程先生
之推薦並促成，初稿曾得洪惟仁、楊秀芳二位先生細閱，並提供許多
修訂意見。筆者並採納了楊教授的建議，增補了初稿所沒有的「四之
（三）」一節，使本文的宗旨更加顯豁。謹此向諸先生致謝。

　　——本文原刊於《國文學報》第十九期（1990年6月），頁223-264。

閩客共有詞彙中的同源問題

一 前言

　　羅杰瑞（Norman 1988:210-214）提出古代南方漢語，作為閩語、客家話、粵語的共同祖語，把這三種方言異於他所謂北方和中部方言的許多共同特點作為構擬這個祖語的依據，這些特點包括保留重唇音、舌根音不顎化，濁音完全清化、古韻尾全部保留等語音遺跡外，比較有說服力的仍是構詞上的共通點和詞彙語法上的共同遺跡，這些現象包括南方方言具有共同的否定詞＊m組（不用入聲的「不」），「毒」字以入、去聲分名、動兩讀，閩、客、粵以外的方言則無此區別。再如：「蟑螂」一詞大概來自古代＊dzât這個詞根。而「虱」字南方方言都加上表示雌性動物的詞尾：廈門sat7 bu3（虱母），粵語sat7 na3（虱乸），客家set7 ma2（虱嫲）。他並指出：這個古南方語言的成分，保留在閩語最多，客家次之，粵語則只是一些痕跡。[1]

　　羅氏的這個假說看似頗具說服力，但是對於錯綜複雜的閩、客、粵方言之間的詞彙的同一性與差異性，並沒有做過全面的探討，使人對於少數遺跡的雷同感到撲朔迷離。由於閩、客、粵地處古百越之地，在漢人進入之後，各自吸收或移借了或同或異的底層語言成分，再經由彼此交叉互動，相互滲透，其中有移借、有混合，在詞彙上表現的「同中有異，異中有同」，尤其明顯。閩語的調查研究，一向較

1　羅杰瑞著，張惠英譯：《漢語概說》（北京市：語文出版社，1995年），頁186-189。
　　羅氏所用調號系統，7指陰入、3指陰上、2指陽平。

為積極，其中閩南語由於海峽兩岸的歷史際遇，其辭書字典、文獻尤其豐富。近年由於方言調查的深化，如詹伯慧、張日昇（1988）之於珠江三角洲粵語，李如龍、張雙慶（1992）之於客、贛調查，在詞彙的對照上提供了由點到面的成果，對於方言基本詞彙的異同，可以有全面的透視。

黃典誠（1984）、羅杰瑞（1988）都提出若干閩方言特有的詞作為閩語的特徵，客家話卻由於和其他方言長期混處，故很少有它特有的詞彙，羅杰瑞（1988）只提出梅縣的 lai5（兒子）一個特例。換言之，客家話特有詞多半與閩、粵、贛、吳共有。李如龍、張雙慶（1992）列舉客贛一致的詞語一五〇條。[2]李如龍（1993）〈從詞匯看閩南語和客家話的關係〉[3]一文共列舉了二〇〇個閩客共有的詞彙，二百個詞中，有文獻來源（即合於《廣韻》、《集韻》記載的本字）即佔九十個，另一一〇個多音詞為主的共有詞，僅舉個別的方言點（泉州、永定、長汀、上杭）為證。這些材料當然不是閩客共有詞的全部，卻引發筆者另一個疑問，究竟如何看待這些共有詞，它們都是同源，抑或部分同源，部分混源，必然有一些是方言間的移借，由於分不清誰借給誰，從來只用「互相滲透」來看待問題是不夠的。對於來自壯侗語、南島語底層的詞，一般則不諱言移借，然而漢語方言的詞彙，除了有來自原始祖語而與其他方言同源者外，應該也有在不同時空下的自源詞存在，或被強勢語言半同化的混源詞，在作方言點的詞彙比較時，應該先擬構個別方言的根詞，以分辨自源與他源的構詞，我們並不否認許多他源詞到今天已和自源詞沒有區別。

2　李如龍、張雙慶主編：《客贛方言調查報告》（廈門市：廈門大學出版社，1992年），頁457。

3　曹逢甫、蔡美慧編：《第一屆臺灣語言國際研討會論文選集》（臺北市：文鶴出版公司，1995年），頁177-190。又會前論文集（1993年）頁B5:1-25。

二 閩客方言「特別詞」中的同源詞舉隅

這裡所指的特別詞是閩客方言詞明顯與官話不同的詞語，除了參考《漢語方言詞匯》（第二版）（本文以下簡稱《詞匯》）外，本文主要依據羅美珍、鄧曉華（1995）所收《客家方言詞匯》[4]（六九一條，有長汀、梅縣、贛縣、連城四個點的語音對照）及李如龍等的相關調查[5]，閩語的語料則多方參照，必要時再交代來源。

（一）瀾（口水）

《詞匯》：廈門：nũã˦，潮洲nũã˦ 字作「瀾」、福州：瀾lang˅，建甌：瀾luing˅。是閩方言特有詞，字或作「瀾」。

《客贛》：客語十七個方言點中有七點用「瀾」字，包括梅縣：口瀾hɛu3 lan1（揭西：k'əu36 lan1），長汀：həw3 lang1，寧都：口瀾 hɛu3 lan1 siu3。字作「瀾」，當為方言造字。《廣韻》去聲翰韻瀾，波也，郎旰切。梅縣、寧都音lan 7，次濁上聲讀陰平，完全合乎客語音韻特性。波瀾引申為口水，雖不中亦不遠。瀾字當亦方言字。閩客外只有溫州：（1）口瀾水k'au˦ la˦ sl1；（2）瀾la1，顯示吳語本為同源詞。其他北方式的詞有「口水」（合肥、揚州、雙峰（1）、廣州、陽江、成都），「頷水」（西安、太原）、涎（武漢：ɕiɛn˅ ；南昌ɕiɛn1）。「饞」（長沙tsan1，雙峰（2）dzæ˩）

贛語南昌作「涎」，《廣韻》仙韻：口液，夕連切。音義俱合。閩

---

4 羅美珍、鄧曉華：《客語方言》（福州市：福建教育出版社，1995年，客家文化叢書）。

5 包括李如龍、張雙慶主編：《客贛方言調查報告》（本文以下簡稱《客贛》；陳章太、李如龍《閩語研究》〔北京市：語文出版社，1991年〕中閩方言各點的材料。閩、客個別點的詞彙見於《方言》各期，不繁列舉。）

南亦有人將nũã7寫作「涎」，合乎邪母上古讀舌頭音，中古以下涎瀾
異詞，顯示這個詞是閩客同源，客贛異源。

（二）治／剐（殺）

羅杰瑞（1988）：福州、廈門：thai2，海陸：tʃhï2，梅縣：tshï2。
《詞匯》分別「宰」和「殺」二條，閩語的廈、潮、福州都作
「刣」，沒有區別，建甌分別作刣t'i和殺suε1，和多數方言區別
「宰：殺」一樣，可能是外來影響。梅縣作「剐」，和閩語的「刣」
同為方言字，羅杰瑞（1979）指出其本字為治，直之切，文獻上有
「治魚」的記載，如《說文》：「劊，楚人謂治魚也」。《廣韻》入聲屑
韻：「劊，割治魚也。古削切」。「劊」的用法在《詞匯》中並沒有反
映，倒是第二版做了大幅的補充。「剐」字又見於北京（3）ts'1，合
肥（2）tʂ'ɿ，揚州（3）ts'1，借音字還有武漢（3）持ts'1，南昌
（2）遲ts'1，濟南（3）則用了一個本字治tʂ'ɿ，並說明（2）、（3）
指剖魚，相對的第（1）種用法不是「宰」即是「殺」。這些方言「殺
人」都不用「宰」或「剐」。這些現象說明「剐」並非客語的獨源
詞，官話也用。不過閩語的專用字「刣」t'ai1正是古音「治」的遺
跡，非閩語則變成舌尖塞擦音的ts'或tʂ'，與閩語之存古，正反映了同
源現象，至於進一步指出它與古臺語trai，古苗語daih，或古南島語的
「死」同源[6]，則屬於上古漢語「治魚」的借源問題，A. Haudricourt
認為「殺、死」的原始苗語形式為＊daih。至少說明閩語的「刣」強
烈保存底層詞的痕跡。《字匯》中「宰」的溫洲（1）作「推」t'ai1，
注云：「本字為『摧』（煺），他回切。」按：《廣韻》：「煺，煺燖毛，
出《字林》」。燖為燅（《說文》：湯中爚肉）之異體，徐塩切，似與

6　羅美珍、鄧曉華：《客家方言》（福州市：福建教育出版社，1995年），頁143-144。

「宰殺」義相去有間，過於牽強，不如視為閩語「治」的同源詞。

《客贛》（頁233）有「剖魚」一條，下作「治魚」的客方言有八點，約佔半數，贛方言有五點（安義、都昌、陽新、宿松、南城），不如作「破魚」的九點多，這說明客贛之間的分源，「破魚」當即剖魚，為贛方言的特別詞。贛方言中的「治魚」可能是閩客的借源詞。而客方言中尚有五個點（翁源、連南、西河、陸川、香港）作「盪魚」（t'ɔng1 ng2——西河、香港等）。《詞匯》中「宰」的粵語獨有形式正作「劏」：廣州t'ɔng53、陽江t'ɔng33，香港客語地處粵語區，「盪魚」正是粵語「劏魚」的借詞。詹伯慧等（1988）《珠江三角洲方言詞匯對照》「殺雞」各點均作「劏雞」（頁255），除了隆都閩方言島作「刣雞」為例外，詹等（1994）《粵北十縣市粵方言調查報告》「殺豬」也全作「劏豬」（頁630），「劏」字文獻未見，為粵語用字，詞源待考。

（三）搑／挗（推）

《詞匯》頁三五一推（推車、推門）條：梅縣：挗sung˩；陽江：（1）*宿łuk（2）捂ʊng˩（3）搑łung˩；廈門：（1）口tu˥（2）速*sak；潮州：（1）攏leng˥（2）口ɯ˥；福州：（1）攄t'iang˩（2）挗søyng；建甌：（1）攄taing˩（2）挗sɔng˩

看起來閩、客、粵都有「挗／搑」這個代表「推」的字，有趣的是廣州話卻沒有這個說法，只有（1）推t'øy˧或（2）掔ʊng˥，詹等（1994）粵北十個點的詞匯比較，「推車」條有六處叫推車，佛岡、仁化兩處同廣州作「攏車」（ong35 ts'ɛ53），陽山、樂昌兩處則兩種都說。而陽江的（2）捂ʊng˩正是粵語的正宗說法，（1）łuk˥和（3）łuŋ˩正好是閩、客方言的同源詞，梅縣話只有sung˩（挗）一種說法，說明它是道地的客家詞彙，不過它也是客贛的共有詞，以下依李如龍

等《客贛》頁357，詞目「推」下進行統計如下：

十七個客方言點中，屬於挵sung3這個音組的有十一點。它們是：梅縣sung3翁源（摟）siung36揭西sung36武平səng36長汀song3寧化（摟）siɤng3寧都（摟）ts'əng3三都（挵）ts'əng3贛縣（挵）ts'əng3大余ts'əng3香港（挵，捹）sung3，ng3。

屬於「捹ong3（河源）」這個音組只有四點：河源ong³、清溪ung3、西河ung3，陸川ong3，這四個點前二點在廣東，後二點在廣西，都是粵語區，客語借自粵語的「捹／擁／揈」一詞，自無疑問。此外連南用「推」ɔi1，秀篆用「倲」su7，前者在湘粵交界，後者在閩客交界，各反映其受湘、閩方言的影響。

《客贛》另外十七個贛方言點中，屬於「挵（ts'əng或sung）」這個音組共有十四點（其他三點分別是：新余：輕tɕ'iang1B，宜丰口k'aʔ78，弋陽口k'onl可以存而不論。）正可說明「挵」是個典型的贛語。因此，新版《詞匯》中南昌有三個說法：（1）推t'ui√（2）揎ɕyon√（3）挼sung√，一九六四年版只有（1）的說法，說明都會區的贛語詞彙正在丟失「挵／挼」這個本有詞，代之以外來的「推」字。

現在可以檢討「挵／挼」一詞是否為閩語所固有，由《詞匯》看來，廈門話的sak√（速），福州作sɸyng√，建甌作sɔng√（字作挼），存在一種「陽入對轉」的痕跡，陽江的（1）łvk˦（宿*）（3）łung（挵），保存入聲和陽聲的兩種說法。潮州完全不用。從分布的情形看，閩北只有陽聲的說法，李如龍（1991）[7]列舉了六個點（建甌、峽陽、政和、洋燉並音sɔng³，松溪、建陽音song³，石陂、崇安音

---

7 〈閩北方言〉，收在陳章太、李如龍：《閩語研究》（北京市：語文出版社，1991年），頁139-190。「推」見該書頁164。

sǝng³）皆陰上調，清一色用「挻」字。按：挻《集韻》：抴動切，推
也[8]，李如龍（1996：238）指出：「閩客方言多有管推叫挻的，泉
州：ᶜsang，又音sak。（陽入對轉），梅縣ᶜsung。《客方言》云：「推擊
曰悚」（頁147），本字誤。」[9]

閩南語泉州、廈門兼有「挻／揉」和「揀」，林連通《泉洲方言
志》作sang˥揉，推也（頁131），sak˥揀，抱揉（頁151），周長楫
《廈門方言詞典》則作：揀sang˩推送（頁249），□sak˩用力推（頁
335）。後者還可做動詞補語，相當於北京話的「掉」，如獻hinnh˩揀
sak˩（扔掉），倒揀（倒掉），放揀（拋棄）等。不過這個用法跟推揉
已有距離，也許是引申。這些用法在Douglas（1899）的《英廈字
典》中已著錄。中嶋幹起（1977）所記的東山方言也有sak，並沒有
sang，今天臺灣也多半用「揀」sak，不再用sang˩當「推」講，藍清
漢（1980）的《宜蘭方言語彙集》也只收「sak」一讀，這是臺灣漳
腔的代表。張振興（1982）所記的同音字表，兼收二者，也許是發音
人中有一位「臺北泉腔」之故，不過筆者說中部混合腔，也只用揀
sak，不用挻／揉。可以說陽聲韻的sang˩已被sak˩所取代了。[10]

筆者推測「揉／挻」當為客、贛的同源詞，這個詞來自北方，可
以從《詞匯》第二版載有合肥、揚州、雙峰、南昌都兼有揉一詞（另
外武漢也有（2）扔song˩，應該是同形詞），羅美珍等（1995：183）
所記以長汀話為主的四種客家詞彙，正採用「扔」字為代表。至於閩

8　這個說法見張振興：《臺灣閩南方言記略》（福州市：，福建人民出版社，1982
　　年），第二章同音字表注NO.87.

9　李如龍：《方言與音韻論集》（香港：中文大學中國文化研究所、吳多泰中國語文研
　　究中心出版，1996年）。

10　筆者也注意到，林寶卿：〈漳州方言詞匯〉（分成三篇，分別刊於《方言》第2至4
　　期，〔1992年〕）和馬重奇《漳州方言研究》（香港：縱橫出版社，1994年），都沒有
　　收當「推」講的sak˩一詞。

語，由於潮州話完全沒有sang或sak的用法，而用leng﬩（攏）作「推」，福州、建甌也都有另一個字「攙」（福州t'iang﬩，建甌taing﬩），這一組可能是原始閩語的「推」，而使用「挻／搡」與「揀」的或許來自客贛的借詞，由於閩北只有陽聲的sang/song，福州與泉州則兼用入聲的sak，陽江粵語也接收了這兩讀（也許是移民帶來的），到了廈門、臺灣，則sak一詞取得了優勢，雖然它的源詞應該是「客贛」的sung（挻／搡），我們也可以說sak是閩方言利用陽入對轉所孳乳的新詞根，就這個意義來說，仍與客贛共有「推」的詞源，但是早期閩語的底層詞「攙」卻另有來源，這個來源有待深考。

（四）沃（澆灌）

普通話的「澆」，閩語只有「沃」（廈門、潮州ak﬩，福州uoʔ﬩，建甌u﬩）一種說法，所以「沃」應該是閩南語的基本詞，客家話固然也有用「沃」的，但恐怕是閩語的借詞。不能粗淺地認為閩客共有的詞彙。[11]

《詞匯》頁三八七澆字的二十個方言點說法如下：

（一）只用「澆」字的：北京、濟南、西安、太原、合肥、揚州、蘇州、南昌共八點。

（二）澆與他字並用者：武漢：（1）澆（2）＊印；溫州：（1）澆（2）＊洌（3）淋。

（三）只用「淋」的：梅縣（limˌ）、廣州（lɐmˌ）、陽江（lɐmˊ）共三點。

---

11 李如龍：《方言與音韻論集》（香港：中文大學中國文化研究所、吳多泰中國語文研究中心出版，1996年），頁238，把「沃」字作閩、客共有的方言詞，他說：《廣韻》烏酷切：「灌也」。閩方言多稱澆灌為沃，泉州：akₒ，客方言也有此說。水定：vuʔₒ。羅美珍等（1995:133）也根據連城話的沃vyɛ²，認為沃是客閩相同詞。

（四）淋與他字並用者：成都（1）淋（2）撝[12]（inᴗ）；溫州（見前引）；長沙（1）淋（2）印；雙蜂（1）淋（2）印。

（五）只用「沃」字的：廈門、潮州、福州、建甌。

這就是說，現代漢語作為「澆灌」一詞的單音詞有五個形態：（1）澆（2）淋（3）印／撝（4）洲（溫州）（5）沃。其中澆、淋分佈最廣，且為某些方言獨用，「沃」字次之，僅限於閩語。

不過調查顯示，客方言也有「沃」字的說法。根據《客贛》頁三六一，澆（菜）一條，客語的十七個方言點之表現如下：

（一）用「淋」的方言·；梅縣、翁源、連南、三都、大余、西河、陸川、香港等十二點。

（二）用「沃」的方言：秀篆、武平、寧化三個點。

（三）用「澆」的方言：贛縣（tɕiɔl）

（四）用「潑」的方言：長汀（pʼa27）

至於十七個贛方言只有三個點用「淋」（八個點用「壅」），而用「淋」的客語遍及四省（西河、陸川在廣西），可以說明「淋」才是客語的基本詞，至於用「沃」的客語都集中在福建，這就說明「沃」是借自「閩語」的外來詞。所以不能說：閩客的「沃」是同源詞。

三　關於漢語方言基本詞之間移借的模式

研究漢語方言詞彙的學者似乎有一個共同的模糊點，即認為除了來自非漢語的底層詞才可能移借，只要中古漢語以前的文獻（主要為韻書、字書）可以找到字源的，就該屬於現代方言的同源詞，理由是

---

12 從聲調看，武漢，長沙「印」in1，雙峰印 iɛn1，成都「撝」當同「印」。又《詞匯》用字上加星號（＊）表示不明本字，僅為方言中習用的同音替代字。

我們怎麼能根據現代各大方言中的分用,就否定它們在前一個階段不是共用這些源詞呢?

我們從前一節所舉的四個閩客共有詞,通過方言調查的詳細語料,確定「瀾」、「治／剷」是閩客同源詞,而「搣／揀」、「沃:淋」卻非早期閩客同源詞,因為「搣／揀」基本是北方話的共有詞,原始閩語卻另有源詞(搣)。兼用「搣／揀」是移借並進一步陽入對轉的產物。沃和淋則為典型的閩客異源詞。

筆者認為通過全面的方言詞彙調查,我們就可以從數據中,重建各主要方言的基本源詞,這些源詞在當代口語中也可能完全退居第二線,不再是活絡的主流詞,但正因為它們沒有完全消失,我們才能找到它們的滄桑身世,前文我們即利用了以下這三個原則來決定誰是源,誰是借:

(一)從數據上證明某詞為某方言所獨用,必與源詞有關。

(二)從並用的比例上,決定何者為原始詞,何者為後來。

(三)從地理分布及鄰近方言的比較,決定借詞的來源。

漢語史的重建是一項複雜的工程,上面的方法固然失諸簡陋,但只要語料充分而且正確,不難達到一部分的目標,但還需加上更重要的一條原則是:

(四)從音韻演變的規律上,決定那些詞確實同源。

關於詞彙移借(1exical borrowing)現象並不是一個單純的聲音或意義的移借。Haugen(一九五〇)提出了兩個用來處理詞彙移借的觀念:「輸入」(importation)──將被借入語的語言模式帶入借入語中;「取代」(substitution)──用借入語的語言模式取代來自被借入語的模式。此外並將詞匯移借分為三類:

1. Loanwords:只有構詞上輸入的移借;

2. Loan blends:構詞上有輸入也有取代的移借。

3. 只有詞彙意義的輸入，構詞則以借入語的模式取代。

本文想探討的移借，正是從閩、客兩種方言的構詞模式的比較中，探討各類型的移借詞正處於何種階段。所以

（五）方言構詞規律的檢討，成為我的方法論的第五原則。

最後應該為漢語方言詞匯互借的過程提出一個假設模式：

（階段一）→ 　　（階段二）　　→（階段三）→（階段四）
語言接觸　→口語的「代號夾用」→「改造」　→詞彙移借

我們姑以上文所舉的第三例為證，來看閩語如何從客語獲得「推揀」這個詞。

階段一：客語居民，每天清晨「搡／搟門」即面對丘陵上的茶樹青青；「福佬人」市集裡，多半是「㧒車」來供貨的；咱們老廣，卻是無法「推擁／揬」一波一波的閩客移民潮。

階段二：閩語居民有時也學客家人說「搡車，搡門」，但是沒有忘記自己本來應該說「㧒車」、「㧒門」。

階段三：閩方言裡說「搡車，搡門」的愈來愈多，只有一些老一輩的鄉下人還用「㧒車，㧒門」的。有的人說快了，乾脆把sung發音成sɔng，或者sang，還有一些人乾脆發成急促調的sak，聽起來更俐落了。

階段四：大部分的閩南居民天天聽到「搡」sangˇ或「揀」sak，偶爾從住在福州的遠房親戚口中聽到「㧒t'iangˇ車」「㧒門」的奇怪說法。大多數的臺灣的居民則每天聽到的都是sak，sak，sak一種單調的推車聲，「sangˇ車」、「t'iangˇ車」兩種說法一概聞所未聞。

四　結語

　　本文從詞源學的角度，全面觀察了四組閩客共有的詞彙與漢語各方言之間的聯繫，並通過閩、粵、客、贛方言詞彙調查的數據，試圖擬構閩、客這四個源詞的歸屬，並判斷其他方言與這些自源詞的移借關係。我們得到的初步結論是：瀾（口水）、治或劇（殺）是閩、客的同源詞，搋（推）和淋（澆）是客語固有詞，閩南語的自源詞可能是「挩」（推）和沃（澆），至於「揀」（推）則是閩語從客贛移借了搋（揉）以後，陽入對轉產生的創新形式。上文所提出的方法是粗糙的，必須通過更全面的檢證，本文只是一個起步，希望引起對這個課題的共同關注，以便建立科學的漢語方言詞彙的發展史。

參考文獻

（一）詞彙語料部分

1　客語

黃雪貞　《梅縣方言詞典》　南京市　江蘇教育出版社　1995年

羅美珍、鄧曉華　〈客家方言詞匯〉　《客家方言》　福州市　福建
　　　　教育出版社　1995年

李如龍、張雙慶　《客贛方言調查報告》　廈門市　廈門大學出版社
　　　　1992年

羅肇錦　《臺灣的客家話》　臺北市　臺原出版社　1990年

呂嵩雁　《臺灣饒平方言》　臺北市　東吳大學碩士論文　1993年

千島英一、樋口靖　〈臺灣南部客家方言概要〉　《日本麗澤大學紀
　　　要》　1986年　卷42　頁95-148

2　閩語

周長楫　《廈門方言詞典》　南京市　江蘇教育出版社　1993年

林連通　《泉州市方言志》　北京市　社會科學文獻出版社　1993年

譚邦君　《廈門方言志》　北京市　北京語言學院出版社　1996年

馬重奇　《漳州方言研究》　香港　縱橫出版社　1994年

林寶卿　〈漳州方言詞匯（一）（二）（三）〉　《方言》　1992年
　　　頁151-160　頁230-240　頁310-312

張振興　《漳平方言研究》　北京市　中國社會科學出版社　1992年

張振興　《臺灣閩南方言記略》　福州市　福建人民出版社　1982年

藍清漢　〈中國語宜蘭方言詞彙集〉　《亞洲語の計數研究》　第14
　　　號　1980年

丁邦新　〈澎湖語彙〉　《書目季刊》　第14卷第2期　1980年　頁
　　　167-240

王育德　《臺灣語常用詞彙》　東京　永和語學社　1957年

（二）主要參考文獻

黃典誠　〈閩語的特徵〉　《方言》　1984年　頁161-164

北京大學中國語文系語言學教研室編　《漢語方言詞匯》　北京市
　　　語文出版社　1995年　第2版

李如龍、陳章太　《閩語研究》　北京市　語文出版社　1991年

李如龍　〈從詞匯看閩南話和客家話的關係〉　《方言與音韻論集》
　　　香港　中文大學中國文化研究所、吳多泰中國語文研究中心
　　　出版　1996年　頁236-247

詹伯慧、張日昇　《珠江三角洲方言詞匯對照》　香港　新世紀出版
　　　社　1988年

李新魁　《廣東的方言》　廣州市　廣東人民出版社　1994年

陳榮嵐、李熙泰　《廈門方言》　廈門市　鷺江出版社　1994年

羅杰瑞（Jerry Norman）著　張惠英譯　《漢語概說》（*The Chinese*）
　　　北京市　語文出版社　1995年

羅志海　《海豐方言》　汕尾市　德宏民族出版社　1995年

王華南　《實用臺語詞彙》　臺北市　臺原出版社　1992年

陳　修　《臺灣話大詞典》　臺北市　遠流出版公司　1991年

廈門大學　《普通話閩南方言詞典》　香港　三聯書店　1982年

臺灣總督府　《臺日大辭典（上、下）》　1931年

徐運德　《客話辭典》　苗栗市　中原周刊社　1992年

楊秀芳　《臺灣閩南語語法稿》　臺北市　大安出版社　1991年

曹逢甫　〈臺灣閩南語動詞、名詞、形容詞研究：動詞部分〉　行政
　　　院國科會專題研究計畫　1995年

張光宇　〈論客家話的形成〉　教育部、政大民族所、清大語言所等
　　　《教育部八十五年度獎助鄉土語言研究著作得獎作品論文
　　　集》　1996年

張光宇　〈論閩方言的形成〉　北京市　中國語文　1996年　頁16-
　　　26

張光宇著　國立編譯館主編　《閩客方言史稿》　臺北市　南天書局
　　　1996年

曹逢甫、蔡美慧　《第一屆臺灣語言國際研討會論文選集》　臺北市
　　　文鶴出版公司　1995年

曹逢甫、蔡美慧　《臺灣閩南語論文集》　臺北市　文鶴出版公司
　　　1995年

曹逢甫、蔡美慧　《臺灣客家語論文集》　臺北市　文鶴出版公司　1995年

劉鎮發　〈從香港、梅縣和臺灣客語的比較，看香港客語受粵語的影響〉　ICCL-5（第五屆中國語言學國際研討會）論文　1996年6月27-29日

Haugen, Elnar (1950), First grammatical treatise: The earliest Germanic phonology. Baltimore: Linguistic Society of America. (Language Monograph No.25.)

Jerry Norman (1988), Chinese, Cambridge Language Surveys, New York.

閩西客家學研究會　《客家縱橫（增刊）——首屆客家方言學術研討會專集》　1994年12月　福建龍岩

橋本萬太郎　《客家語基礎語彙集》　日本　アジア・アフリカ言語文化研究所　1972年

Hashimoto, M. J. (1973) *The Hakka Dialect—A Linguistic Study & Its Phonology, Syntax and Lexicon*, Camhridge University Press. N.Y.

——本文初稿曾於一九九七年二月「第五屆國際閩方言學術研討會」上宣讀；後刊於《中國學術年刊》第十九期（1998年3月），頁659-671；並收入詹伯慧、王建設等編：《第五屆國際閩方言研討會論文集》（廣州：暨南大學出版社，1999年4月），頁146-158。

臺灣閩南語歌仔冊的
用字分析與詞彙解讀

──以〈最新落陰相褒歌〉為例[*]

一　前言

　　探討臺灣閩南語的歷史，不論就通俗文學或民間口語漢字表述或詞彙的解讀，歌仔冊都不失為重要的文獻，可惜相關的研究至今仍寥寥可數。據王順隆（1997）[1]指出：歌仔冊從道光七年至今，發行過的種類超過一千五百種。由於過去研究文獻的闕如，不免受到學界的冷落。王氏已建立個人的「歌仔冊電腦文字庫」，並從歌仔冊語詞和文體的特徵著手分析俗曲唱本在閩南及臺灣的進化過程。這是一個角度，此外，臧汀生（1996）更利用歌仔冊中的〈勸改賭博歌〉、〈英台出世歌〉等全篇的解讀，來分析民間口語文獻的用字方法或俗寫形聲字的表述手段，又是另一個研究角度。林慶勳（1999）也有類似的解讀。[2]

---

[*]　本文初稿見於《臺灣語言及其教學國際研討會論文集》2，（1998年5月31日、6月1日新竹師院），該文係未定稿，僅收五十條特殊字例，本文已擴充為一百五十一條。

1　閩南語「歌仔冊」的詞彙研究──從七種《孟姜女歌》的語詞看「歌仔冊」的進化過程，該文於一九九七年二月十九日在第五屆國際閩方言研討會由林慶勳教授代為宣讀。該會由泉州市華僑大學，香港中文大學吳多泰語文研究中心等聯合主辦。

2　林慶勳：《問路相褒歌》（高雄市：中山大學中國文學系，1999年），除全文標音注釋外，並針對押韻、訓用字、假借字、特殊詞語詳加探討，堪稱典範研究，與本文旨趣最近。

從這兩個角度來看，詞彙的解讀應該是研究的起點。筆者一九九三至一九九四年旅法期間，曾得法國高等學院教授、道教學家施博爾（Kristofer Schipper）先生以陳大羅先生手抄〈最新落陰褒歌〉羅馬注音手稿影本相贈，並希望筆者對該冊做點研究，當時大喜過望，由於手頭沒有足夠的參考資料，一直並未進行全文解讀。事隔多年，本文初步就這本歌仔冊的用字類型加以整理分析，並進行詞彙方面的解讀，重點則以漢字使用之類型為主。總算初步履行了施博爾教授的付託。

二 〈最新落陰相褒歌〉解題和版本

歌仔冊亦稱歌仔簿，顧名思義即刊載「歌仔」的本子。但歌仔，通常指以七言或五言的形式，共有三、四百句相連而成的韻文而言。[3]陳健銘則逕名之為「俗曲唱本」，並說：

> 「俗曲唱本」，簡單的說，就是採集平民所作通俗小調歌謠的一種文字記錄。[4]

筆者未見歌仔的科學分類，王育德（1993）將自己所藏的一百四十五冊初步分為六類（1）有關三伯英台；（2）有關歷史故事；（3）有關世俗勸戒；（4）有關相褒歌；（5）有關流行歌曲；（6）其他。分類雖粗，卻可以說明「相褒歌」是歌仔冊中的一個重要類型。「所謂相褒歌（Sann-po-kua）是以某一事物為主題，男女間或同性間所做的

---

3 王育德著，黃國彥譯：《臺灣話講座）（臺北市：自立晚報社文化出版部，1993年），頁175。

4 陳健銘：〈閩臺歌冊縱橫談〉，收於陳著：《野臺鑼鼓》（臺北縣：稻鄉出版社，1989年），頁71-83。

對口唱和。既然用褒字，那就是要捧對方——這樣的解釋是不對的。男女對唱，目的當然在向對方求愛，所以措詞婉轉、韻味無窮，而且巧妙地穿插比喻。在歌仔當中，這是最富有藝術性和吸引力的領域。」[5]

　　王氏所藏的相褒歌只有十四冊，他所提到的這類歌仔的引人入勝，似乎沒有包括本篇的「落陰相褒」這個主題，因為「落陰」是「下冥府」之意，陰陽兩隔，陽間人一旦落入陰曹地府，何來相褒之美譚？陳修（1991）《臺灣話大詞典》卻指出一種叫「關落陰」（Koan loh-im）的「神遊冥府之術」，他說：「往時鄉間婦女，在元宵或者中秋之夜，多相邀而行之。今似少見矣。」（頁1174）就「神遊冥府」而言，這首「落陰相褒歌」的題材正符合，不過故事卻是敘述一對夫妻的落入陰府，由於為兄病危未及時通知小弟，致小叔疑其兄嫂下毒害兄，告到官府收押，即轉出嫂嫂「我卜落陰尋恁兄」的情節，因請「三姑柴路」，行經草埔路、郎君井，刣狗坑、刣牛坑、冷水坑、奈何橋、心酸嶺、六角座、金光橋、生人宮、三角埔、鐵線橋、松柏街、拾物街、枉死城、梧桐腳、最後在枉死庄收齊兄哥三魂七魄，原路回到陽間，拜天公、佛祖，刣豬羊，謝三界、城隍，搭戲棚慶祝，並宣揚嫂落陰尋夫之美譚，落陰相褒多半為小叔與嫂的對唱，由誤解而化險為夷，經歷一場鬼域去來，而以喜劇落幕，這是帶有宗教意義的一種出入陰陽界的故事。自然與王育德先生所述的男女求愛的主題相去甚遠，也可以視為「相褒歌」的變格。

　　根據施博爾教授（1965）〈五百舊本「歌仔冊」目錄〉[6]一文所載「落陰相褒歌」只有三本；皆在民國以後刊印。

5　同註3，頁178。

6　施博爾：〈五百舊本「歌仔冊」目錄〉，《臺灣風物》第15卷第4期（1965年）。

1 最新落陰裹歌　一本八篇，民國四年（編號民國印本NO.50）

2 落陰相裹新歌　上下本四篇合四篇，昭和八年（原編號為臺灣印本NO.123，臺中瑞成書局）

3 最新落陰相裹歌　上下本，三篇合三篇，昭和十一年（原編號，臺灣印本NO.212，嘉義捷發漢書部印行。）

　　筆者手上則為市面上唯一流行的本子，不在著錄之內，即：

4 最新落陰相裹歌，全三本（上中下），凡九頁。民國七十六年五月第八版，竹林書局。

　　施教授所藏1-3本筆者並未寓目，僅得其羅馬注音手抄本題為「最新落陰裹歌」，全文句數大抵同4，僅下本最末四句，竹林書局本增為八句，所增句子皆為推銷該冊，對照如下：（增句作＊）

手稿本	竹林書局七十六年刊本
歌中唱來是真和，	歌中唱來皆兮和
我唱到只既經無，	＊竹林印歌別人無
大家朋友若不學，	大家朋友著學好
不通風梭想忐忑。	不通風梭想迌迌
	落陰相裹歌者止
	＊大家聽著大歡喜
	＊恁那看了有趣味
	＊買去念看就知枝

從稿本題目看來，可能是第一本，即民國四年本，距第四本不過七十二年，其中尚有個別句子的用字差異（並未更動全句），因尚未核對第一本，不敢確定是抄寫者自己更動用字，還是竹林書局所改用，不過從全書體例上可以看到用字習慣是有系統的差異，如稿本末句的

「忐忑」即竹林版的「迌迌」，全書均一致。有關兩本用字的差異本文暫不討論，以下仍以竹林書局版為依據。

三 〈最新落陰相褒歌〉的用字觀察

（一）閩南語漢字類型與用字整理

拙作（1995）〈閩南語書面使用漢字的類型分析〉一文，曾提出臺灣閩南語漢字的二大類三個次類八小類的類型論，關係如下：

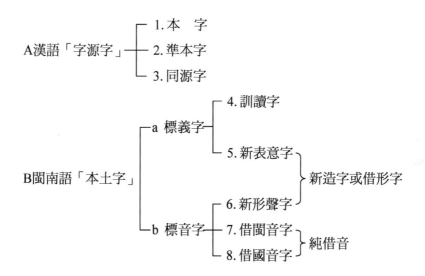

漢字「字源字」源遠流長，考求「本字」可以減少「本土字」（即俗字）的泛濫。「準本字」是不完全合乎演變規律的次級品，同源字則放寬條件，求其近似值。因為是字源學，故講求精確度。「三個次類」是指字源字下只能三擇一的虛位，和本土字的a、b兩類非正統字，鼎足而三。這八小類其實可合併成以下四個基本類型；並用

A、B、C、D作為下文之代號。

本字A	訓讀B	借音C	新造或借形D
天烏	天黑	遮（這儿）	勥（能幹）……形聲
花芳	花香	遐（那兒）	炱（引導）……會意
鉸刀	剪刀		
我		阮（我們）	
你	汝	恁（你們）女（你）	
伊	他	因（他們）	佴（他們）……形聲
	要，欲	卜（他們）	愎（要）……形聲
掠狂	抓狂	勒桃	迌迌（遊玩）…借古字
	捉狂		注新義
	不會		獪（不會）

如：

以下根據歌仔冊〈最新落陰相褒歌〉的用字，列出常用的本土字（即上表B、C、D三類）或特別詞，逐條先依陳氏羅馬注音改以TLPA（臺語標音符號）標其音讀，並於括號中列其相應之本字或通行字。每條僅列出最先出現的三個例句，例句出處（句後注卷頁行次）參附錄文本。

1. 卜beh（要，C）編出落陰卜相褒（上1-1）有人聽歌那卜學（上1-1）卜買瘋歌來救兄（上1-6）

2. 兮e7（會，C）聲聲句句念兮和（上1−1）頭殼即兮致虛衰（上1-5）敢兮乎娘汝克虧（上1-11）

3. 那na3（若，C）有人聽歌那卜學（上1-1）頭殼那痛真不好（上1-4）那搭賓邊就袂痛（上1-6）

4. 呆（1） phainn2（歹，C）好呆歌詩是不等（上1-2）必定呆運著了錢（上1-8）共哥汝說呆字運（上1-14）

5. 成ciann5（成，A）冥日思想無心成（上1-3）

6. 不（1） m7（毋，B）頭殼那痛真不好（上1-4）甲娘瘋膏不通買

（上2-5）都是我兄不知影（上1-6）

7. 通thang（可，C）隨時乎哥通迌迌（上1-4）甲娘瘋膏不通買（上
1-5）無開君臣通煎湯（上1-12）

　　按：俗作「㑮」。

8. 搭tah（貼，C）來搭賓邊即時好（上1-4）瘋膏來塔無聖會（上1-
5）那搭賓邊就袂痛（上1-5）

9. 賓pin³（鬢，C）來搭賓邊即時好（上1-4）那搭賓邊就袂痛（上
1-6）何用瘋膏搭賓邊（上1-7）

10. 乎ho⁷（予，C）隨時乎哥通迌迌（上1-4）乎人笑我半頭青（上1-
7）敢兮乎娘汝克虧（上1-11）

11. 甲⑴kah（教，C）甲娘瘋膏不通買（上1-5）甲阮害哥斷然無
（上3-8）甲阮倒位尋恁兄（中3-18）

12. 聖會siann²e⁷（啥會，C）瘋膏來搭無聖會（上1-5）

　　按：因本歌e7多寫作兮。陳氏標音恐誤，會當作hue3，聖會猶云
啥貨，即什麼。無啥會即沒什麼用。

13. 只ci²（這一，C）汝哥只病是身底（上1-5）想只症頭無應效（上
1-18）我只茶湯吞袂落（上3-7）

14. 袂be⁷（繪，C）那搭賓邊就袂痛（上1-6）看這病症敢袂好（上1-
13）症頭臨危嘴袂開（上2-3）

15. 多ce⁷（濟，B）人馬即多撻撻鄭（上1-7）煩惱過多共卜死（上3-
10）

16. 撻⑴that（塞，C）人馬即多撻撻鄭（上1-7）

17. 鄭tinn⁷（闐，C）人馬即多撻撻鄭（上1-7）我今那說喉那鄭（上
3-17）乎我看著喉就鄭（中2-8）刣牛坑中水漲鄭（中2-13）

18. 共⑴ka⁷/kang⁷（口，C）我娘共哥請先生（上1-8）我今共娘說
清楚（上1-13）共哥汝說呆字運（上1-14）

19. 廣kong²（講，C）廣著先生緊請來（上1-9）我聽小娘汝塊廣（上

　1-15）聽哥汝廣我就哮（上1-18）

20.脈「古」meh^8-ko^2（脈鼓，C）安落脈古札看覓（上1-9）

　　按：「脈古」疑為脈之鼓起處，詞典未見。

21.札cat（節，C）安落脈古札看覓（上1-9）有請先生札脈理（中1-11）札脈並無開藥方（中1-13）

22.覓bai^7（瞑，C）安落脈古札看覓（上1-9）行到厝邊探聽覓（中1-6）

　　按：陳氏抄本「覓」均作「埋」，俗亦作瞑。

23.尋chue^7（□，B）尋無真仙救哥起（上1-10）尋無仙真通改為（上2-3）汝來尋無恁大兄（中1-9）

24.到kan^3（徦，B）我娘請先生到位（上1-11）望卜共哥好到老（上3-2）行到路中即知影（中1-4）

　　按：《方言》卷一：徦，至也。郭注：古格字。

25.土tho^3（吐，C）乎我想著土大愧（上1-11）乎我想著土大愧（中1-15）

26.愧khui^3（氣，C）乎我想著土大愧（上1-11）乎娘想著喘大愧（上2-3）

27.返tng^2（轉，B）先生有請我厝返（上1-12）緊辭司公來返和（上2-19）身紙魂魄收袂返（上3-1）

28.煞sua^3（□，C）看脈煞無開藥方（上1-12）想著目屎煞直流（上1-18）

29.打算phah-sng^2（拍損，C）先生卜行真打算（上1-12）

30.說kong^2（講，B）我今共娘說清楚（上1-13）聽哥汝說者僥倖（上1-16）

31.个e^5（的，A）我个性命敢分無（上1-13）本命个錢哥出運（上1-14）性命敢分閻君个（上1-17）

32.塊₍₁₎　teh（口，C）我聽小娘汝塊廣（上1-15）就是店者塊顧哥

（上2-7）目睭金金塊看嫂（上2-4）

33.恰khah（較，C）娘汝著說恰定擋（上1-15）共娘汝說恰著脈（上1-17）恰慘刈娘腳堵肉（上3-4）

34.擋tong³（當，C）娘汝著說恰定擋（上1-15）發火照路恰定擋（中3-5）

　　按：陳氏抄本上句末作「醫定擋」，下句末作「恰定當」；「定當」（或作定擋）當指「停當」、「妥當」。看著賬簿即定擋（中3-17）

35.退the³（替，C）趕緊退我去走祟（上1-15）無人退我通岸家（上3-6）

36.走「祟」cau²-cong⁵（趙，C）趕緊退我去走祟（上1-15）

　　按：廣韻趙，即容切又音蹤陰平。急行也。

37.今tann（旦，B）我今事真難得做（上1-17）我今真情共娘廣（上1-19）我今勸娘著打算（上3-1）

38.夯gia⁵（攑，B）我君那好夯刀枷（上1-20）小娘趕緊夯湯匙（上2-5）不通卜夯刮人刀（下3-17）

39.按「盞」an³-cuann²（怎，C）問娘城隍下按盞（上1-21）聽哥汝說卜按盞（上2-1）奉祀君屍卜按盞（中1-7）

40.拵cun⁷（陣，C）一拵燒熱一拵寒（上1-21）聽見一拵烏鴉聲（中1-4）

41.善sian⁷（僐，C）看哥身體人真善（上2-2）

　　按：僐，《廣韻》線韻：時戰切，緩也。又嬗字同音，亦訓緩。音近義隔，不敢斷為本字。

42.伐huat⁸（發，C）今日我娘著伐落（上2-4）

43.目「睭」ciu（珠，D）目睭金金塊看嫂（上2-4）

44.捉liah⁸（掠，B）房中小鬼卜捉哥（上2-6）

　　按：下文「小鬼掠兄店塊爭」（上2-17）一句用本字「掠」。

45. 店tiam³（口，C）就是店者塊顧哥（上2-7）小鬼掠兄店塊爭（上2-17）橋中小鬼店塊笑（中2-22）

按：店訓在。

46. 者cia（口，C）就是店者塊顧哥（上2-7）落陰相褒歌者止（下3-19）

按：者同這，此處。

47. 如蔥蔥ju⁵-chang²-chang²（茹氅氅，C）一個頭鬃如蔥蔥（上2-8）

按：又或音ju⁵（ji⁵） chiang²-chiang², ju⁵ ka³-ka³（茹激激），擬態詞無本字。

48. 簡kam²（敢，C）小鬼目睭簡兮紅（上2-9）

按：陳氏抄作「簡會紅」。

49. 扭khiu²（□，C）一個塊扭我頭鬃（上2-10）

按：扭音khiu²本字待考。

50. 銅tang⁵（胴，C）一個塊搷我腳銅（上2-10）

按：陳氏抄本作「同」。

51. 宮king（間，C）法師行入房宮內（上2-15）

52. 甲（2） kah（□，C）小鬼笑甲唏獅獅（上2-15）害我行甲腳筋球（中3-24）

按：上句陳氏抄本作「小鬼嘴仔唏獅獅」。

53. 獅sai（摌，C）對兄頭殼一直獅（上2-15）

按：俗作摌，《廣韻》：哈韻：摌，蘇來切，攂摌，義未詳，當非本字。此訓橫擊。

54. 氣khi³（器，C）手捧法氣做頭前（上2-16）

55. 帳ta³（罩，B）靈符貼在蚊帳頂（上2-16）蚊帳bang-ta³當作蠓罩。

56. 無「彩」chai²（□，C）無彩小娘汝奉成（上2-17）無彩我娘兮功

勞（上2-21）

57.阮gun²（□，C）下日隨香阮二個（上1-20）聽見郎君塊勸阮（上2-20）

58.「干」苦kan（艱，C）免娘干苦塊顧哥（上2-18）不知我身塊干苦（上3-20）為著這事真干苦（中2-6）

59.泪滓bak⁸-sai²（目屎，D）乎我泪滓準飯吞（上2-20）泪滓流落滿山溪（中3-8）

按：全篇凡「目屎」皆作「泪滓」，「泪」字當為「目」字，加水為羨餘成分。

60.困khun³（睏，C）點香三支叫一困（上2-22）克開君死去困土（上3-18）

61.打phah⁴（拍，B）算盤打去不著見（上1-8）我今勸娘著打算（上3-1）一百庫錢打乎阮（上3-15）

62.子kiann²（囝，B）真仙難救無命子（上3-3）

63.皆（1） kai（該，C）壽數皆終難改晟（上3-3）

64.刈kuah⁴（割，B）恰慘刈娘腳堵肉（上3-4）

65.腳kha（骹，B）恰慘刈娘腳堵肉（上3-4）心酸嶺腳路頭遠（中2-19）嫂嫂行到梧桐腳（中3-15）

按：《廣韻》入聲18藥：腳，居勺切。閩南語應說kiok⁴。又下平聲5肴：骹骹，脛骨近足細處，口交切。讀kha合。

66.塊（2） tue³（綴，C）塊君汝死恰明白（上3-4）終身來死通塊哥（上3-8）終身自盡塊君行（上3-16）

按：終字見第71條（頁322）。

67.即ciah（才，C）我那死了伊即來（上3-5）我死即來就花糕（上3-7）陰間一路即著行（中2-18）

68.須世su seh（輸勢，C）生阮查某恰須世（上3-6）

69.岸huann⁷（捍，C）無人退我通岸家（上3-6）勸娘心肝著岸在（上

3-21）

70.姑不「如章」ji³ ciong（爾將，C）姑不如章走去報（上3-7）姑不
如章亦著行（上3-11）

71.終kui（歸，B）終身來死通塊哥（上3-8）

按：終疑音ciong，將也。陳氏讀作kui，或訓歸，即乾脆，一了百
了之意。未知孰是。

72.欠彩khiam² cai²（□□，C）欠彩下日一下死（上3-9）

按：臺灣語典卷二作「敢採」，亦曰「檢採」。

73.竅欹khiau⁵ khi（曲欹，C）無叫伊來就竅欹（上3-9）

74.共（2） giong³（強，C）煩惱過多共卜死（上3-10）

75.辦世pan⁷ se³（範勢，C）看只辦世敢兮無（上3-14）

按：陳氏抄本「辦世」訛作「辦事」，不可通，由67條「須世」可
推知「世」當為「勢」之借音。「範勢」指形勢或趨勢。白讀作
huan7 se³，陳修作「辨勢」無法有此異讀。

76.交帶（tai³）（代，C）交帶我娘三百銀（上3-15）盡情幾句交帶嫂
（上2-6）嫂嫂汝今交帶我（下3-10）

77.乞pun（分，B）一百乞子通傳君（上3-15）一百乎娘乞校生（上3-
17）

78.校hau⁷（孝，C）一百乎娘乞校生（上3-17）

按：陳氏抄本作「乞孝生」pun hau³-senn，孝與校調不合。疑當作
「後生」。

79.年ni⁵（□，C）我命因何安年生（上3-17）

按：俗作「安尼生」。

80.捽sak（揀，B）放捽汝娘卜省步（上3-18）放捽阮身卜奈何（上3-
20）不通卜閣放捽娘（下2-16）

按：捨棄親人俗作放揀（sak），捽《廣韻》姊末切當音tsat，訓

「逼拶」，義近故以為訓用（B），拺則音義俱乖（所去切又色句切，裝拺），但俗作推「挶」（sang³）之入聲。挶（或作搡）與拺為陽入對轉，參見拙文（1998C）。

81.省siann²（啥，C）放拶汝娘卜省步（上3-18）這塊省人治塊哀（中l-6）汝塊啼哭省乜代（中1-8）

82.克開khek khui（尅虧，C）克開汝死去困土（上3-18）敢會乎娘汝克虧。

　　按：克虧猶歹運，可憐。

83.蛤kap（佮，C）蛤人度苦罔過日（上3-19）

　　按：陳氏抄本作「恰人」，音kah lang⁵，連詞「佮」音kap或kah；此本作蛤kap。

84.宰chainn（怎，C）一百花銀宰樣度（上3-20）看汝冤仇宰樣報（中1-20）

　　按：陳氏抄本「宰樣」作「侢樣」。侢，俗字。

85.甲（3）　kah（佮，C）天光哭甲日落烏（上3-20）

　　按：陳氏抄本作「天光就哮到日烏」。乎我心肝想甲烏（下2-12）。

〔以下中本〕

86.無宜bo⁵ gi⁵（無疑，C）無宜我哥命來無（中1-1）無宜君汝歸陰司（中1-5）

　　按：「無宜」當為「無疑悟」（想不到，不料）之省文，「宜」為「疑」之借音。

87.帶tua³（蹛，C）帶在厝內塊煩惱（中1-1）帶在監內卜報冤（中1-19）帶治閻王伊厝腳（中3-15）

　　按：蹛，《廣韻》當蓋切，音帶，白話音同「住」。

88.在ti⁷（佇，C）一粒雞蛋在中央（中1-2）帶在閻王伊厝腳（中3-15）

梧桐樹下在這落（下1-1）

　　按：中句抄本作「在」，竹林本作「治」。

89.無捨四bo⁵ sia³ si（無捨「施」，C）塊哭我哥無捨四（中1-5）按：
　　陳氏抄本作「無捨世」。

90.治ti⁷（在，C）這塊省人治塊哀（中1-6）虧我治塊哭鱸鰻（中1-
　　7）橋尾小鬼治塊笑（中2-16）

　　按：俗作「佇」，治塊ti⁷ teh猶言「正在」。「塊」（teh）參見第32
　　條（頁318）。

91.省乜代siann² mih tai⁷（啥物事，C）汝塊啼哭省乜代（中1-8）我
　　哥有致省乜代（中1-10）

92.扒peh（跖，C）我今扒起連步行（中1-9）

93.瘋hong（風，C）汝兄為著感瘋起（中1-11）汝娘差人買瘋膏
　　（上1-4）甲娘瘋膏不通買（上1-5）

　　按：本指風寒之疾，非瘋狂之疾。

94.皆（2）　kai（共伊合音，C）有請先生來皆看（中1-12）

　　按：抄本「皆」作「共」。

95.麻mua（瞞，C）嫂嫂就是無相麻（中1-14）

96.蛋lng⁷（卵，B）一粒雞蛋在中央（中1-2）

97.閣koh（□，C）今日閣來起事非（中1-15）小叔紙錢著閣燒（中
　　2-16, 22）嫂汝安心閣再行（中3-13）

　　按：閣，再也。

98.事su⁷（是，C）今日閣來起事非（中1-15）

99.肴gau⁵（爻，C）嫂嫂情理大肴返（中1-16）

　　按：陳氏抄本作「太賢返」哥回陽嫂真肴（下2-13）

　　又按：俗作勢，亦作爻。

100.營iann⁵（贏，C）到時即知省人營（中1-17）

101.界kai²（□，C）嫂嫂心肝界不好（中1-18）

按：俗或作介。

102.欵kuan²（款，D）即看大老判省欵（中1-19）

按：「省欵」即「省款」之譌，省為啥借字，「咐款」是何種款式。

103.代志tai³ ci³（事志，C）弄出代志真僥倖（中1-21）

104.定定ting⁷ ting⁷（橫，C）摸著嘴齒又定定（中2-1）

按：橫訓硬，《集韻》：堂練切，木理堅實也。

105.賬siau³（數，B）卜去陰間尋賬簿（中2-3）

106.查某ca boo²（查姥，C）汝是陰間兮查某（中2-3）四個查某在井邊（中2-8）

107.番箍huan khoo（翻箍，C）那去尋無倒番箍（中2-3）

按：「倒番箍」指再回來。

108.乑chua⁷（□，D）卜請三姑乑我路（中2-4）乑我落陰就對都（中2-4）福德正神乑嫂行（中2-17）

按：乑訓引領，此新造會意字，上從毛，或曰母雞之羽毛，下從四點，狀小雞數多也。

109.倒to²（佗，C）看我落陰倒去摸（中2-6）甲阮倒位尋恁兄（中3-18）去帶倒位我不知（下1-3）

按：佗位，何處。

110.刣thai⁵（治，D）我今行到刣狗坑（中2-10）嫂今行到刣狗坑（中2-11）刣牛坑中水漲鄭（中2-13）

按：宰殺曰刣，本字作「治」，刣為新造形聲字，從刀臺聲。

111.臭「青」chenn（腥，C）鼻起臭青喉就鄭（中2-10）就無臭青近身邊（中2-11）到牛坑尾水臭青（中2-13）

112.像chiunn⁷（上，C）一條古路像青啼（中2-14）

按：陳氏抄本作「象青啼」，音chiunn7 chenn-thi⁵，當為「上青苔」之意，古路上青苔，知行人之稀。

113.到（2） to⁷（就，C）無食冷水嫂到知（中2-15）

114.板pang（枋，B）腳踏橋板軟燒燒（中2-16）

　　按：長板曰枋，舖橋、築屋皆用木枋，故地名有枋橋（今作板橋），枋寮（在屏東）。

115.軟「燒燒」sio⁵ sio⁵（□□，C）腳踏橋板軟燒燒（中2-16）

　　按：sio5 sio5為腳軟態。擬態詞，無陽平字，故諧陰平字。

116.專專cuan cuan（全全，C）專專是鬼兮鄉村（中2-20）

　　按：專訓單一，視為本字亦可。

117.摃kong³（□C，D）石頭卜摃我腳箍（中3-4）

　　按：陳氏抄本作「石頭卜貢我腳柯」，腳箍指腳脛圓狀，摃本「扛」之異體字，兩手舉重或二人共抬，音古雙切，閩音貢指捶打，如摃丸，故視為借音（C），亦可視為新造字，從手貢聲。

118.代tai⁷（事，C）銅蛇鐵狗做好代（中3-7）

119.撻（2） that（踢，C）忽然撻破我繡鞋（中3-8）撻踏弓鞋我都知（中3-9）

120.呆（2） bai²（穤，B）勸嫂心肝不通呆（中3-9）

121.乜mih⁸（□，C）買乜物件都整齊（中3-10）

　　按：乜猶什麼，什物（sip mih）。

122.球khiu⁵（趚，C）害我行到腳筋球（中3-14）

　　按：趚筋，抽筋。《集韻》尤韻渠求切下云「趚，足不伸也」。

123.軒hian（掀，C）賬簿無通乎我軒（中3-16）

124.「巢」全ciau⁵-cheng⁵（齊全，C）三魂七魄收巢全（中3-21）三魂七魄巢收返（下1-14）我君魂魄著巢返（下1-21）

〔以下下本〕

120.瘡chng³（□，C）嫂嫂因何店塊瘡（下1-4）

　　按：陳氏抄本此句作「嫂嫂因何即治瘡」但讀「即治瘡」為ciah

nih song，用字宜作「者呢傖（㑚）」不過從上下文看不出此意，且顯然不入韻，故疑照此本原句讀作「嫂嫂因何tiam2 the chngh」意思指嫂嫂何須在此啜泣（其狀聲詞為chngh，與瘡諧音），承前「尋無恁兄淚哀哀」一句。chngh本字待考。

126.雄hiong（凶，C）頭烏面紅雄界界（下1-5）

　　按：陳氏抄本末三字作「凶界界」（hiong kai³ kai³）

127.打拼phah piann3（拍拚，C）卜過陰間著打拼（下1-7）

　　按：打拼本字為拍拚，拍亦作撲，「拚」《說文》、《玉篇》訓「拊手」（皮變切），《類篇》、《集韻》亦作「掃除」（方文切），即閩南語拚掃，車拚（整車拚除）之意。「拼」字〈爾雅〉、〈釋文〉皆訓從，使。（北萌切）義乖而不取。今俗語（國語）並訛作「打拼」。

128.與kap（佮，B）共與我兄伊相豸（下1-8）

　　按：陳氏抄本「共與」作「著與」，音tioh8 kap，相佮即相與，「與」為訓用字。

129.淋lam⁵（淋，C）害我冥日淋淚啼（下1-9）

130.冥benn（暝，C）害我冥日淋淚啼（下1-9）虧我冥日塊苦哥（下2-6）

131.吃sui⁷（隨，？）為君汝苦吃人罵（下1-11）

　　按：此據陳氏抄本讀音。「吃」當音「乞」kit，即予人，受人之意。

132.延ian⁵（沿，C）不通延路塊廣話（下1-12）

133.「調」工tiau kang（刁工，C）調土落陰尋到著（下1-13）

　　按：陳氏抄本作「調工」，「土」字當係工字。調工俗作刁工（thiau kang），亦作挑工，超工。本字待考。

134.耽tam（擔，C）三姑一位有耽當（下1-14）

135.不（2）be⁷（袂，C）那無三姑不得著（下1-19）症頭倒返不離床（上3-1）

136.敢界kam³ kai²（鑒戒，C）全望嫂嫂相敢界（下2-4）

　　按：此依陳氏手抄本，敢界作鑒戒。

137.罩tau³（鬭，C）不求三姑罩氶來（下2-4）

　　按：陳氏抄本罩作「鬭」。望求三姑罩氶到（下2-17）

138.達tat（值，C）氶那回陽就達錢（下2-10）死了活來恰達錢（下3-2）

139.皆再kai-chai（佳哉，C）皆在回陽通做伴（下2-14）

　　按：陳修《臺灣話大辭典》佳哉音ka-chai，幸運，萬幸之意。此作「皆」（kai）再」，或為方音。

140.飫iau（枵，C）免得汝娘受飫寒（下2-14）

141.識bat（八，B）我君此去著識想（下2-16）

　　按：《說文》八，分別也，認識曰八，亦作別，捌。能分別是非即謂之識想。

142.所ui（位，B）這所就是咱庄頭（下2-18）

　　按：此依陳氏抄本注音。

143.甲（4）kah（佮，C）小叔與我刣甲錯（下3-5）

144.錯cho³（剉，C）小叔與我刣甲錯（下3-5）

　　按：伐木曰剉。

145.釵the（推，C）著拜佛祖不通釵（下3-7）

146.塊（3）　te³（佗位合音，C）咱今雙人行到塊（下3-7）

147.義gi⁷（裂lih，C）笑甲嘴仔義西西（下3-3）

　　按：陳氏抄本作「唏西西」（hi-sai-sao），唏或作嘻，不當作「義」，筆者以為笑的效果只能使嘴唇「裂西西」（音lih sai sai），gi7與lih諧音。「裂」連音變化作li7。

148.爭差cing cha（精差，C）或買金座無爭差（下3-11）

　　按：陳氏抄本「或」字作「我」。「精差」，差別。

149.舉kiah⁸（揭，B）卜搭戲棚舉竹高（下3-13）

150.高ko（篙，C）卜搭戲棚舉竹高（下3-13）

151.風「梭」so（騷，C）不通風梭想迌迌（下3-18）

（二）選例原則與三種用字的分析

　　以上一百五十一例，從上、中、下三本中依序摘錄，每本三頁，每頁平均二十一行（第三冊只有六十行），每行四句，每句七言，三本合計一百八十八行，七百五十二句，五千兩百六十四個字，本文旨在觀察訓讀（B）、借音（C）、新造（D）三種閩南語用字，凡用正字或本字，雖為閩南語特有詞，因沒有用字上的問題，一概從略。例如上本第一頁頭行四句：

　　　　編出落陰卜（C）相褒

　　　　聲聲句句念兮（C）和

　　　　有人聽歌那（C）卜學

　　　　無好心神是學無。

　　「落陰」是個特別詞，「相褒」也是一種褒歌的專門語，即男女對唱之意。「學無」（學不到）也是特殊詞語，但皆用本字，所以不在選例，只有卜訓要，兮訓會，那訓若，才是收例範圍，卜、兮、那三字都是借音字，義在音中，與這三個字的通行義（即漢字字面義）無關，傳統謂之假借。例1-3括弧內的（要、會、若）並非都是本字，例如「要」只是卜（beh）的同義詞，如果追究本字，就只能空其字存疑，但為讀者方便，我們仍用「要」來訓讀，但是括弧內仍作C（表示卜與beh之間為假借）不作B。若無通行俗字可替代字義，則用□表示本字待考，例如18的「共」（ka⁷），28的「煞」（sua²），32.的「塊⑴」（teh）皆是。

利用統計做初步觀察，一百五十一例中，屬於借音（C）共得一百二十一條，屬於訓用字者（B）共二十二條，新造字也只有五條。大量的（百分之八十點一）「借音」字說明歌仔冊的編撰人對閩南語字源的生疏，他們也缺乏漢字學的修養，只能我手寫我口，有字寫字，無字記音；同時也出現「有本字的通假字」，又為什麼呢？例如：「講」字通作「廣」、同音$kong^2$、難道寫歌詞的人不認識「講」$kong^2$字而必須借「廣」字嗎？若從讀音上比較，「講」字文讀音$kong^2$，白讀音$kang^2$，如：演講、講習、開講皆用白讀；唸歌中「講」皆音$kong^2$，如「講著先生緊請來」（上1-9），我聽小娘汝塊廣（上1-15），聽歌汝廣我就哮（上1-18），我今真情共娘廣。這些「廣」字所以不寫本字，恐怕是因為「廣」字只有$kong^2$一讀，為了不讓歌者把「講」字唸成$kang^2$，凡是音$kong^2$的地方都寫成「廣」字。這只是筆者的大膽揣測，實際上這本歌仔冊中也同時出現「講」字，而且也都唸$kong^2$，不唸$kang^2$，例如：「真真有影即有講」，「是哥熱狂亂亂講」，「不是熱狂亂亂講」（並見上本第二頁），這也說明借音字並不排斥本字，兩者並存也可能是隨機修訂的結果。

借音字的類型可以細分為以下幾種情況：

1. 純粹通假：即有本字而不知的情況。如（3）假「那」為「若」、（8）假「搭」為「貼」、（9）假「賓」為「鬢」、（16）以「撻」為「塞」、（26）以「愧」為「氣」、（33）以「恰」為「較」、（35）以「退」為「替」、（47）以「簡」為「敢」、（53）以「氣」為「器」、（62）「皆」為「該」（62）等。

2. 不識本字，但求記音。（10）以「乎」代「予」、（17）以「鄭」代「滇」或「淀」，以「崇」代「趂」（36），以「善」代「僐」（41），以「打」代「拍」（60），以「塊」為「綴」（65）。以「岸」為「捍」（68）等。

3. 虛詞語助，同音假借。（7）可以曰通thang，（18）對人曰共（ka⁷，kang⁷），（22）看覓、聽覓，（45）店塊（tiam³ teh），（51）笑甲、行甲等，這些雙音詞的第二字皆為動詞後置成分。

4. 合音標識字。如：（13）這一曰只（ci²），俗或作職。（14）不會曰袂（be⁷，bue⁷），或用新造字作「𣍐」，（93）共伊（ka⁷i）曰皆等。

5. 詞音假借，近乎聯綿。如：（12）聖會即啥貨（什麼）；（20）脈古即脈鼓；（29）打算即拍損（依文意及陳氏標音）；（34）定擋即定當（按：「當」字陰去，故借「擋」字）；（36）走崇即走趖（按：趖《廣韻》訓急行）；（39）按盞即按怎（怎麼）；（47）如蔥蔥即茹氅氅，蔥蔥或氅氅皆擬聲字；（55）無彩或作無採；（58）泪漩即目屎；（67）須世即輸勢，恰須世亦謂較輸面；（69）姑不如章亦作「姑不二將」，ji³ ciong本字當作「爾將」，姑不爾將即姑且將如此。（71）欠彩或作檢采，意為敢情、或許。（72）竅欺或作憍飲（陳修《臺灣話大辭典》，頁1002）訓拗違刁難。或作蹺欺（周長楫《廈門方言詞典》，頁164）訓奇怪，可疑。khiau⁵的本字當作「曲」，如：曲苦（刁難），見胡鑫麟《分類臺語小辭典》，頁424。（74）「辦世」當作「範勢」。（75）交帶（交代）（79）放捙（放揀）（81）克開（剋虧）（88）無捨四（無捨施）（138）皆再（佳哉）等括弧內的寫法也不敢確定是本字。

　　從以上五種情況來概括這篇歌仔的用字十分自由，使用大量的借音字，正好解決閩南語書面語的有音無字問題，如果有人認為漢字書寫不能承擔記錄口語的任務，我認為是不合歷史事實，因為數目多達數百種的歌仔冊，都曾經作為民間歌謠的橋樑，過去的歌唱者都沒有困難，現代人卻不願承襲這種書寫傳統，主要是閱讀問題，現代人自小沒有這種語言環境，閩南語的口語詞認識有限，無法聽音辨詞，更無從通過漢字假借字的障礙，平心而論，這種借音充斥的閩南語文

獻，並不是精緻文字化的書寫系統。為了掃除這個障礙，應該儘可能找到音義相應的詞形來替代純粹的借音。因此本字或正字之研定，實刻不容緩。

　　訓讀字（B類）二十二例僅佔一百五十一例之百分之十五弱，數量卻僅次於借音字。這類字的特色是字義一目了然，也就是借共同語（國語）的字形字義，來記錄閩南語的口語詞，據詞讀音，不依字音，故另有本字。如（15）以「多」代「濟」，其音為ce^7；（23）以「尋」代chue^7（本字待考，或作「揣」字），（24）以「到」代「徦」（至也，音kau^3）。訓讀字是用國語的同義字來代替閩南語的特別詞，因為字源不同，所以只能讀特別詞的本音。這種情形近乎「六書」中的轉注，其關係如下：

	閩南話	北平話
字形	濟	多
字音	ce^7	tuo（ㄉㄨㄛ）
字義	多也	濟也

　　閩南語口語的ce^7（本字濟）相當於國語的tuo（字作多），所以用國語來翻譯閩南語的「濟」，可說「濟，多也」，用閩南語來翻譯國語的「多」，即云：「多，濟也」，所謂「建類一首（隸屬一組同義詞），同義相受」，在漢字的王國裡，抽掉了語言的區別，這兩個字即是廣義的「轉注」（互訓但非同源）。閩南語的文讀詞語中，也有「多少」、「多疑」、「言多必失」等，但那是從雅言（官話）中移借來的詞，所以也要讀為文讀音ㄉㄨㄛ。從共時的詞彙系統來看訓用字，就是寫「國字」（即標準語的漢字）讀「方音」（白話音）的一種合璧現象。這種現象在推行統一的標準語地區，尤其普遍，現今臺灣地區的許多閩南語電視節目，常常打出國語字幕，說的話是閩南語，就比個

別字的訓讀更剝奪閩南語文字化的空間。不過相較於借音字（C），訓讀字（B）的適度使用，可以減少過多生僻本字所造成的閱讀困難。

本篇所列的訓讀字大致也有二種情況：

一、是正規的訓讀，除前列多、尋、到三個字之外，還有（6）不字音m^7（毋）、（27）返音tng^2（轉）、（38）夯音gia^5（攑）、（44）捉音$liah^8$（掠）、（54）帳音ta^3（罩）、（60）打音$phah^4$（拍）、（61）子音$kiann^2$（囝）、（63）刈音$kuah^4$（割）、（64）腳音kha（骹、跤）、（95）蛋音lng^7（卵）、（10^4）賬音$siau^3$（數）、（113）板音pang（枋）、（127）與音kap（佮）。

二、是完全根據陳氏標音，看起來也未必正確的訓讀。如：（30）說音$kong^2$（講）（70）、終音kui（歸）、（76）乞音pun（分）、（130）吃音sui（隨）、（141）所音ui（位），這些字都是根據上下文義「隨文改讀」的結果，意義固然可通，但究竟是否為編者之本意，就有待推敲了。

訓讀字多半也是不知本字所產生的替代品，除非本字很生僻，一般而言，都可以用音義相符的本字或新造字來還原。若依照訓讀字的讀音不但造成文白：異讀的混淆，且多不成詞。以「不」字為例，讀音當作put，語音可以是毋（m^7）。獪（be^7，bue^7），無（bo^5），語音部分其實並非「不」字，本篇歌仔「無」字分用較多，偶用「不」字代替，bue^7多用「袂」字，m^7則全用「不」字訓讀。茲各舉數例：

1 不音 put（本字）

好歹歌詩是不等ho^2 $phainn^2$ kua-si si^7 put-$ting^2$

姑不二章走去報ko-put ji^7-ciong cau^2 khi^3 po^3

勸娘煩惱是不必$khng^2$ $niunn^5$ $huan^5$-lo^2 si^7 put-pit

2 不音 m⁷〔用字整理 NO.6 不（1）〕

頭殼那痛真不好thau⁵-khak na thiann³ cin m⁷-ho²

甲娘瘋膏不通買kah niunn⁵ hong-ko m⁷-thang be²

都是我兄不知影to si⁷ gua² hiann m⁷-cai-iann²

算盤打去不著去seng³-pann⁵ phah khi³ m⁷-tioh⁸-kenn⁷

一個攬身全不放cit⁸-e⁵ lam²-sin cuan⁵ m⁷-pang³

小鬼先治那不去sio²-kui² sian-ti⁷ na⁷ m⁷-khi³

3 不音 be⁷（bue⁷）〔參用字整理 NO.14 袂 NO.134 不（2）〕

那無三姑不得著na⁷ bo⁵ sann-ko be⁷-tit-tioh⁸

症頭倒返不離床ching²-thau⁵ to² tng² bue⁷-li⁷-chng⁵

症頭臨危嘴不開ching²-thau⁵ lim⁵-gui⁵ chui³ be⁷-khui

藥吞不落敢會死ioh⁸ thun be⁷ loh⁸ kann² e⁷ si²

按：此據陳氏抄本，竹林本後兩句「不」均作「袂」，第四句的「會」作「兮」。若依竹林本，不音be⁷只有二句。

4 不音 bo⁵（本字作「無」）

我君貴人那不到gua² kun kui³-jin⁵ na⁷ bo⁵ kau³

真驚見銀不見哥cin kiann kinn²-gun⁵ bo⁵ kinn2-ko

從文字分工的角度看，put與m⁷構成「不」字的文白異讀，本篇中m⁷既然沒有其他寫法，就犯不著用「毋」來代替，而be⁷（bue⁷）既然多作「袂」，現在一般人寫作「癀」，前者是借音，後者是新造合音字，既然尚未出現在漢字檔內，即可暫用「袂」字，至於bo⁵就一律寫作本字「無」，這樣就完全釐清了「不」字的用法。我們看竹林本就是朝這個方向在調整漢字，「廣」與「講」也同時出現，我們主張把「廣」字都改作「講」，因為這個常用字沒有理由用借音字。

　　以下再列出本篇中的方言造字（D），也分為三類：

1. 新表意字：58泪（同目，在「泪滓」一詞中，「泪」字從水是涉下字的羨餘成分）。107炰（音cua³引導，上象母雞羽毛，下象小雞）。

2. 新形聲字：43瞄（目瞄ciu，本字是珠），109刣（音thai⁵，從刀台聲，本字作治），116槓（音kong³敲打，又如槓丸）。

3. 借形字：68岸（音huann⁷，扶持，本字為捍，借「岸」之白話音），76乞（音pun，分），130吃（音sui⁷吃人罵即任人辱罵）。

　　按：乞、吃二字陳氏之解讀可疑，估視為借形字。

　　以上第三類並非新造字，由於用字特殊，既非借音、訓用，又似漢字的借形新用，無中生有，勉強歸為方言造字。

（三）關於同形異義的借音字

　　前文羅列的一二一條借音字中，包括許多同形異義的借字，充分顯示借音字對於準確區分詞位的漢字發展趨向是背道而馳的。下面舉出一字多義的例子：

呆1. phainn²俗作「歹」，如：呆歌詩，呆運，呆字運（NO.4）

　　2. bai²本字作「穤」，禾傷雨，引申1.為不善，如心肝不通呆（NO.120）

甲1. kah本字作「教」，使也。如：甲阮害兄斷然無（NO.11）

　　2. kah動詞後綴。如：笑甲，行甲（腳筋球）（NO.52）

　　3. kah本字作佫，到也。如：天光哭甲日落烏（NO.85）

　　4. kah本字作佮。與也。如：刣甲錯（剉）（NO.143）

撻1. that塞也。如：撻撻鄭（擠滿也）。（NO.16）

　　2. that踢也。如：撻破繡鞋（NO.119）

共1. ka⁷或kang⁷給，跟，如：共哥請先生，共娘說清楚（NO.18）

2. giong³本字當作強，強欲也。如：煩惱過多共卜死（NO.74）

到 1. kau³本字作佫，訓用為「到」。如：到位，行到路中（NO.24）

2. to⁷本作就。如：無食冷水嫂到知（NO.113）

塊 1. teh正在。如：汝塊廣，金金塊看（NO.32）

2. tue³本字作「綴」，跟隨。如：塊君行，塊君汝死（NO.66）

3. te³猶佗位。如：咱今雙人行到塊（NO.146）

皆 1. kai該。如：壽數皆終（NO.63）

2. kai共伊之合音，如：有請先生來皆看（NO.94）

以上「呆」、「共」、「到」都有部分是訓用的結果造成多音，至於純借音形成的多義字，多半是虛詞，如「甲」、「塊」兩字最明顯，這也是閩南語口語詞文字化過程中必須精緻化的工程，一方面要減輕讀者的負擔，一方面也要讓漢字回歸基本面，它畢竟不是標音文字，音義的聯繫愈強，歧義便愈減少。現在坊間對這些詞位的分用，有各種派別，可參考拙文（1998a）對楊青矗造字的個案分析，不再繼續討論。

四　從這本歌仔簿看臺灣閩南語的特別詞與特別句

本歌長達七百五十二句，其中許多句式相似，用詞亦不斷重複，看似貧乏，其實這是歌仔的共通特性，由於故事曲折，情節繁複，唱者不可能對著歌本一句一句來，而是隨著韻腳即興創造，又受到七言的限制，更不可能按照說話的句法，句句合乎規範，然而詞彙的豐富與變化，則令人歎為觀止。

（一）特別詞

所謂特別詞相對於通用詞，凡與共同語（國語）或鄰近方言（如客語）詞形相同的便不是特別詞。這裡舉一些個人覺得新鮮（或許現

代臺灣也罕用一些）的詞。有些是短語或慣用語，不以詞為限，按上、中、下冊加頁碼，詞末括號注該頁之行次。

上-1 無心成（3）瘋膏（4，風痛之貼藥）無聖會（5，無啥貨），身底病（7，8）。撻撻鄭（7，人塞滿屋）半頭青（7），安落脈古（9，對準脈博）土大愧（11，大聲吐氣）克虧（12）君臣湯（12，方藥名）呆字運（14）。下灶君（14，向灶君許願）灶君公（15，灶神）定擋（15，妥當）走祟（15，奔走，祟本字作「趲」）無應效（18，無效）下按盞（21，許安怎）主盤（21，作主）。

上-2 卜按盞（1，欲如何）緊煎便（2，快煎好藥）過香煙（2，從香火繞過）人真善（2，人很疲倦）不通踐（2，不要把弄）喘大愧（3，深口吐氣）吞袂落（4，吞不下藥）吞過喉（5，入喉）得確無（7，一定無）如蔥蔥（8，散髮狀）簡兮紅（9，敢會紅）亂亂講（9，胡言亂語）扭頭鬃（10，抓頭髮，扭音khiu²）腳銅（10，腳踝骨）共哥創（11，為哥治病）有據定（14）唏獅獅（15，小鬼笑聲）著驚（15，驚怕）做頭前（16，帶頭）店塊爭（17，正在毆打），打法索（18）洎滓準飯吞（20，眼淚當飯吞）奉成（17，21服侍）

上-3 致症頭（2，得絕症）無命子（3，臨死之人）腳堵肉（4，腿肚肌肉）無路益（4，無用）恰須世（6，較居下風）岸家（6，主家計，岸音huann7，本字作捍）姑不如章（7，姑且，當作「姑不爾將」）花糕（7，音hue-ko⁵，或作花ko⁵-ko⁵，指事理不清）橫橫過（8，過音ko3，指橫加責過），竅欺（9，或作曲欹，指橫加挑剔）欠彩（9，亦作敢採，檢採，猶或然也——《臺灣語典》卷二）共卜死（10，強欲死，即快要死）辦世（14，範勢，指形勢、趨向）打庫錢（1，為死者打造之金銀庫房，準備燒給死

者）安年生（17，如此、這樣）做功果（18，做功德果報）放捙（18，20猶放捒sak，拋棄親人）克開（18，亦作「克虧」khek-khui，運氣不好，可憐）放家伙（19，留下家產）罔過日（19，聊且度日）落陰袂返來（21，永赴黃泉）

中-1 無宜（1，無疑悟之省略，即不料）枕頭飯（2）無捨四（5，亦乍「無捨施」，真不幸，可憐）哭鱸鰻（7）省乜代（8，9，啥物事）派爐丹（13，神賜香灰）派歸堆（15，賜香灰一大堆）大肴返（16，大勢轉，善轉變）見官堂（16，對簿公堂）省人營（17，誰贏）界不好（18，最不好）犯人婆（18，女囚犯）食飯丸（19，吃飯糰，言監獄內伙食差）觀五行（21）

中-2 定定（1，2很硬）無可定（2，不一定）倒番籠（3，再回來）臭青（10，腥味）軟燒燒（16，「燒」當音sio5，軟扒扒）

中-3 大僥倖（2，大不幸）生人宮（2，3）行頭前（3，走前頭）三角埔（4，陰間地名）松柏街（8，9陰間街名）拾物街（10，陰間地名）枉死城（12，陰間地名）腳筋球（14，腳抽筋）收巢全（21，siu ciau5-ceng5，完全收回）

下-1 在這落（1，在這邊）帶倒位（3，住何處）店塊瘡（4，正啜泣）汮淚啼（9，嚎啕大哭）巢收返（14，全收回）行無路（15，無路可走）塊伊著（19，緊跟上他，猶「綴伊著」）不得著（19，音be7 tit-tioh，得不到，辦不到）

下-2 花栽（1，花的幼苗）相敢界（4，相鑒戒）大呆代（8，大歹事）喉就鄭（10，喉就塞滿，欲哭前奏）受飫寒（14，挨饑受凍）落田洋（16，下田）行透透（18，走遍）過溝（20，越過水溝）

下-3 相借問（1，打招呼）恰達錢（2，較值錢）做好代（3，行善）金金相（5，目不轉睛地瞪）刣甲戳（5，殺與戳）無爭差（11，無差別）笑西西（15，笑嘻嘻）

（二）句式與解讀

歌仔是閩南語通俗文學的創作形式，完全建築在口語唱唸的和諧上面，因此，不同人唱唸同一首歌，可能受到其聲腔或母語的影響，隨時更改詞彙、字句是常事，然而一首流傳長遠的歌仔，既有文字流傳，其凝固性也比較大。除了用字的不一致性外，詞彙的差異也是值得觀察的，此外，句法上除了受七言之限制外，最重要的是押韻，為了押韻，語法上的倒裝句頻頻出現，例如：

> 吩咐人來我知影（上1-3）
> 小娘有心我都知（上1-9）
> 症頭難危我真知（上1-9）
> 我个性命敢分無（上1-13）比較：我敢分無性命（少一字）
> 講到神明各處下（上1-17）
> 說到城隍我緊下（上1-20）

這些句末動詞的賓語都在上面，或承上省略（如後兩句），例如：「各處下神明」改成七字即須湊成：「講到」神明各處下，請看這四句的韻腳：

> 講到神明各處下（he^7）　　共娘汝說恰著脈（me^7）
> 我今事真難得假（ke^2）　　性命敢分閻君个（e^5）

後二句湊字更明顯，「事真」即是「難得假」，性命敢情已交閻王爺手中？寬鬆的押韻只顧韻母不計聲調。

此外，為了找尋「相褒歌」的對唱角色，必須留意代名詞的用

法，例如上本頁一四、五兩行當是夫（哥）妻（娘）對唱：

　　（妻唱）頭殼那痛真不好　汝娘差人買瘋膏　來搭賓邊即時好
隨時乎哥通迌迌
　　（夫唱）甲娘瘋膏不通買　瘋膏來搭無聖會　汝哥只病是身底
頭殼即分致虛衰

再如同頁二十至二十一兩行也是：

　　（妻唱）說到城隍我緊下　我君那好夯刀枷　雙腳跪落說詳細
下日隨香阮二個
　　（夫唱）問娘城隍下按蓋　一拵燒熱一拵寒　症頭難危娘著看
全望我娘汝主盤

全文之曲折在於先生難危，夫妻病榻前的對話及其後兄嫂受到小叔之
誤解乃至告官，欲嫂下陰間招回夫魂的歷程。這不是本文之重點，但
要正確解讀歌仔之詞彙，必須扣緊故事之情節，其中角色的交錯，恐
怕是這首歌仔最難拿捏之處，這裡只能點到為止。

五　結論

　　本文主要通過對臺灣閩南語歌仔冊〈最新落陰相褒歌〉一首進行
用字分析及詞彙解讀，由於篇幅限制，還未暇與其他歌仔進行比較。
在用字方面，列舉一百五十一條詞例，根據筆者一九九五年提出的四
種基本類型，集中分析了訓讀、借音、新造三種特別字的比例，其中
借音字（即C式）有一百二十一例，在全部的一百五十一例中佔百分
之八十，其次是訓讀字（即B式）在一百五十一例中佔二十二例，約

百分之二十二弱,新造字不過五例。至於本字的例子,我們只列出「个e⁵」(例31)一個例子,本文初稿(見「臺灣語言及其教學國際研討會論文」,新竹,1998年5月31日)曾舉出「掠」字(掠嫂去做犯人婆,中1-18)與本文例44的「捉」字訓讀做對比,說明歌仔冊用字常本字與訓讀、借音並陳,顯示編歌者對用字的不求一致,自然是受限於他們的文字訓詁素養,本文也發現了這本歌仔也是廣(講之訓用字)、講、說並陳互通之現象,這種現象在現存各種歌仔冊中應是普遍的現象。

如果以本字為常例,本文主要處理一百五十一個非本字的變例,整體而言,歌仔所以能作為文字作品來讀,本字仍是樞紐,如果一個七字句中,有三個非本字,理解上就比較困難,因此,就整個詞彙系統說,本字仍居大宗,其次是借音字比例偏高,這不僅反映了閩南語書面語規範之不足,也反映了漢字的特質,我們以為漢字固然是一種表意文字,或者更科學一點,說它是意音文字,其應用之關鍵仍是作為標音文字,對一位編歌者而言,如何正確標識歌仔的讀法,使歌者容易使用才是其選字的意圖,從而約定俗成,也使得閩南語文字化的工程增加不少難題,究竟我們容許多少訓用、借音及新造字,似乎是今後本土語言研究與母語教材不能不面對的課題,我們認為本字的提倡是對研究而言,對於文字使用者,必須有一種既精確又尊重傳統的折衷態度,本章第三節各例中我們在括弧內列出的對應字並不限於本字,有些無本字可考者,暫用□表示,有些則逕採一般通行的俗字,這也說明本字不可拘泥的原則。

參考文獻

王育德著　黃國彥譯　《臺灣話講座》　臺北市　自立晚報社文化出版部　1993年

王順隆　〈談臺閩「歌仔冊」的出版概況〉　《臺灣風物》　第43卷第3期　1985年

王順隆　〈閩南語歌仔冊的詞彙研究〉　《第五屆國際閩方言研討會論文集》　泉州市　華僑大學　1997年　頁188-210　廣州市　暨南大學出版社　1999年4月

王順隆　閩南語俗曲唱本「歌仔冊」全文資料庫　日本　文教大學文學部紀要13-1號　1999年　頁81-91

王建設　〈明刊閩南戲曲選集《滿天春》部分方言詞語考釋〉　《第五屆國際閩方言研討會論文集》　廣州市　暨南大學出版社　1999年　頁217-222

李壬癸　〈閩南語的口語傳統〉　《大陸雜誌》　第71卷第2期　1985年　頁66-73

呂興昌　〈白話中的臺灣文學資料〉　《第一屆臺灣本土文化學術研討會論文集》　臺北市　臺灣師範大學　1995年　頁263-278

洪惟仁　《臺灣禮俗語典》　臺北市　自立晚報社　1986年

洪惟仁　〈談鶴佬語的正字與語源〉　《現代臺灣話研究論文集》　臺北市　文鶴出版公司　1988年　頁343-364

林慶勳　〈臺灣歌仔簿押韻現象考察——以〈人心不足歌〉為例〉　《第五屆國際閩方言研討會論文集》　廣州市　暨南大學出版社　1999年　頁172-187

林慶勳　《問路相褒歌研究》　高雄市　中山大學中國文學系　1999年

姚榮松　〈閩南語書面語使用漢字類型分析 ── 兼論漢語方言文字學〉　《第一屆臺灣本土文化學術研討會論文集》　臺北市　臺灣師範大學　1995年　頁177-192

姚榮松　〈臺語選字个一個個案分析 ── 楊青矗《國臺雙語辭典》〉　《第二屆臺灣語言國際研討會論文選集》　臺北市　文鶴出版公司　1998年　頁485-503

姚榮松　〈國民小學河洛語母語教材的漢字問題〉　《紀念章微穎先生逝世三十週年學術研討會論文集》　臺北市　臺灣師範大學國文系　1998年　頁41-52

姚榮松　〈閩客共有詞彙中的同源問題〉　《中國學術年刊》　第19期　1998年　頁659-672

施博爾　〈五百舊本歌仔冊目錄〉　《臺灣風物》　第15卷第4期　1965年　頁41-60

陳大羅　《最新落陰褒歌choe sin loh im po koa》　1960年　手抄音譯本

陳　修　《臺灣話大詞典》　臺北市　遠流出版公司　1991年

陳健銘　《野臺鑼鼓》　臺北市　稻鄉出版社　1989年

張振興　《臺灣閩方南方言記略》　臺北市　文史哲出版社　1993年　臺一版

曾子良　《臺灣閩南語說唱文學歌仔之研究及閩臺歌仔敘錄與存目》　臺北市　東吳大學中文研究所博士論文　1989年

臧汀生　《臺灣閩南語民間歌謠研究》　臺北市　政治大學中文研究所博士論文　1989年

臧汀生　《臺灣閩南語歌謠研究》　臺北市　臺灣商務印書館　1990年　岫廬文庫072

臧汀生　《臺語書面化研究》　臺北市　前衛出版社　1996年

楊秀芳　《臺灣閩南語語法稿》　臺北市　大安出版社　1991年

鄭良偉　《走向標準化的臺灣話文》　臺北市　自立晚報文化出版部
　　　　1989年

佚　名　《最新落陰相褒歌》全三本　　新竹市　竹林書局　1987年
　　　　第8版

董忠司編　《臺灣語言及其教學國際研討會論文集1-2》　　新竹市
　　　　新竹師範學院　1998年

——本文原刊於《國文學報》第二十九期（2000年6月），頁193-230。

附錄　《最新落陰相褒歌》文本（竹林印書局印行）

上本　頁一

行次

1	編出落陰卜相褒	聲々句々念兮和	有人听歌那卜學	無好心神是學無
2	大家听歌聽分明	我這唱歌是正經	好呆歌詩是不等	聲々句々說分明
3	君身有時頭壳痛	冥日思想無心成	吩咐人來我知影	那知君汝無運行
4	頭壳那痛眞不好	汝娘差人買瘋膏	來搭賓邊即時好	隨時乎哥通迌迌
5	甲娘瘋膏不通買	瘋膏來搭無聖會	汝哥只病是身底	頭壳即兮致虛衰
6	人說瘋膏即時行	卜買瘋膏來救兄	都是我兄不知影	那搭賓邊就袂痛
7	汝哥有致身庇病	何用瘋膏搭賓邊	人馬即多撻々鄭	乎人笑我半頭青
8	听哥汝說身底病	我娘共哥請先生	算盤打去不着見	必定呆運着了錢
9	小娘有心我都知	廣着先生緊請來	安落脉古札看覓	症頭臨危我眞知
10	有請先生札脉理	症頭臨危不敢醫	娘汝這辦無福氣	尋無眞仙救哥起
11	我娘請先生到位	札脉症頭大臨危	乎我想着土大愧	敢兮乎娘汝克虧
12	先生有請我厝返	看脉煞無開藥方	先生卜行眞打算	無開君臣通煎湯
13	我今共娘說清楚	看這病症敢袂好	就勸我娘免煩惱	我个性命敢兮無
14	共哥汝說呆字運	燒香共哥下灶君	米糕鷄蛋來補運	本命个錢哥出運
15	我听小娘汝塊廣	共我緊下灶君公	娘汝著說恰定擋	赶緊退我去走祟
16	听哥汝說者僥倖	我緊燒香下神明	全望神明着感應	保庇福祿壽康寧
17	雖然神明各處下	共娘汝說恰著脉	我今事眞難得假	性命敢兮閣君个
18	听哥汝廣我就哮	想着目屎煞直流	我君貴人那不到	想只症頭無應効
19	我今眞情共娘廣	這病除非下城隍	症頭沉重人那憨	娘汝今日着知防
20	說到城隍我緊下	我君那好夯刀枷	雙腳跪落說詳細	下日隨香阮二个
21	問娘城隍下按盞	一拵燒熱一拵寒	症頭臨危娘着看	全望我娘汝主盤

上本　頁二

行次

1	听哥汝說卜按盞	緊請城隍來出壇	城隍跳起就請看	隨派爐丹共化單
2	提起爐丹緊煎便	煎好捧來過香煙	看哥身體人眞善	緊捧乎飲不通踐
3	等娘爐丹捧到嘴	症頭臨危嘴袂開	乎娘想着喘大愧	尋無仙眞通改爲
4	我娘汝看眞煩惱	症頭臨危吞袂落	目睭金々塊看嫂	今日我娘着伐落
5	藥吞袂落敢兮死	小娘赶緊夯湯匙	那吞過喉就欣喜	城隍保庇我君伊
6	我今照實共娘報	房中小鬼卜捉哥	尽情幾句交帶嫂	我兮性命敢兮無
7	是哥熱狂亂々報	汝說有鬼得確無	房中一个就是嫂	就是店者塊顧哥
8	眞々有影即有講	房中小鬼有三人	一個頭鬃如葱々	一個目睭紅々々
9	听哥汝說一下項	小鬼目睭簡兮紅	是哥熱狂亂々講	是我塊顧汝一人
10	不是熱狂亂々講	一个塊扭我頭鬃	一个攬身全不放	一个塊搳我脚銅
11	听哥汝說嫂就慇	赶緊共哥叫司公	就叫司公共哥創	收除小鬼皆滅亡
12	小娘心肝有去處	赶緊共哥叫法師	小鬼先治那不去	性命註定伊收除
13	法師請神東塩米	就貼靈符無延遲	小鬼全不過鄉里	我今共娘汝通知
14	法師請神銅鐘聲	手捧塩米入房行	不貼皇旨有据定	就叫正神扶持兄
15	法師行入房宮內	小鬼笑甲唏獅々	全無眞驚過所在	對兄頭壳一直獅
16	法師入房進符令	手捧法氣做頭前	靈符貼在蚊帳頂	一張掛在兄胸前
17	法師入房鎮符令	小鬼掠兄店塊爭	想到性命眞僥倖	無彩小娘汝奉成
18	法師入房打法索	看伊小鬼出去無	保庇我兄着緊好	免娘干苦塊顧哥
19	法師一時打法索	小鬼緊去夯大刀	我今尽情勸大嫂	緊辭司公來返和
20	听見郎君塊勸阮	乎我泪淬準飯吞	就請司公來議論	緊去廳中收哥魂
21	身紙魂魄收無倒	無彩我娘兮功勞	我今幾句通知嫂	費神我娘奉成哥
22	法師魂衫提乎阮	小娘衫帕收哥魂	點香三支叫一困	三魂七魄歸哥身

上本　頁三

行次

1	我今勸娘着打算	緊辭司公通出門	身紙魂魄收袂返	症頭倒返不離床
2	听哥汝說娘就哮	手提紅紙包紅包	望卜共哥好到老	誰知我哥致症頭
3	人說生死天註定	勸娘不免可憐兄	真仙難救無命子	壽數皆終難改晟
4	听哥汝說真失德	恰慘刈娘脚堵肉	留我呆命無路益	塊君汝死恰明白
5	共娘汝說是實在	緊去叫阮小弟來	我那死了伊即來	責娘兮罪娘就知
6	甲阮去叫恁賢弟	無人共哥捧茶湯	生阮查某恰須世	無人退我通岸家
7	我今真情通知嫂	我只茶湯吞袂落	姑不如章走去報	我死即來就花糕
8	望卜我哥病快好	甲阮害哥斷然無	伊來那敢橫々過	終身來死通塊哥
9	央娘去叫阮小弟	無叫伊來就竊欺	欠彩下日一下死	說娘毒藥害君裡
10	央我去叫恁小弟	叫伊來看就知枝	煩惱過多共卜死	卜行脚骨難得移
11	好呆是娘八字命	姑不如章亦着行	去報捨弟伊知影	即袂廣娘害死兄
12	汝娘小心塊奉待	伊來探听就兮知	見着聖佛赶緊拜	下卜我君早起來
13	我今今日敢兮死	牽娘兮手交鎖匙	甲娘床廚緊開起	去提銀兩勿延遲
14	郎君鎖匙交乎嫂	看只辦世敢兮無	去開床廚真煩惱	真驚見銀不見哥
15	廣娘尽心奉成阮	交帶我娘三百銀	一百庫錢打乎阮	一百乞子通傳君
16	做哥功德來做巡	廳中卜安君靈魂	君死留阮真呆命	終身自尽塊君行
17	一百乎娘乞校生	一百共我打庫錢	我今那說喉那鄭	我命因何安年生
18	一百共君做功果	做卜乎君汝去蘇	放捙汝娘卜省步	克開君死去困土
19	無放家伙乎娘得	一百乎娘度伙食	勸娘煩惱是不必	蛤人度苦罔過日
20	一百花銀宰樣度	放捙阮身卜奈何	不知我身塊干苦	天光哭甲日落烏
21	就共我娘說實在	我今落陰袂返來	勸娘心肝着岸在	小娘干苦哥不知

最新落陰相褒哥　上本　終

中本　頁一

行次

1	望卜奉成君兮好	無宜我哥命來無	帶在厝內塊煩惱	手提紙錢燒乎哥
2	共君汝創枕頭飯	一粒鷄蛋在中央	點香三枝叫哥返	泪滓流落準飯湯
3	伊弟這擺亦煩惱	想卜去探伊大哥	不知今年有失錯	我哥那無來迌迌
4	行到路中即看影	听見一拚烏鴉聲	我兄有事無可定	我今赶緊連步行
5	望卜奉成哥兮起	無宜君汝歸陰司	塊哭我哥無捨四	手提銀紙燒乎伊
6	行到厝邊探听覓	這塊省人治塊哀	汝今共我說實在	全頭起理說出來
7	奉祀君屍卜按盞	虧我治塊哭鱸鰻	着掠汝娘去作伴	不通放我塊孤單
8	双脚行到只地界	就叫嫂嫂緊出來	汝塊啼哭省乜代	亦着說來乎我知
9	听着小叔叫一聲	我今扒起連步行	今日汝我註呆命	汝來尋無恁大兄
10	我哥有致少乜代	有病那無報我知	無叫我來是呆代	害死大兄我真知
11	汝兄爲着感瘋起	爲着重感感入脾	有請先生札脉理	病症臨危不敢醫
12	有請先生來皆看	厝內必定有藥單	那有藥單通我看	嫂嫂就無想心肝
13	有請先生我厝返	札脉並無開藥方	城隍壇前共伊問	亦派爐丹化藥湯
14	有請城隍來問壇	亦有爐丹共化單	那有爐丹通我看	嫂嫂就是無相麻
15	城隍跳起派出嘴	爐丹化單派歸推	乎我想着土大愧	今日閣來起事非
16	嫂嫂情理大肴返	我兄食嫂毒藥湯	今日事真不免問	掠嫂汝去見官堂
17	好呆我是八字命	卜去官堂着緊行	大老面前來去拼	到時即知省人營
18	嫂嫂心肝界不好	用藥害死阮大哥	害死大哥不敢報	掠嫂去做犯人婆
19	去做犯人我甘愿	掠入法院食飯丸	即看大老判省欵	帶在監內卜報冤
20	看汝冤仇宰樣報	我廣是嫂害死哥	大兄陰魂兮塊嫂	出來會廣不是無
21	汝兄那卜即靈應	今日這事乜不明	弄出代志真僥倖	是害不是觀五行

中本　頁二

行次				
1	嫂々叫我觀五行	我今共伊看恰眞	摸着頭毛又冷々	摸着嘴齒又定々
2	未死頭毛本冷々	嘴齒未死亦定々	只人袂死無可定	我卜落陰尋恁兄
3	汝是陽間兮查某	不知陰間兮路途	卜去陰間尋賬簿	那去尋無倒番箍
4	來去陰間尋賬簿	只厝設壇請三姑	卜請三姑𤆬我路	𤆬我落陰就對都
5	在厝三姑做汝請	我燒銀紙乎嫂行	三姑那卜即有聖	緊去落陰尋阮兄
6	我今行到草埔路	想到七條兮路途	爲着這事眞干苦	看我落陰倒去摸
7	草埔路中草青々	小叔共嫂献紙錢	乎嫂落陰通看見	去到大哥兮身邊
8	我今行到郎君井	四个查某在井邊	乎我看著喉就鄭	緊叫小叔献紙錢
9	郎君井邊一地號	出有四个洗衫婆	我献紙錢去乎嫂	乎嫂落陰見阮哥
10	我今行到刣狗坑	狗頭六卒排兩邊	鼻起臭青喉就鄭	緊洗清淨共献錢
11	嫂今行到刣狗坑	狗頭六卒來交纏	我洗清淨乎汝見	就無臭青近身邊
12	我今行到刣牛坑	牛頭六卒卜討錢	緊叫小叔听入耳	赶緊共我献紙錢
13	刣牛坑中水漲鄭	刣牛坑尾水臭青	我献紙錢乎嫂見	乎嫂落陰通見哥
14	我今行到冷水坑	一條古路像青啼	十指未死人未死	我卜落陰無停時
15	冷水坑中一地界	無食冷水嫂到知	手骨未洗人原在	緊去落陰通返來
16	我今行到奈何橋	脚踏橋板軟燒々	橋尾小鬼治塊笑	小叔紙錢着閣燒
17	奈河橋中嫂塊行	我勸嫂々不通驚	即燒紙錢乎鬼領	福德正神𤆬嫂行
18	我今來到心酸嶺	脚酸手軟路袂行	爲君一人大呆命	陰間一路即著行
19	心酸嶺脚路頭遠	勸汝心肝不通酸	只去有人通借問	緊去陰府兮城門
20	我今行到六角庄	四角亭下出花園	並無一人通借問	專々是鬼兮鄉村
21	嫂今行到六角庄	六角亭下好茶湯	不能串入青花園	赶緊着去陰府堂
22	我今行到金光橋	七个將軍本定着	橋中小鬼店塊笑	小叔紙錢着閣燒

中本　頁三

行次

1	金光橋中一地界	七个將軍做一排	我献紙錢有皆再	緊去落陰通返來
2	我今行到生人宮	想起不愿塊倚停	爲君這事大僥倖	陰府兮路行無停
3	嫂々行入生人宮	行入宮內觀五形	全望三姑相照應	三姑汝着行頭前
4	我今行到三角埔	烏々暗々卜奈何	無燈無火行無路	石頭卜損我腳箍
5	烏々暗々嫂着廣	我即共汝發毫光	發火照路恰定擋	乎嫂通去見閣王
6	鐵線橋中我快行	天頂大仙就献身	銅蛇鐵狗尽知影	化做大橋乎我行
7	鐵線橋中是嫂來	天頂大仙伊亦知	銅蛇鐵狗做好代	我兄必定兮返來
8	我今行到松柏街	忽然撻破我綉鞋	來到陰府眞慘切	泪滓流落滿山溪
9	松柏街中一地界	撻踏弓鞋我都知	勸嫂心肝不通呆	緊去落陰通返來
10	我今行到拾物街	買乜物件都整齊	亡魂逐个塊買賣	並無看見我君个
11	嫂々行到拾物街	各樣生理眞整齊	那見大哥來買賣	嫂汝着緊悪返回
12	我今行到枉死城	看見枉死我眞驚	爲君一攞大呆命	即着陰府這路行
13	嫂汝行到枉死城	看見枉死不通驚	好呆是人八字命	嫂汝安心閣再行
14	我今行到梧桐樹	就共小叔說因由	今日恁兄來夭壽	害我行甲腳筋球
15	嫂々行到梧桐腳	汝着停腳共伊查	停腳看見東西塔	帶治閣王伊厝腳
16	我今行到頭一殿	煩惱目屎流袂堅	我是查某無轉變	賬簿無通乎我軒
17	行到頭殿嫂着廣	汝着好嘴問閣王	看着賬簿即定擋	廣我大兄新歸亡
18	果然閣君恰知影	卜問閣王尋恁兄	乎阮煩惱眞呆命	甲阮倒位尋恁兄
19	那交賬簿乎嫂看	緊々拜托問判官	判官就兮報汝看	我兄店治亡魂山
20	果然判官恰知影	賬簿無交亡魂兄	廣着是嫂恰呆命	恁兄帶在枉死城
21	我兄帶在枉死庄	三魂七魄收巢全	全望三姑悪嫂返	趕緊悪入枉死門

最新落陰相褒歌　中本　終

下本　頁一

行次

1	梧桐樹腳在這落	專收枉死無命哥	三姑赶緊來炁嫂	炁我入城通尋哥
2	嫂々行到東門內	不時煩惱淚哀々	全望三姑相敢界	炁阮大兄回陽來
3	我今行到東門來	尋無恁兄淚哀々	乎我想着流目屎	去帶倒位我不知
4	東門過了到西門	嫂々因何店塊瘡	有名有姓通汝問	四角城內尋十全
5	我今行到西門內	看見我君遠々來	頭烏面紅雄界々	乎我一看流淚淬
6	西門我嫂看着哥	看着淚淬双港落	三姑實在眞正好	緊炁我哥返家和
7	我看郎君敢有命	腳酸手軟路快行	卜過陰間着打拼	手牽郎君卜出城
8	我嫂行到東門外	共與我兄伊相炁	三魂七魄收伊煞	哥魂不通相放拔
9	我今返到十門市	買物乎君汝止飢	為君煩惱無捨四	害我冥日湳淚淒
10	嫂汝行到十門街	我哥陰魂收返回	腹飢點心汝着買	那是無錢即來提
11	魂魄收來松柏林	自君死後苦到今	為君汝苦吃人罵	險々害我去落監
12	哥嫂行到松柏街	緊々相炁通返回	不通延路塊廣話	乎我等甲目睭花
13	行到橋中我緊叫	郎君緊過鐵線橋	是君緣份得阮借	調土落陰尋到着
14	鐵線橋中哥嫂返	三姑一位有甹當	三魂七魄巢收返	赶緊跳過陽間門
15	我今行到三角埔	無灯無火卜奈何	灯火全無行無路	卜甲阮身倒位摸
16	烏々暗々那有影	我發毫光乎恁行	三魂七魄收伊定	十條魂魄着歸兄
17	我今行到生人宮	汗流汁滴滿胸前	為君只攞大僥倖	陰府兮路行無停
18	生人宮中嫂回倒	魂魄不通打失落	十條魂魄收伊伊	緊返咱厝通家和
19	我今行到金光橋	我君神魂塊伊着	福德正神相保借	那無三姑不得着
20	金光橋中嫂回倒	金童玉女引接哥	嫂汝魂魄收伊好	不通一條打失落
21	我今行到六角庄	四角亭中有花園	我君魂魄着巢返	共娘來帶陽間庄

下本　頁二

行次

1	六角亭中嫂回來	卜行着叫我哥知	我哥目啁帶狗界	不通卜提人花栽
2	心酸嶺後嫂回倒	是嫂盡心去尋哥	第一盡情就是嫂	落陰恁君返家和
3	我今行到奈河橋	我君神魂塊伊着	是君情份得娘借	君汝神魂緊過橋
4	奈何橋中嫂回來	汝着有叫哥就知	全望嫂々相敢界	着求三姑罩恁來
5	冷水坑中嫂塊行	回陽分茶賜我兄	着報大兄伊知影	緊弟在厝等大兄
6	刣牛坑中一地號	汝娘塊叫鱸鰻哥	走去陰間無煩惱	虧我冥日塊苦哥
7	刣牛坑中一地里	嫂々卜行勿過時	我嫂真正有情義	去恁阮兄無時停
8	刣狗坑中一地界	郎君汝着塊娘來	陰間這路大呆代	乎我想着流泪滓
9	刣狗坑中一地號	嫂々着叫我大哥	大家相恁行伊好	不通塊無打失落
10	我今來到郎君井	四个查某在井邊	想着郎君喉就鄭	恁那回陽就達錢
11	郎君井邊嫂就叫	嫂々卜行着相招	汝今那行着那叫	我兄塊汝即分着
12	我今行到草埔路	着收七條分路途	收君魂魄真干苦	乎我心肝想甲烏
13	草埔路中嫂回倒	着收七條分路頭	小弟在厝塊等候	恁哥回陽嫂真肴
14	行到陽間清水泉	報君汝看陽間山	皆再回陽通做伴	免得汝娘受飫寒
15	陽間清水嫂塊行	路頭着報我親兄	嫂々有情我知影	福德正神扶大兄
16	陽間所在照原樣	收君魂魄落田洋	我君此去着識想	不通卜閣放挵娘
17	陽間田園嫂回倒	我嫂有情去尋哥	望求三姑罩恁到	魂魄即袂打失落
18	陽間田園行透々	叫君魂魄着過溝	閣行無遠就卜到	這所就是咱庄頭
19	我嫂行到這大埕	即時叫我等大兄	我嫂實在有相痛	福德正神保護兄
20	我今行到大門口	遇着小叔相撞頭	今日恁兄返回到	小叔汝着叫過溝

下本　頁三

行次

1 我今共嫂相借問	就引我哥入廳堂	我哥今日再回返	親像失月閣再光
2 嫂々行到大廳邊	恰似失月再團圓	今日一家得相見	死了在來恰達錢
3 我君引入眠床內	放落哥魂回陽來	亦是前世做好代	笑甲嘴仔義西々
4 引入房中我就暢	放落眠床哥回陽	兄弟相見金々相	我嫂十分真盡忠
5 為着我君眞煩惱	險々去做犯人婆	小叔與我剖甲錯	廣我毒藥害死哥
6 嫂々閒話不通廣	赶緊來去拜天公	着拜土地恰定擋	廣我大兄返家鄉
7 小叔汝去點香火	着拜佛祖不通敘	咱今双人行到塊	親像雲開見着月
8 我今香火點好々	就叫嫂々共大哥	先拜佛祖即有好	佛祖拜好拜公婆
9 我今拜好都定擋	提錢乎汝買豬公	我今真情共汝廣	亦着買羊即有通
10 嫂々汝今交帶我	買豬買羊却無絕	來去落街買金紙	答謝神明恰快活
11 金紙卜買上中下	或買金座無爭差	巧氣小叔免人教	亦着演戲謝三界
12 我今落街來請戲	剖豬剖羊答謝天	就叫朋友去借椅	椅棹借來搭戲棚
13 就叫朋友借椅棹	卜搭戲棚舉竹高	請人看戲即有好	不管朋友共弟哥
14 朋友弟兄我亦請	姑姨舅妗叫伊行	大姊小妹報知影	廣嫂落陰怎返兄
15 卜掠豬公謝三界	卜演好戲笑西々	大家來到這所在	知我陰間怎君來
16 三界謝了亦定擋	就想卜閣謝城隍	共恁朋友大家廣	怎君回陽返家鄉
17 勸恁朋友着做好	奸雄二字不通學	勸恁大家着學好	不通卜夯剖人刀
18 歌中唱來眞兮和	竹林印歌別人無	大家朋友着學好	不通風梭想迌迌
19 落陰相褒歌者止	大家听着大歡喜	恁那看了有趣味	買去念看就知枝

最新落陰相褒歌　下本　終

臺灣閩南語歌仔冊鄉土題材之
押韻與用字分析

一　前言

　　歌仔冊，是臺灣早期流行說唱「歌仔」的底本，形式上，每七字
一句，每四句一個韻律單位，綴聯成為一篇長篇韻文。韻腳上，句句
皆押韻，通常四句相聯為韻；轉聯才能換韻，故「歌仔」又稱四句
聯。又由於歌仔冊的形式通常是七言，所以又稱「七字歌仔」。

　　根據王順隆（1993）的考察，遠自清道光年間，在閩南地區的鄉
鎮裡，流行著一種以通俗漢字記敘閩南民間歌謠的小冊子，其內容多
為敘述歷史故事的長篇敘事詩，或與當時社會風俗有關的勸世歌文。
就其印版來分，從最早期的木刻版，再演進成石印版，更有後來鉛印
版的大量發行。從其具有商業價值，和存世書目的數量上看來，在當
時必定風行一時。這些以閩南方言文字所寫下的彈詞系統俗曲唱本，
就是所謂的「歌仔冊」（kua-a-tsheh）。（亦有稱之為「歌仔簿」或
「歌簿仔」者，目前尚無一固定的稱呼。）此種歌本與現今市面上所
販售之流行「歌本」，雖同用一語詞，但所指事物迥異。以下所稱
「歌仔冊」專指早期的閩南語歌仔唱本。（王順隆，1993：109）

　　早期歌仔冊的內容大多是敘述歷史故事，或是勸人向善，移風易
俗的歌詞為主，迄今留存數量甚多。歌仔冊以漢字記錄閩南語實際口
音，因此是十分珍貴的語料，能夠藉此考察臺灣早期閩南語的使用情

況。王順隆指出歌仔冊的語料價值，認為：「唯有歌仔冊所使用的文字語言，才能真正反映百年來庶民的用字習慣與語言現象。」因此我們觀察歌仔冊中的用語用字，便可以知道早期歌仔冊書寫者如何將沒有文字的閩南語以漢字記錄下來，在記錄的過程中又有什麼用字習慣。同時，經過對方言使用漢字的類型分析，找出歌仔冊注音的原則，「循字定音」，並通過對韻腳普通規律的檢驗，找出近人為歌仔冊注音，不辨作者方音差異之迷思。

　　「歌仔」起源於何時尚無定論，但盛行於清末的廈門、漳州二市及龍溪、海澄、漳浦……等縣，似無爭議。「歌仔」也隨著移民傳到了臺灣，臺灣源起於宜蘭的「歌仔戲」，主要就是沿襲了「歌仔」裡的部分曲調，再加上其他地方曲藝的精華，才成為「歌仔戲」的。（王順隆，1993：113）

　　王順隆先生從歌仔冊出版的歷史，考察了兩岸歌仔冊的互動的情況，指出：

初期臺灣地區充斥著閩南地區發行的歌仔冊，直到日本大正年間，臺北市北門町的「黃塗活版所」才以鉛字版大量的發行公演版的歌仔冊，同時本地的作品也才漸漸地出現。……一九三〇前後，臺灣的歌謠創作者及改編者輩出，新歌也就源源不斷地產生，甚至反為廈門的書局所翻印。這些新歌當中，除了一部分是重新改編家喻戶曉的歷史故事、民間傳奇之外，更有一部分是記敘了當時的社會事件，或是以勸化社會為宗旨的勸世歌謠。如「嘉義行進相褒歌」、「基隆七號房慘案歌」、「黑貓黑狗歌」、「中部地震勸世歌」、「過去日本戰敗歌」、「尪某看博覽會新歌」、「臺南運河奇案歌」……。這些由臺灣人所創作的通俗歌謠，忠實地反映了當時臺灣社會的風俗民情及民眾的內心

世界。……據當時任職臺北帝國大學,醉心於臺灣歌謠研究的
福田尹的估計,當時光是臺灣印行的歌仔冊就超過了五百種,
尚未包括大陸地區所發行的。……一九三〇年代的確可稱為歌
仔冊的黃金時期。(王順隆,1993:115-118)

除了這些書坊所刊行的歌仔冊之外,尚有許多不見堂名的歌仔冊
流傳於市面,據推測可能是有一些擅於唱唸的民間藝人,自行刻版印
製了歌仔冊販賣營生,或是有不肖商人盜印了他人的歌仔冊。另外,
除了廈門一地之外,泉州的清源齋見古堂、琦文堂等書店也曾刊行過
歌仔冊。

本文將本人(2007-)國科會研究計畫的部分成果,做一簡述。
計畫內容包括:將具有代表性的歌仔,依照題材類型作適當的分類,
建置可供檢索的歌仔冊標音語料庫,再結合語言學中的新興學科——
語言風格學進行研究。

二 歌仔冊之收藏與整理

在臺灣早期歌謠的書面資料中,閩南語歌仔冊是不可忽視的一項
珍貴資料。歌詞是以閩南語寫成,又稱「白字歌仔」;又因各種流行
體式也可以叫「相褒歌」、「山歌」、「採茶歌」等等。相關的著
錄,從最早的《臺灣風物》第十五卷第二期(1965)所刊登的施博爾
先生的〈五百舊本歌仔冊目錄〉,可以推測在全盛時期,歌仔冊流行
的數量和種類是龐大而可觀的。

從收藏的情形來說,大約有以下幾個重要地方:

（一）「牛津圖書館」

英國牛津大學Bodleian Library 東方圖書館的Alexander Wylie 文庫所藏的「歌仔冊」，計十九本，二十五目。據稱這一部分的「歌仔冊」，皆為偉烈亞力自一八四七年起，於中國傳教時所收集，並於一八八五年售與牛津大學。

（二）「中央圖書館」

國立中央圖書館臺灣分館所藏的「歌仔冊」分為兩部分：一為日治時期臺灣總督府圖書館時代所收購的真本，今已重新合訂成三冊《臺灣俗曲集》。其中共收有木刻版「歌仔冊」十八種，另外尚有《六畜相法》、《閨門必讀女論語》、《居家必用千金譜》等書。另一部分為木刻版的影印本，共十一種，比較其書目，與臺灣省文獻委員會典藏的閩南唱本一致，可能係館際間的資料交換。[1]

（三）「傅斯年圖書館」

中央研究院歷史語言研究所傅斯年圖書館所藏俗曲，共有合訂成兩百五十二冊、計三百五十五曲目。其中包括了劉復於民國初年收集的十餘種閩南唱本。[2]

（四）施博爾教授

荷籍施博爾教授所撰〈五百舊本「歌仔冊」目錄〉，發表於一九

1　參見http://www32.ocn.ne.jp/~sunliong/lunwen2.htm。王順隆在「閩臺『歌仔冊』書目・曲目（增補版）」內提到，「中央圖書館」所藏歌仔冊包含兩種，一為日治時期臺灣總督府圖書館時代所收購的真本，另外則是木刻版的影印本。

2　見《中國俗曲總目稿》，劉復、李家瑞編，民國二十一年出版，收有大陸各地俗曲唱本六千三百七十一種。

六五年。施教授發表該文後，又於臺中及新竹兩地收購了許多「歌仔冊」。施博爾教授於一九九三年曾在巴黎寓所，出示筆者他所收藏的全套歌仔冊，以線裝硬盒分裝，藏於家中書房。

（五）王順隆教授

根據王順隆（1995：1）的統計，他個人所持有的歌仔冊三百七十餘目，含六百餘冊真本、影本、微卷在內，共計一千四百七十五筆，是目前已發表的「歌仔冊」書目中最完整的一份。不過，據百城堂書店店東林漢章回憶：曾多次賣出過成千上百的「歌仔冊」給臺灣文物收藏家。由此可知，還有更多的閩南語唱本流傳在民間及收藏家手裡，可見大約一世紀以來，這份民間寶貴的資料流傳極為驚人。

（六）杜建坊先生

杜氏原籍臺北，早歲赴南洋，並訪國內外名師宿儒，精通傳統漢文及南管，苦修力學，以畢生積蓄搜集珍希臺灣文史書籍及臺、閩、潮、客、福州、海南島等方言辭書、語料，含一千多種，近三千本之歌仔冊。中年遷居臺灣東部，嘗自課二子，國學皆有成。並名其所藏為「成人軒藏書」，目前正全面進行整理編目。

（七）臺灣大學典藏數位化計畫

其典藏之歌仔冊來源有二：其中大宗為楊雲萍文庫中之典藏，共有六百餘種，包括臺灣與大陸出版的部分。少部分則為彰化縣溪湖鎮素儒耆老楊水虷先生之收藏。其收錄的歌仔冊大體分成七類，共四百九十二本。以下每類在括號後標注所收歌仔冊之本數：民間歌謠與民間傳說故事（93）、褒歌（40）、敘情（125）、勸世教化（74）、傳統故事（132）、生活知識（10）、習俗趣味（18）。有關「臺灣大學典藏

數位計畫」，可參見網址：http://www.darc.ntu.edu.tw/newdarc/darc/index.html。

　　許多學者都注意到歌仔冊這一項臺灣文化資產，從以往研究臺灣閩南語歌仔冊的著作來看，大部分都著重在對閩南語歌仔冊的文獻整理，如王順隆在一九八五年所發表的〈談臺閩歌仔冊的出版概況〉，一九九四年所發表的〈閩南歌仔冊書目、曲目〉，一九九六年〈歌仔冊書目補遺〉，及曾子良（1990）博士論文……等等。[3]近年來中央研究院電子計算中心也將閩南語歌仔冊的資料整理成「閩南語俗曲唱本歌仔冊全文資料庫」[4]供學者參考使用。

　　近年來以國科會專題計畫方式，對歌仔冊作整理與研究的，如施炳華（2002-2006）〈歌仔冊之整理與研究──果子相褒、男貪女愛相褒、義賊廖添丁〉、〈歌仔冊之整理與研究──（《茶園挽茶》、《覽爛》、《百花》）〉、〈歌仔冊之整理與研究──《八七水災》、《食新娘茶講四句歌》、《儉偌錢開食了歌》〉、〈歌仔冊之整理與研究──《荔枝記》、《落陰歌》、《寶島新歌》〉等四項計畫；以歌仔冊內容進行敘事與性別研究的有洪淑苓（2005-2007）〈歌仔冊的敘事與性別之研究〉，而對歌仔冊內部的語言問題進行相關研究的，有林香薇（2002-2005）〈臺灣閩南語歌仔冊複合詞研究〉、〈閩南語歌仔冊的詞彙層次及詞彙演變比較研究〉、筆者（2007-）〈臺灣閩南語歌仔冊題材與類型之語言風格分析〉等計畫。

　　一九八九年兩篇綜論性的博士論文出現：曾子良《臺灣閩南語說唱文學歌仔之研究及閩臺歌仔敘錄與存目》（東吳大學中文所）與臧

3　王順隆一九九七年二月於「第五屆國際閩方言研討會」發表〈閩南語「歌仔冊」的詞彙──從七種《孟姜女歌》的語詞看「歌仔冊」的進化過程〉一文，結合版本，進行詞彙與用字的比較，已開拓了歌仔冊語言詞彙研究的新方向。

4　王順隆一九九八年十一月與中研院計算中心洽商資料庫合作，一九九八年十二月全文資料庫第一版完成，開始試用，一九九九年九月資料庫正式版完全公開。

汀生《臺灣民間歌謠新探》（政治大學中文研究所）。曾文對歌仔起源、內容形式、思想及藝術特色等均做討論，並探討其價值，也包括閩臺歌仔之收錄與存目；臧文相對偏重歌謠之語言形式及用字等問題。二〇〇五年東海大學丁鳳珍的博論則以《歌仔冊中的臺灣歷史詮釋——以張丙、戴潮春起義事件敘事歌為研究對象》為題，將研究轉向歷史敘事的議題。隨著臺灣本土語言教育的提升及臺灣人文學門的系所新增後，有關歌仔冊的碩士論文，近年在中文系、臺灣語文系所及民間文學所大量出現，論文題目多樣，或以單本主題，或以相關類型，進行文本分析或語言形式（以押韻、用字、詞彙為大宗）之研究，一時之間，百花齊放，其中以新竹教育大學臺語所董忠司教授指導篇數最多。

　　筆者（2000）即以〈最新落陰相褒歌〉為例，進行用字與詞彙之分析，並指導臺灣師大國文所陳雍穆（2001）《孟姜女歌仔冊之語言研究》、林昭惠（2008）《玉珍漢書部〈最新病子歌〉研究》、臺文所杜仲奇（2009）《歌仔冊〈正派三國歌〉之語言研究》完成碩士論文。近年來在臺文相關系所以「歌仔冊」為題開授之相關課程，如林慶勳（1999）《問路相褒歌研究》，已在中正大學中文所以課堂作業為基礎而進行集體撰述。個人近年在臺師大臺文所開授「臺灣閩客語漢字專題」，也鼓勵學生進行歌謠注釋，累積若干文本語料，如下文語料庫引用林晉輝（2005）、廖淑鳳（2005）兩篇均是，為本人國科會計畫的文本分析進行語料庫建置的前置作業。以下將簡述本人（2007-）國科會計畫〈臺灣閩南語歌仔冊題材與類型之語言風格分析（I）〉所得成果。

三　歌仔冊標音語料庫之建置

　　臺灣閩南語歌仔冊保存臺灣早期歌謠的珍貴書面資料。從語言學角度來說，歌仔冊中保存閩南語特有的口語形式，而歌仔冊句句用韻，時而換韻的常例，也反映了閩南語的用韻情形。更因為歌仔是口傳文學的，是有可唱性的，是民間文學的，因此歌仔冊記錄的用字遣詞都呈現出閩南居民的語言風格，還有日常生活中真實的用語。

　　本計畫〈臺灣閩南語歌仔冊題材類型之語言風格分析〉鑑於前述「歌仔冊全文資料庫」僅呈現漢字文本，對於讀者思欲尋字知音求義，又遍尋注本不得，往往不能終篇，半途而廢，影響歌仔冊之流傳與鑑賞。因此，決定蒐集各種音注，建立標音語料庫。

　　在研究方法上，藉由前人對臺灣閩南語歌仔冊的整理研究成果，先對歌仔冊的內容作適當的題材類型分析，再結合語言風格學的研究方法，為不同題材類型的歌仔冊進行用字、用韻、用詞、語法的語言風格分析。希望藉由這樣的研究方法，找出歌仔冊不同題材之間在語言上的共通性與差異性，當然也可以藉由語言風格的分析，再為歌仔冊的題材類型做回顧與調整。分析所得數據統計可供兩種不同學科的研究者做對照或交叉分析。

　　所謂語言風格學，是一門將語言學與文學做結合的新興學科，在西方稱為文體學（stylistics），也就是利用語言學的觀念與方法分析文學作品的一種科學分析。「語言風格學」所要研究的是文學作品在語言形式上所呈現的氣勢，凡是用語言學的方法研究，涉及文學作品的形式、音韻表現、詞彙表現與語法結構的呈現，都是「語言風格學」要探討的。這是為了避免從文藝風格角度去解析文學作品時，會因為作者主觀的判斷或感受而對作品本身產生不夠科學的評價。「語言風格學」所要呈現的，是數據的、科學的語言探討，這樣可以更精

確的去判斷一件文學作品的藝術價值。

　　這類結合兩學科的研究，是一個新的嘗試。由於閩南語歌仔冊語料數量十分龐大，且有些歌仔冊並沒有音標轉寫或注釋，目前只能各類抽取較有代表性的語料進行比較分析。所得結果可以提供後來者分析模式，以奠定將來做全面性的風格分析之基礎。計畫進行的同時，碩、博士班的研究助理亦進行文獻解讀及田野調查之練習，這也為歌仔冊研究做了基礎人才的培育。本計畫要先進行歌仔冊內部比較，再總結民間文學的宏觀語言描述，以免流於枝節，見樹不見林。

（一）題材類型

　　本計畫目前將歌仔冊主要的題材類型分為四大類：第一類（A）是臺灣歷史及民間故事類（義賊廖添丁歌、周成過臺灣歌、鄭國姓開臺灣歌、陳三五娘歌、甘國寶過臺灣歌、寶島新臺灣歌）；第二類（B）是臺灣社會時事類（二林鎮大奇案歌、臺南運河奇案歌、基隆七號房慘案、八七水災歌）；第三類（C）是褒歌類（問路相褒歌、最新落陰相褒歌、汽車司機車掌相褒歌、百花相褒歌、茶園挽茶相褒歌、乞食藝旦歌）；第四類（D）是勸世類（人心不知足歌、自新改毒歌、社會教化新歌、僥倖錢開食了歌、冤枉錢失得了歌、從善改惡新歌、燒酒嫖樂勸善歌、勸少年好子歌、勸世了解新歌、勸改賭博歌）。上列四類，每類選取歌名四到十種，共二十六首。

（二）凡例說明

　　每一種題材類型下，初步蒐集目前所能見到已詳加記音之歌仔冊文本，建立資料庫。歌仔冊的對應編碼與相關說明（類型代號、歌名序號、歌名、冊次、文本依據、標音出處、聯數）如下：

類型代號	歌名序號	歌名	冊次	文本依據	標音出處	聯數
A	1	義賊廖添丁歌	a-f	中研院閩南語歌仔冊全文檢索系統[5]	黃勁連（2001）	426
	2	周成過臺灣歌	a-c	全文	黃勁連（2001）	194
	3	鄭國姓開臺灣歌	a-b	全文	黃勁連（2001）	130
	4	陳三五娘歌	a-d	全文	黃勁連（2001）	470
	5	甘國寶過臺灣歌	a-e	全文	李蘭馨（2003）	439
	6	寶島新臺灣歌	a-b	全文	黃勁連（2001）	133
B	1	二林鎮大奇案歌	a-e	全文	黃勁連（2001）	330
	2	臺南運河奇案歌（金快也跳運河）	a-c	全文	黃勁連（2001）	234
	3	基隆七號房慘案	a-b	全文	黃勁連（2001）	162
	4	八七水災歌	a-c	全文	郭淑惠（2003）	200
C	1	問路相褒歌	全一冊	林慶勳（1999）	林慶勳（1999）	71
	2	最新落陰相褒歌	全一冊	竹林書局	陳大鑼手稿[6]（姚榮松，2000）	64
	3	汽車司機車掌相褒歌	全一冊	竹林書局	林晉輝（2005）	98

---

5 以下簡稱「全文」。

6 陳大鑼（Tan Toa-lo）為臺南人，年輕時曾協助英國長老教會Presbyterian教派來臺宣教師編輯「廈門音新字典」的初稿（見甘為霖一九一三年的序），根據法國漢學家施舟人（Kristofer Schipper）教授告知這個手稿是六〇年代施氏旅臺期間應其要求而做的音注，施氏認為本歌涉及道教故事，擬藉音注來解析其中的道教科儀，因緣際會，個人於一九九三年旅法期間，曾旁聽施教授在巴黎大學所開道教課程，影此手稿相贈，並期待我加以詮釋。二〇〇〇年余撰〈臺灣閩南語歌仔冊的用字分析與詞彙解讀——以最新落陰相褒歌為例〉一文，即分析這個音注文本。

類型代號	歌名序號	歌名	冊次	文本依據	標音出處	聯數
	4	百花相褒歌	全一冊	全文	黃勁連（2001）	159
	5	茶園挽茶相褒歌	全一冊	竹林書局	廖淑鳳（2005）	30
	6	乞食藝旦歌	a-b	竹林書局	黃勁連（2001）	151
D	1	人心不知足歌	a-c	全文	江美文（2004）	197
	2	自新改毒歌	全一冊	全文	江美文（2004）	81
	3	社會教化新歌	a-b	全文	江美文（2004）	153
	4	僥倖錢開食了歌	a-d	全文	江美文（2004）	235
	5	冤枉錢失得了歌	a-b	全文	江美文（2004）	131
	6	從善改惡新歌	a-b	全文	江美文（2004）	132
	7	燒酒嫖樂勸善歌	a-c	全文	江美文（2004）	198
	8	勸少年好子歌	a-b	全文	江美文（2004）	140
	9	勸世了解新歌	全一冊	全文	江美文（2004）	72
	10	勸改賭博歌	a-b	全文	江美文（2004）	150

　　本資料庫以excel檔案整理如下表，以利搜索。首欄（類號）以英文字母A至D代四種歌仔冊的類型編號，字母後的數字為該類型收錄之歌仔的流水號，歌名後以印刷體小a-f代表分冊，如D08a代表《勸少年好子歌》第一集。次欄（聯）代表聯數，歌仔冊每四句為一聯（「聯」閩南語傳統稱為「葩」）；第三欄（句）以1、2、3、4代表在一聯中的第幾句；第四欄（歌詞）為歌仔冊文句；末欄（標音）為歌詞逐字標音。下舉本資料庫「鄭國姓開臺歌」前四句為例：

類型序號及編冊	聯	句	歌詞	標音
A03a	001	1	列位貴君請坐靜	liát uī kuì kun tshiánn tsē tsīng
A03a	001	2	小弟拜託幾分鐘	sió tī pài thok kuí hun tsing
A03a	001	3	卜念臺灣舊風景	beh liām tâi uân kū hong kíng
A03a	001	4	古早三四百年前	kóo tsá sann sì pah nî tsîng

　　本資料庫部分歌仔冊中文字資料與記音資料因為來源不同，參考文本的詳略也不同，因此有些文字資料沒有相關記音資料，為求資料完整性，若文字資料沒有相關記音，仍保留文字資料記錄。日後再將資料庫中沒有記音的文字資料補上注音。

　　因資料庫中的歌仔冊記音資料有多種來源，各家使用的閩南語音標並未統一，如黃勁連版本資料庫使用標音系統近似TLPA，但部分音標採自己的意見。郭淑惠、李蘭馨採用TLPA標音等，本計畫初步先行保存記音資料的原始檔，待日後再行統一轉換為教育部國語會公告之臺灣羅馬字拼音系統，以求一致性。但是下文所列資料，已先轉換為臺羅拼音系統。

四　題材類型與語言風格賞析

　　有關歌仔冊的內容分類，首見曾子良（1990）的博士論文，曾氏依臺灣閩南語「歌仔冊」的內容分成十類：[7]

1.改編中國傳統小說、戲曲類——如：西遊記、金姑看羊。

2.改編中國歷史與民間戲劇類——如：大舜耕田、梁山伯與祝英台。

3.改編臺灣歷史與民間故事類——如：朱一貴歌、周成過臺灣。

7　曾（1990）在論文中列舉許多例子，本篇因篇幅關係，故採用陳姿昕（2002）論文中所採用之例子。

4. 改編當時該地社會新聞類——如：八七水災可憐歌、臺南運河奇案。

5. 勸善教化類——如：勸改賭博歌、人心不知足歌。

6. 褒歌類——如：百草問答相褒歌、問路相褒歌。

7. 趣味歌類——如：戶蠅蚊子大戰歌、古今偷食歌。

8. 敘情歌類——如：乞食歌、病子歌。

9. 知識類——如：千金譜歌、昭和戰敗歌。

10. 其他——如：喜歌講四句「食餅全歌」；一些內容未詳，有待他日
　　分類的歌仔。

　　曾氏分類的標準不全依歌仔冊的內容，如前四類為改編文本依
據，後五類則或從功能（如5.勸善教化類、8.敘情歌類），或從體裁
形式（如6.褒歌類），或就其歌謠內容之屬性（7.趣味歌類、9.知識
類），有些分類明顯，有些歸類則也不免見仁見智，如把「昭和戰敗
歌」歸為知識類，其實正可歸入當時國內外新聞，而第四類只限於社
會新聞之改編，應可擴充為以一時一地之「時事、事件」為主。作為
「知識」類，恐亦難免流於空洞，成為博物名詞之堆砌，始有「知
識」可言，如千金譜即是。

　　本文不採用曾氏過於瑣碎的內容分類，再者本計畫也正是要檢驗
臺灣本土歌仔是否受不同題材影響而在語言內容或文字表達上產生不
同的語言特色，如果有，即可通過類型的比較，得到我們所探尋的
「語言風格」，因此本文大大簡化了曾氏的分類。首先我們並不準備
處理所有歌仔冊的分類，我們只選取能充分反映臺灣人的生活、思
想、關懷、寄託的歌謠內容，亦即以本土歌謠為主要文本。

　　因此，前四類我們只取了3、4兩類，作為本文1、2兩個題材類型：

　　　1.臺灣歷史及民間故事類

　　　2.臺灣社會時事類

　　第一類主要包括開臺、過臺或說臺為主的移民情結或義賊廖添丁

為代表的民間故事。第二類內容情節主要來自許多新聞事件的改編，如二林鎮的奇案、臺南運河奇案、基隆七號房慘案，在當年皆為轟動社會的大新聞。既為奇案，則不免聳人聽聞，又有民國四十八年（1959）發生的八七水災，如果比較死亡人數或財物損失，也許沒有去（2009）年的莫拉克颱風在中南部山區為主的土石流來得嚴重，不過在當時全島大多淹水的情況下，大水淹沒平地大半農田，形成洪災連續幾十小時，其危急情形恐怕也非當時媒體不發達的報導所能全面捕捉。據個人推測，當時主要透過電臺廣播，在斷水斷電的情形下，仍有災情的即時報導。

以上兩類均具有全民性，故事或事件的情節由口頭、播音及平面媒體的描述，形成全社會的公共事件，這種故事當然就會膾炙人口，博取閱聽大眾的喜愛。另外我們從其他諸類中，重新定出另外四類，其中：

　　3.褒歌類

　　4.勸世類

這兩類都是形式或內容十分具體的，而且也有許多研究論著成果昭著。另外兩類我們改定為：

　　5.生活民俗類

　　6.抒情類

這兩類範圍更廣，可以概括曾氏7、9兩類（所謂趣味類與常識類、趣味類或為抒情，所謂「常識」不離生活日用，曾氏將千金譜歌、昔時賢文、俚諺歌、產物歌、地名歌這些所謂「一般知識」（其中「昔時賢文」並非正宗七字仔），筆者認為連同其所謂「風俗地理」的南洋遊歷歌，及所謂「國際知識」的「昭和戰敗歌」均可歸入比較實質的「生活民俗」，甚至可將「昭和戰敗歌」列入於社會「時事類」，因統治者年號昭和時期的戰敗事件，影響臺灣前途至鉅。當

然是臺灣社會的重大事件，豈能列入國際「知識類」，以自炫其博大。

筆者認為廣義民間的詩歌，多七字仔，以情歌居多，又有一些四句的民間褒歌，類似七言絕句，都是第6類範圍，數量太多，為精簡本篇論文，我們就把5、6兩類暫時割愛。

以下就前文所列四大題材類型中，各類舉出一首歌仔片段為例，集中地從押韻與用字兩方面探討題材類型與語言風格之間的關聯。「臺灣歷史及民間故事類」以「義賊廖添丁歌」，「臺灣社會時事類」以「八七水災歌」，「褒歌類」以「問路相褒歌」，「勸世類」以「勸改賭博歌」為例說明。

（一）臺灣歷史及民間故事類──義賊廖添丁歌

義賊廖添丁是一個傳奇性人物，日據時代臺中牛罵頭（今清水鎮）人，有關他闖蕩江湖，劫富濟貧，與日本警方相周旋的故事，至今家喻戶曉。一九〇九年（明治四十二年）十一月十八日在臺北觀音山為日警圍捕並擊斃，年二十七歲。本篇歌仔是以「人」為主軸（相對於下篇八七水災歌是以事為主軸），交代他傳奇般的一生，其中包含他貧困的出身、離鄉背井到臺北所發生的種種事情、劫富濟貧的行為、與日本警察的多次斡旋，機智敏捷的反應、矯健的身手、俠義的精神……等等。

廖添丁活動在日治時期，對日本警方造成極大的社會壓力，自他死後迄今，關於他的各種傳說便不斷發展、流傳。他本身極具戲劇性，在臺灣民間傳說中是非常特殊而特別的存在，才能以一個近代人物的身分在臺灣閩南語歌仔冊佔有極大的份量。他的一生富有傳奇性，冒險事蹟不勝枚舉，而個人生命則具有雙重性，因為身為竊賊卻被稱為「劫富濟貧的義賊」、「抗日英雄」，身份雖為「賊」，但在一般人民心中卻不是負面的形象。他的事蹟除見於民間傳說，也留傳在傳唱文學的歌仔冊內，以下隨機抽樣節錄資料庫內的「義賊廖添丁歌」中五聯

相承的片段，以彰顯本題材類型之不同語言風格。試見下列文句：

類型序號及編冊	聯	句	歌詞	標音[8]
A01d	043	1	添丁耳空真正利（內）[9]	thiam ting hīnn khang tsin tsiánn lāi
A01d	043	2	听着[10]聲音即（則）時知	thiann tiòh siann im tsik sî tsai
A01d	043	3	目尾共伊偷看覓	bák bér kā i thau khuànn bāi
A01d	043	4	不是別人火炭來	m̄ sī pàt lâng hér thuànn lâi

語意：廖添丁耳朵真夠靈敏，聽到聲音即知什麼人要出現，用眼角偷窺一下，果真是他意料到的來人──藝旦阿免的客兄（火炭來仔）。

類型序號及編冊	聯	句	歌詞	標音
A01d	044	1	火炭來仔著塊包	hér thuànn lâi á tīr terh pau
A01d	044	2	即有這款的氣（愧）頭	tsiah ū tsit khuán ê khuì thâu
A01d	044	3	古川綴[11]（塊）著尻（腳）川（倉）後	kóo tshuan tèr tīr kha tshng āu
A01d	044	4	相毛（娶）食酒來個（因）兜[12]	sann tshuā tsiàh tsiú lâi in tau

---

8　標音部分，本文改採施炳華教授《臺灣歌仔冊欣賞》中「臺灣義賊新歌廖添丁」的注音，本歌作者為梁松林，臺北萬華人，採臺北泉腔，據施炳華認為黃勁連音注所據竹林書局本即改編自梁著，下面所引五聯，文字幾乎雷同，黃氏所標南部偏漳腔，不如施炳華的鹿港腔，較接近臺北泉腔。

9　「內」為「利」之借音。以下歌詞部分，括弧內為本文用字，括號前為建議用字，多採教育部臺灣閩南語推薦用字。

10　施炳華談歌仔冊著、着兩字的音義，用法分別甚明，著音tir[7]、着音tioh，興新書局版的梁松林原著作「著」，竹林版已無tir、ter之別，故黃勁連注本改音ti，字亦常改為「佇」。

11　綴，連綴，引申為跟隨。「塊」為借音字，「著」依泉腔作（tīr）。

12　竹林本「相娶食酒來因兜」與新本作「相娶也卜來個兜」，此暫依竹林本。

語意：火炭來仔正在包養女人，才有這種生龍活虎的架式，連古川警部補也跟在他的屁股後邊，相攜要去他家喝酒。

類型序號及編冊	聯	句	歌詞	標音
A01d	045	1	火炭來仔做頭前	hér thuànn lâi á tsò thâu tsîng
A01d	045	2	古川塊拍（撲）[13]廖添丁	kóo tshuan terh phah liāu thiam ting
A01d	045	3	野無改過浮浮沖（銃）[14]	iá bô kái kòo phû phû tshìng
A01d	045	4	敢閣來鬧藝旦間（宮）[15]	kánn koh lâi nau gē tuànn king

語意：火炭來仔一馬當先，而古川正在拍打著廖添丁，怒罵添丁不肯悔改、傲氣十足，竟然敢來擾亂藝旦間。

類型序號及編冊	聯	句	歌詞	標音
A01d	046	1	人講（廣）[16]筊（繳）間（宮）娼婦房	lâng kóng kiáu king tshiong hū pâng
A01d	046	2	恁來阮敢（感）[17]着毋（不）通	lín lâi gún kám tiòh m̄ thang
A01d	046	3	到遮（者）身分平平重	kàu tsia sin hūn pînn pînn tāng
A01d	046	4	敢（感）有限定啥（什）物（麼）人	kám ū hān tīann síann mih lâng

語意：廖添丁說：人家說賭場可比娼婦間，難道你們可以來，我就不能來嗎？到此人人身分相等，哪有身分的限制？

---

13 「撲」，打也。本字作「拍」。
14 「銃」為「沖」的tshǐng借音。
15 「宮」為「間」的借音。
16 「廣」即「講」的借音字。
17 「感」即「敢」的借音字。

類型序號 及編冊	聯	句	歌詞	標音
A01d	047	1	怒着古川警部補	nōo tiòh kóo tshuan kíng pōo póo
A01d	047	2	罵廖添丁清國奴	mā liāu thiam ting tshing kok lôo
A01d	047	3	出來無想欲（卜）改過	thùt lâi bô siūnn berh kái kò
A01d	047	4	猶（又）[18]原是欲（卜）做匪徒	iû guân sī berh tsuè huí tôo

語意：廖添丁的話激怒了古川警部補，古川怒罵廖添丁為清國奴，指責廖添丁出獄後不改過，還想繼續做匪徒。

　　上述歌詞主要在敘說廖添丁在游藝場所與日本警察相遇的畫面，包含雙方的正面交鋒，呈現出警察的凶惡態度與廖添丁的不甘示弱。在情境營造上臨場感十足，如第四十三聯中的廖添丁身處玩樂的場所，但是透過對廖添丁「聽」與「看」的動作描寫，將機警的廖添丁書寫得活靈活現。他在這樣的環境下，仍十分警覺，耳注意聽、眼注意看，打量四周來人，連是誰來了都知道。

1　押韻分析

　　《義賊廖添丁》在文句體制上，為常見的七言四句體，句式節奏並不嚴謹，不似傳統詩歌的嚴守格律，雖有押韻，但歌辭句句白話。在押韻上，第四十三聯四句押ai韻、第四十四聯四句押au韻、第四十五聯四句押ing韻、第四十六聯四句押ang、第四十七聯四句押oo韻。以上五聯均押單一韻母，整體而言，押韻上極為整齊，每聯換韻，在朗誦上易於琅琅上口。無聲調限制，用韻較自由，以下我們將各聯韻

---

18 「又」為「猶」的借音字。

腳整理於下表：

編碼		韻母	各句韻腳				各單位韻腳聲調
A01d	043	ai	利（內）lāi	知tsai	覓māi	來 lâi	仄平仄平
A01d	044	au	包pau	頭thâu	後 āu	兜 tau	平平仄平
A01d	045	ing	前 tsîng	丁ting	銃tshìng	間（宮）king	仄平仄平
A01d	046	ang	房pâng	通thang	重tāng	人 lâng	平平仄平
A01d	047	oo	補póo	奴 lôo	過 kòo	徒 tôo	仄平仄平

由各聯四句的韻腳平仄搭配，以「仄平仄平」為常例，更確切地說，四句中偶句（2、4）收平聲，單句（1、3句）收仄聲，造成韻腳間的新「平仄律」，也是一個值得玩味的「語言風格」。

2 用字分析

023-027共五聯，用字中最大的特色是句句皆見借音字，抄輯如下：利（內）、即（則）、咧（塊）、氣（愧）、綴（塊）、尻川（腳倉）、「煮」（娶）、佀（因）、拍（撲）、亦（野）、間（宮）、講（廣）、筊（繳）、敢（感）、毋（不）、遮（者）、欲（卜）。其中值得玩味的現象有：（1）出現兩次以上為咧（塊）、間（宮）、欲（卜）。（2）同字異用的借字：塊兼作「咧」與「綴」的借字，前者讀leh，後者讀tuē。

由此可見歌仔冊中的用字，多已約定俗成，成為習用字了，這對於歌仔冊歌本之流行也有一定的催化作用。

（二）臺灣社會時事類──八七水災歌

八七水災發生於民國四十八年八月七日，造成當時中南部災情慘重，北從苗栗，南至屏東，總計有六百七十二人死亡，可說是臺灣歷

史上的重大事件。〈八七水災歌〉屬於「改編當時該地社會新聞類」，
可看到歌仔冊已具有現代報導文學的性質，將當時所見的災情、慘況
一一提出，除了勸慰災民，也警告、奉勸人民要小心預防天災，具有
教育意義。全文依照內容劃分為三部分：開頭、主題和結尾。下面列
舉一部分作語言風格分析：

類型序號及編冊	聯	句	歌詞	標音
B04b	026	1	最歹（呆）[19]苗栗的（兮）縣界	tsuè pháinn biâu lik ê kuān kài
B04b	026	2	就這（只）[20]地方上大災	tō tsit tē hng siōng tuā tsai
B04b	026	3	三義一戶害真歹（呆）	sam gī tsit hōo hāi tsin pháinn
B04b	026	4	十三個人全（同）時坮（抬）[21]	tsáp sann ê lâng kâng sî tâi

語意：最慘的是苗栗縣的邊界，這地方災害、損害最大，三義鄉有一
戶人家非常悽慘，十三個人同時被埋在土石中。

類型序號及編冊	聯	句	歌	標音
B04b	027	1	山崩人煞不知走	suann pang lâng suah m̄ tsai tsáu
B04b	027	2	厝倒地暗亂抄抄	tshù tó tē àm luān tshau tshau
B04b	027	3	線路打斷電繪（袂）到	suànn lōo phah tn̄g tiān bē kàu
B04b	027	4	欲（卜）走煞揣（尋）無路頭	beh tsáu suah tshuē bô lōo thâu

---

19 「歹」（pháinn）之借音。

20 「這」（tsit）之借字。

21 坮俗當作坮，或訓用「埋」字。

語意：山崩了大家卻不知要逃，然後房子倒了一片漆黑，情況很混亂，電線被打斷了無法供電，想逃卻找不到出路。

類型序號及編冊	聯	句	歌詞	標音
B04b	028	1	三更半冥無塊看	sann kenn puànn bênn bô teh khuànn
B04b	028	2	圍在水中枵（飫）[22]佮（甲）寒	uî tsāi tsuí tiong iau kah kuânn
B04b	028	3	全家叫苦欲（卜）按（晏）怎	tsuân ke kiò khóo beh àn tsuánn
B04b	028	4	雷電爍（信）爁（奶）[23]當大段[24]	luî tiān sih lànn tng tuā tuānn

語意：三更半夜看不清楚，被困在水中既餓又冷，全家叫苦連天卻無可奈何，卻又是打雷閃電很厲害的時候。

類型序號及編冊	聯	句	歌詞	標音
B04b	029	1	停電黑天佮（甲）地暗	thîng tiān oo thinn kah tē àm
B04b	029	2	厝倒放塊㧒（記）伊淋（湳）	tshù tó pàng teh kì i lâm
B04b	029	3	那的（兮）一時遮（即）爾（年）慘	ná ē tsit sî tsiah nî tshám
B04b	029	4	三更冥半足困難	sann kenn bênn puànn tsiok khùn lân

語意：停電了黑天暗地的，房子倒了也只能任由雨水澆淋，怎麼會一

---

22 飫，本字當作枵。

23 信奶當作「閃爁」。音作sih nah。

24 段，當為「彈」之借音。

下子變得這麼悽慘，三更半夜的實在非常困難。

類型序號及編冊	聯	句	歌詞	標音
B04b	030	1	一個老年的（兮）嬸姆	tsit ê lāu lînn ê tsím bú
B04b	030	2	苦憐無厝通好居（龜）	khóo liân bô tshù thang hó ku
B04b	030	3	無翁（尪）無子無新（心）婦（雹）	bô ang bô kiánn bô sin pū
B04b	030	4	無死着傷歸身軀	bô sí tióh siong kui sing khu

語意：有一個年老的婦人非常可憐，沒有房子可以居住，又沒有丈夫、小孩及媳婦，雖然她沒死但遍體鱗傷。

類型序號及編冊	聯	句	歌詞	標音
B04b	031	1	人畜田厝同（一）齊去	lāng thiok tshān tshù tâng tsê khì
B04b	031	2	苦憐悽慘做一時	khóo liân tshi tshám tsò tsit sî
B04b	031	3	厝流人閣現場死	tshù lâu lâng koh hiān tiûnn sí
B04b	031	4	莫怪人替個（因）傷悲	bók kuài lâng thè in siong pi

語意：人、畜生、田地、房子同時沒了，一下子變得可憐又悽慘，房子流走了，人也當場死亡，難怪大家替他們感到難過。

1　押韻分析

〈八七水災歌〉的用韻亦平、仄互押，但由上列六聯例句可見，每四句就換一個韻腳似乎是一個常態，以下我們將各韻腳整理於下表：

編碼		韻母	各句韻腳				各單位韻腳聲調
B04b	026	ai，ainn	界kài	災tsai	呆pháinn	抬tâi	仄平仄平
B04b	027	au	走tsáu	抄 tshau	到kàu	頭thâu	仄平仄平
B04b	028	uann	看khuànn	寒kuânn	怎tsuánn	段tuānn	仄平仄仄
B04b	029	am，an	暗àm	淋lâm	慘tshám	難lân	仄平仄平
B04b	030	u	姆bú	龜ku	匏pū	軀khu	仄平平平
B04b	031	i	去khì	時sî	死sí	悲pi	仄平仄平

　　由上表可見，平仄互押，026與029兩聯出現的兩類韻母，這兩類韻母性質不同，一為陰聲韻與相配的鼻化韻互押，一為韻尾不同的陽聲韻（am：an）通押。除了028與030兩聯以雙仄或雙平收尾外，其餘各聯大致符合基本調式「仄平仄平」。這可能也與近體詩「平聲偶句入韻」的優勢有關。

2　用字分析

　　以上列語料中的幾個特殊用字，分析如下：

　　（1）呆（026-1）

　　「最呆苗栗兮縣界」、「三義一戶害真呆」，「呆」字若讀成〔tai〕，以上兩句都解釋不通，應讀成〔pháinn〕，為「歹」之借音，解釋為「不好的」、「嚴重的」。

　　（2）只（026-2）與即年（029-3）

　　「就只地方上大災」、「那兮一時即年慘」，「只」〔tsit〕相當於「這」之意。「即年」〔tsiah nî〕則相當於「這麼」、「如此」之意，教育部推薦字作「遮爾」，「遮爾慘」義為「這麼悽慘」。

　　（3）抬（026-4）

　　把「抬」字讀為〔tâi〕，完全無中生有（按：《集韻》：「抬，超之切，同笞。」）不足取法。民間用字或為「坮」（《康熙字典》坮同

臺。）或用訓讀字「埋」。

（4）信奶（028-4）

「雷電信奶當大段」指雷電交加的尖峰期，「信奶」指閃電，卻很難由字面判斷其義，讀音也與〔sih nah〕相差甚遠，由文本標做〔sih lann〕，第二音節當改為〔nah〕，以符實際。應寫為「爍爁」。

（5）飫（028-2）

「圍在水中飫甲寒」，「飫」為借音字，訓飢餓。本字應為「枵」；「甲」為佮之借音，佮《廣韻》古沓切，併佮聚。（按：飫《說文》作「饇」，燕食也，段注：今字做飫。《廣韻》：飫，飽也，厭腹，義與枵相反，枵本虛星（星座名），後世言枵腹，即空肚子。）

（6）淋（029-2）

「淋」借音字的本字應為「淋」，讀成〔lâm〕，「淋」的文讀音為〔lîm〕。

（7）龜（030-2）與「匏」（030-3）

「龜」〔ku〕的本字應為「居」〔ku〕（泉腔）；「匏」〔 pū〕的本字為「婦」〔pū〕，有理由相信作者不知龜的本字，若知本字，更不可能捨簡就繁而寫同音字，至於「婦」字古音〔pū〕，有可能作者不諳古音，而寫了音近的匏（陽平）。

（三）褒歌類──問路相褒歌

相褒歌一名，本源自山歌，採茶之屬，連雅堂《雅言》第十一則說：「採茶歌者，亦曰褒歌，為採茶婦女唱和之詞，語多褒刺；曼聲婉轉，比興言情，猶有溱洧之風焉。」（連橫，1987）黃得時先生也指出：「褒字或作博，或作駁，係包含互相譏刺，互相稱揚，互相反駁，互相打誚，互相調戲，互相嘲罵的意思。其唱法係男女對唱。或

一女對一女；或一人唱，數人和，所唱歌詞是『山歌』居多。內容大部分是『口占』或『即興』的。歌唱的地點，沒有一定。……特別在茶山最好。」（黃得時，1952：4）這是從起源及功能所作的詮釋。

　　洪惟仁（2001）則也指出，「褒歌是相褒歌的省略，褒歌可以說是閩南語的『山歌』，客家山歌俗稱『採茶歌』，但在臺灣閩南人的生活地區，『採茶歌』只是以採茶為題材的一種『褒歌』，『褒歌』通常是男女互相打情罵俏的歌唱。」（洪惟仁，2001：14-17）他又以歌謠的互動性不同，將褒歌分為「相褒」和「唸歌」兩種，前者是兩人以歌「答嗾鼓」，後者一個人或大伙兒一起「唸歌」抒情取樂，又稱「閒歌仔」。（洪惟仁，2001：14-17）施炳華（2008）〈談歌仔冊中「相褒歌」的名與實〉，就提出歌仔冊「相褒歌」或「褒歌」，多數有「對口而唱」之形式（少數歌仔冊是「個人獨唱」）才可以叫相褒歌，但是編歌者所用名稱未必符合這個名實關係，並指出有些歌沒有相褒歌之名，可能也是相褒歌，出版者之間也存在分歧，如一九三二年嘉義玉珍書局《最新百果歌》，一九八七年新竹竹林書局改為《菓子相褒歌》。這些多反映了褒歌在臺灣民間歌謠中的多元與流行。

　　本文所取的相褒歌是傳統說唱形式，用以敘說故事的長篇七字仔，不包括近人大量採集的各地短篇風謠（或稱臺灣國風）的「唸謠」之屬。這兩類歌都有碩士論文專篇論敘，前者為陳姿听（2001）《臺灣閩南語相褒歌類歌仔冊語言研究——以竹林書局十種歌仔冊為例》（新竹教育大學碩論），後者為謝淑珠（2005）《臺灣閩南語褒歌研究》（臺南教育大學教育經營與管理研究所），本資料庫僅取前者，後者存而不論。

　　相褒歌既能抒情，又能反映風土民情，在歌仔冊中自然蔚為大國，由於對唱的形式更有利口語傳播，因此，有些歌本非褒歌，經過改編或再版，往往改為「相褒歌」，以吸引讀者。竹林書局現有十種

相褒歌，江文所收的除〈新桃花過渡歌〉（一九八七年版）未有「相褒」字樣，其餘九首皆以相褒為名；就內容分類，有典型的〈茶園挽茶相褒歌〉、〈少年男女挽茶相褒歌〉，以採茶為主之外，又有〈三國相褒歌〉屬歷史故事改編，尚有〈最新落陰相褒歌〉反映民間宗教，〈問路相褒歌〉仍不脫茶山場景，因問路而向對方示愛，有情人終成眷屬。另〈汽車司機車掌相褒歌〉也頗能反映臺灣交通事業中的新氣象，〈百花相褒歌〉藉四季花卉之輪替，點出男女相知相惜，不離情歌本色。本計畫只取其中五篇（C1-C5），另加一篇〈乞食藝旦歌〉故事，雖充滿浪漫氣息，暫把〈男歡女愛相褒歌〉、〈黑貓黑狗相褒歌〉、〈最新桃花過渡歌〉及〈少年男女挽茶相褒歌〉、〈三國相褒歌〉等五首略去，主要是尚無標音文本，或去重複（如兩首採茶只取其一），不取〈三國相褒歌〉，因無關乎臺灣本色。只取六首，難免割愛太多，如未取人人耳熟能詳的〈桃花過渡歌〉，未免美中不足。本計畫擬繼續補足這些十足反映鄉土史的語料，當然不限於竹林書局現有本子，如既有「百花」，自當有「百果」以相配。

　　以下我們節選〈問路相褒歌〉的五聯二十句為範本，一方面看重其情節的戲劇性，一方面也觀察連續五聯韻腳的變化。

類型序號及編冊	聯	句	歌詞	標音
C01a	008	1	巧神娘花生成物	khá sîn liûnn hue sinn tsiânn bngh[25]
C01a	008	2	手摜（汗）茶籠落茶園	tshiú kuānn tê láng lòh tê hn̂g
C01a	008	3	開喙（嘴）緊共娘借問	khui tsuì kín kā liûnn tsioh bn̄g

25 物當bngh，這是泉腔喉入字，林慶勳（1999：6）誤做binnh，主要元音不同，不能入韻。又008-3「嘴」音讀作tsuì亦誤，當從本字音tshuì（喙）。

| C01a | 008 | 4 | 這位地號啥（省）物（乜）庄 | tsit uī tuē hō siánn mih tsng |

語意： 茶園裡，有一位手拿茶籠的漂亮小姐。男子想要過去跟小姐講話，問她這裡是什麼地方。

類型序號及編冊	聯	句	歌詞	標音
C01a	009	1	我娘一時開喙（嘴）應	guá liûnn tsit sî khui tshuì ìn
C01a	009	2	過路郎君即巧神	kè lōo lông kun tsiah khá sîn
C01a	009	3	路邊分人大武陣	lōo pinn ê lâng tuā bú tīn
C01a	009	4	汝來問阮啥（省）何因	lú lâi bn̄g gún siánn hô in

語意： 女子突然回話說：這位過路的先生還真是機伶。路邊來來往往的人這麼多，為什麼你就只選我來問路呢？

類型序號及編冊	聯	句	歌詞	標音
C01a	010	1	我君單身來出外	guá kun tua sin lâi tshut guā
C01a	010	2	共娘借問無奈（乾）何（活）	kah liûnn tsioh bn̄g bô tā uâ[26]
C01a	010	3	這（只）塊並無人捌（識）我	tsí teh pīn bô lâng bat guá
C01a	010	4	共娘借問敢有絕	kah liûnn tsioh bn̄g kán ū tsuah[27]

---

26 bô ta uah（無乾活）林慶勳（1999：8）「乾活」意指工作不輕鬆，不得已的意思。視「乾活」為訓用字，其實此音本字應做「無奈何」，南管「無奈何」均讀bô ta uâ，董忠司（臺灣閩南語辭典）收「無奈何」為bô ta ua。此寫作「乾活」二字似已走音。「共娘借問無乾活，」意思是我一個人孤伶在外向妳借問也是情非得已，下兩句，才說此地無人識我，向妳借問應該不會有什麼差失吧！

27 敢無絕，「絕」音tsuah這個字表示差失、差異，如「走絕」為走樣，「無較絕」是無差別，也有人寫作「差」字。林慶勳（1999：8）的文本誤標tsuat，韻尾不協，視為首句不入聲，但唸tsuah則四句均入韻。

語意：我一個單身漢出外打拼，跟小姐問路也是不得已。這附近都沒人認識我，跟妳問路有什麼關係嗎？

類型序號及編冊	聯	句	歌詞	標音
C01a	011	1	說無所在娘不聽（听）	kóng bô sóo tsāi liû m̄ thiann
C01a	011	2	單身郎君出外行	tann sin lông kun tshut guā kiânn
C01a	011	3	若（那）無朋友相知影	lānn bô pîng iú sio tsai iánn
C01a	011	4	必定佗（倒）位有親情（成）	pit tīng tó uī ū tshin tsiânn

語意：女子推測男子雖然沒有認識的朋友，但可能會有住在此處親戚。

類型序號及編冊	聯	句	歌詞	標音
C01a	012	1	阮是單身出外哥	gún sī tuann sin tshut guā ko
C01a	012	2	親成朋友半个無	tshin tsiânn pîng iú puànn ê bô
C01a	012	3	談言借問某物（乜）嫂	tâm giân tsik bn̄g bóo mih só
C01a	012	4	這位號做啥（省）地號	tsit uī hō tsò siánn tuē hō

語意：男子說他是在外的單身漢，沒有半個親朋好友。開口要來借問路邊的這位大嫂，此地地名該叫什麼？

1 押韻分析

　　〈問路相褒歌〉用韻不受聲調限制，但似乎以平聲韻為韻腳居多。由上文例句可見，每四句就換一個韻腳是一個常態，以下我們將範本五聯的各韻腳整理於下表：

編碼		韻母	各句韻腳				各單位韻腳聲調
C01a	008	ngh，ng	物bngh	園hîng	問bīng	庄tsng	仄平仄平
C01a	009	in	應in	神sîn	陣tīn	因in	仄平仄平
C01a	010	ua	外guā	活uàh	我guá	絕tsuàh	仄仄仄仄
C01a	011	iann	听thiann	行kiânn	影iánn	成tsiânn	平平仄平
C01a	012	o	哥ko	無bô	嫂só	號hō	平平仄仄

　　由上可見，在押韻上，平仄基本通押，只要元音相同即可。除了010與012兩聯之外，其餘三聯皆以平聲收韻，這可能也與近體詩以平聲收韻的優勢有關。特別的是在010全押仄聲，這種罕見的全仄韻效果聽起來似只隨情節需要而出現，但這也許是男子表白自己的時候，因兩人初見，男子怕不被接納，全用仄聲，表示心中之急躁。值得注意的是008喉塞韻的ngh仍與ng互押。

2　用字分析

　　在選用假借字方面，008-3開「嘴」，本字當作「喙」，《集韻》有昌芮切一讀。011-4「成」本字應為「情」，讀成〔tsiânn〕。原應寫為「親情」，意指親戚朋友的意思。011-4「倒」也是屬於借音字，讀成〔tó〕，為「那」的假借字。012-4的「省」本字應為「啥」，讀成〔siánn〕，歌仔冊中「啥」均用「省」〔siánn〕來替代。

（四）勸世類——勸改賭博歌

　　臺灣歌仔藝人在行走江湖時，或者沿街賣唱，或者賣藥維生，經常以〈江湖調〉勸世人多行善積德，勸人戒賭、勸誡酒色、勸誡煙毒、勤儉守善和強調「善有善報，惡有惡報」的因果關係。因此「江湖調」又名「勸世調」或「賣藥仔調」、「王祿仔調」、「賣藥仔哭」、

「臺北哭」。勸世調是歌仔說唱藝術中最核心的曲調，通常藝人只根據故事情節大綱，便可自編歌曲即興演唱，有如「急智歌王」一般。在過去教育未普及的傳統社會中，的確具有勸善教化的社會功用。

光緒初年，臺灣賭風盛行，很多人沈迷賭博而家破人亡，清政府也曾官方編寫俚歌俗語，召告百姓以勸誡賭風，惜內容歌詞稍嫌文雅，親民性不足，未若臺灣的勸善歌謠生動活潑。本文選〈勸改賭博歌〉為例，以故事行勸，說到賭博害人真慘，有人傾家蕩產，險些跳水身亡。聚賭被抓，還得拘留警局一夜，讓妻兒不捨。故事最後主角「拔輪繳」、「白賊」地誘拐行騙，道出寓意：賭者，必失信於親朋好友，連自己的人格也會輸得一敗塗地。編者將落魄的賭徒，行騙詐拐之事，說得「凸風」諧趣，讓聽者趣味橫生，卻不失其諷刺與幽默。

類型序號及編冊	聯	句	歌詞	標音
D10a	003	1	起頭我輸真悽（青）慘	khí thâu guá su tsin tshinn/tshi tshám
D10a	003	2	輸佮（甲）險險著（着）跳潭	su kah hiám hiám tiỏh thiàu thâm
D10a	003	3	警官掠去過一暗	kíng kuann liảh khì kuè tsit àm
D10a	003	4	阮厝某囝（子）咧（塊）毋（不）甘	gún tshù bóo kiánn leh/teh m̄ kam

語意：一開始賭博就輸得很慘，輸到差點要去跳河自殺。後來被警察帶到警察局去過一夜，當家裡的妻小知道後都覺得非常捨不得。

類型序號及編冊	聯	句	歌詞	標音
D10a	004	1	掠去罰金罰真重	liah khì huat kim huat tsin tāng
D10a	004	2	擱（閣）再掠去關兩（二）工	koh tsài liah khì kuainn nn̄g kang
D10a	004	3	承認予（乎）罰才（者）欲（卜）放	sîng jīm hōo huat tsiah beh pàng
D10a	004	4	轉（返）來才（者）去鉸（剪）頭鬃（棕）	tńg lâi tsiah khì ka thâu tsang

語意：賭博被抓到罰了很重的罰金，然後又被抓去關了兩天。直到承認有錯被罰，警察才願意放人。回家後才去剪頭髮。

類型序號及編冊	聯	句	歌詞	標音
D10a	005	1	罰金轉（返）來無事（代）志	huat kim tńg lâi bô tāi tsì
D10a	005	2	看著（着）柴耙（把）笑微微	khuànn tioh tshâ pê tshiò bî bî
D10a	005	3	跋（拔）筊（繳）今我欲（卜）收起	puah kiáu tann/kin guá beh siu khí
D10a	005	4	這陣（拵）反悔亦（也）獪（未）遲	tsit tsūn huán hué iā bē tî

語意：罰完錢回家都沒有事情，又看到老婆笑容滿面。決心從今天開始要把賭博戒掉，而現在開始悔悟為時也不晚。

類型序號及編冊	聯	句	歌詞	標音
D10a	006	1	阮某叫我做生理	gún bóo kiò guá tsò sing lí
D10a	006	2	我咧（塊）共（加）講無本錢	guá leh/ teh kā kóng bô pún tsînn
D10a	006	3	伊才（者）叫我著（着）改變	i tsiah kiò guá tiȯh kái pìnn
D10a	006	4	招會予（乎）我賣麻糍（糍）	tsiò hue hōo guá bē muâ tsî

語意：老婆叫我做生意，但我跟她說沒有本錢。所以老婆就叫我要改變，並且拿會錢給我做賣麻糍的生意。

類型序號及編冊	聯	句	歌詞	標音
D10a	007	1	生理我攏（都）會（能）曉做	sing lí guá lóng ē hiáu tsuè
D10a	007	2	麻糍（糍）擔（挑）咧（塊）來遊街	muâ tsî tann leh lâi iû kue
D10a	007	3	是我註該欲（卜）狼狽	sī guá tsù kai beh liông puē
D10a	007	4	擔（担）對筊（繳）邊去才（者）衰	tann tuì kiáu pinn khì tsiah sue

語意：生意我都會做，用扁擔挑起麻糍沿街叫賣，是我注定就該這麼狼狽，竟然挑著扁擔往賭博間去找衰運。

1 押韻分析

〈勸改賭博歌〉在用韻上依然雖無聲調限制，但各聯韻腳仍略見規律的「仄平仄平」呈現，而每四句就換一個韻腳是一個常態，以下我們將各韻腳整理於下表：

編碼		韻母	各句韻腳				各單位韻腳聲調
D10a	003	am	慘tshám	潭thâm	暗 àm	甘kam	仄平仄平
D10a	004	ang	重tāng	工kang	放 pàng	鬆tsang	仄平仄平
D10a	005	i	志tsì	微bî	起 khí	遲 tî	仄平仄平
D10a	006	i/inn	理lí	錢tsînn	變 pìnn	粢 tsî	仄平仄平
D10a	007	ue	做tsuè	街kue	狽 puē	衰sue	仄平仄平

由上表可知，在押韻上，二、四句尾全以平聲收尾為主，這可能也與近體詩以平聲收韻的優勢有關。或許是因平聲韻較響亮，故以平聲結尾較能吸引聽者的注意，以至於可以廣為流傳，達到勸世教化的功用。綜觀上引五聯〈勸改賭博歌〉的韻腳，全部偶句收平韻，單句全收仄韻，形成典型的「仄平仄平」收尾，耐人尋味。

2　用字分析

〈勸改賭博歌〉中003-1的「青」〔tshinn〕屬於借音字。也許由於各地口音不同或是有誤聽的狀況，此處用「青」〔tshinn〕而不是用「悽」〔tshi〕，正反映〔i〕與〔inn〕互押的相同層次，借音其實也是一種叶音。鼻化的有無，往往存在次方言中，青悽互協，本為押韻之常態，青字亦可不算借音，而是悽慘連音，前字後向同化之結果。

004-3「者」〔tsiah〕也是屬於借音字，作者也許怕讀者將「才」讀成「tsâi」，才會使用「者」這假借字。

其他的常見借音字有：甲（佮）、代（事）志、乎（予）、拔繳（跋筊）、卜（欲）、棕（鬃）、塊（咧）、陣（拵）……等，訓用的字也不少，如：以不代毋（m̄），以返代轉，以二代兩，以剪代鉸，以未代「獪」，以都代攏，以能代會，以挑代擔皆然，這裡以括弧內為正字。其他還有一些異體關係，如：粢＝糍，担＝擔，不過是異體字，歌仔冊從俗，喜用俗字，簡字如「聽」皆用「听」。

五 歌仔冊語料庫中用韻的一般狀況

有關閩南語歌仔冊的押韻問題，相關論述極多，大多是針對其研究主題，來探討其押韻情況，例如：某類型的歌仔冊（如勸世類）（江美文，2003）、某本歌仔冊（郭淑惠，2003）、某家書局所出版的歌仔冊（陳姿听，2001）……等，焦點集中在少數歌仔冊的文本上，並非從較為宏觀的視野來看待歌仔冊的押韻。從較為廣泛的角度來探討歌仔冊押韻情況的，有杜建坊（2008：70）《歌仔冊起鼓——語言、文學與文化》、王順隆（2002 b：201-238）〈「歌仔冊」的押韻形式及平仄問題〉、王振義（1993：47-51）〈歌仔平仄規律實質意義的探討〉……等。事實上，歌仔冊的數量極為龐大，要從一定數量的歌仔冊來歸納出某些押韻規律，實非易事，但筆者分析本計畫的語料庫也發現：歌仔冊中四句一聯的首末兩句有四種平仄搭配，分別是「平起平收、平起仄收、仄起平收、仄起仄收」[28]，這裡的「起」、「收」專指首句與末句。[29]

（一）關於韻式的平仄問題

歌仔冊押韻的基本形式，臧汀生（1980：192）根據四句式為主

---

28 一般傳統律絕所謂的「平起平收」是指律絕首句的第二字與末字出現的平仄狀況。是在單句內的起收之狀況，如：「平平仄仄仄平平」為「平起平收」、「平平仄仄平平仄」則屬「平起仄收」、「仄仄平平仄仄平」為「仄起平收」、「仄仄平平平仄仄」為「仄起仄收」。本文移指四句韻腳的平仄，是借用「平仄」、「起收」之名，方便稱述而已，名實大不同。

29 林慶勳（1999：174）也指出〈人心不足歌〉一百九十六個押韻單位中，四句韻腳多屬於「仄起平收」的模式，非「仄起平收」的押韻單位只三十二個，佔全部百分之十六點三，兩成不到。其中「平起仄收」只有一個，「平起平收」多達二十四個，「仄起仄收」有七個。

軸的「臺灣歌謠」分析出的用韻主要規則是「句句押韻是『七字仔』之正格」，他還得出「首句不押韻」等五種變格，外加「不避同字」、「頭韻之使用」兩個「用韻形式」。臧（1989：228）的用韻仍以「句句通押、平仄通押為正格」，並未觸及各聯（押韻單位）內的聲調或平仄問題。王振義（1993）提及臺灣歌仔各句末字的平仄規則如下：

> 第二、四句末字應為平聲字；第一、三字應為仄聲字，惟第一句末句為平聲亦可通融。

王振義的規則，即「○平仄平」（○表平仄皆可）的基本類型，王順隆（2002）〈歌仔冊的押韻形式及平仄問題〉一文，從演變的眼光看出早期的歌仔冊經歷過四種押韻形式；1. XXXX（完全不押），2.隨興押韻，3.●●○○兩句自成單位互押，4.○○X○（受近體詩影響），5.○○○○（句句押韻）。根據他的說法：1是原始時期（流行的多半是非閩南語的歌仔），2-4為發展期，5為成熟期。

　　王順隆（2002：3）也指出：「歌仔冊進入後期，幾乎都是以四句為一個單位押韻（或通韻），尤其是臺灣作家的作品，幾乎都是這個形式。這種型態的歌仔冊就是我們目前最常見的。」但他又通過大量的韻字聲調統計，提出一些觀察：

1　平聲字多用（成熟期的歌仔冊韻字，平仄確實大多為「○平仄平」）類型，即第一句多用仄聲，間或摻雜平聲字。而二、三、四句堅守原則。

2　入聲字少用（閩南語歌仔冊中只出現百分之三點七一的入聲字，比率雖低，卻反而證實了閩南語歌謠有運用入聲韻的特點。⋯⋯故凡押入聲的歌詞，皆為「仄仄仄仄」，這個現象完全超越了前述平仄的規律。）

3 平聲字用在二、四句韻字的比例都高達百分之三十五以上，出現在第一句的比例卻比第三句高出近一倍。又仄聲的陽入調出現在第二、四句偏高（百分之三十八點四九及百分之四十點九七）說明陽入調位是屬於第二、四句高調位的一群，因此押韻行為與陰平分道，所以歌仔冊韻字選用的條件，應是「○高低高」的組合而非「○平仄平」。

　　王氏的新說，實際也是最脗合本語料庫中的韻腳聲調分布的情況。舉〈八七水災歌〉開頭十五聯為例，列出其韻母及其韻腳的調號如下：

聯次	韻母	韻字加調類	調類	備註
1	ai	醜²代⁷介³來⁵	2735	
2	ian	典²編¹淺²賢⁵	2125	
3	ai	臺⁵颱¹害⁷知¹	5171	
4	i	齒²池⁵離⁷屍¹	2571	本聯第三句「水到先走都袂離（借音）」
5	ng	斷⁷長⁵遠⁷方¹	7571	
6	ng	算³方¹斷⁷庄¹	3171	
7	am	暗³南⁵慘²湳⁵	3525	
8	ai	害⁷災¹海²抬⁵	7125	方言字「抬」（埋之意）
9	ui	水²開¹位⁷圍⁵	2175	
10	au	透³溝¹走²留⁵	3125	
11	u	久²夫¹事⁷輸¹	2171	
12	in	品²因¹應³神⁵	2135	
13	uann	看³肝¹怎²盤⁵	3125	
14	o	做³歌¹惱²無⁵	3125	
15	e	多⁷家¹價³加¹	7131	

由上表每聯韻字的調類序次，可見二、四句堅守平調（1、5）原則，極少例外，但例外卻出現在：首聯第二句「代」第七調為例外，第二聯以下偶句皆押平聲，直到第87聯才出現。第二個例外是一聯罕見的入聲韻腳（調型的4-8-7-5），[30]可以印證2、4的韻腳句在臺灣歌冊中幾乎都是平聲，1、3句才是其他三個仄調類的任意組合。這種1、3與2、4句聲調的涇渭分明，也正好成為臺灣歌謠成熟期的一項韻律特色。

另外，從較為廣義的閩南語歌謠來探討押韻情況的有：臧汀生（1984：200）《臺灣閩南語歌謠研究》，則依據李獻章《臺灣民間文學集》與吳瀛濤《臺灣諺語》兩書所收錄歌謠，歸納得到一個三十二韻「歌謠常用韻部」，詳列韻字，並討論用韻之「理」有六端；李壬癸（1986：439-463）〈Rhyming and Phonemic Contrast in Southern Min〉（閩南語的押韻與音韻對比），主要觀察對象為臺灣早期的流行歌謠。

李壬癸（1986：439-463）提出閩南語歌謠的押韻可以分為下幾種現象：1.口部元音與鼻化元音押韻。2.-o與-oo押韻。3.陰聲韻與喉塞尾押韻。4.主要元音相同，介音有無也可以互押。5.不同鼻音韻尾的音節可以押韻。6.入聲除外，不同的聲調可以互押。這篇文章，觀察的歌謠層面較廣，但分類較為零散。上述六種情況，李壬癸在文中提及第一種情況是最為常見的；第二種情況則有地域性的差異，有些地區是-o與-oo不分的；第三、四種情況在本文中是歸於同一類的，屬於「同韻異類韻母」的類型；第五種情況在本文中歸為「合韻例」，屬於罕用韻例；第六種押韻情況，提到的「入聲」是指韻尾-p、-t、-k，並不包含喉塞音韻尾。本文從李壬癸這篇文章的基礎上出發，觀察本

---

30 此聯為「仄仄仄平」式歌詞如下：風颱靴大來塊打，五谷菓子朗袂活，不管山林樹靴大，無彩農民塊拖磨。這聯似乎是作者林有來的神來之筆。

語料庫所收歌仔冊語料，將上述六種押韻情況分類歸納，把歌仔冊的
押韻分為三種類型：

1 四句只用單一韻母例──基本韻例

陰聲韻如：

〈周成過臺灣歌〉

路傍拿我準大豬	lōo pông liảh guá tsún tuā **ti**
串廣兮話全虛詞	tshuàn kóng ê uē tsuân hi **sî**
有念麵仔好情意	ū liām mī á hó tsîng **ì**
著將恁某來皆除	tiỏh tsiong lín bóo lâi kai **tî**
月裡用箸拉看覓	guảt lí iōng tī lā khuànn **māi**
丈夫好意差人來	tiōng hu hó ì tshe lâng **lâi**
歸碗食落腹肚內	kui uánn tsiảh lỏh pak tóo **lāi**
則時干苦即兮知	tsit sî kan khóo tsiah ē **tsai**

〈汽車司機車掌相褒歌〉

人客做正袂效梢	lâng kheh tsò tsìng bē hāu **siâu**
因為相閃人袂消	in uī sio siám lâng bē **siau**
喜個青狂煞倒跳	hit ê tshenn kông suah tó **thiàu**
臨急車都禁袂條	lîm kip tshia to kìm bē **tiâu**

陽聲韻如：

〈甘國寶過臺灣歌〉

做人即年無責任	tsuè lâng tsiah nī bô tsik **jīm**

雪嬌目周真不金　　　　　suat kiau bák tsiu tsin bô **kim**

映伊做尫相致蔭　　　　　ǹg i tsuè ang sio tì **ìm**

到時都無水通飲　　　　　tò sī to bô tsuí thang **ím**

〈人心不足歌〉

做人若（那）欲（卜）守本份　　　tsò lâng nā beh siú pún **hūn**

艱（干）苦免久錢著（着）賰（春）　kan khóo bián kú tsînn tióh **tshun**

毋（不）通煩惱 繪（袂）食睏　　　m̄ thang huân ló bē tsiáh **khùn**

漸守永有大趁銀　　　　　tsiām siú íng ū tuā thàn **gûn**

〈乞食藝旦歌〉

那卜洋服借我送　　　　　nā beh iûnn hók tsioh guá **sáng**

來穿皮鞋恰有通　　　　　lâi tshīng phuê ê khah ū **thang**

身分那甲格兮重　　　　　sin hūn nā ká kik ē **tāng**

省人知我乞食人　　　　　siánn lâng tsai guá khit tsiáh **lâng**

入聲韻如：

〈勸世了解新歌〉

做人序（是）大著（着）拍（打）撻　tsò lâng sī tuā tióh phah **tát**

囝（子）兒不孝上食力　　　　kiánn jî put hàu siōng tsiáh **lát**

無彩心神用一節（札）　　　　bô tshái sim sîn iōng tsit **tsat**

飼囝（子）不孝大毋（不）值（達）　tshī kiánn put hàu tuā m̄ **tát**

〈基隆七號房慘案〉

千代心肝好女德	tsian tāi sim kuann hó lú **tik**
一生對人真心色	it sing tuì lâng tsin sim **sik**
亦無省款甲試刻	ah bô siánn khuán ka tshì **kik**
對伊阿雲亦盡力	tuì i a hûn ah tsīn **lik**

鼻化韻如：

〈基隆七號房慘案〉

我今甲有二個子	guá tann kah ū nñg ê **kiánn**
閣娶十個亦無驚	koh tsuā tsap ê ah bô **kiann**
汝那對子能曉痛	lí nā tuì kiánn ē hiáu **thiànn**
壬何我亦無出聲	án tsuánn guá ah bē tsut **siann**

2　同韻異類韻母互押例——次級韻例

本文所指的「同韻異類韻母」，包括四種類型：

（1）韻基（指主要元音＋韻尾）相同，介音不同（包含介音有無）

如：〈二林大奇案歌〉

我聽汝廣一句話	guá thiann lí kóng tsit kù **uē**
想卜同去真花螺	siōnn beh tâng khì tsin hue **lê**
有無到位看詳細	ū bô kàu uī khuànn siông **sè**
車坐同到二林街	tshia tsē tâng kàu jī lîm **ke**

（2）主要元音相同，僅口元音與鼻化韻的差異

如：〈義賊廖添丁歌〉

米糕炊去有到甜　　bí ko tshue khì ū kàu **tinn**
一暗趁塊外多錢　　tsit àm thàn--le guā tsē **tsînn**
冬風恰利刀仔箭　　tang hong khah lāi to á **tsìnn**
食老骨力是卜年　　tsiàh lāu kut làt sī beh **nî**

（3）主要元音相同，僅口元音與帶喉塞韻尾之差異
如：〈義賊廖添丁歌〉

代志確實真好笑　　tāi tsì khak sit tsin hó **tshiò**
添丁實在好計謀　　thiam ting sit tsāi hó kè **biô**
閣去乎恁算袂著　　koh khì hōo lín sńg bē **tiòh**
假做蹺龜塊打石　　ké tsò khiau ku--le phah **tsiòh**

（4）主要元音相同，口元音與喉塞尾、鼻化韻之差異
如：〈二林大奇案歌〉

二人結拜甲咒咀　　lñg lâng kiat pài kah tsiù **tsuā**
死卜同死活同活　　sí beh tâng sí uàh tâng **uàh**
未來那知家兮破　　bī lâi thài tsai ka ē **phuà**
因為盧章狗心肝　　in uī lôo tsiong káu sim **kuann**

3　一聯中有合韻例——罕用韻例

本文所指「合韻」，即一般所稱「通押」，至少有兩類，如：主要元音相同、韻尾相近；主要元音相近、韻尾相同。

（1）主要元音相同、韻尾相近
如：鼻韻尾im和in互押

〈義賊廖添丁歌〉

客人專著這方面　　　kheh lâng tsuân tī tsit hong **bīn**
查某耕作正認真　　　tsa bóo king tsoh tsiânn jīn **tsin**
湖口楊梅安平鎮　　　ôo kháu iônn muî an pîng **tìn**
平鎮換名改埔心　　　pîng tìn uānn miâ kái poo **sim**

　　如：鼻韻尾an和ang互押

〈義賊廖添丁歌〉

添丁定罪到期限　　　thiam ting tīng tsuē kàu kî **hān**
九點外鐘治卜放　　　káu tiám guā tsing tit beh **pàng**
刑事監獄來塊等　　　hîng sū kan ga̍k lâi--le **tán**
這個特務原姓曾　　　tsit ê tik bū guân sènn **tsan**

　　（2）主要元音相近、韻尾相同
　　如：oong和ang互押

〈八七水災歌〉

警備總部嗎發動　　　kínn tsóng pōo bānn huat **tōng**
職訓大隊四百人　　　tsit hùn tuā tuī sì pah **lâng**
眾犯聽著大希望　　　tsìng huān thiann tioh tuā hi-**bāng**
此款出力是應當　　　tshú khuán tshut la̍t sī ìng **tong**

六　歌仔冊用韻統計
——以上述四則歌仔冊的全文韻腳為例

　　閩南語歌仔冊的韻腳押韻，大多是一聯四句不換韻，但也有一聯中有換韻的狀況。今以本文所提的A、B、C、D四類歌仔冊裡，每類

各取一首為代表；即〈義賊廖添丁歌〉、〈八七水災歌〉、〈問路相褒歌〉、〈勸改賭博歌〉進行通盤分析。

（一）四首歌仔的押韻概況數據表

A01義賊廖添丁歌（四百二十六聯）

（1）一聯四句單押一韻母

下表統計各類韻母在本首歌裡出現幾次，以聯為計算單位，依照押韻排列：

韻腳	押韻聯數	韻腳	押韻聯數	韻腳	押韻聯數
ing	36	iau	9	ik	1
ang	26	u	8	im	1
un	21	uann	8	io	1
i	20	e	7	iong	1
ai	19	inn	6	ip	1
au	18	uan	4	it	1
ong	16	an	3	ok	1
ng	14	at	3	a	1
ui	13	ue	3		
in	10	ian	3		
o	10	ua	2		
oo	10	ak	1		
iu	9	it	1		
iann	9	ann	1		

以上共兩百九十七聯。這類押韻聯數佔全首四百二十六聯的百分之六十九點七二（說詳下節（二）），近乎七成，確屬「基本韻例」。

（2）一聯中押同韻異類韻母

下表依照各韻母出現次序不同的押韻模式排列，並計其相同模式的頻率：

韻腳	押韻聯數	韻腳	押韻聯數	韻腳	押韻聯數
a/a/ah/a	2	e/e/e/eh	1	o/o/o/oh	3
a/a/ah/ah	1	e/e/e/ue	1	o/oh/o/o	5
ah/a/a/a	5	e/e/eh/e	2	io/io/io/ioh	2
ah/a/ah/a	3	i/i/i/inn	2	io/io/ioh/ioh	1
ah/ah/a/a	2	i/i/ui/i	1	io/ioh/io/io	2
ai/ai/ainn/ai	1	i/ih/i/i	1	io/ioh/io/ioh	1
ainn/ai/ai/ai	1	i/inn/i/i	1	io/ioh/ioh/io	1
ann/ann/ann/a	2	inn/i/i/inn	2	ioh/io/io/io	2
au/auh/au/au	1	inn/i/inn/inn	2	ioh/io/ioh/ioh	1
ia/ia/iah/ia	1	inn/inn/inn/i	2	ionn/ionn/ioo/ionn	1
ia/ia/iah/iah	1	inn/inn/inn/ih	1	ng/ng/ng/ngh	2
ia/ia/iann/iann	1	e/e/eh/ue	1	uh/u/u/u	1
ia/iah/iah/ia	1	e/eh/e/e	3		
ia/iah/iah/iah	1	e/eh/ue/e	1		
ia/iann/iann/iann	5	eh/e/e/e	3		
iah/ia/iah/ia	1	e/e/eh/ue	1		
iah/ia/iah/iah	1	ue/e/e/eh	1		
iah/iah/ia/iah	1	ue/eh/ue/ue	2		
iah/iah/iah/ia	1	ue/ue/ue/e	1		
iann/ann/ann/ann	1	ue/ueh/ue/ue	1		

韻腳	押韻聯數	韻腳	押韻聯數	韻腳	押韻聯數
iann/ia/iann/iann	4	ue/ueh/ueh/ue	1		
iann/iann/ia/ia	1				
iann/iann/ia/iann	5				
iann/iann/iann/ia	1				
iat/at/at/at	1				
ua/ua/uann/ua	1				
ua/uah/ua/uah	1				
ua/uah/ua/uann	1				
ua/uann/uann/uann	1				
uah/ua/ua/uah	1				
uan/uan/an/uan	1				
uann/uann/ua/uann	1				
uann/uann/ua/uann	1				
uann/uann/uann/ua	1				

以上共一百○七聯。這類非單一韻母的「次級韻例」，約佔全首四百二十六聯的百分之二十五點一二，達四分之一。表中呈現各聯韻母排列組合的原貌，如果不管韻母次序，只按韻母數相同排列，將在下文中另做對照表。

（3）一聯中有合韻者

韻腳	押韻聯數	韻腳	押韻聯數	韻腳	押韻聯數
am/ang/ang/ang	2	ik/ik/io/io	1	oo/oo/oo/e	2
an/ang/an/an	1	in/in/in/im	1	o/o/oo/oo	1

韻腳	押韻聯數	韻腳	押韻聯數	韻腳	押韻聯數
ap/ak/ap/ap	1	in/ionn/ionn/ionn	1	o/oo/o/oo	1
e/an/an/an	1	inn/ian/iann/ian	1	o/oo/oo/oo	2
ian/iann/ia/iann	1	inn/ian/inn/inn	1	oo/oo/o/oo	1
iann/ing/ing/ing	1			oo/oo/oo/o	1
uann/uann/uan/uann	1			uah/ua/a/i	1

以上共二十二聯。

B04 八七水災歌（一百九十七聯）

（1）一聯四句單押一韻母

下表依照押韻排列：

韻腳	押韻聯數	韻腳	押韻聯數	韻腳	押韻聯數
ai	32	un	6	iau	1
au	11	in	5	an	1
i	11	ian	4	ue	1
e	10	ng	4	im	1
iann	9	uann	3	inn	1
u	8	oo	3	it	1
ui	8	iu	3	iong	1
o	7	ang	2		
ong	6	am	2		
ing	6	uan	2		

以上共一百四十九聯。這類「基本韻例」佔本首歌的百分之七十五點六三。

（2）一聯中押同韻異類韻母者

下表依照押韻排列：

韻腳	押韻聯數	韻腳	押韻聯數	韻腳	押韻聯數
a/a/ah/a	1	i/i/ih/i	1	oh/o/o/o	1
ah/a/ah/a	1	i/i/i/inn	2	o/o/o/oh	1
au/au/ai/ai	1	i/inn/inn/inn	1	o/o/oh/o o/o/o/oh o/o/o/oh	1
ah/uah/ua/ua	1	inn/inn/i/i	1	ioh/io/io/io	1
ainn/ai/ai/ai	1	inn/inn/ih/inn	1	oong/ang/ang/ang	1
ai/ai/ainn/ai	2	iu/iu/iu/iunn	1	oong/ang/ang/oong	1
ia/ia/iann/ia	1	e/e/e/ue	1		
ua/ua/ua/uah	1	e/ue/ue/ue	1		
uah/ua/ua/ua	1	eh/e/e/e	1		
uah/ua/uann/ua	1	ue/e/e/e	2		

以上共二十九聯。這款「次級韻例」只佔總聯數百分之十四點七二。

（3）一聯中有合韻者

韻腳	押韻聯數	韻腳	押韻聯數	韻腳	押韻聯數
am/am/am/an	1	in/im/in/im	1	o/inn/ih/inn	1
am/am/am/ang	1	in/im/in/in	1	o/ok/o/oh	1
an/ang/ang/ang	1	in/in/im/in	1	oo/o/oo/o	1
ang/am/am/am	1	in/in/in/im	1		
ang/ang/am/ang	3	e/e/ue/i	1		

韻腳	押韻聯數	韻腳	押韻聯數	韻腳	押韻聯數
ang/ang/an/ang	1				
ang/ang/an/ang	1				
ang/ang/iong/ang	1				

以上共十八聯。

C01問路相褒歌（七十一聯）

（1）一聯四句單押一韻母者

下表依照押韻聯數排列，由少到多：

韻腳	押韻聯數	韻腳	押韻聯數	韻腳	押韻聯數
iann	8	au	2	e	1
ai	6	uann	2		
o	6	i	2		
ue	6	in	2		
ang	3	u	2		
ng	3	ian	1		
oo	3	iau	1		
an	2	ui	1		

以上共五十一聯。這類基本韻例，佔本首歌的百分之七十一點八三。

（2）一聯中押同韻異類韻母者

下表依照押韻排列：

韻腳	押韻聯數	韻腳	押韻聯數	韻腳	押韻聯數
a/a/ah/a	1	e/eh/e/e	1	io/ioh/ioh/io	1
ua/uah/ua/uat	1	eh/e/e/e	2	io/ioh/ioh/ioh	2
		eh/e/eh/ue	1	o/o/io/o	1
		ue/ue/ue/ueh	1	o/oh/o/o	2
		ue/ue/ueh/ueh	1	ngh/ng/ng/ng	1
		ueh/e/ue/e	1		

以上共十六聯。這類「次級韻例」佔本首歌百分之二十二點五四。

（3）一聯中有合韻者

韻腳	押韻聯數	韻腳	押韻聯數	韻腳	押韻聯數
ap/a/a/a	1	in/in/in/un	1	ng/uan/ng/ng	1
au/au/au/onn	1				

以上共四聯。

D10勸改賭博歌（一百四十九聯）

（1）一聯四句單押一韻母者

下表依照押韻排列：

韻腳	押韻聯數	韻腳	押韻聯數	韻腳	押韻聯數
au	13	an	3	ik	1
ai	9	ian	3	in	1
ang	8	ue	3	inn	1

韻腳	押韻聯數	韻腳	押韻聯數	韻腳	押韻聯數
oo	8	ing	3	e	1
i	7	iau	3	iunn	1
un	7	o	2		
ng	6	iu	2		
uann	5	iah	2		
ong	5	a	1		
iann	4	am	1		
u	4	uan	1		
ui	4	iong	1		

以上合計一百一十聯。這類基本韻例，佔本首歌的百分之七十三點八三。

（2）一聯中押同韻異類韻母者

下表依照押韻排列：

韻腳	押韻聯數	韻腳	押韻聯數	韻腳	押韻聯數
ia/iann/iann/ia	1	e/e/e/eh	1	io/io/io/ioh	1
ia/iann/iann/iann	1	e/e/eh/e	1	io/ioh/io/io	1
iann/iann/ia/ian	1	eh/e/e/e	1	io/ioh/ioh/ioh	1
ua/ua/ua/uah	2	eh/eh/e/e	1	ng/ng/ng/ngh	2
ua/ua/uah/uah	1	ue/ue/ue/eh	1	ng/ngh/ng/ng	1
ua/uah/ua/ua	1	i/i/i/inn	1	ng/uan/ng/ng	1
ua/uah/ua/uah	3	i/inn/inn/i	2		
uann/ua/ann/uann	1	inn/i/i/inn	1		
		inn/inn/inn/i	3		

以上合計三十聯。這類「次級韻例」約佔全首百分之二十點一三。

（3）一聯中有合韻者

韻腳	押韻聯數	韻腳	押韻聯數	韻腳	押韻聯數
ai/i/ai/ai	1	in/in/in/inn	1	o/o/oo/o	1
ai/ong/ai/ai	1			ong/ang/ang/ang	1
am/ann/a/a	1			ue/ue/ue/uat	1
an/an/ang/an	1			ing/un/un/un	1

以上合計九聯。

（二）四首歌仔押單一韻母與其他韻式的分布比例

1　單一韻母

綜觀四首歌仔冊，均以押單一韻母者為多，可見用單一韻母的韻腳仍優於變化韻者，現將四種歌仔冊三種押韻情況的分布比例表列如下：

押韻類型 四種歌仔冊	單押一韻母者	押同韻異類韻母者	一聯中有合韻者
A（義賊廖添丁歌）	69.72%	25.12%	5.16%
B（八七水災歌）	75.63%	14.72%	9.65%
C（問路相褒歌）	71.83%	22.54%	5.63%
D（勸改賭博歌）	73.83%	20.13%	6.04%

〈義賊廖添丁歌〉與〈問路相褒歌〉兩首三項分布比例比較接近，其他兩首（〈八七水災歌〉、〈勸改賭博歌〉）基本韻例偏高一些，

合韻例也比較高。廖添丁歌押「同韻異類韻母」高達百分之二十五，較其他三首歌豐富，一種可能是歌謠長度及情節繁複造成的韻腳變化大的需求，另一種可能的解讀是採用黃勁連標音，依南部偏漳腔或任意更改韻字，影響原屬臺北泉腔的韻腳和諧，這是誤用方音所造成的不協調狀況。

　　藉由韻腳數據的呈現，可以看出各本歌仔冊的韻腳大致使用狀況。由上述四首歌仔冊可看到押韻呈現相當高頻率的雷同，如au、ai、i韻在〈義賊廖添丁歌〉、〈八七水災歌〉、〈勸改賭博歌〉，分別是押韻次數相對高的韻腳。而ang韻在〈義賊廖添丁歌〉、〈問路相褒歌〉、〈勸改賭博歌〉三首亦出現頻率相當高，可初步看出閩南語歌仔冊在用韻方面有達成某程度共性的趨向。另外，不同作者或不同類型彼此之前存在著差異性，如〈義賊廖添丁歌〉中押ing韻數量佔壓倒性的多，可見個別作者用韻的喜好；〈問路相褒歌〉整體用韻頻率較平均，押韻的情況跟其他三類較不相同，究竟是屬於相褒歌此一類別的特色，抑或是〈問路相褒歌〉之作者個人用韻喜好，仍須待整體資料庫統計數據出爐方能下定論。

　　以下我們依單韻母在四首中押韻頻率總合的高低排序，如下表：

韻腳	義賊廖添丁	八七水災歌	問路相褒歌	勸改賭博歌	四類押韻聯數統計
ai	19	35	6	7	66
ing	36	6	3	3	45
au	18	11	2	13	44
i	20	11	2	7	40
ang	26	2	3	8	39
un	21	6	0	7	34
iann	9	9	8	4	30
ong	16	6	0	5	27

韻腳	義賊廖添丁	八七水災歌	問路相褒歌	勸改賭博歌	四類押韻聯數統計
ng	14	4	3	6	27
ui	13	8	1	4	26
o	10	7	6	2	25
oo	10	3	3	8	24
u	8	8	2	4	22
e	7	10	1	1	19
in	10	5	2	1	18
uann	8	3	2	5	18
iau	9	1	1	3	14
iu	9	3	0	2	14
ue	3	1	6	3	13
ian	3	4	1	3	11
an	3	1	2	3	9
inn	6	1	0	1	8
uan	4	2	4	2	7
at	3	0	0	0	3
iong	1	1	0	1	3
am	0	2	0	1	3
ua	2	0	0	0	2
a	1	0	0	1	2
ik	1	0	0	1	2
im	1	1	0	0	2
it	1	1	0	0	2
iah	0	0	0	2	2
ak	1	0	0	0	1
ann	1	0	0	0	1

韻腳	義賊廖添丁	八七水災歌	問路相褒歌	勸改賭博歌	四類押韻聯數統計
io	1	0	0	0	1
ip	1	0	0	0	1
ok	1	0	0	0	1
iunn	0	0	0	1	1
總計	297	149	51	110	607

由這四首用韻的表現，單韻母ai拔得頭籌，在六十六聯用韻中，〈八七水災歌〉有三十五聯佔半數，使人聯想到災、害兩字都收ai韻。排第二順位的ing韻，四十五聯中〈廖添丁歌〉佔三十六聯，也使人想到本首主角名添丁，自然呼喚一串ing韻，如果我們選取頻率在十八聯以上的單韻母，排出一個韻部表，大致如下十六部：

陰聲（8）	陽聲（8）
ai部	ing部
au部	ang部
i部	un部
ui部	iann部
o部	ong部
oo部	ng部
u部	in部
e部	uann部

陰聲韻中二個有趣的對比，o與oo在廖添丁歌中各十聯，平分秋色，在「問路」與「勸改」兩首中聯數比例正好相反，如下：

	問路	勸改
o	6	2
oo	3	8

前者o佔優勢，會不會是因「相褒歌」的「褒」通行腔〔po〕，後者佔優勢，會不會是因為勸改賭博歌的「賭」通行腔〔toó〕？也許這種巧合只有漢字才會發生。

　　陽聲韻中，-ng佔四韻，-n佔兩韻，鼻化-nn佔兩韻，正反映了閩南語陽聲韻的排行，而陰聲韻部中au、ai、i、ui等四者超前，在歌謠上有無風格意義，尚待觀察。

2　押同韻異類韻母

韻腳	義賊廖添丁	八七水災歌	問路相褒歌	勸改賭博歌	四類押韻聯數統計
ia/iann	17	1	0	2	20
i/inn	9	4	0	7	20
e/eh	9	1	3	4	17
io/ioh	10	1	3	3	17
a/ah	13	2	1	0	16
o/oh	8	3	2	0	13
ua/uah	2	2	0	7	11
ia/iah	8	0	0	0	8
e/ue	2	5	0	0	7
e/ue/eh	6	0	1	0	7
ng/ngh	2	0	1	3	6
ai/ainn	2	3	0	0	5
ua/uann	4	0	0	0	4

韻腳	義賊廖添丁	八七水災歌	問路相褒歌	勸改賭博歌	四類押韻聯數統計
ue/ueh	2	0	2	0	4
a/ann	2	0	0	0	2
au/auh	2	0	0	0	2
ua/uah/uann	1	1	0	0	2
i/ih	1	1	0	0	2
inn/ih	1	1	0	0	2
au/ai	0	1	0	0	1
iann/ann	1	0	0	0	1
iann/ia/ian	0	0	0	1	1
iat/at	1	0	0	0	1
ua/uann	1	0	0	0	1
ua/uah/uat	0	0	1	0	1
uann/ua/ann	0	0	0	1	1
e/ue/ueh	0	0	1	0	1
ue/eh	0	0	0	1	1
i/ui	1	0	0	0	1
iu/iunn	0	1	0	0	1
o/io	0	0	1	0	1
ioo/ionn	1	0	0	0	1
u/uh	1	0	0	0	1
總計	107	27	16	29	179

基本上我們從韻母的搭配看到開口、齊齒、合口分押的趨勢，僅有 e/ue，e/ue/ueh，ue/eh 三組是開合口混押，似乎可以把 e 類三組合成一個大韻部，即 e/ue/eh/ueh（總表 17+7+7+4+1+1=37 聯），頻率在各分押韻母之上；第二組把齊齒 io/ioh 與開口 o/oh 合計（17＋13）也有三十

聯，僅次於e組；第三組純屬細音的ia/iann與ia/iah也繫聯起來（20＋8）也有二十八聯。我們得到各類混押韻母的活躍情況是：

e/ue/eh/ueh ＞ o/io/ioh/oh ＞ ia/iann/iah

3 一聯中有合韻者 四首頻率比較表

韻腳	義賊廖添丁	八七水災歌	問路相褒歌	勸改賭博歌	四類押韻頻率統計
o/oo	6	1	0	1	8
am/ang	2	5	0	0	7
in/im	1	5	0	0	6
an/ang	1	3	0	1	5
oong/ang	0	2	0	1	3
ng/uan	0	0	1	1	2
oo/e	1	0	0	0	1
am/an	0	1	0	0	1
a/ann/am	0	0	0	1	1
ang/iong	0	1	0	0	1
ap/ak	1	0	0	0	1
a/ap	0	0	1	0	1
an/e	1	0	0	0	1
ia/ian/iann	1	0	0	0	1
iann/ing	1	0	0	0	1
ing/un	0	0	0	1	1
uan/uann	1	0	0	0	1
ik/io	1	0	0	0	1
in/inn	0	0	0	1	1

韻腳	義賊廖添丁	八七水災歌	問路相褒歌	勸改賭博歌	四類押韻頻率統計
in/ionn	1	0	0	0	1
inn/ian/iann	1	0	0	0	1
ian/inn	1	0	0	0	1
e/ue/i	0	1	0	0	1
ue/uat	0	0	0	1	1
o/inn/ih	0	1	0	0	1
o/ok/oh	0	1	0	0	1
au/onn	0	0	1	0	1
in/un	0	0	1	0	1
ai/i	0	0	0	1	1
ai/ong	0	0	0	1	1
總計	20	21	4	10	55

　　以上是我們從注音語料庫找到最不尋常的押韻：主要元音不同或韻尾不同，具備任何一項，都不能算押韻，但因為是民間歌謠，我們不能和兩千年前的中國詩韻等量齊觀，所以最需要解讀的事這一類，它們出現次數多為1，可能是一個不入流的韻式，以下將列出前面六組（二次以上）的文本：

（三）合韻現象之解讀

1　文本依據（前六組）

（1）o/oo 例

【義賊廖添丁】6

①	A01c	044	1	飯岡拼來警務課	huān kong piànn lâi kíng bū khò
	A01c	044	2	刑事部長是三浦	hîng sū pōo tiónn sī sam phóo
	A01c	044	3	聽著即強大竊盜	thiann tiòh tsiah kiông tuā tshiat tō
	A01c	044	4	探偵分做三四組	thàm tsing hun tsò sann sì tsoo
②	A01c	051	1	一個中年來死某	tsit ê tiong liân lâi sí bóo
	A01c	051	2	我去贈伊二百元	guá khì tsān i lñg pah khoo
	A01c	051	3	援助一位二佰五	uān tsōo tsit uī lñg pah gōo
	A01c	051	4	六十外歲食伸勞	lák tsáp guā huè tsiáh sin lô
③	A01d	006	1	著甲縛乎恰堅固	tiòh kā pák hoo khah kian kòo
	A01d	006	2	做賊閣敢假查某	tshò tshát koh kánn ké tsha bóo
	A01d	006	3	則時牽返警務課	tshik sî khan tñg kìng bū khò
	A01d	006	4	先問即卜見三埔	sing bñg tsiah beh kìnn sann poo
④	A01d	021	1	國英人真有仁道	koh íng âng tsin ū jîn tō
	A01d	021	2	勸伊添丁著正徒	khñg i thiam ting tòh tsiànn tôo
	A01d	021	3	那有想卜做頭路	nā ū siōnn beh tsò thâu lōo
	A01d	021	4	助汝做本二十元	tsōo lí tsò pún jī tsáp khoo
⑤	A01d	068	1	刑事那來者報告	hîng sū nā lâi tsiah pò kò
	A01d	068	2	乎汝閣有大功勞	hōo lí koh ū tuā kong lô
	A01d	068	3	我也無對別條路	guá iā bô tuì pát tiâu lōo
	A01d	068	4	渡船過去三重埔	tōo tsûn kuè khì sann tîng poo
⑥	A01d	070	1	大和鵠仔就報告	tāi hô khok á tsiū pò kò
	A01d	070	2	添丁真強兮匪徒	thiam ting tsin kiông ê huí tôo

| A01d | 070 | 3 | 入門加忌開金庫 | jip bn̂g ka kī khui kim khòo |
| A01d | 070 | 4 | 現銀提去二百元 | hiān gîn thȧh khì līng pah khoo |

【八七水災歌】1

⑦ B04c	065	1	卜困著先巡門戶	beh khùn tiȯh sian sûn bn̂g hōo
B04c	065	2	小心防止著竊盜	sió sim hôong tsí tiȯh tshiap **tō**
B04c	065	3	若失斟酌著知苦	lānn sit tsim tsiook tiȯh tsai khóo
B04c	065	4	紛失賴多卜如何	hun sit luā tsē beh jû **hô**

【勸改賭博歌】1

⑧ D10b	014	1	小娘有影即爾（年）好	sió niû ū iánn tsiah --ni **hó**
D10b	014	2	叫我僥你（汝）定規（歸）無	kiò guá hiau lí tīng kui **bô**
D10b	014	3	家伙（火）我若（那）分清楚	ke hué guá nā pun tshing tshóo
D10b	014	4	決定共（甲）你（汝）結翁（尪）婆	kuat tīng kā lí kiat ang **pô**

（2）am/ang

【義賊廖添丁】2

① A01d	015	1	添丁受刑真勇敢	thiam ting siū hîng tsin ióng **kám**
A01d	015	2	初犯法院定一冬	tshoo huān huat īnn tīng tsit tang
A01d	015	3	則時照會去廈港	tsik sî tsiàu huē khì ē káng
A01d	015	4	通知添丁的親人	thong ti thiam ting ê tshin lâng

② A01e 066 1 　論起古書扣歸鏨　　　　　lūn khí kóo tsu khioh kui **tsām**

　　A01e 066 2 　甲阮歌句袂相共　　　　　kah gún kua á bô sio kâng

　　A01e 066 3 　彼時添丁塊活動　　　　　hit sî thiam ting—te uáh tāng

　　A01e 066 4 　也不知影伊的空　　　　　iā m̄ tsai iánn i ê khang

【八七水災歌】5

③ B04a 045 1 　田畑想卜閣開動　　　　　tshân hn̂g siōonn beh koh khui tāng

　　B04a 045 2 　無錢那卜叫有工　　　　　bô tsînn lánn beh kiò ū kang

　　B04a 045 3 　歸家煩惱日□暗　　　　　kui ke huân ló jit tú **àm**

　　B04a 045 4 　有錢無便倩有人　　　　　ū tsînn bô piān tshiànn ū lâng

④ B04a 052 1 　雷公四奶響珍冬　　　　　luî kng sih lànn hiáng tin tang

　　B04a 052 2 　歸冥大雨車塊滴　　　　　kui bênn tuā hōo tshia teh **lâm**

　　B04a 052 3 　出去黑天甲地暗　　　　　tshut khì oo thinn kah tē **àm**

　　B04a 052 4 　未行身軀代先淡　　　　　bē kiânn sin khu tāi sian **tâm**

⑤ B04a 055 1 　親成五十來塊探　　　　　tshin tsiânn gōo tsáp lâi teh**thàm**

　　B04a 055 2 　正人替因塊不甘　　　　　tsiânn lâng thè in teh m̄ **kam**

　　B04a 055 3 　一時落難甲即慘　　　　　tsit sî loòk lān kah tsiah **tshám**

　　B04a 055 4 　去看目睭替因紅　　　　　khì khuànn bák khoo thè in âng

⑥ B04b 002 1 　恰早咱是普通人　　　　　khah tsá lán sī phóo thoong lâng

　　B04b 002 2 　那知今日變即空　　　　　lánn tsai kim jit pìnn tsiah khang

　　B04b 002 3 　無食無困幾落暗　　　　　bô tsiàh bô khùn kuí loh **àm**

　　B04b 002 4 　變甲一家如芒芒　　　　　pìnn kah tsit ke jû bâng bâng

⑦ B04c 011 1 此次黃牛肴變動　　　tshú tshù n̂g gû gâu piàn tāng

　　B04c 011 2 買無機票真多人　　　bé bô ki phiò tsin tsē lâng

　　B04c 011 3 有人無食歸落暗　　　ū lâng bô tsiảh kuí lỏh **àm**

　　B04c 011 4 好得警憲鬥幫忙　　　hó tit kíng hiàn tàu pang bâng

（3）an/ang

【義賊廖添丁】1

① A01d 018 1 添丁定罪到期限　　　thiam ting tīng tsuē kàu kî hān

　　A01d 018 2 九點外鐘治卜放　　　káu tiám guā tsing tit beh **pàng**

　　A01d 018 3 刑事監獄來塊等　　　hîng sū kann gảk lâi—le tán

　　A01d 018 4 這個特務原姓曾　　　tsit-ê-tik-bū-guân-sènn-tsan

【八七水災歌】3

② B04b 034 1 流到琉球海中間　　　lâu kàu liû kiû hái tioong **kan**

　　B04b 034 2 好得蘇澳魚船人　　　hó tit soo ò hî tsûn lâng

　　B04b 034 3 遠看前面那浮重　　　hn̄g khuànn tsîng bīn lánn phû tāng

　　B04b 034 4 駛瓦看真船死人　　　sái uá khuànn tsin tsûn sí lâng

③ B04c 024 1 監犯二千二百人　　　kàm huān ln̄g tshing ln̄g pah lâng

　　B04c 024 2 十一月初一趕開工　　tsảp it guẻh tshe it kuánn khui kang

　　B04c 024 3 成績做好有希望　　　sîng tsik tsò hó ū hi bāng

　　B04c 024 4 即時咱返免為難　　　tsik sî lán tńg bián uî **lân**

④ B04c 045 1 總擔五萬餘日工　　　tsńg tann gōo bān î jit kang

　　B04c 045 2 汝們自信擔頭重　　　lí būn tsū sìn tann thâu tāng

　　B04c 045 3 月底報到去靴等　　　guẻh té pò tò khì hia **tán**

B04c　045　4　　全部出動數千人　　　tsuân pōo tshut tōong sòo tshing lâng

【勸改賭博歌】1

⑤　D10a　046　1　　香港阮有去徛（竪）棧　hiong káng gún ū khì khiā tsán

　　D10a　046　2　　杉行開佇（著）阿里山　sam hâng khui tì a lí san

　　D10a　046　3　　有開公司佇（治）大東　ū khui kong si tī tuā **tang**

　　D10a　046　4　　無線電話阮有牽　　　bô suànn tiān uē gún ū khan

（4）in/im

【義賊廖添丁】1

①　A01a　052　1　　客人專著這方面　　　kheh lâng tsuân tī tsit hong **bīn**

　　A01a　052　2　　查某耕作正認真　　　tsa bóo king tsoh tsiânn jīn tsin

　　A01a　052　3　　湖口楊梅安平鎮　　　ôo kháu iônn muî an pîng tìn

　　A01a　052　4　　平鎮換名改埔心　　　pîng tìn uānn miâ kái poo **sim**

【八七水災歌】5

②　B04a　026　1　　有人死屍卜來認　　　ū lâng sí si beh lâi jīn

　　B04a　026　2　　流出外海無塊秦　　　lâu tshut guā hái bô teh tsîn

　　B04a　026　3　　交通斷絕無音信　　　kau thoong tīg tsuat bô im sìn

　　B04a　026　4　　有人出外禍來臨　　　ū lâng tshut guā hō lâi **lîm**

③　B04b　055　1　　大水深入市街鎮　　　tuā tsuí tshim jip tshī ke tìn

　　B04b　055　2　　現場看著頭殼暈　　　hiān tiôonn khuànn tioh thâu khak hîn

　　B04b　055　3　　卜知著先走恰緊　　　beh tsai tioh sian tsáu khah kín

　　B04b　055　4　　慢走即著禍來臨　　　bān tsáu tsiah tioh hō lâi **lîm**

④ B04b　060　1　十五恆春大地震　　tsȧp gōo hîng tshun tuā tē tín

　B04b　060　2　廿二艾瑞絲降臨　　jip jī gāinn suī si kàng **lîm**

　B04b　060　3　九月初三依絲陣　　káu gueh tshe sann i si tīn

　B04b　060　4　廿九瓊安天黑陰　　jip káu khîng an thinn óo **im**

⑤ B04c　035　1　現場去做著認真　　hiān tinn5 khì tsò tiȯh jīn tsin

　B04c　035　2　希望赦罪著恰勤　　hi bāng sià tsuē tiȯh khah khîn

　B04c　035　3　那愛記功著勤忍　　lānn ài kì koong tiȯh khîn **jím**

　B04c　035　4　屏段扣錢無減輕　　pîn tuānn khàu tsînn bô kiám khin

⑥ B04c　053　1　只回咱臺無要緊　　tsit huê lán tâi bô iàu kín

　B04c　053　2　海外狂風大降臨　　hái guā kôong hoong tuā kàng **lîm**

　B04c　053　3　風速捲起巨石陣　　hoong sook kńg khí kī tsiȯh tīn

　B04c　053　4　那閣延遲煞滅人　　lānn koh iân tî suah biȧt jîn

（5）oong/ang

【八七水災歌】2

① B04c　022　1　臨時動議稟總統　　lîm sî tn̄g gī pín tsóong **thóong**

　B04c　022　2　進行著愛百萬工　　tsìn hîng tiȯh ài pah bān kang

　B04c　022　3　用錢倩做澳珍動　　īng tsînn tshiànn tsò oh tín tāng

　B04c　022　4　敢著發動用犯人　　kám tiȯh huat tōong iōong huān lâng

② B04c 026 1　警備總部嗎發動　　kíng pī tsóong pōo bānn huat **tōong**

　 B04c 026 2　職訓大隊四百人　　tsit hùn tuā tuī sì pah lâng

　 B04c 026 3　眾犯聽著大希望　　tshìng huan thiann tioh tuā hi bāng

　 B04c 026 4　此款出力是應當　　tshú khuán tshut la̍t sī ìng **toong**

【勸改賭博歌】1

③ D10a 048 1　生理阮做真濟（多）項　　sing lí gún tsuè tsin tsē hāng

　 D10a 048 2　九份亦咧（塊）開金礦（空）　kiú hūn iā leh/ teh khui kim **khòng**

　 D10a 048 3　有開蔗廍佇（治）下港　　ū khui tsià phōo tī ē káng

　 D10a 048 4　火船咧（塊）行三吧郎　　hué tsûn leh/ teh kiânn sam pa lâng

（6）ng/uan

【問路相褒歌】1

① C01a 026 1　路邊店仔人賣飯　　lōo pinn tiàm á lâng buē pn̄g

　 C01a 026 2　賣甲乜物都十全　　buē kah binnh bu̍t lóng sip **tsuân**

　 C01a 026 3　我哥出外路頭遠　　guá ko tshut guā lōo thâu hn̄g

　 C01a 026 4　阮有買食即出門　　gún ū bué tsia̍h tsia̍h tshut bn̂g

【勸改賭博歌】1

② D10b 060 1　朋友毋（不）通失拍（打）算　pîng iú m̄ thang sit phah sǹg

　 D10b 060 2　開食跋（拔）佚（敕）四路全　khai tsia̍h pua̍h thit/tshit sì lōo **tsuân**

D10b	060	3	九日有食十一頓（當）	káu jit ū tsiảh tsảp it tǹg
D10b	060	4	身苦病痛啥（省）擔當	sin khóo pīng thiánn siànn tann tng

2 合韻之界說

自來詩歌押韻的標準，需有同一主要元音及相同之韻尾，亦即漢語音節結構中的「韻基」相同，圖示如下：

$$
音節 =
\begin{array}{|c|cc|}
\hline
 & \multicolumn{2}{c|}{\text{T（聲調）}} \\
\hline
\text{C} & \text{M+} & \text{V+E} \\
 & \text{韻頭} & \text{韻基} \\
\hline
\text{聲母} & \multicolumn{2}{c|}{\text{（韻母）}} \\
\hline
\end{array}
$$

傳統音韻學上，把M＋V＋$\left\{ \begin{array}{c} \text{C} \\ \text{S} \end{array} \right\}$稱為韻母。它包含：韻頭（M）＋韻腹（V）＋韻尾。韻尾可以分為輔音性（C）與半元音性（S），但是作為押韻（Ryme）條件，不外是韻腹和韻尾，我們稱為「韻基」。因此，介音的有無，一般不是押韻的條件，所以韻基相同，開齊合撮四者皆屬同韻。以a韻為例，現代華語/閩南語的韻類可以有a、ia、ua，以an韻為例，華語至少有四個韻類an、ian、uan、yan均在押韻範圍。一般稱可押韻的類為互押，但不同主要元音的a、i、u、e、o就不能互押，而稱為「合韻」，這是古音學上的術語，清儒把古代韻文中不同主元音或韻尾的例外押韻稱為合韻。也有人把合韻稱為「通押」，是本不通而通之。

我們根據上例四個文本注音語料庫，統計出五十五個合韻例，依照四首合韻頻率的高低，排列如上表。

3 解讀之一（o/oo）

現在我們從次數最高的o/oo例子還原文本來看看為什麼o/oo有八次，檢查下列合韻例各聯的文本，義賊廖添丁歌o/oo合韻例竟達六次，這六例中，（1）與（5）兩例是o/oo各有兩字，如：

（1）課盜〔o〕 v.s. 浦組〔oo〕
（5）告榮〔o〕 v.s. 路埔〔oo〕

其餘四例都是三個oo與一個o韻合用，如

（2）某元五〔oo〕 v.s. 勞〔o〕
（3）固某埔〔oo〕 v.s. 課〔o〕
（4）徒路元〔oo〕 v.s. 道〔o〕
（6）徒庫元〔oo〕 v.s. 告〔o〕

以上「課、盜、勞、道、告」五字，文本所據為黃勁連的南部漳腔均念o，但據施炳華《臺灣歌仔冊欣賞》的〈臺灣義賊廖添丁〉（據梁松林著，新竹市：興新書局，1955年）的音讀，以上這五個字均讀oo韻，施氏根據其鹿港腔保留古泉腔之特色正與臺北艋舺的泉腔一致，這六個例子正好說明竹林版「義賊廖添丁歌」乃據興新書局收梁松林原著所改編，在這些關鍵的情節幾乎原封不動的翻版，黃勁連據以編註的文本，即竹林書局本（前三聯有顯著不同，梁本第二聯即署名作者及里籍：「我名松林帶艋舺，精神與前無爭差，文句順事塊配插，念着不用即會食膠。」竹林版完全不提原作者。）也許沒有看到梁氏這段說明，所以也就用自己的鄉音來解讀梁氏文句，殊不知文本這些漳腔讀o的字均對應為泉腔的oo，因此不免令人誤以為o與oo可以合用

（即合韻），遂誤以為兩個韻類，可謂失之毫釐，繆以千里！[31]

　　至於〈八七水災歌〉一例（B04c065）以「戶、盜、若、何」為韻，郭淑慧仍以漳腔的盜（tō）、何（hôo）與oo合韻，錯誤相同。第六個o/oo合韻是江美文所標注的音讀〈勸改賭博歌〉，下本第五十三聯（D10b014）以「好、無、楚、婆」四句為韻，形成ó/ô/óo/ô，其中「楚」字依泉腔tsh≅與tshó兩讀均可，談漳腔則為tsh≅，本聯第三句並無取泉腔又讀，致形成o/oo合韻，完全是個別方言之差異，若依優勢腔，四字皆押o韻，並無合韻。由此可見，通過統計，找出不平常的「合韻」字，正如一面照妖鏡，可刪除不合理的例外押韻。至此，我們發現六個o/oo的合韻，皆屬誤讀或不知又讀所形成的例外，合韻根本不存在。

4　解讀之二（am/ang；an/ang；in/im）

　　李壬癸（1986：462）指出，有少數不同鼻音韻尾的音節互押，如im押in，in押ing，an押ang，但很少-m押-ng的例子，如「甘（kam）」押「人（lang）」。這種例子在我們的合韻表中出現的只有am/ang（七次）、an/ang（五次）、in/im（五次），但in押ing以及an押ang都沒有出現，李壬癸認為很少的-m押-ng例反而出現七次的am/ang，他未指出的有ong/ang（三次）、am/an（一次），可見-m與-ng的合韻是機遇率，不是不可能。

　　排名第二的am/ang組，文本也都集中在「廖添丁」（兩次）與「八七水災」（五次）。以（1）A01d-005一聯的字為「敢（am）：冬港人（ang）」，（2）A01d-066一聯的韻字為「蕁（am）：共動冬

31　本文初稿蒙匿名審查人指出oo/o凡有五聯（定稿實得六聯），其實皆同押泉腔「oo」韻，此處誤判為合韻，若非審查人適時取消這些合韻，難免不察而貽笑方家，特此向審查人致謝。

（ang）」兩例來說，並無方言差異，同屬鼻音韻尾。雙唇鼻音一般稱閉口韻，在單一韻母的韻例中已少出現，偶爾與舌根鼻音收尾互押，且都與ang押，主元音也相同，即古韻所謂「合韻」，固無庸置疑。

〈八七水災歌〉中的五個am/ang合韻例，有四個是出現在第三句的「暗（am）」，這應該是作者的特有風格；五例中，（2）、（3）兩例主要押am，一個-ang字為合韻，（2）的合韻字「冬」為擬聲詞（嚮珍冬）放在第一句，引出下三句（am（湳）/am（暗）/am（淡））黑天暗地的風雨情節，（3）則三個am韻字，末句為目睭紅（ang），具體描寫出找不到親人的傷心貌。因此，這些合韻字都是不得不為的合韻字，應該是牽就文義與講求韻尾相近的一種自然押韻吧！

至於an/ang的五例，在〈義賊廖添丁歌〉中僅一見（A01d-018）：限/放/等/曾，韻母hān/pàng/tán/tsan（an/ang比例為3：1）；

〈八七水災歌〉凡三見，分別為：

B04b-034	間／人／重／人	an/ang/ang/ang	比例1：3
B04c-024	人／工／望／難	ang/ang/ang/an	比例1：3
B04c-045	工／重／等／人	ang/ang/an/ang	比例1：3

〈勸改賭博歌〉（D10a-046）的一個例子是an/an/ang/an，am/ang比例是3：1，看來，「與ang合韻的an」（三次）多於「與an合韻的ang」（兩次）。

另一類in/im合韻的多達六例，僅次於am/ang。其中有五個例子是3：1的in/im例，一個是2：2的in/im例，這六例中有五例見〈八七水災歌〉，其中（2）（3）（4）（6）與in合韻的字都是臨（lim），這恐怕又是林有來編歌的另類風格。

5 解讀之三（ong/ang；ng/uan；oo/e）

oong/ang的合韻二見於〈八七水災歌〉，都是oong孤雁入群，排第一句。形成：

| B04c-022 | 統／工／動／人 | ong/ang/ang/amg |
| B04c-026 | 動／人／望／當 | ong/ang/ang/ang |

兩個「動」字異讀，前句為「用錢倩做澳珍動」，指動員起來，故音 tang.。後句為「警備總部嗎發動」，發動之動用文讀，故音ong。

另一例〈勸改賭博歌〉的韻腳「項／礦（空）／港／郎」，第二個韻字「礦」，是被改過的字，音khòng，因此造成ang與ong的合韻。不過，歌仔冊用字本來作「金孔」，其義指的是「金礦」，亦即挖金的「空」間（音khang，訓孔）。如果讀為「金孔」（khang），這個合韻其實可取消。可見後人不諳前人用字，讀不通即改字，以今律古是錯誤的。

還有第七項ng/uan兩例，一出問路相褒歌，一出勸改賭博歌，都是因為「全」字唸成tsuân，造成兩個uân孤雁入群，與-ng做1對3的合韻，但文本標音者顯然不熟悉文白異讀，這兩個「全」白話音都詩tsng，如「齊全」應讀作tsê tsn̂g，「十全」文讀sip tsuân固佳，唸成白讀tsa̍p tsn̂g也就不算合韻了。至於「開食跙佚四路全」一句，既曰跙佚四路全即遊玩佚樂、左右逢源之義，「四路全」也取意齊全，所以唸sì lōo tsn̂g才正確。如此改用兩個白讀，解決了「破格不韻」或「合韻」的尷尬，歌仔冊之解讀確實不易。

限於篇幅，合韻表中僅見一次的都有可能標音「凸搥」、亦有考證的空間，限於篇幅就不一一考究。

下面再舉兩例子：

oo/e一例見於〈廖添丁歌〉：A01a-015四句為：

A01a-015　　1.遇著蔡揚去散步（pōo）

　　　　　　2.添丁即甲借三元（khoo）

　　　　　　3.有錢今就行有路（lōo）

　　　　　　4.車費那有免箱多*（tsē）→to

　　多是「濟」訓用字，故音tsē，但卻不入韻，破壞了「句句入韻」的鐵律，只能改讀為文讀to，就可以和全首oo韻「音近而合韻」，如果方言也多可唸成開口的too，合韻即可取消。

　　另一個例子是e/ue/i也見於〈八七水災歌〉文本如下

B04a-030　　1.投縣損失也恰多（tsē）

　　　　　　2.無家可歸數百家（ke）

　　　　　　3.失踪無論多少歲（huè）

　　　　　　4.死物流入滿街市（tshī）

　　也許原作者認為e/i音近，因此能合韻，但畢竟不是押韻之常態，前三句既是e/ue，第四句應該是ue或e，所以若將「街市」兩字對調，變成「市街」，合韻自然消失，但是「市街」像個反序詞，不合閩南語習慣，因此寫「街市」唸歌時自然例做「市街」以協韻，也是可能的辦法，這至少又去掉了一個合韻例。

七　閩南語歌仔冊用字問題

臺灣閩南語歌仔冊最令人印象深刻的，就是它的用字。閩南語在過去也曾有過發展漢字書寫的環境。至遲自明末以來，透過地方戲文的刊印，就以漢字記下了閩南口語；而清代中葉至二戰開始前，閩南語俗曲唱本「歌仔冊」的盛行更帶動了大量口語文學作品的問世，讓閩南語書寫文字深入了民間。

漢語方言自古就存在，然而符合現代語言學標準的方言口語資料卻只見於數百年前。晚清以來漢語方言口語通常以兩種方式書寫。第一種是完全以音標符號代替漢字，如西洋傳教士為各方言所創的教會羅馬字。已知至少有廣東話、廈門話，潮州話，上海話，福州話，莆仙話，溫州話，客家話，寧波話等方言的聖經。

第二種記錄方言口語的方式是以表意文字的漢字書寫，但須以各種新造文字和借用同音或音近字、訓讀字等權宜的方式補現有文字之不足。吳語彈詞、粵語木魚書、福州評話、潮州歌冊、閩南語歌仔冊、客語傳仔等說唱刊本都是以漢字書寫方言口語文學的代表性作品。以漢字書寫雖然在解決有音無字的問題上效率較差，而且難度較高，歧見較多，但漢族語言數千年來均通用此法，可見漢字在漢人社會中的影響力。

分析臺灣閩南語歌仔冊的用字與詞彙，之前已經有學者發表論述，如臧汀生分析歌仔冊〈勸改賭博歌〉與〈英台出世歌〉中的民間口語用字方法與俗寫形聲字的表述手段，林慶勳以〈問路相褒歌〉研究其押韻、訓用字、假借字、特殊語詞等，姚榮松以〈最新落陰相褒歌〉分析歌仔冊的用字與詞彙，成果十分豐碩，均可作為本文進一步探索的基礎。

　　從以上有關歌仔冊用字的論述中可見，學者們大致已經有一個共識，即：歌仔冊使用的文本語言是沒有規範的閩南語漢字，性質上為了讓一般大眾易於閱讀朗誦，於是歌仔冊書寫者必須避免使用艱澀的漢字，而盡量使用通俗易懂的文字表達意思，然而歌仔冊書寫者並沒有本字的觀念，加上每一個閩南語音並不一定都有漢字可以恰巧對應，因此歌仔冊書寫者往往使用大量的「假借字」以達到通俗易讀懂的效果。

　　本文第五節從四類題材中各抽一首膾炙人口的歌仔為代表，並從中截取情節稍具首尾的片段，進行抽樣解讀。歌詞中以教育部推薦用字或臺灣閩南語常用詞典用字取代文本用字，文本用字則放入（　）內對照，藉以觀察取樣的片段中，用字是否各具特色，或基本上四首片段用字大同小異。以下我們列表說明這四首範例文本中的用字情況。

　　以下歌仔冊之用字大致可分為：A本字、B訓讀、C借音、D新造四項，由其用字之情形比例，則大多呈現以下型態：借音＞訓讀字＞新造字，正字或本字則未加考察，因其研究旨趣均在觀察B訓讀、C借音、D新造三項的比例。（姚榮松，2001：193-230）

文本 用字	用字 分類	教育部推薦 用字或常用 辭典用字	出處	音讀
內	C	利	A01d0431添丁耳空真正利（內）	lāi
則	B	即	A01d0432聽著聲音即（則）時知	tsik
塊	C	咧	A01d0441火炭來仔著咧（塊）包 A01d0452古川咧（塊）撲廖添丁 C01a0103只咧（塊）並無人識我 D10a0034阮厝某子咧（塊）不甘 D10a0072麻糍挑咧（塊）來遊街 D10a0062我咧（塊）加講無本錢	teh

文本用字	用字分類	教育部推薦用字或常用辭典用字	出處	音讀
			B04b0281三更半冥無唎（塊）看 B04b0292厝倒放唎（塊）記伊渧	
愧	C	氣	A01d0442即有這款的氣（愧）頭	khuì
塊	C	綴	A01d0443古川綴（塊）著腳倉後	tīr
腳倉	C	尻川	A01d0443古川塊著尻（腳）川（倉）後	Kha-tshng
娶	B	炁	A01d0444相娶（炁）食酒來因兜	tshuā
因	C	個	A01d0444相炁食酒來個（因）兜 B04b0314莫怪人替個（因）傷悲	in
撲	A	拍	A01d0452古川塊拍（撲）廖添丁	phah
野	C	亦	A01d0453亦（野）無改過浮浮銃	iá
宮	C	間	A01d0454敢閣來鬧藝旦間（宮） A01d0461人廣繳間（宮）娼婦房	king
廣	C	講	A01d0461人講（廣）繳宮娼婦房	kóng
繳	C	筊	A01d0461人廣筊（繳）宮娼婦房 D10a0074擔對筊（繳）邊去者衰 D10a0053拔筊（繳）今我卜收起	kiáu
不	B	毋	A01d0462怎來阮敢（感）著毋（不）通 D10a0034阮厝某子塊毋（不）甘	m̄
感	B	敢	A01d0462怎來阮敢（感）著不通	kám
卜	C	欲	A01d0473出來無想欲（卜）改過 A01d0474又原是欲（卜）做匪徒 D10a0043承認乎罰者欲（卜）放 D10a0053拔繳今我欲（卜）收起 D10a0073是我註該欲（卜）狼狼 B04b0274欲（卜）走煞尋無路頭	beh

文本 用字	用字 分類	教育部推薦 用字或常用 辭典用字	出處	音讀
			B04b0283全家叫苦欲（卜）晏怎	
又	B	猶	A01d0474猶（又）原是卜做匪徒	iû
歹	B	歹	B04b0261最歹（歹）苗栗兮縣界 B04b0263三義一戶害真歹（歹）	pháinn
兮	C	的	B04b0261最歹苗栗的（兮）縣界 B04b0293那的（兮）一時即年慘 B04b0301一個老年的（兮）嬤姆	ê
只	C	這	B04b0262就這（只）地方上大災	tsí
同	B	仝	B04b0263十三個人仝（同）時抬	kâng
抬	C	坮	B04b0263十三個人同時坮（抬）	tâi
繪	D	袂	B04b0273線路打斷電袂（繪）到	bē
尋	B	揣	B04b0274卜走煞揣（尋）無路頭	tshuē
飫	C	枵	B04b0282圍在水中枵（飫）佮（甲）寒	iau
甲	C	佮	B04b0282圍在水中飫佮（甲）寒 B04b0291停電黑天佮（甲）地暗 D10a0032輸佮（甲）險險着跳潭	kah
晏	C	按	B04b0283全家叫苦卜按（晏）怎	àn
信	C	爍	B04b0284雷電爍（信）奶當大段	sih
奶	C	爁	B04b0284雷電信爁（奶）當大段	lànn
尪	C	翁	B04b0303無翁（尪）無子無心觛	ang
心	C	新	B04b0303無尪無子無新（心）觛	sin
觛	C	婦	B04b0303無尪無子無心婦（觛）	pū
汗	C	摜	C01a0082手摜（汗）茶籠落茶園	kuānn
嘴	B	喙	C01a0083開喙（嘴）緊共娘借問 C01a0091我娘一時開喙（嘴）應	tshuì

文本 用字	用字 分類	教育部推薦 用字或常用 辭典用字	出處	音讀
省	C	啥	C01a0084這位地號啥（省）乜庄 C01a0094汝來問阮啥（省）何因 C01a0124這位號做啥（省）地號	siánn
乾	C	奈	C01a0102共娘借問無奈（乾）活	tā
活	C	何	C01a0102共娘借問無乾何（活）	uâ
識	B	捌	C01a0103只塊並無人捌（識）我	bat
說	B	講	C01a0111講（說）無所在娘不听	kóng
听	異體字	聽	C01a0111說無所在娘不聽（听）	thiann
那	B	若	C01a0113若（那）無朋友相知影	lānn
倒	C	佗	C01a0114必定佗（倒）位有親成	tó
成	C	情	C01a0114必定倒位有親情（成）	tsiânn
青	C	悽	D10a0031起頭我輸真悽（青）慘	tshinn/tshi
着	區別文	著	D10a0032甲險險著（着）跳潭 D10a0052看著（着）柴把笑微微 D10a0063伊者叫我著（着）改變	tióh
子	B	囝	D10a0034阮厝某囝（子）塊不甘	kián
閣	C	擱	D10a0042擱（閣）再掠去關二工	koh
二	B	兩	D10a0042閣再掠去關兩（二）工	nn̄g
者	C	才	D10a0043承認乎罰才（者）卜放 D10a0044返來才（者）去剪頭棕 D10a0063伊才（者）叫我着改變 D10a0074担對繳邊去才（者）衰	tsiah
返	B	轉	D10a0044轉（返）來者去剪頭棕 D10a0051罰金轉（返）來無代志	tńg
乎	C	予	D10a0043承認予（乎）罰者卜放 D10a0064招會予（乎）我賣麻糍	hōo

文本 用字	用字 分類	教育部推薦 用字或常用 辭典用字	出處	音讀
代	B	事	D10a0051罰金返來無事（代）志	tāi
把	C	耙	D10a0052看着柴耙（把）笑微微	pê
拔	C	跋	D10a0053跋（拔）繳今我卜收起	puảh
拵	C	陣	D10a0054這陣（拵）反悔也未遲	tsūn
也	B	亦	D10a0054這拵反悔亦（也）未遲	iā
加	C	共	D10a0062我塊共（加）講無本錢	kā
糍	異體字	粢	D10a0064招會乎我賣麻粢（糍） D10a0072麻粢（糍）挑塊來遊街	tsî
都	C	攏	D10a0071生理我攏（都）能曉做	lóng
能	B	會	D10a0071生理我都會（能）曉做	ē
担	C	擔	D10a0074擔（担）對繳邊去者衰	tann

上表是依照出現次數排序，最少的是一次，最多的可達八次。從表中可見，本文抽樣的文本中，出現次數超過兩次以上的有毋（不）、喙（嘴）、轉（返）、粢（糍）、歹（呆）、筊（繳）、啥（省）、著（着）、的（兮）、佮（甲）、才（者）、欲（卜）、唎（塊），其中欲（卜）七次、唎（塊）八次，出現次數極為頻繁。

八　結論

本文試著從較為全面的角度，探討閩南語歌仔冊題材類型與語言風格間的關聯，這是將歌仔冊的研究帶向文學與語言雙領域的結合。本文主要介紹影響歌仔冊風格中的用韻分析及用字問題，並且利用四種類型中隨機截取情節略為完整的片段，進行用韻及用字兩方面的解

讀，並從鑑賞中呈現各類題材的語言風貌。

　　雖然本人（2007-）執行的研究計畫〈臺灣閩南語歌仔冊題材類型之語言風格分析I〉目前僅呈現出部分成果，還有許多地方尚待努力。本計畫第二期已進入新的分析階段，尤其在詞彙、句式及表現手法方面，正進行與題材類型結合的特徵分析，在語言風格的要件上，也增加相關指數，作為文本分析的基礎。筆者相信這是值得開發的一個研究方向。再則，未來也預計在目前的基礎上，增補資料庫中四種題材類型的內容，並擴充題材類型，以充實語言風格的研究面向的深度與廣度。

參考文獻

丁鳳珍　〈論「臺灣歌仔」與「中國錦歌」的學術論爭〉　《臺灣戲專學刊》　第9期　2004年　頁233-240

丁鳳珍　《「歌仔冊」中的臺灣歷史詮釋──以張丙、戴潮春起義事件敘事歌為研究對象》　臺中市　東海大學中文研究所博士論文　2005年

丁鳳珍　〈「臺灣歌仔」的研究回顧〉　《東海大學文學院學報》　第45期　2005年　頁285-312

丁鳳珍　〈「歌仔冊」中臺灣人武裝反抗統治者的敘事歌綜論〉　國立傳統藝術中心　《國立傳統藝術中心獎助博碩士班學生研撰傳統藝術論文學術研討會論文集》　宜蘭縣　國立傳統藝術中心　2005年　頁195-219

王育德　《臺灣話講座》　臺北市　前衛出版社　2000年

王振義　〈歌仔平仄規律實質意義的探討〉　《臺灣史田野研究通訊》　第27期　1993年　頁47-51

王振義　〈歌仔調的「樂合詩」歌唱傳統與性質初探〉　《民俗曲藝》　第54期　1988年　頁97-107

王順隆　《閩南語「歌仔冊」所使用的臺語漢字及詞彙》　日本　國立筑波大學學士論文　1992年

王順隆　〈談臺閩「歌仔冊」的出版概況〉　《臺灣風物》　第43卷第3期　1993年　頁109-131

王順隆　〈閩南「歌仔冊」書目、曲目〉　《臺灣文獻》　第45卷第3期　1994年　頁171-271

王順隆　〈「歌仔冊」書目補遺〉　《臺灣文獻》　第47卷第1期　1996年　頁73-100

王順隆　〈從七種全本《孟姜女歌》的語詞・文体看「歌仔冊」的進化過程〉　《臺灣文獻》　第48卷第2期　1997年　頁165-186

王順隆　〈論臺灣「歌仔戲」的語源與臺灣俗曲「歌仔」的關係〉　《文教大學文學部紀要》　第11-2號　1998年　頁94-101

王順隆　〈「潮州歌冊」研究中的幾個問題〉　《文教大學文學部紀要》　第12-1號　1998年　頁17-34

王順隆　〈閩南語俗曲唱本「歌仔冊」全文資料庫〉　《文教大學文學部紀要》　第13-1號　1999年　頁81-91

王順隆　〈潮汕方言俗曲唱本「潮州歌冊」考〉　《古今論衡》　第7期　2002年　頁103-119

王順隆　〈「歌仔冊」的押韻形式及平仄問題〉　《民俗曲藝》　第136期　2002年　頁201-238

王順隆　閩南語俗曲唱本「歌仔冊」全文資料庫　中央研究院漢籍電子文獻　http://www32.ocn.ne.jp/~sunliong/

江美文　《臺灣勸世類「歌仔冊」之語文研究——以當前新竹市竹林

書局所刊行臺語歌仔冊為範圍》 新竹市 新竹師範學院臺灣語言與語文教育研究所碩士論文 2004年

杜建坊 《歌仔冊起鼓 語言、文學與文化》 臺北市 臺灣書房出版公司 2008年

杜仲奇 〈歌仔冊目錄整理方法之探討〉 《臺灣風物》 第58卷第4期 2008年 頁123-158

杜仲奇 《歌仔冊〈正派三國歌〉之語言研究》 臺北市 臺灣師範大學臺灣文化及語言文學研究所碩士論文 2009年

李 李 《臺灣陳辦歌研究》 臺北市 文化大學中文研究所碩士論文 1985年

李佩玲 《歌仔冊〈勸人莫過臺灣歌〉的時代背景及語言研究〉》 高雄市 中山大學中國文學系碩士論文 2004年

李美麗 《臺南運河奇案歌研究》 高雄市 中山大學中文研究所碩士論文 2004年

李蘭馨 《「開臺」、「過臺」臺語歌仔冊之用韻與詞彙研究》 新竹市 新竹師範學院臺灣語言與語文教育研究所碩士論文 2003年

李壬癸 〈Rhyming and Phonemic Contrast in Southern Min〉 《中央研究院歷史語言研究所集刊》 第57期第3本 1986年 頁439-463

吳守禮 〈從「可遇不可求」談早期閩南方言文獻的校理、續談〉 《閩臺方言研究集（1）》 臺北市 南天書局 1989年 頁31-56

吳守禮 《清道光咸豐閩南歌仔冊選注》 臺北市 從宜工作室 2006年 初版1刷

林 二、簡上仁合編 《臺灣民俗歌謠》 臺北市 眾文圖書 1978年

林慶勳　《問路相褒歌研究》　高雄市　中山大學中國文學系 1999年

林妙馨　《歌仔冊〈增廣英台新歌〉的文學研究》　高雄市　高雄師範大學臺灣語言及教育研究所碩士論文　2006年

林昭惠　《玉珍漢書部〈最新病仔歌〉研究》　臺北市　臺灣師範大學國文研究所碩士論文　2008年

林俶伶　《臺灣梁祝歌仔冊敘事研究》　嘉義縣　南華大學文學研究所碩士論文　2005年

林香薇　〈論臺灣閩南語歌仔冊的版本和詞彙——以「僥倖錢開食了歌」為例〉　《漢學研究》　第23卷第2期　2005年　頁467-496

周純一　〈「臺灣歌仔」的說唱形式應用〉　《民俗曲藝》　第71期 1991年　頁108-143

周榮杰　〈臺灣歌謠產生的背景上、下〉　《民俗曲藝》　第64、65期　1990年　頁17-42、107-127

官宥秀　《臺灣閩南語移民歌謠研究》　花蓮縣　花蓮師範學院民間文學研究所碩士論文　2000年

洪惟仁　《臺語文學與臺語文字》　臺北市　前衛出版社　1992年

洪宏元　《臺灣閩南語流行歌謠語文研究》　新竹市　新竹師範學院臺灣語言與語文教育研究所碩士論文　2000年

胡紅波　〈臺灣的月令格聯章歌曲〉　《臺灣民間文學學術研討會論文集》　1998年　頁95-115

胡鑫麟　〈民間的臺語寫法——其基本想法和原則〉　《臺灣風物》第44卷第2期　1994年　頁13-48

施炳華註釋念讀　《臺灣歌仔冊欣賞》　臺北市　開朗雜誌事業 2008年

施炳華　〈談歌仔冊的音字與整理〉　《成大中文學報》　第8期 2000年　頁207-225

施博爾　〈五百舊本歌仔冊目錄〉　《臺灣風物》　第15卷第4期
　　　　1965年　頁41-60

柯榮三　《有關新聞事件之臺灣歌仔冊研究》　臺南市　成功大學臺
　　　　灣文學研究所碩士論文　2004年

柯榮三　〈追尋歌仔冊中的風月事件──以「臺南運河奇案歌」、「乞
　　　　食開藝旦歌〉為考察範圍〉　《臺南文化》　第58期　2005
　　　　年　頁64-109

秦毓茹　《梁祝故事流布之研究──以臺灣地區歌仔冊與歌仔戲為範
　　　　圍》　花蓮縣　花蓮師範學院民間文學研究所碩士論文
　　　　2004年

姚榮松　〈臺灣閩南語歌仔冊的用字分析與詞彙解讀──以〈最新落
　　　　陰相褒歌〉為例〉　《國文學報》　第29期　2000年　頁
　　　　193-230

翁玲玲　〈漢人社會女性血餘論述初探：從不潔與禁忌談起〉　《近
　　　　代中國婦女史研究》　第7期　1999年　頁107-147

翁玲玲　〈產婦、不潔與神明──作月子儀式中不潔觀的象徵意涵〉
　　　　《兩性平等教育季刊》　第18期　2002年　頁59-66

連　橫　《臺灣語典》　臺北市　金楓出版公司　1987年　原作連雅
　　　　堂　姚榮松〈導讀〉　頁1-27　附錄《雅言》　頁152-307

許極燉　〈臺語的訓讀、訓用與文白異讀之辨〉　《臺灣風物》　第
　　　　46卷第1期　1996年　頁180-201

張秀蓉　〈牛津大學所藏有關臺灣的七首歌謠〉　《臺灣風物》　第
　　　　43卷第3期　1993年　頁177-196

張屏生　〈從臺灣民間文學材料的收集看歌謠創作的形式特點──以
　　　　臺灣閩南話歌謠為例〉　收錄於東京外國語大學言語文化研
　　　　究會編　《中國言語文化論叢》　東京　東京外國語大學言
　　　　語文化研究會　2002年　第3集　頁1-29

張炫文　〈「七字調」在臺灣民間歌謠中的地位〉　《民俗曲藝》　第54期　1988年　頁78-96

張淑萍　〈臺灣閩南語歌仔冊用字現象分析──以「勸世了解新歌」為例〉　《中正大學中國文學研究所研究生論文集刊》　第5期　2003年　頁125-145

張炫文　《歌仔調之美》　臺北市　漢光文化　1998年

張振興　《臺灣閩南方言記略》　臺北市　文史哲　1997年　臺1版3刷

張玉萍　《日治時期臺灣歌仔冊內底e女性形象kap性別思維》　臺南市　成功大學臺灣文學研究所碩士論文　2008年

張安琪　《日治時期臺灣白話漢文的形成與發展》　新竹市　清華大學臺灣文學研究所碩士論文　2005年

張瑞光　《臺灣信仰習俗中的語言文化研究》　臺北市　臺灣師範大學臺灣文化及語言文學研究所碩士論文　2008年

郭淑惠　《歌仔冊〈八七水災歌〉語言研究》　高雄市　中山大學中文研究所碩士論文　2003年

陳健銘　〈從歌仔冊看臺灣早期社會〉　《臺灣文獻》　第47卷第3期　1996年　頁95-96

陳怡蘋　《「陳三五娘」歌仔冊語文研究──以音韻和詞彙為範圍》　臺北市　臺北市立教育大學應用語文研究所碩士論文　2009年

陳姿听　《臺灣閩南語相褒歌類歌仔冊語言研究──以竹林書局十種歌仔冊為例》　新竹市　新竹師範學院臺灣語言與語文教育研究所碩士論文　2001年

陳雍穆　《孟姜女歌仔冊之語言研究──以押韻與用字為例》　臺北市　臺灣師範大學國文學系碩士論文　2002年

陳健銘　〈閩臺歌冊縱橫談〉　《野臺鑼鼓》　臺北市　稻鄉出版社　1989年

曹甲乙　〈雜談七字歌仔〉　《臺灣風物》　第33卷第3期　1983年　頁55-70

莊秋情　《臺灣鄉土俗語》　臺南縣　臺南縣政府　1999年　第3版

黃勁連　《臺灣歌詩集》　臺南縣　臺南縣政府文化局　1997年

黃勁連　《臺灣褒歌》　臺南縣　臺南縣政府文化局　1997年

黃文博　〈不孝三頓燒──喪禮中勸世歌的倫理觀〉　《臺灣風物》　第41卷第1期　1991年　頁129-153

黃佳蓉　《從閩南歌謠探討臺灣早期的婦女婚姻生活》　花蓮縣　花蓮師範學院民間文學研究所碩士論文　2003年

黃信超　《臺閩奇案歌仔研究》　花蓮縣　花蓮師範學院民間文學研究所碩士論文　2002年

黃惠音　《臺灣閩南語一字多音研究──以歌仔冊〈甘國寶過臺灣〉韻腳為例的探討》　高雄市　高雄師範大學臺灣語言及教育研究所碩士論文　2006年

黃得時　〈臺灣歌謠之形態〉　《文獻專刊》　第3卷第1期　1952年　頁1-17

曾金金主持　《臺語文學出版物收集、目錄、選讀編輯計劃附錄二歌仔冊》　臺北市　臺灣師大　1997年

曾子良　〈臺灣閩南語說唱文學──歌仔的內容及其反映之思想〉　《民俗曲藝》第5期　1988年　頁57-77

曾子良　《臺灣閩南語說唱文學「歌仔」之研究及閩臺歌仔敘錄與存目》　臺北市　東吳大學中國文學研究所博士論文　1990年

曾品滄　〈從歌仔冊〈最新十二碗菜歌〉看臺灣早期飲食〉　《臺灣風物》　第52卷第3期　2002年　頁9-18

臧汀生　《臺灣民間歌謠研究》　臺北市　政治大學中文研究所碩士論文　1980年

臧汀生　《臺灣閩語歌謠研究》　臺北市　臺灣商務印書館　1984年

臧汀生　《臺灣閩南語民間歌謠新探》　臺北市　政治大學中文研究所博士論文　1990年

臧汀生　《臺語書面化研究》　臺北市　前衛出版社　1996年　初版第1刷

劉慧怡　〈臺灣閩南語說唱音樂──「念歌仔」〉　《傳習》　第10期　1992年　頁315-324

鄭良偉　〈談臺語裡的訓用字〉　《臺灣風物》　第34卷第3期　1984年　頁54-72

盧廣誠　《臺灣閩南語詞彙研究》　臺北市　南天書局　1999年

賴崇仁　《臺中瑞成書局及其歌仔冊研究》　臺中市　逢甲大學中國文學所碩士論文　2004年

顏文雄　《臺灣民謠之研究》　臺北市　文化大學藝術研究所碩士論文　1964年

蘇芳玉　〈八七水災的災難記憶〉　《史匯》　第4期　2000年　頁149-162

蘇姿華　《臺灣說唱歌仔冊研究》　臺中市　逢甲大學中國文學系碩士論文　2003年

後記

　　本文為國科會九十六年專題計畫《臺灣閩南語歌仔冊題材類型之語言風格分析》（編號 96MA1024）之研究成果報告。初稿曾在十七

屆國際中國語言學會年會宣讀（2009 年 7 月 2-3 於巴黎舉行），本文
在初稿基礎上已進行修訂與補充。本文的完成，除有賴國科會的計畫
補助外，本刊兩位匿名審查人提供相當關鍵的審音和用字上的意見，
使本文更具科學性，特此感謝。

——本文原刊於《臺灣學誌》創刊號（2010年4月），頁143-204。

論臺灣閩南方言詞
進入國語詞彙的過程

一 國語（共同語）、臺灣國語與臺灣話

　　方言是民族語言的地理分支。漢語方言與漢民族共同語——普通話之間存在著種種的關係。普通話是一九四九年以後大陸統一的稱呼，它的本名叫國語（民國以後的稱呼，現在臺灣仍然沿用），其前身是明清官話、漢代的通語、春秋時代的雅言。有學者指出：「普通話是現代漢語共同語的通俗說法，通常指的是口頭通行的共同語。」因此，「普通話不是普普通通的意思，而是現代漢語標準語。」既然是標準語，為什麼不叫國語（現在日本、韓國都還這樣用）？它等於英語的 National Language，既然是國語，就有標準問題。但它又是全民的語言，也就有幾分複雜的樣貌，標準就有點理想化。在特定的時期，文盲還佔相當大的人口比率，國語的推行不過幾十年，對十二億人口使用的共同語，暫時稱為普通話比較平易近人。

　　真正的「國語」（現代漢語的標準語）建立在規範化上面，幾十年來，兩岸推行國語（大陸叫「推普」）的努力，書面語（白話文）的成就大於口語。李如龍（1997）指出：「但是不合規範的方言詞、生造詞、病句、錯句還時有所見。至於口頭語，能說一口標準的普通話的則是少數人，絕大多數人的普通話都帶著不同程度的方言色彩。不但語音上有方言腔調，用詞和造句也常常混雜著方言成分。有人稱

之為不標準的普通話、帶方言口味的普通話；有人稱之為過渡語：既非方言又未達到普通話的規範標準；也有人稱之為新方言；還處於方言和普通話之間的過渡狀態，把它拒之普通話門外。不論對它如何定性，這種不標準的普通話是普遍存在事實。」[1]

從以上的分析，我們至少可以得到一個印象，在臺灣推行的國語，其實也是一種普通話，由於本地的母語主要為閩、客方言和少數的原住民語（南島語），所以臺灣人所說的共同語，應該也如上文所提到的過渡語，一般名之為「臺灣國語」，那麼臺灣地區「現代漢語」整體可以用下列關係來表示：

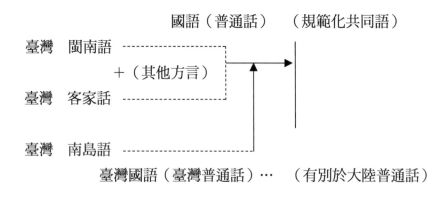

從社會對共同語的需求來看，共同語（國語）在中國的發展已有一個很長的歷史過程。到了現代，海峽兩岸都在積極推行共同語的規範。由於兩岸四十年的隔閡，作為國語地域變體的「臺灣國語」大致已定型化。例如：臺灣同胞到北京街頭，一張口說話就會被認出是「臺胞」。這「臺灣國語」到底有什麼特殊？程祥徽（1997）指出：

---

1 李如龍：〈方言與共同語的對立與統一〉，程祥徽主編：《方言與共同語》（香港：海峰出版社，1997年），頁20。

今日所謂普通話是大陸共同語的代名詞，所謂臺灣國語則是臺灣的共同語。臺灣國語與大陸普通話同是現代中國的共同語，祇不過在語音、詞彙方面有一些差別。相比之下，大陸普通話因有一種活的方言為其語音標準與基礎方言，所以鮮活而有根基；臺灣國語則由大陸人帶到臺灣去的一種官話，它的特徵一是特別容易吸收其他方言成分，二是規範標準主要聽從人為的規定。[2]

這段話印證了上面所列關係圖，一方面普通話與臺灣國語皆為共同語的等義詞，所以二者沒有高下之分，不過順著它的基礎方言發展下去，普通話較具優勢，因為它直接在北方方言灌溉下，因此「鮮活而有根基」。相形之下，臺灣國語已經切斷了作為「國語」的基礎方言的聯繫，卻在本土的母語閩、客語的影響下，形成不同的規範環境。作為當代漢語共同語的一個分支，它擁有比其他海外華語如新加坡、九七以前的香港的條件更為優越。因為臺灣把國語作為單一的官方語言及教育語言，且大力推行，其普及率超過任何官話區域以外的方言地區，因此，它也比其他方言區的普通話要標準一些。作為「臺灣國語」的規範媒介，臺灣地區的書面語，扮演更關鍵的角色。本文即擬觀察臺灣閩南方言詞如何通過文字媒體，躋身報刊用語，再進入口語的過程，來檢驗臺灣地區的新詞語。

臺灣話或臺語一詞，過去多指臺灣地區通行最廣的閩南語，由於族群意識的抬頭，客家人不願接受這種「大福佬主義」的名詞，他們主張臺灣話泛指臺灣本土語言，除閩南語外，還包括原住民語（南島

2　陸世光：〈共同語的確定、規範和推廣〉，程祥徽主編：《方言與共同語》（香港：海峰出版社，1997年），頁14。

語）及客家話，本文對於南島語和閩、客語底層詞所知有限，因此只能針對閩南語對國語新詞的互動，進行分析。

二 見於報刊雜誌的「臺灣用語」的閩南語成分

一九九二年「中國標準技術開發公司」編著的《海峽兩岸詞語對譯》，共收有兩岸各自習慣常用詞語五千餘條，其中以臺、港用語為主的五〇三〇條，「這些詞語主要選自臺灣報章雜誌、臺灣出版的文學、經濟論著和詞典，以及臺灣國民小學、中學和高級中學國文（語）課本。」[3]其中第一部分「港臺詞語」誤把港、臺的詞語視為一體，是一項錯誤示範，不知其中有三種情況：一為香港專用，一為臺灣專用，一為港、臺通用。其中臺灣用的詞語中，又有兩種區別，一種為臺灣的國語通行詞，一種為帶有閩南方言色彩的「方言詞」，後者往往只是進入刻意營造的鄉土文學作品中，並非屬「臺灣國語」的口語詞彙。換言之，我們必須區分該書所收的臺灣詞語為兩類，一類為已進入國語的新詞，另一類則代表「臺灣國語」的閩方言借詞，帶有明顯的「方言詞」標記。一旦這個標記消失，它就算已融入國語詞之中。現在我按甲、乙兩類列出若干例子，並對注釋部分以按語進行補正：

序號	甲類	注釋
A002	阿兵哥	俗稱軍人
A024	矮化	大事化小（**按**：當指刻意打壓）
A025	愛顧	愛護照顧

3　《海峽兩岸詞語對譯》「編者的話」。

序號	甲類	注釋
B003	吧枱（檯）	酒吧裡專供調酒、喝酒的木檯子（**按**：亦作吧臺）
B005	八卦	愛管閒事（**按**：這個詞源自於香港）
B008	巴士	公共汽車
B029	擺平	打傷、打倒（**按**：當有壓制對方氣欲之意）
B031	擺烏龍	弄錯
B061	保單	保證書、擔保證明
B064	保麗龍	泡沫塑料包裝材料
B072	寶裡寶氣	怪模怪樣，惹人發笑
B075	報備	申報備案（**按**：多用於參選）
B079	報禁	對報紙的禁令
B113	本席	說話者自稱（**按**：說話者當指代議士，多用於議會）
B138	便當盒（日）	飯盒
B147	變造	改造（**按**：多指證件或贓車之改頭換面）
B154	飆車	違章高速開摩托車
B157	別苗頭	比高低
B158	賓館	指有妓女的旅館、飯店（**按**：多指提供休息服務之旅館）
B166	播遷	大規模遷移（**按**：專指中央政府一九四九遷臺）
B178	博愛座	公共汽車上為老弱婦孺設置的座位
B189	泊車（港）	停車
B240	步道	人行道（**按**：指健康步道）
C006	才俊	才能出眾的人

序號	甲類	注釋
C016	菜色	菜肴的花色
C021	餐敘	會餐敘談
C031	慘兮兮	悽慘的樣子
C043	草根大使	出國的訪問的平民代表
C056	層峰	上級（**按**：專指總統）
C057	層面	層，方面
C060	茶敘	用茶點小敘 （**按**：多指會議場次之間的休息時段）
C103	炒地皮	做房地產投機生意
C116	車掌（日）	公共汽車上的檢票員（**按**：此制已廢除）
C133	成棒	成人棒球隊（**按**：亦指成人棒球賽）
C155	吃票	用車票尋取非法收入
C173	斥資	花費錢財（**按**：多指重大投資或工程建設）
C197	出局	比喻下臺（**按**：亦指退出或被排除候選人資格）
C207	出掌	出面負責（**按**：尤指擔任要職）
C218	穿幫	出醜丟臉
C236	床頭人	妻子
C276	竄紅	一下子出名
C279	存底	存款（**按**：多指政府外匯存款）
D001	搭調	搭配（**按**：協調、不突兀）
D022	打拼	努力，拼搏（**按**：拼本作拚，音ㄆㄢˋ）

　　以上甲類都是名正言順的「國語詞」，即使像「阿兵哥」、「便當盒」、「泊車」、「菜色」、「打拼」這些來自閩南語或日語、粵語借詞，

也已經被「臺灣國語」吸收了。類似的詞還有「歌仔戲」（G060）、「古早」（G176）、「黑白」（H065）、「絞肉」（J195）、「金紙」（J255）等來自閩方言的詞。另一類是：

序號	乙類	注釋
A008	阿姆	老大娘（**按**：閩南語指伯母）
A009	阿片煙	鴉片煙
A011	阿祖	祖父
A012	阿嬤	祖母，外祖母
A036	安怎	怎麼，怎樣
A045	奧馬桑（日）	太太
B041	伴嫁	儐相（**按**：閩南語稱伴娘或女儐相）
B042	伴手	禮物
B053	幫贊	幫助
B059	保庇	保佑
B137	便便	方便（**按**：亦指供應充裕）
B160	冰店	冷飲店
B187	薄稀稀	十分單薄
B222	不曉衰	不害羞（？）（**按**：閩南語未見此詞）
C005	才調	本領、能力
C019	菜尾（仔）	大雜燴（**按**：指酒席後湯水混裝的剩菜）
C040	草地	農村、鄉下
C041	草地郎	鄉下人

序號	乙類	注釋
C051	冊包	書包
C062	查甫团	男孩
		（**按**：团音 KianN^2，專指兒子）
C064	查某	女人
C065	查某团	女孩（**按**：專指女兒）
C067	查埔人	男人
C187	初初	剛才（**按**：當指剛開始）
C282	厝	房屋
C283	厝邊	鄰居
C284	厝邊頭尾	左鄰右舍
D063	大細	大人小孩
D074	歹看	難看
D075	歹命	命運不好
D076	歹勢	不好意思
D083	代志	代溝標志（**按**：閩南語指事情。此完全誤解，望文生意。）
D148	登對	一般指男女很相配
D170	底時	何時
D201	電光	X 光
D207	電信柱（日）	電線桿
D266	讀冊	讀書
F026	番癲	瘋傻湖塗
G019	泔糜	稀飯
G034	戇戇	笨拙、傻氣
G035	戇頭戇面	傻裡傻氣

序號	乙類	注釋
G092	工仔蟲	工賊
G093	工寮	工棚，工人宿舍
G155	公祖	祖宗
G175	古意	古樸 （**按：**閩南語指老實、心地善良）
G177	古錐	古怪（**按：**指可愛貌，此又誤解為古怪）
G263	過身	過世
G264	過暝	過夜
H004	罕得	難得
H019	漢藥	中藥
H020	漢醫	中醫
H077	橫直	橫豎
H148	壞款（**按：**或作歹款）	頑皮樣子
H188	會子（**按：**通作會仔）	民間自發的經濟互助團體
H205	活跳跳	活蹦亂跳
H206	伙頭	炊事員

　　乙類字從文字上即帶有方言詞的標幟（如詞頭「阿」，詞尾「仔」）或構詞的特徵，有些詞則顯然是閩南語的特別詞，如查埔、查某表示男、女；厝表房子；以冊為書；以「翁」代表小人頭；古錐指可愛：「錐」字記音；中醫、中藥謂之漢醫、漢藥；皆透露古語痕跡。

　　甲、乙兩類字在臺灣通行國語裡，地位並不相等，甲類完全可以在口語中出現，乙類限於出現在文學的書面語，讀者也很明顯可以判斷乙類字都是方言詞。《海峽兩岸詞語對釋》完全沒有能力判斷這兩

類詞語在「臺灣國語」之口語是不相容的，很容易誤導讀者，以為乙類的閩南方言詞已進入國語詞彙系統，其實是無中生有。首先，該書為乙類的每個詞加上「漢語拼音」，例如：

阿片煙　　a1 pian4 yan1

阿祖　　　a1 zu3

安怎　　　an1-zen3

奧馬桑　　ao4 ma3 sang1
　　　　　（**按：**此三字對譯日文有欠精確。當音「歐巴桑」較近）

不曉衰　　bu4 xiao3 cui1（**按：**衰不應唸ㄘㄨㄟ，疑為港詞）

　　這些音讀完全不可能在臺灣聽得到，這些漢字是用來記閩南語的音，不可能把它直接讀成普通話。因此，本書所收的閩南語詞的「國語音譯」，完全是無中生有，以訛傳訛。可見兩岸語文的差異，必須把「語言」和「文字」分開處理，千萬不能犯這種閉門造車式的類推錯誤！因為「阿片煙」只能用閩南語唸為a1 phian^3 hun1（薰），不可能轉音為a1-pian4-yan1與原來的「鴉片煙」在國語裡並存。反過來說，如果這些音讀都在國語中出現了，這就表示乙類字已具有國語的音讀，那就和甲類沒有分別，完全取得國語詞語的地位，由此可見，以漢字記錄的方言詞，要取得國語音讀是不容易的，至少人們必須忘記原來的方言讀音，才可能接受這樣的轉讀。但是像甲類字已沒有方言色彩，那些詞的國語身分就不容置疑。

三　從近年報刊中的閩南語詞夾雜看臺灣國語的新成分

報刊中最常見把方言詞夾雜在新聞標題中，以喚起廣大的雙語讀者的注意力，其中出現的方言詞仍以閩南語為主。以下是十年前的例子：

> 歌壇「老芋仔」（lan7 oo5 a2），三位過氣巨星嗓子又閒不住了。（《中時》，1989年10月2日）
> 連戰談當前國際情勢與我外交作法，開拓領域不能「大小目」。（《中時》，1989年10月2日）
> 「作大水」，到處滿目瘡痍。（《自立晚報》，1989年7月28日）
> 九層樓仔「火燒厝」，驚魂五小時。（《中時》，1988年7月6日）
> 銀行手頭，「西瓜靠大邊」。（《中時》，1988年7月6日）
> 「無魚蝦也好」？國外次級眼角膜，臺灣也能派用場。（《中時》，1989年7月11日）

「老芋仔」閩南語原指大陸來的外省老兵，也泛指老一輩外省人。「芋仔」是芋頭，與蕃藷相對，臺灣島形有如蕃藷，芋頭與蕃藷相似而判為二物，故用「芋仔」代表外省人，但新聞中的「歌壇老芋仔」是指歌壇老手，從附標題似又指過氣的老牌歌星。「大小目」原指不平等看待。「作大水」或「做大水」皆閩南語水災之意。「樓仔」或「樓仔厝」指洋房高樓，「火燒厝」指房子起火。後兩條各用一個閩南語俚語，「西瓜倚大爿」指西瓜中分難免會有大小不均，大的一塊為人所爭取。閩南語「倚大爿」音讀為uá tuā pîng。有人誤作「偎大邊」或「靠大邊」，都只能視為國語的轉譯。「無魚蝦也好」完全借用閩南語諺語，「也」字要讀ma3。這些方言詞語，出現在報紙標題

的位置愈顯著（即標題字愈大），愈可能以改變字體或加括弧等方式
顯示其「方言詞」身分，如「火燒厝」。（但也有例外，如「樓仔」就
未加引號），這也是一種規範，但對於不諳閩南語的一般讀者，往往
會按字讀出國音，久而久之，也彷彿獲得非正式的「讀音」，為晉身
國語詞語作準備。

這一類標題中的方言詞，隨處可見，以下的例子見於近三年的
報紙：

> 找頭路難啊。（《聯合報》，第36版，1999年2月10日）
> 棒壇分派系，業餘參一腳。（《中時》，第31版，1998年12月31
> 日）
> 倒會，會首會腳均攤損失。（《聯合報》，第3版，1999年4月3
> 日）
> 私房錢投資基金卡穩。（《聯合報》，第22版，1997年9月5日）
> 捷運通車慶典，處處凸槌。中和升格為縣，市長易主，呂芳煙
> 尷尬當眾澄清。（《臺灣日報》，第19版，1998年12月25日）
> 自營商老神在在。（《工商時報》，第21版，1998年）
> 色情電話廣告，第四臺大放送。（《中時》，第18版，1999年4月
> 16日）

這類閩南語詞動輒出現在標題中，幾乎成為臺灣報紙的風格之
一，可以說明編輯記者多半是雙語人，閩南語詞彙就成為他們表現標
題不俗的手段，久而久之，讀者也就漸漸習慣這些孤雁入群的「方言
詞」而不再格格不入。閩南語把職業叫「頭路」，「參一腳」即插一腿
或者說「分一杯羹」。民間的互助會的成員，閩南語說「會腳」，相對
於起會人的「會頭」。「卡穩」即較穩。「凸槌」（thut chhe5）二字最

罕見，一般辭典未收，或謂本係撞球術語，球由桿尖邊緣擦空出，比喻突兀不順。亦謂「出岔」（chhut chhe5）的轉音。據該項新聞報導，臺北市捷運局在中和南勢角站舉辦園遊會，慶祝捷運新店中和線通車，市長陳水扁並搭乘捷運前往致詞。主辦單位於該站出口搭設拱門寫著「中和縣捷運通車」字樣，將中和線誤植為中和「縣」。在介紹中和市長呂芳煙時，也誤呼為「童市長」，害得呂市長須當眾澄清，引發地方人士強烈不滿。原來前任市長叫童永雄，如此諸般錯亂脫序，豈非閩南語「凸槌」乎？陳水扁果然在選舉中失去連任市長寶座。「老神在在」是氣定神閒之意。「放送」即播放，係閩南語中的日語借詞。這類的方言詞，從文字上均能意會，重複出現報刊上，往往令讀者習以為常。雖然在口語中不可能出現，卻是看懂臺灣報紙標題不可或缺的要素。

四　從廣告文案中觀察閩南語諧音詞的應用

　　臺灣報刊標題中還有一項諧音的應用，值得注意，例如下列有關臺灣職業棒球的比賽新聞標題，都是從一九九六年六月份的中國時報中摘錄下來的：

　　砲聲龍龍震虎軍（中華職棒味全龍對三商虎）

　　統一天下（職棒統一獅隊勝賽）

　　獅　投投是道（諧頭頭是道）

　　洋將　盜行高深（盜壘技佳）

　　觸理得當　鷹險勝（因觸殺成功而致勝，觸理諧處理）

　　獅運亨通

　　虎虎生風　逆轉屠龍（CBA中興虎）

豹佳音　喜羊羊（諧報佳音，喜洋洋）

長腳大象　鎮豹部隊（諧鎮暴部隊）

真是「觸」目驚心（觸身球）

阿水封芒畢露（職棒名投手封殺對手，封芒諧鋒芒）

　　這種諧音的應用，在臺灣的廣告文案中，使用更為頻繁，據袁曉青《現代漢語諧音研究——以華文廣告文案為例》（臺北市：臺灣師大華語文教學研究所碩士論文，1997 年）可見其應用之廣泛。其諧音法除了國語諧音外，閩南語的諧音也兼而有之，例如用於廠商名稱的：

阿美足（臺北市崇德衛襪子店名，諧「阿美族」）

卡歐佳牛排連鎖店（卡歐佳諧閩南語「卡（較）好食」）

用於商品名稱的：

愛麗散（減肥藥，諧閩南語「要（ai2）你省（san2 瘦）」）

蟑愛呷（殺蟑藥，呷音 chiah，諧閩南語「吃」，全名又諧影藝名人張艾嘉）

用於廣告標題或口號的：

car song 卡爽（民視「什麼人聽什麼歌」臺北市司機聽歌市調單元）

無悶茶 is 沒問題（義美無悶茶。閩南語悶、問同音，茶、題同音）

> 挖趣寶島，watch 寶島（GTB27 臺節目名稱）按：此為國語諧
> 音例。

用於電話號碼、數目化的產品專案或純粹的數字諧音：

國語諧音

> 882-5252，爸爸餓，我餓我餓（達美樂PIZZA外賣電話）
> 1620「一路愛你」喔！特惠專案全面實施中。（洪蕾專業美胸）

閩南語諧音[4]

> 0202 抗議！抗議！（閩南語數字發音與文字諧音）
> 04576 你是我七仔（「七仔」音 chhit la^2 諧七六，女朋友之俗
> 稱）

　　在這裡可以看到運用方言或英語的諧音都出現了。「卡爽」閩南音khah song2諧car song甚近，意思是比較舒適。由此可見在臺灣絕大多數住民都具有國語和閩南語雙語能力，閩南語的諧音也就無所不在了。這些廣告文案往往就成為流行語，其中有些商品名稱更是無處無之，簡直令人「怵目驚心」了。

五　正在融入臺灣國語詞彙中的閩南語詞

　　綜合前述的現象，有些閩南語詞，由於構詞顯豁，與國語構詞相

4　此部分諧音，可參考蕭蕙如：〈新新人類的數字語言〉（1999）一文。

容，有些則純屬擬音，由於出現頻率高，或是日常小吃的大眾化品
名，已經慢慢被大眾所習用，而成為通俗語文的一部分，這些詞語可
以分為四類：

（一）一般用語

頭家、頭路、頭殼歹去、無路用、無法度、真讚、真爽、熱鬧
（＜鬧熱）滾滾、強滾滾、霧煞煞、三八、三不五時、有的沒的、好
康A（有好處的）、雞婆（＜家婆）、愛睏、抓狂（＜掠狂）、起笑（＜起
猾）、打拼（＜打拚）、歹運、歹勢（難為情）、衰（倒霉）、俗攔大碗
（便宜又大碗）、呷緊槓破碗（欲速則不達）、西瓜偎大邊（＜倚大
爿）、歹戲拖棚（指劇情空洞，拖泥帶水）。

（二）飲食果品類

芭樂、柳丁（柳橙）、蚵仔煎、蚵仔麵線、筒仔米糕、綠豆凸、
切仔麵。

（三）擬音借字類

QQ（形容米粉韌性）、LKK（老khok khok，擬態詞縮略）、SPP
（倯拚拚，擬態詞縮略，指土裡土氣）、香貢貢（香噴噴）。

此類詞多屬擬音借字，反映閩南方言口語的文字化之需求與漢字
本字之難求。

（四）音譯外來詞[5]

檳榔、便當、歐巴桑、歐吉桑、雪文（肥皂）、打馬膠（柏油）、

5　音譯外來詞可參考拙作：〈臺灣現行外來語的問題〉，《師大學報》第37期，1992年
　　一文。

西米落（西服）、紅不讓（home run）、黑輪（一種小吃）。

　　這些詞語的融入國語，外來語是優先的，因為其擬音字已經固定化，也取得國語的音讀。有些外來語則先以閩南語發音，如：

背　　（せびろ）→sebiloh→西米落（閩南語音）指三件式紳士服
御田（おでん）→odian→黑輪（閩南語d，l不分）指一種日式湯類食
　　品，內有油豆腐、甜不辣、蘿蔔、蒟蒻等。
弁當（べんとう）→biantoo→便當（閩南音pian3 tong）→國音ㄅㄧㄢˋ
　　ㄉㄤ

　　由此可見方言音讀在外來語吸收上所扮的角色。第一個典型的例子是水果中的番石榴，臺灣國語稱芭樂，柳橙在臺灣稱柳丁，也有其文字化的歷程。簡述如下：

（na）pat（或nau put）→（那）菝仔→菝仔→pat a→（清音t濁化為
　　d）→pala（d>l）→芭樂（國語音譯）
柳橙（ting5）→柳丁（tingl，因寫簡化字，閩南語登、丁同音，取偏
　　旁替代，陽平的ting5誤作陰平的ting1）

　　番石榴不是中國原產，原名叫那茇（譯音）或鐃拔，在一百年前的廈門話字典中多載，後來加了閩南語後綴「仔」，又顯得三音節太長，於是省了頭音節，形成「拔仔」的雙音詞，這也體現了漢語標準韻律詞以兩音節為一個音步的基本規律。雙音節間的清塞音t往往濁化為d，閩南語d，l不分，又為了抵補原來入聲韻尾，第二音節變成短促調的lah，所以國語用一個來自入聲的去聲字「樂」來音譯，就是「芭樂」的形成，這是一個典型的外來語適應漢字的過程。另一個

例子「柳丁」則比較單純，因為「橙」字不好寫，賣水果的為了省事，找到同音（不同調）的「丁」字來替代，因此少了木字旁，一般人就叫它柳丁，這個字在普通話仍然唸「橙」ㄔㄥˊ，之所以變成「丁」是因為閩南語「橙」字保留古無舌上（塞擦音），唸ㄉㄥˊ，是舌頭音，由於簡化字不太注意聲調，故以丁代橙，就由陽平改為陰平，這是文字替代改變字音的一個例證。

另一個有趣的例子是「切仔麵」，這是一種典型的「點心擔」麵食，音chhek a mi7，但是文字誤作「切」（語音chhiat），按照字音比較接近的是戚、策、測、粟（但這些字都是陰入，與陽入的chhek差一點點），但總比寫成收-t的「切」字更合理，chhek是一種動作，即由竹篾編的勺子中抖落出滾水的動作，《廣韻》入聲麥韻有「摵」字，音「山責切」，訓作「殞落也」，音義皆近，只是音同索（sek）差一點，同音字中又有策聲的蓛溹（小雨也），可見讀塞擦音的chhek從諧聲字看是可能的。我姑且把「摵」視為準本字，那麼這個詞應寫作「摵仔麵」，方言俗字的原則是音近，恐怕第一個把它寫成「切仔麵」的人，他的閩南語chhiek與chhiat是分辨不太出來，否則應該用「戚、策」等字替代才是。

方言替代字的第四個典型的例子是「雞婆」，這個詞的本義應該是管家婆，簡稱家婆，由於閩南語的家與雞（漳州腔）同音ke，寫字者不明究裡用同音的「雞婆」來替代，但是國語家與雞不同音，這是一個以方言同音字類推造成的錯字。

第五個類型是形近而訛音的例子，可以「打拼」（ㄉㄚˇ ㄆㄧㄣ）為代表，閩南語原來當音「撲拚」phah piaN7（一作拍拚），「拚」的國音是ㄆㄢˋ，拚命就是今天國語「拼命」，閩南語的「拚」的意思是糞除，讀如拚掃，撲是朴擊，「撲拚」是用力掃除環境，引申為勤奮賣力，國語已誤讀拚（ㄆㄢˋ）命為拼（ㄆㄧㄣ）命在先，遇到閩南

語「撲拚」，也主動調整為「打拼」，也就形成今天的誤讀，這又是文字影響讀音的另一類型。

國語在吸收方言詞中，凡是無字可寫，或本字難知，最常見的方式是用訓讀（即取同義詞替代）字，再其次為同音替代。前者如抓狂或捉狂（本字作掠狂），歹運、歹勢、頭殼歹去，本字既不是歹（音phaiN2），也不是壞，現在取「歹」字，只是訓讀字，花香的香，本字是「芳」，用香（不是唇音字）也是訓讀，至於「綠豆凸」，凸應作「膨」或「蓬」之類，音 phong3，不音 thut，用凸字是訓讀字，意義並不貼切，可算是誤用。拙作（1998）〈從方言漢字的使用論漢字的適應性〉一文把閩南語的用字合併成四個基本類型：（1）本字；（2）訓讀；（3）借音；（4）新造，國語在轉借閩南語時，基本上也遵循這四種類型，只是第三種類型有後來居上的趨勢，例如用單純的英文字母為標音字，如 QQ、A 菜、好康 A（A 為詞綴）、LKK、SPP 都是新的借音法，已經大大超越傳統「以閩南語同音字為原則」的借音規範了。

六 結語

綜合本文二到五節所討論的當代臺灣報刊書面語中的方言成分，我們幾乎只找到閩南語的例子。本文批評了《海峽兩岸詞語對譯》一書對臺灣國語詞語與方言詞混淆不辨之錯誤，我們提出了形、音、義三方面的條件，作為閩南方言詞被國語吸收融入的判準，在還沒有充分融入之前，它只客串為新聞標題、廣告文案中的夾雜語，有時則借入閩南語中的俚諺、熟語，並在文字上進行調整，如西瓜「偎」大邊、愛「拼」才會贏、無魚蝦也好等，都是近乎意譯的改寫。在個別詞的文字上，則有充滿詞音變與字形的替代，訛誤的過程，上一節也

舉了芭樂、柳丁、切仔麵、雞婆、打拼等五個例子，作為五種構形變
化的機制。由此可見，方言詞要進入普通話（國語）的過程，並不是
直接的改讀，如果未能掌握這些機制，就無法為國語與方言詞之間做
一合理的分界，本文初步獲得了箇中的部分規律。

參考文獻

中國標準技術開發公司編　《海峽兩岸詞語對譯》　北京市　中國標
　　準出版社　1992年

余迺永校　《互註校正宋本廣韻》　臺北市　聯貫出版社　1975年

李如龍　〈方言與共同語的對立與統一〉　程祥徽主編　《方言與共
　　同語》　香港　海峰出版社　1997年

周長楫　〈略論閩南話詞匯與普通話詞匯的主要差異〉　《語言文字
　　應用》　1992年第3期

邵敬敏　〈廣告語研究的現狀與我們的對策〉　《漢語學習》（雙）
　　1995年第3期　總87期

姚漢銘　《新詞語、社會、文化》　上海市　上海辭書出版社 1998年

姚榮松　〈當代臺灣的外來語問題〉《師大學報》　第37期 1992年

姚榮松　〈從兩岸三地新詞的滋生類型看當代漢語的創新與互動〉
　　《法國首屆國際漢語教學學術研討會論文集》　巴黎　鳳凰
　　書店　1996年　頁87-99

姚榮松　〈從方言漢字的使用論漢字的適應性〉　第二屆法國國際漢
　　語教學學術研討會論文集　將刊載於《劉正浩先生七秩壽慶
　　論文集》　臺北市　臺灣師大國文系　1998年

胡鑫麟　《實用臺語小字典》　臺北市　自立晚報出版社　1994年

袁筱青　《現代漢語諧音研究——以華文廣告文案為例》　臺北市　臺灣師範大學華語文教學研究所碩士論文　1997年

馮勝利　《漢語的韻律、詞法與句法》　北京市　北京大學出版社　1997年

陸世光　〈共同語的確定、規範和推廣〉　程祥徽主編　《方言與共同語》　香港　海峰出版社　1997年

程祥徽主編　《方言與共同語》　香港　海峰出版社　1997年

鄭良偉　〈臺語演變動力之間的互動〉　《臺語、華語的結構及動向》　臺北市　遠流出版社　1997年　第4集第1篇

蕭蕙茹　〈新新人類的數字語言〉　《華文世界》　第93期　1999年　頁29-35

後記

　　本文初稿曾於一九九九年八月十二日在德國漢諾威〈第六屆國際漢語教學討論會〉上報告，今略做修正，藉本刊發表，以就教於華文教學界。本稿初稿係受國科會補助出席國際會議之論文，特此誌謝。

——本文原刊於《華文世界》第九十五期（2000年12月），頁34-46。

從詞彙體系看臺灣閩南語
的語言層次

　　臺灣閩南語在漢語方言系譜上的定位一是「閩方言。閩南次方言。泉漳土語。臺灣腔（話）」，一般通稱為「臺灣話」[1]，或者直接依地域區別為臺北話、臺南話等。臺閩語其實是個混合腔，相當於廈門話，而實質上仍有區別，由於臺灣獨特的地理位置及歷史際遇，經過四百年移民社會的融合，並與島上南島民族的長期共處，語言的相互滲透消融，更有四百年來更迭的異族統治者的語言沈積，已形成多元文化融合的新方言，語音的層次可以區別二千年古今的變化，詞彙體系的差異相，更可以照見四百年來臺灣閩南語的語言層次。本文主要集中在後者，一方面通過次方言之間的詞彙比較，一方面又從內部建立自己的詞彙年代學，從而合理反映四百年來臺閩語詞彙的真實層積。

一　從文白層異讀及一字多音看古漢語的陳跡

　　羅杰瑞（1979）根據閩語的異讀（主要是文白，口語的白讀有時

1　廣義的「臺灣話」應指臺灣島上的本土語，包括被稱為Fomosan Languages的南島語（阿美語、泰雅語……等九族語群），今稱原住民語，和兩種漢語方言：閩南語和客家語，不包括通行全國的共通語（國語），這是當代的族群共識。為了避免混淆，也把其中的閩南語簡稱「臺閩語」。

有兩個層次），分析下列三字，代表了整個閩方言及共同閩語都有三個層次：

方言	例字	I	II	III
廈門	石	tsioh^8	siah^8	sik^8
	席	tshioh^8	siah^8	sik^8
福州	懸	keing^2	keing^2	hieng^2 [2]

其中I、II屬於白讀，說明閩南語有I、II兩個時代層次，III為文讀層，羅杰瑞指出I層來自秦漢，II層來自南朝，III層來自晚唐。梅祖麟（2001）把第一層稱為「秦漢層次」，並進一步指出，人稱代名詞的「我」（廈門gua^3，福州ŋuai^2）屬於秦漢層次，「伊」屬於層次II——南朝層次，「伊」字到了南北朝才成了第三身代詞。

關於第一個層次的來源，我們怎麼能確認呢？羅杰瑞（1981）提出共同閩語的韻母（The Proto-min Final）的構擬，根據福安、福州、廈門、揭陽、建甌、建陽的音讀，將廈門讀為ia、ua的蛇（麻）、紙、寄、綺、蟻（支）擬為*iAi，梅祖麟（1999）根據丁邦新（1983:9-10）指出「寄、騎、倚、蟻」這四個來自歌部三等的支韻字，共同閩語的韻母該擬作 *-ia，上古歌部的 -iar（或 -jal）在西漢還保持原型，東漢變為 -jei，以後變成高元音或舌尖元音，而ia全無蹤跡。因此，共同閩語 *-ia亦 *-jar當是西漢的遺跡。此外，這套字裡還有來自歌部三等的麻韻字「蛇」，演變跟「紙、寄、蟻」相同，在西漢時它同屬歌部，到了東漢就分道揚鑣，「蛇」屬歌部，「蟻、寄」屬支部，所以

---

2 這裡的調號依梅祖麟（1999）的標法，是張振興式的，2指陽平，臺灣慣用十五音式，應作5。

「蛇、蟻、寄」演變相同這件事實，也說明這套字的年代是西漢。

與這套字相應的還有麻（麻）、我（歌）、破（戈）、大（歌）四字，臺灣閩南語同廈門話白讀並作 mũā、gua^2、phua^3、tua^7（調號依TLPA），羅杰瑞（1981）共同閩語擬作 -uai，梅祖麟（1999）指出：「這四個字上古屬歌部，歌部西漢還有 *-ar（-al）；*-r（-l）元音化而 *-ar（-al）＞*ai，到了東漢 *-ai＞*a，*-i 尾失落。所以共同閩語 *-uai 的 *i 尾說明這套字的時代是西漢。」雖然閩南語的 *-i 脫落了，可是福州話卻完整的保存。這四個字的福州音是：麻 muai^3，我 ŋuai^3，破 phuai^5，大 tuai^6（聲調依梅祖麟1999），其中閩南語「大」字的文讀反而作 tai^6（TLPA 作 tai^7），儘管開合不同，畢竟也是同一來源，從這裡可看出，這四個字福州話才能完全的存古（西漢）。

丁邦新（1983）〈閩語白話音分支時代考〉指出：「各大方言從古漢語歧出的時間大致都在中古音之後，方言中語音變化的種種現象大致都能利用中古音系來解釋。惟一的例外是閩語，由於近年來的研究，使人確信閩語的白話音在中古音之前已經從古漢語中析出來了。很可能在漢代前後，而確切的時間因為證據不足而不敢說定。」丁文提出九點音韻上的特殊現象加以檢討：

1. 輕重唇不分。
2. 舌頭舌上不分。
3. 齒頭正齒不分。
4. 古全濁塞音多讀全清。
5. 部分疑母字讀 h-。
6. 部分來母字讀 s-。
7. 尤韻字分兩讀。
8. 魚虞兩韻字讀音不同。

9. 歌部支韻字讀 -ia。

結論卻是「前面八點儘管特殊，對斷代並無顯著幫助。只有最後一條，閩語中少數幾個支韻字如騎、寄、蟻等，上古屬歌部，今讀的韻母都讀 -ia，表現的正是西漢和東漢之交的現象。……可見閩語白話音極可能是在西漢末年，東漢初年從古漢語方言而出的。」

為什麼清儒鐵證如山，而經古音學者公認的前三點都是閩語聲母保存上古音的證據，竟然也對斷代「並無顯著幫助」，這是因為輕重唇的分化、舌頭舌上的分化、齒頭、正齒的分化並不在上古（東漢以前），所以即使閩語白讀層保存這三組聲母不分的現象，也不能說它一定從上古音分出來，而不是稍後的魏晉南北朝以後的現象，因為早期切韻，這些不分的痕跡是很明顯的，所以《廣韻》才有那麼多類隔切語，既然這些現象不是閩語所專有，用來單獨為閩語斷代，就沒有確定的年代了，它可以是上古音也可以是中古早期，總之，我們無法像第九點那樣指出 -ia 就是漢代的音讀。但是也不排除這些聲母是來自上古，究竟是上古的那個準確時代，時間的上限是不能定的。至於輕重唇不分、舌頭舌上不分的下限也不能定，因為許多方言的白讀，如吳語、客贛語部分地區仍有相同的現象，這種存古遺跡並不能準確說明明顯分出的年代。

儘管如此，我們仍可以羅杰瑞的三個層次說做說明，那就是閩南語白話層裡輕唇讀重唇的字，如分（非）pun[1]、糞（非）pun[3]、蜂（敷）phaŋ[1]、扶（奉）phɔ[5]、吠（奉）pui[7]、肥（奉）pui[5]、房（奉）paŋ[5]、縛（奉）pak[8]，可視為上古唇音聲母之遺跡。同時古知徹澄三母字，閩南語今白讀為〔t-〕或〔th-〕的，如：豬（知）ti[1]、罩（知）ta[3]、鎮（知）tin[3]、拆（徹）thiah[4]、茶（澄）te[5]、重（澄）taŋ[7]、蟲（澄）thaŋ[5]、丈（澄，姑~）tiuN[7] 也視為上古舌頭聲母的遺跡，這些語音特徵說明了閩南語部分白

讀聲母可能反映秦漢以上的古聲母的陳跡，儘管自古漢語歧出的時間無法確定，但作為閩語最古的詞彙層，總是可以定為先秦至魏晉的古音。羅杰瑞的第二層稱南朝層次，梅祖麟（1998待刊）曾經指出：

> 「東晉南朝在江東地區流行的方言詞，如「儂（人）、袂（袖）、骹（腳）、橃（杓）、藻（浮萍）」，現在還在閩語裡流行，而閩語口語中反而不用或少用「人、袖、腳、杓」等北方標準語中的語詞，這就說明南朝江東區的人遷移到閩地，把這些江東地區的方言詞帶來。同一波的遷移，也把金陵《切韻》帶到閩地，形成現代閩南語中的三個層次裡來自南朝的層次。」

梅先生又根據「橃」可能南朝以前已在閩地流行，「藻」是南亞底層的遺跡，並考慮丁邦新先生（1983:9）認為魚虞二韻在「切韻」以前已有區別，閩語魚虞之別不能幫助我們判斷閩語白讀層的形成時代。因而自己否定前說，認為證據不足，最後（梅祖麟，1999:10-19）找到新的證據，即發現太湖周圍的吳語有兩個層次，一個魚虞有別，一個魚虞不分（梅祖麟，1994，1995），進而找到吳語也有支與之脂有別的層次（梅祖麟，1999:26-39），才算找到比較確切的證據。替這些個別詞語斷代，還需要文獻作為佐證，具體做法，我們擬於下節中再做舉證和討論。

二　從文獻的證據看閩南語詞彙的年代層次

徐國慶（1999）根據語言結構和功能統一原理，將詞彙系統首先劃分為「造句詞彙層」和「構詞詞彙層」再將「造句詞彙層」再分出通用詞彙層和非通用詞彙層，通用詞彙層可以二分，現在將他分層的

大概圖示如下：

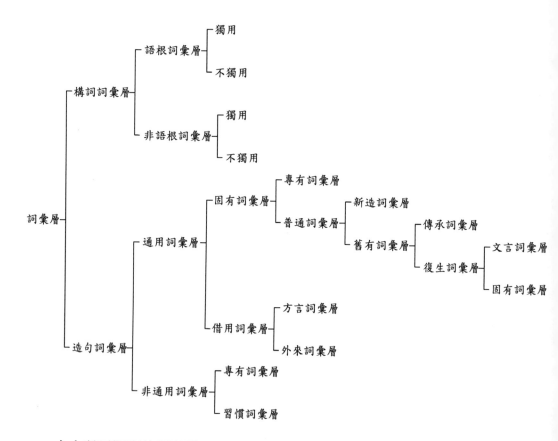

　　本文所要觀察的詞彙體系中的語言層次，基本上是就造句詞彙層
來說，而且集中處理了「通用詞彙層」中的幾個類型，例如第一節討
論的文白異讀及一字多音，實際是就固有詞彙層中的「普通詞彙層」
下的「舊有詞彙層」而言，因為是普通詞彙層，才能顯示閩語文白異
讀的層次意義及時代層次。本節則一部分要處理固有詞彙層（也可稱
為「自源詞彙層」，以與其下「復生詞彙層」中的「固有詞彙層」有
所區隔）之下的「專有詞彙層」和普通詞彙層的內的「舊有詞彙
層」，換言之，專有詞彙層最能表現閩語詞彙的特有詞彙，至於普通

詞彙層的「舊有詞彙層」著重在「傳承詞彙層」，是古漢語歷古相傳保留在臺灣閩南語中的固有成分，這些固有成分，不管其他方言用不用，閩南語則活生生保留在當代口語或書面語當中。

這些「固有詞彙層」的古漢語遺跡，要充分斷代有一定的困難，首先閩南語形成的歷史必須先確立。根據史志記載，三國時代東吳曾多次發重兵平定福建，並先後設建安郡（轄九縣）及晉安郡（轄八縣），初步開發，漢人口的比重無法推估，自然尚無閩方言，福建的進一步開發是從東晉到唐末，前後五、六百年間中原漢人三次大規模入閩，閩方言漸次形成。據李如龍（1997）《福建方言》指出的三階段是：

1　東晉南朝的移民和閩北方言的形成（大約從晉永嘉二年，308年AD開始）

2　初唐的征戰、屯墾和閩南方言的定型（唐總章二年，669年AD，陳政率兵入閩開始）

3　五代的割據和閩東方言的定型。（後梁開平三年909AD，王審知被封閩王）

閩南方言至遲在五代以前已形成。李又指出：「從六朝到唐五代，正是上古漢語發展為中古漢語的轉變期。先期入閩的北人帶來的是上古音和上古語詞，晚期入閩的則帶來中古音和中古語詞。」語音上唐以前輕唇讀為重唇，舌上讀為舌頭，這些現象在今福州、建甌、廈門均普遍存在，此外還有把匣母讀為k-聲母，都可視為共同閩語的特徵，我們認為這些保存在白話層的古語現象，可以歸為上古漢語的遺跡。至遲在唐五代以前已使用。

以下我們要從文獻證據中舉出上古到中古語詞在閩南語中的使用

情況：

1 鼎 tiaN², 臺灣閩南語指燒菜之鐵鍋，煮飯鍋則稱「銅鼎仔」。《說文》〈片部〉：「鼎，三足兩耳，和五味之寶器也。」福州音 tiaŋ²。

2 湯 thng¹, 臺灣閩南語指熱的菜湯。《說文》〈水部〉：「湯，熱水也。」福州音 thouŋ。按：《孟子》〈告子章〉(11.5)：「冬日則飲湯，夏日則飲水。」與閩南語的用法同。至於《說文》本意訓熱水，如古人云金城湯池（《孫子》，又《漢書》〈蒯通傳〉)，《後漢書》〈光武帝紀贊〉亦云「金湯失險」，今人謂洗溫泉曰泡湯（來自日文），皆用本義。

3 跋 puah⁸, 指跌倒。《說文》〈足部〉：「跋，蹎也。」「蹎，跋也。」段注謂《論語》假借作顛沛（造次必於是，顛沛必於是。里仁4.5）顛沛即顛跋，《毛傳》，顛仆也。

4 塗 thoo⁵, 泥土，閩南語說塗骹、塗水、塗米砂，皆指泥塗，又說塗塗塗（一敗塗地），皆是陽平調，與「土」字不相干。《說文》〈土部〉：「塗，泥也。」可證。《尚書》〈禹貢〉：「厥土惟塗泥」。《莊子》〈秋水〉：「寧其死為留骨而貴乎？寧其生而曳尾於塗中乎？」引申為道路，如《論語》：「遇諸塗」（陽貨）「道聽而塗說」（陽貨）。

5 走 cau² 〔tsau²〕，閩南語的「走」等於國語的「跑」。《說文》〈走部〉：「走，趨也。」「趨，走也。」段注：「釋名曰：徐行曰步，疾行曰趨，疾趨曰走。」王力（2000）說：「古代的「走」是現代的「跑」。古代「走」和「奔」是同義詞。《說文》：「奔，走也。」《玉篇》：「走，奔也。」這種古代用法完全保存在閩南語的口語中。《荀子》〈堯問〉：「君子力如牛，不與牛爭力，走如馬，不與馬爭走。」「走」是特指逃跑、奔

逃。如：《左傳》〈僖公五年〉「踰垣而走」，《孟子》〈梁惠王上〉：「兵刃既接，棄甲曳兵而走。」

6 糜be⁵/muai⁵，稀飯，《說文》〈米部〉：「糜，糁糜也。」糁為糳之古文，糳謂「以米和羹也」，〔南唐〕徐鍇《說文繫傳》：「糜即粥也。」《禮記》〈月令〉：「（仲秋之月）是月也，養衰老，授几杖，行糜粥飲食。」即糜粥並列。

7 糴tiah⁸，買進穀子。《說文》〈入部〉：「糴，市穀也。」按，《左傳》〈莊公二十八年〉：「冬，饑。臧孫辰告糴于齊。」（《廣韻》：徒歷切，錫韻）

8 糶thio³，賣出穀物、糧食。《說文》〈出部〉：「糶，出穀也。」又《史記》〈貨殖列傳〉：「夫糶，二十病農，九十病末。」又《漢書》〈食貨志上〉：「大飢則發大孰之所，斂而糶之。」（《廣韻》：他弔切，嘯韻）

9 潘phun¹，淅米汁。《說文》〈水部〉：「潘，淅米汁也。」按《禮記》〈內則〉：「面垢，燂潘清漬。」注：「潘，米瀾。」又《左傳》〈哀公十四年〉：「陳氏方睦，使疾，而遺之潘沐。」杜注：「潘，米汁可以沐頭。」

10 飲am²，米湯，《說文》〈欠部〉：「歆，歠也。」，「歠，歆也。」按古飲字作歆，段注云：「隸作飲」，飲本訓喝，古書中也作為名詞，相當於飲料，或米湯，閩南語米湯就叫am²，當為《廣韻》「於錦切」（陰去的一讀），只是韻母從jəm變為am，稍有可議。《論語》〈雍也〉：「一簞食，一瓢飲」，林寶卿（1999:81）又舉二例，時代稍晚，即〔東晉〕陶潛《搜神後記》〈白水素女〉：「端每早至野，還，見其中有飯飲湯也，如有人為者。」〔唐〕薛用弱《集異記》〈斐越客〉：「群婢漸以湯飲灌之，即能微微入口。」這兩段或稱「飲湯」或稱「湯

並作名詞。前者更像閩南口語的「飯飲湯」（png[7] am[3] thng[1]）。

11 晝tau[3]，日中或中午時刻。《說文》〈畫部〉：「晝，日之出入與夜為介。」晝指白天，如《詩》〈豳風〉〈七月〉：「晝爾于茅，宵爾于綯。」《論語》〈公冶長〉：「宰予晝寢。」閩南語說中晝指中午，亦單稱晝如食晝。「晝」指午餐。

12 有身：閩南語稱懷孕為「有身」，《詩》〈大雅‧大明〉「大任有身」用法相同。

13 子婿：閩南語稱女婿為「囝婿」，《史記》〈張耳傳〉：「漢趙王敖，尚高祖長女魯元公主，高祖過趙，敖自上食，有子婿禮。」

14 地動：閩南語稱地震為「地動」，承襲漢人用語。《漢書》〈元帝紀〉：「都國被地動災甚者，無出租賦。」

15 晬ce[3]，嬰兒周歲。《說文》〈日部〉：「晬，周年也。」〔唐〕顏真卿《顏魯公集》〈茅山玄靖先生廣陵李君碑銘〉：「先生孩提則有殊異，晬日獨獨取《孝經》如捧讀焉。」（林寶卿1999:52）臺灣閩南語為嬰兒做周歲生日叫做度晬（cue[2] too[3] ce[3]），一歲零一月叫晬一（ce[3] it[4]）。

16 過kue[3]，量詞。遍、次、回。《素問》〈王版論要〉：「八風四時之勝，終而復始，逆行一過，不復可數。」王冰注：「過，謂遍也。」

17 尾bue[2]，量詞，用於魚。〔唐〕柳宗元〈遊黃溪記〉：「有魚數百尾，方來會石下。」（林寶卿1999:44）臺灣閩南語除魚稱尾外，爬蟲類如：蛇一尾，蟮蟲（壁虎）一尾。

18 綴tue[3]，跟隨。〔宋〕沈括《夢溪筆談》卷二十四：「行則綴如雁行。」（林寶卿，1999:48）按《廣韻》〈祭韻〉：「綴，連

綴，陟衛切。」《聊齋誌異》〈狼〉：「途中兩狼，綴行甚遠。」《兒女英雄傳》二十一回：「你從大路綴他下去，看看他落那坐店？」

19 稅sue³，租賃。〔唐〕薛調《劉無雙傳》：「王仙客稅屋與塞鴻採蘋居。」〔明〕袁宏道《擬古樂府》〈相逢行〉：「稅地植桃花，十樹九樹死。」（林寶卿1999:54）臺灣閩南語租房子叫「稅厝」，店面要出租謂之「店面卜（beh）稅人。」

20 枵iau¹，腹空飢餓。《說文》〈木部〉：枵，木兒。《春秋傳》曰：歲在玄枵，枵虛也。段注：「枵，大木兒，莊子所云：呺然大也，木大則多空穴。」《正字通》：「枵，凡物虛耗曰枵，人饑曰枵腹。」〔唐〕康駢《劇談錄》〈嚴士則〉：「士則具陳奔馳陟歷，資糧已絕，迫于枵腹，請以飲饌救之。」〔宋〕陸游《劍南詩稿》〈幽居遣懷〉：「大患元因有此身，正須枵腹對空困。」《明史》〈福王常洵傳〉：「王府金錢百萬，而令吾輩枵腹死賊手。」（林寶卿1999:141）又《新唐書》〈殷開山傳〉：「糧盡眾枵，乃可圖。」〔宋〕歐陽脩〈再和聖俞見答詩〉：「腹雖枵虛氣豪橫。」〔宋〕洪邁《夷堅志》〈盱江丁僧〉：「室已虛矣，四壁枵如。」（參王力《古漢語字典》2000:474）

21 薅khau¹，除去雜草。《說文》〈艸部〉：「薅，拔去田草也。」《詩》〈周頌〉〈良耜〉：「其鎛斯趙，以薅荼蓼。」《漢書》〈王莽傳〉中：「予以南巡，必躬載耨，每縣則薅，以勸南偽。」《北魏》〈賈思勰〉〈齊民要術〉〈水稻〉：「稻草漸長，復須薅；拔草曰薅，薅訖，決去水，曝根令堅。」（林寶卿1999:102）

22 新婦sin¹ pu⁷，媳婦，無名氏《孔雀東南飛》：「新婦入門時，小姑始扶床。」按：《孔雀東南飛》最早見於《玉臺新詠》

（梁徐陵507-578編），詩序云：「漢末建安中，盧江府小吏焦仲卿妻劉氏，為仲卿母所遣，自誓不嫁⋯⋯」

23 囉喉na⁵ au⁵，喉囉。《廣韻》：「囉，喉囉。」《晉書》〈五行志〉：「昔年食白飯，今年食麥麩。天公誅讁汝，教汝捻囉喉。」《太平御覽》，卷八五三引〔南朝・宋〕劉謙之《晉紀》：「墡豆不可食，使我枯囉喉。」（林寶卿1999:27）

24 齆鼻ang³ piN⁷，鼻病。《廣韻》作「齆」。〔南朝・宋〕劉義慶《幽明錄》：「晉司空桓豁在荊州，有參軍交鸛鵒會語，⋯⋯有一人齆鼻，語難學。⋯⋯」又〔北魏〕崔鴻《十六國春秋》〈後趙錄〉：「王漠，字思賢，齆鼻，言不清暢」（林寶卿1999:250）

25 利便li⁷ pian⁷，便利、方便。《晉書》〈謝玄傳〉：「堰呂梁水，樹柵，立七埭為派，⋯⋯自此公私利便。」〔唐〕韓愈《論變鹽法事宜狀》：「用此取濟，兩得利便。」〔宋〕范仲淹《論復并縣札子》：「今來減縣邑為鎮，實亦利便。」（林寶卿1999:67）

26 才調cai⁵ tiau⁷，本事，才幹。《晉書》〈王接傳〉：「才調秀出，見賞知音。」《隋書》〈許善心傳〉：「徐陵大奇義，謂人曰：『才調極高，此神童也。』」〔唐〕李商隱《賈生》詩：「宣室求賢訪逐臣，賈生才調更無倫。」（林寶卿1999:112）

27 水雞cui² ke¹，即青蛙。〔宋〕趙德麟《侯鯖錄》卷三：「水鷄，蛙也，水族中厥味可薦者鷄。」〔元〕高文秀《黑旋風》第二折：今日造化紙，惹場大是非。不知關了店，只去吊水鷄。」（林寶卿1999:169）

28 頭毛thau⁵ mng⁵，〔唐〕侯白《啟顏錄》：「僧去軏形容短小，李榮嘲之曰：『身長三尺半，頭毛猶未生。』」〔元〕郝經〈聽角行〉：「漢家有客北海北，節毛落盡頭毛白。」（林寶卿1999:94）

29 趁食than³ tsiah⁸，謀生。〔宋〕周密《癸辛雜識續集》〈上湖翻〉：「農人接相與結隊往淮南趁食。」〔明〕何良俊《四友齋叢說》〈史三〉：「昔日原無游手之人，今去農而游手趁食者又十之二三矣。」（林寶卿1999:196）

30 傷siuN¹，副詞，太、過。〔東漢〕王符《潛夫論》：「嬰兒常痛傷飽也，貴人常禍傷寵也。」〔隋〕陸法言《切韻》序：「吳楚則時傷輕淺，燕趙則多傷重濁。」〔唐〕杜甫〈曲江〉詩之一：「且看欲盡花經眼，莫厭傷多酒入唇。」〔五代〕齊己〈野雞〉詩：「長生緣甚瘦，近死為傷肥。」〔宋〕司馬光〈與王樂道書〉：「飲食不惟禁止生冷，亦不可傷飽，亦不可傷饑……衣服不可過薄，亦不可過厚。」（林寶卿1999:313）

　　閩南語既為漢語方言的支系，漢字自然是其記錄語言的文字系統，通過本字的考求與語根、詞源的探索，它的固有詞彙層中的「傳承詞彙層」特別厚重，就表示這個語言存古層有一定的數量。我們目前尚無法進行全面統計，這裡只能列出比較常用且文獻用例清楚者。從文獻用例說，我們只能定位該詞至某個年代還有使用者，因此，閩南語的古語詞，有可能承襲自文獻的年代或稍晚，但絕不能比文獻出現的時代更早。我們只能把古語詞看作一個層次，即古老的詞彙層，儘管它們在構詞法上有了局部創新，「晬日」說成「度晬」，「枵」說成「枵腹」，「薅」說成「薅草」，「晝」說成「中晝」，「糴」多半用在「糴米」。不過我們相信這是近四百年的臺灣閩南語的起點──古漢語層。這個層次看來是由先秦到元明清，但真正的語言層次卻只能是東晉以後的江東詞彙或隋唐兩宋的中古閩南方言詞，《孔雀東南飛》中的阿母、阿女、阿兄的稱謂，不正是今日閩南語的用法？閩南語保留了不同年代的古語，說明它是多次移民後疊置式的層次。

　　當然，我們更宜根據閩南語較早的文獻資料，如宋代福建地區的

詩文或《祖堂集》所反映的一點閩南方言的詞彙色彩來與古漢語詞彙層銜接。在資料性質的不易確定下，閩南口語記錄至少上溯至明嘉靖刊本的《荔鏡記戲文》，現在錄一些與共同語不同的潮泉方言語彙為例：（2C-24代表吳守禮2001《明嘉靖刊荔鏡記戲文校理》第二出，24頁。同頁則不再注出）。

干礙　　　　（2C-4 牽掛。～爹媽在堂）

打疊　　　　（收拾，整理。行李～便了）

起馬　　　　（2C-25，上路。小的恐怕老爹～）

今旦　　　　（今日。～即顯讀書人）

仔兒　　　　（囝兒。今旦～卜起里）

值日　　　　（何日。未知～返鄉里）

焉　　　　　（使，音 cua[7]。仔兒卜去～我心悲）

乜人　　　　（何人，音 mih lang[5]。才自是～在只外）

因勢　　　　（2C-26，隨後。伯卿你送恁哥嫂到廣南任所，～轉來厝讀書）

新婦　　　　（媳婦。～你去勸我仔，做善事多為……）

細膩　　　　（小心。只去路上著～）

乞　　　　　（2C-26，給。留卜名聲～人上使祭。）

許　　　　　（hit，那。～時返來即相慶。）

晏　　　　　（3C-28，晚。起來～，日上西窗。）

諸娘仔　　　（女兒。念阮是黃九郎～。）

相共　　　　（一起，相偕。不免～行到花園內賞花。）

焉　　　　　（使。對只景～人心憔悴。）

乞　　　　　（給。一點春心今來交付～誰。）

得桃　　　　（3C-29，遊玩。一年那有春天好，不去～總是空。）

伏事　　　　（4C-30，服事，音 hok sai⁷。有福樣人人～，無福樣人～
　　　　　　人。）

噪人耳　　　（聒噪刺耳。音 co³ lang⁵ hiN⁷。五花踏頭，馬前～。）

ㄙ　　　　　（5C-31，某，妻也。从成雙都成對，虧我無～共誰
　　　　　　愁。）

丈夫人　　　（男人，音 ta¹ poo¹ lang⁵。～無ㄙ，親像衣裳討無帶。）

諸娘人　　　（女人，音 ca¹ boo² lang⁵。～無婿，恰是船無舵。）

乜事　　　　（5C-32，何事，音 mih tai⁷，食檳榔便食，捻人手痛痛
　　　　　　～。）

查ㄙ仔　　　（5C-33，查某囝。只一～不識物。我捻手看大啞小，卜
　　　　　　打手指乞你。）

打手指　　　（打手鐲。同上例。啞，抑；乞你，給你。）

無翁　　　　（6C-39，未嫁或守寡。我今無ㄙ，伊定～。）

趕豬羔　　　（7C-41，趕豬哥。今臺灣多稱牽豬哥。正是～个李哥
　　　　　　嫂。）

上元冥　　　（8C-43，正月十五冥，即元宵夜。潮州好街市，又兼縫
　　　　　　著～。）

八伊　　　　（認識他。八音 pat，別也，識也。只一人我～。）

籠床　　　　（蒸籠。興化人來只處幹乜事？來縛 [pak]～。）

相挨相挕　　（8C-44 相推擠向前。音 sio¹ e¹ sio¹ sak⁴。見許一陣娘
　　　　　　仔，娘仔～。）

青冥頭　　　（13C-52，瞎了眼，罵人語。～今旦是好事志，不通
　　　　　　嘀。啞公知了打你。）

推排　　　　（13C-54，安排。降來姻緣，湊合五百年前；都是月老
　　　　　　相～。）

以上口語多屬潮泉通用部分，注音則依筆者之漳腔，這些詞語仍在臺灣閩南語通行，它們在四百多年前（1566）的閩南戲文中出現，至少可以證明這些口語的產生至少超過五百年。是目前資格最老的口語詞，其詳細清單尚待全面整理。

三　從音字失黏看臺灣閩南語中的底層痕跡

（一）所謂有音無字、音字脫節或音字失黏

閩南語既為漢語一支，理論上漢字是其書面表記的符號，但是漢字並不是純粹表音符號，許多時候它又只發揮表音功能，在傳統文字學、訓詁學的求本字傳統下，許多詞（包括詞素）是沒有本字的，其替代的手段不外借音、訓用、俗字、或自造新字。有些俗字，具有廣義的同源詞關係，嚴格推求音韻對應，不是捉襟見肘，就是美中不足，聲韻調中總有一小部分不合，這種情形還可以說成音字脫節（吳守禮先生之詞），筆者或名之「音字失黏」。大多數的借音現象，不是連縣詞、擬聲詞，就是外來借詞。至於民間文學中的歌仔冊戲文中的借音字則近乎同音通假，是一種寫別字的現象，不是本文討論範圍。

嚴格的音字失黏，是音、義都不符合古漢字的初形本義，純粹只具借音功能的詞，這些詞在比較方言詞彙上也找不到對應卻偶爾會在早期南亞語族或苗傜、壯侗語支中找到對應。這些語詞可能是古百越民族語言留在閩南方言的底層。

（二）臺灣閩南語口語中的古越語底層

根據李如龍（1997:117-119），下列字可能是古百越語的底層詞；中古音釋是針對俗字，為筆者所加。

俗字	音	義	中古音釋	閩方言	壯侗等鄰近民族
戇	goŋ⁷	傻	（1）呼貢切，戇愚人（2）陟降切，愚也	（福）ŋouŋ⁷	龍州壯語〔ŋu:ŋ⁶〕武鳴壯語〔ŋoŋ⁵〕
（搣）	iat⁸	招手	（訓用）	（福）iah⁸	龍州壯語〔vat⁸〕八坎布依語〔vit⁸〕
	hiat⁴	扔	于筆切，擊兒		龍州壯語〔vit⁷〕武鳴壯語〔vut⁷〕西雙版納傣語〔fɛt⁸〕
捋	lut⁷	滑落	郎括切，手捋也，取也，摩也	（福）louʔ⁷	龍州壯語〔lu:t⁷〕武鳴壯語〔lo:t⁷〕西雙版納傣語〔lut⁷〕
輾	lian³	滾動	知演切，輾轉	（泉）lin³	龍州壯語〔lan⁶〕武鳴壯語〔kliŋ⁶/liŋ⁴〕
（鑽）	nŋ³	鑽洞	（訓用）		武鳴壯語〔do:n³〕水語〔lən⁶〕西雙版納傣語〔dɛn³〕
舀	taʔ又或khat	從鍋裡舀	（訓用）	（泉）一作taʔ⁷一作khat⁷	武鳴壯語、西雙版納傣語均作〔tak⁷〕羊場布依語〔taʔ⁷〕水語〔hhat⁷〕
擺	pai²	次	（借音）	（客）擺	壯語、布依並音〔pa〕
冗	liŋ⁷	綁得不緊	而隴切，冗散也		水語〔loŋ⁵〕
（餱）	khiu⁷	飯煮得熟而不爛	〈字彙〉：餱同餱，餱糊，酪酥也。		水語〔khəu⁵〕
（脫）	thut⁷	脫落		（福）thouʔ²³	武鳴壯語〔tok⁸〕

俗字	音	義	中古音釋	閩方言	壯侗等鄰近民族
啉	lim	喝			武鳴壯語〔dəm⁵〕
（ ）	khɔk	敲打			武鳴壯語〔kɔk⁸〕
餂	mam	吃（兒語）	《集韻》〈敢韻〉：餂，毋敢切，吳人謂哺子曰餂	（泉州）〔man, man⁵〕	水語 mam' məm'
（划）	ko³	用槳划船		（泉州）koʔ	水語〔qo⁵〕
呃	eʔ	打嗝*（按：改為「呼uh」，臺灣漳腔）		（泉州）應 əʔ	布依〔ʔɯ:k⁸〕或〔ʔɯʔ⁷〕 武鳴壯語〔ʔək⁸〕 水語〔ɣək⁸〕
（頷）	tam³	點頭		臺灣亦作（tim³）	武鳴壯語〔tim³〕
（顜）	kham³	蒙，蓋			布依語〔kəm⁵或kɯm⁵〕 武鳴壯語〔kom³〕

這些字多從俗寫或新造，有些尚無法覓得合適的字，李文多據「泉州話的發音」，這裡只選出臺灣閩南語可以聽到的用法，有些不易驗證的例子，暫時不取。另外再舉兩個例子。

1 秫米（糯米）：閩方言和壯侗語稱為糯米為秫米。（曹廣衢 1997:55）

　　廈門話：秫米 tsit⁵⁵ bi⁵³

　　福州話：suk⁵⁵mi³³

　　漳州話：tsut¹³ bi⁵³

　　汕頭話 tsuk⁵⁵/³³ bi⁵³

　　武鳴壯語：hau⁴（稻、米）ɕit⁸（秫）（糯稻，糯米）

望謨布依語：hau^4 ɕut^8（秫）（糯稻，糯米）

壯侗語做 ɕit^8 或 ɕut^8，同漢語「秫」的對應關係，以武鳴壯語為例：秫，《廣韻》是臻攝合口三等入聲術韻床母。漢語床母，武鳴 ɕ，如 ɕo:ŋ^2（床）；漢語術韻（諄‧準稕），武鳴 it（in），如 ɕin'（春）；漢語濁聲母入聲，武鳴八調，如 ɕip（十）。

2 骹《廣韻》平聲肴韻「骹」，口交切，脛骨近足細處。閩語的骹 kha^1，骹蹬（腳跟）是古南島語詞。（鄧曉華 1994.9:143-144）例如：

	印尼	拉德語	排灣	壯	布依	傣西	泰	侗	毛難	傣德
大腿	paha	pha	dapa^1	kal	kal(lau^4)	χa^1	kha^1	pa^1	pja^{1}la:u^4	χa^1(loŋ)

	印尼	回輝	福州	廈門	建甌
腳	kaki	kai^{11}	kha^1	kha^1	khau^1 →〔骹〕

	福州		廈門		莆田
腳跟	kha^1 laN^1		kha^1 tiN^1		kha^1 la^1

鄧指出：「這種身體部位的核心詞，最能反映閩語的底層。長期以來，語言學家只注意到閩語有『古江東層』，卻根本忽視了閩語古南島語層。有人認為此詞與上古漢語『股』對應，構擬為*pqag。邢公畹先生認為閩語中的kha^1，泰語的kha^1，都是從跟上古漢語*kag『股』有關的一系詞變來的。看來這個結論需重新考慮。」

按這裡牽涉到方法上的問題，上古漢語股、胯、袴，等一系列同源詞看似個很好的起點，卻抵不過壯語、布依語、泰語等ka^1，kha^1（大腿），及印尼語kaki，回輝話kai^{11}（腳）這些強有力的對等詞。

古越語的底層（含南亞、南島、壯侗、苗猺等）詞語究竟有多少？目前尚未有完全的清理，但看起來不在少數，只是有些底層詞與漢語接觸甚早，以致於像「秫」、「骸」兩個字，在《說文》或《廣韻》中已見，正如同《說文》中還有許多漢代的方言詞，閩方言中還保存有古楚語和古吳語甚至吳楚通語，這些以古方言文獻對照閩南語中的口語今讀，仍可以找到與底層平行的一個古方言層，只是這些古方言層其實也包含著原住民族的底層語言，那又要抽絲剝繭的論證過程，本文暫不討論。

四　結語

本文原擬從整個詞彙體系看臺灣閩南語的語言層次，本文所說的語言層次是指詞彙的年代，經過不斷調整之後，找到了八根柱子，作為觀察的角度，具體的八個考察項目為：
（一）從文白異讀及一字多音看古漢語的遺跡。
（二）從文獻的證據看閩南語詞彙的年代層次。
（三）從音字失黏看臺灣閩南語的底層痕跡。
（四）從方言特字看臺灣閩南語的創新層次。
（五）從閩客共有詞看臺灣漢語的融合與互動。
（六）從地名來源看臺灣新舊文化的疊置與更新。
（七）從外來詞看臺灣閩南語的海綿效應。
（八）從新詞語與流行語看臺灣閩南語的共通語化。
做完八道習題，結論自然呈現：前三個子題反映「固有詞彙層」在二千年左右的閩語史中的生命力，並可以劃分為1.秦漢層2.古江東層（南朝層）3.唐宋層。第二個子題還可以利用早期的閩南戲文資料，分出具體的明清口語詞彙層。（四）～（八）則完全展現四百年

來，臺灣閩南語的詞彙嬗遞之年輪軌跡，可惜本文只完成了八分之三，其他部分留待下篇再續。

參考文獻

丁邦新　〈閩語白話音分支時代考〉（Derivation Time of Colloquial Min from Archaic Chinese）　《中央研究院歷史語言研究所集刊》　第54卷第4期　1983年　頁1-4

王　力　《王力古漢語字典》　北京市　中華書局　2000年

王建設　《泉州方言與文化》（上）（下）　廈門市　鷺江出版社　1994年

李如龍　《方言與音韻論集》　香港　香港中文大學・中國文化研究所・吳多泰中國語文研究中心出版　1996年

李如龍　《福建方言》　福建市　福建人民出版社　1997年　福建文化叢書

李如龍　《漢語方言的比較研究》　北京市　商務出版社　2001年

李如龍　〈論漢語方言特徵詞〉　《中國語言學報》　第10期　頁118-134

吳守禮　《明嘉靖刊荔枝記戲文校理》　臺北市　遠流出版社　2001年　閩臺方言史資料叢刊1.2

吳守禮　《明萬曆刊荔枝記戲文校理》　臺北市　遠流出版社　2001年　閩臺方言史資料叢刊3

吳守禮　《清順治刊荔枝記戲文校理》　臺北市　遠流出版社　2001年　閩臺方言史資料叢刊6

林金鈔　《閩南語探源》　新竹市　竹一出版社　1980年

林寶卿　《閩南方言與古漢語同源詞典》　廈門市　廈門大學出版社　1999年

辛　成　〈論漢語與百越民族的關係〉　《廈門大學學報》　1993年1月　頁77-81、99

周長楫　《閩南話的形成、發展及在臺灣的傳播》　臺北市　臺笠出版社　1996年

周長楫　《廈門方言詞典》　南京市　江蘇教育出版社　1998年

周長楫、歐陽憶耘　《廈門方言研究》　福建市　福建人民出版社　1998年

施炳華註　《陳三五娘（上）（下）》　臺南縣　臺南縣立文化中心　1997年　吳守禮校勘本　南瀛臺灣民間文學叢書1

姚榮松　〈閩客共有詞彙中的同源問題〉　《中國學術年刊》　第19期　1998年　頁659-672

陳榮嵐、李熙泰　《廈門方言》　廈門市　鷺江出版社　1994年

徐國慶　〈關於漢語詞匯層的研究〉　《北京大學學報》（哲社版）　1999年第36期　總第192期　頁122-125

連金發　〈臺灣閩南話〈頭〉的構詞方式〉　《中國境內語言暨語文字》　1999年　頁289-309

張光宇撰　國立編譯館主編　《閩客方言史稿》　臺北市　南天書局出版　1996年

梅祖麟　〈方言本字研究的兩種方法〉　《吳語和閩語的比較研究》　上海市　上海教育出版社　1995年　頁1-12

梅祖麟　〈幾個閩南語話常用虛詞的來源〉　JCL　1999年

梅祖麟　《梅祖麟語言學論文集》　北京市　商務印書館　2000年

梅祖麟　〈現代吳語「支脂魚虞，共為不韻」〉　《中國語文》　第1期　2001年1月　頁3-15

梅祖麟　〈現代閩語「支脂魚虞，共為不韻」〉　第七屆閩南語國際
　　　　學術研討會論文　2001年

曹廣衢　〈壯侗語和漢語閩、粵方言的共同點〉　《民族語文》
　　　　1997年第2期　頁54-60

楊秀芳　《閩南語文白系統的研究》　臺北市　臺灣大學中文所博士
　　　　論文　1982年

楊秀芳　《臺灣閩南語語法稿》　臺北市　大安出版社　1991年

楊秀芳　〈論文白異讀〉　《王叔岷先生八十壽慶論文集》　臺北市
　　　　大安出版社　1993年　頁823-849

楊秀芳　〈方言本字研究的探義法〉　《梅祖麟先生六五壽慶論文
　　　　集》　2000年

鄧曉華　〈南方漢語中的古南島語成分〉　《民族語文》　1994年3
　　　　月　頁36-40

董忠司　〈早期臺灣語裡的非漢語成分初探──兼論找本字應該注意
　　　　事項〉　第一屆臺灣語言國際研討會論文　1993年

董忠司　〈臺灣閩南語中的早期語言接觸的痕跡──試以「bah4」為
　　　　例〉　1998年

董同龢　《四個閩南方言》　《中央研究院史語所集刊》　第30期
　　　　1959年　頁729-1042

羅杰瑞撰　梅祖麟中譯　〈閩語詞彙的時代層次〉　原文見《方言》
　　　　1979年4月　頁260-273　譯文見《大陸雜誌》　第88卷第2
　　　　期　1994年

後記

本文初稿曾於第四屆臺灣語言及其教學國際學術研討會（2002年

4月27-28日）發表，目前作了小幅修正。本文係九十一年度國科會「臺灣閩南語詞彙體系中的語言層次」專題計畫之部分成果，特此致謝。

——本文原刊於《李爽秋教授八十壽慶祝壽論文集》
（臺北市：萬卷樓圖書公司，2006年），頁233-250。

閩方言特徵詞層次試探

一 方言特徵詞的兩種特徵

方言特徵詞作為方言的詞彙特徵，有別於語音特徵，語音比較容易從接觸的過程感知，詞彙卻無法從少量的接觸中確定其特性，任何詞語要作該方言的特徵詞，起碼具備二個條件，依據李如龍（2001b:109）的說法是：

> 方言特徵詞必須是有一定批量的，在本區方言中普遍存在，在外區比較少見的方言詞。

他並且把後一種情況稱為「內同外異」。例如「人」說「儂」是多數閩語的共有的特徵詞，卻也見於部分吳語。尤其是南片的溫、處、衢一帶，因為古代吳語也把「人」叫「儂」，這是吳語和閩語同源的表現。而閩北一帶，由於受贛語區移民的影響，已經改說「人」而不說「儂」，這是移民混雜造成的方言局部地區的變異。換言之，像「儂」在閩方言也不是內部完全一致，外部又完全排他，卻不能因此排除「儂」在閩語中的特徵詞地位，既然連「內部一致性」也辦不到，那就是有違特徵詞之名義。但是如果我們從語言層次的觀點來審視此一問題，可以從另外的角度來看待特徵詞的等級，而不止斤斤於其內部一致性與外部的排他性。

　　試以「太陽」一詞為例，《漢語方言詞匯》（1995 年第二版）二十個方言點（其中官話不含太原共有七點，閩語含建甌共有四點），官話的七點（北京、濟南、西安、武漢、成都、合肥、揚州），除西安外，其他六點皆以「太陽」為首詞，其中兩點又說日頭或熱頭（武漢、合肥），只有「太陽」一種講法的也有兩個點（成都和揚州）。吳語介於南北之間，皆有太陽和日頭二種說法，不過太陽仍居首位。長沙（新湘）與雙峰（老湘），都有二種說法：

新湘：1.太陽　2.日頭
老湘：1.日頭　2.太陽

　　從湘語的角度、老湘的「日頭」該是底層，新湘被官話層的「太陽」覆蓋成常用，而「日頭」退居次常用，這種情形在吳語裡更為徹底，以《詞匯》所收的蘇州（北部吳語）和溫州（南部吳語）為例：

蘇州：1.太陽　2.日頭
溫州：1.太陽　2.太陽佛　3.日頭（本字為熱頭，見於其小注）

　　贛、客的南昌與梅縣，也表現另一種轉移。南昌多出第二種說法：太陽。梅縣同於主流南方漢語：粵語與閩語，都沒有「太陽」的說法。試比較南昌以下各點：

南昌：1.日頭　2.太陽
梅縣：日頭
陽江／廣州：1.熱頭 jit˥ theu˥　2.日頭 jet theu˥（調用陽江）
廈門：1.日頭　2.日

潮州：1. 日　2. 日頭　3. 日頭公

福州／建甌：日頭

　　贛語的「太陽」和粵語的「熱頭」看來都是後起的創新，潮州的
「日」是最古的單音詞彙層，尚未被複音化的「日頭」取代，而廈門
的單音詞已退居次常用。我們可以回頭整理官話中的七個點及太原
（晉語）的情形：

北京：1. 太陽　2. 老爺儿

濟南：1. 太陽　2. 老爺爺儿

西安：1. 日頭、日頭爺　2. 爺、太陽爺

太原：1. 陽婆、陽婆爺　2. 太陽

武漢：1. 太陽　2. 日頭

合肥：1. 太陽　2. 熱頭　ʐə²˧tɯ˧（th-）

成都／揚州：太陽

　　《西安方言詞典》只收〔日頭（爺）〕＝〔爺〕，並未收第二項的
〔太陽〕爺，可見「太陽」的字眼在口語中不大用。「日頭」是官話的
存古層，「日頭爺」的說法和潮州的「日頭公」完全相似，至於北京、
濟南的「老爺（爺）儿」是更親切的形式。以下參考陳章太，李行健
《普通話基礎方言基本詞匯集》第三冊，以九十三個官話基礎點所做
「基本詞匯對照表」的首條（頁 2001）「太陽」，做了個小統計：

　　93點中，次常用收「日頭」者佔48點┐
　　　　　　　　　　　　　　　　　　├─ 合計62點，佔66.7%
　　　　　次常用收「熱頭」者佔14點┘

次常用為「老爺儿」或帶爺、婆、帝的說法合計24點。佔
25.8%。

這份「對照表」完成於一九九四年以前，跟《詞匯》第二版有些
出入，最主要在於九十三點中有九十二點都以「太陽」為主要說法，
只有林縣一點單說「老爺」，不說「太陽」。西安與太原都補了「太
陽」為次要說法，北京話中也增加了「日頭」為第二順位。這也許更
接近事實。本篇「對照表」首頁下有小注：「本條詞各地的老爺儿，
老爺爺儿，爺（儿）爺（儿）、太爺、陽婆、爺婆、爺窩儿為老派說
法。」這些老派說法中並不涉及「日頭」或「熱頭」，我們並不能理
解成「日頭也是新派說法」。因為原來就佔六成七的「日頭」系列，
應該是古漢語單音節「日」的複音化，其時代不晚於唐，如〔唐〕張
鷟《朝野僉載》卷四：「暗去也沒雨，明來也沒雲。日頭赫赤赤，地
上絲氤氳。」〔宋〕楊萬里〈山村〉（詩）之二：「歇處何妨更歇些，
宿頭未到日頭斜。」儘管「太陽」作為「日的通稱」早見於《漢書》
〈元帝紀〉：「是以氛邪歲增，侵犯太陽，正氣湛掩，日久奪光。」顏
師古注：「太陽，日也」。〔三國〕曹植的〈洛神賦〉也有「遠而望
之，皎若太陽升朝霞。」我們大致可以看到「日與太陽」的變遷史：

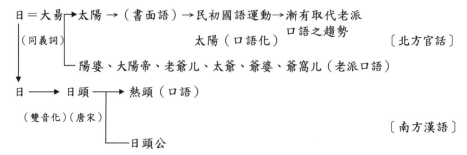

（先秦）（漢）（魏）

日＝大昜→太陽 →（書面語）→民初國語運動→漸有取代老派
　　　　　　　　　　　　　太陽（口語化）　　口語之趨勢
（同義詞）　　　　　　　　　　　　　　　　　　　　〔北方官話〕

　　└─陽婆、大陽帝、老爺儿、太爺、爺婆、爺窩儿（老派口語）

日 ── 日頭 ─→熱頭（口語）

（雙音化）（唐宋）　　　　　　　　　　　　　　　〔南方漢語〕

　　└─日頭公

按：〔東漢〕許慎《說文解字》云：「日，實也，大昜之精不虧。」後人以陰陽之說稱日為太陽。可能停留在書面語，民間自有一套爺儿、帝儿、婆儿的說法，就口語而言，這種舊式說法，可能很晚才被書面語的「太陽」所取代，至少舊小說中多用「日頭」如：《儒林外史》第六回：「直到日頭平西，不見一個吹手來。」南方方言基本上保持唐宋以來以「日頭」或「熱頭」為主要說法，「太陽」是國語普及以後覆蓋上去的外來成分。那麼西安官話中的「日頭（爺）」，可能才是近代漢語殘留的古語詞。由上文分析，由於「太陽」在官話方言中普遍存在且有一定「批量」，在南方漢語方言中，比較少見，因此仍可作為官話的特徵詞；相形之下，「日頭」雖然也有百分之六十七的出現率，但在官話區並非普遍存在，並且是作為「太陽」的同義詞存在，而在外區方言可能更為常見，因為「日頭」顯然並不是官話的一個特徵，但就河北方言來說，根據李行健主編的《河北方言詞匯編》，顯示另一狀況：

> 日頭儿　　全省通行
> 老爺儿　　全省大部分縣通行

作為「河北方言」特徵詞，這三個同義詞大都可以列入。不過卻無法與其他官話作有效之區隔，因此，提出特徵詞，應與研究目的相結合。

二　閩方言特徵詞的分級與詞彙層次的關係

（一）閩方言特徵詞的分級依據

　　閩方言主要分布在中國大陸的閩、粵、浙三省及臺灣、海南兩大島。由於分布地域遼闊，共有六個次方言，即閩東、閩南、莆仙、閩

北、閩中及雷瓊，臺灣屬於閩南的漳泉片。根據侯精一（2002:216）
指出，閩方言分區首先該分出沿海閩語與沿山閩語，除閩北、閩中二
區外，其他四區皆屬沿海閩語。沿海閩語是較為典型的閩語，其中閩
南區（含粵東潮汕及臺灣）保持比較核心的音韻及詞彙系統。因此，
李如龍〈閩方言的特徵詞〉（2001a:279）指出：「閩粵沿海和臺灣是
閩語的中心地帶，這一帶閩語是典型的閩語。雷州半島、海南島、浙
南沿海及其他省區零星分布的閩方言島，因受到外方言的包圍，多有
所變異，沿山閩語（閩北、閩中）因為近幾百年間客贛地區移民的語
言參入較多，也發生較大變異，屬於不太典型的閩語。」這段話提出
一個以閩語中心地帶作為特徵詞的主要依據，這就比較容易處理李氏
界定的「二級特徵詞」：「通行於閩語的多數地區，與外區方言有交叉
的方言詞，或區內只通行於中心區而於區外少見的方言詞。」如果我
們把這兩級特徵詞分析得更細，其實應該分為三級，即：

	全區普遍通行	多數區通行	中心區通行	外區少見	外區偶見（有交叉）
一級 a	+			+	
b	（+）				（+）
二級		+			+
三級			+	+	

　　第一級最嚴格，不單要通行於閩方言的六個分區（含雷、瓊），
而且必須是其他方言罕見。第二級是通行區僅次於一級的全區，外區
可以有交叉，換言之，有些交叉未必全是移借或滲透而成，也可能是
古漢語共同的化石。個人之所以認為第三級必分出，是因為這三級滿
足三種基本通行度的差異，而其附帶條件，如第三級與第一級要求
「外區少見」，與第二級之容許外區有交叉，條件既不相同，自可獨

立為一級，這點李氏早已看出來，所以在介紹一百二十三條（該文誤作一百二十四條）二級特徵詞，又將之分為四類，顯得過於瑣碎，但其1、2兩類卻使我們發現李氏原本還多出一級「各地閩語普遍通行但與外區方言共有」一級，姑且以一級b來表示。

雖然李氏從理想的通行範圍及外區是否共有，可以分出四至五級之多，但是那必須有全方位的基本詞語調查統計，但是通篇看來，李文在介紹每一個特徵詞時，並沒有以嚴格的方言代表點作依據（如全區選三十點），進行客觀統計，而只印象式的列舉各詞的通行狀況及跨區聯繫的事實，仍很難成為科學之論證。

本文希望利用李文所列的基本兩百詞（絕大部分的單音詞），從詞語的歷史層次（即其音韻及詞語的變遷）的角度，為這些詞語的層次關係重新定位，以便檢視這些詞語的形成過程。

（二）閩方言特徵詞依歷史層次分級

李如龍（2001b:111）在〈論漢語方言特徵詞〉中，提出方言特徵詞須分主次，也就是按照不同的重要性分出層次來。換言之，有些區別特徵是顯著的重要特徵，有些則是附帶的參考特徵。就區別漢語主要方言（傳統八大方言或今所謂十大區）的特徵詞是最重要，更大的方言片或次方言區、小方言片，其重要性便依次降低。李更指出：

> 就特徵詞的條目說，內部覆蓋面愈寬，外部與別區方言交叉愈少就愈重要；基本詞彙比一般詞彙重要；單音詞比多音詞重要；詞根特殊的比詞根相同詞綴不同的重要。

這些基本原則可作為方言特徵詞共同考察的基礎。如果從歷時的考察來看，必須從特徵詞的來源，反映它在漢語歷史上的地位，則層

次便不能僅止於傳承詞、變異詞、創新詞三種類別，而是必須對該詞的年代進行定位，例如一個先秦已有的舊詞，如果在當時方言詞中仍使用其原來的詞義，而這個用法也是外區所罕用，即使是一兩區的交叉，居於語言化石之無價，我們認為那是頂級的特徵詞，這與古漢語大批量單音基本詞一成不變保留下來（如地、火、風、水、草木、鳥獸等），且遍在各方言之價值不可同日而語。比方說官話的「走」，在雙峰、梅縣、廣州、陽江及廈門、潮州、福州、建甌等方言點全作「行」字。相對於官話，客、粵、閩三個方言雖然「行」字共通，仍是一級特徵詞，因為它已作了南、北方言的最大效度的區別作用。同樣，《漢語方言詞匯》的「跑」字（頁 364）只有粵語（廣州及陽江）、閩語（除福州作「蹽」之外，其他皆作「走」。）兩大方言作「走」字，與它區的交叉更少，更有資格進入一級特徵詞的領域。但是李（200la）在〈閩方言的特徵詞〉一文中，兩百個特徵詞皆未收，就未免太忽略「傳承詞」在歷史詞彙中的地位。我們不能因為「走」的奔走義，沒有被福州話或閩東方言傳承下來，就貶抑「走」字作為閩方言重要特徵詞的資格。同樣，也不能否認作為東南方言最重要特徵詞的「行」和官話的「走」是主要的詞彙區別特徵，儘管吳方言已罕用「行」（《詞匯》中溫州兼用「走」和「行」）新湘語改用「走」（老湘語用「行」），贛語代表點南昌已不用「行」，就認為「行」不再是南方方言最重要的特徵。雖然閩粵客三種方言皆用「行」（這是全區的交叉而非部分的交叉），但是作為方言基本特徵詞，我們可能忽略區別特徵詞最大區隔對象是官話與非官話，因而個人認為李先生列出的兩百個閩方言特徵詞，共時的選擇意義較多，歷時的層次意義有待彰顯。

李先生在撰寫侯精一主編《現代漢語方言概論・閩語》（2001: 212-216），3.2「詞匯特徵」一節，重新分成四類，同時也從原有兩百

詞，精選五十一字表四，代表前三類的特徵詞，第四類則另外列舉，表示簡略列舉，並未窮盡。有趣的是前三類皆非外方言區所少見，可是在選字方面和前述（閩方言的特徵詞）的一二段並不一致。以下作一對照表：

四類特徵詞如下（原書 3.2.1-3.2.4）：

1. 有些詞很常用，保留了唐以前的說法，在本區相當一致而為外方言所少見，這是閩語的重要特徵詞。例詞為表四1-24，詞目如下：

新一級特徵詞（傳承詞）	舊文分級：編號 1-77（一級）；編號 78-200（二級）（數字為詞例編號）	
1. 囝	6	一級
2. 箸	84	二級（一）
3. 翼	25	一級
4. 卵	78	二級（一）
5. 粟	13	一級
6. 秾	14	一級
7. 餜	180	二級（三）
8. 拍	44	一級
9. 曝	46	一級
10. 八	133	二級（二）
11. 沃	45	一級
12. 藻	85	二級（一）
13. 疕	28	一級
14. 园	93	二級（一）
15. 敲	60	一級

新一級特徵詞（傳承詞）	舊文分級：編號 1-77（一級）；編號 78-200（二級）（數字為詞例編號）	
16.瀞	70（原作清）	一級
17.喙	2	一級
18.潘	113	二級（二）
19.饗	71	一級
20.晏	72	一級
21.趁	51	一級
22.椀	19	一級
23.烌	130	二級（二）
24.跋	39	一級

2. 有些常用詞或不能常用的語素，也見於早期字書並有古籍用例，但各地字義有所變化，往往與外方言區不同。這是古語沿用的基礎上加以方言的變異。例見 25-41，對照如下：

新二級特徵詞（變異詞）	舊文分級（數字為詞例編號）	
25.鼎	25	一級
26.笐	83	二級（一）
27.解（會）	64	一級
28.柴（木頭）	16 樵	一級
29.飲（米湯）	86	二級（一）
30.長（剩餘）	53	一級
31.冥	9	一級
32.必（裂開）	49	一級
33.箸	33	一級
34.隒（門檻）	82	二級（一）

新二級特徵詞（變異詞）	舊文分級（數字為詞例編號）	
35.骹	35	一級
36.鼻（鼻涕；聞）	87	二級（一）
37.治（殺）	50（原作刣）	一級
38.頌（穿）	43	一級
39.泛（虛空）	73	一級
40.惡（難）	159	二級（二）
41.著（燒；對）	103	二級（一）

3. 還有些常用詞在閩語區十分一致，又為別區所少見，雖本字尚未得到確認，也應是閩語的特徵詞。例見 42-51，對照如下：

新三級特徵詞（可能的創新？）	舊文分級（數字為詞例編號）	
42.厝（房子）	7	一級
43.墘（邊緣）[1]	31（原作舷）	一級
44.遘（到）[2]	52	一級
45.蜀（一）	75	一級
46.燋（乾）	67	一級[3]
47.積（多）[4]	68	一級[5]
48.朧（乳）	89	二級
49.瀾（口水）[6]	3	一級

1　本字或作舷。

2　本字或為遙、佫、各。

3　原作焦。

4　本字或為濟。

5　原作儕。

6　本字或為瀾。

50. (短)	69（原作短）	一級[7]
51.砍（陶瓷）[8]	179（原作盍）	二級（三）[9]

4.其餘與東南方言共有的漢語傳承的單音常用詞，或雙方的方言創新詞，尚有不少。前者如：面、腹、索、被、席、柱、芋、行（走）、走（逃跑）、徛（站立）、食、轉（返回）、擔、睏、眩（暈）、縛、利（鋒利）、光（亮）、暗、烏、肥（胖）、狹、闊（寬）、細、驚（怕）、幼（嫩）。後者如：新婦（兒媳）、目珠（眼睛）、後生（年輕）、年頭（年初）、年尾（年底）、鬧熱、雞母、豬公、斤半（一斤半）、生卵（下蛋）等。（不再細舉）。

檢討以上新舊二種閩方言特徵詞的分級與類型論，第二次的分析具有歷時的觀點，不但釋例精簡，分類也比較合理，有些同屬一類的特徵詞，在舊文中被分派入二級特徵詞之三類，例如箸、卵、藻、园、筅、飲等字，原被列入二級之（一），只因為與外區共有，但是並未具體探討，此共有之方言，是否這些字普遍通行，因為沒有數據，也就無法認定這些共有是同源抑或移借，如果只是其他共有方言移借自閩語，不正應提升這些外區共有的特徵詞為一級詞嗎？所以目前關於方言特徵詞的批量，不在於多，應求其精，即從歷時與共時兩個角度，凡能存古而它方言少有者，才是第一特徵詞；詞雖承古，但語義已改，又少見他區者，名為「變異」，其實也是一種創新，例如官話以「走」代替「行」，可能是積非成是的結果，更可能是方言先出現「跑」字取代了「走」，形成「走」義之傾斜，而取代了「行」。這個過程是耐人尋味的，說它積非成是未必是事實。

7　原作短。

8　本字或為盍。

9　原作盍（砍）（坥）。

　　從次方言之間的特別詞之間比較，也可以找到本方言同源共貫的特徵詞，以林寒生（2001）〈閩東方言的特徵詞〉一文為例，本文先將閩東方言區分為南、北兩大片，然後找出南北兩片大體都能通行的特徵詞，即（1）單音詞六十五個，雙音詞約一百個，如與閩南方言相較，亦能找到相當的詞，如籠、配（下飯菜）、胿、凝（凝固）、搭（拾取，閩南作抾）、佮（合伙）等。巧妙的是我們前文所列的「閩方言特徵詞」，居然全部沒有個別詞進入「閩東方言特徵詞」，若然，方言特徵詞是否不能由次方言特徵詞的比較構擬而成，其中的分野實有待商確。

三　閩方言特徵詞分級有待深化

　　方言特徵詞應該是最能代表該方言的基本詞，最重要數十條百把條足矣，這些基本詞最好要能反映語音的特徵，也能反映方言發展的時代層次，例如每一個歷史分期皆有代表詞，以閩方言而論，如「有身」見於《詩經》〈大雅〉，「出日」見於《堯典》，「細」、「大」相對見於《左傳》，「鼎」為烹器見《儀禮》，「後生」本為子孫、後嗣，見諸《商頌》，「公子之裘」見《豳風‧七月》，「潘沐」出於《左傳》。這些皆反映不少上古漢語的詞語仍活在個別次方言之口語中，這些有如語言活化石的成分，幸存於某次方言，本如鳳毛麟角，若必求本區普遍通行，自不可能，但作為該方言的特徵詞，它必須被考慮，因為它也不可能有跨區的共有現象。因此如何在共時的比較與歷時的傳承詞中，選取特徵詞，進行細微的分級，均是有待深化的課題。

　　在深化的過程中，「考字」與「求源」是兩個平衡槓，考字很容易受文獻之拘束。以「必」字為例，《說文》：「必，分極也，從八弋，八亦聲。」段注：「極猶準也。木部棟極二字互訓，橦字下云：

帳極也。凡高處謂之極，立表為分判之準，故云分極。引申為詞之必然。」從訓詁的本義到引申，分疏極合情理。段注釋構形則云：「樹皋而分也，弋今字作杙。」這是一個會意兼聲形聲的字，「必」有「分」意，全由「八」字訓分而來，極為準，亦為端。如果從許氏經學家之思維，是否可能把「必」當作邏輯的全稱肯定命題，謂事務之必然，必須，必定，乃本分（ㄷㄣˋ）之極端表現。固然這並不合文字以具象抽繹其初形（構字之形體）本義之常理，但是從分判之準，引申為詞之必然，「分判」之與「必然」，似無因果律，若謂立判準而必裂開，理亦難融。

至於求源，個人曾謂漢字是一個多源體系，許慎去古已遠，其依形解，往往不求語詞之來源，漢字形成之中心時代，可能就有多民族共用這套形系，亦即有非漢語的來源，或者各種底層詞，如果沒有經過詞源的篩選，也常失諸毫釐，繆之千里，因此，求源的重點在確立每一個詞的古漢語身分或者外來成分，這不僅指共時的移借，也指古代的借源詞，確定自源詞與他源詞，才能掌握所有特徵詞的真正面目，進行更細微的歷史層次分析。

四　結論

長期以來，漢語方言的分區，均以語音為條件，丁師邦新（1982）〈漢語方言分區的條件〉一文有細緻的討論，對於「用文法和詞彙作為分區條件的可能性」，丁師指出：「漢語方言在基本文法結構大體接近，而詞彙的變化又太快，兩者都不容易把握。進一步說，文法或詞彙的分區如果跟語音分區的結果不同，可能代表特殊的意義；如果大致相同，那麼也能給語言分區增加有力的證明。」結論是中肯的，換言之，如何能掌握大量的方言分區詞彙庫，利用詞彙同異

的統計，進行方言親疏關係比較，建立大方言的特徵詞，再根據特徵詞的分級進行次方言的劃分，未嘗不可作為分區探討的一個新的方向。這個方向在二○○一年李如龍教授主編的《漢語方言特徵詞研究》一書，把包括官話、晉語在內的漢語主要大方言的特徵詞都提出來了，李（2001b）〈論漢語方言特徵詞〉一文，已提出研究特徵詞的意義和步驟，正好可以體現語音特徵作為區分方言條件無法令人滿意的片面性。

在李先生長期實踐之下，〈閩方言的特徵詞〉一文，確實展現令人信服的成績，將特徵詞依照區內一致性、區外有無交叉，進行特徵詞的分級，有一定的獨創性，本文正是研讀李文之後的一個初步的想法，個人認為完全用平面計量的方式，事實難以解決特徵詞分級的標準，從歷時的觀點看，有些單音特徵詞，在歷史的某個階段出現，僅能作為古漢語詞彙出現的文獻佐證，未必能作為該方言特徵詞的保證，因為多數的單音特徵詞，還隱藏跨區共存的許多事實，只是目前從簡易的《漢語方言詞典》（江蘇教育出版社）系列，進行分區詞彙的全方位比較，並且從詞源與字源的雙向追溯，建立個別詞的歷史，聯繫古漢語詞彙庫，進行通語詞層次分析，將有助於釐清方言詞跨界（區）共存的性質，例如同一詞在甲方言可能屬近古層，乙方言則屬現代層，但不妨礙其作為該方言的特徵，唯有全盤建立這樣的層次關係，才可能作為區分方言的條件。為了建立這種層次關係，所有考本字與探詞源就成為雙軌互證的基礎工程，本文僅提出初步的觀察，與所有同道者切磋，細部的操作，仍待逐年開展，才能建立層次分明詞彙清單。

參考文獻

丁邦新　〈漢語方言區分的條件〉　《清華學報》　新 14 卷第 1 期
　　　至第 2 期　1982 年　頁 257-273

丁邦新　〈從特字看吳閩關係〉　收錄於丁邦新、張雙慶編　《閩語
　　　研究及其與周邊方言的關係》　香港　香港中文大學出版社
　　　2002 年　頁 85-92

北京大學中文系語言學教研室編　《漢語方言詞匯》　北京市　語文
　　　出版社　1995 年　第 2 版

何大安　〈語言史研究中的層次問題〉　臺灣語言學的創造力學術研
　　　討會宣讀論文　臺北市　國家圖書館　2000 年

李如龍　〈閩方言的特徵詞〉　收錄於李如龍主編　《漢語方言特徵
　　　詞研究》　廈門市　廈門大學出版社　2001 年　頁 278-337

李如龍　〈論漢語方言特徵詞〉　收錄於李如龍　《漢語方言的比較
　　　研究》　北京市　商務印書館　2001 年　頁 107-137

李行健主編　《河北方言詞匯編》　北京市　商務印書館　1995 年

周長楫等　《廈門方言研究》　福州市　福建人民出版社　1998 年

林寒生　〈閩東方言的特徵詞〉　收錄於李如龍主編　《漢語方言特
　　　徵詞研究》　廈門市　廈門大學出版社　2001 年　頁 338-
　　　376

林寶卿　《閩南方言與古漢語同源詞典》　廈門市　廈門大學出版社
　　　1998 年

侯精一主編　《現代漢語方言概論》　上海市　上海教育出版社
　　　2002 年

姚榮松　〈從詞彙體系看臺灣閩南語的層次〉　《李爽秋教授八十壽
　　　慶祝壽論文集》　臺北市　萬卷樓圖書公司　2006 年　頁
　　　233-250

陳澤平　《福州方言研究》　福州市　福建人民出版社　1998 年

楊秀芳　〈方言本字研究的觀念與方法〉　臺灣語言學的創造力學術
　　　　研討會宣讀論文　臺北市　國家圖書館　2000 年

董紹克　《漢語方言詞彙差異比較研究》　北京市　民族出版社
　　　　2002 年

詹伯慧等　《第四屆國際閩方言研討會論文集》　汕頭市　汕頭大學
　　　　出版社　1996 年

詹伯慧等　《第五屆國際閩方言研討會論文集》　廣州市　暨南大學
　　　　出版社　1999 年

蘇新春等著　《漢語詞彙計量研究》　廈門市　廈門大學出版社
　　　　2002 年

後記

　　本文初稿係參加第九屆閩方言國際研討會（2005年10月25-27
日，福建師範大學主辦）之論文，略作增補潤飾。特別感謝與會學者
李如龍、詹伯慧、張雙慶等在會中給予指正。本稿原有副題「兼論考
字與求源」一節，因牽涉較廣，未暇增補完成，暫時割愛。

　　──本文原刊於《山高水長：丁邦新先生七秩壽慶論文集》
（臺北市：中央研究院語言研究所，2006 年），頁 645-656。

臺灣閩南語句法詞義篇

閩南話「有」的特殊用法

──國語與閩語比較研究之一[*]

　　「有」字在絕大多數的語言裡，都是一個很重要的動詞，在漢語裡也不例外。一般現代漢語語法書上，多半把「有」字看作獨立的動詞類，與另一個特別的動詞類「是」字相當。如趙元任「中國話的文法」把動詞分成九類，其七、八兩類即「是」和「有」，屬於及物動詞。也有人把「有」當作第一類動詞，稱為「存在動詞」[1]，名稱不一定恰當，但「有」字的重要性由此可見。「有」字所以必須獨立成一類，主要是根據它的結構特徵（即句法關係）來的，從意義上找不到分類的根據。趙先生給動詞找出十三個次要的分類特徵，這些特徵多少可以用來規範國語動詞「有」的性格；在閩南方言中，「有」字和國語有許多共同處，也有許多特殊的用法，反映了這個動詞的特殊性，這些特性也常被描寫為閩方言的語法特色，甚至於某些「有」的特殊用法反過來影響國語的說法。[2]

---

[*]　本篇標目依現代語言學格式，故依原刊格式，不作更動。

[1]　廖庶謙：《口語文法》（1951），頁81。

[2]　趙元任（1968）指出：「『有沒有』這個語式只在廣州話跟福建話裡才用，直到近幾年才用到國語來成為南方的成分。比如說：「你有沒有看完這部書？」普通北方話的問法是：「你看完了這部書（了）沒有？」否定的答案就要說：「沒有。」但肯定的答案就要說：「看完了。」只說「有」字，雖然在臺灣有時聽得到，但是本來說國語的人還沒有借來用的。」（丁譯：《中國話的文法》，頁336）。
　　按：「你有沒有看完這部書？」這樣的句子是從閩語「有無問句」脫胎換骨而來，這句話臺灣通常說：

　　本文目的在通過國語和閩南話「有」字用法的比較，找出它在閩語中的特殊變化，分析這些特殊用法的句法結構及使用限度。凡和國語用法相同的，少作舉例。文中的例句以作者所使用的一種臺灣話的母語[3]作基礎，參考一般閩語語法或教材的例句，凡筆者可以這麼說的句子，即為合法句，雖不從單一的次方言描寫出發，亦不至於包含不一致的語料，題目用「閩南話」是一種籠統的說法。

　　1.1　趙元任先生列舉國語「有」的主要用法有六：（1）表所有（或領有，廣義的。），（2）表存在；（3）兼表所有與存在（在連鎖動詞兼語式）；（4）作助動詞；（5）用作複合詞的第一語位（或詞頭）；（6）作感歎詞。[4]現在按照趙先生逐項舉例的辦法，各找幾個閩南話的例來說明：[5]

　　（1）表示所有，適用範圍很廣。如：「有物件」（有東西）、「有錢」、「有燒」（有熱度）、「有前途」、「有辦法」、「有面子」、「有閒工」（有空），這些都是帶名詞作賓語。至於帶動詞作賓語的，如：「有吃有穿」、「有講有笑」（有說有笑）、「有食也有掠」（連吃帶拿），「有研究」、「有賺」（有盈餘）、「有希望」等，有說有笑、有研究、有希望

（1）你有看了這本冊無？
（2）這本冊你有看了無？
（3）這本冊你看了（也）抑未？
但不能說（4）
（4）*你有無看了這本冊？
閩南話不能把「有無」連在一起放在動詞前，通常是把「有」放在動詞前，「無」放在句末，因此我們不能認為「有沒有」是直接借用到國語。

3　本人祖籍雖屬漳州，但在語音上卻明顯是漳泉混合式，語法則無明顯的區別，基本上與廈門話相同。

4　丁譯：《中國話的文法》，頁363-365。

5　所有閩南話例句採取相近的漢字標寫法，從各種文獻直接轉錄，沒有經過語源的考證，並不精確，也有前後不一致的地方，有些音實在找不到相當的漢字，只用標音，這是很寬的標記法，因為重點不在音韻上。

等，國語也說。像「研究」、「希望」等詞，也可以視為抽象的名詞組。閩語問句「伊有燒無？」（他有沒有發燒），也可以把「燒」字當作 有無問句』的動詞，不一定當名詞。

　　另一種引申的用法，趙謂「從少到多，最後達到一個數量」，如國語：「他走了有三天沒有？」「沒有，他走了沒那麼久。」閩南：「伊走有三工未？」「猶未，伊走猶未 hia 久。」這種表「量度」的用法，如「雪有三寸厚」、「井有五夫深」，國、閩語相同；至於閩語「這本冊我讀有五十頁」（這本書我讀了五十頁）、「這首歌我聽有二十遍（pai）」（這首歌我聽過二十回。），國語不用「有」。

　　（2）表示存在的「有」見於無主語的謂式動賓句，如「有霧」、「有人」，國閩語相同。另一種是有時地詞做主語的句子，閩語如：

　　「下昏（e hng）有人客」（今儿晚上有客）

　　「溪邊有兩間厝」（溪邊有兩間屋子）

　　存在的事物也可以在主語位置，如：

　　「好人也（ma）有，壞人也（ma）有，什麼款的人攏總有。」（好人也有，壞人也有，什麼樣兒的人都有。）

　　（3）兼語式

　　「我有朋友湊（tau）腳手」（我有朋友幫忙）

　　「有人來找你」（有人來找你）

　　（4）助動詞：國語肯定式中，「有」不作助動詞，作助動詞僅限於含「沒（有）」的句子，如：「我沒（有）看見他」，這個句子的肯定式不是「有」而是完成詞尾「了」，即「我看見了他」，閩語肯定作「我有看著（tio）伊」，否定句作「我無看著伊」，「有」字在閩語肯定句作助動詞，是很特別的，我們在下文要作詳細討論（見1.2，頁510）。

　　（5）作現代詞頭或動賓式複合詞裡常用的第一語位。閩語用得和國語一樣普遍，如：「有用」、「有毒」、「有效」、「有意思」、「有趣

味」、「有限公司」閩語「有」的結合能力更強，如：「有影」（真實的）、「有夠」（足夠）、「有款」（像樣子）、「（真）有寫」（耐寫）、「（真）有穿」（耐穿）、「（真）有食」（經久食用）、「有洗」（耐洗）。如：「這領衫真有穿」（這件上衣很耐穿）「這塊雪文真有洗」（這塊肥皂真耐用）。國語否定式用「沒」或「無」，後者由於來自文言詞，結合力較強，閩語一律用「無」，如「無意思」、「無影」、「無款」、「無條件」、「無辦法」（=國語「沒法子～沒法兒」）。

（6）從表示存在的「有」引申作感歎詞的「有！」閩語也有類似的用法。如問：「有人在得無？」回答可以說：「有！」又如突然解決了一個難題或猜到一個謎語的常用驚歎句「（我）有啊！」（（我）有了！）

1.2 由上述可見（1）（2）（3）三項作為動詞的「有」閩南語和國語沒有特殊的差異。我們要討論（4）作助動詞的「有」，先看下列閩南語的句子：

1 我有看（我看了）

2 我有看報紙（我看報了）

3 我有看着（我看到（見）了）

4 我有看着伊（我看到了他）

第1句可以回答「你有看無？」「你有看未？」這樣的有無問句，都是指已經完成的動作，因此第一句可以表示單純完成，第二句可以回答「你有看報紙無（未）？」（你看報了沒有？）比較精確的完成式回答「我看咯，你看未？」（我看了，你看了沒有？）在這裡，「咯」和國語完成式助詞「了」相當，「有」只出現在動詞前，「咯」只出現在動詞後，由它們互補的情況，我們似乎可以把「有」當作「詞頭」（相當於國語「了」作為動詞尾），但是它與動詞的結合沒有國語那麼緊密，因此（4）的同義句是（5）而不是（6）（句前

加＊表示不合語法）。

　　5 我看着伊咯（我看見他了）

　　6＊我看着咯伊（我看見了他）

　　因此我們得把出現在動詞前的時態助詞「有」看成助動詞，它還有許多變化。例如：

　　7 我有聽（我聽了）

　　8 我有聽着（tioh）（我聽到了）

　　9 我有在（te）聽（我正聽着）

　　10＊我有在聽着（＊我正在聽到了）

　　3，4句裡的「看着」、第8句裡的「聽着」動詞後的「着」是動補結構的「助詞」，「看着」等於「看到」或「看見」，「聽着」等於「聽到」或「聽見」。和國語進行式時態助詞「着」相當的閩語助詞是「在」（白話音是〔ti〕和〔te〕。因此第9句也可以說成第11、12句。

　　11 我在（te）聽

　　12 我在在（ti-de）聽

　　第9、11、12句的否定句都是第13句，疑問句是第14句。

　　13 我無在（te）聽

　　14 你有在聽無？

　　14句通常的回答是第9句，因此第9、12句是同義句，第9句的「有」是從有無問句來的，有強調、確定某種狀（事）態的存在的意味。比較第15、16句：

　　15 伊在在（ti-de）看冊（他看著書）

　　16 伊有在（te）看冊（他是在看書）

　　相對的問句分別是第17句和第18句，第18句是問一個已知的動作。

　　17 伊（在）在（te）創甚物？（他在幹什麼？）

18 伊有在看冊無？（他在看書沒有？）

第 18 句也可以說成第 19 句。

19 伊是有在看冊無？（他是真的在看書嗎？）

第 19 句是一個複雜的結構，它的深層結構我們假定是第 20 句。

20

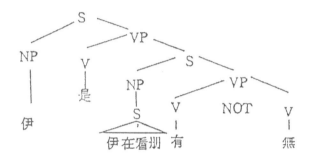

在深層結構裡，「有無」本是「A NOT A」式的複合動詞，經過「有無問句」的變換，「有無」直接放在它所領轄（govern）的名詞內，刪略主語「伊」，即成「有在看冊無」，作為「是」字句的補語，「有一無」在這裡仍然當作助動詞。

1.3　表示完成的時態助動詞「有」也表示過去完成，如：

21 昨昏有來（「昨晚來過了」）

22 伊前日有轉去（「他前天回去過」）

23 我去年有轉去（過）故鄉（「我去年曾回去故鄉」）

24 我去年曾（bat）轉去（我去年曾回去）

25 我曾去金門（我去過金門）

26 我有去金門（我去了金門）

「有」和「bat」都是表示過去經驗，唯一的不同是，「有」必須與過去時間詞連用，才有過去完成的意味；否則只表示現在完成（剛完成的事件），如第26句即表示最近去過金門，而第25句就沒有時間限制，可以指十年前去過金門。

　　乍看起來，閩南語這個表完成的「有」相當於國語完成助詞「了」，其實這個「有」的用法很受限制；例如下列用「了」結尾的國語的句子：

　　27 雨停了

　　28 他爹死了

　　29 老王走了

　　30 他來了

　　相當的閩南語句子是在句末加「啊」，如第31-34句，而不是動詞前加「有」如第35-38句（句前＊表平時不這麼說，？表特殊情形可以出現。）

　　31 雨停啊

　　32 伊爹死（去）啊

　　33 老王走（去）啊

　　34 伊來啊

　　35 ＊？雨有停

　　36 ＊？伊爹有死去

　　37 ＊？老王有走

　　38 ＊？伊有來

　　其實國語句末語助詞「了」，一方面表動作完成，一方面表新情況的開始或事情的變化。前者用「了$_1$」表示，後者用「了$_2$」表示，例句第30句[6]國語可以是歧義句：

　　30a 他來了$_1$（＝他已經來了，而且還在那兒。）

　　30b 他來了$_2$（＝他正走過來，就在眼前。）

6　動態助詞「了」的分析，參考劉月華等著：《實用現代漢語語法》（1983年），頁209-228。

閩南語第34句可兼有第30a、30b 句的意義，a、b 的不同決定於語調。第35-38句也可以表示第一種「了₁」的用法，但必須出現在回答有無問句第39-42句時。

39 雨有停無？

40 伊爹有死去無？[7]

41 老王有走無？

42 伊有來無？

同樣，第35句和第38句也可以出現在有無相對的句子，如第43、44句。

43 雨有停，風猶（ia）未停（雨停了，風還沒停）

44 伊有來，伊（in）爹無來（他來了，他爹沒來）

45 有去總是赴沒着（tioh）（去是去了，老是沒趕上）

46 有學總是沒記得（ti）（學是學了，老是忘記）[8]

由此可見，這裡的「有」表示時態的成分少，主要表示一種肯定的語氣。

1.4　我們把閩南話出現在動詞前的「有」看作助動詞，是因為它具有一般助動詞（或稱能願動詞）的特徵，即（1）通常放在動詞前頭，（2）能單獨作謂語，主要出現在答話中，如

甲：你有去看戲無？

乙：有。

（3）可以有否定式，如：「我無去看」。（4）不能重疊；（5）可以與其他助動詞連用，如：「你敢有欲去臺北？」（你敢情要去臺北？）；

7　40句通常的回答是：「有，死去啊。」或「無，猶在咧。」而不用那36種生硬的說法。

8　45-46兩句採自岩崎敬太郎著：《新撰日臺言語集》（民國二年〔大正二年〕臺北發行），頁330。

（6）可以受某些副詞修飾。如：「明日伊真有可能欲去。」（明天他很可能要去）

一般助動詞，並不限於以動詞為主要動詞，還可以是形容詞短語或主謂短語，不能是名詞或代詞，閩語「有」的助動詞用法僅限於與動詞或其他助動詞連用，這是它的特色。

現在我們看「有」與其他助動詞連用的例子：

47 伊明日有可（thang）歇睏（他明日可以休假）

48 伊明年敢有欲（beh）入學？（『他明年是不是要入學？』）

49 我有想欲去（我想要去）

50 伊有可能會出來選（他可能會參加競選）

51 敢有出去（恐怕出去了）

52 豬肉攏無赤的，無愛治（豬肉都沒有瘦的，不要買）

這裡的「有」仍是強調的意味。除了否定式和有無問句外，第47-51 句的「有」字都可以省略。

2.1 閩南語的「有無問句」相當於國語的「正反問句」（A 非 A），A 可以是動詞或形容詞，國語的「有沒有」在閩語只有「有無」，而且兩字不連用，「無」字都在句尾。如：

53 你有這本字典無？（你有沒有這本字典？）

54 你有閑無？（有沒有空？）

這種「有……無」問句，中間的賓語除了名詞，形容詞外，還可以是各種動詞為中心的謂語結構。

55 這蕾花有美無？（這朵花美不美？）

56 這種錄音機有好無？（這種錄音機好不好？）

57 水有燒無？（水熱了沒有？）

58 伊有聽著這個消息無？（她聽到這個消息了沒有？）

59 你有泡茶無？（你泡茶了沒有？）

第 57-59 句「有」字放在動詞前，作為動態助動詞，相對的國語，只在動詞或形容詞後加「了」表示肯定，再在句末用沒有表示否定，構成正反問句。下面是無主句：

60 有賣零星（lan san）無？（賣不賣零的？）

61 有還伊無？（還給他了沒有？）

62 有講啥物無？（說些什麼話了沒有？）

在對話中，人稱代名詞主語多半省略，如 60-61 主語是「你」，62 可以是「伊」。有時將賓語提到主語的位置，如：

63 零星的有賣無？（零的賣不賣？）

64 字有寫無？（字寫了沒有？）

65 錢有還伊無？（錢還他了沒有？）

66 彼本你有看了（liau）無？（那本書你看完了沒有？）

2.2 這種賓語提前的「有無問句」也出現在閩語的處置式，如：

67 門鐾有共（ka）伊鎖無？（門栓給（它）上鎖了沒有？）

第 63-67 句都是經過主題化（Topicalization）的語法程序，提前的賓語實際也作句子的主題（Topics）試比較第 68-70 句：

68 褲與（ka）鞋攏有提來無？（褲子和鞋子都拿來了嗎？）

69 *攏有提褲與鞋來無？

70 有共（ka）褲與鞋攏提來無？（把褲子和鞋子都（給）拿來了嗎？）

第 69 句不合語法，是因為修飾有無句的「攏」必須出現在複數的主題（如第 68 句）或主語之後，把第 69 句加上複數主語，即成第 71 句：

71 你們攏有提褲與（ka）鞋來無？

第 70 句相當於國語把字句，「攏」字只修飾動詞「提來」，就不受上述限制。

2.3　「有無問句」也用在被動式裡，如：

72 你有被（ho）蜂釘著（tioh）無？（你被蜜蜂刺了沒有？）

73 * ？你被蜂有釘著無？

74 你被蜂釘有著無？

以上三句，第73句最不自然，或許不被接受。因為被字句大多用於表示對主語來說是不愉快或受損害的情況，[9]這種經驗是已經歷的動作，第72句「被蜂釘著」當作一個整體情況來問是最合理的。第73句被字和動詞之間用「有⋯⋯無」隔開，把施事者和所施之動作切開來問有無，顯然矛盾。第74句所以比較自然，是因為「被蜂釘」這個經驗是肯定的，把「有無」問句的範圍（Scope）限於動詞結果補語「著」，問「被蜂釘」的結果，因此第74句比第73句自然而可接受。「有無問句」的範圍放在動詞補語的例子還有：

75 你看有著無？（你看到了沒有？）

76 彼本你看了無？（那本你看完了沒有？）

77 碗箸拭有清氣無？（碗筷揩乾淨了沒有？）

第77句實際上也是意義上的被動句，動詞意義相當於「被（某人）拭」的省略，「清氣」（=乾淨）是動詞「拭」的結果補語，有無問句的焦點可以是這個補語，可見第74句是可接受的。

2.4　有無問句的主語，也可以是表示動作的謂語結構，如：

78 彼間厝住了（liau）有慣習無？（那間屋子住得慣嗎？）

79 生理做了有順利無？（生意做得順利不順利？）

80 看了有合（kah）意無？（看了中意不中意？）

也可以是意思完整的主謂結構：

81 你要起厝有影無？（你要蓋房子，是不是真的？）

9　劉月華等著：《實用現代漢語語法》（1983年），頁481。

82 <u>我無帶印仔</u>有要緊無？（我沒帶圖章有沒有關係？）

在對話中，偶爾也可以把「有無」放在句末，作用相同，如：

83 魚仔買有無？（魚有沒有買到？）

84 戶口謄本、印章有無？（有沒有戶口謄本、圖章？）

有時也可以用「敢有」代替「有無」，例如：

85 戶口謄本敢有提來？（戶口名簿帶來了沒有？）

86 鄰長敢有在得？（鄰長在家嗎？）

2.5　比較下列四句：

87 有人在得（te-le）無？（有人在（家）嗎？）

88（伊）人有在得無？（（他）人在不在？）

89 鄰長有在得無？（鄰長在家嗎？）

90 老父有在得無？（令尊在家嗎？／令尊健在嗎？）

第87句的「人」是動詞「有」的賓語，「在」的主語，構成兼語式；第88句的「人」是主語，「在」是動詞，「有」是表示疑問的「有無句」的助動詞。兩個「有」字並不相同。第87句的「人」是無定名詞，第88句的「人」是有定名詞，通常指特定的人，因此可以加指示詞，如「伊人」「彼個人」等，或者如第89句用專名作主語，下列二句是不合法的。

91 *有鄰長在得無？

92 *甚麼人有在得無？

第90句有歧義而第86句則否，這是「在得」的意義與主語之間具有選擇關係，表示「健在」的主語必須具有〔＋親屬〕的語義特徵。試比較第93-94句。

93 有貓仔來偷食魚無？（有沒有貓來偷吃魚？）

94 貓仔有來偷吃魚無？（貓來偷吃魚了沒有？）

第93句問的是「貓仔來偷食魚」這一事件的存在與否，因此不

指任何特定的貓。第94句問的是「有沒有來偷吃魚」這件事，主語在「有無」範圍以外，通常是指一隻特定的貓，如同第89、90句的主語都是特指一樣。

3.1　閩語比較句中，使用「較」（khah）或「比」的句子，都可以加「有」字表示更肯定的意味。如：

95 伊較高我（他比我高）

96 伊有較高我（他（確實）比我高）

97 我比伊較高（我比他高）

98 我有比伊較高（我（確實）比他高）

99 ？我比伊有較高

第99句是比較不自然的說法，因為「有」字修飾的範圍未及被比的對象，而第96、98句則修飾比較的對象及內容。另一種省略被比對象的句子，用「有較」＋謂詞（可以是形容詞、動詞等）如：

100 這蕾花有較香（這朵花比較香）

101 這間有較暗（這間（光線）比較暗）

102 腫的所在有較消去（腫的地方比較退了）

103 早起燒有較退無？（今兒燒退了一點沒有？）

「有」字也可以單獨作謂語中心，或放在「較」字後面，表示一種比較，意義相當於「多」或「較多」，如：

104 伊兜物件並（phing）（＝比）咱（lan）較有（他們家裡東西比我們多）

105 老歲仔經驗並少年仔較有（老人的經驗比年輕人多）

106 我的力並你繪（bue）當較有（我不可能比你有力氣）[10]

---

10 第104-106三個例句採自陳法今：〈閩南方言的兩種比較句〉，北京：《中國語文》
　1982年第1期，頁63-64。

3.2　閩語的「有」、「無」還可以放在動詞後，作為補語，有時後面可加上表示數量的詞，表示達到的數量。如：

107 英語我聽有。（英語我聽得懂）

108 這段我看無。（這段我看不懂）

109 你賺有若多錢？（你賺了多少錢？）

110 魚仔釣有幾尾？（魚釣到幾條？）

111 賊仔掠有著。（賊抓到了）

112 伊一手提有三十斤（他一隻手可以拿三十斤）

這裡的「有」多半表示能力或成就的估量，「有」字後面也可以加上趨向動詞，如「提有起來」（拿起來了）跟「提會起來。」（拿得起來）的不同是前者表示完成，後者純粹表示可能。

第 109、110、112 句的「有」都可以省略，意思不變。第 111 句省去「有」就不是一個好句子，即：

113 *賊仔掠著（*小偷抓到）

114 掠著賊仔（抓到小偷）

第113句不是完整的句子，因為缺少動態助詞「有」或「啊」。第111句和第113句都是賓語提前，前者是合法句，後者只能回到第114句才能被接受。足見「有」字扮演一種特殊的句法功能。

3.3　最後，我們來談一下表進行的「有在（te）」在閩語句子中的特殊用法，先看一般的用法：

115 伊有在寫字（他在寫字）

116 伊有在讀冊（他在讀書）

我們在前文（1.2）把「有」字分析為表示肯定的助動詞，除了在「有無句」中不能省，第 115-116 句的「有」字都可以省。因此，這個「有」字本是無足輕重的字，「在」字後面本來只接動詞，表示動作的進行或持續，「有在」兩字連用後，逐漸起一種轉變，即進行

的意味減弱,「存現」的意義增強,慢慢就發展出一種表示推測或調侃意味的用法,如:

117 天氣有在變,你得要加穿一領衫。(天氣可能變壞,你要多穿一件衣服)

118 你近來加真無閑,有在賺大錢乎。(你近來特別忙碌,大概是在發大財吧)。

119 伊有在愛水(美),最近穿ka真體面。(她好像愈來愈愛漂亮,最近穿得真體面。)

——本文原刊於《國文學報》第十五期(1986年6月),頁287-297。

從「播田」到「佈塍」
──試探「播」與「布」字義與詞義的交叉分流

一　漢字形體的誤區

漢字形體是為漢語量身訂做的外衣（語言形式），有時光鮮亮麗，各別身分；有時則西裝兼和服，搭配地方師傅的手藝，頗具地域色彩。長期以來，我們在多語的環境中長大，主要的本國語文教育只有單一的國語文教育，人們所習用的詞語即是國語詞彙。詞有定字，都是語文專家規範的成果，文字代表語言的形式外衣，但是漢字形體的規範，卻有賴字源與詞源的考訂，有時我們習以為常，用了錯誤的字，由於積非成是，連語文專家也改正不了，這是漢字形體的第一個誤區。

比方說從前的國中數學課本，談到機率問題，常舉「骰子」為例，教師說的是「色子」（色音ㄕㄞˇ），課本上寫的是「骰子」。這就形成言文不一致，二○○○年《新編國語日報辭典》是這樣處理的：

> 骰　音ㄕㄞˇ「骰子」（也寫「色子」）是一種賭具。用牛骨……。讀音ㄊㄡˊ。

把非「漢字本音」的ㄕㄞˇ視同語音來處理，把本音ㄊㄡˊ視為讀音，這本身已誤解語音與讀音的關係。教育部《重修國語辭典》則收有

「骰子」直接音ㄊㄡˊ，但在解釋字義後，卻指出：

> 此詞常混用「色子」一詞之音。

在「色子」（ㄕㄞˇ ˙ㄗ）一條下，則註明「一種遊戲或賭博用的骨製器具」，見「骰子」條。《重修國語辭典》兼收色子和骰子兩種詞形，其音各異，但現代漢語的標準語，只能唸ㄕㄞˇ ˙ㄗ，不能唸ㄊㄡˊ ˙ㄗ，骰子見於書面語或南方方言，如傳統臺灣農村春節期間，人們常玩「骰子」遊戲，莊家有一種賭具由一顆穿有短軸的骰子，莊家用兩個指尖拈軸打轉後，用小碗盤覆蓋，俟轉動停止，玩者可下注，莊家喊停止，即掀盤理賠猜中者。閩南語把這種骰子叫作「輦（或輪）骰仔」（lián tâu á），因此骰子一詞可做方言詞處理，相應的工具書在官話或國語，正確的音形皆是「色子」。

從這個例子可知，漢語的同義詞各具語源，音字有別，往往為了標準化或通語化保存一形一音，就容易形成這種「音字不協」的兩音兩形。一般人習焉不察，形成漢字詞語的迷思。

本文想針對普通話的「插秧」一詞，閩南語書面語寫成「播田」，其音義皆不合口語pòo-tshân[pɔ̀ tsʼân]，從字源考量，其漢字形體當作「佈塍」，塍tshân與田tiân並非文白異讀，而是異源詞。不過，「塍」字並非閩南語tshân的本字，充其量只是個借形字。本文將從「播」與「布」音義的發展，檢視漢字詞彙化與構詞法的關係，並說明「播田」掩蓋「佈塍」的主要原因，在於動詞語素具有義近而平行交叉，使人習焉不察。

二 關於「播田」音義的爭論

教育部《臺灣閩南語常用辭典》是目前官方提供本土語言教學的電子辭典之一，由前「國語推行委員會」完成，二〇一四年六月以前尚有一個維護小組，接受各界意見，並定期開會，檢討用字，定期公佈修訂推薦漢字。二〇一二年十一月十九日國語會委由三人定稿小組，討論到「播田」一詞改為「佈塍」，以符合閩南語詞義專指「插秧」的詞形取代現行「播田」的寫法，有些方言辭典如潮州方言，已使用「佈田」，可見小組的決議，並非沒有憑據，但部分委員則持反對意見，因此從三月二十七日起，在國語會的電子信箱中，引起諸多討論篇什。如洪惟仁、盧廣誠、董忠司、蕭藤村等人，洪與盧皆認為播與佈音、義均有差異，不宜以「播田」代替「佈田」一詞，董與蕭則認為「播田」一詞，有些地區音讀如「佈田」，實為正常音讀，兩者並無區隔必要，應先確認「佈田」之不必要。因為爭論焦點如果放在臺灣閩南語規範漢字的必要性，站在傳統習用之約定俗成原則，使用「播田」，已為各本詞典韻書之共識，確實未必須要為追求字源，而把可能是閩南方言本字的「佈塍」一形，拿來替代大家已習用的舊形，徒增教學上的成本，何況共識未形成之前，也不必改動。但是從追求字源與詞源或構詞理據來說，這個議題是一個正本清源的漢字字源學問題，求得真象，才是語言研究的目的。

先看教育部有關「播田」用字改做「佈田」的說明，定稿小組成員之一的盧廣誠二〇一三年三月二十七日上午九點四十九分的 po 文如下：

> 各位委員大家好：
>
> 有關「播田」用字該做「佈田」，我簡單做一個說明：

有民眾反映講：辭典「播田」有pò-tshân的標音是錯誤的，這個詞愛講做pòo-tshân。經過調查，發現有做過稻的人，攏干焦講pòo-tshân，無人講是pò-tshân。若看文獻，發現杜嘉德的辭典，干焦收pòo-tshân，無收pò-tshân。對甘為霖的字典開始，因為用「播田」做pòo-tshân的用字，這個詞才開始有pò-tshân的音讀。

文字是語言的記錄，文字一定愛會當反映語言正確的發音。因為採用「播」，會造成pò-tshân佮pòo-tshân兩種發音的困擾，閣再講，華語「播種」是臺語的「掖種」，臺語的pòo-tshân是華語的「插秧」。照「插秧」的意思來看，是將掖種以後欉甲實實的秧仔「分佈」去較闊的田裡，所以決定欲改用音、義攏袂造成誤解的「佈田」，以免因為寫做「播田」，害人讀做pò-tshân。

一個小時不到，就出現了蕭藤村委員的po文，他並不同意小組的決議。蕭委員於二〇一三年三月二十七日上午十點四十四分寫道：

各位委員逐家好：

我佇嘉義拜一暝有一班「臺灣話講予伊惛氣」的課，有三十外人來上課，現場用意思佮情形，無用文字佮聲明調查，結果有作稻底的人16个講「pò-tshân」，漳州方言韻書《彙集雅俗通十五音》，明明就有「pò」，若用「佈田」，就是消滅「pò-tshân」的講法。若用「播田」，隨在人講「pòo-tshân」，抑是講「pò-tshân」，敢毋好？田野調查有調查著就算有，調查無著的，敢會使算無？

蕭藤村在前一日（2013年3月26日11：45 Asia／Taipei）已提出意見及建議，他寫道：

有關「佈田」，是因為遮的理由修改：

1.音讀較合，音系嘛較整齊。

2.華語的「播」是「播種」，臺語的pòo是「插秧」，所以無全款的概念用無全字嘛是好。

理由傷勉強，家已想家已著（tiȯh）。我建議：「播田pòo-tshân/pò-tshân」請看下面的資料：

漳州方言韻書《彙集雅俗通十五音》卷三：

七三：「播，種也，布也，棄也，邅也。」屬佇高上去聲告字韻「pò」，無佇沽上去聲固字韻「pòo」。

《甘字典》（按此為甘為霖牧師1913年《廈門音新字典》的簡稱）：

Po播

iātsíng-tśi, iā-tsíng, sì-kùe iā; suànn-suànn; tû-khì; jī-sīnn, pòo-tshân, thuân-pōo, póo-iông.「挼種子，挼種，四界挼；散散；除去；字姓，播田，傳播，播揚」p.552

Poo播

iā-tsíng,sì-kùe-iā; suànn-suànn; tû-khì, ji-sìnn, pòo-tshân, thuân-pòo, pòo-iông.「挼種，四界挼；散散；除去；字姓，播田，傳播，播揚」p.553

《臺灣閩南語辭典》：

播＋po3,poo3

一、種植。例：播稻po3/poo3tiu7

二、傳報。例：廣播 kong2po3/poo3. 廣播電臺 kong2po3/

poo3tian7tai5

傳播公司thuan5po3/poo3 kong1 si1.

（按以下列六個詞目：播田、播春、播音、播送、播田夫、播稻仔，
「播」字均兩讀並列po3／poo3。據作者董忠司表示這是以府城臺南
為基礎的語料，但不符臺灣多數方言的事實，播田，播田夫，播稻仔
應以poo3為通行腔，播音與播送，應以po3為通行腔，才有盧廣誠提
出的問題與困擾。）

　　經過初步討論，引出兩篇專文，即洪惟仁〈有關「播」與「佈」
的差異〉及董忠司〈關於「播田」的音義〉（2013年3月30日），洪文
除強調「播」與「佈」音義有別，沒有合流的理由，如果中古果攝上
聲過韻「補過切」的「播」字要與遇攝去聲暮韻「博故切」的「佈」
字合流或由po3變入poo3，為何其他果攝字並未有此現象，照董氏的
描述，臺南「播」字不論廣播或播田均po3／poo3兩讀並存，為何不
是合流，照董、蕭二人的語言調查，應該出現其他果攝字與遇攝字均
有同一現象，才是語言變遷的規律，否則難以自圓其說。

　　董忠司則指出：

> 「播」字音溢出漢語中古音的對應規律而讀為poo3音，是一個
> 事實，應該承認。這個讀法可能已經影響了全閩南，我們看到
> 《閩南方言大詞典》《閩南方言常用小詞典》（按作者周長楫）
> 所收寫為「播塍（田）」讀為poo5-3「53」tshan2「35」的詞
> 條，廈門、泉州、漳州沒有不同讀法，查陳正統《閩南話漳腔
> 辭典》「播」字不收po3音，而讀為poo3（按陳氏的標音系統
> po3 寫做bo5，poo3寫做boo5）注釋有「廣播」、「傳播」、「播
> 塍（田）」、「春播」、「播遷」，另收「播苴仔」等詞條，可見

「播」字讀為「poo3」音，已經拓展到漳州地區去了。臺灣這「播」字「po3,poo3」兩音，不止現代臺南市還有所發現，1913年的甘為霖《廈門音新字典》明白把「播」字列出「po3」「poo3」兩詞條，釋義舉詞例幾乎相同。

按董氏所指甘為霖「廈典」兩音詞例全同，已見上引蕭文。董文要證明的只是這種現象在一八四七年打馬字《廈門音的字典》已出現。所以不只是臺南或臺灣地區有此音變。並未回答為何這種音變只限於「播」這個字。

洪惟仁認為「播」和「佈」在語源上的差異是：

「播」的意義在「播種」，因此漢語只有「播種」（直接受詞是「種」tsíng）一詞，不論華語或臺語都不說「播田」。但「播」的意義既然是「播種」，當然要把種子散佈在田裡，因此《說文》解釋說「一曰布也」（這裡的布是動詞，後來別作「佈」）。但「佈」義的重點在「散佈」「遍佈」，直接指出把種子散佈在田裡的意思，所以動詞「佈」的補語是田，所以不說「佈種」。所以「播種」和「佈田」的意思很相近，但一為及物動詞，一為不及物動詞（松案：當指播與佈的及物性，而非指播種與佈田的屬性）。

閩南語「播種」說「掖種」iā-tsíng；把種子散佈在田裡叫作「佈田」，是基於動詞詞性的不同。

不過問題的焦點在音讀是「播」音「補過切」，字在果攝，漳音只能唸成pò，泉音pòo，但臺灣偏漳，pò比pòo通行，依照文白對應規律，白讀只能唸成puà，不能念成pòo。

「佈」音「博故切」，只能唸成pòo，文白讀都不能唸成pò或

puà，也就是說意義上「播」和「佈」雖然有相通之處，但是音讀上沒有通融的餘地，也就是說pòo-tshân的本字是「佈田」，不是「播田」。

洪惟仁這個論證，充分體現詞彙溯源的重要，不從源頭上找出音義的差異，衹在已經混同為一的詞形上打轉，視「播」字變成今日的pò／pòo兩音共存是整個閩南語的趨勢，並沒有解決「音字系統性」的問題，衹有從字源與詞源兩方面進行詞義與構詞的合理性，才能衝破我們前文所說的漢字的誤區，以下我們先從詞彙史來追溯播與佈（布）的異同。

三　「播田」一詞溯源及其流變

根據《漢語大詞典》，「播田」兩字連用首見於〔西漢〕董仲舒《春秋繁露》〈三代改制質文〉：

后稷長於邰土，播田五穀。

〔南朝〕梁元帝〈言志賦〉也有：

聞夏王之鑄鼎，重農皇之播田。

「播田」後面可接「五穀」，也可以不接。若接「五穀」，則不限於「插秧」，所以上文的「播田」語義不等同於閩南語的「播田」，而泛指種植。當然也可以認為閩南語的「播田」是古漢語語義的縮小或語用的窄化。這是不是意味「播」的本義就是播種，後來泛指播百穀

或五穀，加了「田」以後即泛指種植或耕作。「播田」的及物化，其實是一種語法的「併入現象」（參湯廷池，1990），播田可視為述賓結構，不過「田」這個詞素更像是處所補語，真正的及物賓語是五穀，這個時候，處於補語地位的「田」可以被當「賓語」看待而併入為「播田」一詞，然又再接賓語即是再度及物化。類似的現代漢語例子如：「起草」一詞，「草」本指草稿，是述賓式，已帶賓語就是不及物，但草字被併入為新的動詞的一個詞素，它又可以及物化，再帶賓語，如「起草法案」，代表「草稿」的「草」，當初也可如「播田」的「田」一樣，視為述補關係，意謂在草稿上起一些條文。至於閩南人用「播田」專指插秧，是否就是取義「播散，分布」秧苗的種作方式，就分布行列而言，《現代漢語詞典》（1996、2008商務版）正有「點播」與「條播」兩個詞條，試摘錄於下：

> 點播（頁281）diǎnbō　播種的一種方式，每隔一定距離挖一小坑，放入種子，也叫點種（diǎnzhòng）。
> 條播（頁1251）tiáobō　播種的一種方式，把種子均勻地播成長條，行與行之間保持一定距離。

這兩個詞彙，應為北方漢語，非關稻作；閩南語水稻的種植，須兩道手續，先是「撒種」（iā-tsíng，俗作掖種），再行「佈田」（pòo-tshân），也作播田或播秧仔，或作播稻仔。臺灣多數人唸pòo-tshân，在語意上播田與佈田完全是相同的，因為第二道程序不再是對種子（如上面的點播或條播），而是對已培育成的秧苗去進行田中佈置，或布列，因此用「佈」字語意更為貼切，《廣韻》「佈，佈徧也。」（去聲暮韻博故切，頁369）

另外還有三個文獻寫作「布（佈）田」的例子：

1.蔣儒林編《潮語十五音》（香港陳湘記書局發行），卷二孤部邊字下欄：

（陰去）：佈　編也，如俗佈田、佈廣蔽也。

　　　　拊　拊田、拊種。（頁16）

2.張曉山編《新潮汕字典》（普通話潮州話對照）（廣東人民出版社，2009年），頁 211，播音bua³（波蛙³）籤，收兩義項：（1）撒種：條播，點播，加寬播幅（把壟放寬）。（2）傳揚，傳布：播音，廣播。頁323，布〔佈〕音bou³（波烏³）補³。另注文讀bu³（波污³）富，收五個義項，另外下列由布構成的雙音詞收有「布田」（bou³ cang⁵）訓插秧。

按：此例可見潮語播音籤（bua³）和布（佈）音bou³（同補），正反映古音果攝與遇攝的對立，並無混同跡象。所以撒種雖然也用「播」（音同籤），但插秧卻只能用「布田」（音同補bou³），這是從比較方言的角度找到閩南語「布田」不同於「播田」的音讀證據。

3.許寶華、富田一郎主編《漢語方言大辭典》（北京市：中華書局，1996年）也兼收播田與布田兩詞。分別如下：

〔播田〕（頁 7040，該書第三卷）

〈動〉插秧。閩語。福建廈門〔 po^{21} $tshan^{24}$ 〕、福州〔 puo^{213} $tshein^{53}$ 〕、古田〔 puo^{21} $tshein^{33}$ 〕、福清〔 puo^{44} $tsh\varepsilon\eta^{44}$ 〕、寧德〔 pu^{35} $tsh\varepsilon\eta^{11}$ 〕。廣東中山隆都〔 $puo^{11\sim55}$ $tshein^{33}$ 〕。

〔布田〕（頁 1139，該書第一卷）

〈動〉插秧。閩語。福建仙游〔 pou^{42} $l\varepsilon\eta^{24}$ 〕、莆田〔 pou^{11} $l\varepsilon\eta^{13}$ 〕。廣東汕頭〔 $pou^{213\text{-}55}$ $tsha\eta^{53}$ 〕，揭陽〔 $pou^{213\text{-}53}$ $tsha\eta^{55}$ 〕

4.張振興《臺灣閩南語方言記略》（福建人民出版社，1983；臺

灣文史哲出版社有臺印本。臺版頁113，佈pɔ˧佈塍，插秧。）

　　由此可見，閩語文獻中，早已有「布田」之使用，即使如《潮語十五音》只用「佈田」，不見「播田」，因插秧不唸作播pua³，廈門方言也只有「pɔ²¹」田一讀，並未兼讀「po²¹」。

　　洪惟仁指出「播田」音póo起於泉腔的文讀，利用李如龍《福建縣市方言志12種》（福建教育出版社，2001）屬於泉音系統的南安市與晉江市兩個方言志的同音字表〔布佈怖播布哺〕均同音pɔ〔南安市pɔ³¹，晉江市pɔ⁴¹〕僅調值有別。換言之，播布之合流，是「播」po併入「布」poo這是泉腔的趨勢，廈門已完成。並不是文讀現象。至於臺灣的漳腔（或說內埔腔）多半保持播po與布poo的對立一如潮州，這應是存古的現象，鄙人出身雲林斗南鄉下，從小參與大人的掀秧仔、播田、割稻，後來只會唸pòo tshân，不曾聽到村人把「播田」唸為pò tshân。所以比較認同從字源上認定閩南語的「佈田」確實與讀為「播田」的漢語具有不同概念。

四　播與布（佈）的字源與詞源

　　就播與布（佈）的音義來看，本來是絕然不同的兩個字，但從早期「種作」義專用播字，到近人書寫「播田（pòo-tshân）一詞，卻是播田、布（佈）田兩字並存，這反映的可能狀況是某些方言播與布（佈）的音讀對立，並不能替代，或者播與布（佈）合流，播有pò與pòo兩讀，或播、布合流為pòo一讀，因此播、布兩字有了「交替」，以上三種情況，可能均是存在的事實，那麼必須扣緊詞義以溯源，「播／布（佈）田」若專指「插秧」，而非泛稱播種、做田，寫成「布（佈）田」卻是合乎「布」字詞義的演變而不單純是語音的混同。

（一）播與布字源有別，引申交會

依段注本《說文解字》：「播，種也，从手番聲，一曰布也，𢿳，古文播。」段注在「種也」下，引〈堯典〉曰：「播時五穀。」但在「一曰布也」下，引《周禮》〈瞽矇〉注曰：「播謂發揚其音。」這是鄭玄對於《周禮》〈春官宗伯〉禮官之一職「瞽矇」：「掌播鼗、柷、敔、塤、簫、管、絃、歌」的播字的注釋，可見許慎《說文》用「一曰」以存異說或別義，播訓種是本義，因其形、義相符。而「一曰布也」，則指樂音之播揚，兩者雖指涉不同，其字同屬「播」字，故「一曰布」可視為「播」之引申義，由種子之「撒播」引申為樂音之「散布」。由此也可看到《說文》本義為「枲織也，从巾父聲」的「布」字，也能引申為動詞散布、布揚之義。播與布的意義交會，雖然不是平行的引申，但是漢代指稱語言的布告、樂聲的播散，已由另一個常用詞「布」來承擔。關於布字的引申，《說文七下巾部》「布」字下段注也指出：

> 其艸曰枲，……屋下治之曰麻。緝而績之曰綫、曰縷、曰纑。織而成之曰布。……古者無今之木綿布，但有麻布及葛布而已。引申之凡散之曰布。取義於可卷舒也。

此外漢代以下訓詁家，亦多將「播」訓為「布」，今據宗福邦等主編《故訓匯纂》（北京市：商務印書館，2003）播字下的五十九條故訓（頁934-935）中，列出與「布」相關的條目（含編序碼）共有以下六條（其中第七條包含自漢迄清的古今注家十多人）。

（5）播，謂布種也。《書》〈大誥〉：「其子乃弗肯播」孔穎達疏。又《漢書》於〈百官公卿表〉：「播百穀」顏師古注。

（7）播，布也。《書》〈堯典〉：「播時百穀」孔安國傳。《益稷》「墍稷播」蔡沈集傳。

《國語》〈晉語三〉：「必播於外」韋昭注；《鄭語》「周棄能播殖百穀　　　疏」韋昭注。

《墨子》〈天志中〉：「播賦百事」孫詒讓《閒詁》引畢云；《備城門》　　　「播以射簡」孫詒讓《閒詁》引《說文》。

《孟子》〈滕文公上〉：「其始播百穀」朱熹集註。

《淮南子》〈原道〉：「神農之播穀也」高誘注。

《史記》〈夏本紀〉：「北播為九河」張守節正義。

《大戴禮記》〈五帝德〉：「時播百穀草木」王聘珍解詁。

《禮記》〈禮運〉：「播樂以安之」孔穎達疏。

《禮記》〈禮器〉：「有撕而播也」孔穎達疏。

《漢書》〈食貨誌上〉：「而播種於甽中」顏師古注。（本條以下略）

（8）播者，布也。《書》〈盤庚〉：「王播告之」孫星衍今古文注疏引《廣雅》。

《康誥》：「百工播」孫星衍今古文注疏引《說文》。《康誥》：「乃別播　　　敷造」孫星衍今古文注疏引《說文》。

（9）以播為布。布者，遍也。《書》〈泰誓中〉：「播棄犁老」孔安國傳。「布棄不禮敬」孔穎達疏。

（10）播，布也，散也。《儀禮》〈士虞禮〉：「播餘于簞」胡培翬正義引胡氏承珙云。

（11）播是分散之義，故為布也。《書》〈舜典〉：「播時百穀」孔安國傳。播，布也。（孔穎達疏）

以上諸條均以「布」訓「播」之分散義，注疏家包括〔漢〕孔安國、韋昭、高誘，〔唐〕張守節、孔穎達、顏師古，〔宋〕蔡沈、朱熹，〔清〕孫詒讓、畢沅、王聘珍、孫星衍、胡培翬等人。由此可見，布

字在這些訓詁家眼中已成為播散的同義詞。而其「始作甬者」實出於
許慎的「一曰布也」，段注專以「發揚其音」為別義，後代學者卻混
淆了播種和播音（一曰布也）的分別，《說文》一曰必非同義，段注
的區別「播與布」的語境應是有據而云然，或者看到注疏家的混淆，
刻意指出兩者之區別。

我們再分析同書（《故訓匯纂》）中的「布」字（頁662-663），凡
列故訓一一五條，1-9均釋布帛，以由於《說文》訓枲織，《廣韻》訓
布帛為代表。11為瀑布，12-26釋為幣、錢、刀布、泉布，均指錢
幣。引申為財貨、賦也（27-31）

32-33為布告，34-37為陳列，猶敷也（38-39），38-45訓溥也，徧
也，展也，班也，散也，施也。而以《廣雅·釋詁三》「布，散也」，
《集韻·莫韻》：「布，散也」為代表。段氏注《說文》，亦以為布可
卷舒，故引申為散布。47訓分布（玄應音義·卷五·布施條），祭星
曰布（《爾雅·釋天》）；以布構詞者，如布衣（65-71），布（衰）（ㄘ
ㄨㄟ）即衰（ㄕㄨㄞ）（76-77），布穀（83-92），布護（92-104）等，其
中布訓溥，訓徧，訓展，訓散也，施也，均為段氏「布」的引申義
說。許威漢、陳秋祥《漢字古今義合解》（上海市：上海教育出版
社，2000）指出：

> 今「布」是棉、麻等織物的統稱，布又可組成各種合成詞，如
> 棉布、麻布、紗布等，並由「布」的長而可卷舒義，引申為散
> 布、分布等，泛用又有宣布、發布、公布、布告以及布置、布
> 局等意思。

據王朝忠（2006）《漢字形義演釋字典》的字義發展圖示如下：

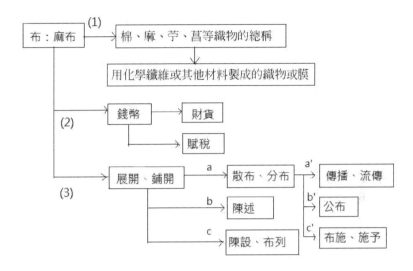

上表我們加上（1）（2）（3）的標示，俾便說明：

（1）說文的本義，布是初級織物的總稱，與帛（絲織品）相對。

（2）布、幣雙聲，以布為錢幣猶以貝為貨幣，均出於以物易物之世代，進而引申為財貨或賦稅。

（3）布的「展開」、「鋪開」義實據段氏指出的可捲舒的屬性引申，後世布匹均捲成一長軸，欲張開裁剪，才攤開全幅或部分。因此其次第引申的脈絡為：

a 層，由鋪開，引申為散布、分布義

b 層，由展開，引申出陳述義。

c 層，由展鋪，引申出陳設義、布列義。

其中a的散布、分布義，再引申出a'、b'、c'抽象義的詞義。

其中c'的布施義具及物化，有施予之內容。

（4）我判斷閩南語「布田」、「佈田」應取義於3a分布義及3c布列義。

以下，我試圖根據《漢語大字典》（湖北辭書、四川辭書出版社，1988，第二卷，頁 1960-1961），「播」的十二個義項，演釋為如下的字義發展圖示：

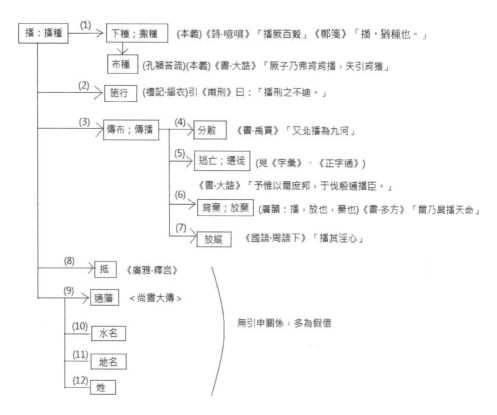

由上圖可見「播」字的字義，由動詞播種，引申為施行，傳布，傳播義，基本與「布」字平行，（4）以下由「分散」義引申出逃亡，遷徙（如播遷臺灣），背棄、放棄、放縱，卻向負面義發展，這是與「布」不同的發展。至（8）至（12）明顯與本義引申相遠，專名姓氏朱駿聲所謂「託名標幟字」，蓋多假借。

我們由這兩組字義發展，看到有平行，有交會，其起源（字源）是不同的，即布≠播。布是名詞，播是動詞，但名、動同詞，是上古

漢語單音詞常見的衍生、孳乳手段，布貨為錢幣仍屬名物，故置於
（2），錢幣是流通的，它與布的卷舒義完全相接，引申就向「舒」的
方向拓展，於是展開、鋪陳、散布、布列、布置陳述、布告、流傳、
布施就一路展開，所以成為「播」的近義詞。但也有它獨特的用法，
還保留在早期北京話，例如：

> 布菜（1937 國語辭典，商務）：席間以菜敬人之謂。（又見
> 高、傅《北京話詞典》2013）按此出紅樓四十一回。
>
> 布讓（《北京話詞典》，中華書局，2013）：主動勸客人吃喝、
> 遞送、攙挾食物。[例]說話時，已擺了果茶上來，熙鳳親自布
> 讓。（紅 26）此又見紅樓夢第三回。

據許少峰（1997）《近代漢語詞典》兼收布菜、布讓，並云：「布讓即
『布菜』」，另收「布送」，意為「挾菜往嘴裡送」，見《綠野仙蹤》第
七十二回。又收有「哺菜 bù cài er」，也解為布菜，例見《金瓶梅
詞話》五十一回。由此可見明清之際，官話方言中即保留了「布菜」
作為挾菜敬客的基本用法。證明布義的演變，從未間斷。相當的情
形，播字由播種引申為施行、播音、傳布、播放、就往「散」的方向
發展，這就是（4）至（7）義項中分散、逃亡、遷徙、背棄、放棄、
放縱等義，例子多見於《尚書》、下至列國史記《國語》。負面詞義發
展，終結了其繼續引申的空間。

　　《現代漢語詞典》（北京市：商務印書館，2008年，第五版）
「播」字共收有三個義項（（1）傳播、傳揚（2）播種（3）〈書〉遷
移、流亡。）及十一個雙音詞：播報、播發、播放、播溝、播弄、播
撒、播送、播音、播映、播種₁（zhǒng）、播種₂（zhòng）。

　　《現代漢語詞典》對於「布」的名動進行字素的區別，因此收為兩個字頭：

布¹bù：（1）名：用棉麻等織成的，（2）古代的一種錢幣，（3）名：姓。

布²（佈）bù：（1）宣告；宣布，（2）〔動〕：散布；分布，（3）〔動〕布置。

底下共有二十九個雙音詞，除（外來語）布丁、布爾喬亞、布爾什維克、布拉吉、布朗族、布依族等六個詞之外，其餘二十三個詞均與布₁／布₂（佈）兩字下的義項相關。是見布₂的構詞力，遠遠超過「播」字。

（二）播與布的詞源探索

　　有關漢語的詞源研究，起於東漢劉熙之《釋名》下迄清末民初張炳麟《文始》是傳統研究之結束。民國以來，右文說之遺緒，仍微波蕩漾，梁啟超、楊樹達、沈兼士皆有專論，自高本漢構擬上古音，詞源研究走入新階段，向歷史比較之方向靠攏。日人藤堂明保、國內王力先生《同源字典》（1982）樹立一塊里程碑。但各家所收同源詞族及同源字並不盡相同。本文不擬細論諸家異同，近三十年來各種同源詞族的專書又復不勝縷舉，本文擬據二○一○年八月中華書局出版之齊沖天、齊小平編著《漢語音義字典》（上、下）所作廣義詞族（或字族）方式，說明播與布兩詞在詞族中的歸屬。

　　齊氏此著共歸結七百五十二個語源詞，由他們派生出了八千多個派生詞，平均每個語源詞派生出了十一個派生詞，形成一個詞族，共得七百五十二個詞族。由原書詞族之排列順序，本文將先介紹「布」

字族再介紹「播」字族。

1　布　歸屬於齊氏第 38 族父字族（頁 77-82）

父字族的收字：父、斧、釜、甫、峬、尃、傅、補、輔、酺、
　　　　　　　賻、捕、逋、痡、匍、哺、餔、晡、簠、布、
　　　　　　　佈、拊、怖、圃、浦、鋪、蒲、醭、脯、鵏、
　　　　　　　普、譜、鯆、潽、敷、薂、黼、搏、膊、髆、
　　　　　　　縛、鎛、薄、簿、欂、礴、饙、博、簙。凡四十九字。

本字族的綜述如下：

「綜上所述，從父的詞族聲母上幫（非）、滂（敷）、並（奉）。
韻部有魚，鐸，音義從父而字讀成鐸部，都直接間接帶有迫着之義，
無一例外，文字上，鐸部皆從尃，但從尃的，也有魚部字。如果我們
把這魚，鐸之差，單純地看做是語音的演變，看做陰、陽、入之間的
對轉，那麼就有三個不知：一不知同一詞族中魚部字與鐸部字之間存
在著什麼樣的語言差別；二不知這種語義差別的由來是什麼；三不知
把同語源詞之間的相同和差異做比較和辨析，如捕與搏、脯與膊的
比較。

如果承認這裡的鐸部字兼有迫着、急迫之義，就是承認這部分詞
兼有從父和從迫兩部分音義，就是承認一個詞的聲和韻是可以分割
的，我們要努力去辨識其間的分割與結合。這裡的鐸字部兼有迫着之
義，是從歷代的訓詁史料中綜合而得的。……」（《漢語音義字典》上
冊，頁 82）

總結父族，作者把焦點放在本字族之音韻詮釋魚、鐸兩部，卻只
提鐸部字的迫着義，而省略了魚部字大量從父聲（包括甫聲字），以
下試就父和布、佈三字，摘錄本字典的分析。

父 fù 並（奉）母魚部。《說文》對它的篆形分析是「從又舉杖」，即右手舉著一根或長或短的杖，隸變成現在的字形。現在看到的古文字字形與父字派生的音義，都說明這個解釋是非常準確的。父作名詞，指右手舉杖的人，可以是舉杖的英雄、武士，也可以指舉杖的長者。父母的父就是後一意義引申的。前一意義如《左傳》就有幾位的名字叫父。……用作男子美稱，如說古公亶父，姜尚稱作尚父。

布 bù 幫母魚部。《說文》：「枲織也。从巾父聲。」即麻、葛等的織物，統稱布。……布的篆形，巾字的上部是一個父字。到隸、楷就全都省作又字了。……布是舒卷鋪陳之物，故其音義從父，它由傳布、分布、散布引申指具體的布匹。布的一項古義是指錢幣，它也是廣為傳布之物，一度曾將布匹作為錢幣來兌用、交換，故錢幣就叫布。……

早期的布字，主要是宣布、陳述、鋪開、散布等動詞義。如《史記》的用例：「事已布告諸侯」、「宣布詔令治民」、「布德施惠」、「布政不均」。當他們這樣「布告天下」的時候，背後往往站有從又舉杖的人吧？所以布字從父。現在幾乎沒有人用布字起名字，漢代的英布（黥布）、三國時的呂布，都是驍勇大將，他們的名字與他們的才能是很相配的。布在現代用作發布、散布之義，如說發布消息、散布謠言，又說布置工作、布局合理，是作全面安排的意思。布雷就是布置和掩埋地雷。

佈 bù 《廣韻》：「布遍也。」《集韻》：「遍也。」佈是布的後起分化字，兩字的區別，佈是遍布、滿布、密布。布告後作佈告，《史記》還沒有佈字。今簡化字將佈、布二字合為布。

從詞族的觀點，把「父」字當詞根，從父聲的布字，就由舉仗義來作為布告的可能源頭，但是從字源上，形符的「巾」應該是布的字義來源，其聲源反而是當了動詞的附加義，這兩種差異，形成字源與詞源的矛盾，現階段我們僅從齊氏所歸的詞族來看語源，當然只是「一家之言」，僅供參考。

2　播　歸屬齊氏第 744 族八字族（頁 1057-1068）

八字族收字：八、扒、趴（等五字）。市、芾、沛、肺（等八字）。
　　　　　　孛、浡、勃（等十一字）。匹。分、份、盆（等二十三字）。別、荊。片。肸、半、畔（等十六字）。班、斑。癍、瘢。辨、辯、辦（等五字）。采、番、播（等十三字）。釆、捲、卷（等二十八字）。蟠。凡一百一十八字。

　　按八字族多達一百一十八字，為節省篇幅，僅列出字根及二至三個諧聲字代表，同聲字數在括弧內，作者的總結性意見似乎寄在末字「蟠」之下，我們以下舉八、播、蟠三字本字典釋義，以說明本詞族的精義：

　　　　八 ba 幫母質部。分開，大多作動詞。《說文》：「別也。象分別相背之形。」即一左一右的動作。在先民的觀念中，八的數是一個可分割的數。它可以幾次作平分。八是一個涵義深刻的數。

　　　　播 bo 幫母歌部。《說文》：「種也。一曰布也。從手，番聲。」即傳播、散布，亦即獸蹄鳥迹之道，交於中國。由獸足之播，到種子之播，是從狩獵到農業。到大工業時代，傳播學更是一門重要學問。《尚書》共十二個播字，如播種、播百谷，是就

農業說的。《盤庚上》「王播告之修」，孔傳：「王布告人以所修
之政。」又有播天命之類，便是政治上的傳播。《詩經》的五
個播字一律用於「播厥百谷」。《易經》沒有播字，《禮記・禮
運》有「播五行於四時」，是很虛的用法，孔穎達疏：「播謂播
散五行金、木、水、火、土之氣於春夏秋冬之四時也。」播有
陰、陽兩讀，一方面它與陽聲的藩、番等字通，《尚書大傳・
洪範五行傳》鄭玄注：「播，讀曰藩。」另一方面它與陰聲的
簸（歌部）字通假，播種往往是要搖動的，從而有搖動、播
棄、逃亡等義。《尚書・泰誓》：「商王受力行無度，播棄黎
老，昵比罪人，淫酗肆虐。」這是用的簸義。「顛簸」可作顛
播。所以，播的陰聲是由簸、播二字之間作音義的假借而來
的。這樣，播的音義就是從番又從簸。

還有一個從番而讀歌部的字，即鄱字，鄱陽湖因鄱陽山得名，
鄱陽山居鄱江之陽，鄱江古稱番水，番字沒有歌部的讀音，那
麼它本是讀元部的，後來為什麼讀歌部，待考。

蟠 pán 並母元部。《廣雅・釋詁一》：「曲也。」即盤曲，《淮南
子・本經》「蟠龍連組」，高誘注：「蟠龍詰屈相連文錯，如織
組文也。」但是只有從弁之字讀見系聲母者方有卷曲之義，從
番之字讀幫系聲母者皆為分別、隔離或翻覆之義，今蟠字讀幫
系聲母卻要作屈曲之義，是何道理？據《辭源》：蟠龍，可作
盤龍；蟠道，可作盤道；蟠拏，盤曲作攫拏狀，也可作盤拏；
蟠據，同盤據。又蟠縈，盤曲旋繞；蟠婉，盤曲貌。而蘇州的
盤門，據唐代陸廣微《吳地記》：「盤門古作蟠門。」《現代漢
語詞典》也說盤曲就是蟠曲。但是誰也沒有說蟠與盤兩字相
通，或兩字可互相假借，只有《同源字典》說：「在屈曲的意

義上，蟠、盤、槃實同一詞。」盤為並母元部字，蟠、盤二字同音。那麼，在屈曲的音義上同源，在別的意義上就不同源了嗎？屈曲是兩字的中心語義，這裡有共同的音義，就是可靠的了，之後可以有不同的發展。《史記》蟠字四見，盤字十七見，但用於盤庚專名者十四見，作為一般語詞用的三見：一說杯盤狼藉，一說盤石，一說其山盤紆。蟠字則不同：兩次說蟠木，是相傳東海中神人所居之地，一說「求之於白蛇蟠杆林中者」，一說「禮樂之極乎天而蟠乎地」。蟠字帶有神秘色彩。蟠字從蟲從釆，找到了一個與盤同音之字番，就是要指那些神蟲們。蟠字的產生，就是應這種需要來的。天宮中有蟠桃，現在即使是人間的蟠桃也沒有人寫作盤桃。所以，盤、蟠二字，字形完全不同，卻有共同的語源，更有不同的發展途徑。蟠的音義從盤又從桊。

由於本族聲符包括八、布、宇、分、半、別、班、辡、釆（番）、桊等十個，其中桊（音卷）聲字為見系，其他均為唇音系，其中頗不尋常，又見系的卷聲字衍生二十八字，是各聲母之冠，作者就番聲有分別、隔離或翻覆之義，其中蟠龍之蟠，獨有卷曲之義，似與卷聲有語源上之聯繫，因此在此討論，亦見不同聲類之間似有平行的詞族存在，其中如何連成一族，超越諧聲之原則，提出耐人尋味的詞群，其實是相當值得深入討論。至於番本讀元部，後來為何讀歌部（如鄱及吐蕃），全因陰陽對轉之理，作者似未悟此理？

播的播種、傳播，散布義，也跟布字的動詞義有了交叉。所以《說文》訓「播，種也」又加上「一曰布也。」可見從音義上，播與布各有詞源之根據，本非同源，其後布字和播字平行發展，字源上似有交叉，語源上，又各有歸屬。這就證明近代播、布之音義糾葛其來

有自。論者只因播之本意與種植有關，即執著於「布田」沒有存在之價值，殊不知布字自古已具動詞義，在詞義上又與播不相重疊，獨自發展成更細緻的「佈田」，在語源上，找不到依據，在字源上，卻找到平行交叉的發展。

五　結語

本文重點不在證明播田的本字如何，只是從語義和文獻出發，說明漢字的是非，不能有感情因素，用哪個字書寫與字源真相是兩回事，有時我們認同許多「訓用字」，只不過為了省事或者服從習慣法則，不要讓書面語擺盪。有時又發現漢字的最大誤區在於人們偏愛某字到了無法放棄之地步，所以連「國語會」閩南語諸位審查委員，都難免不能忘情於被晾在一邊的某字，所以就有定字「反盤」的事件層出不窮。我們認為個人的認知，可以繼續從學者的態度去堅持和捍衛，但不必認為某個詞用了一個罕僻的字就天下大亂，這種情緒語言有時只說明自己身陷漢字的牢籠太深，無法自拔。所以反覆思考，只好把漢字的體式比為一個人的「穿著」似乎有點不夠嚴肅，但實情不過如此。

本文考察了「播田」一詞的形式與流變，作為通語，它與種植相關，其後衍變出「點播」、「條播」等播種方式，但南方的稻作區，則播種之後，尚有「插秧」的分疏之作。漢語稱為「插秧」，閩南語曰「佈田」，仍沿用「播田」二字，但詞根已非「播」字。由於播與佈，音義有別。「佈田」一詞實際是構詞之創新，基本上是有別於古漢語「播田」的詞義。但因作為遍布、散置、布置之「佈」字，是古漢語「布」字的衍生字。文獻顯示早期的「布」除了當名詞外（布帛、貨幣），其動詞功能早已活躍。因此，《說文》訓播為「種也」又

加「一曰布也」，既取其播種之專名，又取其散布、遍植之通義，兼顧字源與詞源。由於字義上播的引申義與布的動詞義有交叉，但詞源上，兩個概念各有所承。在音義相近的習用下，「布塍」一詞長期為書面語「播田」所掩蓋，因此，迄今無法正本清源寫成「佈塍」。本文釐清了這個漢字書寫的誤區。

參考文獻

教育部國語會主編　《臺灣閩南語常用詞辭典》　教育部電子辭典　總編輯姚榮松　2008 年

漢語大詞典編輯委員會等　《漢語大詞典》　上海市　漢語大詞典出版社　1990 年 12 月第一版

許寶華、宮田一郎合編　《漢語方言大詞典》（復旦大學與東京外大合編）　北京市　中華書局　1992 年

李格非主編　《漢語大字典》（簡編本）　成都市　四川辭書出版社　武漢市　湖北辭書出版社　1996 年

王　力　《同源字典》　北京市　商務印書館　1987 年

甘為霖（W. Campbell）編著　《廈門音新字典》　臺南市　臺灣教會公報社　1913 年初版　臺南市　人光出版社　1997 年十九版

周長輯　《閩南方言大詞典》　福州市　福建人民出版社　2001 年

董忠司總編輯　《臺灣閩南語詞典》　臺北市　國立編譯館主編、五南圖書公司印行　2000 年

現代漢語編纂處　《現代漢語詞典》　北京市　商務印書館　2008 年

國語日報出版中心主編　《新編國語日報詞典》　臺北市　國語日報出版社　2000 年

宗福邦等主編　《故訓匯纂》　北京市　商務印書館　2000 年

齊沖天、齊小孚編著　《漢語音義字典》（上、下）　北京市　中華
　　書局　2010 年

教育部國語會主編　《重修國語詞典》　教育部電子辭典

陳正統主編　《閩南話漳腔辭典》　北京市　中華書局　2007 年

許威漢等主編　《漢字古今義合解》　上海市　上海教育出版社
　　2002 年

張志毅等著　《詞匯語義學》　北京市　商務印書館　2001 年

王朝忠　《漢字形義演釋字典》　成都市　四川辭書出版社　2006 年

許少峰　《近代漢語詞典》　北京市　團結出版社　1997 年

蔣儒林　《潮語十五音》　香港　陳湘記書局　1911 年

張曉山編　《新潮汕字典》（普通話潮州話對照）　廣州市　廣東人
　　民出版社　2009 年

李如龍編　《福建縣市方言志十二種》　福州市　福建教育出版社
　　2001 年

〔漢〕許　慎撰　〔清〕段玉裁著　〔民國〕魯實先正補　《說文解
　　字注》　附魯時先〈說文正補〉　臺北市　黎明文化事業公
　　司　1974 年 9 月

湯廷池　〈漢語語法的併入現象〉（上、下）　《清華學報》第 21 卷
　　第 1-2 期　新竹市　國立清華大學出版社　1991 年

——本文原刊於《陳新雄教授八秩誕辰紀念論文集》
（臺北市：萬卷樓圖書公司，2015 年），頁 555-571。

語言文字叢書 1000015

臺語漢字與詞彙研究論文集

作　　者　姚榮松
責任編輯　林以邠
特約校對　林秋芬

發 行 人　林慶彰
總 經 理　梁錦興
總 編 輯　張晏瑞
編 輯 所　萬卷樓圖書股份有限公司
　　　　　臺北市羅斯福路二段 41 號 6 樓之 3
　　　　　電話 (02)23216565
　　　　　傳真 (02)23218698

發　　行　萬卷樓圖書股份有限公司
　　　　　臺北市羅斯福路二段 41 號 6 樓之 3
　　　　　電話 (02)23216565
　　　　　傳真 (02)23218698
　　　　　電郵 SERVICE@WANJUAN.COM.TW
香港經銷　香港聯合書刊物流有限公司
　　　　　電話 (852)21502100
　　　　　傳真 (852)23560735

ISBN 978-986-478-035-8
2021年1月初版一刷
定價：新臺幣860元

如何購買本書：

1. 劃撥購書，請透過以下郵政劃撥帳號：
　　帳號：15624015
　　戶名：萬卷樓圖書股份有限公司
2. 轉帳購書，請透過以下帳戶
　　合作金庫銀行　古亭分行
　　戶名：萬卷樓圖書股份有限公司
　　帳號：0877717092596
3. 網路購書，請透過萬卷樓網站
　　網址 WWW.WANJUAN.COM.TW

大量購書，請直接聯繫我們，將有專人為您
服務。客服：(02)23216565 分機 610

國家圖書館出版品預行編目資料

臺語漢字與詞彙研究論文集 / 姚榮松著. -- 初
版. -- 臺北市：萬卷樓圖書股份有限公司,
2021.01
　面；　公分
ISBN 978-986-478-035-8(平裝)
1.臺語　2.詞彙　3.文集

803.3207　　　　　　　　　105019747